新闻与人生

潘梦阳作品选

潘梦阳 著

黄河出版传媒集团

宁夏人民出版社

图书在版编目（CIP）数据

新闻与人生：潘梦阳作品选 / 潘梦阳著. —— 银川：宁夏人民出版社，2020.6

ISBN 978-7-227-07236-2

Ⅰ. ①新… Ⅱ. ①潘… Ⅲ. ①新闻报道 – 作品集 – 中国 – 当代 Ⅳ. ①I253

中国版本图书馆CIP数据核字（2020）第114594号

新闻与人生——潘梦阳作品选　　　　　　　　　　　　　潘梦阳　著
XINWEN YU RENSHENG——PAN MENGYANG ZUOPIN XUAN

责任编辑　管世献　陈　浪
责任校对　陈　晶
封面设计　冯彦青
责任印制　陈　哲

 黄河出版传媒集团 宁夏人民出版社　出版发行

出 版 人　薛文斌
地　　　址　宁夏银川市北京东路 139 号出版大厦（750001）
网　　　址　http://www.yrpubm.com
网上书店　http://www.hh-book.com
电子信箱　nxrmcbs@126.com
邮购电话　0951-5052104　5052106
经　　　销　全国新华书店
印刷装订　宁夏银报智能印刷科技有限公司
印刷委托书号　（宁）0017625

开本　889 mm×1194 mm　1/16
印张　33.25
字数　572 千字
版次　2020 年 6 月第 1 版
印次　2020 年 6 月第 1 次印刷
书号　ISBN 978-7-227-07236-2
定价　60.00 元

新闻记者的生命是由作品组成的。

对于许多新闻记者来说，他们的作品实际上是一种两面都可以映照的镜子，一面映照出社会生活五光十色的图像，另一面映照出记者内心世界的喜怒哀乐以至记者整个精神风貌。

——郭超人

1998年，新华社原社长穆青回忆采写《县委书记的榜样——焦裕禄》的经历

1985年，录音专访即将率团出国访问的宁夏回族自治区主席黑伯理

金QIU

2000.6

喷薄活力

壮美神韵 温馨意绪

沧桑情怀

金秋骄子

潘梦阳

呼唤激情

旅美笔记

浪漫骑士今安在

老干局长谈西部开发

开发西部离不开延安精神

西部开发大潮中的老同志

刊载"金秋骄子"的杂志封面

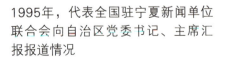

1995年，代表全国驻宁夏新闻单位联合会向自治区党委书记、主席汇报报道情况

2001年，第九届全国人民代表大会第四次会议采访留影

1998年，与中央人民广播电台记者魏赤娅一道采访宁夏四十大庆代表

2005年，"沿着红军的足迹"采访摄制组到彭德怀将军曾驻扎的预旺堡采访回族乡亲

2005年，与访问过的电影《牧马人》中的老演员牛犇在银川重逢合影

2005年，中央人民广播电台驻各地退休老记者在天安门前合影

1998年，在黄沙绿浪中寻觅"新闻珍宝"

1983年，倚马可待

2008年，北京师范大学珠海分校教学督导组合影

2009年，与北京师范大学珠海分校毕业学生及其家长合影

2008年，与北京师范大学珠海分校学生合影

著名作家张贤亮在镇北堡西部影城主动当"导游"（2009年摄）

埃菲尔铁塔下的和平鸽（2003年摄）　　比利时街头的欢乐儿童（2003年摄）

时任全国总工会常务副主席张丁华看望银川市振兴机械厂职工（1994年摄）

流沙大漠上的"沙漠姑娘"花棒迎朝霞（1998年摄）

1995年，与妻子李崇亚在手植常青树旁合影

1956年，全家福

1989年，全家在银川中山公园

女儿为父亲获"宁夏十佳记者"而高兴

1978年，三个女儿快乐的童年

不忘初心　执笔为民

——潘梦阳先生的本质体现

闫智红

　　对于中国当代新闻史而言，穆青同志无疑是一座丰碑。他的《县委书记的榜样——焦裕禄》《为了周总理的嘱托》《历史的审判》《人民呼唤焦裕禄》等中国新闻史上的一些不朽名篇，始终导引着新闻从业者的职业方向，激励着全社会呕心沥血、敬业奉献，为国家复兴、人民幸福、经济发展、社会进步而努力。穆青同志被誉为全心全意为人民服务的好记者。

　　对于潘梦阳先生而言，穆青同志是他心中的楷模。他以穆青先生为榜样，记录、书写、传播、弘扬着宁夏这片土地上的奋斗、发展、变化、前进的精神，也在这种历程中接受教育、完善自我、升华灵魂。《新闻与人生——潘梦阳作品选》就是潘先生的成长史、心灵史。

　　潘先生1964年毕业于北京广播学院，志愿来宁夏工作，至1980年历任宁夏电台记者、编辑、节目负责人。1981年到2002年任中央人民广播电台和中国国际广播电台宁夏记者站记者、副站长、站长。出版7部著作，先后被评为中央人民广播电台、宁夏、林业部先进工作者，"宁夏首届十佳记者"，"首届全国民族团结进步先进个人"，荣获"全国五一劳动奖章"，享受国务院"政府特殊津贴"。

　　1966年2月，潘梦阳先生在从首都开往银川的列车上，听到了广播转播中央人民广播电台的著名播音员齐越播送《县委书记的榜样——焦裕禄》这篇通讯，当看到喧闹的车厢里骤然沉静下来，焦裕禄的事迹拨动了每一位旅客的心弦，越来越多的人眼里滚出了泪花……他生平第一次感到了"心弦的和鸣"所产生的难以估量的威力，他体会到那就是榜样的力量。从此，焦裕禄精神激励、鼓舞着几代人。而在潘先生心中，穆青同志就是新闻工作者学习焦裕禄同志的榜样："只要你心里装着人民，你就具有了感天动地的人格力量。"不忘初心，执笔为民，全心全意为人民服务，做一个穆青同志那样的人民的好记者成为潘梦阳先生坚定的职业追求。

纵览《新闻与人生——潘梦阳作品选》，我们可以清晰地看出，潘梦阳先生实践着自己不忘人民、执笔为民的新闻理想。自20世纪60年代大学毕业至2002年退休，潘先生始终奔走在新闻之路上，身体力行挖掘着、发现着、报道着各行各业的模范人物、各行各业的发展成就，感动着模范人物的感动，欣喜着发展成就的欣喜，采写、发表了大量具有社会影响力的新闻报道，记录了时代，反映了社会风貌。

情系人民是潘先生始终的轨迹。

潘先生从事新闻工作近40年，采写各类文体作品达600万字，上百篇获全国、国家民委、广电部、中央人民广播电台、中国国际广播电台和宁夏的新闻、广播电视、文学、社会科学奖。这部作品选收录了他的部分作品，共分为三辑和附录。新闻作品主要集中在第一辑"足迹与感悟"，辑下除"特别篇"外，按采写年代分为"习作篇（1956—1965年）""闯练篇（1966—1980年）""探步篇（1981—2002年）""余热篇（2003年至今）"，其中"探步篇"最为丰富，下又分19个类别，分别涉及教育人才、英雄模范、民族团结、脱贫致富、经济建设、改革开放、精神文明建设、防治荒漠化、绿色长城、黄河开发利用、西部大开发、宁夏大庆、全国"两会"、突发事件、西夏探秘、对外报道、舆论监督、评论、探讨调研等，每个类别之下均精选作品数篇。从作品类别看，涉及社会发展的方方面面，视角广阔；从作品内容看，始终贯穿着接地气、能量正、站位高、内涵足的职业追求；作品富有实践意义和指导作用，甚至直接推动某项工作前进，解决某项事关群众利益的问题。

报道先进人物，尤其是普通人中的先进分子的作品占据了潘梦阳先生作品中很大比例。比如从1961年的《一心为顾客修鞋的岳大爷》，1969年的《一不怕苦二不怕死的好矿工郝珍》，1978年的《女支书马金花》，1981年的《浇灌花朵的人——访上海来宁夏的两位退休老教师张洁修、朱樾芳》，到20世纪90年代以后的《我是公家人——记全国广播电视系统优秀共产党员金占林》《生命的光华——刘岳华和她的〈金苹果〉》等等，读来都洋溢着饱满的敬重之情。我深信只有深深认同被采写对象的品行，记者才能写出如此动人的文章。潘先生69岁时，在他的最后一堂课上，曾经讲过一次采访经历：那是他到井下采写煤矿工人，不料发生意外，"当时矿石哗啦啦地往我们身上砸。我懵了，还不知道怎么回事呢，就有两个矿工将我扑倒。一个护我上身，一个护我下身……"但是他讲述的重点不是他的危险，而是："我们记者是人，他们也是人！""可是他们却拼了命护住我们。"

新闻界前辈郭超人说："新闻记者的生命是由作品组成的。……对于许多新闻记者来说，他们的作品实际上是一种两面都可以映照的镜子，一面映照出社会生活五光十色的图像，另一面映照出记者内心世界的喜怒哀乐以至记者整个精神风貌。"看潘先生的作品恰如看到了他的人生写照。

穆青同志曾经对新闻工作者下过一个定义，他说："新闻作品既是客观事实的反映，也是新闻工作者世界观、人生观和基本素质的体现。新闻工作者成才不成才，先决条件就是如何做人。人民的记者首先要是个合格的党员，然后才是记者；不是党员，也要首先做一个真正的人、正派的人。""要有高尚的人格、高尚的人品、高尚的思想情操，把它具体化就是为人民服务这样一个高尚的境界。所以，做人是记者最重要的素质，又是记者培养专业素质的主心骨。"

潘梦阳先生在开卷之首，收录的是一篇没有刊发过的作品《情系人民的好记者穆青》，写的是1998年他对穆青同志的采访，紧随其后的是他《榜样的力量是无穷的——忆采写穆青的难忘经历》《学习穆青 执笔为民》以及《我给大学生讲"穆青采写焦裕禄"》。我想，这种编排显然是作者以穆青同志为榜样的思想体现。而他，则以作品向穆青同志交了一份厚重的答卷。

潘先生敏于思、勤于行。新闻工作是个复杂的工作，对从业者的要求很高，既要用体力还要用脑力，既要上山下乡跋山涉水采集第一手资料，又要在采访中、写作中把握导向去伪存真思辨是非。新闻工作又是最能够锻炼人提升人的职业。每一次采访，都是一次开阔视野、增长见识、接受教育、升华灵魂的过程。潘先生牢牢把握每一个机会，每一个模范都使他得以人格上、品行上进步，每一个事件都促使他思考自身工作的发力点。本部作品选第一辑的许多篇章之后都附了作者采写过程、后记或评论、感悟，第三辑则是他对整个人生与从业的"回眸与期待"，更有成就了洋洋大观的七部著作，可惜限于书稿负载，只在书中节选了部分，但这已足可证明他的思考。

潘先生精益求精。1962年，潘先生在读书求学期间，就发表了《愉快服从分配　好儿女志在四方——北京广播学院播音专业毕业生即将去西藏等地工作》的报道。新闻界前辈苏元章就此做出评论《为什么这条消息写得比较好》。为什么呢？是因为这条消息修改了十次。由此可见，从一开始从事新闻工作，潘先生就奠定了严谨做事的基础。此后，在他的从业生涯中，他采写的每一篇报道都印证了他的工匠精神。这种精神体现在深入矿井、大漠、穷山的采访中，体现在写作稿件时对采访素材的选择中和遣词造句的反复斟酌中。新闻是来不得半点含糊的。新闻的生命是真实，新闻的内核是思想。要准确报道新闻事件和人物，必须舍得脚力深入现场，甚至反复下基层探实情；必须拓展眼力眼观六路善于发现；必须提高素质增长脑力善于思考鉴别；必须千锤百炼掌握笔力写出练达文章。

潘先生孜孜不倦。本书收录了他退休后的"余热篇"以及文学、摄影等其他文体的部分作品。特别是2004年第18期《求是》刊载的散文《花棒》，获全国性"西部放歌"征文唯一的一等奖。我们还可以看到，他退休前后从事教学与研究，把自己新闻工作的经验和思考传授给后来者，给他们的有实战案例，有理论启迪，更有一份为人民写人民的情怀与担当。

我和潘先生的直接交往并不多，他是宁夏新闻界耳熟能详业绩斐然的前辈，我一直很敬重他。突然受潘先生上门之托，为他的作品选《新闻与人生》作序，受宠若惊，百推不去，只好书就此章。潘先生是个有故事的人，而我，实在笔力有限，不堪胜任。好在潘先生的书的确可读，既是新闻、文学等类作品，又是时代记录，还是新闻采写的实战教材和理论提炼，不论是回顾历史，还是把握当下，都是值得一读的。

人生难得爱至真

——写在前面的话

从中学就萌发了记者梦的我，当迈出圆梦的第一步的时候，却吃了闭门羹：

"屋里有人没？"

破旧的木门开着一条缝，不宽不窄，刚好能侧身挤进去一个人。

沉默，沉默，时间在等待中仿佛凝固了。

我都等得有点不耐烦了，正想转身离开，一个声音从门缝里挤出来："没啦人！"

我不由得纳闷：明明是人声，细柔滑润，银铃般轻微地响了三声。怎么会回答"没啦人"呢？

黄土窑洞连窗户都没有，从门缝透进去的光亮中看不到人影。但我不相信这回答不是人声，刚想追问个究竟，带我来的县干部右手摆了摆，示意我别再问了，左手拉着我的胳膊离开了。

刚才是他用当地方言问的话，不过"西海固"这里的方言，我这个北方人听得懂，我的普通话这里的人也听得懂。

怎么明明有人，却回答"没啦人"？

他摆手不让我再问了，又是什么原因呢？

这究竟是为什么呢？……

我以前见过回族妇女蒙着面纱或者戴着盖头的照片，就觉得挺神秘的。

他告诉我：山村的回族妇女还守着传统的习俗"内妇人不见外男子"，她丈夫不在家，就说"没有人"。怪不得在山村里偶尔碰见个戴盖头或者蒙面纱的妇女，总是慌慌张张地转过身去，背对着来人。

在大学讲坛上，我一次又一次向莘莘学子讲述了20世纪60年代采访宁夏回族山村这段难忘的经历。

我为什么不厌其烦地反复讲呢？

尽管每次的听众不同，课程的内容不同，我的讲法也不同，可由此引起而进一步阐明的目的是相同的——唤起对一个问题的足够注意。

什么问题呢？

这个问题就是：要"知其然"，更要"知其所以然"。凡事都有个为什么。遇到了"为什么"，搞不明白的时候，千万不可放过，更不可不懂装懂，胡说八道。

这是我当记者几十年来最深切的感受之一。

人文、地域、习俗、风情、变革、信息、传媒、历史、现实……方方面面都会有各种各样的"为什么"（问题）。对不了解的人来说，那个方面就是谜，就像蒙上了神秘的面纱一样。

作为我们新闻传播工作者，说到底，干的就是"揭开神秘的面纱"这样的"解谜"工作。然而，"面纱"，究竟该怎么揭呢？

有一首歌唱道："掀起你的盖头来，让我看看你的脸……"

一见面，二话不说，上去就掀，行吗？绝对不行！非惹事不可。其实，歌唱的是让"眉毛细又长、两只眼睛真漂亮"的姑娘自己掀。这就要双方首先沟通信息，交流思想，相互了解，水到渠成，让姑娘心悦意满地自愿去掀。

上面说的是人与人、单个对单个的"掀"。然而，作为人类一部分的一个个群体，要揭开这一个又一个群体"神秘的面纱"，可就不那么简单了。一定要内外结合，在外力推动下内力发挥主导、关键作用，才能顺畅地揭开，这个道理是相同的。

当记者，干新闻传播工作，就是要去揭开一个又一个"神秘的面纱"（人物、事件、问题），先要调查了解对方（人、事、题）相关的方方面面，有点基础之后，再进一步与对方深入交流（询问、观察、体验），让对方敞开心扉（真相奥秘、内心世界），这样才能启发对方主动、自愿地揭开面纱（内幕），记者才能书写下"历史的草稿"。

世界著名女记者法拉奇有这样一段名言：

有哪一种别的什么其他职业允许你把正在发展的历史写下来，作为它的直接见证呢？新闻工作就有这种非凡与可怕的特权。理会到这一点后，很自然地会深感到自己的不足。

这话说得太对了。我们记者每天写这写那，揭东揭西，如果自己都搞不清楚，怎么能写清楚、揭透彻呢？！我就总感到自己有许多的不足，在我的心中就有许多"神秘的面纱"（问题）需要揭开啊：

宁夏，中国五个民族自治区之一，为什么被人称为"被遗忘的角落"？新闻界一些人为什么说它是"三无（无地位、无特点、无典型）世界"？

流沙大漠为什么被视为"死亡世界"，难道它就真的无法治理吗？人类就任凭沙尘暴肆虐而坐视不理吗？

贺兰山肚子里的煤矿吐出来了"乌金"，地层深处埋藏着些什么秘密？

被称为"中国贫困之冠"的"西海固"怎样才能脱贫致富，让敬爱的周总理在天之灵不再为它忧虑呢？

西夏这个与宋、辽（金）并列的王国，为什么二十四史唯独无它？为什么一些外国专家说什么"西夏在中国、西夏学不在中国"？

西部人在风吹沙打、水缺草枯的逆境中，傲然挺立，笑对困苦，凭的是一股子什么精神？

一个又一个"谜团"萦绕在我的脑际……

黑格尔说：

无知者是不自由的，因为和他对立的是一个陌生的世界。

我明白，要实现自己当记者的梦想，要寻求到这些"谜"的"底"，要揭开这一个又一个"神秘的面纱"，就要多下苦功夫，脚踏实地调查研究，多读书，多思考，虚心请教。唯一的出路就是向书本和实际学习，向采访对象学习，在社会大学学习。"处处留心皆学问"啊！

我把周总理的教诲"活到老，学到老，改造到老"作为座右铭，每天都以从头学起的心态面对现实。人生有涯，学无止境啊！

揭开蒙在方方面面的"神秘的面纱"，把被尘封掩埋的"珍珠宝贝"挖掘出来，清除那些引发误解、偏见的"障碍"，让"被遗忘的角落"不再被遗忘，这是我们肩负的神圣使命。作为一名普通的新闻传播工作者，我应该尽自己应尽的一份职责。

在哈佛大学图书馆的墙上，有一幅这样的标语：

此刻打盹，你将做梦；

此刻学习，你将圆梦。

人的生命就是由一刻又一刻的时间在相对空间里组成的。

人生能够走在实现梦想的道路上，才是真正的幸福。要实现自己的理想，要美梦成真，关键在把握、利用好时间和空间，一点一滴地积累时间，一分一寸地开拓空间，"一步两个脚印"①——"行"动做事而立业、思考总结而悟"知"——地走好人生之路，集行走、读书、采写、思考、研究、创造于一体，不断攀登新的高峰，逐步成长为一个真正的人、大写的人、有益于人民的人。

我从童年就梦想当新闻记者，做一个持笔走天涯、献身于祖国和人类的普罗米修斯②。为了圆梦，我这匹马（属相）义无反顾地奔驰在采访写作的崎岖道路上。中学时代，在师长和记者、编辑、作家前辈的引导下，操练着采写了五十多篇习作。1960年被保送入北京广播学院新闻系，继续边学边练。1964年"北广"毕业，我志愿报名到"老、少、边、穷"的宁夏回族自治区工作，在人称"被遗忘的角落"、不大出新闻的地方，一干就将近四十年，坚持不懈地下基层、到现场、走一线，采写发表了数千篇消息、通讯、评论、录音报道、深度报道等新闻作品和散文、报告文学、寓言、杂文、诗歌等文学作品，上百篇获全国和国家民委、广播电视部、中央人民广播电台、中国国际广播电台、自治区等的

①中央人民广播电台高级编辑、我国首届范长江新闻奖获得者、原北京广播学院校友曹仁义首倡"一步两个脚印"。我向他学习，迈一步，努力走出"行、写"和"思、悟"两个脚印。

②希腊神话中的英雄人物，从太阳神阿波罗那里盗火，给人类送来光明和温暖。

新闻、广播电视、文学、社会科学等奖，一百三十多篇收入各种文集；有的被译为英、法、俄、阿拉伯、日、德、西班牙等多国语言在海外传播，有的被一些院校作为新闻传播、播音主持课的范文，有的还被选入了英语教材。

无论处于顺境，还是逆境，我都像登山一样，咬定"新闻"不放松。

人生难得爱至真。新闻事业是我的最爱，是我的"梦中情人"。如有来生，我还要从事新闻事业，还要当记者。

我牢记着托尔斯泰的肺腑之言：

> 当你每次拿起笔来在墨水瓶里留下了血和肉的时候，你才有资格进行写作。

这位文学大师之所以留下了传世名作，就在于他这种认真精神。

有人说，新闻作品又不是文学作品，是"易碎品"，采访要到现场，发表还要争时效，用得着这么认真吗？！

在"北广"上学时，老师就一再教导我们：新闻作品虽然不是文学作品，但它同样是精神产品，又是历史草稿，而且它对当代的影响难以估量，一定要认真对待。"世界上怕就怕认真二字"嘛！

我写了几句顺口溜，警惕、提醒自己：

> 莫因易碎而轻心，精神产品质最重。
>
> 当今新闻未来史，精心采制只求真。

几十年来，我在被新闻业界一些人士称为"无地位、无特点、无典型"的"三无世界"①宁夏，面对新闻记者的三大职业劣势（作品的易碎性、身份的被动性、工作的飘忽性），采写和录制新闻报道，一点也不敢掉以轻心。需要抢时效的，全力以赴赶紧拿出来；还有时间可加工的，修改、锤炼，字斟句酌，改了

---

①在向全国和世界报道方面，马树勋著《民族新闻探索》一书中说，有的人把宁夏称为"无地位、无特点、无典型"的"三无世界"。

又改，像雕琢艺术品一样，尽量精益求精。写完、发表之后进一步总结经验教训，尽可能提升到规律的层次上来再认识。

新闻的生命是真实，新闻的内核是思想。

"新闻的作用——几乎大家一致公认——不是引人避世，而是让人觉醒。"①

当今，一方面，在人人都可以是"记录者"，几乎人人手中都有"麦克风"、摄像机的信息时代，信息成为"通行全球的国际货币"。信息的采集、传播、解读、运用，成为当今事关兴衰、成败的关键因素。任何人，想要发布信息、发表言论，都需要学习一点新闻传播的基本知识、掌握一些新闻传播的采（摄、录）、写、播、编、评（论）的基本技能。有的人编造假新闻真谣言，追求"轰动效应"，触犯了法律；有的人没把言论写明白，或是片面、偏激，引起众怒，自己还觉得蒙受了委屈；有的人在信息的大海里兴风作浪，迷失了航向，滑进了漩涡……

其实，新闻传播学，是理工、农医、政经、文史等各专业的学生都需要学习的一门通用课程，也是社会上有心接受继续教育的各界人士急需了解的一种知识，尤其在当今全球化、信息化、数字化的新时代。我在北京师范大学珠海分校开设一门各学院各专业学生公选的通识选修课"实际应用新闻传播学"，选听的同学很感兴趣，觉得很有用。北京理工大学珠海学院的一些学生也来选修。

另一方面，在信息如海能把人淹没的情势下，在"假作真时真亦假"的难辨真伪的迷茫中，合格的专业记者，因其采访最原始信息，挖掘事实真相，揭示真情真理，不为权力、金钱、美色所迷惑，不为个人偏狭的情感所左右，提供负责任的真实报道和深入解读，成为当今人类社会必不可少的人、有益于人民的人。尽管社会上流传着"防火防盗防记者"的说法，可是任何人都得承认：如今的社会，离了记者还真不行。

我十分喜爱美国著名报人普利策所说的这段话：

> 倘若国家是一条航行在大海上的船，新闻记者则是站在船头的瞭望者。他要在一望无际的海面上观察一切，审视海上的不测风云和浅滩暗礁，及时发出警告。

---

① 贝尔纳·瓦耶纳：《当代新闻学》，丁雪英、连燕堂译，新华出版社，1986年，第31页。

我的外孙女佳佳暑假跟舞蹈班的小朋友一起汇报演出，表演的节目就是《神气的小记者》。我一打听，许多小孩都想当记者、当播音主持。他们觉得这工作神气、神秘又奇妙。

我从一个因上课看武侠书又逃学出走奔向五台山寻侠学艺而被记大过的调皮学生，变成了戴着"三道杠"的红领巾小记者，又成了头发斑白的老记者和讲授新闻传播的老教师。我想用一生学习、采写、讲授新闻的坎坷经历告诉孩子们：有梦想，就要"一步两个脚印"地去学习、思考、行动，这样才能美梦成真。我从小开始的习作和后来的作品也就是圆梦的足迹。

梦想是我们每个人独特的权利。人生充满着期待，梦想连接着未来。

人，不只是靠感觉和本能来行动的动物，更是靠智慧和反思来行动的高级动物。生活，生活，关键就看人生怎样活法。有句话说，"靠感觉生活的人生，是悲剧；靠智慧生活的人生，才是喜剧。"

如果不和智慧结缘，勤劳只能是"无效的"空疲劳。我们新闻传播工作者是党和人民的瞭望哨，要做一个既拥有中华民族智慧又拥有人类共同智慧的人，成为一个复合型的现代人才。

而智慧来自于学习。

我走了一条采写实践、专业研究、教学相长"三结合"之路，四处求教，博采众长，并且注意总结反思，尽可能地把点滴经验和教训提升到理论的高度来探究，来认识；又用学到的理论指导采写的实践；把个人实践的粗浅体会和学习理论的初步领悟，在教学过程中不怕丢丑地坦诚讲出来，同思维活跃的青年学生和来自采编第一线的在职记者、编辑共同探讨，编写了大学教材《应用广播新闻学》（获宁夏社会科学优秀成果奖，收入《中外广播电视百科全书》）。退休后，应聘到北京师范大学珠海分校任教，又编写了《实际应用新闻传播学》等教材，自找压力，自讨苦吃，而乐在其中。这些教材和一些业务探讨文章以及书中选辑的作品和其后的补白、追记等，也是我苦中作乐、思索探步的足迹。

正如新闻界前辈郭超人所说：

> 新闻记者的生命是由作品组成的。……对于许多新闻记者来说，他们的作品实际上是一种两面都可以映照的镜子，一面映照出

社会生活五光十色的图像，另一面映照出记者内心世界的喜怒哀乐以至记者整个精神风貌。

回顾过去，往事并非如烟。亲身经历的历史性重大变迁，翻天覆地；深切体验人生的酸甜苦辣，刻骨铭心；对比强烈的巨大反差，乾坤颠倒的莫大惊诧，给我的心灵以深沉的震撼。

对这些"足迹"的回望、追忆与反思，使我对新闻与人生有了新的感受和领悟。我想把自己一些不成熟的思考谈出来，就教于列位感兴趣的朋友：

人类所能达到的最高成就，恰恰就在于一种自强不息的创造性生活本身。

而新闻传播，就是使人们与时俱进地观察到、感受到并领悟到这种创造性生活的真相与真谛，从而领悟真理的"千里眼""顺风耳""解码器"，是现在进行时态的历史，是人类生命最鲜活的本真状态的呈现，是人与人心灵沟通的渠道。在"地球村"里，在信息时代，现代人的生活一点也离不开新闻传播了。

新闻传播，无论报刊、广播、电视、网络，哪种媒体，都离不开"用事实说话"这一最根本的新闻规律。真实是新闻传播的生命。新闻传播事业是探真、扬善、求美的崇高事业，在扑朔迷离的乱象中探究真相，向世人宣扬善良的本真，引导人们追求内在美与外在美融为一体的"美的极致"。

专职记者的作品问世，离不开对社会、对人类负责任的传播媒体。在新闻的采（包括摄、录等）、写、编、评、审、播、制的全过程中，新闻传播各个环节的工作者都参与其中，共同来完成新闻传播这一创新的伟业。新闻记者承担了最前沿的第一步工作。如果没有各方面的配合，特别是大量默默无闻的幕后无名英雄的配合，再有能耐的记者也将一事无成。作为一名记者，有团队精神是最基本的素质。

新闻记者，并不是什么所谓的"无冕之王"，不能有"钦差大臣满天飞"的心态，而是社会的瞭望哨、时代的晴雨表，是人类灵魂的工程师；既不可轻狂自傲，也不必怨天尤人。

作为记者，要善于倾听，喜于奔走，长于观察，敏于思考，勤于采写，敢于负责，忠于职守，努力使自己成为厚基础、宽口径、高素质、强能力的复合型的新闻传播人才。

作为记者个体，要向"全能"的方向努力，采、摄、录、写、编、评、播、制等本领，要样样都学一学，争取全拿得起来，一个人顶几个人用。"打铁还得自身硬"啊！

我们的确需要专业工作者的职业精神，以便理解这个世界。在伦敦的博客写作者和手机摄影者能够提供语言和形象的"原材料"，但是他们不能把它梳理和提炼成新闻学意义上的"书写历史的草稿"。作为见证人、观察者和讲述者，为了发展和完善这些梳理和提炼的技术，记者就要承担独立思考的责任，就要避开常规思考和流行的教条观点。①

……要看到事物的复杂性，准备面对严酷的现实；要敢于打破常规，寻找隐藏的事物。②

因此，我们就要学习、学习、再学习，深入、深入、再深入，思考、思考、再思考，总结、总结、再总结。

其实，"人，最大的敌人是自己。"成功，并非战胜别人，而是战胜自己，超越自己。

在大学讲台上，我把人生感悟、新闻实践同所授课程有意识地糅合在一起，讲授给学生；辅导他们从采写身边的人和事做起，体验和领悟新闻采写的规律。告诉他们：有梦想，就会有奔头，有动力。

当然，梦想也要不断升华。我们个人的梦想与国家、民族的梦想融合在一起，中国梦和人类的梦想融合在一起，就像滴滴水珠汇入江河，条条江河注入大海，自会汹涌澎湃，奔腾向前。

令我欣慰的是，同学们没有辜负我的良苦用心，不少同学在作业、毕业论文、报刊、网络发文或者写信、留言乃至用实践行动作出了回应。有的表示，接受劝说，不再做"愤青"，而要做"奋青"！有的说，记住了老师再三叮嘱的"先做人，后作文"的人生真谛；有的已经在岗位上迈出了"一步两个脚印"的步伐。

①②塞缪尔·弗里德曼：《媒体的真相》，梁岩、王星桥译，中信出版社，2007年，第5、6页。

来自黑龙江的杜娟同学在给我的信中写道："……没有正式上传播学之前，我只知道我爱着传媒记者这一行，偶尔也会小小地去想一下，今后会真的从事这行，但却缥缈而不实际，我完全对其不了解，也总是会受外界的影响：说什么新闻行业太难，而且很凶险，或已经饱和了之类的话。因此，我对未来有点渺茫。但是与您接触之后，您用您的职业素养和特有的人格魅力改变了我，因为您使我坚定了理想，有了理想就要坚持，不管途中有多么艰难……"

只要有这种阳光的心态，坚持不懈，就会有光明的前途。

我一个年逾古稀的老人，正如新闻理论家梁衡先生所说的：

> 当他行将退出历史舞台时，他最大的贡献就只有献出自我，将自己解剖给别人看。对自己来说，这已经没有任何用处，但对后来者还有一点参考价值。做这件事倒不一定是名人或大人物。大有大的用处，小有小的角度。名人因其木秀于林，如峰如巅可以引起更多人的注意，激发后人的一分进取心。但常人因他的平常倒更有代表性，更贴近实际。

这也就是我这个常人出此书的初衷。

这本书熔人生故事、各类作品、业务探讨、反省追思于一炉。这样做，无非是为了便于读者朋友全方位、多角度地观察和思考。各类作品的第一创造者，是被采访的对象，是回、汉、蒙古等各族人民群众。是他们创造了历史，我只不过是记录下一些点点滴滴。书中，有的文章和照片是第一次公开面世，比如：经新闻界老前辈、新华社原社长穆青亲自修改、审定的他的小传等文章，笔者拍摄的著名作家张贤亮主动当"导游"等照片。大多数作品是已经发表过的，保留着原来的本样，带着时代的印痕；有的作品已经散失了，如采访宁夏工业学大庆先进典型、在贺兰山肚子里开凿矿井的自治区燃化局建井队的录音报道；有的作品记不清发表的时间了；有的作品因篇幅所限稍有删减。现在一并奉献给大家。如果读者朋友能够从中获得一丝裨益，我就聊以自慰了。

目录

XINWEN YU RENSHENG

第一辑　足迹与感悟

五、余热篇（2003年至今）

（一）媒体报道

（二）随笔杂议

（三）采写典型

（四）青春寄语

第二辑　文学与摄影

一、散文·随笔

二、报告文学

（一）浩然正气

（二）凡人溢彩

三、宁夏专题（选篇）

四、诗歌格言

五、摄影学步

第三辑 回眸与期待

附　录

第一辑 足迹与感悟

一、特别篇

只要你心里装着人民，
你就具有了感天动地的人格力量。

——穆青

情系人民的好记者穆青

（编者按：这是穆青同志亲自修改、审定的小传，第一次公开面世。）

穆青，是中国当代新闻记者的杰出代表，是我十分敬重的一位新闻界老前辈。他的新闻名篇《县委书记的榜样——焦裕禄》是我学习做人和学习新闻写作的楷模。

近日，我专门访问了穆青这位回族文化名人。

从《焦裕禄》谈起

对穆青的访问，就从他那篇不朽之作《焦裕禄》谈起。

"穆老，您那篇《焦裕禄》，我是在火车上听到的。"

广播那天早晨，我正在从北京开往宁夏的火车上。1964年北京广播学院毕业，我志愿报名到宁夏。过了一年多，我第一次回家探望父母后返回宁夏。原来硬座车厢里乱糟糟的，一广播《焦裕禄》，喧闹的车厢骤然安静下来，无论男女老少，都在用心地倾听，渐渐地，越来越多的人眼里滚出了泪水。我望着那塞外荒凉贫瘠的土地，那在风中抖动的稀疏的枯草，听着齐越老师广播焦裕禄的故事，想象着通讯中描写的情景，眼泪也忍不住夺眶而出。通讯播完了，有的妇女竟泣不成声。车厢里好一会儿，除了哭泣声、车轮的行进声，再没有其他的声音，人们仿佛还没有从通讯的意境里走出来，仍然是那样沉静。

穆青感慨地说："出乎我们的预料，我们也没想到会产生那么大的反响。那时候，上面并没有布置我们写这个典型。我开始也没想到去抓这个典型。结果，一到那个地方，老百姓净给我们讲焦裕禄的事，讲来讲去，讲得我们都非常感动，就把其他的材料都放下了，就写这个吧！老百姓、干部都是流着眼泪给你讲焦裕禄，你能不动情吗？！他人已经死了两年了，老百姓还念念不忘，还有什么比这更感人的呢？

"焦裕禄是一位真正的共产党人，他的事迹非常突出。作为一个记者，如果不把他写出来，就是最大的失职。写稿时，我们激动得简直写不下去，每写一点，眼泪就叭叭地掉下来。在兰考写不成，就挪到开封写，写出了初稿，回到北京，又七易其稿。我们写他，可以说是蘸着自己的热泪完成的。"

穆老碰上了群众讲述焦裕禄的故事，这是个客观机遇。然而，穆老能把焦裕禄写得那么真切、动人，关键还在于穆老的心是和人民相通的，是一位情系人民的好记者。俗话说：文如其人。高尚的人，才能写出高尚的作品。

赤子深情终未改

穆青采写的《雁翎队》《县委书记的榜样——焦裕禄》《为了周总理的嘱托》《人民呼唤焦裕禄》《历史的审判》等一系列新闻作品，不仅是一代又一代新闻记者学习的范文，更是鼓舞教育一代又一代各族人民的精神食粮。他从一个河南农村黄土地里走出来的中学生，成长为一个在人民群众中享有盛名的名记者。他的经验，他的本源，就在于他"勿忘人民"，情系人民。

1996年10月，中国记协和新华社联合主办了"穆青新闻作品研讨会"。在闭幕式上，穆青激动地讲述了心里话："我觉得我的一生都离不开人民的哺育。是人民哺育了我，人民教育了我，并给予我前进的动力。所以，我经常给大家讲'勿忘人民'。因为我们的人民太好了。……总觉得不把自己的工作做好，为人民多做出一点奉献，就对不起

穆　青

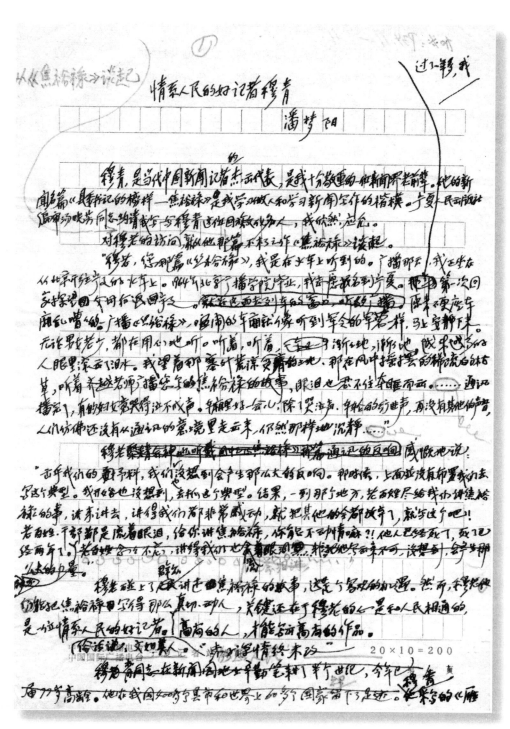

作者《情系人民的好记者穆青》部分手稿

党、对不起老百姓、对不起这么好的人民。"

人民的记者爱人民，人民的记者人民爱。穆老在同我交谈中，流露出来最深切的就是同人民群众那血肉相融、生死与共的感情。说话间，穆老站了起来，让我看他桌上玻璃板下压着的一张放大了的彩色照片，那是他90年代重返中原采访，同他笔下的几位人物——几位普普通通的老百姓、几位普普通通的基层共产党员——亲切交谈的留影。他深情地说："这是我最珍贵的照片！"

穆青采写的焦裕禄、王进喜、吴吉昌、潘从正、任羊成等十个共产党员的人物通讯，汇成一集公开出版。我说：这本名叫《十个共产党员》的书，我专门买了一本在学习。穆老说："我给这本书起名《十个共产党员》，有人说这个名字不好，叫这个名字卖不出去。我说，就叫这个名字，不叫这个名字我就不出了。共产党员的精神，共产党员的本色，就是全心全意为人民服务，这是最高宗旨，无论什么时候，这个宗旨、这个本色都不能变。如果这个变了，共产党就不成其为共产党了。我们新闻工作者的目的是什么呢？就是通过我们的新闻工作，宣传、教育、促进、推动各方面人民事业的发展，人民精神生活和物质生活的提高，不就是这个目的吗？新闻工作是党的事业的一部分。我们也揭露一些问题，批评一些事情，目的也是为了提高警惕，促使改进。根本目的还是为人民的利益。"

穆老强调说："江泽民总书记的讲话（指当天发表的江泽民同志在纪念周恩来诞辰一百周年大会上的讲话）讲得很好。周恩来同志就是共产党员的楷模、人民公仆的典范。周恩来、焦裕禄的精神，就是全心全意为人民服务的精神，我们共产党人就要发扬这种精神！"

（注：笔者访问穆青同志的当天下午5点多回台马上写稿，编辑立即编发，当天晚上8点中央人民广播电台《全国新闻联播》节目就播出了《穆青说，周恩来是人民公仆的典范》的消息。）

穆老堪称"人民的赤子"。穆老登黄山，赋《金缕曲》，在这首词中写道：

文章不为千金卖，沥肝胆，青史巍巍，冰操皑皑。光明顶上啸长风，著我炎黄气概。对群峦，心潮澎湃。赤子深情终未改，欠多少父老相思债。鬓堆霜，丹心在。

这是穆老写下的心志、衷曲，也是穆老的人民观、群众观。

脚印深深留史册

人们常说，新闻是今天的历史，历史是昨天的新闻。50年来，穆老一贯以对历史负责的态度撰写新闻，因此，他笔下的人物都能经得起时间的考验，他的新闻作品情系人民，调研深入，采写精心，都成了历史的见证。

穆老在新闻园地上辛勤笔耕了半个世纪，今年（1998年）已届77岁高龄，他在我国400多个县市和世界上50多个国家都留下了足迹。

他的足迹也曾两次踏上宁夏回族自治区的山川大地。

1994年，穆老第二次来到宁夏，正赶上宁夏日报社举办的"走向西部"采访活动结束，在同来自祖国各地的新闻记者的座谈中他谆谆嘱咐我们："人民群众是新闻的主体，他们的活动、想法、创造、发明、奉献，都是新闻的资源。因此，只有到第一线去，深入到群众中去，才能抓住时代的脉搏，反映时代的本质、主流。"

穆老身体力行，实践他的主张。穆老不顾古稀之年，毅然深入六盘山区，到被称为"中国贫困之冠"的西海固走村串户，深入考察。这次在北京，他同我谈起宁夏之行，特别是西海固之行，感触很深。"西海固连树都没有，尽是黄土，贫困得很，干土地上还在种，究竟有多大希望？这幅图画在我脑子里，留下了非常深刻的一个图像。后来，我到大别山区，他们说他们那里贫困，我说，你们到宁夏西海固看看，那才叫贫困。"穆老至今仍然惦念着西海固贫困乡亲，关切地询问我，近几年来有没有变化。我告诉穆老，总投资30亿元的宁夏扬黄扶贫工程正在抓紧修建。现在，已经打了上百眼井和上万眼窖。

穆老说，1964年曾经到宁夏川区采访过，他一生公开发表的第一张新闻照片就是宁夏的照片，照的是引黄灌区的林带。刊登在当年的《人民日报》上。"林荫道，树栽得很整齐。宣传植树造林，这一次就把我的摄影劲头鼓起来了。"

穆老拿起照相机也是由采访焦裕禄这个典型引起的。穆老说："文字记者也要搞摄影。我早就有这个想法。采访焦裕禄时就没有留下张照片，我那时候，连个照相机都没有，也没有人给我们照。所以没有留下点照片的资料。而照片这个东西，特别是历史性的照片，补都没法补，特别珍贵。"

穆青同志80年代初担起了新华社社长的重担。他纵观世界新闻发展趋势，提出了意义重大、影响颇广的文字、摄影"两翼齐飞"论，强调要加强新闻摄影这一"翼"。他一谈起摄影就兴趣盎然。他拍了几万张照片，出版了《穆青摄影集》《穆青黄山摄影集》《彩色的世界》《九寨沟》等摄影集。1996年10月在北京美术馆举办了"穆青摄影展"。人民日报总编辑、中国摄影学会会长范敬宜评价说："在穆青同志的摄影作品中，政治家的思想底蕴和艺术家的美学修养得到相当完美的结合。"

人民呼唤焦裕禄

焦裕禄之所以成为人民群众一代又一代念念不忘的好书记，就在于"他心里装着全体人民，唯独没有他自己"。

在河南辉县，焦裕禄式的好干部、原辉县县委书记郑永和的老干部服务队人手一册《十个共产党员》。他们开了个读书座谈会，都说："十个应该再加上一个，那就是穆青。穆青是真正的共产党员，如果全国的共产党员都像他那样，中国哪有不强之理！"

1989年11月12日，"老坚决"潘从正弥留之际，嘱咐孙子潘国林，把重孙子的名字改作"冬青"，让子孙后代都记住穆青。

90年代初的一天，焦裕禄曾任县委书记的河南省兰考县一群农民来到穆青的办公室，扑通跪倒在穆青面前。他们流着泪说："俺们心里有话想给你说说，焦裕禄听不见了，你就是俺们的焦书记！"

1990年6月，穆青又一次踏上中原大地。他到兰考之前，先到驻马店、周口等地区、县，走村串户，与干部、农民谈心。人们一见写焦裕禄的穆青来了，心窝里的话都掏出来了，座谈会成了"讲真话会"。从人民群众的心里话中，从深入调查研究中，穆青他们看到在改革开放的可喜浪潮中有一股浊水流淌着，这就是部分干部中出现的脱离群众、官僚主义、形式主义、以权谋私、贪污腐化、欺下瞒上等腐败现象。

是写"干部学习焦裕禄"，歌颂大好形势呢？还是写"人民呼唤焦裕禄"，如实地严峻指出存在的问题呢？穆青与和他同行的冯健、周原反复讨论，郑重决定，提笔写下了《人民呼唤焦裕禄》。

他们是在"呼唤党一贯同群众血肉相连的好传统，呼唤党的一切为了人民、一切依靠人民的好作风"。

情系人民的好记者穆青再一次倾诉了人民的心声，呼喊出时代的最强音！

（1998年采写）

附1：榜样的力量是无穷的
——忆采写穆青的难忘经历

人生是需要榜样的。

"榜样的力量是无穷的。"

著名记者穆青同志2003年10月11日永远离开了他挚爱的新闻事业。《县委书记的榜样——焦裕禄》《为了周总理的嘱托》《历史的审判》《人民呼唤焦裕禄》等中国新闻史上的一些不朽名篇，是与他的名字连在一起的。他热情歌颂人民群众在革命和建设中的奋斗业绩，采写了人民的好儿子焦裕禄、大庆"铁人"王进喜、至死不忘周总理嘱托的农民科学家吴吉昌、植树老人潘从正、红旗渠的除险英雄任羊成等一批感召力强的人物形象。这些人物成为千百万干部、亿万群众学习的榜样。

穆青同志呕心沥血、敬业奉献的一生，也为新闻工作者树立了光辉的典范。

穆青说："我们写他（焦裕禄），可以说是蘸着我们的热泪完成的。"

1997年冬，宁夏人民出版社政史编辑室主任汤晓芳同志约我写一篇关于穆青同志的传记文章，我当即向中央人民广播电台有关领导同志汇报请示，不仅得到了批准，还得到了支持、鼓励。

穆青同志是我仰慕已久的老前辈。中学时，就读过他的《雁翎队》。我在北京广播学院读书时，他写的通讯是我们的范文。

1966年2月的一天早晨，我坐在从首都开往银川的列车上，返回自己已经

"耕耘"过一年多的宁夏大地。列车上的广播转播中央人民广播电台的《新闻和报纸摘要》节目。在雄壮的开场曲后，著名播音员齐越播送着《县委书记的榜样——焦裕禄》这篇通讯。喧闹的车厢里骤然沉静下来，男女老少都在用心地听。

忆采写穆青的文章

我作为一名新闻战线上的新兵，更是听得聚精会神。

焦裕禄的事迹，打动了每一位旅客的心弦，越来越多的人眼里溢出了泪花。我望着北国那荒凉贫瘠的土地和在风沙中摆动的枯草，听着穆青笔下所写的焦裕禄的故事，眼泪忍不住夺眶而出……通讯播完了，有的妇女竟泣不成声。车厢里，除了妇女的哭泣声、车轮的行进声，仍然没有喧嚣，旅客们还没有从通讯的意境中走出来……我生平第一次感到了"心弦的和鸣"所产生的难以估量的威力，就像大海在掀起狂涛巨浪前那短暂的平静，在默默的静息中、微荡中孕育着、聚集着撼天动地的力量。

那就是榜样的力量。从此，焦裕禄精神激励、鼓舞着几代人。在我和许多新闻工作者的心目中，穆青同志就是我们学习焦裕禄同志的榜样。

1990年秋，穆青同志来到宁夏，与同仁座谈，我有幸聆听了他的教诲。如果根据这点印象和资料来编写，也可以搞出一篇传记。然而，为了写出一个活生生的穆青来，我同新华社总社联系，穆青明白了我的意图，欣然答应做一次面对面的采访。1998年春的一天下午，我如约来到北京新华社总社穆青同志的办公室。穆青同志请我坐在办公桌后他常坐的椅子上，他坐在沙发上，说这样让我"好记"。

年届77岁高龄的穆青，比我大20岁，对我这个后生如此亲切、关怀，顿时打消了我来前的紧张感。

穆青是个提笔行云流水、平时少言寡语的人，他微笑着等我提问。

话题就从《焦裕禄》这篇通讯谈起，我先讲了列车上旅客流泪听广播的事。这一下子，穆老的话匣子打开了："出乎我们的预料，我们也没想到会产生那么大的反响。那时候，上面并没有布置我们写这个典型。我开始也没有想到去抓这个典型。结果，一到那个地方，老百姓尽给我们讲焦裕禄的事，讲来讲去，讲得我们都非常感动，就把其他的全都放弃了。就写这个吧！老百姓、干部都是含着眼泪给你讲焦裕禄，你能不动情吗？他人已经死了，老百姓还念念不忘，还有什么比这更感人的呢！……

"焦裕禄是一位真正的共产党人，他的事迹非常感人。作为一个记者，如果不把他写出来，就是最大的失职，就对不起党，对不起人民。写稿时，我们感动得简直写不下去，每写一点，眼泪就叭叭地掉下来。在兰考写不成，就挪到开封写，写了初稿，回到北京又七易其稿。我们写他，可以说是蘸着自己的热泪完成的。"

穆青碰上了群众讲述焦裕禄的故事，这是个客观的机遇。然而，穆青把焦裕禄写得那么真切、动人，关键还在于穆青的心和焦裕禄的心，和人民的心是息息相通的。他是一位情系人民的好记者！记者自己受了感动，才会写出感动人的好作品。

穆青把《十个共产党员》这本书作为向党的75岁生日的献礼，"就是想借他们的榜样力量来鼓舞人们的信心和斗志"。

我拿出不久前从书店买到的《十个共产党员》这本书。书里收录了穆青采写的焦裕禄、王进喜、吴吉昌、潘从正等10位优秀共产党员的事迹的通讯。我问穆老为什么要起这个书名。

穆老感慨地说："我给这本书起的名。有人说，这个名字不好，叫这个名字卖不出去。我说，就叫这个名字，不叫这个名字，我就不出了。"停顿了一下，穆老说，"这本书虽然只写了10名普通共产党员，是沧海一粟，但是它反映的是整整一个时代，整整一代人。我们这一代人就是在这种精神、品德教育下成长起来的。共产党员的精神、共产党员的本色，就是全心全意为人民服务，这是最高宗旨，无论什么时候，这个宗旨、这个本色不能变。如果变了，共产党就不成其为共产党了。"

我问穆老，为什么想出这样一本书。穆老激动地站了起来：

"现在有些人已经把他们（我理解是指10个共产党员为代表的共产党人）忘了，甚至怀疑世界上是不是真有那样无私奉献的人，怀疑共产党员真能做到那样公而忘私吗？我把这10个共产党员的事迹集中成册，就是想让大家看一看真正的共产党人是什么样子的，就是借他们这些榜样的力量来鼓舞人们的信心和斗志。"

穆老指给我看，他办公桌的玻璃板下压着一张放大了的彩色照片。就是他上个世纪90年代重返中原，同他笔下的几位人物、几位普普通通的基层共产党员亲切交谈的留影，那股子亲如兄弟、情同手足的劲头，让谁看了都会感动。

穆老深情地说："这是我最珍贵的照片！"

我从报刊上查阅到：在河南辉县，焦裕禄式的好干部、原辉县县委书记郑永和的老干部服务队，人手一册《十个共产党员》。他们开了个读书座谈会，都说，十个应该再加上一个，就是穆青。穆青是真正的共产党员。如果全国的共产党员都像他们那样，中国哪有不强的道理。

面对腐败的浊水横流，穆青说："我们反复商量，郑重决定，写下了《人民呼唤焦裕禄》。"他再一次倾诉了人民的心声，呼喊出时代的最强音。

穆老告诉我："1990年6月，到河南农村走村串户，与干部、农民谈心。从那些大伙儿'掏心窝子'的话语中，从深入调查研究中，我们看到在改革开放的可喜浪潮中有一股浊水横流。这就是部分干部中出现的脱离群众、官僚主义、形式主义、以权谋私、贪污腐化、欺下瞒上等腐败现象。"

穆老说："在这种情况下，我们是写'干部学习焦裕禄'，歌颂大好形势呢？还是写'人民呼唤焦裕禄'，如实地指出存在的严峻问题呢？"

穆老神情严肃地对我说："我们三人（还有冯健、周原）反复商量，郑重决定，提笔写下了《人民呼唤焦裕禄》。"

这篇通讯在肯定总形势和多数干部之后，一针见血、振聋发聩地严正指出："在新形势新任务面前，也有少数干部经不起执政和改革开放的考验，受到不正之风的影响和腐朽思想的侵蚀。他们把为人民服务的宗旨抛到了九霄云外，背离人民，违法乱纪，成为大潮奔泻中的泥沙。"

通讯列举了有的人贪赃枉法、胡作非为，随意侵犯群众利益，弄虚作假，文过饰非，还向上邀功请赏等腐败现象……

这篇通讯紧锣密鼓，敲响了反腐败的警钟！

穆老对我说："广大群众呼唤焦裕禄，这不是一个偶然现象。他们是在呼唤党一贯同群众血肉相连的好传统，呼唤党的一切为了人民、一切依靠人民的好作风。"

情系人民的好记者穆青通过《人民呼唤焦裕禄》这篇文章，再一次倾诉了人民的心声，呼喊出时代的最强音！

我还询问了穆青同志1964年、1990年两次到宁夏的情况和感受，请他谈了他首倡的文字报道、摄影报道"两翼齐飞"的主张和对广播的看法。

原计划采访1个小时，结果越谈越投入，谈了将近3个小时，穆老同我合影留念，诚挚地欢迎我再来。

回银川后，我写成《情系人民的好记者穆青》，寄给穆老审阅修改。没想到穆老阅后很快寄回，总社的同志电话转告我穆老的评语："写得不错！"穆老满意，我的一颗心才放了下来。

这一切都如同刚刚发生的事情。我还没有再去拜访穆老一次，穆老竟匆匆走了。我简直难以相信这是事实。

在给民航局的同志讲新闻采访写作时，谈到穆青同志采写焦裕禄的事例，我的眼泪就忍不住夺眶而出。

穆青同志给我们留下的最宝贵的精神财富永世长存，他永远活在一代又一代崇敬者心里！

（刊于《宁夏日报》2004年1月12日第8版《岁月经纬》头条。
作者时任中央人民广播电台驻宁夏记者站站长、高级记者）

附2：学习穆青　执笔为民

穆青同志以他呕心沥血、敬业奉献的一生，为我们留下了宝贵的精神财富，树立了学习的光辉榜样。

穆青同志在许多方面都堪为我们的楷模，值得我们学习。

我认为，学习穆青，要学根本。最关键最重要的是学习他情系人民、执笔为民的全心全意为人民服务的精神，做一个穆青同志那样的人民的好记者。

有一位年轻记者在看过时任人民日报总编辑范敬宜为穆青同志写的《十个共产党员》一书所作的序言之后，给范敬宜打电话说："老范，你写了这个，还想要我们学习穆青这样的新闻工作者，这个时代早已过去了，我看了你那个序以后，我只是觉得你们两个可怜的老头儿在那儿相对而泣。你不是说你们两个在交谈时走廊里面有欢快的脚步声吗？对了，这就是我们，我们欢快的脚步声。我们都干什么去了，你知道吗？我们去赴约会去了，我们去领小孩儿去了，我们去买菜去了，我们去跳舞去了。你嫉妒吗？"

范敬宜同志当时在电话里被问得"一下子没能够回答上来"，只觉得"问得非常锋利呀"。

其实，这个年轻人想错了，老新闻工作者们也曾经年轻过，也曾经下班后迈着"欢快的脚步"去"赴约会""领小孩儿""买菜""跳舞"，何至于老了就"嫉妒"年轻人呢？！

老新闻工作者们曾经沧海，看事究根。范敬宜同志从这个电话想到了更深层次的问题："（这个年轻人）这一种意见可能不是绝大多数的，但至少也相对代表了一部分人。这种情况是怎么造成的？我想归根到底还是小平同志讲的，是教育上的失误。在十多年中有相当大的一段时间出现了断层。所以，有些同志在听到这些优良传统和品德的时候，就觉得很奇怪，觉得你好像是世外桃源的人，从外星球来的人。"

对这个问题，我的看法是：这个年轻人一方面是被"时代"问题搞糊涂了。

当今的时代，从世界来说，是以和平与发展为主题的时代；从我国来说，是中华民族伟大复兴的时代。进入了新世纪，仍然是建设有中国特色的社会主义的伟大时代。尽管现在是什么信息时代了，电脑正在代替笔墨，数码相机正在挤兑胶卷。然而，新时代新阶段到了，社会主义大时代并没有过去。

另一方面，从本质上来探究，这个年轻人不懂得，我们学习穆青同志，最根本的就是学习穆青同志的精神。首先是学习穆青同志执笔为民的全心全意为人民服务的精神。高尚的精神不会因时代变迁而消减它的魅力和光芒。

如果说，这位年轻人所指的"这个时代"是20世纪五六十年代产生焦裕禄典型的时代这个时段较小的困难"时代"，那倒的确是"过去了"。

但是正如中国人民大学历史系副教授孙民乐所说的："无论何种时代都有一

个精神、心气的问题，过往的精神探索不可能都失败，有些精神恰恰是今天匮乏的，譬如穆青作品所呼唤的那种硬骨头精神，在艰苦条件下挑战个人极限的精神。"

我同意孙教授的看法，即使困难时代"过去了"，穆青笔下所倡导的焦裕禄"在困难面前逞英雄"的精神，"当群众最困难的时候，共产党员要出现在群众面前"的精神，等等，都仍然闪烁着令一代又一代人所感动和受激励的光芒。

我更进一步认为，焦裕禄上述精神都源于他"心里装着全体人民，唯独没有他自己"的全心全意为人民服务的高尚精神、根本精神。

也正是在这个根本精神上，穆青和他笔下的焦裕禄等十个共产党员的心是相通的……

那位打糊涂电话的年轻记者也就是这样的"有些人"中的一个。他不明白为什么"要我们学习穆青这样的新闻工作者"。

在市场经济的大潮中，在种种诱惑和考验面前，目前新闻工作者队伍中，有的人为出名获奖，无中生有，"妙笔生花"杜撰假新闻、假典型；有的人收红包、拿好处，搞有偿新闻或造谣生事、以假乱真。社会上的腐败之恶潮横流，也污浊了一些"迷失了自己"的新闻工作者。这就更从另一个侧面显示出来，学习穆青是多么迫切、必要和有针对性！

我请穆青谈谈对新闻工作者如何成才的看法。穆青特别强调做人，强调人品。他说："文如其人。新闻作品既是客观事实的反映，也是新闻工作者世界观、人生观和基本素质的体现。新闻工作者成才不成才，先决条件就是如何做人。人民的记者首先要是个合格的党员，然后才是记者；不是党员，也要首先做一个真正的人、正派的人。""要有高尚的人格、高尚的人品、高尚的思想情操，把它具体化就是为人民服务这样一个高尚的境界。所以，做人是记者最重要的素质，又是记者培养专业素质的主心骨。有的人可能才华出众，但在做人问题上过不了关，耍小心眼，使小手腕，到处想钻空子，占小便宜；总是想变着法儿整人，两面三刀，看风使舵，经不起私欲和权势的考验，到头来还不是把自己的才华葬送掉了。不是大风大雨把树刮倒，而是树根里生了虫，腐烂了。"穆青恳切地说："做一个怎样的人是第一位的。"喷泉里出来的是水，血管里出来的是血。

穆青是这样认识的，一生也是这样做的。我们要学习穆青的为文之道，首先要学习穆青的为人之道，这样才能把握住其真精神，学习到其根本上。

　　穆青与时俱进，始终站在时代的前列，追踪新情况、新问题，心系人民，为人民执笔代言。距1966年2月播发《焦裕禄》通讯至今已经38年了。穆青经历"文化大革命"又走进"改革"，承受着市场经济的洗礼。在激荡的风雨中，在多种价值观的冲撞下，特别是一部分领导干部腐败成为一种令人揪心的社会现象后，穆青深入河南农村，走村串户，倾听老百姓"掏心窝子"的话。

　　在专访中，穆老神情严肃地对我说："在这种情况下，我们是写'干部学习焦裕禄'，歌颂大好形势呢，还是写'人民呼唤焦裕禄'，如实地指出存在的严峻问题呢？我们三人（还有冯健、周原）反复商量，郑重决定，提笔写下了《人民呼唤焦裕禄》。"

　　穆老对我说："广大群众呼唤焦裕禄，这不是一个偶然现象。他们是在呼唤党一贯同群众血肉相连的好传统，呼唤党的一切为了人民、一切依靠人民的好作风。"

　　穆老针对有的人说什么"现在进入市场经济了，时代不同了"，坚定不移地批驳："市场经济了，同样要弘扬中华民族的优良传统，弘扬共产党人的高尚精神！"

　　穆老说："我们新闻工作者是干什么的？我们新闻工作者的目的是什么呢？就是通过我们的新闻工作，宣传、教育、促进、推动各方面人民事业的发展，人民精神生活和物质生活的提高，不就是这个目的吗？新闻工作是党的事业的一部分。我们也揭露一些问题，批评一些事情，目的也是为了提高警惕，促使改进，根本目的还是为人民的利益。""人民群众是新闻的主体，他们的活动、想法、创造、发明、奉献，都是新闻的资源。因此，只有到第一线去，深入到群众中去，才能抓住时代的脉搏，反映时代的本质、主流！"

　　穆青同志几十年来以他一贯坚持的马克思主义新闻观和丰富多彩的新闻实践，为我国新闻工作者展示出一条执笔为民、人民欢迎的成才之路。我们后来者沿着穆青开辟的道路，学习穆青的榜样，从根本学起，从点滴做起，坚持不懈地走下去，就会成为党和人民喜爱和欢迎的好记者，为党和人民的新闻事业做出自己的贡献。

（刊于《宁夏传媒》2004年第1期）

追记：我给大学生讲"穆青采写焦裕禄"

"鸟无头不飞。"人民要过上和谐、幸福的日子，非要有一心为人民的带路人不行。

这也就是从20世纪60年代到21世纪20年代，焦裕禄逝世50多年来，人民一直不停歇地纪念焦裕禄、呼唤焦裕禄、期待焦裕禄的原因吧。

采访穆青之后，我撰写了几篇文章：《穆青同我谈广播》在《中国广播》刊载，《学习穆青执笔为民》在《宁夏传媒》刊载，《榜样的力量是无穷的——忆采写穆青的难忘经历》在《宁夏日报》刊载。

可惜的是，经穆青亲自审阅、修改、定稿的他的小传《情系人民的好记者》一文，因宁夏人民出版社向我约稿的编辑身体意外受伤等，原定收入小传的《当代回族文化名人》一书未能出版，拖至今日才公开面世。

几十年来，焦裕禄心里装着人民、唯独没有他自己的光辉形象不时在我的脑海里出现。

在我兼职给北广、宁大学生任教和给宁夏记者、编辑讲课时，我常用穆青采写焦裕禄的事例讲解怎样采访、写作人物。

2006年3月，在我大女儿买好了机票要我赴美探亲的前一天，小女儿拉我去北京师范大学珠海分校应聘试讲新闻学，我举的例子就是"穆青采写焦裕禄"。这个事例太典型了，对我来说，简直是刻骨铭心。教学副院长、系主任、学生代表给我的"考试"打了高分。8月，我提前一个月回了国。

我上了大学讲台，把"穆青采写焦裕禄"当作典型事例，新闻专业课上，向传播系的未来记者、编辑讲；"新闻传播学"通识课上，向各学院各专业的未来精英讲；全校教授讲座"新闻与人生"大课上，向有兴趣了解新闻背后故事的莘莘学子讲。每堂课，因对象不同、教学目的不同，讲的侧重点、内容也不同，可是由于情感太投入了，相同的是，几乎每次我都忍不住落泪。

我由衷地希望孩子们：日后，当了领导，就像焦裕禄；当了文人，就像穆青。我教书的目的不是为了赚钱，是为了育人。有的同学课堂上也流了泪。有的同学写道："明白了先做人、后作文的人生真谛。"有的同学说："做人就要做这样的人！"听到、看到这样的反馈，我的心里乐开了花。

"花　棒"

大漠孤烟直，长河落日圆，这一胜景，我有幸在黄河与沙漠交汇的沙坡头亲睹。那是一个夏日的黄昏，我到中国科学院兰州沙漠研究所沙坡头治沙站采访，饭后散步到沙坡下黄河拐弯处，竟然惊喜地看到：大漠孤烟直上，长河倒映落日，晚霞染红天际。据说想看到这一美景，只有在风和日丽的艳阳天。风平沙静，连绵起伏的沙丘恰似沙海金浪，座座沙丘上呈现出一片片鳞状波纹。微风拂来，细如粉末的沙粒随风徐徐移动，活像潺潺流水。沙蜥蜴、黑牛虫在沙丘间上下奔走，行行爪踪，组成奇异的图案。

据治沙站长期测量，沙坡头往年365天中风沙天就有330天。大风起兮沙飞扬，遮天蔽日埋村庄。史书记载，明朝中期到清朝末年300年间，宁夏的中卫绿洲被风沙逼得后退了7.5公里，5万亩良田和许多村庄被沙海吞没。

1956年，中国科学院治沙队骑着骆驼来到这里，狂风骤起，把一位女大学生连同仪器刮进沙坡下的黄河，同伴跳水抢救，双双被巨浪卷走……风沙再肆虐，也挡不住治沙者的脚步。一批又一批治沙工作者从天南海北来到这里。出生于缅甸的归国华侨石庆辉，1960年从南京大学生物系毕业就只身到此，先后两位在南京、沈阳的女友都因他不肯离开大漠和他吹掉了。他对我说："我也苦恼、动摇过，可看到老科学家们不顾年高体弱，成天在风沙里钻来钻去，就铁了心干下去。"

在沙丘上一株盛开着紫色小花的灌木前，石庆辉深情地向我介绍："这是花棒。棒极了！大风刨出了它的根，暴露的根会变成茎秆抽枝展叶，沙丘里剩下的根继续往深处扎；飞沙埋掉了它的全身，树冠能奋力从沙堆中钻出来，被埋在沙里的枝条又变成了根。生命力顽强得很。"石庆辉选定它当固沙先锋，还给它起了个美丽的名字——"沙漠姑娘"。在人生道路上，石庆辉也找到了他的"沙漠姑娘"。一位土生土长的农家女成了他治沙科研事业的贤内助。40多年来，石庆辉在大漠中寻觅、采集了200多种500多件沙生植物标本，写出了《固沙植物的密度与配置》等科学论文，先后被评为全国侨联和中国科学院的先进工作者，如今退休了还守着大漠。有人问他：大城市也不回，国外有亲人也不去，你待在这荒漠图个啥？石庆辉回答："我国的沙漠面积这么大，需要人开发，大城市人那么多，这里更需要我。"

在《求是》发表的《"花棒"》页面

"这里更需要我！"一代又一代科研工作者、铁道部中卫固沙林场的工人和当地回、汉、蒙古族农牧民，团结奋战在这片沙漠战场上，同风沙顽强搏斗，硬是用"草方格沙障"网住了流动沙丘，营造起百里林草带，使这里的绿色植被覆盖率由过去的不足1%上升到42.2%，一年的风沙天由过去的330天减少到122天，保障了我国第一条沙漠铁路自1958年通车以来46年畅通无阻，探索、总结出一套宝贵的治沙经验，创造了世界治沙史上的奇迹，荣获"全球五百佳"。

联合国环境规划署在这里举办治沙讲习班，美、英、法、日、埃及、印度、秘鲁、利比亚、尼日利亚等国专家学者到此实地考察，纷纷赞叹："奇迹！""成功！""最好的！"年逾八旬的日本治沙专家远山正瑛曾接受过我的采访。采访结束，他突然改用汉语高声喊出他的心声："我爱中国！"

近日再访沙坡头，这里出现了"五龙交汇"的奇观：在绵延起伏、茫无际涯的腾格里沙漠，骆驼迈着稳健的步伐，伴着驼铃声，在沙丘上列队行进；羊皮筏子在波峰浪谷间起伏，奔腾不息的黄河在这里蜿蜒远上白云间；柠条、花棒、沙蒿、沙打旺等沙生植物和杨、槐、榆、柳等树种混交组成乔灌草一体的绿色"长城"；电气化列车风驰电掣般穿越瀚海；新建的大坝横截长河，飞瀑喷珠，沙龙、黄龙、绿龙、铁龙、电龙交汇于此，以其形、声、色的巧妙交融，为守望大漠者带来新的希望。

（刊于《求是》2004年第18期，获《求是》"西部放歌"散文征文唯一的一等奖）

附：花棒的精神光芒

◎孙珉

二十多年前，从兰州回北京，在包兰线上看到铁路边上治沙的网格绵延不绝，立刻被震惊了。这段从兰州到银川的铁路多次跨过腾格里沙漠，需要多么大的力量和多么坚韧的毅力才能把这段护路的绿色长城维护下去，尤其是那些在风沙中挺立、叫不出名字的沙地植物，在列车的穿行中幻化成一面绵延的铜墙铁壁，在心中留下了永恒的影像。

在后来参与一个科学家访谈节目中，那位科学家谈到宁夏沙坡头治沙这段故事。才知道几十年间，沙漠科研人员和固沙工人在铁路沿线沙丘铺设了数万亩草障，种植了花棒等树木数亿株，包兰铁路通车以来从来没有因为沙害引起任何事故，被誉为世界的治沙奇迹。

2003年到沙坡头参观，看了著名的花棒，不由得心生敬畏，这种被誉为沙漠姑娘的植物，那么不起眼，却又那么神奇，处处显出平凡中的伟大。但是和著名的胡杨树比起来，她远没有那么有名，尽管她已经做出的贡献可能远远超出胡杨树。

在《求是》杂志举办"西部放歌"征文的日子里，全国各地的来稿每天都有很多，剪开、阅读、归档成了工作常态。有一天，一篇文章吸引了我的注意，那就是潘梦阳同志写的《"花棒"》。它讲述的石庆辉的故事立刻给这一片充满生机的沙海画面填补了活动的人，而且那是一个同花棒一样不起眼，却有着顽强毅力和无穷智慧的人，一个大写的人，一个被理想和梦想支配的人。从作者的笔触中，可以看出作者也是这样的人，也是从大学毕业志愿到老少边穷的宁夏，扎根大西北，一直干到退休的理想主义者。作者是为千千万万这样的花棒们树碑立传，为理想的人生树碑立传。这不正是西部的精魂吗？

在许多人的笔下，胡杨树是面对恶劣生态的英雄，而在沙漠地区，正是像花棒这些不起眼的植物，托起了生命的希望。它应当享有和胡杨树一样的英名。我们应当为花棒放歌。这正是这篇文章背后的力量之源。

毫无悬念，这篇文章被许多评委评为一等奖。花棒这种植物和它背后的治沙人的故事，应当永远流传下去，它代表的是一个民族的顽强精神和奉献精神，在任何年代都闪烁着精神的光辉。

（作者系《求是》杂志编辑）

补白："顽强，是个妙不可言的东西"

在人们潮水般地涌向大城市的洪流激荡下，归国华侨石庆辉几十年来始终坚守在治理沙漠的第一线。他的肺腑之言就是："这里更需要我！"

西部放歌，我想，唱响的主旋律就应该是这种豪迈的时代精神：

"哪里需要哪里去，哪里艰苦哪安家。"

西部，风沙弥漫，贫困落后，怎能与繁华的东部大城市比？

然而，成千上万的大学、中专毕业生，各行各业的有识之士，几十年来，一代接一代地奔赴西部，建设西部，不去"天（津）南（京）（上）海北（京）"，而去"新（疆）西（藏）兰（州）"，一干就是几十年。

西部土生土长的工人、农民、干部、科技人员和来自四面八方的各族各界人士，携手并肩面对风沙肆虐、干旱缺水、交通不便、贫困落后如此恶劣的生存环境，顽强不屈，坚持不懈，排除万难，勇往直前。

西部的巨大变革就是在他们的手下发生的。

以石庆辉为代表的志士，靠什么在逆境中绝地求生呢？

靠的就是以流沙大漠上的花棒为象征的顽强的西部精神！

"顽强，是个妙不可言的东西，它能把山移动，做出令你自己都吃惊的奇迹来。"马克·吐温这一名言，就是这种西部精神的写照。

1964年秋至1967年春，我在宁夏农村与农民同吃同住同劳动，亲身感受了狂风飞沙的危害。特别是三年中的最后一年，在沙坡头对面的黄河中心的滩地上，面对风吹沙打，总想着有什么"妙招"可以制服风魔王、沙魔王。1974年采写雄鹰救牧民的故事，骑着骆驼在无边无际的大

在流沙上扎制"草方格沙障"

漠深处的流动沙丘上，经历了骄阳烘烤、渴饥难耐的"地狱"般的磨难，眼见广漠大地白白浪费，更加渴望着沙漠变绿洲。

当我第一次到沙坡头采访，发现了这个"流沙上创造的世界奇迹"之后，就把这里作为了我的固定深入采访基地，年年都几次，甚至一次就几十天，随着石庆辉等科技人员进大漠、采草籽，采访了老中青科技人员几十人和来沙坡头考察交流的美、日等国的专家学者，切身体验了那种"与风沙搏斗、向沙漠进军"之精神生命的升华。

退休之后，见《求是》"西部放歌"征文，很想为以花棒为象征的西部精神放歌，就提笔撰写这篇文章。我写了又改，废寝忘食，花了两个多月的时间，终于修改、磨合得满意了，才寄出。

"文章千古事，得失寸心知。"

这篇散文被选中，刊载于2004年第18期的党中央机关刊物《求是》杂志上。没想到，这篇文章竟被评为全国性"西部放歌"散文征文的唯一的一等奖。

此书出版前，我冒昧地打电话请求素不相识、从未谋面的《求是》杂志

采集沙生植物种子的石庆辉（右）

编辑孙珉先生写篇点评，先生毫不犹豫地当即答应。在此向先生深表感谢。

先生如此慷慨行文，众多评委推崇《"花棒"》，我庆幸此文觅得了知音。

人类多么需要成千上万的石庆辉啊！

时代多么需要"飞花点翠傲风沙，绿染荒漠苦也乐"的"花棒"精神啊！

"这里更需要我！"

但愿有识之士响应时代的召唤，到祖国和人民最需要的地方去，到世界和人类最需要的地方去，顽强拼搏，建功立业！

（2016年写于珠海）

广播战线的好榜样——金占林

近年来，一个响亮的名字在宁夏大地到处传颂，他就是宁夏同心县预旺镇广播电视站站长、优秀共产党员金占林。

近年来，全国各地都在大力实施广播电视村村通工程，金占林这位长期奋战在广播战线的基层干部，切身感受到广播电视村村通工程对西北深沟大山里的各族乡亲的重要意义。去年春天，金占林快要退休了，他不顾多病缠身，郑重地向组织递交了一份请战书，恳求参加广播电视村村通建设工程。组织考虑他身患多种疾病，就没有答应。已经当了爷爷的金占林竟然像小孩一样缠着县广播电视局党总支书记张鸿智不放，在获准后，他兴奋地对张鸿智说："你答应了，君子口里没戏言！"

7月29日，金占林赶到30公里以外的贺家塬、靳家塬村，考察实情，勘测线路，长途奔波使他的肺气肿、哮喘病更加重了，他一声接一声地干咳，咳得身旁的人都心疼。他忍着病痛坚持着。第二天，他又登上了预旺镇的古城墙进行勘测，并一笔一画地描画全镇有线广播电视光缆走向图。患有白内障的眼睛看不清东西，他就借助望远镜和放大镜的帮助。炎炎烈日下，他的胃翻江倒海似的拧着疼，疼得实在受不了，金占林就蹲下来掏出干馍馍啃一口，稍微缓解一下，接着又站起来，坚持干。

金占林生前患有多种疾病，他随身带的干馍馍是他解疼止痛的"特效自备药"。

8月2日凌晨，积劳成疾的金占林永远离开了他奉献一生的预旺镇。

正在作业的金占林

10年前的一个夏天，金占林带着线路员金学武去预旺镇龚家湾查线。翻过道道深沟，处理完一个个广播线路的故障，赶到龚家湾已经是下午4点多钟。他胃疼不时发作，随身带的干馍馍一疙瘩一疙瘩全啃光了。这时，金占林疼得腰都直不起来。知情的金学武连忙去找干馍馍。没找到干馍馍，找来了胡萝卜。金占林啃完了胡萝卜，几分钟后，胃疼缓解了。金占林站直了腰说："没想到胡萝卜比干馍馍疙瘩还来劲呢！"金学武听了这话，眼泪忍不住淌了下来。

有一次，他在预旺镇街中心的鼓楼上埋下一根6米高的电线杆，安装了4只广播喇叭。正当他接完最后一根线头准备移动脚扣下杆的时候，突然一股旋风刮来，失去重心的金占林被脚扣住倒挂在电线杆上。26米的高空，10级的狂风，猛然一下，右脚背被脚扣折断了。被救下来之后，他咬紧牙关，"咔嚓"一声，奋力将折成90度的脚背硬压下去，顿时，汗如雨下。从此，他落下脚跛的残疾。人们都惊叹地说他："真是个铁人！"

别看金占林没有上过正规的学校，但多年来，他拿《新华字典》当老师，自学了小学和中学课程。近年来，他又买来《广播原理》《收音机常见故障排除》《电视机维修》等业务书，边学习、边摸索，边实践、边钻研，当上了无线电助理工程师，成了同心县解决广播电视转播、维修等实际技术问题的一把好手。他凭着一股"认准了目标，九头牛也拉不回去"的韧劲，度过上百个不眠之夜，经过成百次反复试验，终于攻克了喇叭增音的难关，解决了祖国边远山区广播喇叭声音小、杂音大的难题。

金占林女儿金秀花说："我父亲常对我们说，'人'字挺容易写，要做一个不偏不歪、大写的人，可不容易呢！要做人，就做一个堂堂正正、大写的人！公家的便宜一分也不能占，别人的一针一线都不能拿。"金占林辛辛苦苦工作了四十年，家里啥也没攒下。

去年8月1号，也就是他去世前一天，记者来到他家，见到了他家家徒四壁、一贫如洗的境况。记者问金占林："辛辛苦苦工作一辈子，落了一身病，啥也没攒下，你后悔不后悔？"

金占林坦诚地说："不后悔！我是公家人，干的是公家事，应该这么做。如果让我下辈子重新来活，我还要这么做！"

（2000年2月10日中央人民广播电台《新闻和报纸摘要》播出，
获2000年度中央人民广播电台优秀稿件三等奖）

"我是'公家人'"

——记全国广播电视系统优秀共产党员金占林

1999年8月2日，宁夏回族自治区同心县预旺镇广播电视站站长金占林倒在了岗位上。噩耗传来，预旺镇方圆百里的2000多名群众翻山越岭，自发为他赶来送葬。

"是'公家人'就得多干公家事"

1999年，全国实施广播电视村村通工程，偏僻闭塞的同心县群众称其为"德政工程"。已为山区广播电视事业奉献了40多年的金占林此时虽已递交了退休报告，但他深知此事对山区父老乡亲的意义，他顾不得病魔缠身，递交了请战书，恳求上级让他站好这最后一班岗。

领来新任务，金占林立即全身心地投入工作。金占林患有并发胃窦炎、胃下垂、慢性胃炎等多种肠胃疾病。病发时，疼痛难忍。疼得实在受不了时，他就蹲下来掏出干馍馍啃一口，稍微缓解一些后，又继续工作。还是在1998年12月的一天，金占林在干活时突然晕倒在路上，被过路人抬到县医院抢救。昏迷中，他仍在喊："注意发信号！"第六天他背着医院和单位，悄悄地回到了预旺镇的工作岗位。局党总支书记张鸿智知道后，专程赶到预旺，批评他违犯"纪律"，要他立即返回医院。金占林恳切地说："人老多病，这是规律，我不能躺在国家的怀抱里光花钱。我的时间不多了，应该抓紧时间多做点事。"

金占林的家，没有一件像样的家什，炕上叠得整整齐齐的被子满是补丁。朴素、清贫，是他引以自豪的操守。"我是公家人，拿公家的钱，就要干公家的事。"这是金占林常说的一句话。

金占林4岁那年，随父亲躲避"兵灾"背井离乡来到偏僻的预旺，从小给人当放牛娃。在共产党的领导下，他们一家才与其他回族同胞一样过上了有饭吃有房住的稳定生活。1959年，金占林被选拔为县广播站线务员。父亲临终前用微弱的声音对他说："你现在是公家人，要好好为公家干事啊。"父亲的这句话，成了金占林一生的座右铭。

"是'公家人'就要多为乡亲做些事"

1963年初，同心县委决定在全县普及有线广播，参加工作没几年的金占林承担了架线任务。刚过正月十五，金占林就离开了妻子，带着民工，冒着呼啸的寒风，踩着冰雪覆盖的山塬，挖坑栽杆，爬杆架线。架线途中，妻子难产，同志们劝他回家看看。他却说："我是公家人，怎能轻易离开岗位呢？"就这样在金占林的带领下，架线队昼夜奋战，仅用半年时间就架通了同心县东部山区42个村的广播线路。年底，全县实现了村村通线路，社社通广播。当金占林戴着大红花站在领奖台上的时候，他那牙牙学语的孩子还没见过爹的面哩！

同心县是宁夏南部山区八大贫困县之一，境内沟壑纵横，交通不便。但在不到一年的时间里，金占林硬是带着架线队把一根根银线从县城拉向每一个村庄，让喇叭声打破了偏僻山村千年的寂静，把党的方针政策和文化娱乐带向了小山村。看到农民们听上广播后的高兴劲儿，金占林从心眼里感到快活。40年的寒来暑往，每次工作调动，他都愉快地接受。有一年，组织上委派金占林担任制杆队长，他二话没说，愉快地接受了任务。从模型制作到配料和浆，一天到晚累得直不起腰。铁锹不够用，他索性双手当铲，在冰冷的水泥中搅拌。当他带着血肉模糊的双手返回预旺时，站领导心疼地流下了泪水。妻子看到他的两手和又黑又瘦的脸，埋怨他说："你在原来的地方干得好好的，咋能说调就调？"金占林认真地说："人家调我是说明我能干，这是组织对我的信任。"

预旺广播放大站承担着49个村的广播线路维护和信号传输任务。这里山大沟深，交通不便，杆多线长，工作难度大。当时放大站用的是一台老掉牙的柴油机，常常出毛病。金占林对组织立下了三个保证：保证不留下一个空白村，保证排除线

2000年3月24日《人民日报》头版刊登的
有关金占林的报道

路故障不超过24小时，保证不耽误一次播音。为此，他每天凌晨4点准时起床，先生火烧柴油机，加开水预热，然后再光着膀子一次次发动。6点半，广播信号准时在预旺地区3个乡播出。他沿着50多公里的山路，三天一查线，五天一巡回，从不耽误。此时，金占林已经患上了严重的胃病和哮喘病。医生警告他，如果不及时治疗，不注意休息，将来会发展成肺气性心脏病，但为了那三个保证，他照样没日没夜地干。

70年代，有一次，金占林到县城领配件，已是晚上10点钟了，他接到值班员杨明义从预旺打来的电话，说是广播放大站的柴油发电机出故障了。而这个老掉牙的外国发电机只有老金会修。可当晚回预旺的班车已没有了，如坐第二天的班车就要耽误早晨的转播。老金二话不说，连夜赶路。为了赶时间，他放着大路不走，借着月光攀越险道。半夜，突然雷电交加，大雨倾盆，天黑得伸手不见五指，几次差点掉进沟里。摸摸爬爬，愣是一夜赶了50多公里山路，天亮前赶到了预旺，来不及喝口水换下湿衣服，就钻进机房抢修，终于在8点以前修好了发电机。当中央人民广播电台庄严雄壮的开播曲在预旺地区响起时，金占林倒在轰隆作响的发电机旁睡着了。

有人问他："你咋连命都不要摸黑往回赶呢？"金占林回答："我这里机器不转，预旺群众就听不上广播了，党中央的声音就传不到咱山旮旯里来了。"

"是'公家人'就该敬业、吃苦"

金占林早年只读过两年私塾，工作中他深感文化浅，影响工作。为弥补欠缺，他找来小学语文课本和《新华字典》，在夜深人静时一个字一个字地学，学完了小学课本再换成中学课本。广播电视技术需要物理知识，他便找来物理课本，记概念、背公式、掌握基本原理，并买来《广播物理》《收音机常见故障排除》《电视机维修》等许多书，坚持刻苦自学。每次去县城、到银川，他都要到电器维修部，一站就是大半天，仔细观察，认真讨教。他的一生除了工作就是学习，凭着这股钻劲，他成了一名无线电专业的助理工程师。金占林家没什么值钱的东西，可那间破旧的窑洞里却堆满一箱箱的广电书籍和一堆堆废旧的电器原件，这是他几十年积累下的最贵重的"家产"。

1965年，全县广播线路全部开通，但边远地区喇叭声很小，杂音大。这年隆冬，金占林到县上出差时听说半导体可以带动广播喇叭，既疑惑又兴奋。一回到预旺，他马上找来40只喇叭和1个半导体，把它们连接在一起后，经过几十次试验，果然40只喇叭都响了，但还是有杂音。他想，可能是由于电压不稳所致。此时已是晚上7点多钟了，外面一尺多厚的积雪封冻着大地，金占林顾不上许多，拿起工具包就去查线路。山路崎岖，他一根根杆子、一节节线路地仔细检查。当所有故障排除后，已是凌晨1点钟，可此时他的两只耳朵已经冻得失去知觉，肿得又厚又大。经医生诊断为一级冻伤，再不处理，耳朵就保不住了。

经过无数个不眠之夜，喇叭增音试验终于成功了。

老金干了40多年广播，家里什么也没攒下。他给人修了一辈子电器，自家却连一台半导体收音机都没有。

1970年冬，老伴把全家的布票凑起来，为长年奔波在外的金占林缝制了一件棉袄。他穿了没几天，就在拉电线杆的途中，把棉袄披在了路边山坑里蜷缩着的孩子身上。他自己身上只剩下一件衬衣，为了御寒，他顶着凛冽的寒风一路跟在马车后面跑，一直跑了30多公里山路，等他回到预旺时，全身多处被冻伤，一连几天高烧不退。

金占林去世后，人们在他的笔记本上看到他一笔一画、工工整整地写道："伟大的革命战士雷锋同志：我要永远向你学习！"

同心县的老百姓说得好，比比那些削尖脑袋搞钻营、为自己买官卖官，或为自己子女、亲属非法转干的人，老金是一个真正的"公家人"。预旺镇的民间艺人专门编了一首歌谣赞颂他。

就在金占林去世的前一天，记者站在这位羸弱而又坚强的老人面前，望着他那干瘦的身躯、一贫如洗的家和即将失学的小孙女的泪眼，禁不住含泪问道："你工作了一辈子，到今天落了一身病，什么东西也没给家人攒下，孙女又面临失学，后不后悔？"金占林平静地回答："不后悔，我是公家人，干的是公家事，就应该这么做。如果让我下辈子重新来活，我还是要这么做！"

（合作者：许群、胡继鸿。刊于《人民日报》2000年3月24日头版；
同日，新华社发通稿，中央人民广播电台《新闻和报纸摘要》播出）

追记：公家人要干好公家事
——忆采写金占林的难忘经历

金占林，是基层走出的"公家人"的典型。

我作为既是典型所在地（宁夏）又是所属系统（广电）的记者，怀着强烈的使命感，责无旁贷地采写了这个典型人物。回忆15年前采访、写作的难忘经历，仍然心情激动，思绪万千……

榜样的力量是无穷的

人生是需要榜样的。

榜样的力量是无穷的。

我先后3次到金占林工作、生活的预旺这个具有历史纪念意义的地方，20多天的时间，采访了30多位了解、熟悉他的人。他们泪流满面地向我讲述着金占林的故事，我含着眼泪记录、录音、交谈、写作。他的先进思想和事迹给了我深刻的教育。我觉得写不好这个人物，就对不起党，对不起人民，于是满怀着激情，废寝忘食地采访、思考、写作。

我先后采写并发表了3篇金占林的人物报道，还撰写了金占林事迹的主报告演讲稿。

第一篇是人物短通讯《广播战线的好榜样——金占林》，2000年2月10日，中央人民广播电台《新闻和报纸摘要》节目播出。此稿获中央人民广播电台好稿三等奖、地方记者好稿二等奖，收入中央人民广播电台的一本文集，责任编辑陈淑云还写了署名评介，说"读来生动鲜活，绝无对典型人物拔高唬人之嫌，可亲，可信，因而产生较好的社会反响"。

过了4天，2月14日，国家广播电影电视总局党组发出《关于开展向金占林同志学习的决定》，指出："金占林同志的先进事迹，代表着广播电影电视战线职工的精神风貌，反映了一个共产党员的思想境界。为此决定，在全国广播电影电视系统开展向金占林同志学习的活动……"授予金占林同志"全国广播电视系统优秀共产党员"的光荣称号，号召全系统职工学习金占林的精神。随即，学习活动在全系统展开，新闻媒体对此及时发出了报道。

第二篇是长篇人物通讯《广播电视工作者的榜样金占林》。2月15日，总局发出"决定"的第二天,《中国广播报》一、四版打通刊载,我采用报告文学的写法,感情抒发得更放开一些,配合发表了宁夏广播电视厅提供的几幅金占林的照片。

通讯开头一段展现了金占林临终前一天坚持工作的形象:"1999年8月1日,朝阳给中国大西北的黄土高原撒满了金辉。在预旺古城墙上,挺立着一位头戴白帽的干瘦老人,左手举着望远镜,右手拿着放大镜,吃力地通过架在鼻梁上的眼镜、放大镜、望远镜,巡视着前方。"

此文收入2000年《中国广播电视年鉴》。

离总局"决定"没多少天,春节过后,金占林事迹报告会在广电大厦里的广播剧场举行。来自祖国各地、出席全国广电厅局长会议的同志和广电系统的一些职工听取了报告。

应宁夏广播电视厅之邀,经请示中央人民广播电台领导批准,我承担了一个特别的任务:撰写全面介绍金占林事迹演讲报告稿和修改加工两位其他报告人的演讲稿。为了赶时间准备,春节期间,我猫在宁夏宾馆房间里昼夜不停地赶写。除夕夜、大年初一,女儿远道回来探亲都没顾上团聚。到了北京,因演讲时间缩短,又连续几天几夜对三个报告稿压缩、修改。

台里有的同事听说我揽了这么个撰稿的分外工作,既不署名又无分文报酬,还日夜连轴转地干,路上碰了面,就说我:"你快退休的人了,简直不要老命了!"我谢谢关心,解释说:"金占林这个人物,钻到我心里了。写得不满意,我就憋得慌,睡也睡不着啊!"

报告会后,国家广播电影电视总局党组书记、局长田聪明同志与到场记者谈话,赞扬了金占林精神,表扬了对金占林的报道和事迹报告,对学习、宣传金占林作了指示。

第三篇是人物通讯《我是"公家人"——记全国广播电视系统优秀共产党员金占林》。

为了让深深感动了我的金占林这个人物感动更多的人,我主动约请人民日报记者、新华社记者合作。在原来两稿和事迹报告的基础上,我执笔撰

金占林事迹报告会

写出了以3家中央新闻媒体当时驻宁夏的3位首席记者联合署名的这篇人物报道。当年3月24日，《人民日报》头版刊登，新华社发通稿，中央人民广播电台《新闻和报纸摘要》节目摘要播出。此稿获多个奖项，收入多部文集。

年终工作总结会上，台长和记者中心主任都在报告中表扬了我采写金占林人物典型的行为。

各级媒体，对金占林和学习活动，采用新闻报道、评论、电视连续剧、广播剧、故事连载等多种形式进行了长期、持续的宣传，在全广电系统、全宁夏乃至全国产生了深远的影响。"公家人要干好公家事"成了流行的话语。

直到2015年9月，我写这篇回忆文章上网查询资料时，看到战略网上一篇题为《擦亮组（织）工（作）干部心中的明镜》的文章中说："组工干部要像全国优秀共产党员金占林那样，公家人就得多干点公家事，多为群众办点事，而不要有汕头市原副市长马红妹'我是人民的公仆，吃穿用都应该是公家的'之类非分之想。"我在网上还看到了不少类似内容的博文、帖子。

由此可见，金占林这个"看得见、摸得着、学得到的榜样"，活在人民群众心里。

新闻界前辈穆青在《宣传先进人物是记者的职责》一文中说："新中国的历史，是人民当家作主的历史，是由先进人物带领人民群众一道创造的。我们新闻记者就是要记录这样的历史，就是要记录先进人物和人民群众创造性的实践活动。因此，宣传先进人物，就是宣传人民群众创造历史的观点，就是在新闻报道中贯彻历史唯物主义精神。"

实际上，是金占林带领伙伴们在山大沟深的穷乡僻壤，以西部人特有的顽强、坚韧，架线立杆，维护检修，把党和人民的声音、图像传播到山旮旯里的少数民族兄弟姐妹心上，为中国广播电视史和中国新闻传播史书写下了平凡而又光辉灿烂的一页。我只是记录了点点滴滴，作为历史的见证。

三篇通讯和事迹报告都融入了编辑、审定、播音、摄录、印制、发射、传送等等各个环节多少广播电视、新闻传播工作者的心血、汗水，是集体辛劳的结晶。

意大利女记者法拉奇说："有哪一种别的什么其他职业允许你把正在发展的历史写下来，作为它的直接见证呢？新闻工作就有这种非凡和可怕的特权。理会到这一点后，很自然地会深感到自己的不足。"她说得太对了！

采写金占林的过程，就是我学习的过程，是对我的一次精神洗礼。我诚心诚意地向金占林学习，向金占林的家人、同事、乡亲学习，向采写过红军、焦裕禄的前辈斯诺、穆青等中外记者学习，这三篇人物报道和事迹报告就是我学习的笔记，融入了我学习的心得和体会。

进深山，下基层，以"诚"掘金

金占林是宁夏南部山区基层走出的先进人物。要采写金占林，非得进深山、下基层不可。

接地气，才能有底气，长志气，出灵气。

宁夏南部山区即六盘山区，俗称"西海固"。清朝大臣左宗棠向皇帝写奏章说这里"苦瘠甲于天下"。联合国官员考察后说这里"不具备人类生存的条件"。各族人民打窖贮存雨雪水，抢墒种下救命粮，顽强不屈地生活着。金占林就是在这样艰苦的环境中奉献了一辈子。

他的物质遗产看了让人心酸：现金两元钱，满是补丁的被子，一堆自费买来给乡亲修收音机、电视机的零配件和广播电视的技术书。他的精神遗产，却贵重得令人钦敬。

1973年，回族女共产党员马金花在党的十大上，向周恩来总理如实汇报了西海固缺水、苦焦的真实情况，周总理听了含着眼泪说："西海固还这样穷，我做总理的有责任啊！"从此，在党中央、国务院的关怀、扶持下，在国家相关部委和对口扶贫的福建等兄弟省市的扶助下，这块被称为"中国贫困之冠"的黄土山地逐渐在发生着深刻的变化，黄河水扬上了部分黄土旱塬，有些农户迁移安置到了宁夏引黄灌区，"广播电视村村通"工程也惠及偏僻大山的边塞角落。1999年，已经递交退休报告的金占林又递交请战书，登上预旺古城墙，绘制全镇线路规划图，为这项被少数民族兄弟姐妹称为"德政工程"的实施奉献了自己最后的一分力。

毛泽东同志带领红军长征翻越六盘山到达陕北根据地后，1936年红一方面军挥师西征，迎接红二、四方面军北上，彭德怀将军的西征指挥部就设在宁夏的豫旺堡（现改为"预旺镇"）。我早在"北广"上学时，读过美国记者埃德加·斯诺写的《西行漫记》，就对斯诺笔下的豫旺堡颇感兴趣。如今，预旺镇出了个这样的人物典型，我是满怀着对革命圣地的向往和对先进人物的崇敬，以"朝圣者"的心态，翻山越岭来预旺采写金占林的。我每次都带着斯诺的《西行漫记》和穆青的《十个共产党员》这两本书。

在深山大沟里爬上爬下、空手行走,都累得我喘不过气来。我想,金占林长年累月地忍受着肠胃疼痛的煎熬,扛着杆子,带着铁丝、工具,翻山过沟;在黄土梁、石头山、泥浆沟立杆架线,维修线路,该有多艰难啊!这需要多么顽强的毅力啊!

金占林的家人、同事、乡亲,与我谈起金占林来,都忍不住落泪。可是,对我这个戴着眼镜、年近花甲的老记者,恭敬多于亲切,总有几分拘谨;见我举起话筒、打开录音机录音,更有些不安,生怕哪句话说得不妥当,影响了老金的形象。

"精诚所至,金石为开。"我相信,只要以诚相见,就会打开他们的心结。果然如此。回族乡亲们见我没有文人架子,跟他们的心是相通的,把我当成兄弟、朋友,掏心窝子的话都对我说了。素材滚滚而来。

金占林的遗孀黑桂芳,初见我面只是不停地默默流泪,问什么话都不吭声。

见她这样,我不由得就想起20世纪60年代第一次到西海固回族山村采访的情景。带我来的县干部敲门问:"屋里有人吗?"沉默许久,我都等得不耐烦了,一个低低的但很清亮的女声从半开的门缝挤出来:"没啦人!"我挺纳闷:明明是人声,怎么回答"没人"呢?县干部拉着我的胳膊赶忙离开了。原来山村回族妇女依据"内妇人不见外男子"的传统习俗,丈夫不在家,就说"没啦人"。

如今,黑桂芳面对面地接受我的采访,就是很大的进步。我对她说:"我跟占林是同行,都是广播电视人,一年到头,多在外少在家。我知道,家里全靠你了,你这一辈子可太辛苦了!"话音刚落,她就再也忍不住了,哭出声来。我说:"你想哭,就痛痛快快地哭哭吧!"这时,她的小孙女满脸满身的灰土进来了,我毫无顾忌地把小孩子抱在怀里,小声同娃娃交谈。她大哭了一阵子,心情也平复了好多,消除了拘谨和害怕,把我当作亲人,敞开了心扉,惋惜中夹杂着埋怨,数落起金占林来。我向她询问一些细节,她都很痛快地说了出来。

记者与采访对象的思想感情交流一点也掺不得假。如果我抱着我问你答、你说我录的态度,没有融进记者的感情,那样采写的稿子、采录的节目,充其量不过是人物谈话的记录整理。只有把人物的事迹融进记者的血液,从记者的血管里流出来,那才算得上是记者的作品。

托尔斯泰说："当你每次拿起笔来在墨水瓶里留下血和肉的时候，你才有资格写作。"

新闻作品又不是文学作品，是"易碎品"，用得着那么认真吗？

在"北广"上学时，老师就一再教导我们：新闻作品虽然不是文学作品，但它同样是精神产品，又是历史草稿，它对当代的影响难以估量，一定要认真对待。"世界上怕就怕认真二字"嘛！

我曾写过几句顺口溜，警惕、提醒自己："莫因易碎而轻心，精神产品质最重。当今新闻未来史，精心采制只求真。"平时我注意采写要严细、深入，采写金占林时就更加上心了。

以诚相见，真情交流，尘封土埋的金子般的新闻珍宝（事实真相、情节细节、心理活动等）才挖掘得出来，才会有靠脚踏实地得来的第一手材料完成的原创作品。

挖思想，探根源，以"核"醒人

新闻的生命是真实，新闻的内核是思想。

在采写金占林的过程中，得到了一些素材之后，我就把素材梳理归类，对人物进行深入一步地分析。

比如，"广播放大站的柴油发电机出故障了。而这台老掉牙的外国发电机只有老金会修。可当晚（从县城）回预旺的班车已没有了，如坐第二天的班车就要耽误早晨的转播。老金二话没说，连夜赶路。为了赶时间，他放着大路不走，借着月光攀越险道。半夜，突然雷电交加，大雨倾盆，天黑得伸手不见五指，他几次差点掉进沟里。摸摸爬爬，愣是一夜赶了50多公里的山路，天亮前赶到了预旺，来不及喝口水换下湿衣服，就钻进机房检修，终于在8点钟前修好了发电机。"

他为什么这样干呢？他心里怎么想的呢？我把这个问题向几个人都提了出来，终于找到了答案："我这里机器不转，预旺群众就听不上广播了，党中央的声音就传不到咱山旯旮里来了。"

这就是金占林平实而高尚的思想。

他怎么会有这么高尚的思想？我进一步追根溯源，理清金占林的人生轨迹，特别是他的心路历程，探究他的高尚思想的来源。

他"带着民工，冒着呼啸的寒风，踩着冰雪覆盖的山塬，挖坑栽杆，爬杆架线，架线途中，妻子难产，同志们劝他回家看看。他却说：'我是公家人，怎能轻易离开岗位呢？'"。

他"担任了制杆队长"，"从模型制作到配料和浆，一天到晚累得直不起腰。铁锹不够用，他索性双手当铲，在冰冷的水泥里搅拌"。

"早年只读过两年私塾的"他，不光有埋头苦干的老黄牛精神，还有好学上进的灵巧头脑。他"找来小学课本和《新华字典》"，"学完了小学课本再换成中学课本"。他又"找来物理课本"，"并买来《广播物理》《收音机常见故障排除》《电视机维修》等许多书，坚持刻苦自学"，还到处虚心求教，"凭着这股钻劲，他成了一名无线电专业的助理工程师"。他排除万难，"经过无数个不眠之夜，喇叭增音试验终于成功了"，并且在全国推广。

上述这一切，他都是为了让民众听到党中央的声音。他自觉地把自己的所作所为与党和人民的命运连在一起，而这源于他把自己定位为"我是'公家人'"。

"公家人"是老百姓对公职人员的统称。公家人为公家办事，老百姓是由衷尊敬的。

古今中外，公与私是一对历久弥新、无处不在的矛盾，大到国家、社会，小到个人内心。先公后私，敬业奉献，是人类一致推崇的美德，也是中华民族的优良传统。中国共产党人继承并发扬了这一人类美德和民族传统，将其具体化为"全心全意为人民服务"，就具有了新时代的特点，发展到今天，成为中国社会主义价值观的核心观念之一。

"文化大革命"中的极左思潮和其后拜金主义、享乐主义等多种价值观，从左和右的方面冲击得一些徒有虚名的"公家人"迷失了方向，被权力、金钱、美色诱惑得滑进了罪恶的泥沼。

极为可贵的是，中国有像金占林这样的一些公家人始终坚持全心全意为人民服务的本色，用"公家人要干好公家事"的实际行动谱写了一曲又一曲"公家人"的赞歌。

"公家人"的思想观念是金占林先进思想的核心。这一思想观念，不是凭空得来的，是他在共产党的长期教育下得到的。

预旺，从1936年成为红军西征指挥部所在地和建立全国第一个回族人民自己当家作主的红色政权——陕甘宁省豫海县回民自治政府——以来，中国共产党及其领导下的红军、八路军、人民政府，在当地回族民众中留下了极为深刻的影响。斯诺在《西行漫记》中记述了几个从宁夏军阀马鸿逵部队中"所争取过来的"回族士兵。他们是"共产党的一些回民拥护者"。

金占林就是4岁跟着逃脱了马鸿逵抓兵后的父亲到了预旺的。"在共产党领导下，他们一家才与其他回族同胞一样过上了有饭吃有房住的稳定生活。1959年，金占林被选拔为县广播站线务员。父亲临终前用微弱的声音对他说：'你现在是公家人了，要好好为公家干事啊。'父亲的这句话，成了金占林一生的座右铭。"

这是金占林"公家人"思想的一个来源。另一个来源就是学雷锋。"金占林去世后，人们在他的笔记本上看到他一笔一画、工工整整地写道：'伟大的革命战士雷锋同志：我要永远向你学习！'"他曾经被评选为学习雷锋积极分子，受到表彰奖励。

写人物，见人见物见了思想，又交代清楚了思想的来源，就把那些像一盘散乱珍珠的生动情节、细节，用一根思想的红线串了起来，整个通讯就纲举目张了。

我选择"公家人要干好公家事"作为主题思想，一方面是因为这是金占林这个人物的主要思想观念，是贯穿主人公一生的思想红线，具有真实性、客观性。另一方面是受穆青前辈结集出版的《十个共产党员》一书和写作《人民呼唤焦裕禄》的启示，看到现实社会一些挂着各种头衔的所谓"公家人"假公济私、损公肥私的行为，听到怨声载道的民众呼唤，想敲响警钟，让人觉醒。这就具有了现实性、针对性。

我在第三篇通讯的结尾部分特别加了一段："同心县的老百姓说得好，比比那些削尖脑袋搞钻营，为自己买官卖官，或为自己子女、亲属非法转干的人，老金是一个真正的'公家人'。"近年来反腐打"虎"，深得民心。百姓称赞："'公家人'的这件'公家事'干得好！"

马克思说："使人生具有意义的不是权威和表面的显赫，而是寻求那种不仅满足一己私利，且能保证全人类幸福的完美理想。"

让我们遵照导师的教诲，向金占林同志学习，以真正"公家人"的心态做人、作文吧！

（2015年10月写于珠海）

女支书马金花

六盘山下，清水河畔，有道马莲川。马莲川里有个回族聚居的马莲大队。

1963年11月，25岁的回族女共产党员马金花，担任了马莲大队的党支部书记。消息传出，地头、炕头，议论纷纷。有人拍手叫好，有人摇头叹息。全县400多个大队，当时就马金花一个女支书。有人说："马莲大队2000多口人，就找不出一个男子汉大丈夫？让个妇道人家主事，能行吗？"

金花不听这些闲言碎语，身正不怕影子斜，勇敢地挑起了党交给的重担。

毛主席发出"农业学大寨"的号召，马金花带领社员坚决响应。她坚持参加劳动，苦干实干。耕地她掌犁，播种她摆耧，拉车她驾辕，收割她打头。妇女们跟着金花赛着干，小伙子、老汉见金花这样实干，又佩服又感动，都争先恐后地大干。马莲大队学了大寨迈大步，从1964年到1967年，粮食产量提高，集体积累增加，社员生活也有所改善，还对国家做出了贡献。"吃粮靠供应，生产靠贷款，花钱靠救济"的落后帽子被摘掉了。1967年，大队每人平均口粮400斤，还储备了17万斤粮食。中共固原县委树立马金花为"三八红旗手"，自治区先进生产者代表大会也请她参加，群众赞扬马金花是个"听党的话，处处带头的好党员"。

可是，总有那么一些人，不听党的话，还千方百计打击、迫害听党的话的老实人。

金花人"靠边站"了，她猛抬头，望见路边一丛丛马莲，不禁想起公社党委书记杨和春讲的红军长征、艰苦奋战过六盘山区的故事，想起杨书记勉励她"要学马莲，经得起风吹雨打"的话，金花昂起头来，步子迈得更坚实了。心还始终牵挂着集体，该管的事照样管。

有个生产队长要高价倒卖储备粮，金花去劝阻。那个队长气势汹汹地说："现在没你说的话。"金花回答："我是公社社员，有话就要说。"好心人劝她："让着点。"金花牢记着党的教导，坚定不移地说："不能让啊！今天让一点，社会主义在马莲就少一点，资本主义就多一点。一点一点地让下去，咱马莲就会变天。"

那个队长操纵队委会做出了卖粮的决定。金花和民兵、社员拦车保粮，夺得了胜利。

1971年12月，公社党委决定让马金花重新担任党支部书记。马金花接收的是个烂摊子。前几年的储备粮和公共积累被倒腾得一干二净，还向国家借了24000多元贷款。又碰上灾年，人缺口粮畜缺草。有的人被困难吓倒了，要外出逃荒。

金花领着大伙儿学毛主席的《愚公移山》，耐心地讲："跑上三年一条棍，做上三年拿不动。"她举起一双长满老茧的手，有力地说："我们也有两只手，学习愚公样样有。"她把孩子托给姐姐，带着青壮劳力上水利工地开渠、挖方。一个冬春的劳动收入，不但解决了社员口粮和牲畜的饲料问题，还购买了1台拖拉机、1台碾米机、1台柴油机。接着，他们又大干一年，夺得农业好收成，还植树7000多棵。马莲大队又沿着学大寨的道路前进了。

1973年8月，金花参加了党的十大，幸福地见到了日思夜想的伟大领袖毛主席，光荣地当选为中共中央候补委员。

8月30日深夜，敬爱的周总理于百忙之中来到京西宾馆看望宁夏的代表，还和马金花等同志进行了一个多小时的亲切交谈。金花如实地回答总理对固原地区的询问。

金花见总理这么关心群众疾苦，对自己要求又这么严格，激动得热泪盈眶。他牢记总理的指示："要迅速把干旱山区的面貌改变过来。"决心为实现总理的指示豁出命来干。

1974年秋天，金花参观学习大寨回来，更加坚定了举大寨旗，走大寨路，改变山区面貌的决心。1976年，有的人贩卖"四人帮"黑货，诬蔑"马莲大队方向有问题，矛头向下整群众"，金花不理这个茬，终于劈开了多年的"闷葫芦"，把历年22起贪污盗窃、投机倒把积案全破获了，追回了4000多元赃款、5000多斤粮食、60多只羊，大大振奋了干部、群众的积极性。马莲大队水、田、林、路综合治理的农田基本建设大会战打响了。田野里，红旗招展，车飞锹舞。金花驾辕拉车，埋头苦干。干部社员见刚出医院的金花面容消瘦，都劝她拉线测量，指挥安排一下就行了。金花谢绝了大家的好意，并且提议：大队、生产队干部和社员分相同的定额，干同样的活。金花冒着刺骨的寒风，打着手电，同民兵一道深夜炸冻土。第二天一大早，社员们还没有上工，金花又在地里干开了。她把活土铲开，堆放在一边，用死土把地填平，平一亩是一亩，不搞花架子，不做应付活。

这些人见一计不成又生一计。按计划批给马莲大队的水泥，他们卡住不给；渠水从马莲大队地边经过，他们也不准社员引水浇地。马金花气愤得睡不着觉。

油灯下，她翻开马列著作和毛主席著作，一学就是大半夜。金花越学心越明、眼越亮，干劲越增，她带领群众顶风大干。当年平了400亩地，种上六棱大麦，每亩平均产量500多斤，比没有平整的地亩产量增加2倍还多。3年来他们平整了1000多亩地，建设了6条防风林带、40亩苗圃、100多亩果园，打了4眼机井，开始改变了马莲大队水缺地薄没有树的落后面貌。金花听党的话，团结一切可以团结的人。一些游斗、讽刺过马金花的人，怕金花重新掌了权，给小鞋穿。可是，没想到招工、提干、补助、救济，该有谁还是有谁，毫无两样。他们也一个个都甩掉包袱干了起来。

对"四人帮"及其在宁夏的代理人诬陷、迫害革命老干部的罪恶行径，金花立场坚定，旗帜鲜明，坚决反对。这伙人把金花看成眼中钉，一面对马金花造谣诽谤，讽刺打击，一面在马莲大队大搞"双突"，准备"换班子"。斗争到了紧急关头。

春雷一声震天地。一举粉碎了"四人帮"，金花和全国各族人民一起获得了第二次解放。

马金花又参加了党的十一大，再次当选为中共中央候补委员。她迈步走在新长征的前列，挑起了七营公社党委书记和马莲大队党支部书记两副重担。她带头参加劳动，深入群众，调查研究，不到一年，足迹就走遍了全公社62个生产队的60个生产队。她紧紧依靠党组织"一班人"的集体领导，狠抓农村经济政策的落实，大大调动了社员群众的社会主义的积极性。无论是马莲大队，还是七营公社，今年的夏粮都夺得了历史上最好的收成。

秋收时节，高粱火红，糜谷金黄，一片丰收景象。马金花头戴白帽，容光焕发，和男女社员你追我赶，挥镰收割。想到敬爱的周总理的遗愿还没有实现，固原地区的落后面貌还没有根本改变，金花干得更欢了。

（宁夏人民广播电台播出，刊于《宁夏日报》

1978年10月16日"庆祝宁夏回族自治区成立20周年"专版）

追记：震撼心灵的"悟责"采访

这是宁夏回族自治区成立20周年的重点报道文章，党的十大、十一大代表马金花被列为一个典型。对马金花的采访和报道，我早在5年前就开始了，并且一直延续了几十年。

未来宁夏之前，知道宁夏贫困、落后。脚踏实地，目睹耳闻，亲身体验之后，才知道宁夏南部的六盘山区（俗称"西海固"）竟达到如此难以想象的贫困、落后程度。这是原来万万没有想到的。

从1968年起，我多次到六盘山区采访，跟山村农民一起吃洋芋（土豆）熬的糊糊充饥，喝水窖里积存了半年的泥糊糊水解渴，见黄土坡上稀有的枯草根也被挖了出来当柴烧……这难以置信的贫困、落后深深震撼了我的心灵。

然而，更为深刻地震撼了我心灵的是1973年8月对马金花的采访。

回族女子马金花，从小家贫如洗，按当地习俗，13岁就出嫁了。她的丈夫是个比她大15岁的老实农民，为生产队赶胶轮大马车，走南闯北见识广，对小媳妇跟着县城来的妇女干部到处跑着做工作一向支持。她作为宁夏固原全县第一个山村女党支部书记，是回族妇女的楷模。1973年她从北京参加中国共产党第十次全国代表大会回来，接受了我的采访。

她对我说："一天夜晚，周恩来总理抽休息时间，来驻地看望宁夏代表。"

（注：周总理在红军长征时，1935年10月翻越六盘山，经过了西海固，还住过两夜，对这里回汉族人民水、粮奇缺的困难有深刻印象。六盘山区在1958年宁夏回族自治区成立之前，归甘肃省辖区时称"西海固回族自治州"，后来人们就俗称西海固。）

交谈中，得知马金花是从西海固来的代表，周总理非常关切地问：

"西海固水还缺不缺？"

马金花回答："缺！"

周总理紧挨着再问：

"人民生活怎么样？"

马金花回答："苦焦！"

应周总理的询问，马金花如实地

退休后的马金花（左）到记者家探望

汇报了西海固缺水、缺粮、缺柴等生活困难的情况。

周总理听完汇报，沉痛地说："西海固还这样穷，我做总理的有责任啊！"说着，噙满眼眶的泪水再也憋不住，淌了下来……听到这里，我的眼泪也忍不住流了下来。我反思自己：西海固人民生活还这样苦，难道我这个当记者的就没有责任吗？！来了宁夏都已经好几年了，西海固人民的生活这么困难，我知道情况，而且有亲身体验，为什么没有像马金花那样向党中央、国务院早点反映、及时汇报？！

天下兴亡，匹夫有责！何况，我还是一个专职反映情况的人民记者。

我联想到前辈范长江所说的："记者与其他人最大的不同就是要时刻记着自己身上的社会责任。"

从此，作为记者，责任重如山的观念在我心中越来越强烈了。

生命的光华
——刘岳华和她的《金苹果》

一个连生活都不能自理、一天学校门也没有进过的残疾女青年撰写的长篇小说《金苹果》由敦煌文艺出版社正式出版发行了。这部长篇小说的封面上那诱人的闪亮的大苹果，鲜红鲜红的。可以说这部书也是作者用心血浇灌成的"金苹果"。

这位残疾女青年的名字叫刘岳华。刘少奇的"刘"，岳飞的"岳"，中华的"华"。

刘岳华1967年出生在宁夏石嘴山市的一个工人家庭。当她刚刚会迈开小腿走路，1岁零3个月的时候，小儿麻痹就夺走了她站立和行走的权利。

15岁那年，她看到周围的小伙伴，一个个出落成亭亭玉立的大姑娘，而自己呢？

她想："对家庭，对社会，我只是个累赘。我这一生还能做些什么呢？"她内疚，她苦恼，她多少次想到了死，安眠药也找好了。她几年来趴在床头，向上学的妹妹学来的一些字派上了用场，她用歪歪扭扭的字写遗书，写了撕掉，撕了又写……就在她苦恼彷徨到极点的时候，她从收音机里听到了残疾青年毛毛刻苦自学成为画家的故事。耳听着广播，心想着自己，她禁不住流下惭愧的眼泪。

她振奋起来，开始翻着字典读书。她读了《雷锋的故事》，又读了《钢铁是怎样炼成的》。她彻夜难眠，思考"生命的价值"。

她凝望着窗外，小小的路灯闪着亮光。

她拿起那只曾写过遗书的笔，写下了自己的心愿：

　　我愿做一盏小小的路灯，
　　在人生的旅程中放射出一束光亮，
　　我愿做一盏小小的路灯，

无私地为人民照亮前进的征途。

刘岳华那颗曾经冰冷破碎的心，又在强烈地跳动了。"命运只能夺去我健全的双腿，理想和信念给我插上折不断的翅膀。"她要像雷锋、保尔、毛毛那样，用生命去创造价值。

搞文学创作，谈何容易，常人都要经受磨难，更何况她这样一个残疾人。

她一面读书一面写作，光字典就翻烂了四五本。各类书籍，她阅读了上千册，几乎每天都要读到深夜。

她左手举不过肩，右手变形，攥不紧笔，就用布条把笔绑在手上写。坐着写得腰疼了，就靠着被子仰着写；仰累了，就趴在枕头上接着写。她的身体那么孱弱，却常常一写就是通宵达旦。

她架着轮椅艰难地采访，从生活中汲取原料和养分。

身残志坚的造林模范就是她长篇小说《金苹果》主人公的原型。

别的女孩子梳妆台里放着琳琅满目的化妆品，她的梳妆台里却装着一叠叠渗透了眼泪和心血的手稿……

她说："路是人走出来的。如果别人跑着向前，我就是爬着也要向前、向前。"

她吃的饭菜常常是馍馍泡着白开水，米饭拌着萝卜丁。

被医生诊断为长期缺乏营养、严重贫血的刘岳华，呕心沥血，吐出来的却是：

一部中篇小说《后窗的绿旗》，一部散文诗集《维纳斯星座》，一部童话故事集《小马车》，还有一部几乎耗尽了她的全部心血的长篇小说《金苹果》。

这些正式出版的书籍，加起来有80多万字。而她创作的诗歌、小说、散文、报告文学，足足有500多万字。

胡锦涛同志曾经到她家里看望过她，并且亲笔题词：

向刘岳华同志学习，

任何困难也挡不住你前进的道路，

你的事业是常青的。

一个身患残疾的中国女性，用她不平凡的经历向世界说明一条真理：

一颗残缺不全的种子，撒在肥沃的土壤上，只要她顽强地生长，就会抽枝展叶，长成一棵生命之树，结出她那闪亮的"金苹果"。

（1995年5月21日中央人民广播电台播出，获中国残疾人事业好新闻奖）

追记："任何困难也挡不住你前进的道路"

刘岳华，是我长期关注、多次采写过的老典型。1983年2月我开始采访刘岳华，中央广播电台播报了她的事迹。1985年2月，我到她家采录了录音报道《我愿做一盏小小的路灯》，中央人民广播电台《青年之友》节目播出了，中国国际广播电台也播出了。这一系列报道引起了强烈的反响。

时任团中央书记的胡锦涛同志到她家看望了她，并亲笔题词：

> 向刘岳华同志学习，
>
> 任何困难也挡不住你前进的道路，
>
> 你的事业是常青的。

宁夏回族自治区内外的青年都把她作为学习的榜样。

我与刘岳华和她的丈夫、父母都成了多年深交的好朋友，我带女儿到岳华家吸收精神营养，她们对照自己都写了学习刘岳华姐姐的作文。

在复旦大学新闻学院国际新闻系读书的二女儿小燕在《我最崇拜的人——记刘岳华姐姐》中写道：

"岳华姐姐，我感谢你，你让我懂得了人生的真正价值；岳华姐姐，我崇敬你，你的生命在闪烁着灿烂的光芒！我也要做一盏小小的路灯，站在你的身旁，给人们照亮前进的征途；我也要做一棵无名的小树，为春天、为大地带来一点新绿，点缀几许春光！"

尽管岳华叫我叔叔，而我则把她当作良师益友，诚心诚意地学习她的精神和作风。当我得到岳华的《金苹果》赠书后，就专程去她家再次采访，反复修改，字斟句酌地写出这篇通讯。

通讯播出后，又一次引起强烈反响。不少听众给中央人民广播电台、主人公和我来信，表示："刘岳华是我学习的榜样"，"是我最崇敬的人"，"我要学习刘岳华的精神"。武警宁夏总队、人民解放军驻宁部队听了广播以后纷纷邀请刘岳华去作报告，有的部队还展开了一个学习刘岳华、阅读《金苹果》的活动。刘岳华的《金苹果》成了军营中一些青年战士爱不释手的读物。

这篇通讯描述了刘岳华自强不息、笔耕成才的事迹，揭示了"用生命创造人生的价值""自强不息终能成功"这一主题，奏响了精神文明建设的主旋律。千字左右的短通讯很不好写，如何把主人公的形象写活写生动，我试着以简洁的语言，用白描的手法，写出了这篇人物通讯。

祖国的需要就是我的志愿

"祖国的需要就是我的志愿"，是20世纪五六十年代有志青年铿锵有力的誓言和斩钉截铁的行动。在当时的大学生中流传着这样的话：毕业不去"天南海北"（天津、南京、上海、北京），报志愿要报"新西兰"（新疆、西藏、兰州）。

1962年8月4日，《中国青年报》头版头条发表了我采写的消息"愉快服从分配　好儿女志在四方——北京广播学院播音专业毕业生即将去西藏等地工作"。当时，我是北京广播学院新闻系编采专业的大二学生，也是《中国青年报》的通讯员。当我得知北京广播学院新闻系播音专业第一期应届毕业生就要奔赴西藏、新疆、内蒙古、福建、贵州等地参加播音工作了，非常感动，遂对他们进行了深入采访。

全班27名毕业生，大部分人的家在北京。然而，当时迫切需要播音员的是各地人民广播电台，尤其是边疆。同学们如何对待呢？他们纷纷表示："祖国的需要就是我的志愿""个人志愿可以有三个、五个，但党的需要是最好的一个，也是我最后选定的一个"。

他们把对待毕业分配当作是和平建设时期对自己的一次考验。张忱同学说："口号易喊行动难，只有口号和行动相一致才有价值。"张万忤听到被分配到福建的消息，在教室里兴奋地嚷着："我到福建前线！我到福建前线！"当张振岑知道自己将是西藏人民广播电台的第一个男播音员时，简直变成了一个"西藏迷"。他抓紧时间看完了《西藏大事记》《今日的西藏》等书，又忙着翻阅最近几个月的《西藏日报》并作了笔记。同学问他："这是干啥？"他笑着说："积累资料，熟悉当地风土人情，这样心里就有底了。"于是同学们纷纷效仿，让图书管理员摸不着头脑：怎么最近的《西藏日报》《新疆日报》《内蒙古日报》等边疆报纸成了热门，居然出借一空？当然，毕业生中的一些人因遇到家庭的阻拦、恋人的不理解引起过思想上的波澜，但他们最终还是坚定了信念：要到祖国最需要的地方去干一番事业！

1964年夏，我聆听了周恩来总理对高校应届毕业生语重心长的教诲和"到祖国最需要的地方去"的号召，兴奋地在日记中写下了"院子里练不出千里马，花盆里长不起参天树"的言志诗。毕业前夕，当我得知刚成立不久的宁夏回族自治区急需人才时，便义无反顾地报了志愿：第一去西藏，第二去宁夏。由于身体原因，我被分配到宁夏。离校前，我重读了埃德加·斯诺的《西行漫记》和范长江的《中国的西北角》，并大量翻阅《宁夏日报》，想对宁夏多一点了解。人还没到宁夏，我的心早就飞到了宁夏。

坐上由北京开往大西北的火车，眼望广阔苍茫的北国大地，我情不自禁地默诵着贺敬之的诗《西去列车的窗口》：

在这样的路上，这样的时候，
在这一节车厢，这一个窗口——
你可曾看见：那些年轻人闪亮的眼睛
在遥望六盘山高耸的峰头？
你可曾想见：那些年轻人火热的胸口
在渴念人生路上第一个战斗？

我感到自己就是那诗中的主人公，一股豪情从胸中油然升起，下定了献身西北边陲的决心。当时，我21岁。

1964年9月至1967年春，我先下乡劳动锻炼，和农民同吃同住同劳动，与他们建立了感情，也扫掉了身上的骄、娇二气。

1968年到1980年，我在宁夏人民广播电台当记者、编辑、农村节目负责人。1981年至2002年，我在中央人民广播电台、中国国际广播电台驻宁夏记者站任记者、副站长、站长，一直到退休。几十年来，我采写了几千篇稿件，其中100多篇荣获全国及国家民委、广播电视部等相关部门的奖项。我先后获得全国民族团结进步先进个人、宁夏十佳记者、全国五一劳动奖章获得者等荣誉，被国务院授予政府特殊津贴。

在采访中，支宁知识分子的情况及其突出人物是我关注的焦点之一，并为之投入了大量的时间和经历。1981年10月14日晚，中央人民广播电台《全国联播》节目播出了我采写的《以祖国的需要为志愿——两万名外地大学中专毕业生扎根宁夏》一文。该文后来被《人民日报》《光明日报》等刊载。

令我十分欣慰的是，"祖国的需要就是我的志愿"的精神正在被当代青年所传承。如今，成千上万的大学毕业生、在读硕士生响应号召，奔赴祖国最需要的地方支教、扶贫，用心智和汗水书写他们最美的青春。

跨入21世纪，我在宁夏采访了从上海复旦大学来支教的在读研究生李佳美。她对我说："能够站在祖国需要的最前列，我觉得非常骄傲。在这里，自己的人生很有价值，面对学生们的提问，会逼着自己学成一个知识面广的人。当学生们说'以后要成为老师那样的人'，我特别开心。"

"站在祖国需要的最前列！"这是扶贫、支教的志愿者李佳美发自肺腑的心声，也是有志青年的共同心愿。

窗外，雨后的彩虹架在大山之巅，分外灿烂。我想，李佳美和她的伙伴们不就是飞进大山的彩虹吗？我们与祖国的关系，就如同彩虹与太阳、水珠与江河、小草与大地，一刻也不能分割！

（《人民日报·海外版》，2019年11月9日第5版）

二、习作篇（1956—1965年）

我们应该让孩子在童年阶段就习得一种信念，确信人类最重要的事情，就是按照自己的理想去生活。

——《斯波克育儿经》

愉快服从分配　好儿女志在四方
——北京广播学院播音专业毕业生即将去西藏等地工作

北京广播学院新闻系播音专业第一期应届毕业生，愉快地服从祖国分配，就要奔赴西藏、新疆、内蒙古、福建、贵州等地参加播音工作了。

　　这次分配，国家尽可能地照顾到同学的个人志愿和家庭情况，如王小兰同学有一个六十多岁的父亲在内蒙古，而那里也需要播音员，组织上就分配她到那里去工作。但是，全班二十七个毕业生，有二十来人的家都在北京。北京哪里要得了那么多的播音员呢？而最需要的是各地人民广播电台，尤其是边疆。同学们如何对待呢？他们纷纷向党表示："祖国的需要就是我的志愿"，"个人志愿可以有三个五个，但党的需要是最好的一个，也是我最后选定的一个"。

　　"口号易喊行动难，只有行动和口号一致起来，口号才有价值。"张忱同学这话说得好。他们把对待毕业分配当作是和平建设时期对自己的一次考验。同学们都愉快地服从祖国分配，说到哪里，就到哪里。张万忏听到被分配到福建的消息，在教室里又蹦又跳地嚷着："我到福建前线！我到福建前线！"当张振岑知道自己将是西藏人民广播电台的第一个男播音员以后，简直像变成了一个"西藏迷"。这些日子里，他看完了《西藏大事记》《今日的西藏》等书，又翻阅了最近几个月的《西藏日报》，做了详细笔记。同学们问他："这是干啥？"他嘿嘿地笑着说："积累点资料，了解点风俗习惯，不知道'家底'怎么能办好事呢？"有的同学觉得他干得好，也跟着干了起来。使图书管理员也感到很奇怪，怎么，《西藏日报》《新疆日报》《内蒙古日报》等边疆报纸，最近居然出借一空。

　　平静的生活里常有不平静的思想。在毕业分配问题上，他们都或多或少地经过了一番思想斗争，也遇到过家庭、爱情等问题的纠缠。但是，他们说："从一个无知孩子成为一个大学生，全靠党的心血和乳汁培养。党培养了我们，是要我们到祖国最需要的地方去干一番事业。""听毛主席的话，无条件地服从祖国的分配，这才是党的好儿女、毛主席的好学生。"马骏田的爸爸是农村公社的社员，来信说："你已毕业，为人民服务到内蒙古也不算远。你说男儿志在四方，你说得好。"有的同志在日记上写着："我要为六亿五千万的亲人服务！鸟儿翅膀硬了要飞，孩子长大了，就该离开家去经风雨、见世面。"一切从祖国最需要来考虑，自己思想真正通了，一切问题就都会得到妥善的解决和安排。

（《中国青年报》1962年8月4日头版头条，
当年《新闻业务》载文评价此稿是用事实说话的好新闻）

附1：为什么这条消息写得比较好　◎苏元章

本报8月4日一版发表的《愉快服从分配　好儿女志在四方——北京广播学院播音专业毕业生即将去西藏等地工作》的消息，是一条写得比较好的消息。消息用不多的笔墨，运用了典型生动的事实使同学们服从祖国分配、好儿女志在四方的先进思想跃然纸上，给人以很强的感染力。

新闻是要用事实说话的，而且是要见人见物的，新闻宣传的是先进事物。先进事物的主体应该是先进人物的思想和行为。每年暑假，文教部都要收到许多关于大学毕业生服从分配的来稿，但是其中许多来稿都不理想，而这条消息就避免了一般来稿的两种通病。

一种通病是在写同学们的思想时，只有写稿人的生硬干巴的几句概括的形容，缺乏具体人在特定情况下的具体思想、行动和语言。这样的报道好像去年见过，明年也能用，不能给人以真实感，不能使读者从生动具体的事实中得出和作者同样的结论。通讯员潘梦阳写的这条消息的可贵之处，就在于不仅向读者介绍了同学们的决心，同时还运用了张万忻、张振岑服从分配的具体事实来证明同学们的服从分配，是言行一致的，是有真正的思想觉悟的。但是，作为反映一个集体的报道，只用一两个人还嫌不够；如果再罗列一些人物，又太累赘了，这里作者又从同学们生动的对话中把同学们服从分配行动扩大，而且抓住了图书管理员的反映这一情节来充分证明同学们行动的广泛。作者抓着一个线索，步步深入，不断扩大行动面，这就使人感到不单薄了。

这条消息比较好的另外一点，还在于它揭露了矛盾，解决了矛盾。毕业生在走上岗位的前夕，必然要遇到这样或那样的思想问题或实际问题。这些问题如何解决的呢？这条消息也对这个问题做了回答。这就使得这条消息有曲折，有波澜，有斗争，使读者真实地感到同学们的"服从分配"，确实有坚实的思想基础。

另外一种通病是，报道毕业生服从分配的来稿，讲了很多对毕业生进行思想工作的具体过程、措施、方法等，而在写效果的时候，写同学们的思想认识的提高时，却寥寥数语，这样的报道当然可以起一些介绍经验的作用，但是我们工作究竟如何，是要通过同学们的实际行动来检验的。潘梦阳同志写的这个消息，虽然没有用很多笔墨来写工作，但是我们可以从同学们的言论中、行动中看到同学们思想觉悟的提高，是党的培养教育的结果。

我们在给报纸写新闻的时候，一定要注意运用事实说话，要用典型生动的事实来反映我们的工作成果，这样才能使我们的报道更具有说服力量，收到更好的宣传效果。

（刊于《中国青年报通讯》1962年第8期）

附2：从十一次修改中体验到的三点

8月4日《中国青年报》一版头条发表了我写的《愉快服从分配　好儿女志在四方——北京广播学院播音专业毕业生即将去西藏等地工作》，编辑要我谈谈采写体会。就说一下经过吧。

从7月11日开始采访，我先后向毕业班班主任和8位同学了解了情况，材料记了满满一本子，稿子也反复改了11次之多，直到25日才脱稿，在这长长的采写过程里，我的感受很多，最深刻的就是这样三点，写出来向大家请教。

明确思想

今年6月，报社曾有信说：对考试以后毕业生如何服从国家分配，可以抓些正面报道。七一前后，看了我院新闻系播音专业的应届毕业生贴出了一些表示坚决服从分配的决心书，我打算报道这事。特别当进一步了解情况以后，我深深地被他们这种从6亿人民出发，忘我地服从祖国需要的思想和行动所感动。我感到自己有责任把这些好品质写出来，表扬他们，教育大家。

我准备动手写报道了，但是，又觉得面对着一堆乱麻似的材料，不知从何着手。这时候我才感到：我的脑子里光有个空洞的"服从分配"的概念，还没有把这个报道思想具体化。怎么办？我一方面向老师了解党和国家对今年毕业生分配的要求，一方面自己去学习政策。当毕业班同学听了彭真同志给北京市应届毕业生的报告回来以后，我马上请他们传达报告内容，借阅他们的笔记。逐渐地，我眼明心亮了。认识到这些同学的思想和行动，体现了党长期教养下的"以国家为重，为6亿多亲人着想，忠心为社会主义服务"

的中国青年的精神风貌。我想到某学院有位毕业生填志愿书是"北京—北京—上吊"。对比之下，我更进一步明白了，张振岑等同学志愿到边疆去工作，这一行动所蕴含的深刻意义。我好像有了权衡材料的天平，眼前的材料也好像有了头绪。

沙里淘金

新闻的本源是事实。只有掌握了大量生动而有意义的事实，才能写出思想鲜明而又生动的报道。于是我先向团支书了解全班的情况，然后又找了几个有代表性的同学谈，以便把材料掌握得更深入。但是当我找到很有代表性的张振岑谈时，一谈到分配他就无话可说了。怎么办？我采取了注意观察的办法。我看到他看《西藏日报》和有关西藏的书，就问他为什么看这些，这一下可引出了话题。他滔滔不绝地谈了好多自己的想法，而这些都是我所需要的。除了观察，我还从侧面了解。例如，我从张振岑的入团介绍人那里，了解了张振岑的过去情况。这样知道了他的思想发展过程，我才明白他为什么毫不犹豫地服从分配，到艰苦的地方去。另外，我还和采访对象谈心交朋友，有的人就拿日记和家属、女友的信给我看。就这样我掌握了很多材料。为了保证事实准确无误，我又向班主任和同学们，一件一件对证了这些事实，取消了一些没有把握的材料。

精益求精

写文章不要一挥而就，更不要求一遍就写成，写好以后，多看看，听听别人意见，多改改，很有好处。我动手写第一遍稿的时候，选了几个典型人，又每人选出几件有意义的事写进去。但是写好后自己看了两遍，感觉事实太多，这样堆砌材料的结果，反而把好的思想淹没了。于是我勾掉了许多，改写了第二遍。稿子写好以后，我念给张振岑等人听，他们又提出了意见，认为这种突出写一个人不好，应该写全班这个集体。我又改了第三遍，这一遍基本上是见报的这个架构，不过编辑修改了许多，这一稿没有违背张振岑等人的意见，既有突出又有整体，报道思想更鲜明，文字也更精炼了。我还曾经写过第四稿，编辑部没有用第四稿，还是选的第三稿（先后四稿，每一稿都修改了几次，共十一次，最后定稿从第四稿中也选取了一些内容）。由此看来，在写作中，认真听取群众意见，精心选择材料，精益求精是很重要的。

（《中国青年报通讯》1962年第8期）

追记：不恋都市奔边陲

大学毕业，到何处去，是人生的一个重要选择。

"北广"二年级时，播音班毕业典礼上，我代表全院同学（担任学院学生会副主席）致词欢送，了解到他们"到祖国最需要的地方去""志在四方"的去向，采写了上述消息，《中国青年报》头版头条发表，还被评为"用事实说话"的好稿。

当时，绝大多数同学都响应号召，服从分配。但也有个别人，填写志愿"北京—北京—上吊"。

山西省广播事业局副局长兼电台副台长到学院来要我这个"保送生"，但学院不给（因非委培未付费），要按国家下达的计划分配。最缺人的是边远、少数民族地区。上届毕业生张梅荣学姐在录音讲话中呼唤我们到刚成立不久的宁夏回族自治区去。

1963年，北京广播学院学生会委员
欢送应届毕业生合影

病残的父母从家庭的需要考虑，最希望我回山西，姐姐已经出嫁，弟弟正在上小学还年幼，多么盼望我回家赚钱养家啊！可是，通情达理的父母懂得，我已经是国家的人了，来信支持我，听学校安排，不拉我的后腿。在总后的后勤学院工作的哥哥和北京邮电医院的嫂嫂盼望我留在北京，离太原很近，既可以照顾家，看望父母很方便，又是在首都，该多好。不过，哥哥嫂嫂明白，服从组织分配，响应党的号召，是有志青年应当选择的道路，也不拉我的后腿。

我心里也很矛盾，父母年迈多病，腿又都有残疾，望眼欲穿地盼我回到身边。可是，我不仅仅是父母的儿子，更是祖国和人民的儿子啊！我一次又一次地代表同学们表示了决心，到了考验我的时候了，要言行一致，说到做到啊！

我义无反顾地填报了志愿：第一，西藏；第二，宁夏。

"祖国的需要就是我们的志愿。"我们那一代人绝大多数都是这样想的，也是这样做的。

就在毕业前夕，敬爱的周恩来总理在北京体育场向首都高等院校应届毕业生讲话，号召我们到祖国最需要的地方去，嘱托我们要想到99%的同龄人没有上大学，要"活到老，学到老，改造到老"。

听了周总理语重心长的教诲，我非常兴奋地在日记中写下了"院子里练不出千里马，花盆里长不起参天树"的言志诗。

由于我身体弱，体检不符合去西藏的条件，分配我去宁夏。宁夏回族自治区刚成立不久，特别需要人。前一届去了12人，我们这一届又去14人。光北京广播学院两年就26人。

离校前，我到图书馆借阅与宁夏有关的书刊，重读埃德加·斯诺的《西行漫记》和范长江的《中国的西北角》《塞上行》，翻阅近期的《宁夏日报》，想对宁夏多一点了解。人还没到宁夏，我的心早就飞到了宁夏。

1964年8月25日，我坐在北京开往宁夏银川的火车上，眼望着车窗外的山峦、树木和孤零零的灯光飞一般地向东掠去，情不自禁地默诵起贺敬之的诗《西去列车的窗口》，觉得自己就是诗中的主人公：

在九曲黄河的上游，
在西去列车的窗口，
是大西北一个平静的长夜，
是高原上月在中天的时候。
一站站灯火扑来，像流萤飞走，
一重重山岭闪过，似浪涛奔流。

此刻满车歌声已经停歇，

婴儿已经在母亲怀中睡熟。

在这样的路上，这样的时候，

在这一节车厢，这一个窗口。

你可曾看见那些年轻人闪亮的眼睛，

在遥望六盘山高耸的峰头。

你可曾想见那些年轻人火热的胸口，

在渴念人生路上第一个战斗。

…………

默诵到那句"在遥望六盘山高耸的峰头"，我感到一股豪气由胸中升起，颇有"风萧萧兮易水寒，壮士一去兮不复还"的劲头，下定了献身西北边陲的决心。

精心施教　虚心请教

——太原六中青年教师改进教学大有成效

太原六中的青年教师们，在党的领导下，虚心向老教师学习改进教学，在提高教学质量当中充当了尖兵。

太原六中有20多个青年教师，他们大多是初上讲台，缺少经验，所以同学们总是感到讲不清，学习成绩很差。于是，学校党委向教师们做了动员，号召新老教师携手提高教学质量。校团委又针对某些青年教师骄傲自大的缺点，对他们进行了教育，使他们放下了自认为"思想好、年轻"的架子，虚心向老教师学习，提高业务水平。青年教师主动邀请老教师一块儿备课、互相听课、虚心征求意见，学习老教师的教学方法。青年教师马俊华往常当天晚上备不出第二天的课，和教学组老教师一块儿研究、共同备课后，在他们的帮助下，可以提前备好一周的课。青年教师张连伯听了老教师的课以后，将时间做了合理分配，改变了过去讲课前松后紧的现象。

青年教师，不仅从老教师身上学到了丰富的科学知识和教学方法，而且从老教师身上学到了对同学负责的认真态度和苦干、实干精神，使他们热情更高，干劲更大。青年教师马俊华备课或批改作业常常到深夜，有时就在桌子上睡着了，醒来后用湿毛巾擦擦头，继续干。张连伯还给同学们介绍了许多学习俄语的方法，并且组织和帮助同学与100多个苏联朋友建立了通信联系。

由于青年教师主动向老教师学习，因此在改进教学上也获得了显著成效。以往一些青年教师带的个别课目，考试不及格的竟达50%，现在已下降到15%。青年教师们的这种努力，返回来又推动了老教师，老教师把青年教师看作是改进教学的尖兵，在党的领导下，和青年教师一起，畅谈思想，交流经验，互相帮助，共同提高教学质量。

拜老教师为师
——写给青年教师

毛主席教导我们说："只有先当群众的学生，才能当群众的先生。"一个奔赴教育战线不久的青年教师，不仅要做同学们的"学生"，而且要做老教师的学生。

在这里，老教师和新教师的关系，正如身经百战的老战士和刚刚入伍的新兵一样。作为一个青年教师来说，不仅有教学生的责任，而且有学习老教师的义务，既要当教师又要当学生，当老教师的学生。只有当好了学生，才能当好教师。老教师年纪大，学习得早，学习的东西多，有丰富的文化科学经验。所以，我们要虚心向老教师学习，主动地请老教师给我们带路，吸取他们成功的经验，接受他们失败的教训，迅速改进自己的教学方法，使自己能够更快地适应教育事业一日千里的发展需要，不断提高教学质量，树立刻苦用功、"学而不厌"的学风和苦干实干、"诲人不倦"的教学态度。切切实实做好教学过程当中的备课、讲课、批改作业、考试等一切环节，在党的领导下，确实发挥在教学过程当中的主导作用。

一切学习，都应当是"活"的学习，也就是有分析、有批判的学习。青年教师对老教师的学习更应当这样。我们学习老教师教学经验和教学态度的时候，不能死搬硬套去模仿，应当针对自己的缺点和困难，结合自己的需要去学习，做到取人之长、补己之短。老教师也有他们的弱点和缺点。对他们的经验和观点，要"取其精华，去其糟粕"，一面要学习和接受他们一切好的东西，一面又要对他们身上沾染的一些资产阶级的教育观点和教育思想，进行善意的批评和提醒。在学习当中，团结老教师，不断提高教育质量，完成党给予人民教师的光荣使命！

（《山西青年报》1959年6月26日头版）

补白："通过写作来学习"

这是我高中二年级时采写的消息和短评。作为一个中学生，写这样的文字，实在是胆大至极。初生牛犊不怕虎，再难也敢试着来。

当时，这么做，首先是《山西青年报》编辑韩健民说我"能行"，消息、短评都让我来。让我来，我就来。写得不行，作废了，老师再写嘛。我不怕失败，也不怕丢面子。

再则，全国举办教育展览会，太原六中学校领导让我带筹备组去北京布置。我按领导交代的，从版面设计、展示陈列，到解说词稿、标题图画，带着几个同学搞得全套都验收通过了。正式开展一个多月，我带着作为美工和讲解的两个同学圆满完成了任务。这段时间里，我找来教育方面的书仔细看了又看，还做了点笔记。这些学习和实践活动，给我这次写作做了很好的准备。

我把认真采访、精心撰写的消息、评论稿件交给韩健民老师，第二天就见报了。太原六中学校团委还组织青年教师学习。

1959年太原六中校领导和《红星报》
编委同学合影

其实，为报刊、电台采写稿件，对我这个学生来说，就是练习写作文。在校读书期间，我先后采写并发表了《不要忘记创造幸福的人》（读书笔记）、《实践是检验真理的标准》（学习心得）、《动画片的秘密》（科普小品）、《读书又劳动》（诗歌）和一些消息、通讯、评论等50多篇习作。

无论文史、理工、农医、政法，哪一科学习者，都要学写作。不是有这么一种说法吗，"大学三件宝，写作、英语、电脑"，写作排在第一位。写作实质上是人的生命的延续，对任何人都很重要。美国就有人提出"通过写作去学习"，把写作当成工具来辅助各科的学习。"一把钥匙开门，多扇窗户即见。"

尤其是议论文的写作，堪称学生语文写作中的软肋。当年，我一个中学生，竟然以"编者"的身份，对教师说长道短，实在是有点不知天高地厚。当时，我知难而进，挑战自我，有感而发，一挥而就。太原六中校刊《红星报》每星期都得有一篇评论，作为主编，我有时按辅导老师何文的要求做"命题作文"，有时自选题、自成文，都力求言之有物，理论联系实际；言之有理，文词精当。每次写作都要看书翻报，领悟上头精神；还要了解情况，明白下头问题。吃透上下两头，才能写得有思想性、针对性。退休后，我讲授大学的"新闻评论"课，就引导同学们注意吃透上下两头，多思、多写、多修改，还互帮互助，集思广益，通过采写实践，领悟采访写作原理，通过思维碰撞，激发智慧火花，效果很好。

教师是人类灵魂的工程师。教育者必先受教育。启功先生为"北师大"拟的校训就是"学为人师，行为世范"嘛！

一心为顾客修鞋的岳大爷

太原市修鞋合作社开化市门市部，有位钉鞋的老大爷，名叫岳兆信。请他钉过鞋的人没有不夸他好的。

老大爷今年64岁了，钉鞋就钉了47年。25年前，他就在开化市摆个摊为人钉鞋，度过了艰难的岁月。太原解放后，岳大爷的时光才好过起来，儿子也上了学，他满心感谢党和政府，他想，过去修鞋为的是糊口，如今修鞋为的是顾客，所以，他把精力全部用在顾客身上了。

他对顾客像亲人，若有人上门，他总是热情地接待，向顾客介绍保护鞋的常识，有时还要问问顾客脚上有什么毛病。有人脚上长有鸡眼或患有其他病，他就在鞋底上打个记号，钉鞋时不让钉子钉在脚上有毛病的地方。对有的顾客急着等鞋穿的，他就积极赶修，保证按时交给顾客。他给顾客修鞋总是十分耐心，修得既结实又美观，穿上也很舒坦，顾客穿上岳大爷修的鞋向他道谢时，他总是谦虚地说："应该这样，应该这样！"

（刊于《山西日报》1961年8月21日《读者来信》专栏）

补白："北广"灰楼　苦读犹乐

这是大学暑假回太原随父亲去修鞋有感，给报社寄的信。

"北广"四年，是我一生中苦难最重而欢乐又最大的四年。"北广"当年那被校友誉为"永远的灰楼"，是我们的乐园。

病残的父母连自家生活都要靠参军的哥哥寄钱来维持生计。我虽被山西广播电台保送入学，但并非委培生，费用全自己负担。学校每月给3元助学金，哥哥给5元，其余就靠我勤工俭学的收入（三年暑假分别在山西广播电台、山西团省委、太原六中当装卸工、泥瓦工、抹灰工）。在大学食堂，我吃菜只吃素菜，且只买半份，用酱油和醋冲上点开水做"高汤"，该吃两个馒头只吃一个。饿得水肿了，学校特别请市上拨了些黄豆熬粥喝，卧床休息了一段时间，才救了命。穿的衣服和鞋帽，全是嫂嫂的旧军装、旧鞋帽，从来没穿过一件新的。

我嗜书如命，见本好书就爱不释手，可又买不起。在旧书摊发现一本前后都缺失几页、没有封面的《子夜》，很便宜，一角钱，我买了，一笔一画用笔记本撕下来的纸抄写补全了，用针线缝合在一起。这是我大学四年买的唯一的一本课外书。图书馆是我的极乐世界，一钻进去就不想出来。

物质生活非常苦，可精神生活十分快乐。外语吃力一点也能跟得上，其他各门功课门门优。社会工作比较多，从副班长、系学生分会主席到学院学生会副主席兼校刊主编、广播站站长。学习、工作，一天到晚，忙个不停。尽管肚子饿一点，精力不知怎么那么

1963年，北京广播学院第二届学生代表大会全体代表合影

充沛。学院评我为优秀学生，让我在北京复兴门广电大厦的广播剧场向全院同学介绍经验。

我走下讲台时才发现右边的鞋帮子后面开了口，鞋垫像个舌头一样伸了出来。我哪有钱买新鞋啊！经岳大爷的手补了帮又垫了底的几双旧鞋，我一直穿到了宁夏。

追记：效仿榜样　梦想萌芽

青少年梦想的萌芽，是从效仿榜样开始的。"榜样的力量是无穷的"。我们那个时代的青少年崇拜的榜样之一是女英雄刘胡兰。

新华社纪念七十五周年"最新编选"的"旧闻"中就有：

女英雄刘胡兰壮烈牺牲的报道

新华社晋绥1947年2月7日电　上月12日，阎军血洗文水县云周村，17岁的女共产党员刘胡兰也被迫当众审讯。阎军问她："是不是共产党员？"她答："是。"又问："你为什么参加共产党？""共产党为老百姓办事！""今后是否还给共产党办事？""只要活一天，就要干到底！"

至此，阎军便抬出铡刀在她面前铡死70多岁的老人陈本子和石世辉等人，然后对她说："只要今后不给八路军办事，就不铡死你。"这位青年女共产党员坚决回答："那是办不到的事！"阎军威吓说："你真的愿意死？"她说："死有什么可怕？"刚毅的刘胡兰从容地躺在铡刀下大声说："要杀由你们吧，我再活17岁还是这个样子！"

她慷慨就义了，在场的全村父老对阎军暴行怀着深如海的仇恨，为痛悼这位人民女英雄英勇就义，决定为她立碑永久纪念。

与新婚妻子和彭弟（中）在
刘胡兰塑像前合影

刘胡兰就义后，毛泽东主席亲笔题词："生的伟大，死的光荣"。

因战争年代，题词被人带往的路上丢失了。毛泽东主席又再次亲笔题词。

我们山西的青少年前往刘胡兰的塑像前和毛主席题词碑前留影是得天独厚的"专利"。刘胡兰是我从小崇拜的大英雄。

被誉为"人民作家"、曾当过报社记者的马烽著的《刘胡兰传》和北京广播学院高而公老师（曾任新华广播电台编辑、新华社记者）著的《刘胡兰小传》，是我爱不释手的"宝书"。我立志，做人就要做刘胡兰这样的人！

认识了马烽、高而公等写英雄的作家、记者之后，我就萌生了也做一个写英雄的人，为刘胡兰这样的一心"为老百姓办事""怕死不当共产党"和甘愿为人民抛头颅、洒鲜血的英雄树碑立传，像普罗米修斯那样送光明和温暖给人民。

有幸的是，几十年来，我呕心沥血采写了几十位这样的英模豪杰，记录了他们和许多"无名英雄"的点点滴滴，留下了历史的见证，没有虚度此生，死而无憾了！

三、闯练篇（1966—1980年）

> 记者与其他人最大的不同就是要时刻记着自己身上的社会责任。
>
> ——范长江

一不怕苦、二不怕死的好矿工郝珍

在贺兰山下的煤城石嘴山市，广大人民怀着崇敬的心情，广泛传颂着好矿工郝珍的光辉事迹。郝珍同志是石嘴山地区某矿务局三矿采煤二队的采煤工人。他在一次夺煤战斗中，为保护阶级兄弟的生命安全，为避免国家财产遭受损失，挺身抢险而光荣牺牲了。他以临危不惧、舍己救人的共产主义精神，以自己宝贵的生命，谱写了一曲工人阶级的英雄壮歌，为我们树立了一个一不怕苦、二不怕死的光辉榜样。

最近，这个矿务局的党组织根据郝珍生前的志愿，追认郝珍为中国共产党党员。

生死关头献红心

1968年11月间，石嘴山地区某矿区广大工人，在党的八届十二中全会精神的巨大鼓舞下，掀起了抓革命、促生产的新高潮，整个矿区呈现一派紧张战斗的动人景象。

11月8日，是全矿夺煤大战的日子，正患着重感冒的采煤组组长郝珍，又放弃了第四个轮休假日，并动员其他轮休的战友，一起参加战斗。班前会上，他领着工人们学习毛主席"备战、备荒、为人民"的伟大教导。他说："我们无限忠于毛主席的红色矿工，一定要完成毛主席交给我们的战斗任务，狠抓革命，猛促生产。多出一吨煤，就是向毛主席多献一份忠心！多出一吨煤，就是为支援世界革命多贡献一份力量！"

在地下煤海，机器轰鸣，矿车飞驰。工人们颗颗红心忠于毛主席，恨不得一钻穿通半架山，恨不得一锹埋葬帝、修、反。郝珍更是斗志昂扬，他挥动铁镐，汗流浃背。

突然，"轰隆隆"的一声巨响，一根又粗又大的坑木，像脱缰的野马，从工作面上部，顺着40多米长陡斜的溜槽直冲下来。

"躲开，太危险！"有人大声地喊道。

滑下的坑木跳出溜槽，就会撞上正在干活的工人，就会撞倒支撑顶板的木柱造成冒顶，就会造成国家财产的重大损失。

险情就是命令。在这最关键的时刻，只听到一个洪亮的声音："我上去！"郝珍扔掉手中的铁镐，急步向工作面上部冲去。

他刚往上跑了几步，听见溜槽里"轰隆隆"的声音越来越近，郝珍毫不畏惧地拿起一块木板，奋不顾身地冲到溜槽跟前。他倾下身去，想把木板挡在溜槽旁边的支柱上，阻挡冲下来的坑木。正在这时，飞速而下的坑木，打翻木板，把他卷进了溜槽。……

战友们得救了，郝珍却被撞成了重伤。当战友们把他从溜槽抢救出来时，他已经昏迷过去。

工人们围着郝珍急切地呼喊："老郝，老郝！"他渐渐地清醒过来，慢慢地睁开眼睛。他看到战友们都安全地站在他的身旁，放心了，脸上露出了笑容。

工人们抬他上井，一路上，剧烈的疼痛，使他头上冒出黄豆大的汗珠，使周围的工人感动得热泪盈眶。

郝珍看到许多同志护送自己，心里十分不安。他想，现在自己不能为国家出力，已经给党带来损失，怎么能再让同志们为自己离开战斗岗位？他紧紧握着班长的手，恳切地说："班长，不要管我，完成毛主席交给我们的任务要紧！"并转过脸来，望着大家，一字一句地说，"不要管我，抓革命、促生产要紧！"

矿务局革命委员会和人民解放军支左小组立即组织力量抢救郝珍。工人、干部和解放军指战员从四面八方赶来，挤满医院的走廊，争着献血。

经过诊断，郝珍肋骨折断，肝脏破裂。动过手术后，过了10个小时，郝珍才醒过来。当他看到迎面墙上伟大领袖毛主席的画像，一股暖流立刻涌上心头，对看护他的同志说："给我《毛主席语录》。"看护他的同志递来《毛主席语录》，他捧在胸前，一遍又一遍地朗读："下定决心，不怕牺牲，排除万难，去争取胜利。""要奋斗就会有牺牲……"

郝珍身负重伤，躺在病床上。重伤，动摇不了他继续革命的思想；病床，阻挡不住他不断革命的道路。他那一颗无限忠于毛主席的红心，和伟大的无产阶级革命事业永远紧紧地连接在一起。第二天，队长去看望他，他拉着队长的手说："队长，我没有完成毛主席交给我的任务，对不起毛主席，对不起党。"

20日，郝珍的伤势逐渐恶化，同志们向他家里发去电报，请郝珍的亲属前来看望。郝珍知道以后说："你们别再给领导添麻烦了。最要紧的是完成毛主席交给我们的任务。"在他生命垂危的时刻，他还对前去探望他的一个老工人说："我现在不能动弹，但我只要有一口气，我就要干革命。"

"为人民利益而死，就比泰山还重。"

11月21日清晨，32岁的郝珍同志，为党、为革命、为人民献出了自己的宝贵生命。郝珍同志是为人民利益而死的，他的死是比泰山还要重。一不怕苦，二不怕死的好矿工郝珍的一生，是革命的一生，战斗的一生。

越是艰险越向前

郝珍生前在闹钟的玻璃罩上，贴着毛主席的这样一段伟大教导：

"不为名，不为利，不怕苦，不怕死，一心为革命，一心为人民。"

这金光闪闪的22个大字，时刻鼓舞和激励着郝珍在革命的道路上，不畏艰险，勇往直前，攀登"公"字的高峰。

1963年，郝珍在小煤窑当回柱工。当时小煤窑的机械化程度不高，在采过煤的地方，回收坑木，全靠大锤把支撑顶板的坑木一根根地打下来。抡大锤这活又累又危险。郝珍牢记毛主席"担子拣重的挑，吃苦在别人前头"的伟大教导，一开始，就把抡大锤这个活包了下来。工作面很低，直不起腰，他就半跪着抡大锤，一班下来，浑身的衣服全被汗水湿透了，工人们几次要替换他，他总是紧紧攥住锤把不放，说："采煤为革命，多出几身汗算个啥！"

4月的一天，他们在顶板破碎的地方回柱。郝珍一锤下去，坑木一倒，顶板跟着塌了下来。他往旁边一闪，一块大石头砸在他的大腿上。大家急忙扶起他，问他伤了没有。郝珍受伤的腿火辣辣的，十分疼痛，但他却连声说："不咋的，不咋的！"说着又拿起大锤。工人们对他说："赶快找医生看看。"郝珍坚定地回答："我不能去！咱们小组总共才5个人，我一走，大家的活就更重了，多一个人就多一份力量。"

晚上，郝珍躺在炕上半夜没睡着，受伤的腿肿得更粗了，疼得更厉害了。他打开《为人民服务》，张思德同志"完全""彻底"为人民服务的高大形象闪现在眼前。他想，成千上万的先烈，为革命流血牺牲，我们受点伤算得了什么！为共产主义而奋斗，就是要不怕苦，不怕死。

第二天，郝珍去上班。受伤的腿像拴着千斤大石，每走一步都要付出很大的力气。从宿舍到矿井二里多路，全是黄沙路，中间还隔着一个小山坡。他用一根锹把当拐棍，和往常一样，背起井下用的电线，迎着扑面的风沙，艰难地向前走去。没走多远，就累得满身大汗，郝珍心中默念着毛主席"发扬勇敢战斗、不怕牺牲、不怕疲劳和连续作战（即在短期内不休息地接连打几仗）的作风"的教导，浑身增添了无穷的力量，他一次又一次地擦掉头上的汗珠，迈开坚定的步伐，顽强地走过沙滩，爬上山坡，二里多路，走了将近一小时。这是多么不平凡的步伐！每一步，都显示了毛泽东思想的巨大威力！每一步，都闪耀着一不怕苦、二不怕死的彻底革命精神！

工人们在上班途中，谈论着郝珍腿上的伤："可要叫他好好休息！"谁也没有料想到，郝珍却早已在井口等待他们。当大家看到他那根拐棍时，感动得半晌说不出话来。"你的腿肿得这么厉害，怎么还来上班？""为革命这点伤算个啥！旧社会的苦才是真正的苦，我一辈子也忘不了！"

腿肿了七八天，郝珍一天也没有休息，天天拄着拐棍，背着电线，过沙滩，爬山坡，坚持战斗。

1968年夏天，有一次煤仓的出煤口堵住了。出煤口像人的咽喉，它一堵住，采下的煤运不出去，整个工作面就得停产。这时，郝珍二话不说，领上几个工人就去捅出煤口。这活很危险，出煤口一捅开，煤猛冲下来，就会把人埋住。当出煤口快捅开的时候，郝珍就叫其他同志让开。自己站在出煤口下面，拿着钢钎，用尽全力往上捅。"哗"的一声，出煤口捅开了，煤像山洪似的压下来，郝珍往后一闪，来不及躲开，他的下半截身子被埋在煤里。工人抢着上前去把他拉了出来，急忙问："怎么样？""不要紧，不要紧。"郝珍说罢，又投入新的战斗。

对同志极端热忱

郝珍是在伟大的毛泽东思想哺育下成长起来的英雄矿工。只要是对革命有益的事，就奋不顾身地去做，从不计较个人得失，从不分什么分内分外，从不讲时间，不讲场合，不讲条件。

有一次，矿井设备发生故障，暂时不能下井采煤。有的人说："今天干不成了，咱们回去吧。明天再好好干！"郝珍斩钉截铁地说："不行，我们要坚守岗位，当天的任务当天完成。旧社会，我们煤矿工人最被人瞧不起，把我们叫'煤黑子'，那时干活哪有个时间。如今，毛主席在北京一次又一次地接见我们煤矿工人代表，咱队上的代表也受到了亲切的接见，这是我们最大的光荣，最大的幸福。我们一定要努力完成毛主席交给我们的抓革命促生产的光荣任务！"郝珍的话把大家说得心里热乎乎的。

全组工人在郝珍的带领下，坚守在井口，认真学习毛主席著作，随时准备投入战斗。等到临下班前2小时，设备才修好。郝珍和全组工人精神抖擞地向井下走去。大家越干越欢，直到完成当天任务，才高高兴兴地下了班。

1968年夏天，郝珍右胳膊上长了个核桃大的疖子。医生给他开了病假条，他把病假条往口袋里一塞，照样下井。紧张的劳动，使疖子长得更大了，胳膊肿得更厉害了。

队长不准他下井，可是，第二天他又在井下出现了。

"你快歇歇吧，这样下去不行啊！"

郝珍说："毛主席教导我们：'中国人死都不怕，还怕困难吗？'麦贤德脑子受了重伤，还坚守岗位；焦裕禄肝病那么严重，痛得那么厉害，还冒着大雨在洪水里查看水情。我这点小病有啥过不去的呢！"他用艰苦来锤炼自己对革命事业的无限忠诚。

"白求恩同志毫不利己专门利人的精神，表现在他对工作的极端负责任，对同志对人民极端的热忱。"郝珍遵照伟大领袖毛主席的教导，关心他人比关心自己更重。1968年5月，领导派采煤二队支援一矿。（他所在的）三矿离一矿十几里路，上夜班时，有些工人怕误了交通车，睡不踏实。郝珍把这件事看在眼里，主动当起了"义务值班员"，到时间喊醒大家。他一天只睡几个小时，眼睛熬红了，人也瘦了。有的工人劝他："你要注意身体。"郝珍笑了笑说："只要大家休息好，我少睡点也没啥。"

队里来了一批新工人，郝珍送他们每人一本"老三篇"，一有空就找他们谈心，忆苦思甜，勉励他们做张思德、白求恩、老愚公那样的人。他只上了3个月的扫盲班，为了帮助大家学习毛泽东思想，利用工余时间，给别人抄写毛主席语录。新工人小李的腿碰伤了，郝珍一下班就端着白酒去给他擦腿，天天这样。小李嫌采煤艰苦，情绪不高，郝珍就和他一起学习毛主席著作。郝珍说："现在台湾还没有解放，帝、修、反还没有彻底消灭。我们采煤是为了革命，董存瑞、黄继光、王杰等英雄，为革命献出了自己宝贵的生命。我们流点汗，流点血算得了什么！"他还送给小李一本《毛主席语录》，小李激动地说："郝组长，你不光治好我腿上的病，还治好我思想上的病，我一定要努力学习毛泽东思想，做毛主席的好工人。"

阶级情，骨肉亲。郝珍舍己救人的高贵品质，给工人们留下了深刻的印象。

有一次他和尹学礼一起回收坑木。尹学礼刚把一排坑木的最后一根打倒，没想到像一间房子那么大的顶板突然塌了下来。郝珍被气浪推倒的几根坑木压倒在地上，这时，他丝毫没有想到自己的安危，一个劲地高声呼喊："快救尹组长！快救尹组长！"其实，尹学礼并没被压住。他听到郝珍的喊声，走过去一看，怔住了，感动得不知说啥好，连忙把郝珍拉了起来。工人们都激动地说："郝珍心里装的都是阶级兄弟，就是没有他自己。"

郝珍没有死，郝珍永远活在我们的心里！他那一不怕苦、二不怕死，对革命无限忠诚，对同志极端热忱的共产主义精神，他那刻苦学习毛主席著作，认真改造世界观的彻底革命精神，将永远激励着我们，鼓舞着我们！

目前，一个学习郝珍英雄事迹的热潮正在石嘴山地区掀起。学英雄的事迹，走英雄的道路，创英雄的业绩，已成为广大人民的心愿。人们决心像他那样："灵魂用毛泽东思想统帅，行动用毛泽东思想指挥"，更高地举起毛泽东思想伟大红旗，发扬一不怕苦、二不怕死的共产主义精神，在继续革命的大道上阔步前进！

（刊于《宁夏日报》1969年8月12日头版并配发社论，
宁夏人民广播电台全文播出，新华社播发）

附：人是要有一点精神的
——忆采写好矿工郝珍的难忘经历

《宁夏日报》创刊45周年纪念特刊列出了一系列宁夏宣传树立的英雄模范人物先进典型，好矿工郝珍名列其中。30多年前，我有幸参加了郝珍典型的采写报道，是我40年记者生涯中对我心灵震撼最大的，也是我投入精力最多的，更是我终生难忘的。

1968年11月18日，在井下夺煤大战中，郝珍为保护战友生命和国家财产，临危不惧，挺身排险，身负重伤，因伤势过重于21日清晨在矿区医院不幸与世长辞，年仅32岁。当时的自治区领导机关和各新闻媒体对此格外重视。宁夏日报、宁夏人民广播电台、新华社宁夏分社分别选派记者、通讯员，组成7人报道组，由自治区领导机关宣传部门的负责同志带队，深入到贺兰山中的石炭井矿区采访报道。

　　我们到了矿区，听了情况介绍，就下井实地观察、探询，进行了现场采访。穿上矿工服，戴上矿灯，坐罐笼从大巷进入矿井深处，然后在小巷中由矿工牵扶着来到郝珍排险受伤的掌子面（采煤的工作面），完全靠头上矿灯的微弱光亮在黑暗的煤巷中辨认一切。就是在这里，当时一根又粗又大的坑木顺着40多米长陡斜的溜槽飞速滑下，千钧一发之际郝珍挺身而出，说声："我上去！"双手操起一块木板，奋不顾身地冲向前去阻挡坑木。矿工和矿井安全了，郝珍却受了重伤……

　　为了更多地了解郝珍的事迹，我们开了一个又一个座谈会，访问了一个又一个矿工。矿工们流着眼泪说，我们淌着眼泪记录。郝珍平时就多次排险救人，他对矿工像亲兄弟，天天为碰伤腿的矿工用白酒擦腿，还耐心地解除工友的思想疙瘩……一点一滴，一桩一件，许多感人的素材搜集起来，稍加归纳整理，一个生死关头舍己救人，平日吃苦耐劳、助人为乐的好矿工形象浮现在我的眼前。当时的我，1964年8月从北京广播学院毕业志愿报名到宁夏，先当农民一年又参加农村社教两年，正式从事记者工作还刚刚开始，满脑子还是青年学生的激情和稚气。报道组开会，我也谈了自己深受感动的心情。也不知当时是什么原因，执笔的任务交给了我这个电台新手。我当时只有一个想法，郝珍这样的英雄要写不出来，就太对不起党和人民了。

　　我依据已掌握的素材连夜写出了第一稿。报道组一讨论，老记者说，骨架可以，缺乏血肉。我真困惑了，人物通讯又不是文学创作，不能有任何的虚构，它的每一个细节都必须是真实的，这是新闻写作的根本规则。可素材就这些，血肉何来？老记者指点说，七分采访三分写，不能虚构又要把人物通讯写得深刻感人，确实是困难的。不是写的问题，而是还要再深入采访的问题。我再回过头来看稿，自己也不满意了，只有粗线条的勾画，缺乏有血有肉的感人细节，更缺乏息息相通的思想感情。

作者下矿井采访时的装束

矿工们谈起郝珍抢险救人的事迹感动得流泪，说起平常事就讲得不那么细了，实际上是对我们记者尊敬多于亲近，老怕说错了，几个记者一围更拘谨得很了。我们就化整为零，分头深入，与矿工交朋友。当我钻进"地窖子"，躺在他们木板通铺的褥子上，像老乡一样"扯磨"的时候，矿工们的话匣子打开了。为了搞清楚郝珍捅煤仓"虎口"等几个细节的有关方位和情节，我又两次随矿工下井。

在漆黑的小巷里，前面一个矿工拉着我的右手，后面一个拉着我的左手。偶尔有煤渣石从顶板缝隙掉下来，他俩抢着用身体护着我。眼泪在我眼里打转，我这时才真切地感受到了矿工那博大的胸怀。升井后，我跟矿工们泡在一个大池里洗澡，蹲在一圈里吃饭，矿工们同我这个单身汉开玩笑，啥话都说了。他们不经意间说出的一件事，引起了我的注意，于是我对此事做了进一步深挖细问：一天，设备出了故障，升井后，郝珍（带班组长）不让大伙儿离开井口。有人说："干不成了，回去吧！"郝珍耐心劝解说："旧社会我们煤矿工人最被人瞧不起，把我们叫'煤黑子'，那时干活哪有时间。如今，毛主席在北京一次次接见我们煤矿工人的代表，咱队上的代表也受到了毛主席的接见。我们要完成毛主席交给的任务！"郝珍领着大伙儿在井口学习《为人民服务》，等到临下班前两小时设备修好了，大伙儿又下井干活，越干越欢，完成了当天的任务才都高高兴兴地下班。我从中体会到了郝珍国家主人翁的豪情壮志和对毛主席的由衷敬爱。

我到郝珍在贺兰县的家中，发现他的遗物中有一个在矿上宿舍里用过的小闹钟，玻璃罩上贴着他从《宁夏日报》上剪下来的小纸条，上面有二十二个字："不为名，不为利，不怕苦，不怕死，一心为革命，一心为人民。"我的心头猛然一亮，毛主席这教导，他天天不知要看多少遍，这不正是郝珍精神的源头，他的精神世界的写照吗？！我在五易其稿的时候，把这个细节补写在第二段的开头。长达半年的采写和反复修改，我陷入一种无论如何都抑制不住的冲动和激情中，感到简直有一股魔力，常常令我忘了吃饭和睡觉，我整个脑海里几乎都是郝珍，眼前是他的形象，耳边是他的声音。一位跟我一起来宁夏的同学说我成了"拼命三郎"。

1969年8月12日，这是我一生难忘的日子。经报道组集体讨论通过，又经领导机关和各新闻单位负责同志审定的长篇通讯《一不怕苦、二不怕死的好矿工郝珍》，就在这一天《宁夏日报》以头版头条显著位置、一版转二版两个整版的版面刊登了，作者署名是"宁夏日报、宁夏人民广播电台、新华社宁夏分社记者、通讯员"。《宁夏日报》专门配发了社论，宁夏人民广播电台在黄金时段全文连续广播，新华社向全国播发了通稿，中央人民广播电台据新华社通稿再删节播出了。当时的自治区领导机关郑重地做出了决定，在全区广泛开展向郝珍学习的活动。《宁夏日报》、宁夏人民广播电台又不断地做了长时间的后续报道。

郝珍精神从此成为宁夏各族人民宝贵精神财富的一部分。当有的劳动模范向我谈起他远学雷锋、焦裕禄、王进喜，近学好矿工郝珍时，作为一名参加报道组并执笔撰写郝珍典型的记者，我觉得自己呕心沥血的劳动有了回报，比得了什么奖赏都高兴。郝珍虽死犹生，他的那种"不为名，不为利，不怕苦，不怕死，一心为革命，一心为人民"的精神，永远活在各族人民心里，将继续激励、鼓舞着各族人民把困难、艰险乃至死亡踩在脚下而奋勇前行。

（刊于《宁夏日报》2004年4月12日第8版《岁月经纬》栏目）

录音报道：矿山尖兵

（注：这篇送交中央人民广播电台并已播出的原稿和磁带原件不慎丢失。）

追记：难以弥补的歉疚

我把已经散失的这篇没有内容的录音报道的题目列在这里，是因为背后有一个令我终生背负着"难以弥补的歉疚"的揪心故事。

这篇录音报道记录的是宁夏工业学大庆的典型、自治区燃化局建井队的事迹。这支队伍学习和发扬大庆精神，在贺兰山肚子里开凿矿井，为祖国西部能源基地的建设开道奠基，被誉为"矿山尖兵""开路先锋"。

到这个队开凿矿井的工作现场采录有音响的报道，比采煤工作面现场更困难、更危险。我曾多次去现场采录，往往一去就好多天。这个队成了我在工业领域长期、固定的报道重点。

1973年11月，我的二女儿小燕刚出生第三天，建井队的宣传干部吴文彪带着汽车来接我去他们工作现场。

我心里想："这事如此重要，我不去不好。可是，妻子刚生了孩子，能不能离开呢？"我就与妻子商量："我要不就去一趟吧？"

妻子一向都非常支持我的工作，见我很为难，就说："你去吧！我自己能照顾自己。"

我一时考虑不周，既没有打招呼请同事家属照顾，也没有去向岳母说一声。从大院提来水，给铁炉子加了炭，又提些炭放在炉边，以为把一切都安排妥当了，就随车进山了。

一场紧张的大战正在贺兰山的肚子里展开，一条新开凿的矿井巷道伸向岩石山体的深处。建井队干部带头身先士卒，职工个个奋力拼搏。风钻哒哒，炮声隆隆，建井队干部职工冲锋陷阵的音响简直像一曲美妙的交响乐，我兴奋地录下来这音响，又抽他们轮班休息的间歇询问、交谈，录下矿工的心声。

这是一场同平常大不相同的战斗，不仅仅是为经济建设奋战，而且是为祖国荣誉争光，要打败苏联修正主义，争创世界新纪录。我被建井队澎湃的激情熏陶着，与矿工一起干活、吃饭，实在困了也就与矿工并肩躺在山洞的草铺上睡一会儿觉，心里同他们一样为新纪录的诞生而焦急。

在仅用盏盏矿灯微弱的点点光亮照明的漆黑矿井里，在全队干群一齐为一个神圣目标而专注奋斗的激战时刻，人们几乎忘掉了其他的一切，我却忘不了把妻子女儿还丢在家里，可我又不能在这冲锋陷阵的关键时刻提出派车送我回家的要求……

终于，前线告捷，世界新纪录创造出来了，上下一片欢腾，我录下这宝贵的现场音响。素材全够了，合成要回台里完成。

吴文彪马上带车送我下山。

刚离开矿井一会儿，山雨突然袭来，而且越来越大。山洪眼看就要暴发了。

怎么办？为了安全就得赶紧转头返回矿井，同洪水在山沟里竞跑要冒很大的风险。吴文彪同司机商量："老潘离家已经三天了，他老婆孩子无人照顾，能不能赶一赶？"司机说："那就赶吧！"

汽车在山雨中颠簸，山水在山沟里奔腾，同在一条道上竞跑。这条道是山水千百年来无数次冲刷山沟而形成的。汽车跑的道路是在这条道的边缘用沙土、碎石铺垫的简易路，早被山水冲得坑坑洼洼了。

有几处地方，简易路还从道的这边拐到对面的另一边，汽车与山水不再是平行竞跑，而是十字交叉地从山水的冲击中拦腰闯了过去。大大小小的山石，在山水的冲击下，像手榴弹一样向汽车砸来。

有一次，一块大石头从汽车前面掠过，差一点砸中汽车。好险哪！我惊出了一身冷汗……

汽车终于冲出了贺兰山口。道道山沟里的水汇集到贺兰山下的泄洪沟。洪水发狂似的奔泻、呼啸着，磨盘大的石头都被冲得翻滚着。幸亏汽车已经上了正式的公路，我们才松了口气。

回到家里一看，我的心不由得揪了起来：

房间里像冰窖一样冷，外间的铁炉子火熄了，盆里的水冻成了冰，里头几块尿布也冻结在一起。

一问才知，我走的第二天夜里，妻子累得昏沉沉地睡着了。没到天亮，就冻醒了。原来铁炉子熄火了。找火柴生火，可惜火柴盒空了，一根也没有。我们夫妻都不抽烟，连个打火机也没有。好不容易盼到天亮，推开房门一看，满地白雪。

我们电台宿舍大院原来是个车马店，我家住的是两个小土屋中间掏个门打通的，里间放个双人床就没有多少空地。她们单位的领导和职工见房子太小了，经我单位同意，主动找来人在屋外面围了个土夯小院，盖了个小伙房。到了冬天，为了省钱，把做饭兼取暖的火炉放在外间。我临走时，怕不知她生孩子的人来找我，为了免得人打扰她，就把小院门反锁了。

她出不了小院，几次出屋想见人借火柴，隔着矮墙没见一个人从大院的雪地经过，寒风中冻得够呛，只好赶快回屋。心想我过一会儿就回来了，没想到连续三天两夜都不回来。

她泪流满面，句句话像刀子割我的心。

建井队吴文彪同志见了这景象，一再道歉。我自责说："全怨我没安排好。"

因月子里受冻挨饿，冰水里洗尿布，妻子落下了一辈子的病。二女儿刚出生就遭了这场难，身体一直不好。

从此，留下了我这一辈子难以弥补的歉疚。

科学种田夺高产

在祖国西北边疆、黄河岸边的古城湾上，有一个农业学大寨的先进单位，就是宁夏回族自治区吴忠县古城公社古城大队。这是一个回族、汉族聚居的大队。正当春耕时节，我们访问了这个大队。

（出拖拉机、铃铛声）

人勤春来早，古城处处春。

拖拉机拖着圆盘耙在耙地，回汉族社员把一堆堆粪肥均匀地撒在田间，播种机在园田上播下了精选的良种。

在古城大队，到处呈现出一派繁忙的春耕景象。

古城湾，在黄河的一个湾子上，过去由于黄河失修，上游的洪水下来，常常冲刷掉成片农田。新中国成立前的古城湾，芦苇丛生，盐碱遍地，亩产不过百十来斤。国民党反动派的反动统治，地主富农的残酷剥削，黄河洪水的冲刷危害，逼得劳动人民流离失所、家破人亡。那时候，这里流传着这样一首民谣："穷河滩，烂湖田，吃饱肚子难上难。地主逼债如虎狼，穷人一年更比一年惨。"

新中国成立以后，古城湾发生了深刻的变化。

在毛主席革命路线指引下，古城大队党支部率领广大回族和汉族社员跟黄河搏斗夺地，向湖坑碱滩要粮，粮食产量不断提高。从1962年起已经连续11年超过《全国农业发展纲要》规定的指标。1972年，他们战胜了多种自然灾害，又夺得基本农田亩产1093斤的好收成，总产量比1971年增长2万斤，达到260万斤，相当于1961年总产量的4倍。1966年以来，为国家提供商品粮294万多斤，支援了兄弟社队各种良种260多万斤。

古城大队种着塞上盐碱地，打出江南高产粮，这样的好收成是怎么得来的呢？

党支部副书记、大队长石清玉对我们说：（放录音、片刻后混播）

"这几年的丰收是在毛主席革命路线指引下，学习大寨，实行科学种田夺来的。""1970年秋天，我到大寨参观学习，思想震动很大。人家大寨条件比我们差得多，可产量比我们高得多。人家学大寨，始终用毛主席的哲学思想指导科学种田，年年有个新套套。我们不敢抓科学实验，丢掉了科学种田这一项，生产就受到影响。从实践中，我们深深体会到：路线摆对头，一步一层楼。思想不革命，生产就停顿。"

石清玉同志回到古城湾，把大寨的好思想、好经验、好作风一传达，就像禾苗逢雨一样，广大回汉族社员焕发出来的积极性更加旺盛了，学大寨，夺高产，向生产的深度和广度进军的新战斗打响了。

古城大队党支部重新制订了农田基本建设规划。当年冬天，就带领群众对河滩地重新治理，彻底改造。这些河滩地，过去是"拉腿田"，用社员的话来说，就是"骑着骆驼牵着鸡，高的高来低的低"，高的浇不上水，低的排不出水，要彻底改造，任务十分艰巨。有人就摇摇头道："要让滩地变个样，除非国家投资干。"大队党支部认识到：在学大寨的道路上，每前进一步，总会有两种思想的斗争，必须抓紧思想教育。他们带领社员群众学习毛主席的有关教导，学习大寨的英雄事迹，开展革命大批判，使大家树立了自力更生、艰苦奋斗、改造河滩的雄心壮志。大队党支部书记莘长智和副书记石清玉，跟大伙儿一道，泥一身、水一身地干。回汉族社员携手并肩，运土挖渠。经过两个冬春的艰苦奋战，开挖了74条沟渠，动用了10多万土石方，加上前几年改造的农田，全大队2000多亩"锅底田""烂干田"，全都建成了排灌畅通的高产稳产田，为农业丰收打下了坚实的基础。

在改造农田的同时，古城大队大搞群众性的科学实验活动，大队干部亲自种试验田，广大回汉族社员一个字一个字地认真落实农业"八字宪法"（注：毛主席提出来的"土、肥、水、种、密、保、管、工"），庄稼种得越来越细。

大队党支部委员丁学礼是个65岁的回族老汉。他带头搞科学试验，攻下了不少技术难关，群众都说他是"土专家"。

1970年，我国南方小苗带土移栽的水稻育种新技术传到了宁夏，古城大队党支部让丁学礼到农业试验场学来了这个新技术。

古城大队根据农作物品种新陈代谢的规律，已经更换了水稻品种3次，产量不断提高。可是，有的优良品种因为生长期长，在这地方不能大面积推广。小苗带土移栽的新技术如果试验成功，就解决了这个问题。

丁学礼决心在试验中摸规律，把它搞成功。

科学种田是一场革命，时时都有斗争。丁学礼第一次试验失败了，传来了一些风言风语。大队党支部副书记石清玉热情地鼓励老丁说："失败是成功之母嘛！一次不行，再来几次，坚持试验，总会成功的。"

石清玉还跟丁学礼一块儿分析了失败的原因，继续试验。

丁学礼的老伴儿也帮助老丁搞试验，她运用发豆芽儿的经验帮助老丁发好了稻芽，让老丁腾出手来挖育秧池。

丁学礼找了个避风向阳的地方，挖了个土池子。把稻芽撒到地里，他就把铺盖搬来，在育秧池边吃住，仔细观察秧苗的变化。夜里他怕秧苗冻坏了，就在育秧池周围挖了8个小坑，点着8堆炭火，一会儿捅捅灰，一会儿添添炭，连着好几个夜晚，两只眼都熬红了，加上烟一熏，肿得像核桃那么大。大伙儿心疼地劝他歇一歇，有人要替他守夜，老丁怎么也不肯。他说："我睡上一夜觉，秧苗这一夜的变化就看不到了，怎么能摸着规律呢？"

老丁这么下心，小苗带土移栽的新技术，终于试验成功了。县革委会在育秧池前开了个现场会，请丁学礼介绍了自己从实践中摸索出的经验。这项新技术像春风一样迅速吹遍了全县。古城大队也马上推广了这一新技术，当年采用新法栽种的水稻比旧法每亩增产200多斤，充分显示了科学实验的威力。

丁学礼虽然不识字，但是经过多年来的科学实验，掌握了许多农业生产方面的科学技术，还在县办的农民技术员学习班讲过课。

他深有体会地说：（放录音，混播）

"种田也是一门科学，要按它的规律办事。

"毛主席根据农业生产的客观规律，亲自制定了农业'八字宪法'。只要我们坚决执行'八字宪法'，认真搞好科学种田，就能摸着农业生产的规律性，掌握主动权，做到丰收由人不由天。"

老丁的话说出了古城大队广大干部、社员共同的体会。麦稻两熟的试验成功，就是他们落实"八字宪法"，从科学实验中闯出的一条丰收由人不由天的新途径。

古城大队党支部学习了大寨"一茬变两茬"的经验，1970年提出了"麦稻两熟多贡献"的战斗口号。

有的人一听就摇头，掐指算细账，说什么："古城湾无霜期150天，麦子90天稻子150天，生长期最少得240天，差下这几十天的无霜期到哪里去找，不是不看条件瞎胡闹嘛！"

贫下中农针锋相对，豪迈地说："条件要看账要算，不过，不能光算天的账，不算人的账。无霜期差下90天，我们要创造条件把它找出来！"

八队的科学试验小组从水稻间苗补栽中得到启发，提出把复种的稻秧先栽到别的田里寄存起来，等小麦收割以后再移栽过来，用这个叫作"寄秧"的办法来解决这个矛盾。

大队党支部支持他们的想法，鼓励他们先进行试验。

他们就从已经返青发棵的3个水稻品种的秧苗中，每隔5天拔出一些，再移栽到别的田里，同时对施肥、灌水等技术措施进行综合试验，结果发现直到7月20日移栽还能成活。

试验出门道来了。1971年八队种植了12.8亩麦稻两熟田。"三夏"（夏收、夏种、夏管）大忙季节，劳力显得十分紧张，既要龙口夺食抢收小麦，又要赶忙复种移栽水稻，（复种）时间一迟就要影响产量。广大贫下中农和社员群众，为了抢时间争速度，力争两熟双高产，白天不怕烈日晒，夜晚不怕蚊虫咬，日以继夜地艰苦奋战，抢收抢种。大队党支部成员都来到八队，投入了"双抢"的紧张战斗。"人心齐，力无比"，只用了一星期的时间，"双抢"任务胜利完成了。八队社员对两熟田巧施肥、巧灌水，精心培育管理，结果小麦单产521斤，水稻单产841斤，两熟平均亩产达到1361斤，最高亩产1520多斤。贫下中农高兴地说："科学种田就是好，麦稻两熟产量高，丰收由人不由天，'八字宪法'是个宝。"

在这海拔1070多米、无霜期只有150天的塞上寒冷地区，麦稻两熟试验成功是一个革命的创举。宁夏回族自治区革命委员会生产指挥部，在水稻收获的时候，召集自治区和各县市农业部门的负责人以及社队干部、技术员代表来这里开现场会，大力推广古城大队的先进经验。目前，古城大队培育出的麦稻两熟这株鲜艳的红花在宁夏灌区盛开。仅吴忠全县推广麦稻两熟的就有1000多亩，平均亩产都在1000斤以上。

古城大队把成绩作为新的起点，在继续推广麦稻两熟的同时，又进行小油菜和水稻两熟试验。一队试验结果，小油菜单产206斤8两，水稻单产1007斤2两，两熟亩产1214斤。这就为解决粮油争地的矛盾，全面发展粮油作物开辟了新路。

在古城大队，科学试验已经形成广泛的群众运动，建立了一支由干部、老农和知识青年组成的"三结合"的科学技术骨干队伍，从大队到生产队都有科学试验小组，全大队涌现出不少科学试验的积极分子。一队队长马金秀长年累月和群众一起搞试验，亲自动手进行大量的肥料试验，摸透了各种肥料的"脾气"，掌握了施肥上促进与控制相结合的规律。他在新开的河滩地上进行肥料试验，当年就使水稻亩产达到800多斤。群众称他为"肥料通"。还有的农民技术员，被群众称为"种子迷"和农业科学技术方面的"活字典"。

古城大队人人讲科学，事事搞试验，群众都自觉地参加科学实验活动。有的妇女走娘家，见了优良品种就带回来试种。五队复种用的高产早熟的小青稞，就是从别处引进的3两种子精心培育繁殖起来的。有的社员除了积极参加集体的科学实验，还在家里搞种子、肥料等试验，有了成效马上就提供给集体。

古城大队的回汉族社员都懂得：科学种田要十分认真。舍得花力气，多下苦功夫，才会有收获。回族妇女马金花和几个女社员天下大雨，坚持奋战，保护住水稻秧苗一棵也没受损失。女青年朱秀珍、赵小兰等，知道避蚊油刺激花粉，影响水稻配花试验，就任凭蚊子咬，不搽避蚊油，坚持水稻配花试验。她们豪迈地说："我们宁愿让蚊子叮1000次，也不能让试验受影响1次。"

古城大队的许多知识青年在三大革命斗争的熔炉中锻炼成长，经过亲身参加农业科学试验这一项伟大的革命实践，他们有深刻的体会，都认识到"农村是一个广阔的天地，在那里是可以大有作为的"，都决心把青春献给社会主义新农村，当一代有文化的新农民。在大队"五四〇六"菌肥厂亲手制作菌肥的回族女青年丁淑华深有感触地说：（放录音，后混播）

"刚回到农村，我以为搞农业生产，一个背篓一把锹，没有个学头，不安心。这几年来，经过贫下中农的再教育，参加了农业科学实验活动，我越来越明白了：农村确实是一个广阔的天地，光科学种田这一门，就够我学一辈子、钻一辈子、干一辈子。我决心扎根古城湾，放眼全世界，从一点一滴的科学试验活动认真做起，为建设社会主义新农村贡献自己的一切力量，让革命的青春永放光芒！"

社会主义新农村的美好远景，激励着大家的斗志。群众性的科学实验活动，打开了人们的眼界。过去，小麦单产四五百斤就觉得到顶了。去年有的小麦亩产950多斤，他们还不满足。现在水稻亩产一千四五百斤，在古城湾已经不算稀罕。今日古城湾，农、林、牧、副、渔进一步全面发展起来，农业机械化、水利化、电气化和大地园林化的远景规划正在古城湾一天天地变成现实。

古城大队在新的成绩面前，在连续两年突破千斤关以后，今年又有什么新的打算呢？大队党支部书记莘长智告诉我们：（放录音）

"我们反复学习中央两报一刊元旦社论，一分为二地总结工作，认真寻找差距。我们一定要落实'八字宪法'，坚持科学种田，不断挖掘潜力，向生产的深度和广度进军，夺取新的丰收，为中国革命和世界革命做出新的贡献！"

机身隆隆，战鼓咚咚。

古城湾的春天，黄河滚滚东流，在古城大队的田野里，春耕生产热气腾腾地展开了。

这里的回汉族劳动人民，迎着朝阳，昂首并肩，挥镐扬锹，高歌猛进，投入了夺取新胜利的战斗，决心用勤劳的双手、坚实的脚步、充沛的干劲、科学的态度夺取今年农业新丰收。

（中央人民广播电台1973年4月《对农村广播》播出）

补白：神秘村庄　"蹲点"采访

20世纪六七十年代，省级人民广播电台是中央人民广播电台的集体记者，有供稿任务。当时，全国开展"农业学大寨"运动，古城大队是全自治区的典型。

这是一个回族、汉族聚居的大村庄。传说地下埋藏着一座古城，当年唐太宗会见各少数民族首领、被尊称为"天可汗"的边境城池，黄河洪水淹没了它。真有点神秘啊！

报道任务交给了我，采访方式是"蹲点"（不是蜻蜓点水，而是长期驻点）、"三同"（与农民同吃同住同劳动）。我在田间地头、农家炕头一边干拔草、搓麻绳的活，一边拉家常式地采访。在这个神秘的村庄，说话、喝水、吃饭等许多生活细节都要十分小心，不能犯了民族、宗教方面的忌讳。

我曾经去山西大寨、河北沙石峪、河南红旗渠参观学习过，被中国农民自力更生、艰苦奋斗的精神感动得热泪盈眶。

在古城大队实地观察、亲身体验、询问对话、深入思考，我发现古城大队的特点是科学种田。他们也有修堤垒坝、与冲刷耕地的黄河水搏斗等艰苦奋斗的事迹，但不是主流，是非决定性的。我觉得：写古城大队，从实际出发，不写苦干而写巧干，更能体现出"学大寨，学根本"。宁夏电台领导和中央电台编辑支持、赞同我的主张。于是，就有了这篇不同于一般（艰苦奋斗）的学大寨报道。

实践证明，路子选对了。中央人民广播电台播出后，反映很好。

根据报纸的特点，我将广播的录音报道稿改写成纯文字稿，以《朝阳映红古城湾》为题目，署名为"本报通讯员"，在《人民日报》1973年4月18日的二版上刊登了。

追记：越是艰苦的地方，越能锻炼人

宁夏比北京、上海困难得多，是我早就预料到的。但我没想到，生活竟然困难到了连一些基本生活必需品都极度缺乏的地步。

在凭证、凭票供应生活必需品的年代，宁夏首府银川城里好多东西有钱也买不到。在北京、上海等大城市有父母、兄弟姐妹等亲人的宁夏电台同事常收到托人带来的物品。

有一次，我从北京回银川时，"北广"来宁的校友付秉江、苏然枝、刘继英、王延令和电台同事秦嘉瑄等的亲人，各家都把几个装得鼓鼓的提包送到我坐的卧铺车厢里。电话说好他们来车站接我。到了银川火车站，同车的旅客帮我提到站台上，熟悉的朋友要帮我带几个提包走，我担心同学、同事们上站台来找不到我，会焦急，谢绝了。

一直等到全车旅客几乎都走光了，也不见接的人来。我只好守着17个大提包干等着，其中只有一个是我的。当时银川火车站连个院墙和候车室都没有。来个抢劫、偷盗的就麻烦了。

正当我一筹莫展、忧虑万分之际，分管工业的自治区党委书记邵井蛙同志下了火车，走过我身边，问明情况，让接他的专车，连我这个人和17个提包送到电台。同事来取东西时说火车晚点了，接一次扑了空，准备再接我时，我已经回来了。

如今大变了，宁夏人不再从京沪等大城市带肉、糖等物品，还托人把宁夏特产的滩羊肉、枸杞子等带过去。

当时，不仅仅生活困难，我承担的工作任务更是困难得难以想象。

煤矿井下，黑得瘆人。第一次下井，我挺好奇的。穿着矿工服，戴着矿灯，坐着罐笼，下降到井巷，再摸黑往采煤工作面走。头顶上的矿灯射出来一道道光束，然而对地层深处无边无际的黑暗来说，简直像萤火虫的光亮。在采煤现场，黑煤粉从头到脚，满身都是。升井后，同矿工一起在大澡堂洗澡，大镜子一照，原来我同矿工一样也成了黑人。黑煤粉钻进皮肤缝隙里，洗几次都洗不净；钻进了鼻孔、气管、肺里，十天半月之后，吐出的痰里还有黑星星。更别提下矿井的生命危险了。

矿工说他们每次下矿井都是把脑袋别在裤腰带上，随时准备"光荣"。因为井下各种险情说不定什么时候就发生。我就亲身经历过一次，别的掌子面放炮，震得石块砸下，两位矿工兄弟扑在我身上，保护我，令我十分感动，终生难忘。

在宁夏人民广播电台，下矿井采访简直成了我的专责。我先后下过矿井16次，上矿山更是难计其数。连续几年的春节，自治区领导下矿井掌子面看望慰问第一线的工人，背着录音机随访的总是我。连采访通联组副组长郭硕坤的夫人都觉得不恰当，说她丈夫："不能派别人去吗？他家娃娃那么小，也让人家过个团圆节嘛！"

闯流沙大漠，采访空军救出的蒙古、回、汉族牧民，非常艰险；进穷山深沟，采访土豆糊糊充饥、雨雪积下的窖水解渴的回族乡亲，条件艰苦；向中央人民广播电台、对台办供稿，自治区下达的重大典型报道，困难重重……往往总派我去完成。

"四人帮"垮台后，署名宁夏人民广播电台的批判"四人帮"新闻路线的长篇文章也让我执笔起草。1978年3月8日，我加入了中国共产党。

我觉得，越是艰苦的地方，越能锻炼人；越是艰巨的任务，越是更大的信任。尽管连个人真实姓名都没有署，艰难险阻一大堆，我从不计较个人得失，总是竭尽全部心力去完成一篇又一篇以"宁夏电台""宁夏电台记者"署名的报道。一起来宁夏的"北广"老同学戏称我为"拼命三郎"。

文章千古事，得失寸心知。

踏平艰险出成果，聆听自己笔下流淌出的文字，变化成播音员带着磁性感染力的声音；阅读自己用心血、汗水、泪水凝聚成的文字，浇铸出浓眉大眼、活泼灵动的报刊风采，那种快乐是未经刻骨铭心的磨难而体会、领悟不到的。

回过头来看，能有几篇出自我手的经得起时间检验的"历史草稿"，留存下时代的脚印，而这脚印，其实是创造历史的工农兵人民大众踏踏实实地留下的，是许许多多编辑、记者、编审、摄影、播音、制作、印刷等各种岗位的仁人志士与我一起共同留下的，并非我一个人的孤独脚印。短暂的生命能有此经历，我这一生值了！

四、探步篇（1981—2002年）

自己管理自己，自己约束自己，自己钟爱自己，自己调动自己的积极性，自己掌握自己的命运。

——胡耀邦

（一）教育·人才篇

浇灌花朵的人

——访上海来宁夏的两位退休老教师张洁修、朱樾芳

（先出实况："奶奶好！"后压低混播）

在宁夏石嘴山市幼儿园里，天真活泼的回汉族小朋友，一见到张洁修、朱樾芳两位"上海奶奶"，马上就像一群小燕子似的飞了过来，抱腿的抱腿，拉手的

拉手，亲热得不得了。

71岁的张洁修和62岁的朱樾芳两位退休教师，今年2月不远千里从上海来到宁夏，在贺兰山下的石嘴山市幼儿园担任为期半年的顾问工作，才两个多月的时间，就与小朋友们建立了极其深厚的感情。

她俩刚到这个新建不久的幼儿园的时候，见一些小朋友中午又玩又跳，闹得整个幼儿园的小朋友都不能午睡，而保教人员缺乏幼儿教育经验，对此束手无策。她俩深入班级，教小朋友唱《摇呀摇》的催眠曲，很快就解决了这个问题。你听，小朋友们围在两位上海奶奶身边，又唱起了《摇呀摇》：

（出实况："摇呀摇，摇呀摇，我的娃娃要睡觉。小花被，盖盖好，两只小手放放好。摇呀摇，摇呀摇，我的娃娃睡着了。"后混播）

张洁修和朱樾芳两位老教师，从事幼儿教育工作30多年。她俩退休以后，每人每月收入70多元，晚年生活在上海十分舒适。当她俩听说地处祖国大西北的少数民族地区宁夏石嘴山市建立了幼儿园又不会办的时候，就志愿来宁夏帮助工作。当时，上海的一些部门也聘请她俩去当顾问，培训幼儿教师，她俩婉言谢绝了，坚决来到了宁夏。

她俩为什么不留上海，要来宁夏呢？

一级教师张洁修激动地说：（放讲话）

"我虽然到了古稀之年，但是，身体还好，还有精力，应该为四化建设出些力，为我们幼儿教育事业贡献一些微薄的力量。我家里人知道以后，还有一些朋友都对我说：你要为幼儿教育出一份力，那在上海也可以做了，为什么还要跑那么远的路，到几千里之外的大西北去，应该留在上海还是比较好，（宁夏）那个地方生活比较艰苦的，你年纪老，适应不了。当时，我这样想的，上海他们要办培训班，上海退休教师还是比较多的，可以聘请别的老师。那么宁夏呢，少数民族地区，我应该上那儿去。

"同时，我也想到，现在是新社会，要是在旧社会，那个时候，我这个年龄，早被学店老板辞掉了。那么，想到新社会嘛，退休了，有退休金，劳保享受，生、老、病、死都有保障的，因此，我拿旧社会一比，祖国要我到大西北去，我就去。"

张洁修老师越说越激动："孩子培养得好不好，这关系到民族的兴亡，国家的前途。来到这里以后，又要办幼儿教师培训班，要我们讲课，我把我们这里的幼儿教师水平提高，使我们这个少数民族地区的幼儿教育事业越办越好！"

张洁修和朱樾芳来到宁夏以后，全身心都投入到工作中去。

石嘴山市幼儿园园长范淑珍老师介绍说：（放谈话）

"两位老教师来到我们幼儿园，两个多月了，她们处处严格要求自己，一切为了孩子，兢兢业业地工作，她们的好思想、好作风给了我们深刻的教育。

"我们宁夏石嘴山市幼儿园1980年才建立，各方面条件差，保教人员来自各个不同岗位，缺乏经验，大家都非常焦急，正在这时，两位老教师来到我们幼儿园了，还真是及时雨啊！对我们帮助可大了！

"两位老师一来就深入班级开展工作，主动听课，逐字逐句修改教案，一个一个地找保教人员谈心，讲搞好幼教工作的重要意义，启发我们要热爱本职工作做好幼儿第一任启蒙教师，帮助教师制订一日活动计划，健全园内规章制度，建议园领导派懂业务的同志管理孩子们的伙食。他们常常晚上准备讲课材料一直到深夜，两位老教师这种忘我工作的精神，使我们受到很大的启发和教育。我们要好好向两位老教师学习，搞好幼儿教育工作，为培养祖国的下一代贡献我们的毕生力量。"

正如范老师说的，张洁修和朱樾芳两位教师不顾年高，不畏风沙，来到宁夏以后不当客人做主人，兢兢业业地讲课，逐字逐句地修改教案，全力以赴，帮助石嘴山市幼儿园很快走上正轨。与此同时，她俩又接受了为宁夏全区各地的幼儿教师培训班讲课的任务，常常为编写讲稿一直忙到深夜，不到一个月的时间就编写出12万字的讲稿，已经为来自宁夏全区各地的幼儿教师讲了3课，受到大家的热烈欢迎。一些原来不安心幼教事业的年轻教师听了她俩的课受到实际的教育，纷纷表示：学习上海老教师的榜样。

（出实况录音，《雷锋叔叔爱集体》，混播至完）

少年儿童是祖国的未来，爱孩子就是爱祖国的未来。如今，石嘴山市幼儿园的保教人员，在上海两位老教师的带动下，开展"热爱孩子赛妈妈"的活动，为培育祖国花朵辛勤浇水施肥。幸福的孩子们，正在翩翩起舞，放声高歌，排练节目，迎接自己的节日。

（合作者：罗大芬。中央人民广播电台1981年5月28日《综合》节目播出）

附：这样前无古人的壮举，值得宣传

——为一篇本台记者来稿没有被播用而写 ◎苗荧林

　　读今年4月3日《人民日报》，我为一条消息所感动，联想翩翩，久久不能忘却，以至多日以来，我向自己的家属、机关里的同事，宣传介绍过这条消息，复述消息里的人物故事，还谈了自己的感想。4月7日参加一个研究办好全国"联播"节目的小会，我讲到广播"自己走路"要重视制作人物讲话录音时，又以这条消息里的人物为例，认为如果我们的工作是健全而有效率的话，像这条消息里的人物，我们编辑部值得"指挥"记者前去采访，制作人物讲话录音，供"联播"节目播用。这将增强"联播"节目对听众的吸引力，将会受到听众的欢迎，也将对听众起到良好的宣传、教育、鼓舞、激励的作用。

前无古人的壮举

　　这是一条什么消息呢？这是一篇新华社新闻稿，电头是"银川4月2日"，《人民日报》刊登在第一版（要闻版）的右下角，两行竖标题是："张洁修、朱樨芳离沪赴宁夏任顾问，热心向同行传授幼儿教育的经验"。

　　张、朱两位是什么人呢？一位是71岁的退休女教师，曾经从事幼儿教育30多年；另一位也是退休女教师，今年62岁。她俩有感于宁夏这样的内地幼儿教育事业比较落后，出于爱国爱幼之心，自动请求，得到同意，去到宁夏石嘴山市幼儿园担任顾问工作，为期半年至一年。她们日夜操劳，为当地培训幼儿保教人员，帮助当地整顿和健全幼儿园工作，使之逐步走向科学化、正规化。

　　两位老太太，已经退休了。她俩本可以牵着孙儿孙女，吃吃馆子、坐坐大轿车，美美地去有天堂之称的苏州、杭州旅游，逍遥度余年的。但是在我们亲爱的祖国正在克服历史遗留下来的种种困难，向着四化大道奋勇前进的时候，她们不愿享清福，乐意自找苦吃，从气候温和的长江三角洲志愿来到大陆性气候的、海拔1000米以上的黄土高原工作。这是什么精神？新华社电讯中没有交代她们是不是共产党员，但是她们的实际行动和思想境界表明她们充满着爱国主义精神、共产主义精神。汉代大政治家曹操有"老骥伏枥，志在千里。烈士暮年，壮心不已"的传诵千古的名句。而我国当代的有志之士却是老骥"出"枥，不仅志在千里，而且志在未来；暮年的烈士，不仅壮心不已，而且行动不已。马列主义、毛泽东思想武装起来的社会主义新中国的普通劳动者是前无古人的，是胜过了封建社会的杰出人物的。

正面宣传的鞭策作用

职务退休，为人民服务不退休，这是我们时代先进的老年同志的精神风貌，这是我们社会主义新中国先进的老年人的精神风貌，这是社会主义精神文明的一种体现。

宣传这样的人物，报道这样的事迹，我感到有着广泛的深刻的教育意义和鼓舞作用。且不说对同样是老年的人们所起的作用吧，对现在还没有退休的、在职务岗位上的人们呢？同两位老太太做对比，还在职务岗位上的人，总是不算太年迈，还正年富力强吧，总是有职有权，说话办事比较灵吧，可是在职务岗位上的人们中，"现在有些人搞文牍主义，净划圈圈，不解决问题。""我认为最普遍、最严重的一种官僚主义作风就是四个字：压、推、拖、了。""现在官僚主义还是相当严重，还需要我们认真对待。"①我想：上海两位退休老太太去宁夏一事，可以给某些官僚主义者以教育。有职有权，不好好干，实在是尸位素餐；至于损国利己，营私舞弊，搞不正之风，那更其恶劣。两位老太太无职无权，年老体衰，自甘吃苦，特意找雪中送炭、为人民服务的事做，对照之下，有的人不感到自己脸上发烧吗？不值得自己反省吗？不应该振作精神，跟上党的十一届三中全会的步伐吗？

对青少年，这件消息也很有意义。贪图安逸，害怕吃苦；留恋或羡慕大城市，鄙夷内地；工作不勤奋，学习不刻苦。这些思想情况和表现，在一部

---

①邓颖超1981年2月在中纪委第三次全体会议上的讲话：《坚定不移地搞好党风》，见《人民日报》1981年3月28日文。

分青少年中是存在的。两位老太太志在四方，志在未来，为了祖国的幼教事业，俯首甘为孺子牛。这种献身精神是可以激发青少年的上进心的。老太太尚且如此，吾辈青少年，不更应为振兴中华而努力工作、努力学习吗？

消息打动了读者，读者留下了深刻的印象，而后又乐于转告别人。这样的读者，我想绝不止于我一人。消息通过直接和间接的传播，就在社会上起到了良好的积极的宣传作用。新华社这则银川电发得好，《人民日报》在许多电讯中把它选拔出来，显著刊登，编辑工作也做得好。

遗憾呀：可用而不用

但是4月10日，我却得知一件意料之外的事。原来上海两位老太太到宁夏的事，早在3月19日，比《人民日报》登出之日早半个月，我台记者部就收到了本台记者潘梦阳同志从银川寄来的文字稿，稿子立即被转到一个编辑部门处理，又在4月1日（正是新华社银川发电前一天）被退回记者部。记录处理情况的"稿笺"上，有关编辑部门留下了这样的意见："这样的报道，意义不大，可以不用！""此稿太简单，人物的精神面貌和思想境界没有写出来，不好用。"

这就太遗憾了。

梦阳同志的来稿，我仔细看了。全文860个字，写得是不错的。同新华社电讯比较，因为报道的是同一的两位人物、同一的事实，基本内容和主题思想当然是一致的，但是写法上、文字上可以说是各有千秋，各有长短。新华社电讯从文字上讲，比较严谨老练，同时比较干巴；我台记者稿中有一些句子带有地方色彩，比较形象，比较富有感情。报道两位老太太的精神面貌和思想境界，新华社电讯中基本上是客观叙述，同时直接引述了当事人的两段话（《人民日报》刊登时删去了一段），我台记者稿中，除了客观叙述外，也直接引述了两位老太太的表述胸怀的话（共四段），较好地显示了主人翁的抱负，是人们愿意听的。此外，我台记者稿中讲到了她们在宁夏受到当地领导同志和群众欢迎和赞扬的情况，这也是很必要的。但是新华社电讯中几乎没有。此外，在背景和细节方面，两家稿件的交代和描绘互有繁简，这类出入是自然的，不可免的，不必多说了。

让我们一起向前看

本台记者来稿，没有被采用，可惜。从这件事中，我想到：

一、对本台记者来稿，确定不用，在审批环节上是否有进一步健全制度的必要？新闻界行话，习惯把稿件不用比喻作"处以死刑"。谈到死刑，国家大法规定，地方各级人民法院判定了，还须最后报到最高人民法院审查批准。人命问题，慎之又慎。本台记者队伍，很需要扶植栽培。像宁夏记者站，更是一个新建单位，我们新建的一个小分队。我们对于本台记者的来稿，如果决定不用，是不是应有比较严密的审批制度？我设想，对于判定不用的记者来稿：（一）在处理这个稿件的本部、组范围里，最好有比一二位更多的同志传阅研究一下，就如同医院组织大夫们对疑难病例或"绝症"进行会诊一样，集思广益，力求使判断更准确些。（二）要经过本部、组范围以外较高一级（或其授权的另一个也许是同级的机构）进行复核；如果复核有异议，原处理单位要重新研究；如果再有争执，报请台一级领导裁定。

二、对于上海两位老太太在宁夏这件本台记者来稿，从处理部门的意见看，虽然"判定"不用，但还不是整个地否定了来稿，否定了主题思想和基本内容，那么为什么不回复一信给前方，提出建设性的意见，帮助前方记者尽可能改变写法，补充内容，使稿件符合编辑部要求呢？

三、记者来稿，即使不用，也提供了一件新闻线索。对这一新闻线索，有没有发展价值，有没有发展可能，是编辑部应该研究考虑的事。关于上海两位老太太在宁夏，我认为就是一个有发展价值的新闻线索。由于4月2日的新华社电讯，我台曾经在当天17点新闻节目中摘发，并且已经在3日见报，我台记者3月19日到达记者部的新闻稿件是没法再播用的了。但是我认为我台记者仍有可作为之处，就看编辑部有没有这方面的部署了。为了办好广播，必须自己走路。我设想，我台记者可以前往石嘴山：（一）采录两位老太太的讲话录音。她们是教师，是善讲的，现身说法，更能感人。（二）采制录音新闻、录音通讯，其中包括石嘴山市领导方面的评价、当地幼儿园保教人员的赞扬、感受，幼儿及其家长的感谢、感受等讲话片段。工作付出努力，结果可能圆满。人物讲话录音和录音新闻、录音通讯，完全可以上"联播"节目。"祖国各地"节目，也可以播用。

中央领导同志最近指示，宣传好人好事，应该扩大报道的方面。就上海两位退休女教师去宁夏工作一事做宣传，正符合中央领导同志的这个要求。

亡羊补牢，未为晚也。

原文附：潘梦阳同志的来稿

从上海来到宁夏任教的两位幼儿教师，不顾年老体弱，不畏塞上风寒，自2月20号到今天，一个月来在贺兰山下的石嘴山市大武口幼儿园，兢兢业业地为少数民族地区的幼儿教育事业服务，受到宁夏托幼部门的好评。

上海黄浦区东昌幼儿园原副园长、71岁的张洁修和上海市静安区陕西南路幼儿园原园长、62岁的朱樾芳，都是有30多年幼儿教育经验的老教师。他俩退休以后，上海市许多幼儿园都要聘请去当顾问。当她俩知道宁夏缺乏幼儿教师，就打消了待在上海舒舒服服过晚年的念头，志愿来到风多沙大、气候干燥的贺兰山下。

每天早晨，两位老教师同幼儿园的孩子们一起迎着朝阳，出操锻炼。她俩帮助当地的幼儿教师健全和完善幼儿园的规章制度，帮她们备课写教案，精心传授幼儿教育的宝贵经验，一天忙到晚，怎么劝也不歇一歇。年过古稀的张洁修还风趣地说："同孩子们在一起，我总觉得自己还年轻呢！"

宁夏回族自治区托幼领导小组办公室主任谢明受自治区人民政府的委托，专程从银川到大武口看望了两位老教师，亲切地慰问说："西北不如上海条件好。你们辛苦了。"张洁修老师说："教育儿童是全社会的神圣职责，我们更是义不容辞，年老了，不能为四化建设贡献更多的力量，只想在有限的晚年，尽自己一点微薄的力量。"

谈到党和国家当前对青少年教育和幼儿教育的重视，谈到学习雷锋和"五讲""四美"活动，张洁修老师和朱樾芳老师都很激动。张洁修老师兴奋地说："人才的培养，是实现四化的根本保证。最近开展的'五讲''四美'活动，是培养新的一代的好开端。从现在做起，培养、教育儿童有良好的道德品质、高尚的思想情操，十年、二十年以后，祖国整个面貌会焕然一新。"朱樾芳老师说："到那时候，我们的祖国将是有高度的社会主义精神文明和物质文明的伟大强国了。"

两位老师爽快地答应了石嘴山市教育局的要求，打算协助办幼儿教师培训班，为培训一些幼儿教师尽一份力量。

宁夏托幼部门向本台反映了上述情况，要求表扬这两位退休老教师，并且说宁夏的幼儿教师都要向这两位老教师学习。

（原刊于中央人民广播电台《记者通讯》1981年第4期，题为
《既已"亡羊"，就须研究"补牢"——为一件本台记者来稿没有被播用而写》，
收入中国广播电视出版社1985年版韦振斌编《编播业务杂谈》，改为今题）

补白：当头一棒促思考

我到中央人民广播电台记者站采写的这第一篇稿就遭"枪毙"了，当头一棒打得我晕头转向。

回想自己在宁夏电台当记者十多年，中央电台要宁夏电台供的稿，许多都是我采写的，次次都被采用，还多次得到好评。而且，大多是通讯、录音报道。如今，我连一条消息都写不合格了，这个中央人民广播电台驻宁夏记者还能干下去吗？！

我陷入极度困惑之中，就去图书馆翻阅一些书籍。

看到马树勋著的《民族新闻探索》中赫然写着："在我们新闻记者队伍中，有人把宁夏说成是无地位、无特点、无典型的'三无世界'。"

我不禁大吃一惊。又听到从辽宁分社调到宁夏分社的新华社记者说："在辽宁，一弯腰，捡起来就是个大新闻。在宁夏，掘地三尺也掘不出新闻。"我更加忧愁了。

北京广播学院曾连发三次商调函要我去任教，宁夏却坚持不放，理由是已经把我列入后备干部名单。放着母校的首都大学教师没去当，上面安排好了的顺顺当当的仕途又不走，当这么个"冷冻"记者，有什么出路呢？我真是像人家说的，"傻得脑子进水了"吗？！

就在我忐忑、困惑之际，1981年第4期中央电台《记者通讯》刊登了中央电台研究室主任写的上面那篇文章《既已"亡羊"，就须研究"补牢"——为一件本台记者来稿没有被播用而写》。

文章中提到的《人民日报》发表的那篇新华社银川电讯稿，是新华社宁夏分社记者在街头碰到我，听我诉说心中的疑惑，又向我进一步询问而得到了新闻线索和一些素材，然后发出的；并且，同我原稿"基本内容和主题思想是一致的"。

我那篇被"枪毙"的消息原稿也是街头巧遇引发的。那天，碰到了谢明同志，她听说我调到了中央电台记者站，就介绍了二老从沪赴宁支援宁夏幼儿教育的事，建议我去采访。见了二老，目睹耳闻，深受感动。于是，采写了此稿。

这篇研究"补牢"的文章引起了我的深思：两位退休老教师来宁支教一事被誉为"前无古人的壮举"，"老骥'出'枥"，"志在未来"，"暮年烈士，行动不已"。精神境界"胜过了封建社会的杰出人物"，此事并非"意义不大"。

支宁、支西（部），同样的事，不同的人却有着完全相反的看法。孰对孰错，一比即知。

我进一步学习毛主席的《矛盾论》《实践论》《人的正确思想是从哪里来的》等哲学著作，运用唯物辩证法分析，深入思考，豁然开朗：人生的支点就在于人生价值的追求。强烈对比的巨大反差，更突出地显示了支宁、支西，本身就是值得大力报道的重要事件、时代壮举，前无古人，后启来者。

支宁、支西这样的选题，太重头了，太有意义了。于是，我立即行动，从调查研究入手，在完成日常报道和上面布置选题的基础上，自主选题，花长时间挖掘和研究素材，深入采写了一系列关于"支宁"的新闻报道。

以祖国的需要为志愿
2万名外地大学中专毕业生扎根宁夏

新中国成立以来，有2万名新中国培养出来的大学、中专毕业生从北京、上海、天津、南京等城市，来到文化落后、环境艰苦的宁夏工作。现在，他们已经成为各条战线上的骨干力量。据统计，宁夏高等院校的教师、科研机构的研究人员和各行各业的工程技术人员中，80%是从各地来的大学、中专毕业生。

当年，他们满怀着"祖国的需要就是我们的志愿"的豪情壮志，愉快地来到宁夏，在这里生根、开花、结果，为宁夏的繁荣和发展献出自己全部的知识和力量。

　　严纪彤、王伯玲夫妇是20世纪50年代来宁夏工作的。1953年，严纪彤从南京农学院畜牧系毕业后，就坚决服从分配，来到风沙弥漫的毛乌素沙漠边缘工作。他的行动得到了他的未婚妻、畜牧系低年级同学王柏玲的支持。王柏玲亲切地对他说："江南虽然可爱，可塞北草原更需要我们。"两年后，王柏玲一毕业，也来到了宁夏。他们在灵武农场一间9平方米的小房子里安了家。在十分困难的工作和生活条件下，相互勉励，立志用劳动的汗水换取丰硕的成果。经过25年的努力，终于培育出"灵农型宁夏黑猪"优良猪种，还培育、繁殖了1800多匹改良马和改良骡子，深受宁夏和西北地区农民的欢迎。1978年，王柏玲出席了全国科学大会并获得先进工作者奖。王柏玲侨居国外的父亲来电，让他们一家去巴西探亲。王柏玲在巴西参观了许多养猪场和养鸡场。老人要他们在巴西定居，他们说服了老人，提前3个月回到祖国。现在严纪彤已被提拔为宁夏回族自治区农垦局副局长，王柏玲也担任了农垦科研所畜牧系主任，成了宁夏畜牧科研战线上的带头人。

　　沈阳药学院毕业的王忠效，1970年分配到革命老根据地盐池县制药厂工作。为了研制新的药品，他经过反复试验，研制成功新药"苦豆草片"，对痢疾、肠炎疗效显著，现已被正式列入《中华人民共和国药典》。他还和大家一起研制成一套年产500吨的甘草霜喷雾干燥系统，使畅销国内外的药品"甘草霜"产量倍增，增加了企业利润。去年王忠效光荣地加入了中国共产党，担任了这个厂的厂长，今年又晋升为工程师。

　　这些从全国各地来宁夏工作的大学、中专毕业生，为建设宁夏做出了贡献，取得了显著的成绩。他们在当地干部、群众和科技人员的协同配合下，共取得了500多项科技成果，其中307项获得自治区科技成果奖，78项获得全国科技大会和国家有关部委的奖励。截至1981年，这些大学、中专毕业生中，有1万多人被授予各级各项技术职称。党的十一届三中全会以来，有1000多人光荣地入了党。还有600多人被提拔到县处级以上的领导岗位上。

（中央人民广播电台1981年10月14日《全国新闻联播》、15日《新闻和报纸摘要》播出，
被评为好稿；《光明日报》《人民日报》分别于1981年12月12日、13日刊载）

附1：切莫"以利为恩"

◎谢广田

边疆某单位，有位中学教师打了报告，要求调回内地。这个单位的领导为了稳定他的情绪，就安排他当了业务领导。一年后，他又打了请调报告，这个单位就吸收他入了党。又过了半年，这位教师更强烈地要求调动，单位领导就将他提升为中学的负责人，并晋升了一级。然而，这位教师对工作仍不安心，最后还是通过种种渠道调走了。……

问题是领导人虽"以利为恩"，但受利者欲壑无底，永远不可能满足，最后还是一走了之。

写到这里，笔者高兴地看到一则消息，其标题是《服从祖国需要，献身边疆建设——两万多名内地大中城市的大学、中专毕业生为建设宁夏做出贡献》（《光明日报》1981年12月12日头版），说明只要发扬我党的优良传统，切实加强思想政治工作，辅以必要的措施，类似动员群众建设边疆的难题看来虽难，还是可以解决的，只是必须注意，千万不要再做"以利为恩"的蠢事。

（刊于《人民日报》1982年3月2日）

附2：中央电台宁夏站得到宁夏党委第一书记李学智表扬，受到广电部、中央电台表彰

1982年11月7日，宁夏党委第一书记李学智同志表扬了宁夏记者站的工作，说："以前中央电台很少广播宁夏，你们建站以后广播宁夏多了。你们记者站对宁夏的工作是出了一些力，做出了一些贡献的。"

1982年，广电部、中央电台表彰宁夏站为先进记者站、潘梦阳为中央电台先进工作者。

补白：一炮打响　受宠若惊

中央人民广播电台《新闻和报纸摘要》节目，历来是选择《人民日报》

《光明日报》等报纸刊载的新闻报道摘要播出，而中央电台1981年10月14日晚《全国联播》节目播出了我采写的《以祖国的需要为志愿　2万名外地大学中专毕业生扎根宁夏》。这一消息，中央电台10月15日《新闻和报纸摘要》重播之后，同年12月12日《光明日报》头版刊载，只是改动了一下标题。12月13日《人民日报》又刊载了。1982年3月2日《人民日报》还发表了署名短评，强调指出："笔者高兴地看到（这）一则消息"，"说明只要发扬我党的优良传统，切实加强思想政治工作，辅以必要的措施，类似动员群众建设边疆的难题看来虽难，还是可以解决的。"

作为采写者本人，见作品得到如此重视，真有点受宠若惊。

其实，这一炮打响，实在来之不易。对前一"两老支宁"事件的思考，引发了我对支宁知识分子的关注，深入宁夏山川，调查研究了几个月，采取了这样的方法："一边坚持走到哪里就在哪里发出日常选题的新闻报道，一边专门了解全自治区关于支宁知识分子的概况和各地的突出人物，从中选择了几个典型人物，专门集中精力，采写这一重大选题的报道。"写了再改，数易其稿后，发给了中央电台新闻编辑部。由于我有支宁知识分子相同的处境、经历和感受，采写这类稿件，感情自然投入很深。

这一消息中的人物，就是著名作家张贤亮获奖小说《灵与肉》和著名导演谢晋拍摄的电影《牧马人》中主人翁的人物原型。

从这一系列稿件的采写和发表，我深入思考，意识到：在宁夏这所谓的"三无世界"里，埋藏着"新闻珍宝"，关键在深入挖掘。而这一从实践中得到的认识，同胡耀邦同志对记者的谈话有关。

胡耀邦同志任中共中央宣传部部长的时候，1979年与中央电台记者座谈，提出了"五自"方针："自己管理自己，自己约束自己，自己钟爱自己，自己调动自己的积极性，自己掌握自己的命运。"

这话说得太好了，太有针对性了。虽然我没有当面聆听耀邦同志的赠言，自从中央电台记者部主任邹大昌同志向我传达之后，我就用笔工工整整地写成大号字，压在办公桌玻璃板下，作为座右铭。

正是在这一思想的指导下，我打开了自己给自己套上的精神枷锁，放开了手脚，改变了完全依赖编辑出题采写新闻报道的被动心态，主动出击，独立思考，从实际出发，自找选题，一步步走上探索、挖掘新闻采写的新路。

用歌的清泉浇灌祖国的花朵

——访儿童歌曲作曲家潘振声

（出《一分钱》歌声，压低混播）

您刚才听到的这首歌是中国音乐家协会宁夏分会副主席潘振声创作的幼儿歌曲《一分钱》。

潘振声同志从1955年开始创作儿童歌曲，20多年来发表了500多首。这些歌曲具有鲜明的民族特色、浓郁的生活气息，塑造了一代朝气蓬勃、活泼可爱的新中国少年儿童形象。本台《小喇叭》和《星星火炬》节目以及上海、天津等电台广播或者教唱过他的上百首歌曲，其中《小鸭子》《一分钱》《红太阳照山河》《我的好妈妈》《嘀哩嘀哩》等被广为传唱，成为全国少年儿童最喜爱的歌曲，并且先后获奖。

（出谈话实况）

记者：潘振声同志，今年您给孩子们准备了些什么礼物呢？

潘振声：今年我特别高兴，因为我给孩子们准备了两件礼物，第一件礼物是我把20多年来给学龄前儿童写的幼儿歌曲编成了一本歌集，这本歌集的名字叫《小喇叭歌曲一百首》。

记者：噢，《小喇叭歌曲一百首》。

潘振声：还有一件礼物是把5个儿童歌舞剧编成了一个集子，这个集子的名字叫《会摇尾巴的狼》。现在这两本集子已经出版了，送到了孩子们的手里。我在50年代的时候，曾经是孩子们的音乐教师，从那以后，不管到什么地方工作，我都利用业余时间，给孩子们写歌，因为我深深地感到：儿童歌曲是孩子们生活当中最好的伙伴。为孩子们写歌，是我生活中最大的快乐。我今后一定要更加勤奋、刻苦地创作，把党对下一代的殷切期望变成一首一首孩子们喜闻乐唱的歌曲，把精神文明的花种播进孩子们春天般的心田。

最后请听潘振声同志创作的、深受少年儿童喜爱的歌曲《嘀哩嘀哩》。

（出歌声）

（合作者：徐永青、李建新。中央人民广播电台1982年5月31日《全国联播》播出，被评为好稿）

追记：几代人唱过他的歌

潘振声是著名的儿童音乐家，我国几代人唱过他的歌，有人统计过，超过了5亿人。

他原来是上海人民广播电台的音乐编辑。1958年宁夏回族自治区成立时，他响应号召，支援宁夏，调到宁夏人民广播电台任音乐编辑。我1964年到宁夏后，同他一起在一个大院里工作了几十年，我录制配音乐的广播节目，常常向他请教，得到他热情的帮助。

他非常热爱儿童，中央人民广播电台《小喇叭》节目就广播过他的上百首儿童歌曲。

有一天，我又在大院碰见了他，聊了几句，突然触发了我的灵感："这不就是'支宁'的一个'宝'吗？！"

我连忙专门搜集关于他和他的儿童歌曲资料，又同他交谈了两次。正巧，中央人民广播电台派两名年轻记者来站实习，我就带他俩一起去精心采录了这一录音报道。播出后，反映很好。

地方记者评稿小组开会已经评此节目为一等奖好稿。第二天评稿小组成员就要各奔驻地了，我作为副组长担心自己负责评选，就评上了一等，不太恰当，请大家早餐后又短促聚会力主降为二等。大伙儿认为我多此一举，有人说我"真傻"，我却觉得这样才心安理得。

潘振声的儿童歌曲影响深远。

2015年6月的一天，凤凰卫视播放的《名人面对面》节目中，女歌星龚琳娜谈起母亲时，深情地唱起了《我的好妈妈》：

> 我的好妈妈，下班回到家，劳动了一天，多么辛苦呀！妈妈快坐下，请喝一杯茶，让我亲亲你吧！让我亲亲你吧！我的好妈妈。

这首儿童歌曲就是潘振声的杰作。

我的小女儿小珊5岁时，捡了5分钱的一个钢镚，马上就交给了门前刚要开动汽车的警察叔叔，这是受了潘振声另一首著名儿童歌曲《一分钱》的影响。这位警察向后倒车，没注意到小珊正站在路边躺着的水泥杆子上，后车轮一碰，水泥杆一转，右小腿被压住了。警察听到喊叫，连忙下车，抱起小珊，开车奔了医院。骨头倒是没伤到，肌肉挤压变形，至今40岁，还留着一个凹陷，逢阴雨天，就疼。这位警察送来了鲜鱼以表歉意。邻居劝我"要赔偿"。我想人家也不是故意的，不要为难他了。邻居说我"真傻"。

宁夏重奖贡献突出的知识分子

宁夏回族自治区党委、政府最近对有突出贡献的118名知识分子进行重奖。自治区党委书记李学智、副书记郝廷藻在表彰会上指出，对有重大贡献的知识分子就是要重奖，要奖得别人"眼红"，鼓励冒尖，鼓励为"四化"做突出贡献。

这次受重奖的有回、汉、高山、纳西等民族的自然科学和社会科学工作者，既有从内地志愿到边远地区工作的大中专毕业生，也有当地土生土长的少数民族专业人才，还有自学成才、贡献突出的知识青年。

宁夏有55000多名大中专毕业生，其中70%以上是从内地、沿海大城市来的。他们兢兢业业为少数民族地区经济、文化建设献出聪明才智。1965年从北京化工学院毕业的女工程师陈玉书，近20年来，从民族地区经济发展的急需出发，刻苦攻关，终于搞成功驱虫药四味唑的新工艺。1980年全国有7家工厂采用这一新工艺，当年就获利近5000万元。1981年这一项目获化工部重大科研成果三等奖。这次她获得区里颁发的一等奖。

与此同时，宁夏还对209名社会科学先进工作者进行了表彰奖励，向从外地到宁夏工作20年的知识分子颁发了荣誉证书。

（中央人民广播电台1985年1月16日《全国联播》、17日《新闻和报纸摘要》播出，

《人民日报》1985年2月3日三版头条刊载）

补白："臭老九"香起来

经济落后、财政困难的宁夏，竟然拿钱重奖"有突出贡献的118名知识分子"，自治区领导强调，"就是要重奖，要奖得别人'眼红'，鼓励冒尖"。

这样重重地奖励"臭老九"，是西部省区中当时所罕见的。我抓的这条

新闻再次得到了中央人民广播电台和《人民日报》的重视。

知识分子是人类的灵魂、世界的希望、时代的良心。他们甘于吃苦、乐于奉献，视西部为建功业、酬壮志的热土，在西部献青春、献终身，全社会应当知道他们的奉献。

4年来，我连续采写了一系列关于这类问题的新闻报道，上面的"两老""扎根""振声""重奖"等4篇就是从20多篇已发表的同类稿件中遴选出来的。

我们驻地记者的发稿，有依据编辑指定的选题，也有自己从实际出发自主选择的选题。这一类就属于后者。我的自选题占总发稿量的70%以上。

4年时间，我向中央人民广播电台供稿260多篇，被采用240多篇，采用率达90%以上。其中，40%以上被《全国联播》《新闻和报纸摘要》重点节目采用，有的甚至被中央级大报转载。这些稿件的发表以至引起重视，使我认识到：换个角度看问题，宁夏不是什么"三无世界"，而是"待开发的新闻宝库"。

在全国驻宁夏新闻单位联合会上，我谈了自己的这种看法，得到了大家的赞同。

我们联合会的单位和记者相互帮助，提供新闻线索和素材，携手合作，共同开拓出了一条向自治区外和境外报道宁夏的新路。作为联合会的常务副会长兼秘书长，我努力做好组织、协调的工作。

春风送暖百花艳
——介绍宁夏重视教育、发展教育的事迹

（出歌声，四句突出后混播渐隐）

　　甜滋滋的春风，香喷喷的花。
　　党是亲爱的母亲，祖国是温暖的家。
　　…………

在宁夏同心海如女子中学，一群天真活泼的回族女学生欢快地唱着歌。

歌声发自心田，是那样真挚、动人。

歌儿唱完了，女学生团团围住了记者。

（出问答声，混播）

记者问她们，长大想干什么？

一双双黑亮亮的眼睛闪着光。

这个说想当科学家，那个说想当解放军，好多都想当人民教师。

孩子们真有志气，真叫人高兴。

从这些女孩子身上，记者情不自禁地联想起60年代，也就在这个同心县一个山村采访遇到的事。领路的干部带记者到一家土窑门前，敲门问："有人在家吗？"里面有一个女声回答："没有人！"带路的干部就拉我离开了。记者挺奇怪，为什么明明有人答话反而说"没有人"？那位干部告诉记者：丈夫不在家，回族妇女就说没有人。

一晃过去了30年，变化太大了。从前的回族女子，自己拿自己不当人看待。如今的回族女子，读书上学，想当走南闯北的记者、救死扶伤的医生、搞发明创造的科学家、"人类灵魂的工程师"——教师啦！

历史的步伐跨进了一个崭新的时代。

当时的同心县政协副主席洪维宗倡议办同心海如女子中学，并且带头捐款4万多元。学校教室、宿舍盖好了，盖办公室没钱了。洪维宗又带人到洪岗子，把自己家的7间房拆了，梁、椽、门窗搬到学校，盖起了办公室。

洪维宗究竟为了什么呢？

现任自治区政协副主席洪维宗感慨地对记者说：（放录音）

"整个国家就像一个人的身体。脚呀、手呀，都要发育健全。如果就这一个小指头——"说着，他伸出右手的小指头，"要枯了、干了、掉了，也会影响身体的健全。"

"我们国家在党的领导下，有一个民族平等的好政策，不论大小强弱一律平等。在这种情况下，我们少数民族本民族自己应当起来，不能老是靠照顾，靠优待，这么着有一种依赖性。少数民族自己起来，为本民族的富强、发展做点工作。"

洪维宗还倡议建立了宁夏全自治区第一个县级的同心县民族教育促进会，他又带头捐款3000元，县里的干部，各坊的阿訇、穆斯林群众纷纷捐款，一下子就筹了2万多元。

洪维宗回顾当时开会的情况说："在座的不少教师，从北京、上海、南京等大城市来到我们山洼里，放弃了繁华、舒适的生活，远离自己的父母和故乡，一来就是几十年，头发都花白了，把一生都贡献在同心这小小的讲台上了。我代表全县的回族群众向这些教师表示衷心的感谢！"

洪维宗当时深深地、深深地鞠了一个躬。

从北京、上海等祖国各地来的汉族老师一个个激动地流下了热泪……

第二年教师节，各坊的穆斯林都向各乡的学校教师送匾致敬。

同心县的民族教育事业蓬蓬勃勃发展起来了。

同心海如女子中学建校10年，培养出700多名女毕业生，她们已经成为同心县各条战线的骨干，有的还考上了京津沪的大学。

一滴水可以反映太阳的光辉。从同心海如女子中学这个典型的事例可以看出宁夏教育的发展。

在宁夏山川各地，到处可见"再穷不能穷教育"的大幅标语。宁夏教委负责同志介绍，改革开放以来，宁夏的确把教育列入优先发展的战略地位。据统计，1993—1997年，全自治区教育经费逐年递增近亿元，1997年达到9.2亿元。

自治区教委主任马凤虎同志向记者介绍说：（放录音）

"我区各级各类教育都有了长足的发展，现在初步形成了具有宁夏特色、基本适应我区建设、社会需要的教育发展体系，全区人口文化素质有了很大的提高，1997年全区各级各类学校在校生达到97.5万人，全区每万人口在校生达到1843人，基础教育快速发展，普及义务教育成效显著，全区中小学已达到4272所，在校生92.9万人。建立了较为完备的基础教育体系，全区有12个县、市、区基本实现了普及义务教育的标准。"

在40年教育成就辉煌、教育事业不断发展的大好形势下，宁夏并没有陶醉，而是加倍努力，要百尺竿头，更进一步。

自治区副主席刘仲激动地向记者讲述了宁夏未来教育的前景。

刘仲副主席说：（放录音）

"特别是在科技进步日新月异、知识经济初见端倪的当今世界，深入实施科教兴宁的战略，坚持不懈地推动科技教育和经济的有机结合，牢固树立科学技术是第一生产力的思想，认真落实好教育优先发展的战略地位，更是实现我们自治区宏伟目标关键的重要一环。我们要抓住这个关键，不断促进教育事业的发展。"

记者欣喜地看到，宁夏正在按照刘仲副主席所讲的这个思路，大力发展教育。未来的宁夏，一定会成为人才辈出，全民素质不断提高的"百花园"。

（中央人民广播电台《民族大家庭》1998年播出）

《人民日报》海外版刊登过一张"长城饭店的礼仪小姐"的照片，水灵灵的8个迎宾员一字儿排开，一问，竟然全来自贺兰山下——

我为宁夏争了光

"各国的客人们开会回来了，在厅外的大院里，用不同语言、不同舞姿唱着歌，跳着舞，还热情地邀请正在服务的我们参加他们的行列。"

马燕兴奋地讲述着，眉飞色舞，笑逐颜开。这位来自贺兰山下的宁夏姑娘，能有这样的巧遇——与第四次世界妇女代表大会的代表欢聚一堂，携手共舞，怎不激动万分呢？

然而，这一荣幸不仅仅降落在马燕身上，而是北京市外事服务职业高中西北分校67名学生共同的"殊荣"。这些来自石嘴山市大武口的宁夏儿女，在首都一家五星级饭店——长城饭店接受了教学实习。而长城饭店是我国接待"世妇会"的首选单位。美国喜来登饭店集团管理的北京长城饭店从600多名店员和来自山东、沈阳、丹东、宁夏的200多名实习生中选拔出的20名服务标兵，结果，全部都是来自贺兰山下的北京市外事服务职业高中西北分校的实习生。

更令人兴奋的是，在第六届亚太地区首席大法官会议上，为国家主席江泽民，在北京台商投资洽谈会开幕举行的招待会上，为国务院副总理钱其琛，在国家外经贸部举行的招待外宾的晚宴上，为经贸部部长吴仪，在美国、爱尔兰、澳大利亚等28个国家的大使出席的晚宴上，为外宾提供主桌随侍服务的都是来自大西北角落的这所学校培养出来的学生。

贺兰山儿女在京华为故乡宁夏争了光。这并不是巧合，而是教学质量的见证。在中外合资、外商独资开办的高档饭店里，对外事服务人员的要求是非常高的。端盘子上菜、站大门迎宾、客房服务等都需要专业的高素质。

在人民大会堂、首都主要涉外饭店和第11届亚运会等重要场合，北京市外事服务职业高中因其学生服务优质被誉为"礼仪小姐摇篮"。这所"名校"在全国建立的唯一的分支学校就是宁夏贺兰山下的西北分校。

这些来自大西北黄土高坡的学生们从服务中、微笑中透露出他们的外形风度和内在气质，表现了他们的思想品德和业务素质。

比利时王国皇后离开北京之前，特别邀请从保安部临时调到客房部服务了一段时间的陈雷合影留念，这是对这个小伙子优质服务的无声"嘉奖"。

世妇会上，温妮·曼德拉、黎巴嫩总统夫人、约旦公主等贵宾的主桌上，朱媛媛随侍服务；1000多人的"大法官会议"上，接待江泽民总书记的也是朱媛媛。朱媛媛激动地对记者说："过去，只是在电视荧屏上见过党和国家领导人、世界知名人士，如今我能亲自随侍服务，实在是终生难忘。我为宁夏人争了光，这是我最高兴的。"

"我为宁夏争了光"，这话说得有志气。在首都的燕京饭店，来自宁夏的西北分校22名实习生被饭店委托"集体接管"了西餐厅，从迎宾、服务接待、传菜、结账到送客，配套成龙，而每个环节都逐步达到了熟练自如的程度，管理得很好，效益显著。

在北京西便门城楼上举办的丽都啤酒城开业典礼，有中外各界人士500多人参加，规模大，很隆重。从迎宾、剪彩到酒会，都由西北分校的实习生承担。主办单位和中外宾客都对服务表示满意，《北京旅游报》还专门做了报道。中国工商银行在北京开办的银泉大厦指名要西北分校的学生"全包服务"，在北京实习的67名学生已经全到银泉上岗了。

宁夏儿女在京华为宁夏人争了光，这还得归功于养育了这些儿女的宁夏这方水土，当然也赖于他们自己的刻苦学习。那位朱媛媛"养成训练"时，练站晕倒了，赶忙送医务室抢救，恢复后接着练。正像她的老师所说的，一个微笑，培训半年啊！

长城饭店总经理伦纳德·拉金在接到外国客人的表扬信之后，专门给西北分校的实习生范颖表示"谢谢你出色的工作"，并且希望"所有员工像你一样优质服务"。

服务工作低人一等的观念，早被这些年轻人扔进了历史的垃圾堆。一位口齿伶俐、高中毕业成绩优异的高中毕业生对笔者说："我放弃了参加高考的机会考这个学校，并不是我没有考取大学的可能，而是热爱我选择的这一专业，我相信，我会成为这个行业的优秀人才。"

一位端庄文静的女学生回答笔者的提问："我选择这个学校，就是想通过自己的努力来证明：人们需要温馨体贴的服务，世界需要充满真诚的爱！"同学们纷纷以"人生起跑线""不经历风雨，难得见彩虹"等等为题，抒发自己的情怀。

马银霞激情满怀地写道："我听说过这样一句话：'糊涂人的一生枯燥无味，躁动不安，却将全部的希望寄托于来世。'而我却认为自己应该把希望寄托于今天。每一个今天的开始，都预示着希望的实现。尽管明天的路并非坦途，那也要坚韧地走下去。因为我渴望成功，而成功的路就在脚下。"

曾参加过第四届世界妇女代表大会服务的耿晓牢牢地记住这样一句话："什么地方的知识都是学不完的，就看你是否去努力！"

李银平的话发自肺腑："北京许多人不了解宁夏，我要让他们通过我来认识宁夏！"

这些在京华的宁夏儿女为故乡争了光，也为母校争了光，更为青春争了光。西北分校的学生没等毕业，北京、广东、福建等地要求分配学生的信函已经纷至沓来……

（中央人民广播电台播出，刊于《宁夏日报》1996年5月3日《西部周末》6版头条）

落榜不失志　山村育英才
——记"联合国青少年消除贫困奖"获得者、
宁夏同心县山村代课教师王建林

宁夏同心县张家塬乡汪家塬村民办中学代课教师王建林，高考落榜不失志，在贫困干旱的山区呕心沥血浇灌"祖国花朵"，在三尺讲台上创造了不平凡的业绩，近日荣获"联合国青少年消除贫困奖"。

王建林作为宁夏同心县一中成绩优秀的尖子生，1991年高考不料落了榜。回到山村后，他应聘担任了张家塬乡汪家塬村民办中学英语代课教师。他含辛茹苦，一边苦读全国高等英语自学考试课，一边精益求精地想方设法教好课，自己摸索创造了一套启发学生积极参与的素质教育法，取得了良好的教学效果。

从1993年至1998年，他为初中班带英语课并兼班主任。他所带的班连续三届初中毕业生英语单科成绩名列全县榜首。有一年，他所带班学生英语平均分比全县初中毕业班学生平均分高20分。1994年，宁夏组织中学生参加全国中学生奥林匹克竞赛，全自治区只有6人荣获名次，其中4人就来自"贫瘠甲于天下"的同心县张家塬乡汪家塬村民办中学，而且4人全是王建林所带班的学生，张亚萍同学还得了特等奖。1996年、1997年这个民办中学王建林所带班的学生又分别各有3名学生在首届和第二届全国中学生英语能力测试竞赛中获奖。1998年7月，汪家塬村民办中学王建林所带班69名初中毕业生，48名考入县城一中，17名考入自治区内外中等专业学校。

王建林见学生张成强家境贫寒，实在无法再上学，就从微薄的薪金（每月50元）中拿出钱来，带头并发动大家捐助，又多方努力争取，请学校将张成强的母亲聘为学校炊事员，使得张成强继续求学。张成强初中毕业后，终于以优异成绩被上海港湾汽车驾驶学校录取。有一次，王建林摸黑爬山过沟到一位生病误课的同学家中补课。回来的晚上，从陡坡滚下摔伤。住院治疗了几天，没等痊愈，王建林就赶回学校讲课，讲着讲着，同学们哭喊起来："王老师，你脸上流血啦！"王建林讲课用力，振裂了伤口，鲜血一滴滴滴下来，洒在了山村学校的讲台上……

（1999年4月27日中央人民广播电台《新闻和报纸摘要》播出，获宣传宁夏好新闻一等奖）

飞进大山的彩虹

——记志愿到宁夏西吉支教的复旦大学研究生李佳美

（出独唱歌声《六盘山高黄河宽》，后混、渐隐）

在红军长征经过的最后一座高山——六盘山——的大山深处，有一个回族聚居的乡——宁夏回族自治区西吉县王民乡。这里，火车不通，更不用说飞机了，只有一条通县城的泥土路，有的老乡甚至一辈子没有走出过大山。然而，近三年来，这个乡的王民中学从上海来了复旦大学扶贫支教的研究生，这个昔日沉寂的山乡变得活跃起来，歌声、笑声不断。哲学系在读研究生李佳美是复旦大学到西吉扶贫支教的研究生中唯一的一个女性教师。

（出歌声，混播）

正在唱这支《六盘山高黄河宽》的女孩王芳兰，是李佳美支教的王民中学的学生。王芳兰这个过去腼腆得见人就往墙角躲的回族女孩子，如今变得十分大方、开朗，叫她唱，她就唱。

（突出两句歌声，后混播渐隐）

记者听着这歌声，看着这洒脱的女孩，情不自禁地联想起30多年前来到西吉的大山里采访回族家庭的经历。那时，敲门之后，明明家里有一位回族妇女在家，她却连门也不开，轻声说："没啦（有）人！"那时的回族妇女自己不把自己当人看。如今，女孩子像男孩子一样金贵了。王芳兰家里没有男孩，有6个女孩，最小的六女子才3岁。李佳美先后到王芳兰家里家访了3次。王芳兰的父母靠务农的微薄收入，把王芳兰姐妹5个都送进了中小学校。王芳兰的大姐辍学务农，已经18岁了，也背起了书包，又走进了王民中学的课堂。王芳兰激动地对记者说：（出录音）

"我觉得李老师像我们的亲人一样，非常好，对我们。"

王民中学的学生们对李佳美这个女研究生格外地欢迎，女学生黎小梅说："其实，我们这里很穷很穷，但有了李老师，我们觉得很幸福。"

西吉县王民乡有多穷困呢？2001年9月同李佳美一道从上海来到西吉县王民中学支教的研究生凌云告诉记者：（出录音）

"我觉得用'震撼'两个字，都难以形容我心里的感受。因为我一直是在上海这个大城市长大的。所以对中国西部农村贫困地区的认识，仅仅停留在电视、广播这个程度，只有我亲自来看了之后，真是不敢想象全中国还有这么贫困的地方。怎么还有学生穿着破破烂烂的衣服，光着脚穿着布鞋，脚趾露在外面，每天啃干馍馍，喝凉水……真是不可想象。"

正在哲学系读研究生的李佳美自愿报名，把学业搁置一年，毅然来到这么贫困的地方支教。

（出李佳美讲英语课录音实况，后混播渐隐）

李佳美带英语课、语文课，还担任了王民中学的副校长。她一天到晚忙教学、忙工作，还要上下陡坡到山沟里担水，一个来回就40多分钟。就这样，双休日她也不闲着，翻山越岭到一个个学生的家里家访，了解学生的情况，努力做到因材施教。有时，去一个学生家里来回一趟就得走七八个小时的山路。

凌云说李佳美：（放录音）

"她这个人，一个很大的特点，就是特别能吃苦。""我有时说，我可以帮你去挑水，你就不用挑了。'不行'，她说，她要自己挑。"

　　李佳美这个25岁的大女孩，把大山深处扶贫支教的艰苦生活作为对自己的磨炼，以苦为荣，以苦为乐，她一再对记者说，她特别开心，而且，感到自豪、骄傲。为什么呢？她敞开心扉说：（放录音）

　　"能有这样的一个机会，现在是祖国西部大开发，西部开发又有口号，教育是先行。我觉得自己非常骄傲，能够站在这里，应该说是最前列，站在祖国需要的最前列。到了这里，你会发现，文化和知识发挥异常的作用。学生们会觉得你是一个非常聪明的人，你会什么都知道，什么都可以告诉他们。那种用知识换来的满足感，在这里更充分地实现。作为人的一种需要吧。我觉得至少作为我来说，充分地感受到，我在这里有知识就是非常充实，而且，能够告诉别人，用各种方式告诉别人。而他们也向往这样的生活方式。唉，学生觉得我（学生自己）以后成为老师那样的人，多开心啊。就是自己要做出一个样子，让他们觉得这样的生活是开心，有价值。所以说到自己个人价值的实现，当然在这里是最好，知识在这里得到了充分的尊重，在这样知识荒芜的地方，更加得到了尊重。"

　　"站在祖国需要的最前列！"这是扶贫支教的志愿者李佳美发自肺腑的心声，也是我国当代亿万青年的共同心愿。

　　李佳美同众多从上海、厦门、杭州等城市来的扶贫支教的研究生们一样在大山深处，付出了汗水，付出了心智，付出了青春，然而，更让李佳美感到兴奋的是，她收获了，她成长了。

　　李佳美兴奋地说：（放录音）

李佳美在西吉县王民中学讲授英语课（2002年摄）

　　"到了这里才发现，这是一个太好的机会了。就是因为到这里以后，开心是一种生活体验上的，不一样。挺新鲜，挺好的。另一种就是感情上的，因为，我就觉得，不管在别人眼里，我们失去了什么，我们都收获了。我们收获了什么？就像我们把全部的感情、全部的心思都付出了。但是，我们收获的是面对所有的同学和家长对我们的这份感情，大大地收获了！因为我付出的是一个人的，所以觉得开心吧！开心的原因很多，在这里和学生一起玩，看到学生开心，你就会开心。"

"我们来这里，你不仅是老师，你是学生，你要向当地老百姓学，在这里，了解我们中国国情、民情，了解我们最基本的情况。确实，原来根本了解不到的事情，这次非常深刻地理解到了，就像从上海一下子跑到西海固偏远的农村，就感觉到刚来的时候，感到的不是农村和城市的差别，它是东部特别发达地区和西部特别落后地区差别，这种落差之大，我才真正理解了到底这里的生活缺些什么。所以，就是本着这样的一些观点，每天都在想，我们能怎么样，想搞一些有意思的活动，带动这里的家长，带动这里的学生。我相信他们的家园也会变成绿洲。"

"我们需要做的就是支持。我们不会为他们做更多的事情，就是支持。说一句鼓劲的话，你们一定能行，你们一定会越来越好。这就是我们能做的。我觉得我们能给他们的就是：让他们相信自己，而不是说，我们走了，真的没有人来了，他们就什么都没有了。不是，他们本身这种持续不断的发展，带动我们一批一批的志愿者，跟着他们一起发展。就像第一批志愿者来的时候，安一部电话，那是惊天动地的大事。第二批志愿者来的时候，带来一部电脑，可以用电话上网，也是惊天动地的大事。但我们来了之后，有了一个机房——卫星接收上网的机房。"

记者来到李佳美所说的设在王民中学的卫星上网的机房。

如果不是亲眼所见，简直令人难以置信。

王民中学的一间普通教室，就是一个卫星上网的机房。这是设在首都北京的中国网通总公司了解到李佳美他们的扶贫支教的事迹之后，特意在他们支教的中国西部贫困山区的学校设置的全国第一个也是目前唯一的一个"基层点"。

通过网通公司正在调试接通的线路，记者非常清晰地看到了远在千里之外的中国网通总公司北京总部的机房。

（出实况）

中国网通总公司何峰向记者介绍说：（放录音）

"你看，中国西部的山村孩子从这里与世界沟通了。"

记者看到，孩子们在电脑前聚精会神地操作，李佳美脸上乐得笑开了花。

（出乐曲，混播）

窗外，雨后的彩虹架在大山上，分外灿烂。

李佳美和她的伙伴们，不就是飞进大山的彩虹吗？！

（中央人民广播电台2002年6月3日播出，中国国际广播电台2002年6月12日
以《到贫困山区当老师的城里学生李佳美》为题的录音报道播出，被评为好稿。）

补白：梦想随着彩虹飞

这是编辑部出题，派我去采访的录音报道。

从繁华的大上海到贫困的深山沟，李佳美和她的伙伴们初期难以适应。特别是吃的水要到沟底去挑。她一个空手走山路都难免摔跤的城市女娃，从来没挑过水，而今挑上两桶水，跌跌撞撞，坡陡路滑，既怕摔倒在地，又怕水洒了出来。她肩膀压出了伤痕，忍着疼痛，爬坡过沟，仍然坚持着挑。她看到这山庄中学的孩子们，一个星期就带一块干邦邦的大饼子，就着沟里挑来的水，顿顿干啃，一直到周末回家，下周又带一个饼，周而复始。这里学生的生活之艰难，她实在想象不到；学习之刻苦，令她十分佩服。她喜爱这些孩子们，尽心尽力哺育着如饥似渴地吸取知识养分的弟弟妹妹。她觉得从支教中得到了人生难得的最大收获。

她和成百上千从京沪等大城市到穷乡僻壤支教的大学生们共同的感受是"支教一年，受益一生"。

孩子们也把她当亲姐姐一样对待，从她身上看到了知识的魅力，激发了他们五彩斑斓的梦想，他们要当科学家、当宇航员、当救死扶伤的医生、当教书育人的老师……梦想随着彩虹飞，飞向未来，飞向世界。

人才市场与人才大战

"人才市场"的招牌堂而皇之地挂在大街上，而"人才大战"却无处不在，轰轰烈烈或悄无声息地进行着。这是改革开放以来的中国又一个发人深省的"热点"。

如今，在沿海，在人才市场可以讨价还价，且美其名曰："人才如股票越炒越值钱。"只要是真才实学的人才，不必耻于言利，蛮可以待价而沽。

人才市场上的讨价还价，正是充分展示人才的社会价值的有益尝试。

"知识就是力量！"

"智慧就是财富！"

"人才就是金钱！"

市场竞争，归根结底，是人才的竞争。

马军，华南理工大学热传导学博士，辞去大学讲师之职，到珠江三角洲乡镇企业碰运气。美的老总慧眼识才，工资、住房，满足马军的要求。马博士也不负"知遇"之恩，仅用不到3个月的时间就研制出了第一代高效节能空调器。

人才，被新一代农民企业家视为"财神"。

然而，奇怪的是，一些口口声声"振兴经济，脱贫致富"的地区和单位，却视人才如草芥。

前些年，震惊全国的"朱毓芬之死"曾向人们敲响了警钟：摧残人才就是犯罪。

1992年，小平同志南方谈话，改革开放，风起云涌，人才大战，硝烟四起。

是年，全国高校毕业生分配协调会上，呈现出人才激烈争夺的场面。会议只邀请136所大学和438家大中型企业的1300名代表，而闻讯赶来"抢夺人才"的与会者竟超过了5000人。

5元一张的入场券被人用150元买去。

1992年高校毕业生供需相差，缺口达30万名。30万名人才的缺口，足以引发这场"人才争夺战"。

万变不离其宗——人才寻求"用武之地"

珠海市以百万元巨额重奖珠海丽珠医药研究所所长徐庆中等几位有重大贡献的科研人员，这一消息给中国乃至世界带来"轰动效应"。

然而，任何事情都不能绝对化，经济特区珠海拿得出百万元奖金。中国西部一些贫困地区别说拿不出这么多奖金，有的甚至连工资都发不出来，连县委书记、县长的医药费都报销不了。

可是，就是一些贫瘠、艰苦得让人难以忍受的荒山大漠，仍然有"在全国叮当响，在世界也响叮当"的人才在奋斗。

我曾经多次到号称"天一样大"的腾格里沙漠的边缘、中国科学院沙坡头科研站采访。一批教授级的治沙科研工作者，从大学毕业就来到这被称为"死亡之海"的"沙海"中弄潮。只身一人的小伙、黑发身健的青年，在这里献了青春又献终身，如今成了鬓发斑白的老人。难道他们不是"国家级""世界级"的人才？难道他们就不该得巨额奖金吗？！

就是他们，同铁路和宁夏当地的科研人员、干部、工人、农民一道，在大漠上创造了世界奇迹，为人类创造了宝贵的财富——"沙漠是可以治理的"这一精神财富和"治理的方法"这一物质财富。

到"更需要"的地方去，寻求"用武之地"，是人才流动的内在动力，也是人才市场的计量器，更是人才大战的"内因"。

如今，不仅"孔雀东南飞"，而且"麻雀也要飞"。具体到每个"孔雀"（大人才）和"麻雀"（小人才），之所以要飞，各人有各人的情况和原因。不过，也有一些从东南以至海外飞到西北的"孔雀"以至扎根的"凤凰"。

在看到人才大量外流这一惊人现象的同时，更要看到还有许多人才至今尚留在不发达地区，甚至不断又有各方面的人才到落后地区来，怎么用好现有人才，引进外来人才，增强对人才的吸引力和凝聚力，充分发挥人才的作用，给人才以"用武之地"，是当今各级领导所应考虑与狠抓的工作重点。

需要警钟长鸣的是：如果不改变现状——各方面的现状尤其是人才使用的现状，还会有越来越多的"孔雀""麻雀"以至"凤凰"（特级人才）飞走的！

关键在流动——人才急需"竞争机制"

在从计划经济向市场经济转轨的社会大背景下，人才问题成为经济、文化、社会能否发展的牵一发而动全身的核心问题。

有了人才，没有钱，可以生钱。

没有人才，即使是有钱，不是白白浪费，就是多投入，少产出；或者高投入，高产出，低效益。

然而，本来有人才，又发挥不了作用，不光等于没有人才，还会起负效应。

辽宁的"大机"三师出走奔"小机"，成为轰动全国的"冲击波"。

辽宁省省长岳岐峰评论说："'两机'风波冲击、震荡了现有体制、机制和思想观念许多东西。当然，直接触及的是人才浪费问题。"

人才的缺乏与浪费并存，这就是现实的矛盾。若使人才不浪费，就要让人才流动到"有用武之地"。正如岳省长所说，"当务之急是让人才流动起来"。

流动是人才寻求最佳机遇、实现平生抱负的途径。

国家人事部调配司负责同志曾经明确指出，我国人才流动难，全国有37.73%的专业技术人员有流动意向，但只有2%~3%的流动率，也就是说，许多专业技术人员一生中流动不到1次，远远落后于美国的12次、日本的10.2次。

我国人才流动难的问题正在改变。人才市场的纷纷兴起和人才大战的广泛展开，正在使人才流动成为一股奔腾不息的大潮。

"人才流动之时"即"经济兴旺之日"——这是一条不以人的主观意志为转移的客观规律。而建立竞争机制是使人才流动起来的进出水口的闸门。

要竞争，首先要端正对人才的看法。

我认为，人才是广义的，有文凭的是人才，没有文凭有水平的同样是人才；往往一些部门统计，只把自然科学、专业技术人员列为人才，这是不恰当的，社会科学方面的，同样也是人才；没有上过多少学，搞成功了发明的，也大有人在。

俗话说："三百六十行，行行出状元。"

人才的竞争，就不能受身份的限制。比如工人和干部以往有严格的界限，这客观上就表现为人的机会不能均等。

人事制度的改革，首要的一条就是破除等级、身份的界限，确立平等竞争的法规，保证劳动者享受宪法所赋予的择业权。

作为每个人才个人，都希望到能发挥自己才智的地方去干一番事业，这是一个正当的愿望、合理的要求。

宁夏党委宣传部、组织部，自治区科干局联合调查组发出的调查问卷中问：

"您认为留住人才最重要的条件是什么？"

答卷中，83.7%的人回答是："尊重、信任""积极使用""帮助解决实际问题"。

现在的问题是，许多地区、单位还做不到这一点。这就要求被称为通才的领导人才，爱惜和重用手下的专才、偏才以至怪才。

在人才大战中，以往那些单纯靠"伯乐"识别、组织选择的状况已经改变，人才通过平等竞争，"毛遂自荐"或"脱颖而出"的比比皆是。

人才是社会的细胞。人才要发挥作用，光靠个人奋斗是不行的，这要有外部环境的配合。任何人才都离不开祖国、人民和实践。

身为人才者本人，在可以选择和流动的自由中，请紧紧把握住自己，选择最佳舞台。

在市场上，在流动中，人们渴盼着人事管理体制的改革，建立人才流动、竞争的良性运行机制。

在流动中，人才市场会真正活跃起来。

在激烈的竞争中，"尊重知识、尊重人才"亦将真正落到实处。

（刊于《人才与科技》杂志1993年第2期）

追记：教子育才　正确为先

我在宁夏当驻地记者期间，最先关注和较多报道的就是教育和人才的题材。

因为要振兴中华，强国富民，最重要的就是发展教育，培养和用好人才。无论国家、地区、单位、家庭、个人，发展、变化的底牌即：教育是基础，人才是关键嘛！

从幼儿、基础教育到高等、职业教育，以至于人生到老的自我教育，甚至于犯罪人员的忏悔教育，可以说，古今中外，教育是无时不有、无所不在的。

我认为，世界上最可敬的人就是教师！

身为教师，不能只图赚钱而误导学生。某所小学的一位班主任老师在毕业考试后的班会上，批评一名考试时不让邻座同学看她答案的同学"自私""不帮助同学"。其实，这位老师是因为全班同学的考试成绩与她的绩效工资挂钩。一位大学教师公然宣扬"要讨好学生"。因为教师的评级、评优、评职称，都要看学生评教的分数，"讨好"了学生，分数往往会高。分数、分数，简直也成了教师的"命根"。然而，为了讨好而不是教好学生，甚至纵容、教唆学生舞弊、犯规，能教育出好学生吗？

　　国家、民族、家庭，乃至于世界、人类的希望都寄托在下一代身上。哪个家长不是望子成龙、望女成凤啊！但是，怎样才是真正的"龙凤'成'祥"呢？

　　教育是基础，人才是关键。然而，教子育才，正确为先啊！

　　我们青少年自己又何尝不想成龙成凤、出人头地呢？大家都知道，人生的支点在于人生价值的追求。追求卓越、实现梦想是人生最快乐的事。问题在于，人活一世，本事再大，也无法把权力、金钱、美色带入坟墓，却可以被权力、金钱、美色送入坟墓。

　　怎样才算真正的"龙凤呈祥"呢？

　　物欲横流、金钱至上的污泥浊水，迷惑不了你的心智；艰难险阻、挫折失败，禁锢不了你的脚步；始终保持清醒的头脑，坚定不移地按照自己做一个有益于祖国和人类的人才之梦想，脚踏实地，顽强拼搏，终究会在自己所从事的工作和生活的领域成为有贡献的人，即使暂时默默无闻，老百姓的口碑也会将你永远载入青史。石庆辉等治沙科研工作者把论文写在大地上，裘志新、李佳美迎难而上育种育才，就是榜样。

　　当然，要成龙成凤，得有个日积月累、逐步成长的过程。这就要靠自己优势的发挥和弱势的转化。功夫不负有心人，水到渠成自然行。

（二）英雄·模范篇

祖国的荣誉高于一切

——访女神枪手祁春霞

　　祁春霞真"神"了！

　　在亚运会前的宁夏训练场上，按照教练的口令，她稳健地举起枪来，目光紧紧地盯住靶纸上的靶心，瞄准——击发——瞄准——击发……

　　"砰——砰——砰"……

　　子弹好像长了眼睛一样，连续击中靶心，10环、10环，又一个10环……

　　我悄悄地站在旁边，仔细地观察着祁春霞射击的每个细微动作，情不自禁地想：就是眼前这位文静秀气、长发披肩的戴眼镜的姑娘，超过了苏联垄断10年之久的女子气手枪世界纪录，为祖国争了光。真是人不可貌相啊！

《体育报》为此专门发表评论："来自宁夏的祁春霞超过世界纪录的枪声，令人振奋不已，它表明原来体育较为落后地区的体育健儿，也正发愤图强，迈出了可喜的步伐。"

听着那清脆的枪声，既有节奏，又有韵律，我觉得仿佛那枪声连成了这样的声响：

发——愤——图——强！发——愤——图——强！……

训练结束了。宁夏体委副主任李行勇将我介绍给祁春霞。她走上前来，伸出右臂，同我握手。我感到，她那握惯了手枪的手，已经不像一般女性那样柔软，而是那么壮实有力。

高级教练杨礼告诉我：祁春霞这只右手，每天要把二斤半的手枪举起、放下、再举起，连续四五百次，累积起来，这就相当于每天要举起上千斤重的物体。

小小手枪千斤重，在打破世界纪录的胜利花环上浸透了祁春霞多少心血和汗水啊！

我问祁春霞："你每天都这么练吗？"

她点点头。

杨礼在旁向我介绍：小祁最可贵的一点，就是出了成绩以后，继续坚持刻苦认真地训练，按照教练制订的计划，一丝不苟地进行身体素质、心理素质和专业技术的严格训练。如今，为了迎接亚运会，她练得更欢了。

我问，已经是打破世界纪录的国际运动健将了，去年在亚运会预选赛上又一举夺得2项冠军，还用得着像初出茅庐的新兵那样训练吗？

祁春霞回答说："成绩只能说明过去，过去的已经过去了。一切都要从头做起，从零开始。要想在比赛上打得好，就得靠平时训练打基础。特别是现在的训练，是为了迎接'亚运会'，更要集中精力，从难从严了。"

怪不得她这个成家不久的新娘，同毫无牵挂的小姑娘一样天天坚持跑六千、八千米，俯卧撑一做就是三五十个……一场训练下来，她浑身的衣服都被汗水湿透了，休息过一会儿，她强忍着腰酸背疼，又开始了新的训练……

专注精神，的确最可贵。一个人专注于某项事业，如同阳光聚焦于一点，就能形成突破性的能量，做出令人惊喜的成绩来。

祁春霞就靠着这股子精神，超过了世界纪录。然而，祁春霞毕竟是人，不是神！

她也有七情六欲。尤其是成婚之后，为人妻、媳，怎样处理事业和家庭的关系呢？

祁春霞请我到她家做客。大红"囍"字和纵横交织、五彩缤纷的绢带，使一里一外两间"新房"洋溢着喜气。

她给我端上热茶，不无感慨地回答我提出的问题：

"上了训练和比赛场，我要当个好运动员；回到家，我就要做个好妻子、好媳妇、好女儿，特别是对公婆要像父母一样孝敬。"

后来，据了解，祁春霞的确是这样做的。

当时，我继续问她："有人说，事业和家庭是一对矛盾，你怎么看待这个问题呢？"

祁春霞把长发向后一甩说：

"矛盾是矛盾，就看怎么处理，当然得有前有后，有主有次，也不是说要一个就丢一个。"

说着，她不好意思地低头小声说："我公公婆婆年龄都大了，急着想早抱孙子。可是，从今年到1993年连着三场重要比赛，这个矛盾就挺大。"

"那你怎么办呢？"

祁春霞缓缓抬起头，郑重地回答："有人说，你该见好就收了，运动员的最佳年龄也就那么一段，我不这么想。党和人民给了我那么高的荣誉，对我寄予了那么大的期望。我不能干到现在这个份上撂挑子不干了，我能到现在这样，实在不容易。我不能有了家，光顾家，而置党和人民的事业于不顾。我要先顾事业后顾家，

比赛中的祁春霞

事业放在第一位，家里困难再大，我也要坚持把这三场比赛打下来。"

"哪三场比赛呢？"

"今年的亚运会，1992年的奥运会，这关系到为国争光。如果能选拔上，我一定拼尽全力，发挥水平，争取打好！1993年开全国第七届运动会，这是为宁夏出力的好机会，我也要奋力拼搏，为宁夏人民争光。"

祁春霞已经26岁了。

"打完这场比赛你就过了30岁啦？"

"是的，我下定决心，30岁之前不要孩子。"

杨礼教练在一旁插话说："小祁知道30岁以后，女同志生育就比较困难一些。要打这三场比赛，这四年时间她就没办法顾家了。什么叫奉献精神？我看，这就是奉献精神。"

不了解的人，不知道其中的难处。要打三场比赛，小祁就得参加集训。一年绝大多数时间要在外地。人家新婚燕尔，如胶似漆，鱼水相依，花前月下，多么浪漫。她呢？却要天天坚持那单调而又枯燥的训练，一天熬得筋疲力尽，夜晚独对孤月遥寄思念。尤其是参加比赛。而这射击比赛，偶然性很强，赛场形势瞬息万变，打好了则已，打不好，那股心理压力是不言而喻的。

再说成家以后同单身大不一样了。

"这几年不要孩子，你丈夫同意吗？"

祁春霞羞涩地笑着回答："他一会儿说要孩子！要孩子！一会儿又说，算了，算了。还是支持你吧，不要了！不要了！其实，他是支持我的。"

真是无巧不成书，说到曹操，曹操就到。

小祁的丈夫黄宁一下班回来了。

黄宁一是和祁春霞一起考上射击队的"战友"，后来考上了大专，毕业后分配到铁路上工作。

寒暄过后，我直截了当地发问：

"小黄，你支持小祁，这几年先不要孩子吗？"

"她这是为国争光，为宁夏争光，我应该全力支持她。平常吧，尤其是像现在。迎亚运，训练这么紧张，我可以多干点家务，给她腾出时间来，让她多去训练。这不，她又要出去了，我也不能拖她的后腿。"

说着话，他提起暖瓶，给我茶杯里添了水，就站起来，同我边交谈，边洗菜。

我向祁春霞提出最后一个问题："面临即将到来的亚运会，你怎么想呢？"

小祁用手摸了一摸闪亮的黑发，缓缓地说：

"我总觉得，人生能有几回搏！尽管我出了成绩，成了家，可我绝不能放弃对事业的追求。要把思想境界放得更高一点，更高地去追求。如果我当了亚运选手，我就拼尽全力来打！"

祁春霞说她一辈子忘不了1986年上届亚运会在汉城的那场比赛。要坐车去赛场了，韩国的一位工作人员挡住她们几个中国运动员不让上新车，说新车给日本人坐。大会并没有指定车辆。为什么我们中国人不能坐新车，只能坐旧车？

"这辆车我们坐定了！我们抗议你们这种无理的行为！"素日温和的中国姑娘变得强硬起来。

那个人赶忙道歉，伸手示意："对不起，对不起！请上，请上！"

麻木者沉沦，知耻者后勇。

祁春霞和队友文芝芳、祝玉琴，把义愤同子弹一起压进弹膛，发愤图强，团结奋战，在女子手枪团体比赛中，为祖国夺得了金牌。

祁春霞深情地说："耳听着国歌声，眼望着五星红旗升起，我浑身的血液都沸腾了……"

那是多么神圣而庄严的一幕啊！为了这一幕的再现，祁春霞在拼搏。

你听，那砰、砰的枪声，迎着彩霞，乘着春风，又回响在长天大地之间……

（1990年中央人民广播电台播出，《宁夏日报》刊载，获宁夏体育好新闻奖）

"中华英模""英模之声"（选篇）

鸿雁情深

——记全国劳动模范、银川市邮政接发员李毅

这里是银川火车站，李毅正站在邮车门口，紧张地装卸邮袋。此时的他，已经连续加班24小时，眼睛里布满了血丝。他们要在列车停靠的8分钟里，清点完400多个邮袋。

在这听来单调枯燥的数字后面，有一串饱含着无比艰辛和无限深情的数字：

李毅工作23年，传递过上千万个邮件，从没出过一次差错；近14年来，他完成了29年的工作量。

"李毅同志把远大的理想踏踏实实地表现在本职工作上，在平凡的岗位上做出了不平凡的事业。"

齐局长和许多同志讲了李毅的故事：一次李毅精神失常的母亲失踪了。领导让他马上去找。李毅却坚持把最后一个邮包处理好才离岗。

深夜，李毅顶着寒风，打着手电，在大街小巷焦急地寻找着，直到凌晨2点多钟终于找到了蜷曲在墙角、冻得瑟瑟发抖的母亲，他这个刚毅的男子汉忍不住落下泪来。

回到家，天都快亮了，一昼夜没合眼的李毅，稍微休息了一下，又踏着晨曦上班了……

家境如此艰难，李毅却始终坚持出满勤、干满点还经常加班加点，早来晚走。除了以身作则，他还耐心说服教育后进职工，帮助他们拨正人生航向。

作业班长黄静玺过去是个有名的"刺儿头"。有一次，他搞了一个恶作剧，把一个小邮袋塞在一个大邮袋下。黄静玺回忆起李毅教育他时的情景：

"他找我谈话，我就敲炉盖子。等我不敲了，他又跟我讲，我又在那儿敲。就这么坚持了将近一个晚上吧。最后还是李毅把我说服了。"

他说，万一要是自己家里的东西，你焦急地要用这里边的东西，延误积压了，你是什么心情？万一人家要有经济合同什么的，给对方造成大损失，对我们影响也不好。

李毅在列车上接发邮件（摄于1994年）

"在我心目中李毅的确是干出来的。人家流一身汗，他流两身汗。干什么活都一丝不苟，没办法挑他的毛病。这是实在的，确实让人挺佩服的。"

有人对李毅说："都90年代了，上级让你当干部，你不干；羊毛贩子给你好处费，你不收。你这个人咋这么傻呀！"对这个问题，李毅有他自己的说法：

"有些人说，别人都当官呢，你还是个普通老百姓呢，又是个老党员，又是个老先进，这么多年你图个啥？我说，我啥也不图，只要把工作干好，我就心安理得了。"

李毅的话发自内心，对本职工作的热爱溢于言表。他用自己普通得不能再普通的手把一份份深情的"鸿雁"送到千家万户。

（中央人民广播电台《新闻和报纸摘要》节目1994年"中华英模"系列之一，
节目整体获中国新闻奖一等奖）

鸿雁心声

各位听众：

今天早晨我台《新闻和报纸摘要》节目，介绍了全国劳动模范、银川市邮政局邮件接发员李毅的事迹。李毅从事邮政工作23年，从没有出过一次差错。近14年按劳动定额完成了29年的工作量。

本台记者潘梦阳最近到银川火车站现场采访了李毅，请这位全国优秀邮件接发员谈了他对工作、金钱、人生的看法。

下面就请听李毅的谈话录音：（放录音）

记者：您对这个工作，平时怎么看呢？

李毅：我们这个工作，是比较艰苦一点，因为风里来，雨里去，下雪、刮风、下雨基本都是露天作业，所以这个条件是比较艰苦的，脏、苦、累、差。我总认为，我们责任心相当强。因为啥？我们作为一个工人来说，首先从我们本职工作这方面做起，一点一滴，积累经验。所以，工作的好坏呢，就关系到你平时对工作的态度如何，还关系到全国人民的每一封信呀、包裹呀、挂号呀各方面的情况。当然，要拿我们自身来说，我们要寄封信收不到，我们心里是啥滋味？所以用户寄封信收不到，用户心里又是啥滋味？或者给人家丢失了或者损毁了，人家对这个事情总是有个想法有个看法。所以从我们邮电职工来说，我们总是把这个缩小到最小的范围之内，不要给用户造成损失。我是个党员，对工作我就应该认真负责，对我所干的我是干一行爱一行，一点假都不能掺。所以说，我干了这么多年，一直抱着一个宗旨——为人民服务。我们作为国家的一个公民来说的话，在工作中应当端正工作态度，这样，才能把工作干好。

记者：您对金钱这个问题怎么看呢？

李毅：我对金钱这个问题怎么看？噢！钱是人挣的，也是人花的。钱多了，你各方面日子当然过得好一点。钱少了，你得精打细算，怎样把生活调剂好。有些人就钻国家法律的空子，不是利用正常渠道来富起来，而是利用一些非法的渠道，或者是偷税漏税呀，或者是其他情况，我说这有损于国家。有个羊毛贩子，内蒙古的往银川倒羊毛、羊绒。羊毛贩子，我就说他，你是违法的，你不要利用邮车搞这个东西。后来，羊毛贩子一看我说这话，过来就找我呢，说你看我倒点羊毛，车上给好处费，是不是我能给你点好处费，每次我倒了羊毛过来之后，你利用你们的车给拉下去，完了给我保管起来，过一阶段我给你好处费，怎么样？我说，你那个好处费，我一分钱也不要，我看不起你那个钱，你那个钱不干净。羊毛贩子收买我，没有收买通。科长又给邮政处打电话，把他这条路堵死了。

记者：你觉得人生啊，怎么才能有价值？

李毅：人生啊，你看咋的个谈法，怎样衡量这个人生。我尽量把我的工作安排得紧凑一点，把家庭生活尽量安排好，把我的本职工作干好。可是，见一些同学，别家说，你也就太傻了。因为啥？你现在当劳模了，又是全国"五一"劳动奖章获得者，别人都提干，你现在还受苦着呢。我说，我的想法和你的想法不一样，我觉得我干我这工作还挺洒脱。我自己认为我并不傻。

作为自己的人生来说的话，我在60年代初期的话，当时我们国家号召，1963年学雷锋。说雷锋傻得很，我看雷锋并不傻。他做出的事迹呢，影响到全国人民。在我们国家里学雷锋，几十年经久不停。现在，不光中国人学，外国人也学雷锋。所以，我认为自己并不傻。因为啥？我作为一个工人来说，我的追求就是为我的工作、为邮政事业奉献我的终生。我总认为，我离工作的要求呀，达到很高的境界呀，这方面还有一定的距离。在今后的工作中，在后半生，我一定在工作上更进一步把邮政事业搞好！

（中央人民广播电台《新闻纵横》1994年播出"英模之声"系列之一）

让生命放光华

——记多次舍己救人的汽车司机王吉宗

介绍全国劳动模范、宁夏煤炭基建公司汽车司机王吉宗多次舍己救人的先进事迹：

人生最宝贵的是生命，生命属于每个人只有一次，宝贵的生命应当怎样度过呢？

王吉宗，一个普普通通的汽车司机，平日工作干一行，爱一行，兢兢业业，安全行车上百万公里，行车途中，多次从烈火、洪水和车祸中，不顾自己的生命安危，先后抢救出15条生命，还抢救出几十万元的国家财产，谱写了一曲大放光华的生命之歌。

1990年8月28日，宁夏煤炭基建公司汽车队司机王吉宗和助手苗忠杰，驾着东风卡车向灵武磁窑堡煤矿工地运送原材料后，开车返回。

下午6点多钟，车到灵武县境内的甜水河附近，只见前面200多米处黑烟滚滚，交通堵塞。王吉宗让助手苗忠杰开车绕过被堵的车辆，在离出事地点七八十米处一停车，王吉宗就推开车门纵身跳下车来。

只见两辆相撞的汽车在熊熊烈火中燃烧，浓烟滚滚，呛得人难受。其中一辆拖挂车，是两个大罐，眼看就要爆炸。

在这千钧一发之际，王吉宗奋身冲进火海，见拖挂车司机身上冒烟，昏倒在车踏板上，车门敞开着，就伸出双手去扶昏倒的司机，一股气浪冲了过来，将王吉宗扑倒在地，扑面而来的大火把他的头发、眉毛都燎着了。

王吉宗再一次冲上去，蹲下身子，把昏迷了的拖车司机背起来，朝前跑了才六七米远……一声巨响，惊天动地。一个大罐爆炸了！强大的气浪把王吉宗又一次推倒在地，王吉宗不顾自己双腿跌破，双手紧紧抓住背上的伤员。灼人的火球铺天盖地打过来。一股几十米高的烟云冲天而起，浓烈的烧着了的酒味弥漫四野。

王吉宗原来以为是汽油罐，5吨酒罐的爆炸和杀伤力也不亚于汽油罐。

另一个4吨的酒罐吱吱响着，眼看又要爆炸。

王吉宗置个人安危于不顾，从地上爬起来背着伤员冲出火海。还没等他把伤员放下，第二个4吨酒罐又爆炸了。酒助火势，火仗酒劲，两辆汽车完全葬身火海。

王吉宗见抢救出来的司机昏迷不醒，严重烧伤，招呼助手小苗："快！快送医院！"

到了最近的灵武磁窑堡煤矿医院，他和小苗跑前跑后把一切手续办妥，医生查清伤员盆骨骨折，双目失明，左肋下部被螺杆戳了一个血洞，马上组织抢救。

生命垂危的伤员被抢救过来了，有关部门查找从烈火中冒死救出伤员的英雄，王吉宗早已经悄悄地离开了。

直到山西祁县六曲香酒厂党委书记、厂长和宁夏灵武县交警队的同志查找到宁夏煤炭基建公司，单位领导才知道这件事。酒厂负责人拿出钱来感谢舍己救人的英雄，王吉宗回绝说："我是为救人一命，不是为了钱。"

酒厂负责人执意把钱留下，王吉宗当即把这些钱捐给附近的小学，给孩子们买了图书。

为了救人，王吉宗有时还受委屈，甚至挨打受骂。

1992年秋天，他开车去青铜峡拉电线杆，见一辆摩托车撞倒在大树边，停下车一看，原来是个喝醉的人。王吉宗犯了嘀咕：这是个酒鬼，怎么出的事也闹不清。不救吧，他又不忍心。这时，喝醉酒的人苏醒过来，告诉了家庭住址、门牌号码，王吉宗开着汽车，连人带摩托车送到他家门口，正遇这家的两个小伙子走出门来，误以为是王吉宗撞伤的。

一个小伙子抓住王吉宗的脖领子，另一个小伙子上来就是几拳头、几耳光，打得王吉宗两眼冒金花。这两个小伙子一边打，一边还骂："你撞伤人，不把人送医院，反而送到家里来了，哪有你这种人？"已经苏醒的酒鬼喊着："是我自己撞到树上的，不是这位司机撞的，是他好心送我回来的。"又向王吉宗道歉，"这两个是我的儿子，打错了，师傅，对不起！……"

王吉宗含着眼泪，驾车离去，心里十分委屈：救了人，反而受冤枉，挨打受骂，以后遇到这种事还管不管呢？他思来想去，还得管！不能见死不救！

王吉宗后来一次又一次地遇上汽车被陷在洪水中、翻倒在山沟里、撞坏在大路边，一听人呼喊救命，一见人受伤遇难，冒着生命危险，忍受着误解和冤枉去抢救危难中的一条又一条生命。王吉宗先后多次舍己救人，见义勇为，共抢救出15条生命，他救了人从来不留姓名就悄悄地走掉了。

被救出的人用各种方式向他表示感谢，有的还送匾上门，匾上写着："救命之恩，终生不忘。"

有人问他："你舍己救人，说不定哪天把命搭进去，图个啥呢？"

他平静地回答："我啥也不图，人在路上行，都难免遇上危难，遇难的人就同我的兄弟姐妹一个样，怎么能看着不管呢？！"

当国家财产安全受到威胁时，他也不顾个人安危舍身抢救。有一次，王吉宗冒着生命危险，爬上已经着火的卡车车厢，把四个装满汽油的油桶一个个推下车，又推出危险区，避免了一场可能发生的爆炸事故，为国家抢救出价值近30万元的财产。

王吉宗的父亲王万金是50年代的劳动模范，王吉宗从小牢记着父亲的教导："做人要正直，工作要扎实。"他从小崇拜雷锋、王进喜等英雄人物，立志要做这样的人。参加工作近30年来，王吉宗当过装卸工、材料工、驾驶员，始终是干一行，爱一行，行行干得都很出色。当汽车司机17年，他安全行车上百万公里，年年都超额完成任务。尽管家庭生活并不富裕，他常常寄钱给灾区人民，还坚持10年每月从工资中挤出钱来扶助一名农村失学儿童返校读书。从去年，他当了汽车队调度之后，既吃苦在前，处处起表率作用；又敢抓敢管，维护国家和企业利益。

去年，他被评为全国民族团结进步先进个人，今年又被评为全国劳动模范。如今，他参加全国劳模事迹巡回演讲团，正在祖国各地演讲。听过他事迹的人，心灵上引起强烈的震撼。王吉宗的榜样说明：一个普通的生命，一旦被崇高的精神所武装，就能够放射出灿烂的光华。

（中央人民广播电台1995年6月11日《新闻和报纸摘要》播出，《宁夏日报》头版刊载）

补白：高尚与卑鄙

中央人民广播电台《听众与广播》1995年第6期刊载的听众来信说："《新闻和报纸摘要》节目里播出的汽车司机王吉宗主动抢救路遇受伤群众……这些平凡人物的事迹，具体实在，生动感人，弘扬了社会新风，显示了精神文明建设的丰硕成果，同时也反映出广播坚持让人民做主角的宗旨。这样的宣传，其效果要比那些长篇大论的报道和文山会海的空洞消息好得多。"

汽车司机王吉宗一次又一次地舍己救人，遭到误解，挨了打骂，受了冤枉，还坚持再去抢救人。有人问他："你舍己救人，说不定哪天把命搭进去，图个啥呢？"他平静地回答："我啥也不图，人在路上行，都难免遇上危难，遇难的人就同我的兄弟姐妹一个样，怎么能看着不管呢？！"

没有豪言壮语，只有平常心态，这就是他15次舍己救人、坚持不懈的精神来源。不平凡的英雄行为就出自如此平凡的心意，不寻常的模范事迹就出自这样平常的人物。人生灿烂的光华，是被崇高精神所武装的普通生命放射出来的。

持有"人不为己，天诛地灭"人生观的人，根本就无法理解15次舍己救人的王吉宗的高尚精神，因为是两股道上跑的车。

有的司机开霸王车，争道抢行，撞死了人，扬长而去。

北岛诗云："卑鄙是卑鄙者的通行证，高尚是高尚者的墓志铭"。如此卑鄙的人在高尚者的对比下是不是该对照反思一下自己呢？！

做人要做怎样的人，实在值得人"照镜子"深思啊！

中央人民广播电台《新闻和报纸摘要》重点节目将这条人物消息放在极为显要的二条位置播出，由此可见舆论的导向。

雷锋精神永恒

——乔安山在"雷锋号"机车上谈学雷锋

雷锋同志生前战友、《离开雷锋的日子》影片主人公原型人物乔安山，今年3月3日中午12点，接过银川铁路分局中卫机务段颁发的"雷锋号"名誉司机长的聘书，换上工作服，戴上手套，坐在了挂着雷锋照片的"雷锋号"机车驾驶台上，启动开关，汽笛一声长鸣，"雷锋号"机车开动了……（出音响，混播渐隐）

上车前，首任司机长李国宏和现任（第六任）司机长常世英介绍了他们始终坚持岗位学雷锋的事迹。1989年5月，迎着风雨，他们在机车驾驶台挂上了雷锋的照片，组建了"雷锋号"。10年来，车组人员换了一茬又一茬，司机长换了一任又一任，雷锋的照片一直挂在驾驶台上，雷锋的精神一直鼓舞着他们。10年来，"雷锋号"在西北风沙线上安全行车123万公里，承担过运送共和国总理等重要任务，从未发生过一起路风事件。截至1999年1月底，消灭事故隐患68起，节煤1754吨，节油3040吨。

银川铁路分局党委副书记庄克明、银川铁路分局团委副书记阎红武说，银川铁路分局职工和青年坚持学雷锋，涌现出许许多多学雷锋的先进个人和群体。列车餐车长徐国栋捡到11万元现金，立即寻找并交还失主。固原工务段二营网工区青年对固原县头营乡石羊村的回族儿童开展"一帮一"扶贫助学活动，救助75名失学儿童重返校园。全分局2万名职工开展"火车头献爱心"活动，上万名青年开展青年志愿者活动。学雷锋，在银川铁路分局千里风沙线上已经蔚然成风。

乔安山把雷锋像章亲手佩戴在勇斗歹徒的青年工人苟红星等5名学雷锋积极分子和"雷锋号"机车组成员的胸前，同他们一道亲切交谈，乔安山和大家异口同声，说出共同的认识："无论形势再怎么变，雷锋精神是永恒的！"

乔安山坐在"雷锋号"机车驾驶台上，仰望着亲密战友雷锋的照片，眼里噙着泪花，激动地说：（放录音）

"我看到这张照片，非常激动。为什么呢？我的老班长能在西北的机车上。我是头一次听到'雷锋号'机车车号。原来都没有听说，听说了，非常激动，非要来看一看同志们。咱们互相更好地把雷锋精神传下去！"

记者在"雷锋号"机车上请乔安山同志就"雷锋精神永恒"这个主题谈一谈。

乔安山说：（放录音）

"雷锋精神永恒，这个主题非常好。我想，随着社会经济的发展，雷锋的精神要长久地学下去！去年3月份到北京，有位外国记者问我：雷锋精神在我们资本主义国家，可以不可以存在？我们可以不可以学？我对他讲，只要地球上有人、有人类的地方，都要学习雷锋精神。雷锋精神，千秋万代都要学。这是一个人与人的关系。人与人需要帮助，人有一种奉献精神，他的精神是没有年限，也不受约束的。全球，为什么外国人都在学呀，所以说，他的精神是永恒的。"

（1999年3月5日中央人民广播电台《全国联播》播出）

老将的风采

——记宁夏回族自治区劳动模范、西北轴承厂厂长曲长贵

1988年3月，生产、销售均不景气的西北轴承厂在《宁夏日报》上登出广告，招聘承包厂长。

面对困难，几年前已经主动让贤、退居二线的老厂长曲长贵挺身而出，参与投标竞争。他在投标大会上发表演说："我要承包厂子3年。第一年实现利润480万元，以后的两年，每年递增利润100万元。每年给工人晋升一级工资……"

台下掌声四起，曲长贵一举中标。

1988年3月26日，曲长贵走马上任，再当厂长。

有人背后嘀咕："老曲头简直是自找苦吃。工资一分也不少拿，舒舒服服在家待着多痛快。"

曲长贵可不这么想。这个在轴承行业摸爬滚打近40年的硬汉子，早把自己的一颗心系在了企业的兴衰上面。1981年，曲长贵第一次就任西北轴承厂厂长。他上任时，西轴是全宁夏的亏损大户，亏损额超过190万元。他上任第一年，从整顿入手，抓管理，上质量，当年就减亏157万元；1983年，实现利润35万元，甩掉了亏损的帽子；1984年实现利润突破300万元。

1984年秋天，为适应干部"四化"的要求，曲长贵主动退居二线当了顾问。在退居二线的这4年里，闲不住的曲长贵还是为工厂的事东奔西跑。如今再次上任，曲长贵干劲不减当年。在他的领导下，西北轴承厂提前1个月完成了1988年承包指标。全年完成产值7000万元，比上年增长27.8%，实现利润530万元，比上年增长1倍多，销售收入、资金利税率等主要经济技术指标也都创历史最高水平。全厂5000多名职工每人晋升了一级工资。就在这一年，西北轴承厂被评为全国安全生产先进单位、自治区节能先进单位和银川市"双文明"单位。

1989年，西北轴承厂更上一层楼，完成产值7678万元，实现利润731万元，销售收入达9553万元，分别比1988年同期增长30.2%、56.3%和37.7%，资金利税率也增长40.8%。

曲长贵有何绝招，一出马就旗开得胜？记者追问再三，他谦逊地说："我个人即使有三头六臂也不顶用。我没什么绝招，还不是上靠党，下靠群众。"

曲长贵十分尊重厂党委和各级党组织。全场中层干部的调整、选拔、任用，都要先经过厂党委组织部门和厂劳动人事部门共同考察。他同厂党委书记一道听取汇报，意见取得一致以后，再提交厂党委、厂务会讨论决定。

曲长贵十分注意依靠广大职工。两年多来，工厂的每一件大事，他都要提交厂职代会讨论。晚饭以后，他常常到各车间转转，一边观察、了解生产情况，一边同职工谈心。职工有什么心里话，都愿意找他谈。

就因为有党做靠山，有群众做后盾，曲长贵才能大刀阔斧地在西北轴承厂推出一系列改革措施。他上任以后，首先对中层以上干部实行了聘任制，彻底搬掉了"铁交椅"，厂机关科室干部每年还轮流下车间劳动2个月，从而密切了干群关系。他还为连续三年获得了厂级先进生产（工作）者称号的15名职工和荣获厂"技术新星"称号的18名青工晋升了工资，使职工受到了震动，有了努力工作的压力和动力。

作为80年代的企业家，曲长贵十分注意企业的技术改造。几年来，西轴厂先后引进了渗碳、精磨等先进技术和设备，从而使产品质量稳步提高。仅1989年1年，全厂就实现技术进步12项。

在老将曲长贵的带领下，西北轴承厂生产的铁路车辆轴承等各类产品不仅在国内供不应求，而且远销到世界55个国家和地区。职工们说："老曲头一心扑在事业上，从不为自己考虑，这样的厂长我们信得过！"

（合作者：张锦。中央人民广播电台播出，新华社《经济参考》1990年刊载）

默默无悔人生路

——记全国先进工作者、宁夏建筑设计院高级工程师裴建平

结构是建筑物的骨架，结构设计是深藏在建筑物内部的设计，这也许注定了搞结构设计的人是默默无闻的。作为一名结构设计师，1958年毕业的裴建平，在宁夏设计院默默无闻地一干就是37年。

他在学术上努力攻关，自学掌握了英语、日语，借鉴前人经验和国际技术成

果，攻克了"抗震结构设计"的难关，先后推出了"圆弧拱的地震应力分析"等科研成果，填补了我国地震作用下对"拱"的动力计算的空白，导出了地震力放大系数公式，为解决我国高层建筑物的抗震结构设计，做出了贡献。

裴建平不仅在学术上苦战攻关，在工作中也勇挑重担，创优争先。

在海拔2900米的六盘山顶峰，要建设一座高93米的广播电视发射塔，任务相当艰巨。

特别是还没有铁塔有关的技术规范。面对重重困难，裴建平主动请缨，承担起内力计算、强度校核等多项工作。他通过反复调查研究，深入到铁塔制造厂家实际测量计算，绘制出了铁塔的全部工艺卡，终于攻克了这一难关。裴建平不顾年高体弱，登上六盘山顶峰现场指挥安装，一举吊装成功。六盘山铁塔的设计在全国获了奖。

有人说在对待金钱的态度上很能反映出一个人的本质，这话不假。裴建平常常加班加点，却从来不计报酬。在日常生活上，裴建平也极为俭朴，可在为"希望工程"捐款上，他出手很"阔绰"，一次就捐了500元。

有人说他："从大城市来到西北边远民族地区工作，献了青春又献终身，太亏了。"他平静地说："我能为祖国大西北建设贡献一份力量，再苦再累也不后悔！"

人民没有忘记默默无闻的奉献者。今年"五一"前，裴建平被评为全国先进工作者，到首都参加了全国劳模表彰大会，"无名英雄"终于有了名！

（中央人民广播电台2000年5月《新闻和报纸摘要》播出）

追记：人皆可以为英杰

几十年来，我采写了上百位英雄、模范。这些普普通通的工人、农民、知识分子、解放军指战员从平凡中创造出不平凡的业绩，根源就在于他们有着高尚的精神。其实，人皆可以为英杰。只要坚持不懈地做到"勿以恶小而为之，勿以善小而不为"，一心一意为国家和人民坚持不懈地做善事、做好事，就会成为高尚的人、有益于人民的人。

要写英模，首先就要学英模。

学英模，关键在学根本，学习英模的精神，像英模那样想问题、处事对人。这样才能学到点子上，也才能把英模的本质写出来。

我一生崇拜英模，在采写英模的过程中陶冶性情，改造思想，净化心灵，以实际行动学习英模。我不想升官发财，既没当高官、富豪，也没有豪宅、名车。尽管单位配置了小轿车和专职司机，我作为站长却常常挤公交车或者坐别的单位提供的大巴车，甚至骑自行车或者步行去采访。

我的想法是：下基层到底层民众中采访，小车来去，高高在上，官架子十足，怎么还能够了解到民间疾苦，听取到民众心声？怎么还能够真正采访到真实情况和真心话？怎么还能够写出真实的而不是套话、空话连篇的新闻报道呢？！

如果离开了真实，新闻报道就失去了生命，对国家、对人民无益甚至有害。如果我的笔下流淌出的是假话充斥的污泥浊水，我怎么能对得起培育我成长的祖国、父母、师长？怎么能对得起信任、挚爱我的宁夏父老乡亲？

有人说我"傻"，"有权不用，有车不坐"，我自认为做得对。

我认为，人皆可以为英杰。你只要脚踏实地、实心实意地学习英模，坚持不懈地像英模那样想、那样做，你就会成为实实在在的人民群众所喜爱的英雄模范。

孟子曰："人皆可以为尧舜。"从古至今，皆此一理！

（三）民族团结篇

马和福浩气长存

回族英杰，历代辈出。元代著名政治家赛典赤·瞻思丁、元代天文学家马鲁丁、抗日战争中的民族英雄马本斋都是历史上数不胜数的英杰中的代表。而近代以来宁夏的回族英杰，同样不胜枚举。

马和福是近代以来宁夏境内涌现出来的一个杰出的英雄典范。

1936年红军在西征途中成立了我国第一个县级回民自治政府——陕甘宁省豫海县回民自治政府。在这个革命政权里，担任主席的就是马和福。马和福于1891年出生在甘肃省临夏县一个雇农家庭，3岁时父母双亡，4岁就随祖父逃荒到宁夏西吉县沙沟，从小给地主放羊，后来又到预旺一带打短工、扛长工。当过皮匠、石匠、泥瓦匠、榨油匠，受尽了苦。1936年6月，彭德怀率领西征红军攻占了军阀马鸿逵占据的预旺堡。马和福见到红军对老百姓秋毫无犯，待人和善，一进村就修桥补路，照顾孤寡老人，废除了多如牛毛的苛捐杂税；又听红军宣讲党的民族政策，遂坚定地加入了中国共产党，当选为预旺区苏维埃主席，同时兼任区游击队队长。

根据我党的民族政策，党中央决定由中共陕甘宁省委书记李富春到同心来筹建豫海县回民自治政府。1936年10月20日，在历史悠久的同心清真大寺举行了具有深远历史意义的庄严大会，陕甘宁省豫海县回民自治代表大会开幕了。经过3天大会，10月22日，政府成立。马和福当选为县政府主席。代表大会决定正式启用刻有中国共产党镰刀、锤子的党徽和县政府印章。

马和福出任县政府主席之后，深入山乡到处奔波，宣传党的抗日救国主张、动员群众；还特别注意联系、团结和争取回民中有威望的宗教人士，利用穆斯林上清真寺的机会动员穆斯林为红军筹粮筹款。他出面组织群众成立了回民解放会和农会，还建立了有40多人的县游击大队。他带领游击队员同回族乡亲们一道先后为红军筹粮6万多斤、银圆8万多块、滩羊二毛皮和老羊皮大衣4000多件及许多布匹等支前物资。红军撤离时，回民师师长马青年专程找到了马和福，要他跟大部队一起撤走。马和福说："我要留下来进行革命斗争。"马青年提出给他留几名战士和10多条枪，以加强战斗力，马和福只要了四五条枪，就在同心一带坚持同敌人进行游击战。

红军后来又派人几次打探马和福的下落，一无所获。马青年又亲自去了解情况，到处找马和福，还是没有找到。

原来马和福由于坏人告密，不幸被捕。国民党宁夏省主席、军阀马鸿逵亲自审讯："你们政府的大印藏在哪里？快交出来！""不知道！""你和红军联系的暗号是什么？""知道也不告诉你！""让他尝尝阿扎我的厉害，看他还嘴硬不嘴硬！"马鸿逵一招手，给马和福上了大刑。马和福疼得万箭穿心，死去活来，但始终坚贞不屈。

马鸿逵没能从马和福嘴里得到任何消息。

1937年农历二月二十二日，优秀共产党员、回族英雄马和福在同心县壮烈牺牲，时年45岁。全国解放以后，在同心县城里专门为马和福同志建立了纪念碑。

马和福的儿子马兆年，把父亲宁死不交给国民党蒋马匪帮的"陕甘宁省豫海县回民自治政府"的大印，冒着生命危险，一直珍藏到解放，如今，陈列在宁夏博物馆中。

（刊于《中国民族》2002年第11期）

忠诚坦荡绘人生

——记回族老干部马思忠

马思忠同志今年年届古稀，离休了。但他老当益壮，很有一股子"革命人永远是年轻"的劲头，正如自治区党委书记毛如柏为他的回忆录《七十自述》的题词中所赞："风雨多经人不老，丹心弥坚精神铄。"

马思忠在党旗下成长的历程，是回族人民在中国共产党的领导下，砸碎锁链、寻求解放、当家作主、觉醒新生的缩影。自新中国成立以来，马思忠同志历任县、地、省级领导，先后担任宁夏回族自治区党委常委、自治区副主席、自治区人大常委会主任、自治区政协主席，是三届中共中央候补委员。仅任省级领导就达30年。他是宁夏唯一在省级四套班子都分别当过领导的一位。

人们说他是"不老松"。我觉得，他的确就像六盘山上一棵朝阳的青松，郁郁葱葱，常青不老。

心中有党

按照中外人才学的观点，"每个人都可以成为成功者""人皆可以为尧舜"。这只是问题的一个方面——主观因素。事物总是辩证对立统一的。另一方面，成功者一定要有适宜的环境、土壤——客观因素。

在举国欢庆中国共产党诞生80周年之际，马思忠深有感触地说："没有共产党，就没有我马思忠。"马思忠这话并非应时应景，而是发自肺腑。"没有共产党，就没有新中国，也就没有新宁夏，也就没有宁夏560多万各族人民的今天。"这是宁夏人民共同的心声，也是历史真实的写照。

旧中国，国民党反动派不承认回族是一个民族，而说成是"信仰回教的人"；对回族人民，欺压剥削，侮辱歧视。然而，毛泽东主席1935年10月率领中国工农红军翻越六盘山，在西吉县单家集住宿时，保护清真寺，尊重回族习俗，给回族人民留下了深刻的印象。1936年，红军西征，在宁夏成立了中国第一个回民自治政府——豫海县回民自治政府。这些都给回族人民带来了希望，播下了火种。

马思忠1931年出生在宁夏西吉县沙沟乡的一个回族家庭。小小年纪就从至亲身上感受到了为正义而斗争的光荣和代价。马思忠的父亲马喜春，1939年在反对国民党反动统治的海固回民起义中壮烈牺牲了。他大哥马思义1941年率领起义队伍到达陕北，受到了毛主席的亲切接见，这支剽悍的队伍被改编成回民骑兵团，冲杀在抗日战争和解放战争的沙场上。

光荣背后是巨大的牺牲。1941年5月18日，国民党反动派疯狂反扑，血洗了他的家乡，马思忠家有11口人被杀。年仅10岁的马思忠翻墙逃生，靠给有钱人家放羊糊口。党没有忘记这个英雄的家族。马思忠13岁时，党把他送到延水河畔的边区教导队学习。苦难后的幸福告诉马思忠一个朴素的真理：共产党好，八路军亲，毛主席是回民的大救星。

16岁时，马思忠坚定了他终身的信仰——跟着共产党走。站在鲜红的党旗下，他举手庄严宣誓：为共产主义奋斗终生！他在延安聆听了毛主席的教诲，从中国共产党人身上学习了为人做事。从此，无论打仗、干活、做工作，他都有一股拼命劲，同志们说他像个小老虎。半个世纪以来，他始终保持共产党人这股子"虎劲"。

党解救、培养了他，而他也没有辜负党的期望，从主观上加倍努力，一步一个脚印地跟着共产党走，从不退缩犹豫。马思忠参加了解放宁夏的战斗。

新中国成立后，他这个六盘山区土生土长的回族干部又回到六盘山区工作，冒着生命危险，剿匪反霸；深入山村农家，搞土改、合作化。任回族聚居的中共宁夏泾源县委书记时，他带领群众大战老龙潭，引水上关山，又亲自勘察修路，结束了这个县山大沟深路不通的困局。

1964年12月21日至1965年1月4日，他参加了三届一次全国人大会议。作为来自少数民族地区的全国人大代表，马思忠与其他代表一起受到了周总理的亲切接见，并且幸福地站在周总理身旁照了两张相。后来，他又多次学习了记述周总理事迹的文章。

"榜样的力量是无穷的。"周恩来总理是中国共产党人的崇高典范，是马思忠崇敬学习的光辉榜样。他时时处处注意向周总理学习，"默默许诺，要践行老一辈革命家的足迹，为党为人民勤勤恳恳讲实话办实事。"（马思忠语）

1966年4月，马思忠到河南兰考县参观学习焦裕禄的先进事迹，留下一张珍贵的照片，是在焦裕禄坟前照的，当时他流泪了。焦裕禄同志一心为革命、一心为人民的精神深深感动了马思忠。那时任中共隆德县委书记的他，以实际行动学习焦裕禄，带领全县干部群众治理堡子山、北象山，大搞农田基本建设……

1971年马思忠担任了自治区党委常委。按照周总理的指示，1972年1月24日至2月12日，中央在北京召开了宁夏固原地区工作座谈会。在"文化大革命"浩劫中，怎样区分什么是党的声音并非易事。马思忠依靠自己多年对党的深入了解，在风云变幻的年代，坚定不移地相信了邓小平。1975年3月至7月，马思忠在中央党校高级读书班学习，听到两种截然不同的声音。而他特别对邓小平1975年7月4日在读书班的讲话情有独钟，心领神会。

正如马思忠所说："他（邓小平）讲话痛快淋漓，言简意赅、单刀直入、坚定有力、语言朴素、义正词严、逻辑严密、恳恳切切。""20多年来，每一次想起，每一次琢磨，他的气度，他的坚强，他对问题的把握，他的一语中的，就像一面古铜镜时时映照着我。"

江泽民总书记一再告诫全党："物必自腐而后虫生。掌握这种生活哲理，对于我们党的各级领导干部，增强党性修养的自觉性十分重要。在新的历史条件下，领导干部面临的诱惑和考验很多，一定要经常打扫头脑当中的灰尘，做到警钟长鸣，切不可丧失警惕。"

几十年来，马思忠听党的话，跟党走，无论在什么岗位上，一直以共产党员的标准严格要求自己，一直坚持自鸣警钟。马思忠畅谈他自己人生时总结说："我在党的培养下，也做了一些工作。在工作上自己要两袖清风，一尘不染，在经济上不能马马虎虎，在政治上不能稀里糊涂。这是我几十年来的经验教训。"

他还很风趣地向我讲述了瓜田里就是鞋掉进老鼠刨下的土坑里，也不能弯腰用手提，只能用脚勾的故事，说："要避嫌呢！一个人要清正廉洁，必须要注意。要正别人，先正自己！"

宁夏回族自治区党委副书记、自治区主席马启智题词赞颂马思忠："德为世重，名以史垂。"1979年至1988年，马思忠担任自治区副主席，在他分管农业期间，依靠党的政策和全区干部群众的努力，宁夏的粮食产量上了一个大台阶，实现了全区粮食自给有余的奋斗目标。

1988年6月，57岁的马思忠当选为自治区人大常委会主任。当时的人大常委会领导层中，"老资格"多，人称"几架马车"。人们担心，马思忠文化程度不高，能行吗？马思忠面对困难，对大家一视同仁，团结协作。对过去，"宜粗不宜细"，"不纠缠历史旧账"。不到2年，班子团结了，人大的工作有了起色。后来全国人大常委会多次来检查，给予充分肯定。1998年，67岁的马思忠当选为自治区（七届）政协主席，又干了3年，绽放出世纪之交宁夏政协工作"灿烂的笑容"，直到70岁离休。

眼中有众

"群众是真正的英雄，而我们自己往往是幼稚可笑的。"马思忠牢记领袖的教诲。他常说："没有广大人民群众的支持，也就没有我马思忠的今天。"因此，他当了省级领导以后，仍然一竿子插到底，直接深入到最基层的群众中。

20多年前对他的一次采访，我至今难以忘怀。1978年夏，宁夏回族自治区成立20周年前夕，我专程到固海扬水工程的施工现场采访了他，同吃同住同劳动了几天，对他有了更深切的了解。当时已经是中共中央候补委员、宁夏回族自治区党委常委和革委会副主任的马思忠，兼任固海扬水工程指挥部党委第一书记。他在工地上同各族民工一道，挥镐刨土，拉车运土。收工了，他走进民工住的地窝棚，先摸摸民工们铺盖下垫的草，发现有点潮，就嘱咐他们把草拿到太阳下晒一晒；又立即找到带队的同志，叮咛马上设法搞些木板，让大家睡在铺板上。他又到民工食堂里，看看卫生搞得怎么样，尝尝馒头做得好不好吃。他常常坐在民工中，谈笑风生，不知道的还以为他是个老民工。和他相处过的各族干部和社员，都把他当成贴心的朋友，有啥事有啥话都对他说。

几十年来，他始终保持着同基层群众的亲密联系。无论到了哪里，他都要直接听一听群众的声音。每一次下乡或蹲点，走进哪个村子就住在哪个村子里，盘腿坐在农民的土炕上，喝罐罐茶，吃荞麦面，和农民无话不谈。当了干部，总要对群众讲话，马思忠讲话实打实，从不说套话。他从实践中总结了对群众讲话的"八戒"：一戒拖泥带水、拉里拉杂、与题无关的废话；二戒颠三倒四、疙里疙瘩、文理不通的胡话；三戒满口术语、文白夹杂、故作高深的空话；四戒滥用辞藻、花里胡哨、华而不实的巧话；五戒不懂装懂、"或许""大概"之类模棱两可的混话；六戒干巴枯燥、平淡无味、催人欲睡的昏话；七戒挖苦讥笑、低级趣味、不干不净的粗话；八戒陈词滥调、生搬口号、八股味浓的套话。

在固海扬水工程工地推车运土的马思忠

20世纪50年代末，他在泾源县当县委书记时，看到农民庄稼种得不好，杂草多，就编了个顺口溜："庄稼呀庄稼，你为什么不好好地长？要说我伤你的根吧，我从来没有薅过你；要说你嫌臭吧，我从来没有给你上过粪；要说你嫌热吧，那些杂草长得比你还高，是你舍不得的凉草帽。那你说，我哪儿对不起你了，你不好好地长？"农民听了笑个不停，后来，就改变了粗放种植的毛病。

1972年，共青团中央书记处原书记胡启立到宁夏来担任西吉县县委副书记。我采访过胡启立，也坐过胡启立同志开的车。胡启立同志为人厚道，做事认真，生活简朴，是一位深受群众爱戴的好干部。可是群众听不大懂他的口音。有一次，胡启立和马思忠一起参加群众大会，胡启立讲话，从理论问题入题，老百姓交头接耳，注意力不集中，没等讲完，有的人就走开了。马思忠接着讲，走开的老百姓又回来坐下了。胡启立对马思忠说："老马，怎么搞的？我讲老百姓不喜欢听，你一讲，他们都来了，而且，都听得很认真、很高兴？"马思忠说："我是当地人，我讲土话，他们听得懂。"胡启立说："我看不仅仅是因为你是当地人，更重要的是你讲的全是大实话。这说明我理论联系实际还不够啊！"同马思忠共事多年的胡启立，现任全国政协副主席，他由衷地赞扬马思忠是"人民群众的贴心人，少数民族的好干部"。

马思忠始终坚定不移地认定："对待老百姓来不得半点虚假，是什么就是什么，一是一，二是二。否则，一旦在他们心目中失去信任，再想赢得信任，很困难。更不能以权吓唬，以权欺压，何况在西海固这个少数民族相对集中的地区。我总以为在这种环境里工作，干部有一分的真诚，老百姓回应的是十分的真诚。干部不和老百姓交心，他们怎么能把心交出来呢？"

马思忠坚持同群众"以心换心"，在群众中具有非常高的威望。特别是关键时刻，他发挥了他人难以起到的作用。

马思忠对待群众的态度对我们各级干部都有着深刻的启示。马思忠的体会是："老百姓是善良的，我们革命干部任何时候都不能高高在上，摆架子，搞形式，说套话，喊口号，当老爷。多贴近他们，以心交心，讲实在话，办实在事，不官僚，不欺压。这样，一切工作都可以做好的。"中国共产党人除了人民群众的根本利益之外，绝无任何私利可图，这是"三个代表"的重要思想。马思忠以他几十年的言行实践了这一点。

他不顾年事已高，喘着气一步一步先后攀登上海拔近3000米的六盘山、贺兰山两个高山气象站，亲切看望"观云测雨"的气象工作人员，为他们奔走呼号，解除了工作和生活上的许多困难。气象工作人员激动地感谢他，马思忠恳切地说："你们不应该感谢我，应该批评我官僚才对。"

在主持自治区人大常委会工作10年中，他为来访群众分忧解难，办了不少实事，还纠正查处了30多件冤案错案。

马思忠并不是"和事老""老好人"。他的为人处世，正如自治区党委常委王正伟所说："他性格直爽，不会绕弯子。当工作中出现了问题错误，他勇于自我批评；同事在工作中有失误，他当面提出不留情面。在'好人主义'流行的情况下，他清楚这是要得罪人的，但出于对党对人民的责任感，他还是要批评，但绝不是在背地里非议。襟怀坦荡，光明磊落。他对同志平易近人，有说有笑，不摆架子，不说套话。而要求自己克勤克俭，全心全意为人民服务，始终保持着艰苦奋斗的革命本色。"

作为回族领导干部，马思忠模范执行了党的民族政策，对民族团结格外关注，十分重视。马思忠一再强调："特别是在民族地区工作，一定要注意加强各民族的团结。一方面是民族内部各教派之间的团结，另一方面是回汉各民族之间的团结。我们要大力宣传和做到两个'离不开'——少数民族离不开汉族，汉族离不开少数民族。两个'离不开'把这个加强起来。"

马思忠几十年来为宁夏的民族团结、经济建设兢兢业业地做了大量工作，发挥了民族干部的独特作用。根深才能叶茂，源盈才能常青。马思忠深深扎根在人民群众的沃土之中，并从人民群众中不断汲取丰富的营养。

胸中有志

作为一名领导者，"志"，格外重要。领导活动是目的性很强的活动。领导活动的特殊性，对领导者的"志"提出了特殊的要求。这就是：一、高度的自觉性；二、敏捷的果断性；三、不懈的顽强性；四、超人的自制力。

在党旗下成长的马思忠踏着保尔、吴运铎的足迹，从上述多方面锤炼革命意志，坚持自觉学习，严于慎独防变，不断提高自己。他认为："人非生而知之"，只有学习、学习、再学习，才能进步、进步、再进步。别看马思忠一直没有进过正规的学校系统学习，但是他始终对学习不放松，坚持干什么学什么。他说："我过去对革命很没有认识，是党培养教育了我。"

他先后在边区陇东教导队干部学校、西北公安干部学校学习过一个时期，后来又先后两次进中央党校学习。每次学习，他的笔记都记得很详细，勤于思考，认真学习，每次都得高分。

马思忠对学习有自己独到的看法，认为学习是一个人的"终老课题"，应该像周恩来总理生前所说的要"活到老，学到老"。学习不应该是想起了就学，想不起就不学；不应该只在单位学，不在家里学；更不应该只学习书本上的，不学来自实践中的。而且学习的时候，不能死搬教条，不能蜻蜓点水，更不能断章取义。方式方法很重要，精神状态很重要。特别是在当今社会，学习已被赋予新的时代内涵。古人说过"玉不琢不成器"，人只要活一天，就要学习一天。

马思忠在学习中把自己摆进去，敢于解剖自己，学得深刻，悟得透彻。

1980年9月至1981年1月，马思忠第二次进中央党校高级干部培训班学习，他敞开思考，对照解剖，提高很快。他检讨自己：从按照客观经济规律办事来说，过去在口头上经常讲，但在实际工作中往往是违背客观经济规律的。殊不知，害己、害人、害国。比如，过去在农业生产方面，搞什么"放卫星"，"人有多大胆，地有多大产"；在所有制方面，搞所谓的"穷过渡""割资本主义尾巴"等等。固原地区提出消灭低产作物荞麦、扁豆、莜麦等当地农民惯于倒茬的农作物，减少歇地，结果种上别的农作物黄不了，减产；搞大兵团作战，不准搞多种经营，一搞就抓资本主义复辟。这些思想和做法都是过分夸大人们的主观能动性，违背了客观经济规律，栽了跟头。我们搞社会主义建设，必须遵循客观经济规律。

他说："在中央党校两次学习，'结业'是学习时间，没有'结业'的是我的世界观、价值观、人生观的彻底改造和研究解决问题的思维方式、能力、效率的转变与提高。"

马思忠不仅注重理论学习，而且善于从实践中学习。平日讲话中，他经常引用老百姓的民间哲理语言。而在一些会议的发言中，他常常能一语中的，语惊四座。

1992年9月，马思忠出席党的十四大，在小组讨论会上，他说了一句"越是落后的地区越'左'，越'左'越落后"。他这句话来自于实践的思考，得到与会代表的积极赞许，他的发言在10月15日《经济日报》上报道了。1995年3月17日《新华每日电讯》发表了一幅新华社记者拍摄的题为《宁夏代表讨论两院报告》（全国人大会议上）的照片，文字说明上写着："宁夏回族自治区人大常委会主任马思忠（回族）在讨论两院报告时说：'政法部门首先要懂法、守法、独立执法，万万不能靠关系、讲人情、看领导眼色行事。人命关天呀，马虎不得！'"

马思忠学习自觉，提高了识别真假马克思主义的水平。就在挨斗、挨批时，他相信自己会"东山再起"，为党为人民做事。

"文化大革命"中，他被"群专"了，挂牌、批斗、鞭打、脚踢……栽倒在地、昏迷过去……他尽管想不通，但他坚信：暴风雨过去，还会是艳阳天。他身心伤痛无比，仍然非常乐观。

"造反派"叫他："马思忠，给我往出滚！"他铿锵有力地回答："我不是鸡蛋。你们先滚一下，我看一下子，我再滚。"他去理发，幽默地对理发师傅说笑："师傅，理个头多少钱？""两毛钱。""那我的头人家说是'狗头'，就该不收钱了吧？"

1969年12月8日，他被"解放"了。有人对他说："把你解放了。"马思忠反诘："啥？解放了我？我是1949年解放下你们的。"复出之后，他到林建师二团，尽管职务没有明确，他仍然带领职工，主要是北京来的知识青年，爬山下沟，栽树修路。

全国开展"三讲"教育，江泽民总书记语重心长地告诫："领导干部要讲学习、讲政治、讲正气，要自重、自省、自警、自律，努力提高自身的素质。"1999年，宁夏回族自治区区级领导班子"三讲"展开，马思忠表示要"引火烧身烧错误，登门拜访服人心。政策盆里洗个澡，一身干净好领导"。中央巡视组对他这种态度予以好评，说他带了个好头。自我剖析，他敢于触及内心世界，讲大实话，大家评价他的"剖析材料"自己给自己"画像"。他没想到，中央"三讲"领导小组副组长、中央组织部原部长张全景，一天晚上特意从北京打来电话："思忠同志，你在这次'三讲'中带了个好头，你的剖析材料我仔细看了一遍，写得很好。我代表中央'三讲'领导小组向你表示感谢，希望你发挥自己的优势，使宁夏的区级'三讲'教育顺利完成。"

"三讲"教育的第三阶段是民主测评。大家对马思忠的满意度是95.1%。"三讲"第四阶段是认真整改，巩固成果。他身体力行。他从心眼里感激党。他认为"三讲"教育是党中央对领导干部最大的关心和爱护。他庆幸自己在离休之前，"洗了个痛快澡"，又提高了一步。

"有志者，事竟成。"马思忠身处顺境，从不忘乎所以；身处逆境，从不气馁。他坚持不屈不挠地向人生的高峰不断攀登。

在他离休之际，接任他担任自治区政协主席的自治区党委副书记任启兴题词赞扬马思忠："思国忧民写春秋，忠诚坦荡绘人生。"

回顾一生，马思忠感触颇深，他说："今年七一是党的80周年纪念日。我虽然老了，退下来了，但是作为一个老党员，我还能够为党为人民做些力所能及的事儿。我还要教育下一代的青年，教他们必须听党的话，决不违背人民的事业，凡是不符合人民利益的事不要干。一定要听党的话，按照江泽民同志'三个代表'要求衡量自己，衡量一切。"

自治区党委常委王正伟读完马思忠的《七十自述》，感慨地说："读《七十自述》，使我深深感受到思忠同志积极进取、乐观向上的革命热情……我觉得全书是朴素美和思想美的融合……更重要的是思忠同志给我们年轻人的一份最好的教益和鞭策，从这个意义上说，他永远是我们的好领导、老前辈。我们尊敬他，更要学习他。"

（中央人民广播电台广播了我缩写的通讯《六盘朝阳不老松》。
此文刊于《宁夏日报》2001年12月8日头版头条，收入马思忠著《七十自述》）

赤 诚

1986年10月1日上午，北京301医院。

灿烂的阳光洒满整洁的病房。

中国人民解放军总后勤部副部长唐天际将军紧紧握着宁夏同心县的阿訇洪维宗的手，久久不放。他兴奋地说："你们一家对革命是有功的。你爷爷在革命低潮时支持红军，非常不容易。你们后辈又继承了先辈的传统，我太高兴了。"

82岁高龄的唐老，在生命的最后时刻，不顾医生、护士的一再劝阻，执意选定"国庆"这个有意义的日子，插着氧气管，一次又一次地突破"只谈2分钟"的时间限制，一直和洪维宗交谈了47分钟。

这不平凡的会见，把唐老的思绪带回到半个多世纪以前。

1936年，中国工农红军长征来到宁夏同心县。洪维宗的爷爷洪海如冒着生命危险保护了两名红军侦察员，并且拿出银圆、食盐、蜡烛支援红军，戳穿了反动军阀散布的"共产党共产共妻、灭回灭教"的反动谣言。他还发动回族民众参军抗日，为红军筹粮筹款。为了表彰洪海如的业绩，红军送给洪海如一幅"爱民如天"的大红锦幛。

"这个锦幛是我亲笔书写的，"唐老满怀深情地回忆着，"是在一个清真寺里写的。"

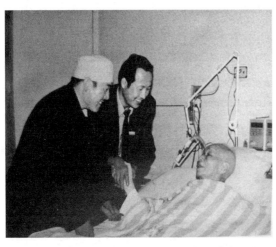

亲笔书写"爱民如天"的老红军与洪家兄弟亲切交谈

洪维宗告诉唐老，红军1936年11月离开同心县以后，反动军阀曾经多次派兵搜查这幅锦幛，但一无所获。1937年农历七月二十四日，82岁的洪海如归真（去世）。临终前，洪海如叮嘱洪维宗的父亲洪清国"要把红军送的锦幛像生命一样保存好，等红军回来，你们把它取出来，叫红军知道咱们的心是向着共产党的"。洪清国牢记父亲的嘱咐，冒着生命危险把这幅锦幛收藏了13年。1949年，人民解放军解放了同心县，洪清国和乡亲们含着热泪，抬着锦幛欢迎当年的红军胜利归来。后来，这幅不寻常的锦幛成了宁夏博物馆的珍贵历史文物。

在同心县，与红军同心同德的人大有人在。红军走后，许多人家都采取不同方法，冒死保护红军遗物。我国第一个回民自治红色政权——陕甘宁省豫海县回民自治政府主席马和福不幸被捕，英勇就义之后，他的儿子马兆年一直珍藏着豫海县回民自治政府的印章。回民们有的把红军布告藏在《古兰经》里，有的把红军送的茶壶、铁锅当作传家宝，有的用草泥法保护住一条又一条红军写下的标语……

这一切都表明：人生难得爱至真，患难之交结同心。

也是在这个同心县，彭德怀将军对美国著名记者埃德加·斯诺说过这样一段话：

> 我们（共产党与红军）并不是什么别的东西，只是人民打击他们的压迫者的拳头而已。

这大概就是共产党、红军与同心县回族人民乃至全中国各族人民同仇敌忾结同心的原因。

祖国大陆解放那年，洪维宗才10岁。这个回族汉子喜爱阳光，心地像他爷爷洪海一样开朗。他用自己的切身感受向唐老汇报：40年来，同心的山变了，水变了，人也变了……

同心县过去的诨名是"炒锅"。这里干旱少雨，土地瘠薄，"一年一场风，从春刮到冬。十年九不收，家家锅里空。"全县年蒸发量是年降水量的7倍，土地旱得冒烟，像个"炒锅"。这里的井水和河水都是苦得不能喝、连地都不能灌的含氟水。

1973年，这里遇到百年不遇的大旱。国家拨来了救济粮，有的生产队拿到粮食就去换水。每人一天只能分上2斤活命水。分水的时候，天上飞过的乌鸦、麻雀也常常扑下来同人抢水喝。

周总理生前按照毛主席指示，曾对改变同心县和宁夏南部干旱山区的贫困面貌问题，做过一系列安排。党的十一届三中全会以后，国家投资兴建的固海扬水工程终于把黄河水从百里之外引进了同心县。回族同胞唱起了从心坎里飞出的花儿：

> 共产党送来了幸福水（哟），
> 喝捧甜水心头醉。
> 春水洗去千年愁（啊），
> 赞歌化作浪花飞。

从此，不毛之地开始变成粮仓、油盆、花果乡和"绿色银行"（树林）。

过去赶毛驴的，如今骑上了"铁驴"（摩托车）。全县农民光摩托车就有上千辆，大小汽车近400辆，大小拖拉机4000多台。

更可喜的是人在变。变化最大的是回族女子。直到60年代，受"内妇人不见外男子"的传统观念影响，这里的回族女子回答敲门人"有人在家吗？"的问话，仍然是"家里没有人"，她们根本不把自己当"人"看待。

如今，同心县的回族女子不仅成了农牧业生产的主力军，而且成了商品流通领域的闯将。她们成了堂堂正正的人。

同心县海如女子中学的女学生在回答记者"你们将来想当什么？"的提问时，用银铃般的声音坦诚地说出了自己的心愿：当科学家，当教师，当医生，当解放军，当记者，当律师……

这同当年回族女子那种自己不把自己当"人"的回答，成了鲜明的对照。

洪维宗告诉唐老，他的小妹妹不靠爷爷的功劳，不凭父亲的地位，当了13年商业售货员，在平凡的岗位上出色地工作，曾被选为全国人大代表、全国商业劳动模范。

洪维宗从自己的经历中深深感到：科学文化知识是一个民族振兴的翅膀。1986年，他毅然把落实政策得到的4万元拿出来，创办了全国第一所专门招收农村女学生的回族女子中学。宁夏回族自治区党委的一位副书记提议，将这个学校命名为"海如女子中学"。

这样做，对他来说已经不是第一次了。1984年，他到银川等地跑了3天，买了价值千元的工具书赠送给县里的教师；1985年，他又倡议成立了同心县回族教育促进会，并为它捐献了3000元，筹款10000元。

洪维宗并没有讲这些，但躺在病床上的唐老早从别人嘴里知道了。这位老将军正是为了鼓励少数民族的后辈才特意在"国庆"这天见他的。道别之前，唐老还让护士暂时拔掉氧气管，同洪维宗、洪维祖兄弟一起照了相。洪维宗万万没有想到，就在这次会见不久，唐老就与世长辞了。

唐老的会见，使洪维宗激动不已。40年来，他也走过了一段坎坷的道路。"文化大革命"中，洪维宗曾经跳进冰水用身体堵住"冬灌"的渠道决口，却被诬蔑为"有意破坏"；为了加入共青团，洪维宗曾经连续递交了118份申请书，得到的回答却是"你不用再争取了"……

在逆境中，洪维宗想起了毛主席、周总理。

1952年洪维宗的父亲洪清国在北京受到了毛主席的亲切接见。

1956年，洪维宗作为西北少数民族青年参观团的成员到北京参观。……他永远忘不了周总理接见他们时讲述的那段语重心长的话："出身不由己，道路可选择，希望你们顾一头，一边倒，倒向社会主义这一边。"

30多年来，周总理的话一直是他的座右铭。此时此刻，他想到，我不能做党里的人，也要做党外的好人。不管我做什么，我都要跟党一条心，做党的同心人。

在他的客厅里，悬挂着请人书写的《竹石》诗：

咬定青山不放松，
立根原在破岩中。
千磨万击还坚劲，
任尔东西南北风。

可以说，这是他内心世界的真实写照。

人民同党一条心，何愁黄土不变金。半个多世纪以来，洪海如、洪清国、洪维宗一家祖孙三代对党的一片赤诚，始终不渝。这样的家庭，在神州大地何止千万。这闪光的信念，正是共和国民族大家庭伟大凝聚力的源泉。

（1989年9月26日中央人民广播电台《民族大家庭》栏目播出。获国家民委、广播电影电视部联合举办的"建国四十周年民族团结进步"征文奖）

回族女杰阎翠梅

在宁夏回族自治区永宁县纳家户村，有一位被人们称为"女中英杰"的回族妇女，名叫阎翠梅。

她这个人像她的名字一样，真是一株雪里红梅，迎风霜，斗严寒，倍显青翠。

其实，她的长相很普通，瓜子脸，丹凤眼，说话细声慢气的，表面上看不出什么豪杰之气。

然而，到她的果园一采访，我发现她的确与众不同。这里是她当家，丈夫是她的助手，乖乖地听她的。

我问她的丈夫纳树雄："妻子比你强，你处处听女人的，有没有啥想法？"

纳树雄憨笑着，搓着手说："女人强了好嘛，男人更省心。她强，是养牛、养羊、务育果园，又不是强得欺负咱男人。我吃亏就吃在没文化上了。她有文化，家里外头一个样，谁有本事听谁的。"

阎翠梅这时反而有些被丈夫夸得不好意思了，含羞带笑地说："其实，我能干成点事，全靠老汉、婆婆支持。果园里的一些苦活、累活，老汉抢着干。到了卖苹果的时节，我一大早四五点钟就得往三十里路外的银川农贸市场赶，记数、算账，老汉又不会，可一清早奶牛、羊群又离不了人，我就得跟从山区请（雇）来的帮手摸着黑闯市场，婆婆对这事都顶看得开，别人说个啥闲话，婆婆就解释开了。""如果有个糊涂婆婆，就干不了这么大的事业。"

我在宁夏回族自治区当记者30多年，知道阎翠梅说的这事可不是一般小事。过去，回族有个规矩，叫作什么"内妇人不见外男子"，我60年代到回民村采访，敲门问"家里有人吗？"屋里有个女声回答："没有人！"我挺奇怪，问县干部："怎么家里有人答话反而说没有人。"县干部拉着我边往回走边说："她家男人不在家，男人不在就是没有人。"那个时候，回族妇女不把自己当人看待。

如今，阎翠梅一个女人家跟着一个外男子起五更赶半夜地闯荡市场，不是她阎翠梅心胸开阔，不是她婆婆、丈夫支持，也是不容易办到的。

回族妇女精神上有更多的禁锢。旧社会，回族妇女，"大门不准出，二门不准迈"，实在万不得已出门，也要"见人就靠边低头，皮肤头发不得外露"。长期形成的封闭自卑心理像绳索一样束缚了回族妇女的手脚，阎翠梅从这一罗网中冲决出来，像个男子汉一样在市场经济的海洋中搏风击浪，勇猛向前。

阎翠梅另一点与众不同，是自学科学技术，用科学技术闯开了一条致富路。1957年出生的阎翠梅，只有初中文化程度。结婚后的1986年，她同丈夫纳树雄商量，出头承包了本村40亩果园，头年就"出师不利"，挂果少又加上病虫害，怎么办，是半途而废，还是继续承包下去？在挫折面前，阎翠梅并没有灰心。她自己不懂，就到附近的宁夏农学院请来两位果树专家，一棵树一棵树地查找原因，学习剪枝、打药、灌水、施肥、改良土壤的科学技术。

为了改良土壤，又少施化肥，节约开支，她同丈夫商量，贷款买了15头大小奶牛，牛粪上果园，园里长的草再喂牛，科学养殖，成本也降低了。

科学技术的威力，辛勤汗水的浇灌，使她承包的第二年就获得了丰收，年纯收入超过了2万元。

在果园里，我见她随身带着好几本农业科学技术方面的书，就问她："学科学技术与不学科学技术有什么不一样？"

阎翠梅随手用袖子擦掉额头上的汗，一边给奶牛添草，一边回答我的问题："学不学可大不一样，书上面讲得挺清楚。牛啦、羊啦、鸡啦、兔啦，有个啥病，一看书，就明白了，赶快用家里早准备好的针和药给打针吃药，一迟了就麻达了，就有死的了。再说配制饲料吧，按书上讲的自己配制饲料，饲料效果好，又比外头去买价格大大降低了。科学技术是咱农民的命根子，离不了。"

阎翠梅是经过十年风霜雨雪的拼搏，体会到"科学技术是咱农民的命根子"的。我看她那果园里，23头大小奶牛，有12头产奶，日产300公斤鲜牛奶。四五十只鸡，咯咯叫着，一天少说也收三四十枚蛋。她还用树叶喂了四五十只白兔和十几只羊。

果园里，500株苹果树，50株杏树，200架葡萄，长得苗壮喜人。树下面，她还插种了小麦、玉米、豆子和蔬菜，自食有余。阎翠梅的园子里，牛羊叫，鸡兔跳，禾苗壮，渠水叮咚，生气勃勃，真是个立体养殖、种植的小农场，年纯收入四五万元。

我夸她说："你真能！"

阎翠梅嘿嘿笑着说："不是我能，是科学技术能！"

迷上了科学技术的阎翠梅眼光远大。她光有3个女儿没儿子，老三生下来才

30天，她就做了计划生育的结扎手术。"生男生女都一样。"阎翠梅和丈夫纳树雄几乎异口同声地对我说。

这3个女儿，都被送去上学，最大的15岁，最小的12岁，两个大的在县城上中学，小的上小学。纳树雄对我说："我要送3个女儿上大学。我没文化，吃大亏了，再不能让娃们吃没文化的亏了。"

阎翠梅眼瞅着丈夫，笑着点点头，没吭声。

"待到山花烂漫时，她在丛中笑。"

阎翠梅是想到3个女儿考上大学，高兴地笑；还是看到果园一派兴旺景象，喜悦地笑。她没说，我也没问。

她先后帮助村里10多家困难户脱贫致富，被大伙誉为"贴心人"。

她这位第八届全国人大代表，今年又被评为全国劳动模范，"五一"劳动节到首都北京参加了表彰会。

她心里的喜事太多了，她忍不住又笑了。

她笑得很好看，像一株盛开的红梅！

（此稿在中央人民广播电台、中国国际广播电台播出，并获中国国际广播电台好稿奖）

双手举起民族的希望

——记世界首届青年女子举重锦标赛冠军王艳梅

1995年7月16日，波兰首都华沙，首届世界青年女子举重锦标赛最后一天、最后一项、最大级别的比赛正在进行。

随着震撼人心的一声吼，110公斤的杠铃被中国回族姑娘王艳梅高高举过头顶……

赛场轰动了，至此，王艳梅一个人就为祖国夺得了抓举、挺举、总成绩3枚金牌，创造了青年女子举重抓举95公斤、挺举110公斤、总成绩205公斤3项世界纪录。

喜讯传到宁夏回族自治区，像一声春雷震响了沉寂的宁夏体坛。

1993年全国第七届运动会上，宁夏体育代表团仅得到1枚铜牌，总成绩才9分，在全国各省、自治区、直辖市中名列倒数第一。随团采访的《宁夏日报》记者从赛地发回的通讯，题目是《宁夏记者无米下锅》。

才两年时间，沙窝里飞出了金凤凰，竞技体育落后的宁夏涌现出自治区体育运动史上第一个世界冠军，充分显示了民族体育的飞跃发展。

王艳梅的父亲王歧峰，从小就是个体育爱好者，曾经多次在县以至地区的体育比赛中获得过名次。1991年8月25日，宁夏回族自治区八运会期间，他把年仅13岁的小艳梅亲自送到自治区体委举重队。王歧峰看到小艳梅比20岁的哥哥力气都大，认为这个最小的女儿是个举重运动员的"料"。灵武县业余体校教练高保成也向宁夏女子举重队教练胡友志推荐王艳梅，因为在全县中学生运动会上小艳梅推铅球曾得过第二名。胡友志看小艳梅身体壮实，头脑灵活，当即就把她留下了。

练，可不是力气大就可以成材，"原始材料"要雕琢成宝玉，得经过千雕万琢。"整体素质提高了，才能突出重点"。根据从实践中摸索总结出的一套训练经验，胡友志对小艳梅和她的队友们开始了大运动量的训练，对每个运动员又有针对性地采取缺什么补什么的训练方针。

小艳梅练得苦极了。一躺到床上，她便觉浑身胀得难受，翻过来，覆过去，睡不着觉。上下楼梯，两腿僵直，只好倒着走。为了防滑，杠铃的钢轴专门刻着花纹，双手掌心被勒得一扒一层皮，满手血泡。宁夏女子举重队因为"家底穷"，训练场里别说开水，连自来水也没有，更不用提什么空调了。教练胡友志从家里提来暖水瓶，又从家里搬来大缸盛水，给在三伏天里汗流浃背的运动员们降降温。

胡友志把他为国争光的希望全寄托在下一代身上了。他摸索出巧用力的技巧，引发小艳梅"一瞬间的爆发力"。

小艳梅双手的血泡不见了，全成了厚厚的老茧。虽然举重队员一个个先后离去，只剩下她一个正式队员了，可她仍然矢志不移地坚持训练。王艳梅在一次训练的时候，杠轴压迫了她脖颈上的主动脉，她骤然昏迷，晕倒在地，额头摔了一个大肿包。等她苏醒过来，抓起杠铃还要练。因为她相信胡教练的话："没有积累就没有突破。只要好好练，就能练成功！"

"成功！"她爸爸希望她成功，胡教练希望她成功，宁夏回族人民乃至全国各族人民都希望她成功！

当她站在华沙的举重台上，就像安泰俄斯站在大地母亲的胸膛上一样。

王艳梅心里想起了爸爸、教练和父老乡亲们的希望，浑身来劲了，平日的积累在一瞬间爆发了，双腿一蹲一挺，双臂一屈一伸，她举起来了，高高地举起来了！

那高高举起的，不只是杠铃，而是民族的希望，祖国的荣誉！

王艳梅成功了！宁夏体委专门召开庆功会，给予特别嘉奖。

王艳梅一举成名，记者问她以后有什么打算，王艳梅忽闪着水灵灵的大眼睛，一字一板地认真回答：“以后，要从零做起。因为希望寄托在我们身上！”

王艳梅和队友们又满怀希望地迎着初升的太阳，向训练场走去……

（中央人民广播电台《民族大家庭》节目播出，
刊于《人民政协报》1995年10月19日，获全国少数民族体育征文一等奖）

路遥知马力

——记全国少数民族企业家、吴忠塑编厂厂长马力

那是1988年全国人民代表大会七届一次会议期间，在宁夏代表团里，有一位40岁上下，中等身材的汉子十分活跃，他常常为探讨问题，和别人争执得面红耳赤。他就是宁夏吴忠塑料编织袋厂厂长马力。

笔者有幸参加了七届一次全国人大会议的采访，正巧和马力住了个门对门，空余时间扎堆“侃大山”，和他成了好朋友，渐渐地了解了他的身世。

1900年八国联军入侵中国，马力的太爷马耀图在京城正阳门同侵略者浴血奋战，壮烈牺牲。1954年，国务院追认马氏家族阵亡将士为抗击帝国主义侵略的先烈。

马力本是先烈之后，但在十年浩劫中却成了抬不起头来的“黑五类”分子。马力无法申辩，也无处去申辩。他高中毕业以后有家不能回，只有下乡务农接受再教育一条路。后来，马力成了金积镇上一家小厂的工人。有一天，他看到了这样一件事：正在运转的电机突然不转了，有人狠狠地踹了几脚。说来也怪，这一踹电机又转了起来。马力感到奇怪，有个工人告诉他：“这家伙不打不听话。”

说话的人无心，马力听了却产生联想：我可不能当这种电机，踹几脚，转几下，不打就不转。

马力尽管还不知道自己今后的路怎么走，但他清醒地懂得一条：他由农民变成工人，对他这个“黑五类”分子就是“宽大处理”了。他认定工厂就是他的归

宿。他白天脚踏实地干活，晚上在煤油灯下读书。他不想显山露水，只想不要让人瞧不起。

马力做梦也没想到，他这个回族"尕娃"被汉族党支部书记兼厂长朱登财看上了，朱登财见马力能吃苦，肯钻研，打心眼里喜爱。

朱登财明白，知识就是力量。他不怕引火烧身，戴上包庇重用"黑崽子"的帽子，力排众议，提拔马力当了全厂唯一的技术员。

马力不负重望，带着厂里生产、技术上的问题如饥似渴地学习技术，解决生产难题。

马力生活的信条是，勤奋出智慧、出成果。他没上过大学，但是读了机械学、纺织学等大学课本。知识的水晶宫对勤奋好学的泳者是慷慨的。他每次游进深宫，总要带回一两件"珠宝"，并且应用在生产中，发出耀眼的光彩。

1975年，厂里产品没有销路。朱登财厂长找马力商量对策。厂长告诉马力一个情况。一年以前，他带人到外地参观，发现塑料编织袋在市场上很走俏。厂长只是随便说说，却引起了马力的极大兴趣。他提出工厂转产塑料编织袋。可是要转产，资金从哪里来？设备从哪里来？

1975年10月，马力受厂里委派，上北京，走天津，下南京，就转产做考察。他听说江苏常州市有一家工厂用土设备生产塑料编织袋，就直奔常州。

也许是出于行业本能的戒备，常州那家工厂没有让马力看图纸。体谅马力是从大西北千里迢迢而来的少数民族兄弟，答应让他在厂里参观。马力白天在厂里仔细看，晚上回到投宿的小旅馆，凭记忆一点一点地画机械图。他硬是用这种笨办法，把整套设备的图纸都绘了出来。

时间过去了10个月，马力带图纸回厂，并且马上带人制作了7套土设备，对旧设备进行了改造，又自行设计制作了5套小设备。塑料编织袋正式投产，鲤鱼跳过了龙门。到1981年年产值跃过200万元大关，利润达到了46万元。

企业眼看生机勃发，不料风云突变，1982年，塑料编织袋价格直线下降。1983年全厂产值高达400万元，而利润只有5万元。曾经为工厂立下汗马功劳的土设备远远赶不上时代前进的步伐了。工厂在竞争中吃了败仗，有人绝望了，连忙"跳槽"，另攀高枝。

一个人，最可怜的是无知，最可敬的是拼搏。

就在企业极度困难的时候，厂党支部书记兼厂长朱登财从一个会议上带回来一份介绍外国塑料编织袋生产线的技术资料。马力如获至宝。

他向朱厂长谈出大胆设想：引进外国先进技术设备，重整旗鼓，再攀高峰。

宁夏回族自治区轻纺工业厅领导同志对这个从困境中自力更生闯出来的小厂和自学成才的马力极为关注，了解了他的设想，拨了3个名额让马力带着何继援、张镇国两位职工到北京参观国际橡胶、塑料机械展览会。

外国的塑料编织袋流水生产线吸引了马力他们。

冒着酷暑，在闷热的房间里，马力和同伴们一笔又一笔地算账。对引进设备所需资金、引进以后的产品质量、成本、产值、利润等各项都认真研究，仔细计算，越算马力越兴奋，看来走引进先进技术和设备这条路，前景诱人。

马力回到厂里，谈了自己的想法。朱登财等厂领导和大多数职工觉得马力的主意有道理，于是，决定破釜沉舟，背水一战，引进联邦德国和奥地利联合制造的年产1000万条塑料编织袋的流水线。

1984年4月，马力和外商代表进行了成功的谈判。马力的精明得到外国友人的赞赏。

1985年初，引进的全套设备运进工厂。按照惯例，设备组装由外国技术人员负责。3月初，工厂向外商连发4次电报。请他们派技术人员急速来厂安装设备，每次回电都问："你们的准备工作做好了没有？"

4月，当外国技术人员到厂的时候，马力已经带领本厂技术人员和工人把引进设备组装好了，只等他们调试验收。外国技术人员倍加感叹。

引进生产线一次试车成功，投产当年就盈利53万元。

1986年，年总产值达到1650万元，相当于吴忠市工业总产值的1/6，年利润达到168万元。产品质优畅销。不仅国内17个省（区、市）纷纷订货，还销往日本、新加坡以及香港。

马力由普通工人一跃而为全国有名的科技型企业家，靠的是中华民族那种自强不息的优秀品格和勤奋好学的拼搏精神。电工学、机械学、纺织学、材料力学、塑料工业学、建筑工程学，他都学过。工人遇到的技术难题，就是他刻苦钻研的课题。工人们有什么问题，都能在马力那里得到满意的解答。

当社会上流传"当个大学生，不如卖烧饼"的读书无用论的时候，马力却向往着走进知识殿堂的大学。马力曾经两次考取电大，一次因主持技术改造而没有上成；另一次因故半途辍学。然而他矢志不渝，终于在1982年第三次考取电大就读。

马力在9年间3次考入电大，终于学成毕业。谈起上电大这件事的时候，马力对记者推心置腹地说："我考电大，不是为了混张文凭。我能晋升为企业管理工程师，并不是只凭学历，而主要是靠我的实践。我上电大，是想系统地多学点知识。俗话说，艺多不压身。要办社会主义企业，光凭经验不行，非得靠科学不可！"

1989年，马力荣获"全国少数民族企业家"称号。记者来到吴忠塑料编织袋厂访问，一进厂就看到写着"厂盛我荣，厂衰我辱"的牌子，特别引人注目。"这大概是马力倡导的这个企业的精神吧！"厂秘书证实我的推测准确。

这次专程采访马力，马力却不在厂。厂秘书告诉我，他的事太多了。不管他是不是在厂，全厂都按照他提倡的企业精神运转。他还说，马力当厂长，重用人才，放权基层，上下一股劲，还愁企业办不好？

现在，吴忠塑料编织袋厂面貌已经大有改观。昔日的沤麻坑不见了，厂里出现了一座名副其实的花园。在五彩缤纷的鲜花丛中，有一尊手捧和平鸽的少女雕塑。小桥、流水、假山、回廊，宛如新春入画来。

早先的土坯房没有踪影了，代之而起的是高大整齐的厂房，传出机器有节奏的运转声音，仿佛在演奏民族奋进的乐曲。

我又一次来到吴忠塑料编织袋厂采访，终于找到了马力。马力说："咱俩是老朋友了。你可别写我。你写写民族工业的振兴，倒是个好题目。我也正在研究经济问题，还写了篇论文。"

马力论文的题目是《对宁夏工业发展的几点粗浅看法》，还真有些独到的见解呢。

记者告诉马力："不写你，我没法完成任务。""不过，写你正是为了民族工业的振兴。"

马力无言以对，沉思片刻说："少数民族经济的振兴，要靠科学知识做原动力。不能光看眼前赚几个钱，而要看到长远的未来。我和我们这个企业，都要学习学习再学习，开足马力往前奔！"

（1989年8月21日中央人民广播电台《民族大家庭》播出，
收入《中国少数民族企业家》《团结进步　共同繁荣》等书，获宁夏好新闻奖）

长征路上文明村

—— 访西吉县兴隆镇单家集

（出口令声、脚步声、混播）

记者来到宁夏西吉县兴隆镇单家集北村，只见：一队英姿勃发的小学生齐步走来。"星星火炬"旗迎风飘扬，小学生胸前的红领巾，在阳光的映照下像通红的火种在闪耀。春风吹绿了田野，烂漫的山花争奇斗艳。

巍巍六盘山下的这个小山村，红军当年长征三次经过这里，毛主席曾在清真寺里同回族乡亲们促膝长谈，还在寺旁回民家里住了一夜。第二天清晨，毛主席就从这里出发，登上了六盘山。1993年，毛主席诞辰100周年时，村民们自发集资备料，自己动手修建了一座纪念碑。从此，这里成了党团员、青少年、妇女、民兵进行各种活动的场所，还被西吉县列为全县爱国主义教育基地。

小学生们整队肃立在碑前。碑上八个大字格外醒目："人民救星　一代天骄"。

单家集北村党支部书记、全国劳动模范许文杰讲完了长征故事，用抚爱的眼光扫视着眼前的小学生，语重心长地说：（出录音）

"咱们建设这个碑的中心目的就是为了教育我们青少年好好学习。从现在起，咱们单家集现在和今后的发展思路，重点就是抓好教育。咱们村上党支部也决定从今年起，每年拿出一定的资金奖励品学兼优的三好学生。希望咱们同学们在母校老师的殷切教导下，刻苦学习，为建设'四化'做一个有用的人才。"（掌声）

好几个同学都站出来谈了感想。回族女学生马文霞举手要求发言。（出录音）

"听了许伯伯的话，我非常感动，将来要当一名优秀的国家工作人员。""当个国家工作人员？""嗯！""为什么想当国家工作人员呢？""建设祖国！"（掌声）

"大家以后准备怎么办呢？"

"好好学习，天天向上！"

小学生们异口同声的回答，是那样干脆，又那样响亮，充分显示了单北村新一代的精神风貌。

（出歌声："我们是共产主义接班人……"混播渐隐）

单家集北村党支部一直把狠抓教育，提高村民素质，培养一代又一代有理想、有道德、有文化、有纪律的社会主义新型农民作为精神文明建设的中心环节。

他们一方面从娃娃抓起，全村适龄儿童都入了学，特别是女童占1/2以上，这在西北回族聚居的山村是十分难得的。另一方面，对成年人，他们针对各种不同人群的不同特点，坚持开展不同形式的教育活动。村上的党员之家、青年之家、民兵之家、妇女之家、农民夜校都办得红火热闹，各有特色。村上党员干部常以生动活泼的形式，向村民进行邓小平关于建设有中国特色社会主义理论和民族团结、移风易俗、法律法规、实用科技等专题辅导。村图书室有4000多册图书和《人民日报》《宁夏日报》等100多种报刊，《我的父亲邓小平》等书成了村民爱不释手的读物。中央人民广播电台、宁夏人民广播电台的新闻和《对农村广播》节目，村广播室天天都要转播。村民们晚上宁可不看电视剧，电视新闻非看不可。再忙再累，国内外大事都要知道。努力学科技、学文化、学理论，自觉提高自身素质，成了村民的普遍行动。

回族妇女的变化是这个山村精神文明建设最亮丽的一道风景线。

直到60年代，山村回族妇女还延续着"内妇人不见外男子"的规矩，客人来敲门，问家里有人吗。丈夫如不在，妇女就回答："没有人！"如今，单北村的回族妇女通过学文化、学科技、学理论，自身素质提高了，种田、经商、管家，成了里里外外的主力军。

现年47岁的回族女党员单秀明，是全村妇女学科技的带头人、党的十四大代表。她虚心求教，刻苦自学，由小学文化程度提高到中专水平，如今走出山村成了兴隆镇全镇的农业技术推广员。

记者问她：山村的回族妇女，最大的变化是什么？（出录音）

"现在最大的变化就是观念变化。原来就是吃饱，小富则安嘛！吃饱、穿暖、孩子长乖就行。现在，她们都不愿意，都不满足于吃饱、穿暖、孩子长乖。她们现在都想自己干点事情。"（混播渐隐）

她说，单北村本村的妇女40岁以下的没有文盲，都掌握了两门以上的农业技术。即使是从外村、外地嫁进单北村的媳妇们，一看这气氛，也不甘落后了。

在单北村新开的大路边，有一家小针织加工厂，就是从外村嫁到单北村的媳妇陈桂香个人开的。记者同这位回族女厂长交谈起来：（出录音）

"没干这个以前，干什么呢？"

"没学这个，在家看娃娃（笑声）、种地。"

"现在学了这个，和以前看娃娃，你觉得有什么变化？"

"变化大着呢！"

"变化大，变化主要在哪里？"

单秀明在一旁插话介绍：

"她是今年全国妇联组织的全国十名、全国识字女状元之一，宁夏唯一的一个。"

"以前不识字，现在是全国识字女状元，那你识字从什么时候开始？"

"1994年开始识字。""1994年是多大年纪？""30岁。"

"30岁学识字，挺困难吗？"

"不会嘛！脑子记不下。"

"后来咋学的？"

"一边搞加工厂，一边现学技术，一边再识字。"

"谁来教你呢？"

"以前学下的扫盲学习班，学习了一年，再自己娃娃回来也教，丈夫也教。"

"现在能学到什么程度？"

"小学毕业。"

"全国妇联考过的，咱们自治区就这么一个女状元。"

"现在当了女状元以后，怎么办？"

"要搞一番事业！"

陈桂香的事业越搞越红火，她自己设计、剪裁、批发，雇人制作；独身走兰州、上西安，进货、推销、签约、核算，成了女能人。"搞一番事业！"这是今日单家集北村村民共同的心声。

村支书许文杰告诉记者（谈话先混播，出汽车喇叭声后渐隐），如今村里的回族女青年都推迟了婚期，为的就是搞一番事业。

我们现在脚下踏的这段新开的大路、路旁兴办的市场，就是单北村村民在党支部领导下学习、应用邓小平建设有中国特色社会主义理论搞的一番惊天地、泣鬼神的大事业，也是这个山村精神文明建设的丰硕成果。他们把这叫作"长征路上新长征"。

这条宽20.4米的大马路，是宁夏通往甘肃的省级正规公路。1993年，交通部门规划设计公路绕村而过。听到这个消息，村支书许文杰马上召集支委会研究。许文杰说："咱们要按邓小平同志说的办，要抓住这个机遇，争取公路从村子中间穿过，村子里建个市场搞集市贸易。尽快改变咱们单家集贫穷、落后的面貌。"支委会一致通过了老许的创议。许文杰和村主任单发俊多次向上级请求，终于感动了各方，设计方案修改了，公路决定穿村而过。

可是，搬迁成了最大的难题，全村337户要搬迁155户，寒冬腊月，村干部、党员带头搬迁或主动让出住房，并且动员群众，互相帮助，都妥善安置好各家人和牲畜。要迁68处坟，把祖坟从村里迁到山上。村里辈分最大的老大爷单世富对记者说：（出录音）

"一开始，群众反映，说是祖坟，不能动。后来政策给大家宣传了，给咱们单家集把一条公路修通。柏油马路，老年人非常喜欢。现在路也修通了，柏油马路修好了，群众非常满意。"

为修这段穿村而过、长达2218米的公路，在精神文明建设中提高了觉悟的单家集北村村民，发扬红军长征精神，先后搬迁155户人家，迁坟68处，没向国家要一分钱，自力更生，艰苦奋斗，义务投工投劳3万多个，集资捐款2万多元，动土方1.5万方，拉运沙子1800多方，按期优质完成了任务，还千方百计为国家节约了100多万元资金。

单家集北村村民在大路边兴办起了市场，村民自办自管。（出市场实况："你从哪里来，甘肃"后混播渐隐）

陕西、甘肃、宁夏等省区的客商从四面八方到这里来赶集，贩卖活牛、活羊，这里屠宰的牛羊肉、皮张、骨杂，远销四川、新疆等地。这个市场，一年屠宰1.5万头牛、3万只羊，集市贸易日成交额最高达40万元。全村95%的农户，在种好田的同时，从事贩运和屠宰牲畜、粉条加工等生意，有的还把生意做到俄罗斯。外来客商纷纷赞扬"这个市场，生意活跃，文明、公道"。

（出乐曲混播至完）单家集北村1996年人均收入达到2019元，比10年前增长了10多倍。今年，夏粮丰收在望，各业兴旺发达。这个过去干旱、贫穷、落后的小山村，如今面貌大变了，今年春天被中宣部确定为全国文明村镇示范点，在红军长征路上，迈开了新长征的步伐，正向着新的目标奋勇前进！

（中央人民广播电台1997年7月26日《对农村广播》节目播出，

获中央人民广播电台优秀节目特别奖，收入《文明村镇风采》一书）

宁夏，民族团结之花结出丰硕的"发展"之果

连日来，宁夏各族干部群众畅谈半个世纪的沧桑巨变，齐声高歌赞颂党和祖国，沉浸在喜庆的气氛中。

宁夏党委书记毛如柏告诉记者："大家都说，如今的宁夏，进入了历史上民族团结的最好时期。"

记者在宁夏山川采访，深切感受到在这里，民族团结之花，结出了丰硕的"发展"之果。

平等团结、互助友爱、共同繁荣进步的社会主义新型民族关系已经在宁夏形成并不断发展。1983年以来，宁夏先后3次连续开展了民族团结进步活动，共有418个集体和1400名个人，被树为民族团结进步先进集体和先进个人，受到国务院、国家民委和自治区的表彰。

民族团结促进了经济、社会发展，齐心协力夺来了宁夏山川巨变。过去，连火柴、肥皂都不能生产；如今，制造出了远销欧美的现代化机床。昔日靠毛驴、骆驼、皮筏子运输，如今航空、铁路、公路形成了四通八达的立体交通。1998年，自治区国内生产总值达到228亿元，比1949年增长了175.6倍。经济发展使各族人民的生活如芝麻开花节节高，1998年农民人均收入达到1756元，城镇居民人均可支配收入达到4112元，与自治区成立前的1957年相比分别增长了16.7倍和16.1倍。

从初等教育到高等教育的教育体系已经形成。截至目前，回族学生占大、中、小学的比例分别达到26.7%、22.2%、35.2%。

一支包括政治、经济、文化、教育、医疗卫生等各方面人才的少数民族干部队伍，正在发挥着越来越大的作用。目前，少数民族干部在全自治区省、地厅、县处级干部中分别占36.1%、21.7%、18.3%。

江泽民总书记视察宁夏时的嘱托"同呼吸，共命运，心连心"在宁夏已深入

人心，正推动着宁夏民族团结进步事业从胜利走向胜利。

（中央人民广播电台1999年10月24日《全国联播》头条播出，25日《新闻和报纸摘要》重播）

追记：同呼吸，共命运，心连心

通过采写实践、阅读书刊，当面向回族干部、群众求教，上清真寺和回民家庭观察，我对他们逐步了解得越来越多。

几十年来，在宁夏回族自治区，从回族妇女到宗教上层人士，从工人、农民到干部、知识分子，乃至方方面面都发生了巨大变化。我认为，最深刻的变化是回族群众心态的变化。旧社会被压迫、被剥削的回族群众如今翻身做了主人，特别是过去处于社会最底层、不把自己当人看的回族妇女，现在敢于挺起胸膛，抛头露面，在政治、经济、文化等各个领域撑起了半边天。宁夏回族、汉族、蒙古族等各民族兄弟姐妹团结和睦得如同手足，开创了历史最好时期。

"各民族兄弟姐妹同呼吸、共命运、心连心"，汉族和少数民族"谁也离不开谁"就是党和国家领导人在宁夏视察的时候提出来的。

在国内外敌对势力和少数别有用心的人蓄意利用民族、宗教问题对民族团结进行破坏的情况下，加强民族团结，搞好民族、宗教工作是一件极为重要的大事。

宁夏历届党委、政府十分重视民族宗教工作，摸索了一些做好民族宗教工作的有益的经验。

几十年来，我向中央人民广播电台、中国国际广播电台等供稿，特别注意报道宁夏民族团结奋进的事迹，有的被《人民日报》及其海外版、《中国民族》等报刊转载或被新华社、中国新闻社转发，多角度、多侧面、全方位地向全国和世界传播了宁夏巨大而深刻的变化，宣扬了回族的众多英杰。我主编的《爱我中华 爱我宁夏》（全国《爱我中华》系列丛书之一）被列入"百部爱国主义教育图书"之中。我为《中国回族大辞典》撰写了全国各地获"少数民族企业家"称号的回族人士的词条。

我的奉献得到了社会的承认，我被授予"全国首届民族团结进步先进个人"的光荣称号。

2003年，宁夏承担了筹办全国第七届少数民族传统体育运动会的重任。我应《中国民族》杂志之约，为其《2003年看宁夏》专栏采访、撰写了一系列稿件：《回族与宁夏》《努力办好全国民族团结进步事业的盛会——宁夏回族自治区主席马启智谈全国少数民族传统体育运动会》《精心筹备，办出特色——访宁夏回族自治区副主席、第七届全国少数民族传统体育运动会筹备委员会副主任刘仲》，分别在该刊第5期、第6期、第7期登载。

（四）脱贫致富篇

万里视察宁夏强调
要加快贫困地区脱贫致富步伐

中共中央政治局委员、国务院副总理万里8月20日至21日在宁夏回族自治区视察工作时，赞扬宁夏山区建设发生的可喜变化，强调要继续坚持"种草种树，发展畜牧，改造山河，治穷致富"的方针，进一步加快贫困地区脱贫致富的步伐。

20日上午，万里乘直升机查看自治区南部山区西吉县时，对同行的宁夏回族自治区党委书记李学智、自治区主席黑伯理说："你们搞林草间作，按小流域治理，很好。就是要把山头绿化起来。"西吉县4年多来造林种草150多万亩，林草起来了，生态环境变化了，群众所需的燃料、牲畜的饲料也解决了。全县退耕还林还牧90多万亩，粮食耕地减少了，但粮食产量提高了，农民收入增加了。

万里同志一行乘飞机飞临干旱少雨的同心县上空，视察了固（原）海（原）扬水工程。这个工程是宁夏从1978年开始新建的一个大型引黄提水工程。引水渠道经过中宁、同心、海原、固原4个县和1个国营农场，灌溉面积可达50万亩，可以解决25万人、50多万头（只）牲畜的饮水问题，现已全部竣工。万里同志看到引水渠道两旁的许多地方，绿树成荫，农田成方，不少地方还建起了新房、新村。自治区领导同志介绍说，这些地方过去是一片荒漠，工程建成通水后，生产面貌很快发生变化，农民收入大大增加。他们还谈到，宁夏在"七五"期间，计划利用黄河水利条件和广阔的荒地资源，开发2个百万亩新灌区，把这作为解决贫困山区脱贫致富的一个重要措施，做到"以川济山，山川共济"。万里对宁夏的同志说："把山区最贫困的人家搬下来，在有条件开发的地方盖住房、建新村，种草、种树、种庄稼，你们这条路子走得对。要加紧开发，建设新灌区，大兴黄河之利。"

中午飞机停落在宁夏引黄灌区南端的中卫县。万里等同志随即乘车到世界闻名的治沙典型沙坡头视察，观看了治沙展览，看望了治沙有功人员，对我国科学工作者和广大工农群众用方格草障和绿色植物带防风固沙、治理沙漠所取得的成就，给予了高度的评价。

20日下午，万里同志到达银川。他1984年7月视察银川时曾提出："宁夏是个民族地区，城市建设要有民族特点。"这次，万里看到银川增加了不少具有民族特色的新建筑十分高兴，并指出："要搞好城市绿化、美化，一定要搞小型绿化带。另外，闲置的空地要利用起来，承包出去，搞成花圃、苗圃。"21日上午，万里同志乘飞机返回北京。

万里同志是在新疆参加第三届少数民族传统体育运动会，途经甘肃到达宁夏的。在甘肃，万里同志视察了榆中县兴隆山原始森林、定西县石家岔的小流域治理和靖（远）会（宁）黄河提灌工程的白草原灌区，赞扬这些地方"搞得不错"。

（合作者：马玉琦。中央人民广播电台1986年8月22日《新闻和报纸摘要》二条播出，
新华社播发通稿，《人民日报》8月23日刊载）

补白："记者要想总理想的事情"

新闻界前辈、《经济日报》总编辑艾丰有句名言："记者要想总理想的事情。"意思是记者要胸怀全国大局，纵览天下风云，落笔之处，要有宏观意识。

随着万里副总理视察宁夏，听着那语重心长的叮嘱，我觉得字字如珠玑，句句都重要。可要我执笔写关于视察的消息，就真有些为难了。

国家领导人到省（区、市）视察，历来都是由随行的新华社总社的时政记者向全国发消息、写报道，当地报社等新闻单位向当地发报道。万里副总理这次到宁夏视察，是在新疆参加第三届全国少数民族传统体育运动会之后，顺道而来，并没有随行的时政记者。宁夏通知新华社宁夏分社社长马玉

琦与我随行。马玉琦同我商量，提出我来执笔写这个消息，说我录的音"话语准确"，我也不好推辞。

我们中央电台驻地方记者几乎没有人干过这个事，都是台里的时政记者干的。我事先也毫无思想准备，只好临时抱佛脚，饭也顾不上吃，听录音，翻笔记。那么多的内容，听一遍就不少时间啊。还有好多别人的汇报，中间插了几句万里副总理的指示。时间又催得那么紧。

我想，万里副总理想的是全国的大事，我要写就写副总理最关心的事。平日，我就特别注意读报、听广播、看电视新闻，虽然，我是个驻地方的记者，可我不能以地方眼光写消息，要胸怀全局，以全国的眼光来选择报道的内容。分析来，分析去，我看万里副总理最关心的是像宁夏山区这样的贫困地区脱贫致富问题，于是就抓住"强调贫困地区加快脱贫致富步伐"这一大事做文章，标题、导语、内容都紧紧扣住这一点。起草好后，马玉琦同志看了，同意。送领导审阅，很快就批准下来。我们两人连忙分头传送。这条消息，中央电台放在第二天早《新闻和报纸摘要》二条播出，新华社发了通稿，《人民日报》做了刊载，取得了未曾料到的好效果。

"反弹琵琶"奏凯歌   "三西"地区有希望

记者从正在银川举行的国务院"三西"地区农业建设领导小组第六次扩大会议欣喜地了解到："三西"地区生态植被3年停止破坏的目标已经实现了，农业连续4年夺得丰收，过去陷入绝路的贫困落后山区走上了"反弹琵琶"、高奏凯歌、改造山河、脱贫致富的崭新道路。现在可以向全国人民报告这个喜讯了。"三西"地区有希望了。

以定西为代表的甘肃中部地区和宁夏西海固地区，是历史上"苦瘠甲天下"的全国最贫困落后的地方。敬爱的周恩来总理1973年听了西海固地区回、汉族人民有相当大的一部分衣不遮体、食不果腹，有的人家连买一盒火柴的二分钱都没有的汇报的时候，流着眼泪沉痛地说："解放20多年了，这里的人民生活还这样贫困，我有责任啊！"在周总理的关怀下，中央每年都从多方面给这一地区以特殊照顾。

中央领导同志多次到这里调查研究。胡耀邦同志在深入调查研究的基础上，从实际出发，提出了"种草种树，发展畜牧，改造山河，治穷致富"的建设方针，指出了一条"反弹琵琶"、以退为进的"活路"。甘肃、宁夏两省区党委和人民政府引导广大干部、群众认真学习领会胡耀邦同志提出的这一战略思想，联系实际总结过去靠山吃山不治山、就粮抓粮没粮吃的教训，大念"草木经"，从指导思想上实行农业发展战略的转移。

为了解决"三西"地区回、汉族人民的温饱问题，进而从根本上改变这里的贫困落后面貌，1983年国务院成立了"三西"地区农业建设领导小组，拨出专项资金，作为一个跨省的农业区域性重点建设项目，进行开发建设。

在党中央、国务院亲切关怀和大力支持下，"三西"地区改变过去单纯救济的办法，采取种草种树补助粮食等措施，变"坐着吃"为"吃着干"，解除了农民对口粮的后顾之忧，帮助农民翻过了调整农业结构的硬坎，实行承包责任制，谁种谁有，允许继承，充分调动了千家万户的积极性，开发利用广阔的荒坡、荒沟、荒山，种草种树。4年来，种草种树取得了突破性的进展，"三西"地区4年新增加林草面积1600多万亩。甘肃中部地区21%的水土流失面积得到初步控制。西海固地区森林覆盖率由2.5%上升到6.8%，水土流失综合治理面积累计已经达到5400多平方公里。昔日光山秃岭披上了绿装，再加上推广省柴节煤灶，一举结束了燃料、饲料、肥料"三料"俱缺的历史，铲草皮、挖草根、滥砍树、滥垦荒等现象基本消灭，植被"3年停止破坏"的近期奋斗目标已经胜利实现了。

"反弹琵琶"，先种草木后抓粮食，大面积地退耕还林还牧，不但没有影响粮食生产，而且大大促进了粮食生产和畜牧业的发展。"三西"地区4年农业连年丰收，粮油产量、林草数量、畜牧业产值和肉、奶、蛋、皮毛等畜产品都有了较大幅度的增长。宁夏西海固地区最近4年粮食和油料总产平均每年增长22.4%和74%。

随着生产的发展，"三西"地区农民的生活也开始有所改善，宁夏西海固八县农村人均收入1982年仅47元，1983年至1986年4年间平均每年人均收入达110.6元，4年增长了1.4倍。甘肃以定西为代表的中部干旱地区已经有大约1/4的农村人口，人均年收入300元以上，人均占有粮食600斤。

更为可喜的是，过去认为"山区没治了"，对改变面貌悲观失望、丧失信心的干部、群众，从实践中看到了希望，增强了信心，找到了门路，鼓起了干劲。

一些地方商品生产开始起步，科技扶贫取得经验，乡镇企业方兴未艾。"三西"地区的经济建设发展到了一个新的转折点。这就是：由单一、畸形的以粮为纲的传统的农业结构向以种草养畜为主的农、林、牧、工、商全面发展转变；由自给自足的自然经济向商品经济转变；由封闭落后的故步自封状况向横向联合、科技扶贫、外引内挖（潜）的开发型转变；由靠救济、靠天吃饭的"输血型"向自力更生，靠科学和人才来增强自身经济活力的"造血型"转变。

近几年来，胡耀邦、万里、胡启立、田纪云等党中央、国务院领导同志先后到"三西"地区视察，深入进行调查研究，热情赞扬这里发生了可喜的变化，并且对今后长远建设提出了宝贵的意见。正如胡启立同志视察时所说的："胡耀邦同志1983年视察西北时提出'反弹琵琶'的重要意见以来，这里的干部群众总结了历史的经验教训，终于找到了一条可以摆脱贫困的道路。实践证明，这条路子走对了。路子对头了，群众的劲头就会越来越大，干部的信心就会越来越强。沿着这条路，坚定不移、百折不挠地走下去，定西和西海固的贫困面貌一定能改变。这块地方地处黄土高原，它的生态环境变好了，不仅对当地人民有利，而且对于整个中华民族的兴盛，也是一大贡献！"

（合作者：王漫沧。中央人民广播电台1986年10月23日《全国联播》头条播出，新华社播发通稿）

> **通向共同富裕的金桥（选篇）**

第五篇　八闽春波绿贺兰

宁夏山高，福建水长。当宁夏踩着漫漫黄土，艰难地走出"苦瘠甲天下"的四面群山时，福建却已迈步走向了百舸争流的市场海洋。

去年，福建和宁夏结成帮扶对子，从此宁夏这个全国最小的内陆自治区拥有了自己的"出海口"。面对这一历史性的开放、发展机遇，宁夏人喊出了"一不要钱，二不要物，要的是市场，要的是合作"的口号。

由于差距明显，当时有许多人对这两个省区的合作不无担心。福建省脱贫办主任林月婵说："开始我觉得分配我跟宁夏，有飞机还不能直达。这怎么帮呢？我们两个相差太远，不能把我们牵在一起。"福建人当初就是带着问号走进宁夏的。然而，在考察中，他们被宁夏山区的贫困所震惊，被宁夏人民的热情所感动，也被这里广阔的发展空间和优惠的投资政策所吸引……

两省区商定，首先搞扶贫项目的开发合作，重点改善宁夏最贫困的南部山区，特别是西海固地区的封闭落后面貌。

西海固十年九旱，但十秋九不旱。这里也曾有过"谷稼殷积"的故事。由于特别适合马铃薯生长，"洋芋蛋"在这里有着特殊的地位，当地群众曾亲切地称它为"救命蛋"。如今，"救命蛋"又被赋予了新的使命。今年初，福建莆田县和宁夏西吉县投资3亿元合作在西吉兴建马铃薯淀粉深加工项目。到明年全部工程建成投产后，将成为全国最大的马铃薯加工基地。整个西吉县40多万农民有可能因此每年人均增收300元。西海固人"土豆变成金豆"的梦想正在变为现实。

现如今，福建省沿海8个县（市、区）和宁夏西海固8个贫困县已经结成固定的帮扶对子。上亿元的资金注入这片干渴的土地。淀粉、亚麻、甘草等几十个合作项目已在西海固落地生根。

成功就在于优势互补。宁夏回族自治区副主席周生贤说："实践说明了一个道理，差异越大，互补性越强。我想通过我们卓有成效的工作，今后更多地成为优势互补：用沿海地区发达的技术、优秀的人才和我们西北地区良好的资源结合起来。今后一定会成为'你中有我，我中有你'的格局。本身通过商品经济的联系，把双方联系得更加紧密。"推土机在银川郊区的一片荒滩上铲除贫穷，象征着福建和宁夏人民友好合作的形象工程——闽宁村正在动工建设。在未来的几年里，这里将通水通电、修学校建医院，还将招商引资建工厂……沐浴着阳光的贺兰山将不再寂寞。经过一段或长或短的创业过程，这里的人们必将和着全中国的节拍一道走向繁荣，走向新世纪！

（《通向共同富裕的金桥》系列报道集体采写，中央人民广播电台1997年12月9日至29日《新闻和报纸摘要》播出，获"中国广播电视新闻奖"一等奖。本篇与杨奉涛合作，收入中央人民广播电台地方记者获奖新闻作品选《足迹》）

扶贫开发看"三西"（选篇）

第五集　开发中的商品意识

男：宁夏回族自治区的西海固地区和甘肃省的中部干旱地区，长期以来，这里的人们不仅没有饭吃，更没有钱花。经过12年扶贫开发建设，"三西"地区农民广开门路，大力发展多种经营，从种植业、养殖业、加工业到劳务输出，逐步建立了亚麻、淀粉、畜产、林果、编绣、建材等六大产业，人们过上了有粮吃、有钱花的日子。

女：开发式扶贫，既开发了土地，又开发了人脑，绝大多数农民渐渐断了吃救济的指望，商品意识出现了萌芽，现在，"三西"地区的农民普遍接受这样一个最基本的道理：要吃自己种，要花自己挣。

男：多少年来，"三西"地区之所以穷，一个重要原因就是人们只知道"面朝黄土背朝天"，死守"土里刨食"这条道，根本不懂得多渠道寻找出路，12年前的"三西"建设，促使人们的思想活了，观念新了，他们终于迈出了千年死守的黄土地，多方面寻找挣钱的门路。

女：有一位中年汉子讲："出路，出路，只要出去，就会有挣钱的门路。"现在贫困山区按照一户输出一个劳动力的要求，进行劳务输出。这些年，"三西"地区光劳务输出就有400多万人次，外出找活挣钱成了农民的一项主要经济收入来源，为农民脱贫致富打下了坚实的基础。

（录音）

"家里花钱靠什么呢？""大多数都是外出打小工，有许多青年都上新疆、内蒙古了。我们家出了4人，一家就去了4人！"

（录音止）

男：在"三西"地区，农民缺的是钱，多的是力气，他们外出打工，不但积攒了千把块、万把块钱，而且开了眼界，得了信息，开始懂得怎么搞家庭种植、家庭养殖、多种经营、乡镇企业，农民的观念一更新，地里作物品种也跟着翻了新。两亩半地种上了土豆、豌豆、油料、果树、大棚蔬菜等等，就连家庭的经济结构也是钱粮互补。

女：报道组到"三西"地区采访的时候，正遇上"三西"地区大旱，夏粮减产已成定局，但农民们不再眼望锅台发呆，而是外出打工、推销乡镇企业产品，在宁夏的银川市和甘肃的兰州市，到处可以看到山区来的人蹬着三轮车，或拉客或送货，他们把这叫作"以钱补粮"。

男：甘肃省定西地委、行署则号召全区人民，一手抓钱，一手抓粮，以钱为主，以钱促粮。贫困山区的农民开始把挣钱多少作为衡量生活水平高低的标准，现在人们见面，都问今年挣了多少钱，不再问一年吃了几百斤粮。

女：如何抓钱呢？土豆和麦草就可以大做文章，定西地委书记刘生荣以土豆为例，向"三西"建设报道组谈起了贫困农民商品意识的萌芽。

（录音）

洋芋，过去叫"洋芋蛋"，实际上洋芋蛋既是粮食又是经济作物。要把洋芋提高到新的高度来认识。洋芋以前在我们脚底下绊蛋蛋，以为这些洋芋蛋不值钱。拿到上海去，大城市里就觉得这是个宝贝蛋。

（录音止）

男：这种商品意识，变成农民的行动以后，马上就产生了玉琢成器、铁炼成钢的效益。以前要顶半年粮的土豆，现在一部分卖到了宾馆饭店，大部分则进了淀粉厂、粉丝厂，加工成粉丝和植物蛋白。

女：扶贫开发，商品意识改变了土豆的命运，也提高了麦草的身价。

男：渭水旁边的通渭县，大姑娘、小媳妇甚至老太婆们，用他们飞针走线的双手开创了草编事业。在那里，过去只是当作烧柴进灶膛的麦草，如今以根论价，一根根麦草在他们灵巧的手指下跳跃着、翻转着，就成了五颜六色、五花八门的衬垫、花篮、艺术草帽、动物造型、楼阁样品等等。这些变了模样的麦草不但换来了人民币，还换来了外汇。

女：定西县城不远处的农民，则把麦草变成了造纸原料。1985年他们贷款30万元建了一个造纸厂，用流动资金买来煤炭换农民的麦草，每年加工1700吨，使2个村的麦草寸草不留，年产1200吨，获得利润15万元，进厂的每个农民工资200块钱左右。厂长说，刚干的时候，怕，总想着自己是农民，造纸是工业。现在，后悔当初规模上小了，目前正在上二期扩建工程。就靠着这样一个小小的造纸厂，当地农民很快就脱了贫。

男："三西"地区的农民正是这样在实践中逐步孕育出商品经济概念，重新认识自己种植的两亩半地，重新认识不值钱的土豆、麦草。观念发生了变化，视野开阔了，脑子灵活了，脱贫致富的路子自然就多了。现在，"三西"地区的农民在家的搞养殖、加工、种植蔬菜，进城的开饭馆、办商店、搞修理、搞劳务；有的人还办起了家庭作坊、创办了乡镇企业、建立了带动一方经济发展的支柱产业，使一大部分农民很快走上了脱贫致富的道路。

女："三西"地区依靠"种养加"和劳务输出，逐步建立了六大支柱产业，这些支柱产业共同的特点就是：一个产业，带动一方经济的基地形成；一方基地，带动千家万户脱贫。这些年，当地经济发展，农民收入的提高，头功就是支柱产业。它极大地调动了农民脱贫致富的积极性。

男：立足当地资源，因地制宜地进行扶贫开发建设，这是"三西"地区干部群众的共同认识。宁夏的西吉县，根据当地资源，抓了豌豆粉丝、洋芋粉和畜产品系列生产三大支柱产业的开发和区域性经济建设。从基地到加工、销售，形成产、供、销一条龙体系。报道组在西吉县一家粉丝厂里和厂长有这样一段谈话：

（录音）

"你的产品主要往那儿销？""西北和俄罗斯。""还有出口的？下一步打算往哪些国家销？""日本、韩国。""作为厂长，你觉得贫困地区怎么把当地的资源发展成支柱产业？""要精深加工、系列开发。""你这一个厂子就能带动一片经济发展？""确实能带动。"

（录音止）

女：报道组也碰到许多农民诉苦，他们说这市场经济是怎么回事，明明是看见啥赚钱才种啥，可偏偏是种啥就赔啥。基层干部谈了想办企业又没钱的苦楚后，要报道组给上级部门捎个话，他们希望有关部门能够为他们提供准确的市场信息，落实措施，使他们尽快发家致富。

第七集　从绿色中脱贫

男："三西"地区生态遭到破坏，水土流失严重，走进了"越穷越破坏，越破坏越穷"的怪圈。12年来，"三西"人民为改变贫困面貌，大力种草种树，实行封山育林、草原划管、补播改良、退耕还林还牧等措施，努力恢复生态环境，逐步从绿色中走出贫困。

女：12年中，为改善生态环境，国家用于小流域治理资金达到1500多万元，造林1300多万亩，种草150万亩，治理水土流失面积1.4万多平方公里。"三西"人民取得这样的成绩，是十分不易的。

男：由于人为和自然的原因，历史上"三西"地区的森林资源遭到了严重的破坏，光秃秃的山、纵横交错的沟壑构成了"三西"地区的自然景观。农民在肥料、饲料、燃料都缺少的情况下，不得不对养育自己的黄土地下手，少得可怜的树木被砍伐掉了，就连地上的草皮也被挖得满目疮痍，生态环境陷入了恶性循环。

女：生态失衡，水旱为害。甘肃省定西、河西地区十年九旱，而宁夏的西海固地区则是十年十旱。为此，"三西"建设一开始，就提出"3年停止破坏"的目标，大力推行小流域治理，恢复生态平衡。

男：早在50年代，来自北京、西安等地的林业工作者，就和"三西"地区的人民一起探索改变这种生态环境的有效之路。几十年过去了，科技工作者和当地的农民从来没有停止过改变穷山恶水的艰苦实践。

女：1982年，国家从人力、物力、财力等方面都加大了投入比例，生态环境的改变进入了立体的、全方位的综合治理阶段。

男：也就是在这一年，有几个知识分子来到了宁夏西吉县黄家二岔。谁也没有料到这几位从北京来的大知识分子在那里一蹲就是十几年，如今坡绿了，粮多了，他们仍然没有离去。

女：昔日光秃秃的黄家二岔，模样发生了巨大变化。坡地变成了水平梯田，沟里打起了一道道淤水坝，一座座秃山坡披上了绿装。现在黄家二岔每亩地产粮比过去翻一番多，人均占有粮食由过去的70多公斤增加到1000多公斤。

男：黄家二岔的农民是幸运的，西吉县的农民也从这里看到了希望。12年里，西吉人民不间断地像黄家二岔那样，搞农田基本建设、拦沟打坝、种植地埂林、发展经果林、推广优良品种、科学种田，实行林、田、水、路、电综合治理小流域。

女：采访中，报道组常常被老百姓治理荒山荒坡的故事所打动。

（录音：马振宇铲土拉车的音响）

这是记者在宁夏海原县采录的一个场景。拉车的主人叫马振宇，今年47岁，过去他是远近闻名的穷汉，贫困的生活使他见人就觉得矮三分。每年春天，几个孩子就挎上破篮子出外乞讨。后来，他下决心承包了500亩荒山治理的任务。

（录音）

"你怎么想起来承包荒山？"

"原来我在上头住着呢。这里是一个荒沟，叫红土沟。那时候这沟啥都不长，连草都不长。我们的一个指挥来给我宣传，说你把这沟治住，把水堵住。我想这能不能堵住？那年我种了4000棵树，结果树活了。我看着有前途，经过4年治理，我把这沟治理出来了。"

"你过去是个啥生活？"

"过去我家8个人盖一床被，就是穷，一年吃的都不够，穿的没有，看个病都没钱，灌油都没钱，确实困难死了。"

"那你现在的家好到什么程度？"

"一年反正是使唤啥都不缺，吃的粮也不缺。穷脱了。原来我是个有名的穷汉，现在把穷根拔掉了。别人都说我是经过苦把这个穷脱了，都服着呢！"（笑声）

（录音：马振宇铲土、推车音响。混播）

男：4年时间，马振宇不知吃了多少苦，受了多少罪。他一个人，白天在沟里干活，晚上就住在沟里，就是靠一车一车地拉，一锹一锹地铲，把3万多方土从高处填到了洼处。有一次塌方，他被埋在土里差点送了命。也许正是这种吃苦拼命精神，把马振宇和他全家从贫困的深渊解救出来。

女："三西"地区人民的实践不仅在国内引起很大的反响，也吸引了国际友人前来参观。甘肃省定西县关川河流域，7年前还是个水土流失的重灾区，短短几年时间，水土保持治理程度达到了80％。当报道组来到关川河流域的最高点——喇嘛洞山顶时，定西县领导高兴地说：

（录音）

"埃塞俄比亚国家救灾局的局长塞拉西，1991年组织他们国家的代表团来考察旱作农业和小流域综合治理。考察以后他激动地说：'看到你们小流域综合治理，感到很伟大，更有现实意义。'美国新墨西哥大学的几位教授，1992年来考察旱作农业。他们看到这个流域以后说：'我们是美国的专家、教授，我们到这个地方后就没有用了，因为我们根本不会干。'"

（录音止）

男：小流域治理的实施，使"三西"地区的生态环境重新走入了良性循环，给当地农民的脱贫带来了希望。宁夏海原县把植树造林、发展商品畜牧业作为解决温饱的突破口来抓。12年来，他们坚持"以灌为主，乔灌结合"和"保护草原为主，种草养畜相结合"的方针，退耕还牧16万亩，植树造林40多万亩，种草58.5多万亩。

女：生态环境的改变，既提高了经济效益，又增加了农民的收入。海原县根据当地的实际，在南部山区大面积种植耐寒的杏树，北部山区以红枣树为主，其他地方发展用材林，现在全县的经济林的面积发展到2万多亩，农民的庭院经济发展到1.3万多亩。户均收入都在800元以上，起到了稳定脱贫的作用。

男：绿色的希望正在"三西"这块大地上升起。河畔旁，山崖上，田畴边，凡是能植树的地方，到处都升腾起绿色。"三西"人民大力种植经济林，把经济林作为实现脱贫致富的支柱性产业。从绿色中走出了脱贫致富的路子来。

女：甘肃省民勤县宋和村在腾格里沙漠边缘，村党支部书记石述柱，28年来坚持带领群众根治沙患，营造农田防护林网，固定流沙7000多亩，人工造林保存面积8500多亩，全村人均拥有林地面积7亩，人均植树120株。1993年宋和村总收入达到200多万元，人均纯收入700多元。许多农户用自产的木材修建了新房。

女："三西"地区大规模的经济林商品生产基地建设，反过来推动了工农业生产的发展，使几百万农民以植树造林为突破口，甩掉了贫穷落后的帽子。

（合作者：孙雷军、张天健、廖永亮。此系列稿1994年9月8日至29日，中央人民广播电台《对农村广播》节目播出，获1994年"中国广播电视新闻奖"三等奖，收入中央人民广播电台地方记者获奖新闻作品选《足迹》）

附：有气势　有深度　有特色——《扶贫开发看"三西"》评介

系列通讯《扶贫开发看"三西"》一共有10集。

1994年2月28日至3月3日，国务院召开全国扶贫工作会议，决定实施《国家八七扶贫攻坚计划》，提出在20世纪末，解决全国最后8000万贫困人口的温饱问题。这8000万人口主要分布在交通不便、自然条件恶劣的地区，因此，我国的扶贫工作进入了攻坚阶段。这场攻坚战能否打胜？要采取哪些措施？从中央到地方各级党政领导和广大人民群众应当从何做起？这组报道全面、系统地介绍了我国最早实施开发式扶贫的"三西"地区12年扶贫开发的成果和经验；听了这组报道以后，悬在人们心里的上述问题大都可以释然。

为采制这组报道，记者曾奔赴到最基层、最艰苦的地方，下了很大功夫，不论从单篇看，还是从整个系列看，都做到了选材集中、主题突出、结构严谨、条理分明，点面结合、详略得当，给人以一气呵成之感。报道从内容到形式，还尽量发挥广播特点，制作得有气势、有深度、有特色。

从"西海固"看国家对贫困地区的扶持

被称为"中国贫困之冠"的宁夏"西海固"地区，千百年来，由于遭受严重干旱等多种自然灾害的频繁袭击，使得这里的一方水土难养一方人。

从20世纪60年代到90年代，记者多次来这里采访，亲眼看到这穷乡僻壤正在发生着历史性的变化，千百年来没有解决的贫困问题开始有了希望。

1967年冬天记者来到西吉县，只见起伏绵延的荒山秃岭上，斑斑点点的草根都被挖去当柴烧了，许多人家的土炕上连一张席子都没有，好多十几岁的孩子没有裤子穿。

1973年秋天，固原县马莲大队回族女支书马金花参加完党的十大回到固原，她接受采访时告诉记者：周总理无微不至地关怀着"西海固"的各族人民。党的十大期间，有一天，深夜12点多钟，身患重病的周总理在百忙之中来看望宁夏代表，问马金花："固原是干旱山区，水还缺不缺？群众生活苦不苦？"马金花如实做了回答。周总理听着汇报，流泪了，深情地说："解放20多年了，你们那里还这么苦，我们关心不够，我们蹲在中央，对边远山区人民的苦难关心不够，我有责任啊！"

周总理委托李先念等同志在北京召开了专门解决"西海固"问题的工作座谈会，安排了一系列具体措施。周总理要求：引黄河水，灌溉"西海固"。可惜，我们的周总理没有看到"西海固"的变化，就与世长辞了。

党的十一届三中全会以后，党中央、国务院的领导同志继续关注着"西海固"的变化，几乎每年都要来"西海固"实地考察。李鹏、万里、乔石、田纪云等同志都来过这里。在党中央、国务院的关怀下，"西海固"地区逐步推行和完善农村承包责任制。按照党中央、国务院提出的"种草种树，发展畜牧，改造山河，治穷致富"的方针，调整生产结构，转变农业战略，以种草种树为突破口，农业生态建设开始走上由恶性循环向良性循环转变的希望之路。

1983年1月，国务院决定每年拨2亿元专款帮助"三西"地区的开发建设。"三西"就是指宁夏"西海固"地区以及甘肃以定西为代表的中部干旱地区和河西地区。7年多来，2亿多元专项资金投到了"西海固"贫瘠的土地上，中国科学院等单位和发达省、市的上千名科技人员送来了脱贫致富的"金钥匙"，上万名各族农民受到了技术培训……

周总理的遗愿实现了：国家在资金十分紧缺的情况下，拿出上亿元专款，修建了固海和同心两个扬水工程，把黄河水引上了千年的旱塬，加上井、窖，解决了50万农民的饮水问题。10万各族农民从深山沟迁到了灌区，开发出40万亩水浇地。

国家的扶持，使"西海固"的内在活力启动了，各族人民的艰苦奋战，使"西海固"的面貌改变了。人工栽种的410万亩林、450万亩草，给荒山秃岭披上了绿装，新增水土保持面积4189平方公里。以往挖草根、铲草皮、乱砍树、滥开荒的大面积的破坏停止了，农业生态由恶性循环开始向良性循环转化；新修基本农田130万亩，加上原有的农田，全地区人均已有基本农田1.5亩；粮食生产和林牧副各业都迈上了新台阶，商品经济开始起步。

1989年10月，国务委员、国务院贫困地区领导小组组长陈俊生来到这里调查研究，看到这里原有的贫困户中已经有85%解决了温饱问题，一部分农民已经成了富裕户，农民欢声笑语，再也见不到过去那种愁苦相了。陈俊生高兴地说："中国贫困之冠的帽子你们已经摘了。"

陈俊生强调指出："看来，国家的投资没有白花。这种成片开发式扶贫的做法给全国贫困地区经济开发提供了经验，今后应当继续走这条道路。"

怎样看待国家对贫困地区的扶持呢？

宁夏回族自治区副主席李成玉说："国家扶持，是启动贫困地区内在活力的杠杆。我们'西海固'，就是把国家的扶持作为动力，采取各种措施，调动农民积极性来改变贫困面貌的。"

固原行署专员李国山说："贫困地区就像一个久病不愈的人，国家扶一把站了起来，输点血有了劲，就能自己迈步了。我们需要国家扶持，同时要打消等、靠、要的思想，还要靠自己迈动双腿走。躺在国家身上，永远改变不了面貌。"

宁夏农建委副主任包兴邦说："国家扶持的专项资金是非常宝贵的，这个钱怎么花，里头可大有文章。我们改变了过去'撒胡椒面'、按人头救济的办法，采取按项目规划，资金、技术、物资配套下达，干一个成一个的办法。实践证明，这是有效的。"

同心县河西乡回族农民马占祥说："我们全家迁到新灌区。来的时候，所有的家当还装不满一辆架子车。如今，我家彩电、沙发、立柜、摩托、新房、果树、余粮，应有尽有，5辆大卡车也拉不完。这可是全托共产党的福了。"

西吉县的回族老人马连成说："从清朝皇帝、北洋军阀到国民党，几个朝代，我们都吃不饱肚子。如今，能吃饱肚子，穿上暖衣，过上舒心日子了。比来比去，还是现在世道好啊！"

从"西海固"的变化可以看出，党中央、国务院对我国贫困地区的各族人民是多么关怀和支持。80年代中期以来，我国扶贫工作实现了从单纯生活救济向经济开发的根本转变。相继采取了一些特殊政策和措施，收到了可喜的效果，据统计，全国农村人均收入200元以下的贫困人口已经由1985年的1.1亿人减少到4000万人，减少了7000万人。农民赞颂说：这是共产党的一大德政。

党的十三届五中全会做出了关于继续支援"老、少、边、穷"地区的经济发展，继续贯彻扶植政策，逐步改变落后面貌的决定。国务院和各级人民政府把真正改变中国贫困地区的落后面貌作为一项长期、艰巨的任务来完成。我们相信：千百年来旧中国几个朝代没有解决的问题，在社会主义的新中国，正在和将会解决的。

刚才播送的是，本台记者潘梦阳采写的报道：《从"西海固"看国家对贫困地区的扶持》。

（中央人民广播电台1990年5月19日播出）

附1：开掘要深　抓住本质　　　　　　　◎韩长江

开掘要深，是指记者在采访时，不仅要了解事物的现象，还要抓住事物的本质，这样写出来的通讯才有深度。前不久，我们在10点新闻中播出了《从"西海固"看国家对贫困地区的扶持》等报道，这几篇通讯谈的都是和人民生活密切相关的事，记者通过对无数个表面现象的分析，喻示出这样一个道理：党和人民政府在财力和物力并不充足的情况下，想方设法，为改善人民生活尽心尽力。这几篇通讯提纲挈领，都抓住了事物的本质，大家普遍反映写得既扎实又有深度。

开掘要深并不只是写作的手法问题，而是个认识问题，只有具备了敏锐的观察能力、思维能力和综合能力，才有对事物的深刻认识，才有可能写出具有深度的通讯。

（中央人民广播电台《编播业务》1990年第29期）

附2：有广度 有深度 有感情
——《从"西海固"看国家对贫困地区的扶持》评介

记者以全国贫困之冠的"西海固"历史性变化为依托，用翔实而感人的材料向听众介绍党和国家对"老、少、边、穷"地区的关怀和支持，雄辩地证明了"只有社会主义才能够救中国"的真理，使人透过现象看到了本质。

记者在20多年间曾多次到"西海固"采访，为写此稿又特地深入山区调查研究，记者说"采写时受到很深的教育"。这篇报道之所以成功，看来记者深入基层、深入实际、深入群众是个重要原因。

（刊于《时代之声——中央人民广播电台各地记者作品选》）

特写：王进录扶贫记

"我家怎么活，要你来管？！"

随着话声，一口唾沫吐到王进录脸上。

堂堂七尺男儿能受此羞辱？！

回族全国劳模、海原县高崖乡联合村党支部书记王进录，心里的火一下子蹿到脸上，满脸通红。他快50岁了，第一次受一个女人的侮辱，而且这侮辱是恩将仇报，好心被当成了驴肝肺。他咬紧牙关，硬把就要喷出腔的怒火压了下来。

"砰"的一声，刚敲开的两扇木门又合了起来，拉栓插门的声音格外刺耳，戳得人心又疼又冷。这是何苦来？

"我家怎么活，要你来管？！"张久方婆姨这话比刚才那口唾沫更刺得王进录心痛。

北风呼呼地刮着，王进录像一尊雕像立在张久方家门外。

门里，张久方两口子小声争吵："人家王支书三番五次登门，还不是为了咱谋划脱贫的路，你咋不分好歹。"

"全村就剩下咱一户贫困户，来了救济还少得了咱？他想断咱吃救济的路就不行！我不管他什么支书不支书的。"

王进录听不清门里两口子嘀咕什么，脑子里像过电影一样地跑起马来：

1973年，特大旱灾袭击了西海固。当时担任生产队队长的王进录说："我们不能'靠'自然灾害吃国家的救济，我们要生产自救。"他带领全队社员挖窑烧石灰，到外地运煤。折腾了一年，大灾之年社员收入却比往年高。

可他王进录，被当作全乡、全县"走资本主义道路"的"活靶子"，挨了一场又一场的批斗……

1979年冬天，王进录在大雪封山的隆冬腊月带着一家老小进山冒雪平田、下沟掏沙，开垦出压砂地，开春种上"华莱士"瓜，秋上就收入3500元。他又办起石灰厂、砖瓦厂，买辆卡车搞运输，到1983年，总收入达到1.8万元。

人们没想到过去穷得冒了尖的海原县高崖乡突然出了一个"冒富大叔"。

各种各样的风言风语四处传扬：

"王进录一冒尖，好像高崖乡都富了，其实，老百姓都很穷。""高崖乡的救济粮、救济款，要是县上不给了，都怪王进录，一个老鼠坏了一锅汤。"

带头致富的"千里马"，在一些人眼里成了"过街老鼠"……

"吃救济"成了一些人"谋生的法宝"。"反正社会主义不让饿死人"成了一些人的口头禅。

有的人得了一头牛的救济，嫌牛吃草吃得多，跟人换了一只羊；又嫌羊吃草还得他招呼太费劲，又换了两只鸡；养了鸡还得去挣米，三下五除二，两只鸡都宰了美美吃一顿，又伸着手要救济来了……

张久方因病缠身，婆姨懒得出名。她宁肯要饭吃，不肯下苦力。王进录带着党员把全村67户贫困户都"一对一"地帮着脱了贫，就剩下张久方这个"钉子户"。王进录采取"置之死地而后生"的办法，先断了张久方家的救济，再帮他谋划脱贫路。这就把"麻达"惹下了。

"山不厌高，水不厌深。周公吐哺，天下归心。"咱共产党员还不如周公？！功夫下到了，不信他张久方两口子不变化。识文断字，常看书看报听广播的王进录想到这里，昂首挺胸，又"梆、梆"地敲起门来……

张久方夫妇被王进录的诚心感动了。用王进录借给他们的钱买了头种驴，办起了"配种站"，又在王进录的帮助下压砂种瓜。三年过去了，张久方家还清了所有的债，人均年收入超过了千元。

（中央人民广播电台播出，刊于1992年9月2日《宁夏日报》，收入《创业者》等书）

补白：细节展现扶贫先扶志

"中国贫困之冠"的宁夏西海固地区出了个"冒富大叔"，他上门扶贫反遭唾骂。

扶贫先扶志，治穷先治愚。王进录对张久方夫妇的扶贫帮困，一波三折，从这个事例，窥斑见豹，可以看出：脱贫致富，既是经济上的，也是精神上的大变革。

我对王进录和他周围的人进行了多次采访，包括过去说他"一个老鼠坏了一锅汤"的人与唾骂他的人，搞明白了风言风语的来源是"怕救济没了"，捕捉到了他被人唾骂的这个细节。

中央人民广播电台、中国国际广播电台、《民族团结》杂志等媒体先后发表了我采写的《山区脱贫致富的带头人》《六盘山的脊梁》等关于王进录的长篇报道。中央人民广播电台1994年特别推出的《中华英模》重点系列报道把王进录也作为一个人物，又播出了我与同仁合作采录的关于他的报道和录音谈话。

在此之前，1992年的一天，我学习《特写的技巧》这本书。该书促动了我的灵感，我就用原来采访的这个遭人唾骂的素材，特别展开、详细描述这个细节，练习着写了这篇特写。发表后，得到了好评，这篇发表在省级报刊上的短文竟被《创业者》《奋斗者的足迹》等几部文集收入。

由此，我体会到，细节是新闻的珍宝，要深挖、用好这个珍宝。

李明发扶持、带动400多户贫困户脱贫

宁夏固原县粮食运销专业户李明发把帮助贫困户脱贫当作自己的责任，一年多来，先后扶持带动400多户贫困户"翻了身"。他对记者说：这样做，"图的

就是大家富裕、国家富强。"

李明发运销扁豆，勤劳致富。本台1985年6月9日《全国联播》节目报道了他主动退还给收货单位多汇货款3万多元的事迹以后，上海、福建、江苏、山东等省市的一些工厂和公司，纷纷派人找他订货，要求长期合作。李明发把这些找上门的"生财之道"主动提供给六盘山区的贫困户。他采取提供信息、分析行情、联系销路、借给资金等办法帮助缺少门路、贩运无方的困难户搞运销。干到2年的时间，他就借给困难户1.5万多元作"本钱"。他还把12户贫困户组织起来，借款给他们做流动资金，在固原、彭阳、同心、中宁等县设置了7个收购点，为他们联系销路，帮助他们销售扁豆200多万斤，使这12户家家翻了身。在专业户李明发的帮助下，不少贫困户变成了冒尖户。固原县头营乡农民甘生祥在全家生活陷入困境的时候得到了李明发的帮助，半年时间，运销扁豆17万斤，获利5000多元，还清了欠款贷款，全家丰衣足食，还添置了电视机、录音机。

李明发帮助贫困户致富一不图名、二不图利。他自己掏钱买上大量树苗，植树季节，送到贫困户家门前；他还一次次帮助困难户代买耕畜，借款治病。彭阳县一位回族农民为给儿子住院治疗中毒性痢疾，上门求助，李明发及时救助了这位素不相识的回族兄弟。当这位李明发连姓名都不知道的回族农民要卖他的耕牛还他的借款的时候，李明发耐心说服，婉言谢绝。那么，李明发这样做，究竟图个啥呢？

不久前，记者来到李明发家中，采访这位从小在焦裕禄同志的家乡长大的小伙子。他操着河南口音回答记者的提问，说："没有党的富民政策，俺李明发就没有今天。要让大家伙儿都走上党指引的富裕大道，那才中！一家富，不算啥；家家富，国才强。俺图的就是大家富裕、国家富强！"

（中央人民广播电台1986年1月27日《全国联播》播出）

配制"对号"的金钥匙

"泾源县畜牧业综合开发试验示范"科学研究项目历经4年苦战，成功了。专家组评审说：这个试验好就好在为山乡脱贫提供了"对号"的"金钥匙"。高级畜牧师范大成一针见血地指出："科技扶贫能不能见效，关键在于科学技术是否符合当地实际。就看你这把钥匙，能不能打开我这把锁。"

穷困山乡的情况千差万别，很难有一把万能的金钥匙。"对号"的金钥匙就要靠科学技术人员同当地干部、群众一道"配制"。

1985年8月，宁夏农学院畜牧兽医系主任谢崇文等7名教师，应宁夏农建委山区处的邀请，到泾源县进行牧业考察。同年10月，受农牧渔业部何康部长的委派，贾慎修、任继周、黄惠文3位教授组成的农牧渔业部专家组，到泾源县实地考察。在此基础上，自治区人民政府和国家农牧渔业部确定，在泾源县建立养牛基地。后来进一步调整为发展牧业为主的科技扶贫项目，开始为泾源县脱贫致富配制"对号"的金钥匙。

宁夏农学院副教授王宁等7名教师和泾源县畜牧科技人员选点下村入户，从深入调查研究入手，摸索这把"锈锁"的症结何在。泾源县党政领导、有关部门和科技人员积极配合，同心协力，共探新路。

泾源县是全国最贫困的15个县之一，这里低温、阴湿、光照短，小麦平均亩产徘徊在60公斤左右，粮食丰收了也要靠国家调进500万公斤救济粮；林业主要是水源涵养林，没有多少收入。种草养畜在这里有着天然的优势，泾源县委和县政府把发展畜牧业作为脱贫致富、振兴经济的突破口，正急需科技这把金钥匙。

试验组的科技人员蹲在乡村，住在农家，同当地县乡干部和回族农民一道，从1986年至1989年，脚踏实地干了4年。他们依据土—草—畜三位一体的草地农业生态系统理论，首先从土地资源的合理利用入手，抓饲草、饲料资源的开发与生产，分类进行草山改良，还利用地埂沟坡种草，使产草量比原植被提高3~4倍。青储玉米秸、洋芋蔓、蚕豆秸秆等饲料，脱毒利用杠木豆等野生饲料，解决了养畜的草料来源。紧接着，他们从改良畜种与调整畜群结构入手，大力发展牛羊等食草家畜，应用先进的繁殖技术与营养科学，引进小尾寒羊，采用优良牛种冷冻精配种等办法提高黄牛的受配率、受胎率和繁殖成活率，总结推广适合当地饲养条件的肉牛肥育生产方式。这样大大提高了牛羊的繁殖成活率和育肥能力，进而加速了周转，提高了商品率。这些技术和经验1989年在全县推广后，当年就创造出经济效益170万元。

在经济文化都十分落后的地区试验、推广先进技术并非易事。刚开始，有的农民以为是城里来的"眼镜"吹牛呢，让养小尾寒羊是"骗钱"哩。结果羊都买了半年了，连各户应交的一点费用都收不起来。"眼镜"与各户签订了合同书，有的农民还是半信半疑，"虽说签名画押是个实的，弄瞎了一拍屁股走了，还是咱吃亏。"可是，事实是最有说服力的，小尾寒羊一年生两胎，每胎两三只，兴盛乡有87户养小尾寒羊的收入每户过了千元。第二次又从陶乐运来200只羊，不到两个小时让农民"抢"光了。没"抢"上的，自己掏路费，跑到陶乐要买小尾寒羊。

试验组的同志深有体会地说，贫困山区最需要的是结合当地特点的实用技术。比如，我们喊了多年的"退耕种草"，在泾源就是推不开，因为这里人多地少，可推广地埂种草，一推就推广开了，农民还抱怨说，早就应该给我们想这样的办法了。

几年间，试验组把科技扶贫、科学研究、人才培训、技术推广4项工作紧紧结合在一起，围绕7个课题开展了120项专题试验，建立了200个科技示范户，在全县举办了27期各类培训班，培训了2800多人次，养畜科技户像"滚雪球"一样越滚越大。

自治区科委、畜牧局、农建委、宁夏农学院有关负责同志和专家、教授组成的评审小组，经过验收评审，认为这一项目"成果显著"，是"科技人员深入基层与群众相结合的正确途径"，"为山区的科技扶贫提供了宝贵的经验和科学技术依据"。

是啊，"金钥匙"对号了，山区致富之门就打开了。

（合作者：马瑛。中央人民广播电台1990年3月9日《对农村广播》节目播出，
刊于《宁夏日报》1990年2月25日二版头条，获宁夏农业好新闻奖。）

脱贫号角响彻宁夏大地

贫困，这个困扰全球的世界性难题，在贫困人口占农村人口1/3的宁夏尤为突出。

"绝不把贫困留给21世纪！"

自治区党委、政府这一坚强决心，表达了全区500万人民定要驱除贫困这个"恶魔"、改变宁夏南部山区落后面貌的意志，犹如催人奋进的号角，响彻宁夏大地，鼓舞、激励着宁夏党政军民学各行各界干部群众积极投身到同贫困"恶

魔"顽强搏斗的"人民战争"。自治区党委、政府率领全区各族人民发扬红军"不到长城非好汉"的革命精神，实行扶贫济困和开发建设相结合、扶贫攻坚和生产自救相结合，同心协力，艰苦奋斗，在经受了连续5年特大干旱的严峻考验之后，今年农业夺得历史最好收成，使"苦甲天下"的西海固出现了可喜局面。

一位中央领导同志1996年7月视察西海固时赞扬宁夏扶贫工作说："你们找到了一条现实可靠的扶贫攻坚的路子。看了西海固的变化，对本世纪末我国基本解决现有农村贫困人口的温饱问题更加有信心了。"

从喊叫水到开发水

宁夏南部山区同心县有一个乡，名叫"喊叫水"。传说穆桂英当年带兵打仗来到这里，到处找不到水喝，急得人喊马叫。穆桂英座下的战马蹬蹄刨水，突然刨出一股泉水来，后人就把这股泉水叫作"喊叫水"。

这个传说只是反映了人们美好的愿望。这里的人们世世代代承受着干旱的熬煎，祖祖辈辈在盼水、喊水、叫水，但是再怎么喊叫也来不了水。遇上大旱年，"三碗油换不来一碗水"，用车从远处拉来的水一桶就要卖50元，拉水车一来连麻雀也追着抢水喝，轰都轰不走。

"喊叫水"成了西海固缺水的缩影。

1996年9月初，自治区党委书记黄璜对抓过的"点"进行跟踪调查，记者随车同往。自治区党委办公厅一位工作人员告诉记者，这是黄璜同志1996年第八次深入西海固。汽车在西海固丘陵起伏、沟壑纵横的黄土高原上颠簸着。黄璜同志声音低沉地对记者说："长期以来，这里因水源奇缺而严重缺粮缺钱，生产难以维持，生活极度困难，广大群众不断地拼搏，不断地失望，年复一年，苦度岁月。人民确实太苦了，需要发救济、送温暖，更需要给农民以希望，提高自信心，增强生产自救的能力。"在"谁有远见谁抓水，兴水治旱奔小康"的思想指导下，宁夏大力兴建扬水工程，引黄造绿洲，安置移民搬迁，建设新灌区；解放军、地矿部门发扬红军精神，冒严寒，战酷暑，找水打井……然而，在既无地表水又无地下水的干旱带，农民的希望又在哪里呢？

黄璜同志说："这里，农民最大的企盼就是水。水，成了最关键的脱贫措施。干旱带也不是一点没雨，是4—6月最需要雨的时候没有雨或雨很少，7—9

月有雨。从宁夏这个特点出发，总结推广群众的发明、创造，研究采取特殊措施，发动群众，在田间地头打生产窖，拦蓄雨雪水，集零为整，关键时刻用，春天只要有点水，把苗保住了，就会有好收成。"

正说着话，到了喊叫水乡周家沟村。一下车，黄璜同志就奔田间地头新打的水窖察看。乡亲们听说黄书记来了，高兴得奔走相告，争先恐后地围拢上来。脚下这眼水窖的主人周彦英和乡亲们七嘴八舌地回答着书记提出的问题。周彦英这眼窖深6米、宽4米，能蓄50多立方米水，乡亲们说这一窖水就值1000多元。周彦英说他们家新打的3眼窖今年可起了大作用，小麦、玉米、谷子、糜子加起来，收粮过万斤，全家6口人，人均收入远过了千。周家沟村主任向黄书记汇报，全村家家都打了窖，户户大丰收，"温饱"没问题，"要奔小康了"。原来喊叫着要求搬迁的乡亲们，几乎异口同声地回答黄书记："不搬了，不搬了，有了水就不走了。"

在花豹湾，黄璜同志听围拢上来的农民介绍了家家粮过万，收入过千，兴奋地说："看来，只要一户拥有两三个水窖，蓄水150立方米左右，节水微灌，科学种田，就能稳定地解决温饱，再养牛养羊，发展庭院经济，实现小康也是有希望的。"

回族老汉马生海响亮地应声说："大有希望！"在场的乡亲们都笑了，大伙透过水窖看到了希望。县里一位负责同志告诉记者，贫困户打窖一眼，补助400元，自己投工投劳，再贷款或筹资几百元买材料，家家户户积极性高得很。这干旱山庄，一眼窖就是一份很值钱的家当啊！如今，越来越多的农家不再要任何补助，自己出钱出力打窖。

"蓄住天上水，引用地表水，挖掘地下水。"宁夏党委、政府提出的"开发三水"的号召变成了千百万农民的自觉行动，一路上只见田间地头到处都是打窖打井的动人场面。近两年来，西海固各地打的生产窖、生活窖，足足有8万多眼。打窖蓄水微灌，一眼窖水能浇2亩地，从而把无效降水变成有效降水。世界银行专家赞扬这是一项"了不起的创举"。从喊叫水到开发水，这是多么深刻的变化啊！

从求神仙到求科技

西海固另一个深刻变化是，从求神仙到求科技。

1994年，记者来到彭阳县采访，见一群男女老少到庙里烧香跪拜，求神祈雨，可是神仙就是不显灵。1995年，求神不灵的彭阳人转而求科技。大面积推广"一杯水就能种活一棵苗"的地膜玉米种植技术。在1995年连续第五个特大干旱年，全县种植地膜玉米2.68万亩，平均亩产超过400公斤，以占全县耕地3.3%的面积收获了占全县总产25%的粮食，创造了大灾之年不减产的奇迹。讲求实际的西海固农民，从地膜玉米看到了科技的威力。

1996年西海固各县进一步大面积推广地膜玉米种植技术，面积扩大到26万亩，预计总产远远超过1亿公斤。如今，包括保墒、微灌、种植结构调整等一系列节水夺丰收的科学技术新措施正在被越来越多的农民所接受，传统的"引水浇地"已经被新式的"浇庄稼"所代替，滴灌、注射式点滴、膜上膜下微灌……千方百计把有限的宝贵的水浇到庄稼的根系上。

在同心县王团镇张家湾村，516亩地膜玉米长势茁壮喜人，每亩有三四千株，茎秆个头棵棵超过2米，玉米棒子快有人的胳膊粗了，6个足有1公斤。记者问村主任："玉米为什么长得这么好？"村主任说："这是运用科技的结果。"玉米选的是良种，叫"掖单"；用的是良法，先温水浸泡、药剂拌种；种的时候，地旱得很，扒掉干土层，然后用个旧手电筒壳等物，在湿土上扎个洞，担来窖水再点湿了洞里的土，晾干一点，再把种下上，滴灌点水，覆上地膜。风把薄膜刮起来再一次次压实。真比侍弄娃娃还操心。记者在同心县招待所遇到了土生土长的回族干部、自治区人大常委会主任马思忠。他兴奋地拉着记者的手说："我有生以来，第一次看见西海固这么好的庄稼，今年实在是历史上最好的丰收年。"

丰收是怎样得来的呢？自治区党委常委马锡广对记者说："人努力，天帮忙。"老天爷今年确实帮了点忙，夏秋雨水较多，但是今年春播时山区并没有普遍下雨，不少乡村已经连续五年年年下了种子，年年连籽种都没有收回来。到底多种还是少种？在1996年3月8日，自治区党委、政府召开的山区农业生产会上，黄璜同志斩钉截铁地说："宁肯背水一战，也不错失良机。"他分析了形势，强调"一定要多种、种好，千方百计保住苗，争取有个好收成。"这科学的预见、科学的决策起了导向作用。各级基层干部和广大农民群众克服重重困难，运用科技，及时下种，为今年丰收打下了坚实基础。如果不是这样，今年这样好的雨水，也只能多收一些草了。

不求神仙求科技。山区农业科技人员过去没人找，没事干，如今成了千家万户争抢的"财神"。科技人员一进村,这家拉着要到庄稼地里看看有没有什么病虫害,那家扯着咨询还要采取什么增产措施。办农业科技培训班,过去发补助都很少有人来,如今没补助争着抢着去。

治穷先治愚,科教齐兴宁。宁夏推行"231"工程,在农村扫文盲、扫科盲,组织农民学文化、学科学、学经营,培养一代新型农民。对西海固农民进行实用技术培训90多万人次,县、乡、村三级干部培训1.8万人次,依托区内外大专院校培养各类技术人才2000多人,在西海固创办了一批科技扶贫实验示范点,发挥了带头作用。

从等、靠、要到闯市场

从等、靠、要到闯市场,是西海固另一个深刻的变化。

记者在宁夏曾多次随同自治区、地市、县各级领导同志上山下乡,走村串户,发现:过去,农民见领导,要粮要款要救济;如今,农民见领导,问市问价问信息。一些地县负责同志对记者说:"我们西海固不能等、靠、要了。过去,等——误了机遇,靠——丢了志气,要——来了依赖。如今,我们越穷越要闯,抓住机遇闯市场,总可以闯出一条路来!"

西吉县就以荞麦、"两豆"(土豆、豌豆)为拳头打天下,闯进了国内外市场。他们开发的"傻傻荞麦方便面"已经由畅销西北市场转而挺进首都北京市场。他们从国外引进"阿尔法"淀粉生产设备,组建了淀粉集团公司,以此为龙头建立起我国西北最大的精淀粉生产基地,产品不仅畅销国内,还出口东南亚。农民说,这些产品"别看土,可神得很"。"神"就神在"独特"上。

西海固各县都扬优立特树支柱,拿出"拳头"闯市场,开拓出一条扶贫攻坚与发展市场经济并举的新路,使昔日封闭的山区呈现出一派勃勃生机和流通活力。盐池县的甘草、滩羊,同心县的羊绒,隆德县的药材,泾源县的牛羊肉,彭阳的烤烟……都闯进了市场经济的大海。

西海固各县把扶贫到户和培育独具特色的农村优势产业结合起来。西吉县确立以荞麦方便面、土豆精淀粉、豌豆粉丝等系列产品加工为龙头的支柱产业,逐步形成了以市场牵龙头、龙头带基地、基地连农户的农产品加工业新格局。全县荞麦基地从原来的2万亩发展到今年(1996年)的15万亩,全县1995年种植土豆23万亩，占全县耕地面积的近20%，今年又扩大到30万亩。仅去年西吉淀粉集团公司平均给全县每户农民带来的直接经济收入就达134元。西吉县农民从土豆、豌豆、荞麦等商品化农业得到的收益，1995年已占全部收入的65%，1996年预计可达85%。

在固原县，记者看到"放开搞活"的新思路带来的市场经济的繁荣兴旺。招商引资、广纳五湖四海人的"固原扶贫经济发展试验区"和"固原县三营个体私营经济区"在崛起。固原县委书记对记者说："搞市场经济，不能指望外地企业都来学雷锋。必须让人家有利可图，甚至要让人家赚在沿海也赚不到的钱，才能发展。"扶贫试验区为企业提供的所有服务一律免收管理费，增值税的25%返还企业。截至目前，引入广东、山东、浙江等外地和本自治区各类企业138家，注册资金2亿多元，1995年试验区就实现总产值5600万元，利税360万元。固原地区抓住发展市场经济的机遇，以改革开放拓宽脱贫致富之路，在地方和集体积累严重匮乏的情况下，放手发展个体、私营经济。近两年来，固原地区以运输、建材、皮革、农产品加工为主的个体私营企业总数已达3万户。1995年上缴各种税收4000多万元，占固原地区全部工商税收的80%。如今，固原地区个体私营经济正以翻番的速度向前发展。

从单打一到总动员

"从单打一到总动员，是宁夏扶贫工作最深刻的变化。"具体主管扶贫攻坚工作的自治区农建委主任郭占元深有感触地对记者说，"过去，扶贫被看成是我们一个部门的事，单打一。如今，党政军民学实行总动员，各行各业各部门，大都逐步把扶贫看成了自己'分内'的事，开始形成'人民战争'的新局面。"

扶贫攻坚，消除贫困是一个伟大的系统工程。尤其是在宁夏，难度更大。西海固贫困地区的面积和人口分别占全自治区总面积和总人口的59%和45%，又是宁夏和全国主要的回族聚居地。按照《国家八七扶贫攻坚计划（1994—2000年）》确定的标准，截至1995年底，尚有138万人处于贫困线之下，也就是说全区农村大约3个人中就有1个尚不得温饱。在短短的5年内，解决这一难题，而且留下的是最难啃的骨头，实在是一件极为艰巨的工作。只有实行全社会总动员，才能奏效。

自治区党委、政府满腔热忱、竭尽全力抓扶贫攻坚。年过花甲的黄璜书记长年累月在穷山沟里走村串户，调查研究，解决问题。自治区主席白立忱和各有关部门、地、县的一把手都层层签订了扶贫攻坚目标责任书。每到关键时刻，白立忱主席等自治区政府领导同志和有关部门负责同志就来到山区，现场指导。自治区直属各厅局和大中型企业对特困乡、特困村定点包扶，派工作组常年蹲点帮助。川区各县市对口支援，以川济山。特别是宁夏电力、通信和交通部门十分重视贫困地区的建设，西海固地区已经实现了乡乡村村通电、乡镇电话程控化、乡乡村村通公路。穿越西海固的"扶贫路"宝中铁路已经开通运营，六盘山公路隧道已经贯通。

自治区采取各级财政千方百计多挤点、发动社会各界多捐点、引导农户多投点的办法解决最紧缺的扶贫资金问题。仅社会捐助一项，1995年全区单位、个人捐资、捐物折价共1100万元，1996年又为扶贫扬黄灌溉工程捐资370多万元，为农民捐粮100多万公斤。

自治区各金融部门多方为西海固筹措扶贫资金。仅农业发展银行一家发放扶贫贷款余额截至1996年8月末已达2.3192亿元。在贷款发放中，为了扭转过去发钱到户，往往被花掉而难以用于生产自救的偏向，农业发展银行同农业、供销部门通力协作，采取钱物结合的办法，把塑料薄膜、玉米良种等急用物资直接发到贫困户，起到立竿见影的成效。据统计，贷款受益的20多万名农民人均受益增收粮食500公斤，人均增收500元。宁夏军区某给水部队踏着红军的足迹来到六盘山下的西海固地区，广泛开展"与红军比境界，与老区人民比条件，与先进人物比贡献"的活动，摆开了找水开源、"百井扶贫"的战场，冒着严冬、大风，战胜重重困难，只用2个月时间就打出25眼甜水井，日出水量2.5万吨。

在全社会总动员的扶贫攻坚战中，自治区始终坚持"外因是条件，内因是根据"的唯物辩证法，把启动贫困县、乡、村和贫困户的内在活力作为主攻方向，千方百计增强"造血"功能，运用典型引路的方法，示范、推广、滚雪球式地发展。海源县高崖乡联合村党支部书记王进录劳动致富以后，在拿出30万元扶助贫困户的同时，还耐心做"扶志"的思想工作。对汉族困难户张久方妻子"怕丢了救济户资格"而唾骂他，这种"恩将仇报"的委屈毫不计较。他一次又一次登门规劝，资助买种驴扶持，终于把这一家懒汉扶助成勤劳生财的富裕户。宁夏推荐、评选王进录为全国劳动模范，通过报纸、广播、电视大力宣传他的先进事迹，在西海固造成了一种"勤劳致富光荣，懒惰受穷可耻，乐于助人高尚"的新风气。

国家和全社会的扶助同西海固干部、群众的艰苦奋斗紧密结合起来，形成了一股强大的力量。就是靠这股合力，西海固农业生产的基本条件已经开始改变。310万亩坡地，改造成了高质量的水平梯田；兴建了固海扬水等10多处工程，使20多万人稳定地走上了脱贫致富之路。

就是靠这股合力，西海固1995年在发生60年不遇的特大旱灾、夏粮大面积绝产、秋季早霜危害的情况下，人均国内生产总值仍然达到1016元，农民人均纯收入600元，人均产粮194公斤，分别比1982年增加了8倍、3.7倍和1.1倍。既没有出现大批外出逃荒的现象，更没有发生饿死人的情况。1996年又夺得了大丰收。

从"井蛙观"到"鹞子眼"

"丰收之后怎么办？"黄璜同志到各处都向当地干部群众提出这个问题，提醒大家，不要陶醉于眼前的丰收，要"找差距，求发展"。尤为可喜的是，黄璜同志提出关于今冬明年生产的几项建议：变冬闲为冬忙，用科技武装起来，进一步扩大再生产等等，同各地干部、农民的想法大都吻合。黄璜同志一次又一次兴奋地说："你们和我想到一起了。"

作为省级领导干部，站得高，看得远，有战略眼光，这是很自然的。处在深山大沟里的西海固农民，也能"走上步，看下步，想前景"，可实在是一个深刻的变化。

记者不禁联想起20世纪70年代，胡启立同志任西吉县委副书记时对记者讲的一件事：一个农民站在家门口的山梁上向外一看，感慨地说："大半个中国旱得干干的！"其实他望见的是本村的山，别说大半个中国，连大半个乡、县他都没有看到。过去，这种"井底蛙"观天的局限，牢牢束缚住西海固人的思维和经济的发展。

如今，西海固人劳务输出、走南闯北、科学种田、学东学西，视野大大开阔了，就像那捕捉鸟雀、保护粮食的鹞子的"眼"，高瞻远瞩，也颇有"战略眼光"了。

原来要求搬迁的花豹湾农民表示不搬了，对黄书记提的新要求是：在他们庄上办个教学点，让上百个小娃娃能就地念书。

生了一个女孩的回族年轻夫妇主动要求结扎，对医生说："男孩女孩一个样。少生孩子，多栽枣树，家富了，人也清闲。"

主管农业的自治区副主席周生贤对记者说："西海固的变化还刚刚开始，扶贫攻坚的目标还远远没有实现。一些人家，丰收了，脱贫；旱年一歉收，又返贫。我们一定要义无反顾，勇往直前，同贫困顽强地搏斗下去，决不能让贫困进入21世纪！"

（中央人民广播电台以《吹响脱贫的号角》为题摘要播出，
刊于1996年9月26日《宁夏日报》头版头条）

宁夏西海固的变迁

1964年，我从北京广播学院新闻系毕业后，志愿报名到宁夏回族自治区当记者。我亲历了宁夏西海固这片被左宗棠称为"苦瘠甲天下"的黄土旱塬发生的深刻变化，见证并报道了改革开放以来中国扶贫工作所取得的巨大成就。

西海固是宁夏南部山区的俗称，由原来的西海固回族自治州名称而来，包括西吉、海原、隆德、彭阳、泾源、同心、盐池和固原等县市，是全国14个集中连片深度贫困地区中的六盘山区（包括甘肃部分）的一部分。

我当年多次到西海固采访，跟山村农民一起吃洋芋熬的稀糊糊充饥，喝水窖里收集雨雪积存的泥糊糊水解渴……这令人难以想象的贫困、落后，曾深深震撼我的心灵。

1973年8月，我采访中共十大代表马金花时，她告诉我，身患重病的周恩来总理很关心西海固，当听说西海固人民还很贫困时，淌下了心酸的泪水。听到这里，我的眼泪也忍不住流了下来。

我反问自己：作为一名记者，来宁夏都好多年了，我为什么没有向中央早点反映呢？从此，我对西海固进行多次实地采访、调查，发表了《从西海固看国家对贫困地区的扶持》等多篇新闻报道，还写了《宁夏西海固干旱严重灾民生活困难》等内参。

其实，新中国成立后，中国政府一直致力于发展生产、消除贫困的工作。党中央、国务院对西海固非常关注，历届党政领导人都亲临考察，拨款、送粮、拉水、发棉衣，多方扶持救济。然而，因深度贫困地区自然条件恶劣，各种灾害又频繁发生，"一方水土养活不了一方人"的问题难以彻底解决。

伴随改革开放的春风，人类历史上有计划、有组织、大规模的"开发式扶贫"在中国逐步全面展开。1996年，国家确定13个发达省市与10个西部省区"结对"帮扶。同年10月，时任福建省委副书记的习近平同志担任了福建对口帮扶宁夏领导小组组长，主抓闽宁对口扶贫协作工作多年，开创了"闽宁模式"，为全国树立了样板。1997年、2008年、2016年，他曾3次深入西海固考察调研，又到全国许多贫困地区实地考察调研，提出并实施了从根本上激发内生动力、变输血为造血、精准扶贫等一系列举措，创新脱贫方式，带领全国取得了世界瞩目的奇迹，获得国际盛赞。

我曾在宁夏和福建采访闽宁对口扶贫协作，写了《八闽春波绿贺兰》《一加一大于二》《脱贫号角响彻宁夏大地》等多篇报道，反映闽宁对口扶贫协作给西海固乃至宁夏带来的巨大变化。

如今，习近平同志倡导建设并命名的"闽宁镇"，在贺兰山下打造出的新绿洲崛起，一块块光伏板铺满屋顶，熠熠生辉；一颗颗红树莓缀满枝头，娇艳喜人。经过从山区地窨子、土窑洞、土坯房、砖瓦房几次换房，6万多名西海固移民搬进了功能完备、配套齐全的新房。

2016年7月19日，习近平总书记来闽宁镇视察时说："20年来，闽宁村发展成了闽宁镇，你们的收入也由当年的人均500元增加到现在的1万多元，将近20倍。看到你们开始过上好日子，脸上洋溢着幸福，我感到很欣慰。"像这样的闽宁示范村和生态移民村镇，在宁夏越来越多了。

如今的西海固，黄河水扬上了旱塬，昔日的荒山坡染绿了；土豆变成金豆豆，加工成阿尔法淀粉运到福建喂养鳗鱼了；山民变成了企业家，带着从福建学来的本事回宁夏创办实业，安置乡亲们上岗了……西海固成为宁夏经济增长最快的地区。西海固"中国贫困之冠"的帽子终于摘掉了。

闽宁对口协作扶贫从单一经济领域发展到科技、教育、医疗、金融、文化等多领域，实现全方位、高质量的互补协作。我采访福建扶贫办原主任林月婵时，她高兴地说："今天的宁夏真是脱胎换骨了。"

（刊于《人民日报（海外版）》2019年1月12日第5版）

补白："贫冠"变迁的启示

宁夏南部山区，俗称"西海固"。清朝大臣左宗棠在给皇帝写的奏折中说这里"苦瘠甲于天下"。联合国官员来这里考察后说："不具备人类生存的条件。"因此，这里被称为"中国贫困之冠"。

几十年来，我目睹、见证、记录、传播了"中国贫困之冠"的变迁这一世界关注的奇迹，从上到下，从里到外，从点到面，进行了全方位、多侧面、多角度、多形式的报道，展现了"人民是怎样创造历史"的过程。我也从中受到了深刻的教育。

我认为，"贫冠"变迁的启示有四点：

第一，贫困这个"瘟神"，是可以赶走的；

第二，以开发式扶贫取代救济式扶贫；

第三，扶贫先扶志，治穷先治愚；

第四，对号入座，精准扶贫，一把钥匙开一把锁。

（五）经济建设篇

宁夏动真的、来硬的，认真整顿建筑市场

宁夏动真的、来硬的，对工程设计和建筑质量低劣的单位，采取注销证书、取消资格、拆除工程、赔偿损失等措施，认真整顿建筑市场。

去年9月，宁夏城乡建设厅抽查了37个竣工工程、45个在建工程，没有一个合格。整顿了几个月，工程质量普遍低劣的问题没有解决，有的人说什么：整顿整顿还不是说说而已。今年5月中旬，城乡建设环境保护部工程质量检查团西北组抽查了20个竣工工程全都不符合标准，10个在建工程有8个不合格。石嘴山市建设联合建筑公司第一施工队见利忘义、偷工减料，承包西北煤机总厂电机厂学校教学楼工程，没等竣工楼板就断裂，造成严重质量事故。像这样的质量事故不在少数。

这些问题引起宁夏党政领导同志的高度重视，派出各有关部门抽人组成的百人质量检查团，动真的，来硬的，认真检查整顿。自治区第一批注销、吊销和收

回15个设计单位的工程设计证书，银川市第一批取消11个队伍素质差、工程质量低劣的建筑队承包工程的资格，责令39个建筑队限期整顿；石嘴山市召开工程质量事故现场会，责成造成质量事故的建筑单位工程全部返工，赔偿损失，该工程完工以后解散队伍，不得再承揽工程。

（中央人民广播电台1986年6月4日《全国联播》、6月5日《新闻和报纸摘要》播出）

宁夏深入挖掘内部潜力　实现工业上半年利税增加

宁夏回族自治区今年以来，把眼睛向外找工业落后的原因变为眼睛向内找原因，把伸手向上要外部推力变为动手向下挖掘内部潜力，初步显现好苗头，今年上半年与去年同期相比，全区预算内工业企业实现利税增长6.83％，地方财政收入增长8.4％。

宁夏党委书记沈达人、自治区主席白立忱等党政负责同志在深入基层、调查研究中发现宁夏工业管理水平、经济效益比沿海省市低得多，然而平均每个职工所占有的固定资产净值和万名职工中拥有的科技人员数分别高2倍和1倍，无论机器设备能力和技术力量都有雄厚的潜力可挖。于是，从年初开始自治区组织引导全区工业企业开展"学先进，找差距，上等级，增效益"的活动，眼睛向内找落后的主观原因，动手向下挖掘内部潜力，改变了以往眼睛向外找客观原因，伸手向上要补贴、贷款等外部推力的做法，走内涵扩大再生产的道路。

宁夏以深化企业改革为动力，推动"技术改造"和"加强管理"这两个轮子一起转，来深入挖掘内部潜力。原宁夏柴油机厂机器设备水平在全国是第一流的，可是由于产品质量上不去濒于倒闭，有人主张把设备卖掉，请国家贷款投资再转产别的。自治区根据调查研究分析比较的结果，确定原长城机床铸造厂和原宁夏柴油机厂合并为长城机器制造厂。这个厂以厂长为首组成质量攻关小组，签订承包合同，学习常州等同行业厂家经验，挖掘本厂设备技术等方面的内部潜力，各科室车间团结协作，攻克了20多个难关，一举建成了柴油机加工生产一条龙的流水线，产品经中国拖拉机质量监测中心检验测定，整机关键项目合格率达到100％，劣质滞销产品一变而为畅销货。目前广东、吉林、河北等省和宁夏区内外客户已经订货2491台。

宁夏在全国紧缩各项开支的同时，今年上半年投入的企业挖潜改造资金比去年同期增长15.9%，今年下半年宁夏将继续以挖潜革新为龙头振兴企业。

宁夏回族自治区主席白立忱对记者说："我们宁夏热烈欢迎兄弟省、区、市以至海外和外国的技术、人才、资金来帮助我们发展经济。与此同时，我们也懂得：外因是条件，内因是根据。我们要立足于挖掘内部潜力的基点上，充分利用外部的各种推动力，振兴宁夏经济，决不能躺在国家身上过日子。"

（中央人民广播电台1987年8月4日《新闻和报纸摘要》播出）

附：提高报道质量靠深入采访

今年7月，我发了一条消息，经过三次采访和改写，8月4日才上了《新闻和报纸摘要》。这确使我深有所感。

宁夏今年上半年跟去年同期相比，全自治区预算内工业企业实现了利税增长6.84%，地方财政收入增长8.4%。我从宁夏统计局了解到这"两增"的情况之后，觉得可以发条简讯，但没有多大意义，于是又采访了宁夏经委，追问"两增"的原因，写成一条《"两变"促"两增"，变化靠内因，宁夏双增双节取得好成绩》的消息。编辑部同志看了这稿，打电话给我说，问题提得对，但写得太单薄。

我把原稿推敲了一番，写得确实单薄，虽然写了700多字，但大多是平铺直叙的概括，除了"两变"促"两增"这个提法有点新意之外，再没有什么提神的内容。

第二次采访，我着重了解宁夏为什么要开展"学先进，找差距，上等级，增效益"活动，挖出了一个新材料，就是："宁夏有的企业机器设备水平并不比沿海同行业的先进企业差，而生产水平和经济效益却相差很远。"因此，第二稿补充了"怎样从企业内部找落后原因，挖掘改变落后状态的内部潜力"等内容，列了4条经验式的做法。这次写了1300多字。

二稿发到编辑部，又没被采用，编辑说写得太散。

推敲第二稿时，我假设自己是个编辑。仔细一看，报道主题虽然抓对了，但缺乏说明主题的典型材料，全稿显得帽子大，身子小，题目新，内容空；罗列的4条做法面面俱到，哪一条也没写透。我重新研究了搜集到的材料，越琢磨越觉得这条消息不在乎怎么写，而在于还要挖掘新材料。

第三次采访，我找了自治区主席的秘书，了解自治区领导是怎样看待和怎样组织领导全区挖掘内部潜力的，进一步把握全局。接着，又到第二稿里提到的长城机器制造厂去深入采访，终于有了更新的发现。原来长城机器制造厂是原宁夏柴油机厂和长城机床铸造厂合并而成的一个新厂。这个新厂一年就甩掉了亏损帽子的事实，正说明了自治区提出内部挖潜这个决策的正确，把这个典型放到全国的"天平"上称一称，也很有新闻价值。这时，我的认识产生了飞跃：少数民族地区工业落后，但不等于没有潜力，挖掘内部潜力是振兴民族经济的一条战略措施。长城机器制造厂这个典型能把我要说的话——挖掘内部潜力，振兴民族经济——生动形象地说出来。

胸中有了全局，手中有了典型，很快就写出了第三稿。编辑部处理以后，以480字的篇幅编发了。

三次采写，我体会到：提高报道质量要靠深入采访挖掘，挖得越深质量越高。而驻地方记者要做到深入挖掘，就要过三关、斩三将。就是：

一、过"熟悉关"，斩"自满将"。

长期驻在一地，人熟地熟情况熟，一提出写个什么题目，心里总觉得满有底，自以为核实一下材料，问问新的数字就行了。其实，每次采写的每个新闻事实都是新的生疏的，都有深入了解的必要。记者只有首先破掉思想观念上自以为"熟悉了""了解了"的封闭关，斩掉思想意识中自满自足、故步自封的把门将，才能深入下去挖掘。

二、过"表面关"，斩"漂浮将"。

记者下去采访，如果看到点表面现象，听到些情况介绍，抓到点总结材料，就匆匆忙忙"班师回朝"，这样写出的稿子必然像水上浮萍一样。

记者采访，首先碰到的是大量现象，形成感性认识。但这远远不够，还必须上升到理性认识，才能更准确、更深刻地反映客观事实。这就要求记者不单要"身入"实际，更要"心入"实际，对客观事实边采访、边分析、边提炼。透过现象看到本质，把表象、假象同反映客观事物本质的真相区分开来。

三、过"局部关"，斩"狭隘将"。

地方记者久居一隅，往往只看到局部，而难以看到全局。这就要求记者主动了解似乎跟采访的本题无关的事物，特别是背景材料。背景，尤其是全国的背景，是记者认识和衡量新闻价值的重要借鉴。我前两次采访，仅从纵的方面了解宁夏的变化。眼光并没有跳出本自治区。第三次采访，向自治区主席的秘书了解了宁夏工业、科技等基本情况，跟全国情况做了对比，心里才豁然开朗，原来宁夏万名职工中科技人员的比例以及企业的设备水平并不低，宁夏确实有潜力可挖。从辽宁迁到宁夏的长城机床铸造厂，人员素质、技术水平、生产能力都不低，这个厂同宁夏柴油机厂合并成长城机器制造厂，主攻柴油机质量，确实是一个高招，对全国同类地区确实有借鉴意义。这样的典型，只有跳出就事论事的小圈子，打破一事一地的局限，才能发现，才能抓住。

当然，第三稿也并非十全十美。拉拉杂杂写了一通，欢迎同志们指正。

（刊于中央人民广播电台1987年10月18日《记者部内部通报》）

宁夏战略性调整改组工业经济

宁夏为了改变工业经济低速低效运行的局面，迎接西部大开发的到来，决定对工业经济进行战略性调整改组，压缩淘汰落后过剩生产能力，大力发展特色产业。

宁夏采取的措施，首先是调整优化产业结构，扭亏无望的纺织、制糖等行业整体退出，关闭"五小"，压缩淘汰落后过剩的生产能力。煤炭行业在已关闭115口小井、压产300万吨的基础上，对开采成本过高的大中型矿井实施关闭，再核减生产能力300万吨，充分发挥优质无烟煤、主焦煤的优势，由量的扩张变为质的提高。

冶金行业关闭小炼铁、小轧钢，控制小合金、小金属镁的重复建设，突出发展有色金属、稀有金属。

与此同时，大力发展具有民族和地域特点、富有竞争力的特色产业，主要有：牛羊肉、葡萄酒等食品加工业，枸杞、甘草、麻黄等特色医药深加工业，氯酸钠、氯酸钾水处理剂节能环保企业。宁夏决定，对搞活无望的22家国有企业，采取因企制宜、一厂一策的措施，一部分依法破产，一部分债转股，一部分兼并改组，放开搞活。

（中央人民广播电台1999年12月26日《全国联播》二条播出）

宁夏白芨沟煤矿综合利用瓦斯变害为利

记者在地处西北的贺兰山中的白芨沟煤矿看到：

长达1万米的主干和分支管道，从煤矿井下一直延伸到2000多户煤矿职工的住宅里，接通到炉灶上，把井下易燃易爆的有害气体瓦斯变成了矿工家庭炒菜、做饭、取暖的火源。熊熊的瓦斯火焰燃烧着，比煤炉炭火的势头强多了。

瓦斯浓度高达80%、矿井瓦斯储量26.6亿立方米的白芨沟煤矿，为了安全生产，过去总是采取抽放法把瓦斯从井下抽出来，向天空排放，浪费了资源，又污染了环境。

1992年以来，宁夏白芨沟煤矿采用现代技术，建设成功并且启用了从井下到地面配套成龙的瓦斯综合利用工程。除了2000多户矿工家庭用以外，全矿公用的锅炉、茶炉、食堂也使用，方便了矿工生活，又净化了矿区环境，还节约了大量煤炭资源。全矿年减少二氧化碳排放量69.22吨，减少煤炉的炉渣1600吨，年节约煤炭价值达150多万元人民币。

1994年白芨沟矿又利用上述工程用不了的多余瓦斯气量，采取矿工集资入股的方式，建设了一座利用瓦斯做原料，年产炭黑1300吨的加工厂，年利润达180万元人民币。目前正在筹备扩建第二条生产线，预计年产可达5000吨，产值可达2300万元人民币。

白芨沟煤矿矿长陈毅对记者说："为了更好地进一步利用井下瓦斯这一自然资源，白芨沟煤矿欢迎一切愿意合作的海内外朋友，共同为保护环境、造福人类做出新的贡献。"

（中央人民广播电台播出，获"中华环保世纪行·宁夏行"新闻奖一等奖）

宁夏太西洗煤厂将环境保护贯穿生产全过程
把废水、废渣、废气全变成宝贝

宁夏太西洗煤厂实施"生产与环境保护一体化"战略，将环境保护贯穿生产全过程，把废水、废渣、废气全都变成了宝贝，使洗煤生产与环境保护之间形成良性循环，经济效益和环境效益在国内同行中处于领先水平，1990年被评为"全国环境保护先进企业"，今年（1995年）经国家环保局复查，继续保持了这一光荣称号。

年设计入洗原煤210万吨的太西洗煤厂，煤泥水、矸石渣、锅炉尾气是主要污染源。

针对上述特点，太西洗煤厂贯彻"环境治理与生产改造、技术进步齐抓并举"的企业环境保护方针，近几年来，投资1110万元，对废水、废渣、废气不间断地进行了一项又一项行之有效的综合治理和废物利用工作。

对煤泥水，增设了2台过滤机，研制了水力旋流器，更换了4台底流泵，加强了洗水管理，切实达到了"煤泥水厂内回收，洗水闭路循环，废水一滴不外排"的效果，年节约清水20万立方米，为企业增加效益近百万元。对生活污水综合利用，浇灌厂内花草树木，年节约清水10万立方米。1994年这个厂被评为全国节水先进集体。

对煤矸石，建设了矸石再洗系统，既回收了资源又减轻了二次落地污染，再次洗出的煤矸石废渣就用于铺路和垫场地。

对锅炉尾气，先后投资50万元改造锅炉消烟除尘装置，改善燃烧状况，使全厂大小10台锅炉的烟尘排放浓度都达到了林格曼黑度一级。

对活性炭分厂的炭化炉尾气，投资6万元，建设了一套新设施，将尾气直接引入锅炉炉膛内强制完全燃烧。

太西洗煤厂在加强环境保护"硬件"建设的同时，从健全组织、制定规划、培训骨干、普及知识、实行责任制等多方面切实加强"软件"建设，从而坚持了生产与环境保护并驾齐驱，从根本上改变了洗煤行业"脏、乱、黑"的形象，成为花园式的清洁工厂。

（中央人民广播电台播出，获"中华环保世纪行·宁夏行"新闻奖）

塞上江南　再放异彩

——宁夏河套灌区农业综合开发掠影

江泽民总书记视察宁夏时，河套灌区农业综合开发的进展情况和前景令他很高兴，他说："宁夏的农业大有发展前途，完全可以建成我国西北的农业商品基地。"并欣然命笔："塞上江南 再放异彩"。

金波绿浪织锦绣

记者在宁夏灌区农业综合开发区看到，昔日夏天水汪汪、冬天白茫茫的盐碱荒滩，风吹沙子跑、就是不长草的流动沙丘，经过农业综合开发，变成了沟渠配套、桥涵交错、条田成档、林带成网的绿洲，水流叮咚响，绿禾生机旺。人们赞誉这里：不是江南，胜似江南。

宁夏农业综合开发办主任张钧超告诉记者，比起大省区来，宁夏尽管农业综合开发的面积较小，投资不算大，但是由于建设中高标准严要求，工程质量优、效益高，在全国农业综合开发工作中是走在前列的。

20世纪80年代，在宁夏党委书记黄璜、自治区主席白立忱带领有关部门深入调查研究的基础上，宁夏党委、政府提出了发展"黄河经济"的战略构想。1989年，国家将宁夏河套灌区农业开发纳入了全国农业综合开发计划，每年投资2000万元作为启动资金。

从1989年至1994年，宁夏河套灌区农业综合开发第一、二期工程圆满完成，并且通过了国家验收。项目区农民人均年收入由项目开发前的300~400元上升到第二期项目开发末的1000~1400元，这一经济增长速度在宁夏灌区发展历史上还是第一次。

丰硕效益来之不易。以水利为龙头的农业综合开发，完善、健全了项目区的灌排系统，仅沟坡治理塌陷的工程长度就相当于从银川到北京的距离。

科技扬威治"蛟龙"

如果不是专门介绍，记者简直不相信眼前这片平整的园田过去曾经是一片水汪汪的盐碱荒滩。这里被叫作"蛟龙口"，在宁夏惠农县。

7年前，宁夏农业开发办（公室）集中专家实地勘察，科学决策，在地下埋设了三级楼道管网式的暗管，深度从1.5米到4米，又挖了37眼汇集水的井，组成了一个地下排水网络。原来地下水位接近地表，甚至冒出了地表。1992年2月中旬起泵放水，到2月底，地下水位就降到了1米以下。2月中旬至5月春灌前，"蛟龙口"就"吐"出地下水约40万立方米，排出盐分约1755吨，地下水矿化度降低了61.2%，含盐量减少了40.6%。

被暗管排水技术制服了的"蛟龙口"，乖乖地向人类献"宝"了。当年就开发出2326亩良田，当年收获，平均亩产过200公斤，最高的超过350公斤。农民兴奋地说："这种地能长出庄稼，真没想到。"

用暗管排水治理"蛟龙口"，比明沟排水节省土地5%，相当于多开发出116亩地；排水费用只有机井排水的1/5，排水效果好，综合效益高。

像"蛟龙口"治理这样的事例不胜枚举。科学技术在宁夏农业开发中实实在在地发挥了"第一生产力"的作用。宁夏农业开发依靠和运用科学技术，提高综合开发水平，先后组织了上千名各门类的科学技术人员，大力推广农、水、林、牧等各方面的实用科学技术上百项。

众手浇开幸福花

众手浇开幸福花，综合开发靠大家。

"国营玉泉营农场从濒临破产的困境中走出来，就是靠农业综合开发激励和调动了大家的积极性。"宁夏农垦局农业综合开发办主任李淑珍介绍说。玉泉营农业生产条件十分恶劣，土层只有10~30厘米厚，下面全是青沙和砾石。这里年降水量只有150毫米，而蒸发量高达2000毫米。1992年全厂职工8个月没有领工资，到年底农场累计债务高达2740万元。"在困境中，玉泉营农场领导主动积极地找我们立项目，要开发。"

玉泉营农场场长刘虎山说："农业综合开发是一个极好的机遇，国家出钱给我们农场修建、完善灌排工程设施，我们农场没钱，干部职工有的是力气，以工投劳，以劳顶资，别说国家一元钱投资要我们配套投7元钱的工，投8元、10元都干！"

一花引来万花开。玉泉营农场职工自力更生、艰苦奋战、争先恐后地参加农业开发，累计投工40多万工日，据测算，相当于投资200多万元。

原来淤塞的沟渠畅通了，渗漏的渠道砌护了；过去7公里长的农场渠，水从渠首流到渠尾得4个小时，如今只需要一个半小时；以前轮灌一次水得半个月，如今五六天就灌一次。1994年与1989年相比，平均每亩节约用水200立方米，节约用电（抽水）71千瓦时，全场全年节约水电费就达17.7万元。

小麦平均亩产由80公斤提高到400公斤，向日葵平均亩产由75公斤提高到175公斤。

以前，农场职工承包的耕地不少都撂荒了，现在职工们纷纷争抢着，不光承包熟地，还自己动手大量开垦荒地。郑立祥一户就开荒400亩种粮食，成为宁夏农垦系统"十佳"大户之一。大伙把土地当成了宝贝。近几年来，全厂职工个人投资开荒达2500亩，种粮食、种蔬菜、种甘草、种葡萄，种下了脱贫致富的希望。

（合作者：周泓洋、潘小燕。中央人民广播电台播出，
刊于《人民日报》1995年12月11日"农村经济"版。）

宁夏农业全面丰收 粮食总产创最好水平

宁夏无偿捐赠给云南地震灾区的20万斤大米已经由火车运到昆明，正在用汽车向灾区运送。俗话说："千里送鹅毛，礼轻情义重。"捐赠大米给兄弟省，这对10年前靠从外省调进粮食过日子的宁夏回族自治区来说，可是件新鲜事。

自治区主席白立忱告诉记者，宁夏农业全面丰收，粮食总产创历史最好水平。据有关部门统计，宁夏今年夏秋粮食总产达164.8亿吨，比上年增长18%。

宁夏农业，今年山区、川区的夏季、秋季都丰收。不仅粮食，而且油料、糖料、水产、瓜果、蔬菜、枸杞都喜获丰收，分别比上年有较大幅度的增长。

特别可喜的是，举世闻名的全国贫困落后的"尖端"——西海固地区今年战胜了冰雹等自然灾害，夺取了粮食、油料作物全面丰收。

宁夏农业部门有关负责同志向记者剖析了宁夏农业取得全面丰收的原因，归纳起来，有这样三点：

第一，改革为宁夏农业丰收奠定了基础，宁夏山川不断改善各种形式的农业承包责任制。今年，上千名农业科学技术人员上山下乡签订农业技术承包合同，承包306万亩，深入到千家万户，指导农民科学种田。农业技术人员承包的六盘

山区彭阳县2万亩地膜玉米，平均亩产达到1101斤，比一般亩产增606斤，单产翻了一番还多。

第二，农田基本建设和各种农业科学技术措施为宁夏农业丰收插上了翅膀。宁夏山川耕地全都深翻了一遍，秋施肥达到耕地面积的70%。特别是，调整农作物结构，大力推广间复套种，小麦套种玉米、甜菜，粮食套种油料、糖料等经济作物，大大提高了土地的利用率，使粮食和经济作物产量大幅度增长。

第三，宁夏各级领导部门和有关方面吸取了1987年粮食减产的教训，从增加农业投入，做好化肥、农药等农业生产资料供应等方面做了大量工作。

但是，由于磷肥、农用柴油、农用地膜严重不足等原因，宁夏农业的潜力并没有完全发挥出来，还有待在新的一年中大力挖掘。

（中央人民广播电台1988年12月10日《全国联播》第二条播出）

记者口播：宁夏活鱼闯市场

我是记者潘梦阳，宁夏养殖的新鲜活鱼如今闯进了拉萨、吐鲁番、延安、包头、兰州、西安等地的市场，"游"上了北京钓鱼台国宾馆的餐桌。这是农业产业化为宁夏渔业描绘出的一幅艳丽图景。

过去守着黄河没鱼吃的宁夏，近几年来，利用既不能种粮又不能种草的盐碱荒滩，采用科学技术，大力开发水产养殖事业，从春放秋捕的粗放经营到名特优新水产品基地化生产的跨越式发展，从人工养殖鲤、草、鲢、鳙四大家鱼发展到引进中外珍贵品种罗非鱼、武昌鱼、加州鲈鱼、罗氏沼虾、淡水龙虾等30多种，"名特优新"占总产量的50%，养殖水面达1.3万公顷，水产品产量达4万多吨，比1978年增长了上百倍，占全自治区肉类产品总量的1/5。宁夏人均水产品占有量达6公斤，居西北五省区之首。

目前，宁夏城乡人均水产品消费支出，20世纪与90年代初期相比，增长了将近四成。宁夏水产品自给有余，80%外销，从事渔业的农民年人均纯收入达到3800多元，比普通农民多1倍多。宁夏已经成为我国西北最重要的水产品养殖基地和集散中心，成为我国西部的渔业强省（区）。

宁夏渔业局局长黄金福说：〔放录音〕

"宁夏的渔业为什么发展这么快？一是发挥资源优势，变为经济优势。另外一个就是主动出击，占领周边市场。"

如何把资源优势变为经济优势，宁夏靠的是农业产业化。宁夏渔业局副局长王洪波告诉记者：（放录音）

"我们全区涌现了一批代表先进的生产经营管理思想的专业合作社，把分散的养殖基地、农户结合起来，形成一股力量，共同进入市场，参与市场竞争，这样就有了竞争力。"

水产专业合作社作为龙头企业，为养鱼的农户提供鱼虾苗种、优质饲料、病虫害防治等技术指导、水产品集中运销四大环节的一条龙服务。

（中央人民广播电台、国际广播电台播出）

饮誉凤城说"龙头"

——记银川市第二建筑公司经理田希国

千军易得，一将难求。

濒临倒闭、负债累累的宁夏银川市第二建筑工程公司，两年中已经换了三位经理了。第四任经理在1985年的金秋季节来了，他就是被工人们尊称为"龙头"的银川市一建队原队长田希国。

银川市第二建筑公司是1979年由2个房屋修缮合作社合并成立的，有正式职工458人。另有300多名退休工人，每年仅退休工人工资就得拿出30万元。用工人的话说，即使新来的领导有三头六臂，要把这个烂摊子收拾好也够呛。

是的，12岁离开北京天桥闯荡到茫茫塞上当泥瓦工的田希国，如今已经到了不惑之年，尝够了建筑行业的酸甜苦辣，深知自己绝非是呼风唤雨的神仙。他求爷爷告奶奶地求来了一处工程，人家明着说这是冲他过去曾带队盖过几幢像样的工程，拨给他的一碗"饭"，让二公司吃着试试看。

要"试试看"？就得让人家看出个结果，就得从质量这个命根子抓起！于是，田希国上任当天就成立了技术质量安全股，并从工人中抽调了一批具有一定文化和操作水平的年轻人进行短期突击培训，经考试合格后，分配到各工段当质检员，使工程受检面很快达到100％。为了从根本上提高队伍素质和技术管理水平，田希国不惜"血本"，选送多人到西安建校、北京六建和自治区建校进行专业学习，并组织20多名队长、厂长、工段长及质检人员到京津地区工地考察、学习，寻找自己的差距，收到了很好的效果，大大推动了质量管理工作。

在田希国的办公桌上，摆着一本已翻起毛边的书——《当代新技术》。他深知向技术进步要效益的重要性，为提高企业施工能力，他冒着风险力排众议，用60多万元贷款购置了成套的施工专用机械，从而使这个"土公司"有了从事高标准施工的"通行证"，产值由往年的二三百万元猛增为一千四五百万元；1986年底，公司又引进了铝合金生产工艺，一年仅此一项产值就达70多万元，获纯利润20多万元。

田希国尊重知识和人才更是有口皆碑。他制定了一条"土"政策：凡到二公司工作的大中专毕业生，工资上浮一级，四年后上浮的工资固定，然后再上浮一级，以此类推。对没有学历、没有职称的自学成才者，只要有独立工作能力，都按科技人员的待遇对待。过去，大批技术骨干纷纷另找门路，如今，却是大批捧"铁饭碗"的工程技术人员甘愿到二公司来捧"泥饭碗"。

过去，二公司有个通病，工人糊弄施工员，施工员糊弄经理，经理糊弄用户，到头来把企业糊弄得摇摇欲坠。有一天傍晚，田希国在工地门口碰上一位准备将偷拿的一块玻璃带回家的工人，田希国拦住了他，任他说下一车"理由"也不行，当即决定扣罚当事人、工地负责人和看管场地人员各80元钱。有些人对此不解，私下说："'龙头'心也太狠了！"可田希国却在职工大会上掷地有声地回答："谁挖企业的墙脚，就砸谁的饭碗！"这可不是说着玩的，他说到做到，一下子就把人们散了的心"镇"住了。工人们吵吵开了："'龙头'动真格的了，不能再糊弄了！"

知底的人都清楚田希国是个粗中有细的人。他干工作虎虎有生气，说一不二，可对职工的衣食住行等诸多实际问题，却是情意融融。三年来，在资金极为紧张的情况下，他毅然决定盖了两栋宿舍楼，解决了近200户职工的住房困难问题，他还参照国营企事业单位的有关规定，在银川市首家推行职工工休假制度，并选送模范职工、退休工人到外地疗养，很多职工感动地说："企业这样关心我们，我们不为振兴企业出力，对得起谁？"

三年多来，这个濒临倒闭的集体企业在风云多变的建筑市场上，一步一个脚印地走了过来。从1986年以来，企业连年被银川市人民政府评为"重合同守信用"的先进企业。如今，二公司不仅年年任务饱满，而且仅六个月就能完成一项高标准工程；不到50天，就能在火灾劫后的废墟上，使复兴商场以崭新的姿容拔地而起。在连续两年经济效益提高的基础上，公司1988年又超额93.7%完成利润计划，工程合格率达到100%。

最近，经银川市政府同意，市城乡建委发文批准将市建四公司合并过来，使市建二公司技术力量更为雄厚。展望未来的形势，田希国说，困难与机遇并存，希望与风险同在，只要我们继续发扬"服务、认真、献身、攀登"的企业精神，将压力变动力，必能在困难中寻求到机遇，于风险中百炼成钢！

（合作者：张锦。1989年中央人民广播电台播出，同年6月22日《经济参考》刊登）

史学教授创办的化工企业

——记宁夏华银科技实业有限公司董事长姜秉正

地处黄河岸边宁夏中宁县的宁夏华银科技实业有限公司，是一家高新技术、化学工业的民营科技企业，创办这一企业的，却是一位搞社会科学的老教授。

这位教授是曾任西北大学法学系主任、硕士研究生导师、宝鸡师范学院院长、《中国城市史》丛书编委会主编的姜秉正。记者近日赶到华银公司采访，只见一幅大字跃入眼帘："肩负科技兴国重任 挺起民族工业脊梁"。炉罐林立、管道纵横的厂区，井然有序。旧厂房改建的车间和红砖砌成的生活区十分简朴，并不起眼。然而，奇迹却在这里出现了。

公司一位副总经理告诉记者，姜秉正1993年来到宁夏创办了华银公司，公司从1995年正式投产，截至目前，产品氯酸钾畅销全国，产量规模扩大了20倍，资金总量增加了7倍，利税年年增长。记者见到董事长兼总经理姜秉正时，他正在修改自己起草的新项目建议书。他放下手中的工作，热情地向记者倾诉了一位社会科学教授创办民营科技企业的甘苦和感受：

"这些建议书都是我自己做的。有人问，你是搞历史的，搞社会科学的，怎么现在搞起这个东西来了？要是6年以前，我连化学分子式都弄不清楚；这六年，我全力钻研了有关无机盐方面的理论，由外行变成内行。"

姜秉正说，现在不少地方用漂白粉来净化自来水，这种饮用水是不利于身体健康的。如今，他着手设计、策划的这项高新技术产业生产出来的氯酸钾水处理杀菌剂就解决了这个问题。

他说："处理杀菌，是关系到全世界的问题，杀菌的方式，杀菌的药品，在不停地转换，杀菌的要求越来越高。"

"选择项目应该是立足于本地，放眼世界，看到未来。立足于本地，就是搞清楚本地有什么优势，怎样搞利用率高。看到世界，就是说不光看到自己产品的优势，还要看你这个产品在在国际上处于在什么位置。比如说，生产碳化硅的厂家，有些垮了，就是因为没有分析世界市场的趋势。我们看世界，用氯酸钾、氯酸盐作为水处理发展方向，是有巨大生命力的。"

记者简直不能想象，一位一直从事社会科学研究、教学的教授，58岁开始改行边钻研边实践了6年，已经成为化工科技方面设计、安装、生产管理全能拿得起来的专家，这中间走过多么艰辛的历程啊！

姜秉正为什么要在年近花甲之年，义无反顾地走上这样一条充满风险、无比艰辛之路的呢？这位令人敬佩的专家告诉记者：

"知识分子进入科技主战场，多年来是个薄弱环节。自己虽然年纪大，也想来试一试。西安交大的副校长说，你胆子太大了。但是，我觉得这个不能叫作胆大，而是应该说有一个抱负、一个动力。我有这样一个想法，怎样使科学技术转化为生产力，怎样使科学技术与经济相结合，去闯一闯，去闯一个天地，去走出一个路子。走科学技术和经济相结合的路，是我一生的追求，是我的一个梦想。要把经济搞上去，国家富起来了，国家强大了，民族也就扬眉吐气了，不再受人的欺负了。这是我最根本的动力和思想。虽然现在年纪很大了，已经65岁了，但是我还是有志于把这个事业做好，圆了我的这个梦，一生也就无遗憾了。"

（中央人民广播电台播出并获奖，收入
《中央人民广播电台地方记者获奖新闻作品选》《中国百家非公有企业风采》）

宁夏小省区发展大外贸

地域、人口都占不到全国1％的小省区——宁夏，在西部各省区中是外资企业进入最晚的省区。近几年来，宁夏营造外商投资软环境，充分发挥独特优势，多方位、多层次地开展大外贸，在对外开放方面后来居上，外贸增长速度加快。今年1—8月利用外资额创最高水平，创造了小省区大外贸的奇迹。

直至20世纪80年代末期，才有一家外资企业首次落户宁夏，在对外开放方面宁夏发展速度不仅在西部，在全国也是比较落后的。近年来，宁夏紧紧抓住西部大开发的契机，选择在国内和世界具有独特优势的稀有金属、精密仪器企业等作为吸引外商投资的"热点"，并且根据出海距离较长的弱点，先后出台了给予外商投资办厂土地补偿、出口商品运距补贴等政策，使对外开放和对外贸易飞速发展。

目前，宁夏已经与94个国家和地区建立了经贸关系。近几年来，宁夏出口创汇平均递增率保持在30%左右。今年以来，挪威埃肯等跨国公司纷纷进驻宁夏，独资办或合资经营。今年1—8月，宁夏新批准利用外资合同金额比上年同期增长87%，创历史最高水平。

（中央人民广播电台《新闻和报纸摘要》播出）

追记：石头缝里抠新闻

在全国经济建设领域，实打实地说，宁夏确实是微不足道的：产值不到全国总量的1%，利税连外省区的一个强县都比不过。向全国和世界报道宁夏经济建设，实在很难。

从辽宁调到宁夏的一位新华社记者说："在辽宁，一弯腰，捡起来就是个大新闻。在宁夏，掘地三尺，也掘不出新闻。"

1964年，在"北广"大四时，我去辽宁电台实习半年。"北广"新闻专业毕业考核作业不是写论文，而是一篇录音报道。沈阳重型机器厂为我国第一座自行设计施工建造的水电站铸造水轮机上的大转子。我在铁水奔流、钢花四溅的现场第一线，采录了中国工人自力更生、艰苦奋斗的动人事迹，获了"优"。我明白：不是那位记者危言耸听，辽宁上全国新闻媒体的大新闻实在多得很，宁夏是很难比的。

经济建设是主战场。这一领域的报道上不去，中央电台《全国联播》《新闻和报纸摘要》和国际广播电台的重点节目就很难有宁夏的声音。怎么办呢？

我清醒地意识到：作为中央电台、国际电台驻宁夏的首席记者，发不出打响的报道，简直可以说是无法立脚。如果人家请你几次来，可是你供稿的媒体无声无息。那么，渐渐地，人家一些重大事件不再通知你，重要会议不再邀请你，你就会渐渐地失去许多新闻线索以至于慢慢地孤陋寡闻，甚至于销声匿迹了。

可是，往往在宁夏是一个重大事件、一场重要会议，自治区媒体上是一个上头条的重大新闻，拿到中央电台《全国联播》节目上一条"一句话新闻"式的简讯就不错了，拿到中央电台《新闻和报纸摘要》节目能点一下"宁夏"之名、上这么两个字就了不得啦。

面对这一大难题，我翻阅中外新闻界前辈的作品选和经验谈，阅读哲学、经济学著作，反复思考，明白了一个真理：透过表面现象抓住事物本质的关键在于深入，而深入的要害在全面深入调查研究，特别是深入思考、全面分析，走出表面化、片面化、绝对化、简单化的误区。

从此，到一个地方或者单位采访，我不光找党政领导和下层群众，并且特别注意找经济、科技、统计、财会、环保等各界人士和知名的"智叟""刺头"等人物，还借阅相关文史、科技等资料。往往写一个百字新闻或者千字通讯，要搜集几万字的素材，前后左右，正反侧面，比较分析，几易其稿。实践证明，这是一个行之有效的好办法。看来很笨，实际真灵。

我认为：参与一个重大事件或者重要会议，作为中央新闻媒体驻地方记者要站在更高的层面，用不同于当地记者的视角，多动脑筋，挖掘更深层次的新闻。

比如，党和国家领导人万里视察宁夏，当地记者从肯定赞扬自治区以及今后工作的指示等角度全面详细报道。我不这样写，而是从宏观和微观结合的交集点入手，抓住宁夏山区"中国贫困之冠"这一侧面，针对全国的同类

1991年随自治区主席白立忱调研林草种植

问题，只写"强调脱贫致富"这一点，将之写深写透。此稿，中央电台、新华社、人民日报都全文播发了。

参加自治区重要会议，可以得到一些重要信息。然而，据此信息就事论事发消息，中央电台最好只能上条简讯。要把文章做大做深，非得寻根究底、深入挖掘不可。比如，《宁夏农业全面丰收　粮食总产创最好水平》和《宁夏小省区发展大外贸》这两条消息，依据会议上得到的信息，作为新闻线索，进一步深入挖掘潜藏在内的"根由"和纵横交织的"联系"，展示"科技兴农"和"对外开放"的新成果，特别是挖掘取得新成果的内在原因，由表及里，由小见大，分别被中央电台《全国联播》《新闻和报纸摘要》节目播出了。

我把这种方法叫作"石头缝里抠新闻"。其核心在"抠"——不是只停留在表面上的掐花摘叶，而是扒开石块，从缝隙里挖掘出根由即本质来。

其实，这种采访方法，也适用于其他领域。书中，列为脱贫致富、防治荒漠化、西部大开发等的篇章也属于经济建设领域。当然，这种方法费功夫、费时间、费体力、费脑筋，是一种厚积薄发、笨鸟先飞的方法。俗话说"懒人当不了记者"。在新闻采访中没有靠扎扎实实的努力去掌握第一手材料，而企图单纯地依赖别人提供的第二手材料走捷径、图侥幸，是不行的。

实践证明，采取这种采访方法效果很好，我采写的稿件上《全国联播》《新闻和报纸摘要》的越来越多。自治区党委宣传部一位分管新闻报道的副部长说："我一听广播，就想起老潘。"党和国家领导人视察宁夏等重大事件通知我随访，自治区党委常委会等重要会议邀请我列席，自治区党政领导同志下乡下厂调查研究有时也邀请我随行，我自然而然地成了名副其实的消息灵通人士。

（六）改革开放篇

开放，呼唤宁夏崭新的未来

在中国对外改革开放的大潮中，东部沿海开放的汹涌波涛，对商品经济不发达的西部造成巨大震荡。地处西部内陆的宁夏人，被一种强烈的危机感推动着。他们在落后中奋起，迎着困难开拓。全区上下呈现一派"想开放，干开放"的新风尚，越落后就越要开放。当今世界飞速发展，穷困的水准随着发达地区的进步水涨船高，贫困越来越成为一种相对现象。不进取，差距会更大。宁夏与其等着国家经济建设的重点向西部转移，等着沿海开放的大潮来叩击西部大门，不如主动出击，到开放的前台去"唱戏"。

痛定思痛，奋起直追。近年来，宁夏同全国20个省（区、市）建立起经济技术合作关系，区内的一些地、市、县同兄弟省区的30多个市、地、县结成姊妹城市或友好地、县，参加了沿黄经济协作带等5个区域性组织，落实横向联合项目3100多个，大批资金、人才踏上宁夏的土地。横向联合拓宽了宁夏人的视野，在"巷深先得酿好酒"的思想指导下，他们培育出一批在国内拔尖的产品，摘取了15个国优桂冠。更可喜的是，外向型经济在宁夏开始兴起。全区改革外贸体制，自负盈亏。不少企业以质量求生存，获得旺盛不衰的活力。过去只在小圈子打转的货物，如今挺进到浪涛涌急的国际市场，宁夏已同50多个国家和地区、1000多家客户有贸易往来。30多家三资企业在宁夏落户。

过去被称为"被遗忘的角落"的宁夏像一个刚刚揭开面纱的回族少女，展示出神秘美丽的容颜。近六年，新发展起来的宁夏旅游业就以其特有的大漠与江南交织的绮丽风光和回族风情等吸引了上万名海外游客，创汇120万美元。

宁夏回族自治区实施的"宁夏—沿海—海外"三点一线经济发展战略，是体现大步跳跃理论的范例。低起点的宁夏双向开放，借地生财。在深圳、海南、厦门、珠海等沿海经济特区，宁夏办起了20多个企业，引进了数量可观的外资。其中，深圳广夏微型软盘有限公司坚持高技术、高管理、高质量、高信誉、高价格、高效益后来居上，使企业在未来十年的激烈竞争中能占领领先的技术优势。宁夏还在香港地区和新加坡、马来西亚、泰国、美国等国设立9个贸易窗口企业。大量的信息、先进的技术通过这些沿海和海外企业源源输送到交通不便、信息闭塞的宁夏。

带动西部经济摆脱低度发展状态的开放，一个重要方式是"双开"联动：以开放推动开发，以开发促进开放，二者良性循环，以取得宏观效益。

宁夏隆德县在平罗县境内建立的扶贫开发区很能说明这一点。地处六盘山下，长期贫困的隆德县以开放的观点跳出隆德，到引黄灌区的平罗县潮湖地区搞经济开发，开辟了第二战场，先后向潮湖移民1.2万人，还引进一批技术和人才。在潮湖，昔日荒无人烟的大片盐碱滩被这些移民改造成绿浪翻涌的良田，40多家星罗棋布的企业拔地而起。农民人均收入从48元跃升到406元。在潮湖创办的隆湖铁合金有限公司成为宁夏创汇额最大的三资企业。这一开发方式，使隆德县经济实力大大增强。这个县进而又开辟了第三战场，全县有1.5万人到13个省（区、市）搞劳务输出。

宁夏的开放在步履维艰中，自己同自己的过去比，取得的进步和成绩有目共睹，令人可喜。但是，放在全国的棋盘上，宁夏对外开放却是大大地落后了。1991年占全国总人口4.1％的宁夏，出口总额仅占全国的1.3％，进口总额仅占0.2％。

小平同志南方谈话和全国再次涌起的开放大潮，使宁夏的领导和群众清醒地看到形势的严峻，大大增强了危机感、紧迫感。"再不奋起，将成为历史的罪人，无颜面对宁夏子孙"；"改革开放，无功便是过"；"不能因为怕这怕那而无所作为"。宁夏党委、政府提出，要发挥民族自治、矿产资源、黄河水利和农业四大优势，制定更为优惠的政策，吸引外资，实现超常规发展。从认识上的飞跃到工作上的跳跃，使对外开放在更高的层次上广泛展开。宁夏越来越多的单位和地、市、县跃跃欲试，纷纷到沿海、沿边和海外创办企业，借地生财，借船出海。采取比沿海特区更优惠政策的银川高新技术产业开发区已经开工兴建，施工的机器日夜轰响。自治区经贸部门正在积极组建社会各行各业，国营、集体企业以至个体户都可以参加的各类外贸进出口集团公司。

开放，需要新的运行机制做保证，要求符合生产力发展的全方位改革。基层干部和群众强烈呼吁：尽快打破制约对外开放的种种羁绊，解决迫在眉睫的"通政、通航、通信"三通问题，把自治区党委、政府制定的开放决策落在实处。

开放，为社会主义中国的所有地区提供了广阔的舞台。470万宁夏各族人民决心用自己的实践证明："唯条件论"是可以破除的，内陆、落后地区的开放也是可以大有作为的。任何悲观的论点都是站不住脚的。关键是要有志气，有胆量，砍断自己给自己设置的羁绊。

在中国对外开放的这部交响乐章中，宁夏乃至整个西部的开放，犹如一首不可缺少的乐曲，它那粗犷、剽悍，带有黄土高原纯朴的气质，将使整个乐章更加气势磅礴。

开放，在呼唤宁夏崭新的未来！

（合作者：丁文奎。中央人民广播电台《新闻和报纸摘要》二条播出，并刊于
《宁夏日报》1992年7月21日头版头条。获宁夏新闻奖一等奖）

市长的道歉

去年12月30日上午，记者到银川市了解市政府年初定的年内为群众办实事的落实情况。市长张位正遗憾地告诉记者："我只能向你们谈谈唯一没能如期办妥的一件事。"他说："我讲没办妥的事，不是强调客观原因，而是通过新闻媒介向群众加以解释和说明，求得人民群众的谅解；同时，也告诉群众我们的工作没做好，主观努力不够，向市民道歉。"

辞旧迎新之际，张市长为什么要向市民道歉呢？原来，他领导的本届政府曾定下十个字宗旨："廉洁、高效、办实事、有作为"，并决定分期分批地为全市经济发展、群众生活及改善环境办一些实事。去年他们决定年内为全市人民办12件群众迫切需要办的大事：建设防护林带、修建公路、整治渠道、改造街巷路面、改造下水道、新建住宅、改造城市供水设施、安装5000门程控电话机、修建市场、解决"乘车难"、新建学校等。到年底，这12件事已有11件完成落实，群众交口称赞。但美中不足的是，排列第8项的5000门程控电话机安装工程拖了后腿。原因主要是有关厂家设施没能严格履行合同，使设备没能及时到货，厂家的软件调试人员也晚到两个半月。张位正市长认为，作为市长首先要取信于人民，认真负责地为人民办实事。办成的事，群众都已知道，用不着去说，但没有办成功的事，就要特别向群众交代清楚。再说，总结为什么没办成的教训，也利于下一步的工作做得更扎实、更稳妥。

据张市长介绍，目前，市政府和市电信局正在采取措施，加快5000门程控电话的安装和调试工作，保证这项工程在春节前开通。

（合作者：吴国清。中央人民广播电台播出，新华社发通稿，
刊于《宁夏日报》1991年1月4日头版）

附：《市长的道歉》引起反响：上海贝尔公司致函道歉

本报1月4日登载新华社的报道《市长的道歉》后，引起中外合资的上海贝尔电话设备制造有限公司的重视，该公司总经理S.艾伯乐斯先生于1月7日特意致函张位正市长，向银川市民道歉，并表示该公司将全力以赴，保证银川市5000门数字交换机在春节前投入使用。

S.艾伯乐斯先生在给张位正市长的函件中说："从元月4日《宁夏日报》上读到了银川市5000门数字电话建设工程是银川1990年12项重点工程中唯一没能按时完成的项目时，我们感到非常遗憾。""这一数字电话工程的延期使您很为难，也给您的市民们带来很大的不便，为此，请容许我在此向您及您的市民们表示最诚挚的歉意。"

他解释说："我们公司所关切的是要尽一切可能向银川市提供上乘、性能良好的交换系统。银川市电信局购买的交换设备是最近引进的新产品，该设备的引进由于遇到了未遇见的技术上的困难而推迟了一些日子，希望市长先生能谅解。不过，我们可以欣慰地说，这些技术上的困难现在已经解决了，银川市5000门数字交换机保证能在春节前投入使用。"

（刊于《宁夏日报》）

落选厂长李智支持新厂长

宁夏吴忠市水泵阀门厂前任厂长李智，在招标承包竞争中落选以后，经得起改革的考验，全力支持新任厂长搞改革。

这个厂是国家生产水泵阀门的定点企业，近几年来经济效益一直稳步增长。1987年10月，市政府决定在这个厂实行承包经营，原任厂长李智自己积极投标的同时，诚恳地向所有投标者如实介绍情况，提供数据，鼓励本厂职工同自己竞争。经过上级比较评估，李智没有中标，原厂计划经营科副科长马生恒中标上任。亲戚朋友中有的人劝他说，管他马生恒咋干呢，你晾在干滩上看他的笑话吧！李智劝亲友，不论台上台下都是企业的主人，不能当旁观者、看笑话。

新厂长在组织新班子时，聘任李智当副厂长。他大力支持新厂长工作。有一个同志，原来是负责财务工作的厂长助理，这次被聘任为政工保卫科长，他不愿离开财务工作，见到李智就诉起了苦。李智耐心地做他的工作，使这位同志高兴地挑起了这副原准备撂下不干的重担，很快拿出了全厂职工教育实施规划。

新厂长家里有事，请三天假，李智把厂里各项工作安排得井井有条。李智对厂长分派给自己的工作，认真负责地办，凡是需要厂长拍板的事，他也从不越权包办。

记者前几天来到这个厂实地调查。厂长马生恒诚恳地对记者说："老李对我的工作可以说是全力支持。我们厂丝毫没有因为新旧厂长交接班影响生产，换班以后还更顺利了。去年，我们厂产值、利润、上交国家利税、销售收入、全员劳动生产率五项主要经济指标都创造了历史最高纪录。要说记功的话，应当给老李记第一功。"

（中央人民广播电台1988年2月11日《新闻和报纸摘要》第二条播出）

《回首改革路》（选篇）

西海固不再沉寂

西海固在国内外穷得出了名。清朝时，大臣左宗棠向皇帝上的奏章说这里"苦瘠甲于天下"。20多年前，有位作家在一部作品中说这里"像死鱼一般沉寂"。

从20世纪60年代到90年代，记者多次到这里采访，切身感受到了震撼心灵的贫困，目睹了正在发生着的历史性的深刻变革。千百年来没有解决的贫困问题，改革开放以来破天荒第一次开始有了希望。西海固从沉睡中醒来了……

西海固，是宁夏南部山区的俗称，包括西吉、海原、固原等8个贫困县。在3万多平方公里的黄土旱塬上，居住着230多万人，其中回族114万人，占宁夏全自治区回族人口的66%。由于遭受严重干旱等多种自然灾害的频繁袭击，这里"一方水土难养一方人"。

中南海牵挂着西海固。党的三代领导始终关注着这块穷乡僻壤里的各族人民。周恩来总理为这里的贫困落了泪，委托李先念副总理在北京召开了专门解决西海固问题的工作座谈会，亲自派人送来救济粮、救济款、救济棉衣……

在西海固土生土长、从乡干部一级级升任至宁夏党委委员、自治区常务副主席的周生贤同志对记者说："西海固的历史性变化是从改革开放开始的。'四人帮'推行'左'的一套时，当地的土豆烂掉是社会主义，土豆卖掉就是资本主义。是党的十一届三中全会制定的解放思想、实事求是的路线，使西海固逐步走上告别贫困的道路。"

改革开放的总设计师邓小平同志一语惊天下："贫困不是社会主义。"党中央提出了"治穷致富"的伟大号召。

一石激起千层浪。党的十一届三中全会刮起的春风，徐徐吹到了西海固。继安徽凤阳县小岗村之后，被称为"讨饭乡"的固原县张易乡1979年率先在西海固实行了大包干。然而，"左"的禁锢使这株春芽差点夭折。

1980年，时任总书记的胡耀邦同志到西海固考察，在固原县明庄村对干部群众说："要解放思想，搞承包责任制，改变贫困面貌，争取一个大翻身。"

西海固要"大翻身"，打破"左"的枷锁，调动农民的生产积极性是第一步。

江泽民、李鹏、朱镕基、李瑞环、胡锦涛、李岚清等领导同志先后来到这里考察、指导。在党中央、国务院的关怀下，西海固地区逐步推行和完善农村承包责任制，按照党中央、国务院提出的"种草种树，发展畜牧，改造山河，治穷致富"的方针，调整生产结构，转变农业战略，使农村生产力又一次得到解放。

西海固土地贫瘠，十年九旱，绝大部分地方年降水量不足300毫米，年蒸发量却高达2000多毫米。农民辛辛苦苦干一年，"种了一袋子（籽种），打了一抱子（一捆草秸），收了一帽子（粮食）。"往往连籽种、劳力、肥料全白搭上，落了个"倒贴"。国家年年给救济，然而年年难脱贫。

宁夏党委副书记任启兴对记者说："农村承包责任制的实行，把农民的积极性调动起来了，然而要把农民的积极性引导到什么地方去，是个关键。""西海固摆脱贫困光靠救济是不行的，关键还是要把农民被承包制调动起来的积极性引导到开发上来。救济式扶贫，不能摆脱贫困；只有开发式扶贫，才能脱贫致富。"

1983年以来，国务院把西海固列入"三西"专项计划，年年拨出专款，从改变基本生产条件入手，救济方式由救济式扶贫改革为以区域经济发展为主的开发式扶贫。

扶贫扶到了根本上，西海固的内在活力启动了。

干旱缺水是西海固贫困的症结之一，从喊叫水到开发水是西海固深刻变革的缩影。

宁夏竭尽全力，开发"三水"：拦蓄天上水，引用地表水，挖掘地下水。田间地头，如今到处是打窖打井的动人场面。

塞上金秋，记者来到同心县喊叫水乡周家沟村，这里家家户户都打了两三眼水窖。而每一眼水窖，都是由国家补助专款再加上农民投劳投资建成的。在一眼满盈盈的水窖边，水窖主人、回族农民周彦英说，他家这眼窖蓄满了50多方水，他家今年新打的3眼窖可起了大作用，春播时没有雨，用窖水滴灌下种，小麦、玉米、谷子、糜子加起来收粮上万斤，全家6口人，人均收入过了千。

乡亲们说："过去世世代代盼水、喊水、叫水，来不了水。遇上旱年，拉水车一来，连麻雀也抢水喝呢。如今打窖蓄水，今年家家粮食大丰收，温饱没问题，还要奔小康呢。"说得记者笑了，乡亲们都笑了，欢声笑语洋溢在喊叫水乡的田间地头。

解决水的问题是西海固脱贫的关键。在既无地表水又无地下水的干旱地带，发动群众，打窖蓄水。一眼窖水能浇2亩地，从而，把秋冬季的无效降水变成了春夏季的有效用水，世界银行专家赞扬这是一项"了不起的创举"。

宁夏近几年来，光打水窖，就足足有10万多眼。

一家一户的水窖是解除燃眉之急的好办法，但是，要从根本上彻底解决西海固的干旱缺水问题，小打小闹还不行，必须实现周恩来总理的遗愿：引黄河水灌溉西海固。

曾任水利部部长的全国政协副主席钱正英对记者说："我同政协的水利专家们到西海固考察，发现分给宁夏的黄河水，宁夏尚没有充分利用。而黄河与西海固之间有一大片平坦的千古荒原。充分利用宁夏丰富的土地资源、水利资源、电力资源，把黄河水扬上这片荒原，把山区的贫困人口搬迁到这里开发，再造绿洲，是个办法。"

钱正英带领的专家考察组与宁夏领导同志协商，向全国政协提交了被编为2027号、题为《建设宁夏扶贫扬黄工程建议案》的提案。

全国政协主席李瑞环看过提案后专门给江泽民、李鹏同志写信。信中说：

"看来有条件的地方搞扬水灌溉，成片移民，是个根治贫困的好办法。这对加强民族团结、维持社会安定有着不可低估的作用……这件事情值得办。"

江泽民、李鹏同志很快作出批示。国家有关部门和宁夏抓紧落实。总投资30亿元，用6年时间在千古荒原上开发200万亩水浇地，搬迁移民，解决100万贫困人口温饱问题，被称为"1236"工程的这项亚洲最大的扶贫扬黄灌溉工程启动了。1996年5月11日，国务院副总理邹家华挥锹铲土奠基。经过一年多的奋战，1998年9月16日，红寺堡灌区试通水。

记者看到黄河水滚滚扬上了旱塬，在手持话筒录下流水声的时候，眼睛里也禁不住滚出了热泪。

各族男女老少奔走相告，从大老远赶过来看黄河水，一个个更是激动得热泪盈眶，情不自禁地对着话筒发出由衷的感激："感谢共产党给我们送来了幸福水！"

从求神仙到求科技，是西海固又一个深刻的变革。

记者有一次到彭阳县采访，见一群男女老少在庙里烧香跪拜，求神祈雨。1995年，求神不灵的人转而求科技，大面积推广"一杯水就能种活一棵苗"的地膜玉米种植技术。在连续第五个特大干旱年的1995年，彭阳县种植地膜玉米2.68万亩，平均亩产400公斤以上，以占全县耕地3.3%的面积收获了占全县25%的粮食，创造了大灾之年不减产的奇迹。1996年，又扩种到6.4万多亩，平均亩产500公斤，以8%的面积收获占全县40%的粮食。1997年、1998年又相继获得了大丰收。

讲求实际的西海固农民，从地膜玉米看到了科技的威力。1996年、1997年、1998年西海固各县进一步大面积推广地膜玉米种植技术，面积扩大近30万亩，总产量超过1亿公斤。如今，包括保墒、微灌、种植结构调整等一系列节水灌溉夺丰收的科学技术新措施正在被越来越多的农民所接受，传统的"引水浇地"已经被新式的"浇庄稼"所代替，滴灌、注射式点灌、膜上膜下微灌……千方百计把有限的宝贵的水浇到庄稼的根系上。

不求神仙求科技，成了西海固的新现象。山区农业科技人员过去没人找，没事干，如今成了千家万户争抢的"财神"。科技人员一进村，这家拉着要到庄稼地里看看有没有什么病虫害，那家争着咨询还要采取什么增产措施。办农业科技培训班，过去发补助都很少有人来，如今没补助争着抢着去。

面临从计划经济向市场经济的大转折，固原地委书记余今晓对记者说："我们西海固不能等、靠、要了。过去，等——误了机遇，靠——丢了志气，要——多了依赖。如今，我们越穷越要闯，抓住机遇闯市场，千方百计挖潜力，总可以闯出一条路子来！"

从等、靠、要到闯市场，是西海固又一个深刻的变革。

记者在宁夏曾多次随自治区、地市、县各级领导同志上山下乡，走村串户，发现过去农民见领导，要粮要款要救济；如今，农民见领导，问市问价问信息。

西吉县单家集抢抓机遇，力争原设计绕路通过的省级公路穿村而过、开办市场，就是一个典型的例证。宁夏通往甘肃的宽20.4米的正规公路，1993年，交通部门规划设计绕这个村而过。听到这个信息，单家集党支部书记许文杰马上召集支委会研究。

许文杰对记者回忆当时的情况说："我们当时商量，咱们要按照邓小平同志说的办，要抓住这个机遇，争取公路从村子中间穿过，村子里建个市场搞集市贸易，尽快改变咱们单家集贫穷、落后的面貌。"

经过不懈努力，党支部终于要求设计部门修改了设计，又动员群众搬迁了全村近一半的农户155户，迁掉了68处坟墓，自发集资捐款，没向国家要一分钱，自力更生，义务投工投劳，修通了穿村而过的2218米的公路，还千方百计为国家节约了100多万元资金。他们兴办了全自治区第一家村办集贸市场，陕西、甘肃、宁夏等省区的客商从四面八方到这里来赶集，贩卖活羊、活牛，这里屠宰的牛羊肉、皮张、骨杂远销四川、新疆等地，有的还销往俄罗斯。这个市场，一年宰1.5万头牛、3万只羊，集市贸易日成交额高达40万元。单家集农民也由穷变富，全村人均收入1997年达到2000多元，比10年前增长了10多倍。

西海固各县都扬优、立特、树支柱，拿出"拳头"闯市场，开拓出一条扶贫攻坚与发展市场经济并举的新路，昔日封闭的山区呈现出一派勃勃生机和流通活力。盐池县的甘草、滩羊，同心县的羊绒，隆德县的药材，泾源县的牛羊肉，彭阳县的烤烟、果杏……都闯入了市场经济的大海。

西吉县确立以荞麦方便面、土豆精淀粉、豌豆粉丝等系列产品加工为龙头的支柱产业，逐步形成了市场牵龙头、龙头带基地、基地连农户的农产品加工业的新格局。仅土豆变淀粉一项西吉全县农民年人均收益就达300元。

西海固的扶贫攻坚取得了可喜的成绩，生产生活条件明显改善，抵御自然灾害的能力显著增强，山乡面貌发生了深刻变化，村村通了电，乡乡通了公路，山区贫困人口由139万口减少到52万口，贫困面由69%下降到25%。

世纪之交的西海固正面临着一场与贫困的大决战，下一步脱贫的步伐更为艰难，留下的硬骨头更难啃。已初步摆脱贫困的农户，遇上大旱年，有的还可能返贫。

专门负责西海固扶贫攻坚的宁夏农建委主任黑保举向记者表达了西海固干部、群众的心愿："无论扶贫攻坚任务多么艰巨，无论硬骨头多么难啃，我们都有决心、有信心在本世纪末解决西海固贫困人口的温饱问题，使西海固由过去的'中国贫困之冠'变成在全国率先解决温饱的地区，报答党中央、国务院和全国人民的深切关怀和殷切期望！"

（中央人民广播电台《回首改革路》系列报道之一，1999年播出，
节目整体获中国新闻奖。收入《回首改革路》一书）

西轴技改　出奇制胜

一度濒临绝境的西北轴承厂紧紧依靠"企业技术改造"这个法宝，把科学技术变成现实的生产力，背水决战，出奇制胜，一跃而为工艺水平、产品质量和市场占有率均居全国同行业之首的"全国质量效益型先进企业"，被列为全国100家现代企业制度改革试点中唯一的一家"三线企业"，为我国中西部"三线企业"走出困境闯出了一条生路，起到了示范带头作用。

地处宁夏贺兰山脚下的西北轴承厂克服交通不便、信息闭塞、资金短缺等重重困难，在广泛深入进行市场调查的基础上，瞄准国内外市场需求和发展趋势，以高科技的投入对企业进行脱胎换骨的根本性技术改造，"七五""八五"期间，从国外进口了渗碳炉、剪切机、带锯机、大立磨等一大批具有国际先进水平的工艺装备和计量监测设备，同时又采用微电子技术对锻工、车工、热处理等主要工序的老设备自力更生进行改造。十年来，累计投入技术改造资金1.8亿元，新购进和改造设备近400台，使全厂工艺水平、产品质量、人均利税、全员劳动生产率等指标，在全国同行业中均名列前茅。

西北轴承厂通过深化改革，建立了一系列激励广大职工学习和运用科学技术、大搞技术革新的法规制度，把技术改造带来的经济效益同职工的劳动收入挂起钩来，从而大大调动了全场职工大搞技术改造的积极性，不断开发出新的高质量的"拳头产品"，形成了铁路货车、石油机械、冶金轧机、低噪声双密封轴承为主导的产品结构，在全国上千家轴承企业中独具特色。年生产品种由过去的3种达到如今的600种，有16种产品荣获国优、部优、区优称号，1种荣获国家金质奖。产品不仅畅销国内各省（区、市），还远销到世界55个国家和地区。

（中央人民广播电台1995年11月25日《新闻和报纸摘要》节目播出）

宁夏改善投资环境　　一天办妥港商注册

宁夏大力改善投资环境，在加强交通、通信等各项硬措施的同时，提高办事效率，自治区外经贸厅、工商局等有关部门仅用一天时间就办妥了"宁港药谷有限公司"的所有注册手续。

全国政协委员、香港著名女企业家、世界贸易中心协会香港分会主席伍淑清在宁夏总投资2.5亿港元，注册资金1亿港元成立"宁港药谷有限公司"，主要从事中药材种植、中药研究开发等业务。公司总经理高兴地说："宁夏工作高效，作风廉洁，让我们感到很高兴！"

（中央人民广播电台播出）

塞上明珠吴忠市　　引凤筑巢再生辉

回族聚居的吴忠市，黄河纵贯全境52公里，引黄灌溉自秦汉以来有2000多年的历史，纵横交错的沟渠密如蛛网，只需一把铁锹，轻轻地拨开土埂，肥沃的黄河水便缓缓淌进田里。这里每当夏季，麦浪泛金光，香稻绿似海，渠水叮咚响，鱼儿戏水波，不是江南，胜似江南。吴忠市近年来被国家确定为"发展两高一优农业示范区"。

吴忠市地处西北与内地的交接带上，古有"水旱码头""天下大集"之誉，如今，更成了大西北的新商都。占全市总人口56%的回族历来就有善于经商的传统。每逢集日，13个各类市场上人头攒动，南腔北调的叫卖声、吆喝声此起彼伏，五花八门的各类商品琳琅满目。

被誉为"塞上明珠"的吴忠市是宁夏的一块宝。1992年6月24日，我国传播媒介向全国和世界宣布：中国目前最大的民族经济发展试验区在宁夏吴忠市起步。

栽好梧桐引凤凰

"要发展民族经济，引进和利用外资是一个重要方面。"吴忠市副市长马英杰（回族）向我们介绍说，"早些年，我们也请外商来观光、洽谈，吴忠市的农业、商业和塞上江南风光给宾客留下了深刻的印象。但是，泥土路扬灰尘，电话不能直通海外，使一些外商扭头一走再无音信。我们认识到，要引进外资，首先要改善投资环境。栽好梧桐树，才能引来金凤凰。"

在财力困难的情况下，吴忠市千方百计筹措资金，投资1000多万元修建了吴忠市城中心至金积镇的高等级公路，投资了1300万元建设了供热工程和燃化气工程，特别是投资800多万元开通8000门程控电话，开通了国内、国际电话直拨业务。银行在吴忠市也设立了对外金融机构。

在改善投资"硬"环境的同时，也大力改善"软"环境。吴忠市委、政府出台了关于吸引、利用外资的八项优惠政策，提高了办事效率，改变了拖拉作风。

吴忠市"栽好梧桐引凤凰"的决策，在短短的两三年内就见效了。美国、西班牙等国家和香港地区的一些商人先后看上了这块"塞上明珠"，投资从零起步，至今已达1600万美元。这个数字在沿海发达地区微不足道。然而，在少数民族聚居的西北内陆的这个县级市（后升格为地级市）可不是一个小数目了。

凤凰筑巢土变金

俗话说："无用的黄金不如土，有用的黄土赛黄金。"早在清朝同治年间金积堡这个黄土古堡便名扬四海，然而，使这个黄土堡变成名副其实的"金积"镇，还是靠引进和利用外资。

得黄河之利的农民响应政府号召大养奶牛，然而，仅有26万人口的吴忠市又消化不了多少牛奶。因牛奶销不出去发了火的农民把牛奶倒在市政府大院里表示抗议。1992年7月发生的这一事件使金积镇的王学贤大受刺激和启发。这个面粉厂厂长花了300天时间，历尽千辛万苦，引来了灭菌奶项目。

他们同香港萌进有限公司合资，引进具有20世纪90年代世界水平的荷兰史托克公司二次灭菌奶生产线，创办了"宁夏夏进乳品饮料有限公司"。这个在全国排行第二、能生产超高温灭菌奶、婴幼儿保健奶、脱脂奶粉、咖啡奶、可可奶、无水奶酪、炼乳等高档乳制品的灭菌奶生产线已经投入生产，产品畅销京、沪、穗。一时奶源又不够了。他们正在筹建大的奶牛场。

就在这个金积镇，还有一个西北最大的木材综合加工全能企业正在崛起。这家新建的中美合资企业——宁夏益木家具企业有限公司，投资上亿元，年产值可达9000万元，年利润超过1250万元。年产2万平方米刨花板、100万平方米PVC奥克贴面装饰板、1万件积木式家具和6000吨脲醛胶。如今，已经投入试生产。

1994年8月19日，国务院副总理钱其琛在宁夏回族自治区主席白立忱陪同下，视察了这个公司，观看了生产流程和产品。钱其琛副总理赞扬说："宁夏能有这样的企业，真是了不起！"

金积镇真的"积金"了。两家中外合资企业使吴忠市的这个小镇插上了腾飞的翅膀，一跃而为"亿元镇"，成了富甲塞上江南的"宁夏第一镇"。

明珠生辉耀神州

吴忠市是边远之地，近几年来引得外商在这里投资建起11家中外合资企业。吴忠市把引进利用外资、扩大对外开放作为振兴民族地区经济的必由之路。

有了合资企业，企业里的中方人士是关键。吴忠市在"三资"企业用人方面，坚持了不讲关系、重才重实干的原则，多渠道、多层次地选拔使用人才，采取各种手段，把懂技术、会管理、有特长的人配备到"三资"企业中发挥作用，取得了良好的效果。

夏贝合成革制品有限公司的中方代表王桂仁等人，在国外引进的回收处理设备由于工艺条件不匹配，半年不能运行，致使废水长流、企业大半瘫痪的生死关头，请专业技术人员进行了2期技术改造，彻底根除了含有DMF的排放水对环境生成的污染，提高了回收效率，使企业起死回生。公司又召开董事会，经过坦率的谈判，对方接受了赔偿11万美元的要求。

宁夏益木家具企业有限公司董事长兼总经理王林尊重人才，重用人才。他从北京木材厂聘请3位高级工程师辅佐自己，又从西北林学院、四川林学院、宁夏大学、宁夏工学院争取到20多名大中专毕业生来公司工作，还送去100多职工到广东、山东、北京深造。目前已经有200多人经过了正规化培训，光培训费就花去了70万元。芬兰产的刨花板生产线在试车成功后的10天内，产品销售就回笼资金达到100多万元。芬兰桑斯公司项目经理马库光先生兴奋地说："你们是中国引进敝公司4条生产线中启用速度最快、见效最早的。"

香港萌进公司老板对合作伙伴、夏进乳品饮料公司的董事长兼总经理王学贤说："和你这种有强烈责任心和敬业精神的人合作，我们放心。"这种赞誉，也是对吴忠市一大批合资企业中的中方人士的赞誉。他们既有西北高原人的憨厚、质朴，又有现代人的开朗、精明。

中外合资宁夏桥河电器开关有限公司的外方合作者、西班牙籍的华裔商人何顺发对笔者谈他为什么投资到吴忠市办企业："中国发展经济的重点在向西部转移，我经人介绍第一次踏上了中国大西北的土地。一来到吴忠，这里优越的投资环境就吸引了我。电力充足，资源丰富，吴忠市又是全中国目前最大的民族经济发展试验区，制定了许多优惠政策。我就下决心来这里合资办厂。"

这位何顺发先生不仅自己在这个合资企业中承担总经理，主持生产经营，而且把妻子儿女都从西班牙带到了吴忠市，立志在这里安家落户大干一场。

吴忠市这颗大西北的"塞上明珠"，有了这10多家中外合资企业在发光供热，比起过去来更加辉煌了。马英杰副市长说："这才是刚刚起步。引进和利用外资的前景还广阔得很。"

（中央人民广播电台、中国国际广播电台播出，刊于《中国外资》）

宁夏调整粮食收购政策取得显著成效
农民得到实惠　粮食企业出现转机

宁夏今年全面调整粮食收购政策，使粮食流通领域的"渠道"畅通，取得了显著成效：农民真正得到了实惠，连年亏损的粮食企业首次出现具有历史意义的转机。

夏粮收购前，宁夏回族自治区人民政府根据国务院指示精神，从当地实际出发，出台《关于进一步完善粮食流通体制改革措施的意见》，对定购粮任务以内的粮食在价格上实行明补的办法，让农民真正得到实惠；定购粮以外的粮食放开市场，放开价格，放开经营。

宁夏在全国首次推行"由暗补变明补"政策实施以来，立竿见影，收到明显成效。以往连年亏损，累计亏损3亿多元的宁夏粮食企业，今年第一次呈现出前所未有的"三增加两减少"的可喜局面：粮食收购量、销售量、销售收入增加，亏损和库存减少。

农民由于得到实惠，交粮积极性空前高涨，夏粮收购任务第一次提前超额完成，截至9月底，全自治区收购粮食1.7亿公斤，比上年同期增加10%。

"明补"之后，财政部门用于粮食收购环节的费用历年来第一次减少。

粮食企业职工再不把收购粮食当作包袱，而是作为财源，主动下村到户，增设收购网点，积极抢占粮食市场，改变服务态度，方便农民售粮。粮食企业第一次扩大了粮食的顺价销售，截至9月底全区销售粮食2.8亿公斤，比上年同期增长43.7%，实现销售收入7.7亿元，比上年同期增加2.3亿元。

宁夏粮食企业今年第一次出现了具有历史意义的转机，截至9月底减亏519万元，粮食库存减少4.4亿公斤。

（中央人民广播电台2000年11月4日《全国联播》二条播出）

补白：镌刻在历史的丰碑上

改革开放是镌刻在中国和世界历史的丰碑上的大事，是中华民族的时代精神。

作为中国内陆落后地区，不沿边、不靠海的宁夏，把改革开放作为走出困境的突破口，也在历史丰碑上书写了独特的篇章。我有幸记录了点点滴滴，作为见证。

（七）精神文明建设篇

《朔方》编辑甘当山脚石受表彰奖励

宁夏文学月刊《朔方》编辑甘当山脚石，最近受到宁夏回族自治区党委宣传部和宁夏文联的奖励，表彰他们为1980年全国优秀短篇小说获奖作品《灵与肉》付出了辛勤的劳动。

宁夏作家张贤亮的短篇小说《灵与肉》，塑造了一个热爱社会主义祖国、热爱劳动人民、热爱平凡劳动的主人翁许灵均，是一部宣传爱国主义的好作品。

在《灵与肉》的创作、修改过程中，《朔方》编辑部在半个月的时间里，为这篇短篇小说先后讨论了5次，在肯定小说的同时，提出了很多修改、充实的具体意见。张贤亮根据编辑的意见修改了5遍，发排之前，编辑又字斟句酌、加工润色，付出了很多心血。

《朔方》编辑受奖后非常高兴，他们为党和人民看到了编辑的"幕后劳动"而深受感动。被评为精神文明建设积极分子的文学编辑路展代表大家表示：甘当无名英雄，做伯乐，当人梯，继续兢兢业业地做好"为他人作嫁衣裳"的光荣工作，为多出好作品而努力。

（中央人民广播电台1982年8月3日《全国联播》播出，被评为好稿。《文学报》头版刊载）

曾经大海知深浅

——访扎根西北的中年作家张贤亮

听说中年作家张贤亮的获奖作品《肖尔布拉克》，最近将由上海电影制片厂搬上银幕。这是继他的获奖作品《灵与肉》改编成《牧马人》之后的第二部中国"西部片"。近几年来，张贤亮发表的反映中国西部地区生活的文学作品，多达100余万字，难怪有人把张贤亮称之为中国的西部作家。

塞上金秋，正值瓜果飘香的季节，我们赴宁夏银川采访时，特意采访了这位当今文坛引人注目的中年作家。

晚上，当我们到张贤亮家里去做客时，他正和爱人、孩子看电视。他修长的身材，一双炯炯有神的眼睛，给人以文静潇洒的感觉。他兴奋地对我们说，党中央发出的开发祖国大西北的号召，引起了各界人士的注意。许多有志青年来到大西北，立志把火热的青春献给边疆建设。近几年来，他为了使更多的人了解大西北，热爱大西北，创作了获《当代》文学奖的中篇小说《龙种》；最近又完成了反映西部地区生活的系列小说《唯物论者启示录》之第一部中篇《绿化树》。这篇小说一发表，就在当代文坛和广大读者中引起强烈的反响，被文学评论家誉为"一部表现了一个信奉唯物论的作家气魄的杰作"。

谈话间隙，我环视作家的会客室，墙上挂着一幅漫画家丁聪给他画的像，作家、书法家黄苗子为他写的一首诗，诗曰：

> 身入开荒队，名传牧马人。
> 当年太狼狈，今日颇斯文。
> 男人重风格，污染叹精神。
> 从来《绿化树》，期待四时春。

墙上还有一幅老作家秦兆阳给他写的条幅："曾经大海知深浅，又上高山识风云。"这些都是今年5月份作家们在北京参加全国政协会议时，送给他的礼物。凡是了解张贤亮身世和作品的人，都会感到这些评语是他的生活的写照。

时间倒流到1955年：不满20岁的北京人张贤亮，从北京三十九中高中毕业后，随母亲从首都迁到偏远的宁夏落户。

他在京星农场劳动，后来又到一个干部学校当教员。1957年，他在一家杂志上发表了一首诗作《大风歌》而被错划为右派，在宁夏南梁农场当牧工。坎坷的境遇并没有使他沮丧，他从马列主义著作中汲取了生活的勇气和力量。谈到这里，张贤亮同志拿出一本厚厚的、旧得发黄的《资本论》，说："这就是《绿化树》中主人公当枕头用的书。"

我们拿过书来看，扉页上是他在1960年写的罗曼·罗兰的话："向正在受苦受难而又顽强奋斗的自由灵魂致敬！"书里还有不少眉批。想到作家创作上的丰收，字里行间凝聚着他多么艰难的经历和心血啊！但是，他并没有沉湎于个人的回忆，他写过去是为了把历史的脚印记录在小说里，留给后人吸取教训，避免重蹈覆辙。

当我们了解到他是宁夏的"北京人"，问他是不是想回北京时，他回答道："我把整个身心都献给大西北了，我在这里生活、锻炼、成长。现在反映大西北的作品比较少，我要开拓文学领域里的大西北……"他兴奋地告诉我们，他今年七一前夕光荣地加入了中国共产党，同时被选为中国作家协会宁夏分会主席、宁夏文联副主席。他怀着真挚的感情说："我是党的十一届三中全会的产儿。党让我挑担子，我推不掉，只能干好。"

西北的秋夜，繁星点点，张贤亮这颗北京来的"星"，在塞外高原上闪烁着明亮的光辉。

（合作者：张虎。《北京晚报》1984年11月19日头版）

"大篷车"奔波八万里 十一万观众深受感动
——宁夏话剧团坚持深入基层巡回演出

宁夏话剧团坚持深入基层，为群众巡回演出。去年10月至今年元月，这个团发挥优良传统，利用"大篷车"作为"流动舞台"，跋山涉水，足迹跨越内蒙古、甘肃、广西、贵州、四川等21个省、自治区、直辖市，行程长达8万公里，为11万观众演出话剧《梅家小院》47场，受到热烈欢迎。中国文联副主席李默然赞扬说："宁夏话剧团真不愧为全国文化战线上的一面旗帜，落实江总书记'三个代表'重要思想的先进典型。"

宁夏话剧团自编自演的话剧《梅家小院》，是根据宁夏回族税务女干部丁晓莲扶贫济困、热心助学的动人事迹为原型编演的，既源于生活，又高于生活。海南省委副书记罗蔚林看完话剧说："看了戏，我们的心灵受到震撼，也得到了启迪。"好多农民看了戏，都激动得流了泪，他们说："多年没有见过这样的好戏了，太感人了！"

宁夏话剧团长期自觉坚持文艺为人民服务、为社会服务的方向，自编自演了《女村长》《金色的鱼钩》等深受群众欢迎的话剧。为了便于送戏下基层，他们把一辆加长大卡车改装成大篷车，走到哪里就在这块50平方米的"流动舞台"上为群众露天演出，既没有华丽的布景，也没有大制作的灯光和音响，可感动得观众冒着雨雪都要坚持看完。

宁夏话剧团18年来坚持深入基层为人民群众巡回演出，足迹踏遍了宁夏山川，先后荣获"全国文化先进集体""全国民族团结进步先进集体"等光荣称号和全国"五个一工程"奖、第七届中国戏剧节优秀演出奖及8个单项奖。

近日（5月15日）宁夏党委书记陈建国与自治区文艺工作者座谈时说："希望大家以宁夏话剧团为榜样，以实际行动贯彻毛主席《在延安文艺座谈会上的讲话》精神，落实江总书记'三个代表'重要思想，抓住特色，发挥优势，挖掘潜力，推动文艺事业，焕发新的活力，跃上新的台阶。"

宁夏话剧团团长王志洪近日对本台记者说："我们做出了一点成绩，可从中央到自治区党委、政府和广大的区内外观众，给了我们极大的鼓励和支持，远远超过了我们所做的工作。今后我们要更加努力学习、实践江总书记'三个代表'重要思想，坚持深入生活，深入群众，深入基层。我们所有的文艺工作者必须要有使命感和责任感，要有艺术家的良心和责任，充分考虑社会效益，这样才能把'三个代表'落到实处。"

（中央人民广播电台播出）

水涨船高

——记全国职工职业道德建设先进单位银川市地税局

"门难进，脸难看，话难听，事难办"，广大纳税人过去对某些收税部门的意见，在银川市地税局一组建的时候，就引起了局领导班子的高度重视。

银川市地税局局长孙纪梁对记者说："'四难'现象和'吃、拿、卡、要、报'等不正之风，尽管发生在个别部门和个别人身上，但是，腐蚀队伍，影响恶劣。我们银川市地税局从1994年9月组建以来，始终坚持把职业道德建设纳入税收征管工作全过程。"

这个局以育人为本，内抓提高职工素质，外树地税职工形象，采取多种多样行之有效的形式加强职工职业道德建设。

记者来到银川市地税局的几个办税大厅，不露身份地询问了正在排队交税的纳税人，普遍反映"非常满意"。税务干部的职业道德是同其对税收的征管、稽查等各个环节以及每个职工紧密相连的，广大纳税人对此看得见、摸得着、感觉得到。

特别是对个体户的征税，个别专管员循情谋私，"跑冒滴漏"。种种弊端，广大纳税人都心知肚明。

银川市地税局从根本上来解决这个问题，由过去的管人、管户变为分责管事，征、管、查，"铁路警察，各管一段"。

"依法征税，以率计征。该征的税一分也不能少，不该征的税一分也不能多！"

姜翠兰，这位女"税官"，铁面无私，文明征税，查一户，清一户，被查的业户"乖乖地缴清了欠的税款"，又"美美地受了一次活生生的教育"，还从此

"实实地改变了对纳税的态度，变成了主动上缴的模范纳税户"。

姜翠兰对记者说："这都是我该做的，大伙都是这么做的。"

社会上流传的"吃了人家的嘴软，拿了人家的手短"，实在是"大实话"。姜翠兰他们"在河边""走"了多少年，就是"不湿鞋"。关键是他们心中有个"定盘星"，非常明白，"啥是该做的，啥是不该做的"。1998年，这个局税风税纪明显好转，干部拒吃请1259次，拒收礼券、礼金3万多元。

税务干部的行动，使越来越多的纳税人懂得了"纳税光荣"，没有纳税人的贡献，就没有祖国的辉煌。纳税人纷纷主动纳税的精神又深深教育了广大税务干部。

银川新市区一个双腿瘫痪的小副食店主刘跃武，每月报缴期第一天，就拄着双拐，一步一挪地走几百米路来征税大厅，主动缴纳税款。税务干部王钰锋多次要替他代交，都被他婉言地拒绝了。刘跃武说："按期缴纳税款是每个纳税人义不容辞的责任，哪有代交之理。我身残志不残，健康人能办到的我也能办到，只有我亲自缴纳税款，我的心才踏实，也才能证明我这个残疾人的人生价值。"

记者问年近花甲还坚持在第一线收税的老党员张祥："你为什么对个别欠税户骂不还口、打不还手呢？"

张祥回答："咱们毕竟是国家公务员！"

这话说得多好啊！

心诚则灵，以理服人，以法制人，以情感人，经过耐心说服，一个个欠税户都转变了。

张祥说："一户小两口前一天在他门口拿着菜刀要砍我。第二天，主动把税款缴来了，还向我赔情道歉。"

银川市地税局一位干部的话，引起了记者的深思："职业道德是根，税收成绩是果。根扎得深，果才结得旺。"

在银川市这样一个经济并不发达的边远城市，银川市地税局建局五年来，连续超额完成税收任务，平均年递增率达23.5%，地税收入年均占全市财政收入的85%，占全自治区地税收入的50%左右。今年7月银川市地税局荣获第五届全国职工职业道德建设先进单位光荣称号。这一切，充分显示了精神文明建设的无比威力，真可以说是：水涨船高。

（中央人民广播电台1999年9月19日《全国新闻联播》播出，《宁夏日报》头版刊载）

宁夏擒获盗枪杀人凶犯 参战干警近日受到表彰

杀害"西部警魂"刘晓东同志的2名犯罪嫌疑人被宁夏公安干警擒获,公安部部长陶驷驹日前签署命令表彰缉捕有功人员,授予宁夏回族自治区隆德县公安局城关派出所所长王鹏里、干警李军同志"全国公安系统二级英雄模范"称号,给隆德县公安局缉捕行动战斗组荣记一等功。

去年12月18号,2名歹徒在兰州市盗窃了2支"五六"式冲锋枪、4支"五四"式手枪及数百发子弹后,在兰州市开枪杀害了正在执行公务的兰州市公安局刑侦大队副大队长刘晓东等4人,打伤2人,劫持一辆轿车向周边省区逃去。兰州警方迅速向周边省区发出协查通知。宁夏公安厅接到通知后立即部署堵截,隆德县公安局城关派出所所长王鹏里、干警李军等人按照县公安局统一部署,于12月19号凌晨赶赴县城南门实施堵截缉捕行动。

当2名嫌犯搭早班车进入隆德县南门时,王鹏里只身上车侦察,当发现伪装的嫌犯后,他沉着冷静,暗示李军等干警盯住嫌犯。为了避免伤害在场群众,他们跟随嫌犯下车,寻找抓捕时机。当嫌犯准备掏枪拒捕之际,王鹏里果断地下达了抓捕令,并奋不顾身冲上前去,抱住一名嫌犯与其展开搏斗。紧随其后的干警李军一边鸣枪一边冲上前去将正要转身开枪的另一嫌犯的枪管紧紧抓住,同其展开殊死斗争。其他干警迅速扑向两名嫌疑犯将其制服。两分钟不到,王鹏里、李军便和他们的战友们在没费一枪一弹、没流一滴血的情况下,擒获了这两名持枪荷弹的犯罪嫌疑人,当场缴获子弹上膛的冲锋枪1支、手枪2支、子弹450多发,为民除了害。

(合作者:张天健。中央人民广播电台播出)

补白:文而化之

不甘落后的宁夏,在经济建设急起直追的同时,更加快了精神文明建设的步伐,涌现出一些先进典型和突出方面。精神文明建设,要靠滴水穿石、潜移默化、日积月累、持之以恒的韧劲和毅力,文而化之。

（八）防治荒漠化篇

我国加大防治荒漠化步伐

——进入讲规模求效益稳步发展时期

从宁夏的沙坡头保护第一条穿越沙漠的包兰铁路开始，我国有组织、有领导、有计划地大规模开展防治荒漠化工作已经进行了几十年，在防治荒漠化的规模、技术和效益等方面都取得了举世瞩目的成就，其中大规模固沙造林系列技术居世界领先水平。

我国是世界上荒漠化危害最严重的国家之一，全国以风蚀为主的荒漠化土地大约153.3万平方公里，占国土总面积的15.9%，超过全国耕地面积的总和。

党中央、国务院十分重视防治荒漠化工作。由林业部牵头、16个部委参加的防治荒漠化工作协调小组，将防治荒漠化工程建设纳入了国民经济和社会发展计划，安排了专项经费。国务院颁布了《防沙治沙若干政策的意见》，国家税务局下发了《关于对防沙治沙和合理开发利用沙漠资源给予优惠的通知》，中国人民银行、中国农业银行和财政部在防治荒漠化贴息贷款的组织发放等方面也给予了优惠政策。目前，全国正在组织开展荒漠化普查与监测工作，防治荒漠化的立法工作也正在加紧进行。

从全国来看，防治荒漠化工作已经由初期启动进入了一个讲规模、求效益、稳步发展的新时期，从单纯的防治逐步转移到全面开发、利用荒漠化资源的轨道上来。1991年启动的全国防治荒漠化工程综合治理开发面积达到3366万亩，每年增产粮食达2.5亿公斤。陕西省榆林地区治理的860万亩流沙，1994年沙区社会总产值就达12亿元。甘肃张掖地区发挥荒漠化地区阳光优势，充分利用塑料大棚和节水技术，已经发展成为全国最大的西菜东运基地。

（合作者：周泓洋。中央人民广播电台播出，刊于《人民日报》1995年6月17日头版）

兰州军区某给水部队在戈壁荒漠中找水

兰州军区某给水部队在我国贺兰山的戈壁荒漠中找到了丰富的地下水源，使"世代为水愁，滴水贵如油"的骆驼之乡出现了数十个翡翠般熠熠闪光的绿洲，使驰名中外的阿拉善驼毛和皮革制品生产得到迅速发展。

1974年，这支部队带着周总理的嘱托开进了沙漠。这里沙丘连绵、沙山陡峭、降水稀少、植被稀疏。由于干旱缺水，牲畜头数处于下降趋势。给水部队战士看到牧民为了放牧驼群，不断迁居游牧，饮用水有粪块和小虫，发出股股臭味，一种为驼乡找水贡献青春的强烈责任感油然而生。他们向上级请战，要马上开进沙漠。上级批准了他们的请求。给水部队战士骑上骆驼闯入沙海。每年初春顶着寒风进入风沙弥漫的沙漠，深秋迎着萧瑟的秋风回到营房，在戈壁野外作业时，带的水喝完了，渴时挤点牙膏、含几粒仁丹，饿了啃几口干馒头，咬几口咸菜。

十年来在人迹罕至的沙漠中行程12万多公里，找到了丰富的地下水资源，仅乌兰布和沙漠地下发现的大型承压自流水盆地，面积就达9340多平方公里，蓄水量超过百亿吨，可开采水量每昼夜为174.7万吨。他们结合野外工作为驼乡成井52眼，涌水量达6万多吨，使沙窝中出现了数十个绿洲。1982年，国家给发现有丰富地下水的扎干布鲁格一带投资3000万元，建设了一个现代化牧场。给水部队找到了丰富的地下水，促进了牧业发展。阿拉善草原的牧民在党的领导下，牲畜总头数已发展到20多万头。

给水部队还把普查巴彦浩特镇地下水资源作为支援边疆建设的一项重要任务，通过三年苦干，终于查明巴彦浩特镇地下水日供给量可达8696吨，超过该镇远景发展需要的供水量。这个镇动工兴建一座大型驼毛梳纺厂和扩建皮毛加工厂，驰名中外的阿拉善驼毛和其他皮毛产品将大量投入国内外市场。

（合作者：郑伯贤。中央人民广播电台1983年5月3日《新闻和报纸摘要》播出，
被评为优秀广播节目稿）

科学征服流沙　人力战胜沙漠

中国科学院上百名科学工作者在我国大西北腾格里沙漠的沙坡头治沙科学研

究站，进行艰苦、细致的野外定位治沙试验，30年来取得了震惊中外的可喜成果，把精彩的科学论文描绘在祖国的大地上。8月下旬，党和国家领导人万里、胡启立先后视察了沙坡头科研站，亲切慰问并且热情赞扬了治沙工作者。胡启立对身边的宁夏回族自治区主席黑伯理说："这些同志长期在治沙第一线，很艰苦，应当表扬、宣传他们。人进沙退，战胜自然，是按照科学规律战胜的，这是了不起的事情。他们给中国人民树立志气：我们能够战胜沙漠。"胡启立紧紧握着沙坡头沙漠科学研究站站长赵兴梁的手说："你们为人民做了好事，人民一定忘不了你们！"

沙坡头位于我国西北宁夏中卫县境内，在腾格里沙漠的南端。为了使我国第一条穿过沙漠的铁路安全运行，从1956年起中国沙漠科学工作者就骑着骆驼来到这里，进行野外定位科学试验。包兰铁路6次穿越腾格里沙漠，总长达55公里。其中，宁夏中卫县迎水桥至孟家湾段的16公里完全修建在流动的沙丘上，中间的沙坡头一带，高达几米、几十米的流动沙丘在强风的吹动下像饿虎一样向铁路扑来，随时都有吞没铁路的危险。

为了使这条铁路通畅无阻，中国科学院先后有上百名治沙科学工作者来到这里，进行多学科的综合试验。他们迎着风沙，冒着酷暑和严寒，在流动沙丘上选择、试种、观察、对比花棒、柠条、沙蒿、沙拐枣等多种沙生植物的生长情况，探索改造沙漠的科学途径。经过多年试验，终于总结出一整套固定流沙、改造沙漠的生物措施与工程措施相结合的好办法：用麦草秸扎设草方格沙障，像巨网一样罩住流动沙丘，然后在网眼里栽种适宜生长的沙生植物。绿色植物带锁住了滚滚黄沙，保证了我国第一条沙漠铁路——包兰铁路——通车28年来一直畅通无阻，而且在无灌溉条件下，在郁郁葱葱的植物郁闭下，流沙上出现了土壤结皮，创造了完全依靠人工栽种植物、没有任何灌水条件下流沙变成了土壤的"奇迹"。

今年8月上旬，中国和世界的上百名治沙专家齐集沙坡头，举行沙坡头治沙30周年学术报告会。中外专家、学者交流了治理、改造沙漠的经验，异口同声地肯定：沙坡头既是中国，也是世界上治理和改造沙漠的"样板"。从1978年以来，有32个国家、500多名沙漠科学工作者来到这里考察访问。联合国环境规划署组织几十个国家的专家、学者，先后几次在现场举办了讲习班。

（中央人民广播电台1986年9月4日《全国新闻联播》、
5日《新闻和报纸摘要》播出，刊于《中国西部开发报》）

目前，全球有沙化土地4500万平方公里，占陆地面积的1/3，而且，荒漠化还在扩展。中国宁夏中卫固沙林场，以"麦草方格沙障"等独有方法，成功地治理了沙漠，国外治沙专家称这是：

流沙上创造的世界奇迹

1994年6月3日上午10时，英国伦敦伊丽莎白二世会议中心。中国宁夏中卫固沙林场场长张克智，走上主席台，从联合国环境规划署执行主席伊丽莎白·多德斯韦尔女士手中，接过了"全球500佳"金质奖章和证书。顿时，来自联合国及五大洲的上千名官员和专家学者，报以雷鸣般的掌声。

这掌声，是对中卫固沙林场治沙40年所取得成就的肯定和高度评价。

中卫固沙林场，地处我国第四大沙漠——腾格里沙漠——东南边缘名叫沙坡头的地方。这里有一片高大格状流动沙岭，是我国西北、华北大片地域"黄祸"之源。流沙在西北风的猛吹下向南侵蚀，从明朝中期到清朝末年，沙漠吞没了中卫众多村庄和5万多亩良田，如今沙漠中还可看到被掩埋的断墙残垣。当地百姓流传着一首民谣：

> 风卷黄沙弥漫天，十步开外看不见。
> 沙丘移动埋村庄，荒沙万里无人烟。

然而，如今的沙坡头已今非昔比。仲夏，记者踏上沙坡头，远远望去，穿越沙漠的包兰铁路中（卫）甘（塘）段55公里两侧，绿莹莹的乔木、灌木混交的林带组成宽700米的绿色走廊。走近看，用麦草扎设的一块块"麦草方格草障"像网一样，将流沙牢牢地罩住。置身铁路两侧，想象不到这里曾是茫茫沙漠。

在流沙上固沙造林，初衷是保护我国第一条沙漠铁路——包兰铁路。当时国外有不少沙漠铁路因流沙侵袭，最后只好改道。1958年通车的包兰线，初期也深受风沙的危害：火车被迫停开、钢轨配件磨耗锈蚀、木枕加速劈裂损坏等，危及行车安全。固沙林场职工立志要打破国外没有先例的神话，在荒无人烟的沙漠上开始了艰难的治沙。

没有成功的经验可借鉴。起初，工人们想出种种固沙办法：如卵石铺面、沥青拌沙、草席铺面等，但风沙过后，这些东西不但阻不住沙，反而会被沙埋掉。经过反复试验，工人们最终摸索出"麦草方格沙障"。方法是将麦草、稻草扎成1米×1米的方格，扎在沙漠表面，使流沙不易被风吹起，达到阻沙的目的。几年后由于流沙固定和人工、天然植物的生长繁衍，沙丘表面产生一层1~2毫米厚、含有多种有机物质的覆盖物。接着他们进行植物固沙试验。经过多年的生长观察，筛选出花棒、籽蒿、油蒿、柠条4种植物作为固沙树种，建立起旱生植物带。他们还建起4级扬水站，将流经沙坡头的黄河水硬是引到沙丘上，提高了林木的成活率。他们在铁路两侧建立的卵石防火带、灌溉造林带、草障植物带、前沿阻沙带、封沙育草带的"五带一体"固沙防护体系，有效地守护着铁路线。1993年5月风速达12级的特大沙暴，以每秒38米的风速席卷西北大部分地区，损失惨重。然而，沙暴过后的沙坡头，铁路和生活设施却完好无损。

为奏响"人进沙退"的乐章，中卫固沙林场职工付出了热血甚至生命。

张宗朗，新中国培养的第一代林业科研工作者，多年奔波在沙海里，绘制出营造固沙林第一张蓝图。为收集花棒、柠条等沙生植物，他险些被群狼吃掉。张宝善，这位来自东海之滨的南方汉子，大学毕业后到了沙坡头。不光他自己像"铁杆汉子"柠条一样在沙漠里深深扎下根，还把妻子接来，后来干脆又让女儿留在这儿治沙。毕业于日本北海道大学林学院的敖匡之，是林业部高级工程师，1957年他被任命为治沙考察队队长。铁路通车后队员相继离去，但他却留下来，一个人日夜观察沙情。直到铁路两侧流沙上都扎设草方格沙障，流沙初步稳住才离开。

还有众多默默无闻的治沙英雄，就是在这样艰苦的条件下，几代人用心血和汗水创造了世界奇迹。沙坡头，即使是"沙漠之舟"骆驼也视为畏途裹足不前的险恶地方，如今的生态环境已有深刻的变化：绿色植被覆盖率由

黄沙茫茫 驼铃叮当

原先不足1％上升到42.4％，植物种类由25种旱生植物发展到453种，风沙天由过去的330天减少至122天。以前这里很难见到野生动物，如今已有100多种，还有黑鹳、雕等10多种国家一、二级稀有保护动物。国家环保局在这里建立了中国第一个荒漠生态自然保护区；宁夏在沙坡头建成独具特色的沙漠旅游区，年接待中外旅客10多万人次。

中卫固沙林场的治沙成果，先后荣获铁道部科技进步一等奖、林业部林业重大工程建设一等奖、国家科技进步特等奖。此项治沙及环保技术，已在西北、华北等地广泛用于对沙地、戈壁、沙漠的治理。

50多个国家和地区的数百名治沙专家前来参观考察，认为这是"目前世界最有效的治沙办法"。为表彰林场在"改善环境方面所作的卓越贡献"，联合国环境规划署授予中卫固沙林场1994年"全球500佳"环境保护奖。

（合作者：吴坤胜。中央人民广播电台、中国国际广播电台播出，
刊于《人民日报（海外版）》1994年9月15日4版头条）

为了这"一天的寿命"

有人说："新闻报道只有一天的寿命。"

这话不无道理。报纸、广播、电视，一刊登、一播映就过去了。第二天就换新内容。

为了这"一天的寿命"，我又开始了新的一天的奔忙。

一大早，我乘车前往沙坡头采访。

宁夏沙坡头治理沙漠的科学成果，荣获国家科技成果特等奖，被誉为世界的奇迹，是宁夏为祖国在全世界争来荣誉和骄傲的绿色明珠。

中央人民广播电台要我搞一篇现场录音报道。我当了25年记者，这还是第一次。今天，我得当记者，现场采访；又得当编辑，出口就定稿，录下来就不能再改；还得当播音员，就我这既带点山西口音又有浙江绍兴味外加宁夏腔的杂调"普通话"，会通过电波以一秒钟绕地球七圈半的速度传播开来；更得当录音员，一手拿话筒，一手操纵录音机，不需要的音响、谈话连忙关住，需要就打开。一人顶四人，时间又这么紧。

这实在是一场严峻的挑战，我不由得有点紧张。从银川到沙坡头，得3个多钟头。时间太宝贵了，临阵磨枪，不快也光。明知在奔驰的汽车上看文字资料坏眼睛，也顾不得那么多了，反正已经近视了。抓紧时间翻阅资料，边看边打腹稿。

快到沙坡头了，隐约听到火车声。我叫司机加快速度，赶到铁路边，跳下车，一手拿话筒，一手操纵录音机，我就说开了："各位听众：我们现在来到宁夏中卫县沙坡头，我国第一条沙漠铁路——包兰铁路就从这里穿越腾格里大沙漠。你听，一列火车正从我们面前通过。"

鸣笛奋进的列车迎面开来，我暂停播讲，连忙把音量调小，录火车汽笛声和奋力爬坡行进声。列车徐徐通过，渐渐远去了。我一边录越来越小的火车声做衬音，一边向听众介绍沙坡头钢龙穿沙海、绿龙镇沙魔的壮丽景象。

万事起头难，这个开头意想不到的满意，关键还在后头，中心是人物讲话，既要少而精，又要简而明。

一打听，年过八旬的日本专家远山正瑛教授正在这里考察。沙坡头治沙成就震惊中外，请外国朋友谈谈看法，宣传效果比中国人自己说更妙。我灵机一动，请治沙站长找来翻译商量，当即访问远山正瑛教授。

我已经了解到老教授在日本筹资捐助中国治沙事业，首先以中国国际广播电台记者的身份向他表示感谢。然后通过翻译，同他交谈。幸亏在汽车上临时抱佛脚，从资料中得知，沙漠占全球陆地五分之一，土地沙化是当今地球的溃疡、人类的灾难。请老教授以此为背景，就宁夏沙坡头治沙成果的世界意义谈点看法。

远山正瑛教授说："沙坡头是中国的骄傲，为世界沙漠治理提供了榜样，显示了中华民族是一个勇敢智慧、不可征服的民族。"

谈到最后，老教授激动地站了起来，不讲日语了，用中国话向我大声说道："我爱中国！""我爱中国！"

作为一个中国人，听到外国专家这样说，我仿佛置身在世界体育比赛场：耳听中国国歌的雄壮旋律，眼见五星红旗冉冉升起，情不自禁地热血沸腾，热泪盈眶。

我连忙站起来，伸出右手，同日本专家伸过来的双手紧紧相握；用左手举着话筒向听众讲述了日本专家的动人言行。

告辞了日本专家之后，乘中午饭的空儿，在餐桌上，我同治沙站长商量：为国争光、誉满全球的奇迹是人创造出来的，请他挑选一位在大沙漠中埋头苦干、无私奉献的治沙工作者站出来向听众讲话，作为这篇录音报道的主体。站长推选了几个人选，介绍了他们各自的概况和特点。我边听边比较，选定了石庆辉。

这是一个从缅甸归国的华侨。他远离父母，扎根大漠，相爱多年的南京大学同窗女友和后来经人介绍相识的一位沈阳女医生都因为他执意不调离同他绝交。他埋头治沙20多年，战胜了常人难以想象的重重困难，经历了多次迷失在大漠的生死考验，为祖国和人类治沙事业奉献出青春、爱情、心血和汗水。

可石庆辉平日不爱讲话。再三请他，他就是不讲。这可把我急坏了、急死了。换别人吧，不如他典型，他坚持不说，怎么录音。

我想起一句名言："顽强是个妙不可言的东西，能把山移动。"就想再试一试。我收起话筒，同他谈家常。我问起他现在的家庭，土生土长的妻子和他的儿子。

谈起儿子，石庆辉情绪激动起来。他说他儿子写了一篇作文《我的爸爸》。我翻看了他儿子的作文，里面写道："我的爸爸很少回家。妈妈总骂他是个住店的，可大伯大妈却夸他是个好样的。我喜欢爸爸，但却不能常和他在一块，我长大以后要去大漠上开火车，那时就能和爸爸天天在一块了……"

石庆辉说着说着，眼泪夺眶而出。我心里也由不得心酸。我妻子也常骂我是个"住店的"。我觉得我的心同石庆辉沟通了。

我静静地听石庆辉谈下去，像听一个知心朋友倾诉衷肠。我打开了录音机，举起了话筒，不再提那种笼统的问题，而是适时地插问。

当我问他为什么甘心远离在国外的父母，立志在大漠干一辈子的时候，石庆辉激动地说出了心里话："我坚信，同在一个星球上，中国人并不比外国人差，一定会在大漠上创造出奇迹来！"

我录下对石庆辉的录音访问，然后放给他听，问他同意这么播吗？他说这样可以。我凝视着他那圆圆的脸膛，恍然大悟：

真诚是一把钥匙，可以打开心灵的锁。

成功了。现场录音报道当天下午就完成了。

那天采访之后，我常常想起这句振奋人心的话："中国人并不比外国人差！"沙坡头的奇迹就是铁证，石庆辉的作为就是榜样！

"想，要壮志凌云；干，要脚踏实地。"这就是我在最难忘的一天所领悟出的最深切的感受。不平凡的业绩是由平凡的劳作创造的。为了给这些平凡的劳动者"争"新闻报道上这"一天的寿命",我们当记者的再苦再累也值得!

(刊于《朔方》1991年第9期)

白春兰植树20年在沙漠上造出千亩绿洲

宁夏盐池县农村妇女白春兰在毛乌素沙漠上坚持20年植树造林,同风沙顽强搏斗,硬是凭着一股子韧劲,降服了黄沙,营造出千亩绿洲。近日(5月6日),中共中央政治局常委、国家副主席胡锦涛到宁夏视察时,专程赶到盐池县,亲切看望慰问了白春兰,称赞这位造林模范说:"你不仅是勤劳致富的模范,也是防沙治沙的功臣。"希望她率先把周围的群众组织起来,以投工投劳入股的形式,把大家的力量捆在一起,带领大家一起来治沙,共同致富。

20年前,1980年春天,白春兰同丈夫带着两个未上学的女儿,来到叫作一棵树的沙窝里治沙创业。风沙一次又一次摧毁了他们辛勤劳作的治沙成果,十几户同来创业的同村人先后撤走了。她同丈夫在与风沙的斗争实践中,摸索总结出一套科学、实用的防沙治沙办法。先打起一道阻挡沙流的沙土墙,然后在墙内种上树,树行之间再种上适应沙漠里生长的沙柳、杨柴、花棒等耐旱沙生植物。正当治沙处在关键时刻,白春兰的丈夫不幸去世了,白春兰忍着巨大的悲痛,继续埋头苦干。如今这个原来叫作一棵树的地方,成了千亩沙漠绿洲。450多亩灌木林和2万棵树挡住了风沙,200多只羊、100多头猪膘肥体壮,鱼儿在池塘里畅游,年产1200公斤的粮田也在这里出现了,白春兰一家年纯收入达5万多元。白春兰激动地表示:"为了胡锦涛副主席的嘱托,我要再大干10年,让这里大变样。"他的大儿子到县城学习了林业知识,带着妻子也来到沙窝,同母亲一道植树治沙。

(合作者:张天健。中央人民广播电台2000年5月9日《新闻和报纸摘要》二条播出)

年逾花甲献余热 戈壁荒滩造绿洲
——老干部刘寅夏采用"少耕开沟种植法"造林成功

几年来,他和科技人员一起用这种方法在荒滩植树种草,总面积达6000亩,成活率在90%以上。

　　年逾花甲的老干部刘寅夏，奔赴贺兰山下的戈壁荒滩，同科技人员一起艰苦奋斗3年，采用"少耕开沟种植法"造林成功。那一排排亭亭玉立的小白杨，茁壮挺拔的小榆树，连成一片数千亩的绿洲，为沉睡的亘古荒原带来勃勃生机。这一成功经验为改造利用干旱荒漠开辟了新途径，引起有关专家、学者的重视。

　　刘寅夏原是宁夏农垦局局长，1980年底他离开了领导工作岗位，但不愿在家过清静日子，背起行李到贺兰山东麓的镇北堡林草试验站，搞起造林试验来了。有人对他说，你已经不在其位了，何必还操那份心。他说："身不在其位，工作还是要干。一生奋斗为的啥？还不是让国家富强起来，人民过上好日子。"

　　在宁夏境内的贺兰山东麓，有一片200多万亩的沉积带，经考察宜垦荒地有150多万亩，但年降水量仅有200毫米左右，又缺乏灌溉条件，长期荒芜着。刘寅夏在任农垦局局长期间，就矢志改造这大片荒滩。1978年他出国考察回来后，借鉴国外的少耕和免耕法，总结过去在开荒工作中的经验教训，采用少耕开沟的办法，在荒滩上种植玉米。这种方法可使大部分地表面不被破坏，防止沙化，遇到下雨，可集中降水于沟中，无雨时也只需灌少量的水，就能满足植物生长的需要。试验结果非常成功。但任何新生事物的成长总不是一帆风顺的，他的这项试验也遇到了不少阻力和非难，未能推广开来。刘寅夏并不灰心，如饥似渴地钻研"土壤学"和"植物学"，结合实践，撰写了5篇有关"少耕开沟种植法"的文章，有2篇分别在《中国农业现代化》杂志和《宁夏大学学报》上发表。从实践上升到理论，使他越发感到"少耕开沟种植法"对改造干旱荒原的价值。在自治区党委领导的支持下，他拖着病弱的身躯，住到试验站里，同农工和技术人员一起运用这一方法进行造林的试验研究。

　　这个处在戈壁深处的试验站，冬季朔风怒吼，夏季骄阳似火。经过枪林弹雨和北大荒磨难的刘寅夏，对这艰苦的生活是无所畏惧的。每天他黎明即起，到试验地里查看墒情，观察树苗生长情况；早饭后，不是和农工一起去田里劳动，就是到修理组同工人一起研制适合少耕开沟种植法需要的植树机具。他们凭着1个台钻和1台电焊机，利用废旧钢材，先后研制成功20多种开沟机具。他们设计制造的快速开沟植树机，一次作业就可完成开沟、深松、施肥、植树等多道工序，每天能植树2万多棵，已在内蒙古西部和甘肃河西走廊推广。

　　几年来，他们利用少耕开沟种植法植树22种，种草99种，总面积达6000多亩，成活率都在90％以上。现在，这项试验成果已大面积推广。

（中央人民广播电台1985年7月3日《新闻和报纸摘要》播出，
《光明日报》同日版头版头条刊登，合作者：王广华。）

补白：拨开迷雾见晴天

刘寅夏是一位"有争议"的干部。有人说他，骄傲自大，目空一切；有人说他，不知天高地厚，退休了还不好好待着，搞什么独出心裁的试验。在众说纷纭的迷雾中，我采取"调查就是解决问题"的办法，深入试验现场和原工作岗位，不带任何框框地调查研究。除了采访他本人之外，特别找对他有看法的同志了解他的缺点和错误。又专门请教农业科学技术人员，询问少耕开沟种植法的科学依据、长处和不足。

经过长时间的观察、调查，我明确认识到：刘寅夏进行的是颇有意义的科学试验，他的目的是绿化荒漠，动机是正确的。他有缺点，但不能以此否定他的试验。透过现象抓本质，这一试验是治理荒漠化的创举，对这一新生事物应当支持。

我满腔热情地从他一开始试验就关注，直到成功并推广，连续多年持续不断地以消息、通讯、人物专访、录音报道、内参等多种形式，多侧面、全方位地报道了这一新生事物。

全国政协副主席、兰州军区政治委员肖华将军1983年8月实地考察了这一方法，对刘寅夏说："这是个发明创造，你敢想敢干敢闯，立了一功啊！"我随行采访发稿，中央电台播出，《宁夏日报》8月26日头版刊登了我采写的消息《肖华同志考察镇北堡，称赞少耕开沟种植法是快速种草种树的好办法，在西北地区要大力推广》。

1986年8月下旬，这一方法被作为国家"六五"期间重点科技项目通过了鉴定，我专门发了消息，中央电台播出，《人民日报》10月8日二版以《宁夏干部刘寅夏七年探索，少耕开沟种植法获得成功》为题刊登。

肖华将军考察镇北堡林草试验场谈观感

绿色的屏障（选篇）

沙边子村的变迁

虹：听众朋友，接下来请您听系列报道《绿色的屏障》。昨天我们给您介绍了在沙漠边缘种树治沙的牛玉琴。牛玉琴对前去采访她的记者说过这样一句话：等树长好了，沙治住了，我也就富了。这位农村妇女的话，说出了一个实实在在的道理。的确，治沙和富裕是密切相连的。今天我们就给您介绍一个靠治沙富裕起来的村庄，请听主持人原杰和记者潘梦阳、杜嗣琨采制的第六集：《沙边子村的变迁》。

原杰：国庆前夕，我们来到毛乌素沙漠西南边缘、宁夏盐池县一个名叫"沙边子"的村庄。"沙边子"，顾名思义，是在沙漠的边缘，自然条件的恶劣可想而知。可就是这样一个村庄，这几年在治理沙漠、变害为利方面出了名，国内外许多专家、学者前来考察，各地的群众也来取经。那天，我们穿过茫茫沙海，来到这个村庄。这是一块黄沙包围着的绿洲，一座座沙丘上已经栽上了沙柳、荆条一类的灌木，前面是一排由杨树组成的防风林带，这些绿色的植物，有效地治住了流沙，也给村民带来了丰收和富裕。

在一座砖房前，我们见到了一位腰板硬朗的老人，名叫慕文。他在这个村子里已经住了40年了，经历了沙边子村的变迁。

听众朋友，这里，我想请您听听我们同这位老人交谈的录音。

记者：40年前这里是什么样子？

老人：40年前这个地方就是沙漠大，沙漠非常大。绿化山川，植树造林，以后，林也造起来了，沙就小一点了，不然，这儿种庄稼什么的抓不住苗，风大得就不行。……

记者：那时候靠什么生活，也是靠种地？

老人：种地很少，手工业、编织，打下些天然柳条，打斗子维持生活，生活很困难。

记者：现在过得怎么样？

老人：现在好了，每天就吃这个白面馒头。国家又在这儿搞科学，搞试验的很多。群众看着样子，看我种的小麦，每亩产个800多斤。

记者：原来没搞科学的时候，产多少斤啊？

老人：人老几辈子不会种小麦，没种过水地，靠天吃饭。旱地，广种薄收，每亩就是几十斤，糜子，粗粮嘛，顶多收100斤。

记者：你刚搬到这儿的时候，沙大吗？

老人：大嘛！就是沙漠所住的那搭，东边完全是明沙，看不见绿的，现在没有那个沙了，全是林带，北边，也治住了。

记者：当时，风沙大，风一刮起来是什么样子？

老人：那就是一扎一片，地里黄风大得放牧出去眼也睁不开，那年，风大，把羊都埋了，沙都压住了，羊死不少。

记者：您今年多大岁数了？

老人：71啦。

记者：在这儿住多少年啦？

老人：40年了。

记者：从哪儿来的呀？

老人：从盐池县城来的。

记者：你住在这儿，几代？

老人：四代。

记者：四世同堂。（笑声）

原杰：慕文老人和沙边子村的乡亲们告诉我们，中国科学院兰州沙漠所在这儿建立了治沙站，在科学家的指导、帮助下，沙边子村的农民发扬"愚公移山"的精神，运用科学技术作武器，凭着一双手艰苦奋斗多年，平沙造田，种树种草，开渠打井，种粮种瓜，终于在这昔日风沙漫天的不毛之地开垦出了一片人造小绿洲。

虹：记者采访回来，对我讲起一位叫李玉芬的中年妇女。

1983年，李玉芬同丈夫带着儿女迁到沙边子的一个废羊圈安营扎寨，平沙造田。

刮大风的时候，人们都往屋里跑。可李玉芬一家，无论白天还是黑夜，一遇上刮风，就跑到沙丘上，借助风力用锨扬沙。风沙刮得人眼都睁不开，打得他们脸上手上生疼。儿女们受不住了，跑回羊圈里躲一躲。李玉芬如同风沙大浪里的中流砥柱，八字步叉开，挥动起铁锨来，汗流浃背也不停歇。风停了，她的脸面和手背被风沙揭掉了一层皮，用湿毛巾一擦钻心地疼。

有人劝她别这么干了，风沙平静的日子，一锹锹地扬沙平田算了。

李玉芬说："那一锹锹地干，得平到猴年马月。我这是学科学，用风力，一夜就能干出往常一星期的。咱不能老躺着吃国家的救济，咱得自力更生啊！"

就凭着这股子愚公移山的精神，李玉芬和家人推平了13个大沙丘，造出了16亩平展展的沙土地，在周围栽上了上千棵乔木、灌木，又挖了1眼带子井，种上了小麦、黑豆、黄萝卜。她虚心请教，运用科学技术，1989年一举夺得了沙地亩产麦豆2000斤、地膜玉米亩产1800斤的好成绩，被评为全国劳动模范。

原杰：李玉芬和慕文老人都说，不苦干不行，光靠苦干也不行，是科学指引他们走上了致富路。建在沙边子村的中国科学院兰州沙漠所的沙漠站就是他们的指路人。

我们采访了治沙站负责人宋炳奎副研究员。

记者：老宋同志，你们基地的科研人员是怎样帮助老乡们改变自然条件的？

宋炳奎：我们中国科学院兰州沙漠研究所到这儿来，主要是为了开展沙化土地的整治课题研究。到这儿来了以后呢，与地方上的业务干部，搞林业的搞畜牧的搞草场的搞农业的，在一起，通过考察规划，对这个地方整治的设想，一些办法，通过县、乡、村行政领导，通过一些行政措施，往下贯彻。这样来实现设想与规划，这样来改变面貌。

通过采取这些措施，改变了这个地方的自然面貌，对沙化土地进行了治理，另外，农民的经济收入、生活也得到改善。到1990年人均收入超过1000元，人均占有粮食也超过1000公斤，出现了人均收入"双超千"的情况，看来效果是比较明显的。

一个大沙漠中的小村庄，如今成了人均收入、人均有粮"双超千"的富裕村；往日，风沙逼走了一户又一户人家，如今，一家又一家迁到沙窝里来。您说，这个"变迁"是不是够大的了。

如今的沙边子村，有73户人家，380多人，家家有电视机。

每到夜晚，繁星闪烁的沙漠夜空，飘荡着电视机前男女老幼的欢声笑语，你简直难以相信，这里曾经是"风沙弥漫的荒漠"。

（中央人民广播电台《午间半小时》播出）

专家提出防治荒漠化的建设性意见

各位听众，我国三北防护林建设局和宁夏林业厅的几位治沙专家和林业专家，针对我国防治荒漠化的问题提出了几条建设性的意见。

治沙专家李建树总结几十年治沙的经验教训指出：要遏制荒漠化的扩大，减轻沙尘暴的危害必须贯彻防重于治的方针，把重点放在防沙上。李建树陈述了造成荒漠化的四个主要原因：过度农垦、过度放牧、过度樵采和不合理地滥用水资源。随后李建树举例剖析说：（放录音）"河西走廊一带，人们滥用水资源，截流，造成黑河下游，像额济纳旗，完全断流了。胡杨林、草原不见了，完全成了流动沙丘。我们国家几次大的沙尘暴，风沙源，特别是沙源，就来自于额济纳旗。像宁夏、甘肃、陕西的东北部，一直到山西，一直到北京，这一线的沙尘暴主要的沙质来源就是额济纳旗的。"

因此，他强调，一定要贯彻防重于治的方针，防患于未然，把重点放在防沙上，放在建立防风固沙的林草带上。

林业高级工程师洪家宜，是现任三北防护林建设局治沙处处长，他认为，依法防沙治沙，是当前急需强调的问题。

洪家宜陈述他的意见说：（放录音）"由于我们现在沙化的土地的扩大，都是人为破坏的结果。为了防止人为的扩大，就必须用法律规范人们的经济活动，规范人们的行为。中国包括对土地沙化的等级评价指标，就像我们对于城市的三废处理一样，规定你的排污标准，那么对土地沙化也要规定一个标准，规定一个体系。而且对沙区土地资源进行监测，达到什么程度就不能再利用，或采取什么恢复措施。这方面是非常紧要的。"

三北防护林建设局副局长、林业高级工程师刘裕春认为，以江泽民同志为核心的中央第三代领导集体非常重视生态建设问题，国家也已经把防沙治沙列入了计划，加大了投入。

刘裕春说：（放录音）"现在的关键问题就是全民、全社会共同关注、共同参与、共同支持，需要各行各业都来，从可持续发展的高度来开发利用现有的很有限的资源，能够真正形成，进入一种良性循环，达到可持续利用的发展阶段。"

林业专家、宁夏林业厅副厅长李赞成，谈了他关于沙漠开发利用要适度的看法。

他说：（放录音）"沙漠的开发利用问题，是人类拓宽生存空间的必由之路，但是怎么开发利用？这里就有一个开发利用的度的问题，适度的问题。为了解决这个问题，各地曾经做过有益的探讨，比方说，内蒙古，它现在把草场划管到户，把建设权、管理权、使用权，'三权'统一起来，这样牧民就可以根据他所划管的草场的情况决定它养多少牲畜，就把荒漠化的治理与群众的切身利益、与他的生产紧密结合了起来。"

李赞成说："内蒙古这条经验非常好，宁夏决定学习内蒙古这一经验，在宁夏盐池、陶乐等草场、牧区，也划管到户，把建设权、管理权、使用权'三权'统一起来，把防治荒漠化的生态建设和群众的切身利益结合起来，调动千军万马，上下齐心协力，共同搞好防治荒漠化的伟大事业！"

（中央人民广播电台《全国联播》播出）

人进沙退，宁夏率先实现沙质荒漠化逆转

宁夏回族自治区群策群力向荒漠化宣战，奏响了人进沙退的凯歌，在全国率先实现了沙质荒漠化逆转。

宁夏三面被腾格里、毛乌素、乌兰布和沙漠包围，自治区内沙质荒漠化土地占土地总面积的1/3。据历史记载，在宁夏中卫县，从清代至新中国成立前沙漠向农田推进20多华里，平均每年吞没良田4万多亩。

深受风沙危害的宁夏各族人民，从中卫沙坡头治理流动沙丘、创造世界奇迹的壮举得到了启发，取得了经验。国家、企业、单位、个人一起上，以多种形式，投入了防治荒漠化战斗，广泛开展植树造林、绿化荒漠的活动，治理与开发并举，生态效益与经济效益并重，在大沙漠中建起了一块又一块绿洲，经全国沙质荒漠化土地资源普查，宁夏沙质荒漠化土地1997年同1970年相比，减少了60万亩，在全国率先实现了沙质荒漠化的逆转。

（中央人民广播电台、中国国际广播电台1998年播出）

补白：治理地球的癌症

在防治荒漠化、治理地球癌症的战场上，中国冲在前面，为世界做出了榜样。由沙进人退变为人进沙退的历史性大转折，宁夏在全国率先实现，中国在世界率先实现。

几十年来，我密切关注这一问题，先后采写了几百篇消息、通讯、评论、录音报道、内参调研、散文、报告文学等多种形式的作品。令我欣慰的是，继中国的沙坡头创造了人类治沙史上的奇迹之后，"全球携手，防治荒漠化行动"从我国库布其沙漠开始，由联合国倡议、推导，正在世界各地展开。

全球携手攻顽敌，但愿目标早实现。

（九）绿色长城篇

三北防护林被誉为"世界生态工程之最"

横跨西北、华北、东北的我国三北防护林体系建设工程，自1978年以来，经过三北地区亿万各族军民长达12年的艰苦奋战，到目前为止，工程造林已完成的总面积达到915万公顷，超过美国的"罗斯福大草原林业工程"、苏联的"斯大林改造大自然计划"和非洲五国的"绿色坝工程"，被国际上誉为"世界生态工程之最"。

正在建设的三北防护林体系工程，东起黑龙江宾县，西至新疆的乌孜别里山口，包括三北地区13个省、自治区、直辖市的551个县（旗），规划实施占我国国土总面积的42.4%。这个在我国半壁河山上正在崛起的"绿色万里长城"，是在"干旱、风沙、水土流失"以及"三害"肆虐的生态环境严重恶化的山、塬、沟、峁和河岸、荒漠上营建的，包括防风固沙林、农田防护林、水土保持林、水源涵养林、牧场保护林及薪炭林、经济林、用材林，形成了一个乔木、灌木、绿草和带、片、网相结合，多林种、多树种合理配置的全方位、立体化的绿色防护林体系，森林覆盖率由建设前1977年的5.05%提高到目前的14.5%。据三北防护林建设局统计，生态经济效益总计可达13000亿元。

记者在我国山西、河北、陕西、甘肃、宁夏等地看到，过去遭受风沙侵袭、产量低而不稳的1100万公顷农田得到防护林网这一绿色卫士的保护，粮食产量净增30%；毛乌素、科尔沁两大沙地的森林覆盖率提高了10%，由昔日的沙进人退变为现在的人进沙退，跨入了改造利用沙漠的新纪元。

联合国副秘书长、环境规划署执行主任托尔巴先生亲自来华，向这项工程建设的主管部门颁发了"全球环境保护奖"。

（1989年9月22日中央人民广播电台《新闻和报纸摘要》播出）

"绿色万里长城"在风沙线上崛起

被誉为"绿色万里长城"的我国西北、华北、东北防护林第一期工程，经过12个省、自治区、直辖市有关部门层层检查验收，造林成活面积达到9083万亩，超额完成了原定计划，超过了前29年三北地区造林保存面积的总和，比世界著名的苏联"斯大林改造大自然计划"和美国的"罗斯福防护林带"这两个工程完成的总面积还多几千亩。

三北地区的13个省、自治区、直辖市有关部门正在对一期工程的造林面积再次进行核查，按地块登记造册标明界限，绘制图表，建立档案。

三北防护林建设局的负责同志对本台记者说：第一期工程无论从建设速度还是从造林质量上来说，都是高的。俗话说：三分种，七分管。管理、抚育、保护好现有林木，巩固第一期工程取得的可喜成果，仍然是一个艰巨任务。各地都要加强管护，不可掉以轻心。据初步估算，现在第一期工程一年产生的效益价值大约是20亿元，远远超过了国家和地方对工程8年的总投资。

具体说来，工程明显的效益表现在五个方面：一是形成了毛乌素沙漠南缘的陕西省榆林地区等8个区域性防护林体系，上亿亩农田得到了林网庇护。二是部分地区控制了水土流失。据测定，内蒙古自治区清水河县泥沙流量比治理以前减少了20%。三是396个县、旗中有1/3的县、旗的农业生态环境开始由恶性循环向良性循环转化。四是三北地区30%农户缺柴烧的问题初步解决。五是整个三北地区的森林覆盖率由1977年的5.05%提高到了1985年的5.9%。

三北防护林体系的建设引起了世界上许多国家的关注，不少国家派人专程来考察学习，很多外国朋友寄来热情洋溢的贺信，有的还汇来了工程建设的赠款。

昔日风沙弥漫的荒漠戈壁，水土流失严重的黄土高原上出现了一片片芳草如茵的人造绿洲，一方方翠绿如画的防风林网。随着第一期工程成果的巩固和今后防护林体系的继续建设，在我国东起黑龙江宾县、西至新疆维吾尔自治区乌孜别里山口，长达7000公里的风沙线上将建造起一座南北宽400~1700公里、总面积有300多万平方公里的绿色"万里长城"。

（1986年12月5日中央人民广播电台《新闻和报纸摘要》头条播出）

述评：以短养长　以林养林
——让"绿色银行"出利息

我国农民形象地称呼植树造林是办"绿色银行"。在我国三北防护林体系建设中贡献突出的陕西省榆林地区把绿化和转化结合起来，以短养长，以林养林，让"绿色银行"出利息，以利增盈是一条很值得大力推广的好经验。

昔日"城悬紫塞云常惨，地埋黄沙草不生"的陕西省榆林地区，如今一片绿云盖黄沙，林茂草旺气象新，林业部三北防护林建设局的有关负责同志向我介绍了榆林地区的变化和经验，最令人振奋的就是：他们从实际出发，利用毛乌素沙地中人工种植的沙柳，按科学方法合理采集柳条，大力发展柳编制品，1986年出口创汇220万美元。榆林地区林业部门和外贸部门紧密合作，按照沙柳资源分布的多少审定柳编生产计划，下达任务，严格按照计划组织生产，以柳编短期快速取得经济效益来扶持、保证固沙防风、改善生态环境的长远生态效益。榆林地区的治沙造林保存面积已经达到70万公顷，林木覆盖率由新中国成立初期的2%上升到现在的36.8%。全地区由过去"沙进人退"变为现在的"人进沙退"。近年来，全地区让"绿色银行"出利息，年林业收入达到1500万元。当地农民仅柳编一项，既为国家创外汇，1986年又直接收入440万元人民币。农民高兴地说："'绿色银行'出利息，眼下就得利。"榆林地区外贸部门为了进一步以转化促绿化，拿出21.8万元交林业部门作为育林基金，拿出10万元专门建立采条基地，还提供给榆林地区治沙研究所5万元开展沙柳合理采条和利用的课题研究。榆林地区外贸部门的同志是有远见卓识的，他们拿出自己口袋里的一些钱来，存到"绿色银行"里，不但蚀不了本，而且以本取利，不间断地取"利息"。

像榆林地区这样的典型，在三北地区还有一些。内蒙古自治区赤峰市郊区，采集林副产品进行加工利用，每年收入达3000万元。

当前存在的问题是一些地方没有把绿化和转化很好地结合起来，一方面为缺少绿化资金而发愁，伸手找上级要投资；一方面眼见大量宝贵资源白白浪费，不到自己开办的"绿色银行"里取利息，使林业建设缺乏内部经济活力。其实，我国三北地区可以开发利用的林业资源相当丰富。200万公顷的柠条，不仅可以放牧和烧柴，更可以造纸，作配合饲料；800万公顷的沙柳，可以搞柳编制品；66万公顷的沙棘，可以搞饮料、色素等畅销中外的系列食品；大量的林木可以合理间伐，经济林可以生产木本粮油和深度加工高效益的食品，有条件的地方都可以发展香菇、木耳、药材等综合利用项目。当然，在你取上述"利息"之前，适当地花点"本钱"还是需要的。事实证明：只要我们放开眼界，以短养长，存本取息、以息增盈，"绿色银行"就会越办越好！

（1987年3月11日中央人民广播电台《全国联播》播出）

记者口播：绿树堵住风沙口　"绿色银行"将回报

各位听众：我是记者潘梦阳。我脚下这片土地，以前是风沙弥漫的戈壁荒滩，现在变成了郁郁葱葱的苗木基地，600多万株柏树、杨树枝繁叶茂，花卉、灌木生长得苗壮喜人，有的已经蹿了一尺多高。山东籍个体老板杜寿鹏做生意致富以后，把再创业的目标瞄准了治理荒漠化、遏制沙尘暴的大业，以实际行动再造山川秀美的大西北。去年6月他在这里投资900万元，只用了一年时间，就建起了宁夏华西志鹏苗木花卉繁育中心，把这块贺兰山下的风沙口改造成了千亩绿洲。

杜寿鹏兴奋地说：（放录音）"我总考虑，我们这个地方威胁最大的是山洪和风沙。在苏峪口植树造林，对下边生态环境起到很大的变化。我们决心沿贺兰山这一带朝北进，这里形成一个绿色的屏障，对银川地区生态、气候的改变，我估计能起到很大的作用。"

据了解，他栽植的600多万株树木，长到秋天，一出手就会有上千万元的收入。这一片绿色屏障就会变成绿色银行。杜寿鹏的行动得到了当地党政领导和林业、金融等有关部门的大力扶持和热情帮助。贺兰县金山乡200多家农户以杜寿鹏为榜样，统统退耕还林还草，也到戈壁荒滩来植树造林。

（中央人民广播电台2000年《新闻和报纸摘要》播出）

记者口播：加强综合防治　保护绿色长城

各位听众，被誉为"世界生态工程之最"的我国西北、华北、东北防护林建设，正在受到天牛等病虫害的侵袭，急需加强综合防治，保护绿色长城。

请听中央电台记者潘梦阳从三北防护林建设第一线发来的报道：（口播）

三北防护林工程从1978年开始至今，已经22年，第三期工程今年年底结束，第四期建设即将开始。共营造人工林3亿亩，使三北地区的森林覆盖率由1977年的5.05%提高到现在的9%，三北防护林成为我国生态环境建设的一面旗帜，荣获联合国环境规划署授予的"全球500佳"光荣称号。邓小平同志为工程题名为"绿色长城"。三北防护林，的的确确像一道绿色万里长城，庇护着干旱、少雨、多风沙的北国大地。

令人忧心的是，记者在三北大地采访时看到，绿色长城正在受到天牛等多种病虫害的侵袭。小小天牛，蛀空树干，破坏林网，受害树木有4亿多株。为遏止天牛的疯狂传播，宁夏挥泪砍掉了引黄灌区第一代农田防护林网，重新建起第二道林网；内蒙古伐掉了上千万株病害木。如今，三北地区一些省、区正在开展一场消灭天牛的人民战争：刮树皮、熏蒸、抓成虫、杀虫卵、伐掉虫害木。从整体上看，天牛蔓延的趋势已得到遏止。从局部来看，有的地方天牛仍然猖獗，有的树木被天牛蛀得千疮百孔，几丈高的大树被蛀空以后一碰就倒……

三北防护林建设局局长郭涛对记者说：（放录音）

"加强综合防治，同天牛等病虫害进行长期不懈的斗争，保护、建设好绿色长城，是我们义不容辞的责任。三北地区各族人民正在艰苦奋战，建设保护绿色长城，有的地方还在实践中摸索出不少防治天牛的好办法。比如把天牛蛀坏的虫害木伐断之后，在留下的树茬上嫁接抗虫性强、生长迅速的毛白杨，一根树上可嫁接三四根毛白杨小苗，长大后再间苗移栽。这样，既可以作为苗圃，又可以很快成林，效果非常好。据不完全统计，三北地区已经嫁接毛白杨600多万株。"

（中央人民广播电台2000年9月6日《新闻和报纸摘要》播出）

今年我国三北防护林建设坚持与时俱进的方针 春季造林2300多万亩，创年均造林最高纪录

　　记者从三北防护林建设局了解到，今年我国三北防护林建设在"三个代表"思想的指引下，坚持与时俱进的方针，取得了春季造林的可喜成绩。据三北局截至9月上旬的统计，三北防护林体系建设工程今年春季造林完成2368.54万亩，是三北防护林工程前23年内年均造林的最高纪录。

　　今年我国三北地区春季造林面临不少困难，连续三年的特大旱灾，使大部分地区降水量比常年偏少50%~90%；四五月份又出现了超历史同期最高值的高温、干旱天气。

　　面对重重困难，三北防护林建设区的各级党委、政府率领各族人民，坚持以江泽民同志"三个代表"重要思想为指导，转变观念，搞活运行机制，主动出击，改革管理办法，有力地推进春季造林的进程。

　　各地坚持与时俱进的方针，及时调整不利于生产力发展的生产关系，又出台许多促进非公有制林业发展的新政策，大大调动了个人、企业以及外商建设三北防护林的积极性。有的地县出台"送你一片荒山，还我一片绿林；送你一片荒沟，还我一片绿洲；送你一片荒滩，还我一片绿水；只要三年绿化，让你免税经营五十年"的政策，大大吸引了农民以及其他行业和下岗分流职工投入林业建设。黑龙江省龙江县、辽宁省抚顺市、吉林省长春市、甘肃省古浪—景泰县示范区等地非公有制造林都占当地造林面积的80%以上。内蒙古通辽市引进国外资金1500万元建设林业生态项目22个，伊克昭盟达拉特旗与外商签订了投资3950万元治理荒沙10万亩的合同。

　　三北地区许多地、市、盟的各级政府，普遍实行了三北防护林工程"一把手负总责"和"一票否决"的"两个一"领导责任制，本着对广大人民的根本利益负责的精神和保护、建设绿色生态环境的使命感，层层负责，落实到位。黑龙江省齐齐哈尔市各级政府领导办绿化点783处，绿化面积达4.18万亩。

　　在今年春季造林中，三北各地严把质量关。山西省认真推广一系列科学的林业工程管理办法，从源头上堵住弄虚作假、粗植乱造的毛病，把质量管理落到了实处。

（中央人民广播电台2000年9月23日《全国联播》头条播出）

补白："中国（在世界上）树立的一个极好榜样"

三北防护林体系建设工程是我国北方各族人民用血汗、智慧乃至生命建造的"有生命的长城"。

从1978年至2013年，工程实施35年来，累计完成造林保存面积2647万公顷，远远超过世界三大生态工程（美国"罗斯福大草原林业工程"、苏联"斯大林改造大自然计划"、非洲"绿色坝工程"）的总和，被誉为"世界生态工程之最"。工程区森林覆盖率从启动前1977年的5.05%，提高到了2012年的12.4%。

《联合国防治荒漠化公约》组织执行秘书莫妮克·巴尔比女士说："这是全球最大的复林项目，并且是在沙地上复林，更不容易。这是中国（在世界上）树立的一个极好榜样。"

几十年来，我采写了几百篇绿色长城、防治荒漠化等相关报道，尽了自己应尽的一份心力。我这个并非林业部门的人因此被评为林业部先进工作者。我只有继续为地球绿飘带的建造、世界荒漠化的防治出一分热，发一分光，鞠躬尽瘁，死而后已。

（十）黄河开发利用篇

万里黄河泻入胸臆间

——访中国科学院黄土高原综合科学考察队队长、研究员张有实

张有实说，黄河是一条黄金的河流。宁夏沿黄地带发展工业潜力很大。开发黄河黑山峡，采用大柳树一级高坝方案要比小观音高坝—大柳树低坝二级开发方案效益大得多。

在古城银川，我又一次见到了他——中国科学院、国家计委自然资源综合考察委员会副主任、黄土高原综合科学考察队队长张有实研究员。他是研究黄河和黄土高原的专家。

我们一见面话题就转到了有关黄河流域开发建设方面。张有实谈道："历

史上，黄河流域曾经有过两次兴旺时期，第一次是在秦汉时期，另一次在盛唐时期。摆在我们面前的任务是要使黄河流域出现第三次兴旺时期。宁夏是黄河流域的组成部分，在振兴黄河的伟大事业中，宁夏将起着重要的作用。"

我们正交谈着，自治区政协副主席吴尚贤和宁夏科协主席竺万里走了进来。吴尚贤是位老水利专家，跟黄河打了一辈子交道。这更增添了我们谈论黄河的兴致。吴尚贤说："自治区党委书记黄璜同志去年提出了发展宁夏黄河经济的构想，很有远见。"

张有实说："这个构想很好！天下黄河富宁夏嘛。今天和将来富的内容同过去可不一样了。现在是灌溉和发电、农业和工业全方位的富，而过去指的富，仅是小农经济的富。"

关于黄河黑山峡的开发，近年来有两种意见，一是采用大柳树一级高坝方案，二是采用小观音高坝—大柳树低坝二级开发方案。张有实同志和一些科学家从黄河的全局及实事求是的态度出发，都坚持主张采用大柳树一级高坝方案。

张有实告诉我们："大柳树、小观音，我都考察过，也认真分析研究过。大柳树一级高坝方案库容110亿立方米，比起小观音方案效益大得多，可多蓄水40亿立方米，光增加的库容就相当于北京的密云水库。多投资几亿元，可获得40亿立方米的库容是值得的，是十分经济合理的。大柳树水利电力枢纽承上启下，调节径流，今后对沿黄省区，如陕、甘、宁、内蒙古的农业发展和能源重化工基地的建设都具有巨大的推动作用，势在必行，而且应该立即在近期着手筹建，这样才能赶上21世纪的需要。因此，希望中央及早做出决策！"

张有实接着说："宁夏沿黄地带突出的资源优势是在很小的空间范围内，煤、油、气、水、电五种能源齐备，其中煤炭最为突出，保有储量300多亿吨，著名的'太西煤'在国际市场有较强的竞争力。从长远来看，宁夏沿黄地带可修建火电站链，可以逐步形成总规模大约1000万千瓦的火电基地，与龙羊峡、刘家峡、青铜峡等水电站以及将修建的极为重要的大柳树水利电力枢纽（约190万千瓦）等组成的水电基地联网，将形成西北地区水、火、电统一调度的能源基地，并建成全国重要的以电解铝、铁合金、碳素和氯碱工业为主的高耗能原材料工业和化工工业基地。宁夏沿黄地带的另一优势是农业，扩大耕地和灌溉面积的潜力很大，宁夏发展黄河经济大有可为！"

在结束我们这次谈话时，张有实强调说："在振兴宁夏经济的过程中，必须处理好资源开发和环境治理的关系，在宁夏有着水土流失和风沙危害等环境问题，不能忽视改造环境的任务，要以开发促治理，而不能破坏环境，更要以优化的环境来保证开发的顺利进行。从整个黄河来看，黄河流域到20世纪末在开发上仅是初露锋芒，到21世纪便会大放异彩。"

（中央人民广播电台播出，刊于《宁夏日报》1991年2月19日头版）

广播特写：引黄造绿洲　万民俱开颜

——宁夏固海扬水灌区发生历史巨变

各位听众：被称为"中国贫困之冠"的宁夏西海固山区23万回汉族农民，在党中央的关怀下，搬迁到国家投资建设的宁夏固海扬水新灌区。经过10年的开发建设，生产、生活都发生了历史性的巨大变化。

下面请听中央电台记者潘梦阳采写的广播特写："引黄造绿洲，万民俱开颜。"

国务院副总理李岚清前不久视察宁夏，欣然写诗一首：

> 有水赛江南，无水泪亦干。
>
> 引黄造绿洲，万民俱开颜。

近日，记者来到李岚清同志写诗赞扬的宁夏固海扬水灌区，只见昔日黄尘滚滚不见绿、三碗油换不来一碗水的干旱荒塬，如今变成了流水欢歌、花红柳绿、果香羊肥、粮丰林茂的塞上江南。80岁的回族老人马富元告诉记者，他亲眼看到这里近10年来发生了历史性的巨大变化："同老辈子比起来，真是天翻地覆，过去在地下，如今到了天上了。"

在党中央的关怀下，国家投资近3亿元（2.98亿元），兴建了有24座扬水泵站、总装机容量达9943万千瓦、总扬程达382米的固海扬水工程（包括同心扬水、固海扬水、世界银行扩灌工程），1978年启动，1986年9月6日全线竣工通水。10多年来，23万从干旱山村搬迁来的回汉族农民艰苦奋斗，开发了62.7万亩农田，1年建家园，2年得温饱，3年打基础，5年走上了致富路。农民人均收入由1980年的30.5元提高到1985年的1689元，增长了54倍多。今年，粮食、果品又获大丰收。

在回族农民杨维英家里，记者见到一张自治区党委、政府颁发给他的"农业先进个人"奖状。杨维英兴奋地说，这是他学科学用科学得来的。从喊叫水乡搬来的时候，他的全部家当还装不满一个手拉车，如今，他有了摩托车、彩电、手扶拖拉机和5间大瓦房。他种植的10亩承包田都成了吨粮田。杨维英说："没有科学文化的农民是愚蠢的农民，农民要有科学文化知识才能把田种好。就拿用水来说吧，过去大水漫灌，如今小畦节水灌溉，既节约了水量，减少了水费开支，又发挥了水的最大效益，用水少，收成大，一举两得。"可喜的是，在扬黄灌区像杨维英这样的农民越来越多。

在粮站里，记者见到农民们开着手扶拖拉机，踊跃来交公粮。刚交完公粮的回族农民马跃清对记者说："党和国家给我们送来了幸福水，我们实在感激不尽。我们粮食丰收了，不能忘了本。把最好的粮食交给国家，尽了我们自己的一份心意。"

（中央人民广播电台1986年9月7日《新闻和报纸摘要》播出）

专家考察指出：黄河断流的根源是用水过度

中国科学院院士、黄河考察组专家，经过对山东、河南、陕西、宁夏四省区的15天考察，近日得出初步结论：用水量超过水资源的承载能力是黄河断流的根本原因。

考察组经过实地考察和认真调查研究，找出黄河断流的问题症结在于用水过度，用水浪费。而水资源先天不足和近几年干旱，只是问题的背景。黄河流域农业用水占总用水量的90%，流域内各灌区的灌溉水平均利用率仅仅只有30%，用水浪费很大。按照国家有关部门对黄河的分水调度，以黄河每年径流量580亿立方米计算，每年只能有370亿立方米水量用于黄河流域各省区的农业灌溉、工业生产和城市生活，另外必须有210亿立方米的水量用来冲刷下游干流河道泥沙，清理淤积。但是，考察组发现，黄河流域的实际用水量大大超过了370亿立方米，因此冲刷河道的210亿立方米水没有保证，致使下游干流主河漕淤积严重，防洪能力大为减弱，造成黄河断流。

面对黄河断流，考察组的专家提出了解决办法：从宏观层次上进行黄河水资源的优化配置，通过立法由政府实施对黄河水资源的资源权属管理，进行统一调度；利用经济杠杆促进水资源的高效合理利用，实行水资源有偿使用制度；采用季节价、累进价、基本水费制等措施鼓励节水。

（中央人民广播电台播出）

宁夏大力推广节水灌溉取得多重效益

俗称"天下黄河富宁夏"的宁夏回族自治区，近三年来节约用水，大力推广节水灌溉，发展节水灌溉面积达80万亩，取得了节水、扩灌、增产、增收的多重效益。

宁夏近3年来，通过建设节水增产重点县、节水灌溉示范项目、重点节水工程项目等各种形式，因地制宜，因作物品种制宜，大力推广控灌、管灌、滴灌、喷灌等节水灌溉技术，对传统、粗放的灌水方法进行改造，实现了节水、扩灌、增产、增收的目标。

宁夏水利部门的负责同志向记者介绍，这样做：

一是大大提高了灌溉水利用率。引黄自流灌区节水项目区灌溉水利用系数提高了18%~22%，机井管灌灌溉水利用系数提高了30%~40%，喷灌的灌溉水利用系数达到0.85，滴灌的灌溉水利用系数达0.9以上。

二是节水效果十分明显，灌溉用水量大幅度下降。总体节水幅度10%~40%，其中节水增产重点县和节水示范项目区节水幅度20%~40%，比项目实施前年节水3973立方米，相当于新建了40座小型水库。年节电达670万度。通过节水技术新增灌溉面积近16万亩，占新发展节水灌溉面积80万亩的20%。

三是增产、增收效益非常显著。全区增加粮食生产能力约3500万公斤。其中6个节水增产重点县年增加粮食生产能力2927万公斤，增长25%。

四是为农业产业化发展创造了条件。先进的高效节水技术有力地促进了农业产业化的发展，有利于促进产业结构调整。宁夏已先后建成果树、葡萄、蔬菜、枸杞、饲草、药材产业喷灌滴灌3万多亩。

五是有力地改善了水环境。节水灌溉有效地扼制了地下水超采和水位大幅度下降的势头，起到了防止和治理土壤盐渍化的作用，推动了治沙治碱、水土保持等综合治理相关项目的实施，有效地预防和遏止了新的水土流失，促进了生态环境的良性循环。

（中央人民广播电台1999年12月27日《新闻和报纸摘要》二条播出）

追记：魂牵梦萦黄河情

时光如水东流去，今人何以对后人。

在人类繁衍的历史上，某一代人该做的事而没有做，留给后人的就是难以补救的愧疚和无法追回的时光。

黄河黑山峡河段极为宝贵的水利资源的开发问题，从20世纪50年代至今（2013年9月16日），已经60年过去了。"只听锣鼓响，不见幕拉开。"我这个与黄河结缘的华夏子孙，"位卑未敢忘忧国"，只要一息尚存，就要为此呼吁、呐喊，这究竟是为什么呢？

世上没有无缘无故的爱。我与黄河结下了生死相依、休戚与共的母子关系。黄河是我们中华民族的母亲河，对我来说，更是如此。

1942年农历七月十日，我出生于黄河壶口瀑布旁的山西吉县克难坡，从小听着怒涛汹涌的黄河咆哮声长大，7~17岁在黄河的支流汾河之滨的太原市读小学、中学，17~21岁在黄河流域华北平原的腹地、首都北京读大学。毕业了，志愿来到黄河纵贯南北的西北边陲宁夏回族自治区当记者40多年。我的生命始终围绕着黄河上下左右地旋转、奔跑，我的脉搏一直同黄河的脉搏一起跳动着。

1966年7月至1967年5月，我参加农村社会主义教育运动工作队，驻扎在中卫县永康公社永丰大队。我住的永丰一队处于黄河河道的中心滩。稍有闲暇，我就绕滩环行，只见四面八方都是奔腾不息的黄河水。我觉得自己生长在黄河母亲的摇篮里，那种幸福、自豪的感觉实在难以用几句言语表达。

令我心灵极为震撼的是，沿着黄河河道逆流而上，竟然是一道长达71公里的黄河大峡谷。后来，我多次随着对"黄河黑山峡开发"进行考察、测评、论证的领导和专家走进黑山峡，反复接触、思考、采写关于黑山峡水资源开发利用的问题。

1974年，被黄河冰凌洪水围困的宁夏、内蒙古两省区的回、蒙古、汉各族民众，在党和国家的关怀下，敬爱的周总理专门派北京军区、兰州军区空军出动直升机抢救，才化险为夷。我采写了这一惊险又感人的事迹，由此也了解到，黄河凌汛对生活在宁夏、内蒙古河段的各族民众，犹如悬在头上的一枚炸弹。几乎每年开河期，河段都凌汛告急，要严阵以待，炸冰破凌。

我专门采写的调查研究的"内参"报告《黄河黑山峡水利工程建设中有争议的几个问题》，由广播电视部《情况》1983年6月10日第201期刊发，被评为好稿。

1988年，我参与七届全国人大一次会议的报道。一天夜间听到姚依林、田纪云两位副总理深夜接见甘、宁、青三省区的领导，商讨了三省区设想共建黄河上游资源开发区的事，我连忙给夜间值班编辑打电话，商定马上写稿，连夜传真到台里。当时已凌晨4点多钟，编辑立即编发。中央电台1988年4月12日早晨6点30分的《新闻和报纸摘要》节目第二条即播出了这一消息，这在京西宾馆西北五省区人大代表驻地的饭厅和宿舍里，立即引起了强烈的反响。而黄河上游资源开发区的一项重要内容就是黄河黑山峡河段的开发。

我退休之后，到甘、宁、陕、内蒙古的几处交界地带走访，接触和听到了一些基层民众对黄河黑山峡开发的期盼，于是，我顺应民心，又出自本心，满怀着激情，撰写了《天赐良峡早用为佳——关于尽快开发黄河黑山峡河段早日开工建设大柳树水利枢纽工程的建议》。

水利部黄委会总工程师办公室2006年2月23日给我复信，说："对您在百忙中关心黄河治理开发的精神表示钦佩，您对黑山峡河段工程的战略地位和作用的认识，我们完全赞同。"详细陈述了对一系列相关问题的剖析后，指出"经综合分析，权衡利弊，推荐黑山峡河段采用大柳树一级开发方案"，并且在复信中说："实际上，河段开发方案之争归根到底还是……利益之争的问题。"最后表示："以切实做好河段开发方案论证工作和前期研究工作，争取大柳树水利枢纽尽快开工建设。"（注：限于篇幅，建议与复信省略。）

治国先治水，治水宜从全局出发。

我相信，黄河黑山峡河段开发这件利国利民的大好事，一定能办成。

期望开工建设的这一天早日来到。

（写于2013年9月16日，修改于2018年11月5日）

西北五省区加强联合开发加快脱贫致富

加强联合开发，加快脱贫致富。这是昨天下午在银川闭幕的西北五省区党政主要领导第三次联席会议达成共识做出的决定。

国土面积占1/3的大西北，贫困问题十分严重。1994年，全国人均国内生产总值3675元，而西北五省区只有2577元，相差1098元；全国农民人均纯收入1220元，西北五省区只有810元，相差410元；按照新的温饱线标准，全国百人中有贫困人口6人，而西北五省区却有22人，占人口的1/5还要多。

与会同志一致认为，加快发展，摆脱贫困，缩小东西部差距，良好的外部条件固然重要，但是加快改革开放，启动内在活力更为关键。宁夏党委书记黄璜同志说，在这方面，极为突出、极迫切的一项工作是进一步解放思想、转变观念。从宁夏的实际看，思想僵化、观念陈旧、精神不振、按部就班，既是深化改革、扩大开放的一大难点，也是加快发展、摆脱贫困的一大障碍。宁夏正在全自治区广泛开展解放思想、更新观念的大讨论，以此来带动经济的发展。

与会同志在发言中指出，贫困问题严重的大西北，能源、原材料极为丰富，联合起来开发资源，变资源优势为经济优势，是西北五省区加快脱贫致富的一条根本途径。

陕西省委书记安启元说，我们西北五省区，有着共同的优势，特别是能源、原材料等资源丰富，很需要加强联合，以联合促开发、促发展，促使西北地区整体优势的形成，实现经济的共同发展和繁荣。

甘肃省省长张吾乐说，我们西北五省区不仅在地理位置上连为一体，而且在历史上就有着各族人民和睦相处、互相协作以求共同发展的良好传统。五个省区的经济各有特色，各有各的优势，互补性很强，联合开发的范围十分广泛。近三年来，我们西北各省区在信息交流、经济技术协作方面取得了可喜的进展，相互之间的各种往来明显增多，联合协作的广度和深度是以前无法比拟的。

乌鲁木齐、西安、兰州的交易会已经成为五省区联合对外开放、共同开拓市场、加强相互交流的重要形式。紧缺物资的相互调剂和支援、经济技术的协作和交流，使得交易会规模不断扩大，配合更加紧密，正在沿着联合开发的方向，迈出新的更大的步伐。

新疆党委副书记克尤木巴吾东和青海省副省长刘光和等同志在会上提出的"优势互补，加强协作"，"拓宽领域，共谋发展"的建设性意见，得到大家的赞同。会议经过认真研讨，决定在下述这些方面加强联合：一是在国家统筹规划指导下，制定优惠政策，开放资源开发领域，采取股份制开发的形式，协同建设一批重要资源的开采、开发、加工和利用项目。二是协作发展一批能够对整个西北地区经济起到支撑作用的基础产业和具有西北独特优势的拳头产品，以带动和实现资源的转换。三是以骨干企业和名优产品为龙头组建若干企业集团，以加速推动西部地区的工业化进程。四是集中建设一批向西开放的出口加工区，抓住机遇，积极快速地挤占中亚市场。五是进一步加强各省区和整个区域经济社会发展思路和战略的探讨与交流，以便达成共识，统一思想，协调行动。

会上，各省区之间就具体项目的联合开发进行了洽谈，并且签订了一批合作协议。

与会同志强调指出，西北地区一些共同开发的重大建设项目，得到了中央部门的支持，比如兰新复线、宝中铁路、包兰电气化改造、西兰乌光缆、盐环定水利工程、土哈油田开发等。没有中央的有力支持，这些事是难以办到的。

中央、国务院有关部委的负责同志出席了会议。

会议一致通过了"给党中央、国务院的信"，提出了关于加快脱贫致富恳请解决的几个政策、项目等方面的具体问题。恳切希望党中央、国务院今后在有关政策法规的制定、扶贫资金的安排及重大项目布局中，继续加大对西北地区的扶持力度，从各方面给西北地区以更多的支持和帮助，以保障《国家八七扶贫攻坚计划》目标在西北地区的顺利实现。

（中央人民广播电台1995年8月24日《新闻和报纸摘要》头条播出，

《人民日报》于同年9月16日刊登）

补白：抓要害　挖"内核"　上头条

上面这篇消息，能够在中央人民广播电台最重要的黄金时段的《新闻和报纸摘要》节目头条播出，是很不容易的。当天的这次节目中，还有总书记外事活动的报道。而且，《人民日报》又刊登了这条消息。

这条消息这么受重视，我认为，关键就在于挖掘出了新闻事实中最有价值的"内核"——与会同志一致认为："加快发展，摆脱贫困，缩小东西部差距，良好的外部条件固然重要，但是加快改革开放，启动内在活力更为关键。"

启动内在活力，改变落后面貌。这一观念的提出，在新闻报道中叫响，在当时，真还是有点震撼力的。谁都知道"外因是条件，内因是根据"。然而，落后地区的高层领导主动自觉地认识到了这个问题，并且响亮地提了出来，还是令人振奋的。

作为记者参加会议，头绪繁多，坐着听会，脑子跟着讲话人的思路跑，往往会莫衷一是。记者的苦功夫，要下在深入思考、独立思考上，要在众多讲话中寻觅、挖掘最有价值的"内核信息"，思索、探究讲话和发言中蕴含的深刻的有价值的思想内核。

大西北的贫困、落后并不可怕。可怕的是精神不振、怨天尤人、观念落后。在西北五省区领导的发言中，我敏锐地察觉到，他们有的人已经意识到了，这"既是深化改革、扩大开放的一大难点，也是加快发展、摆脱贫困的一大障碍"。

战略管理学家魏斯曼说："一个问题的解决，总是依赖于与问题相邻的更高一级问题的解决。"

解决西北贫困、落后问题，就事论事地给"倾斜"、给"扶持"、给"补助"、给"救济"，能解决一些问题，但解决不了根本问题。

外因是通过内因起作用的。西北人"内在活力"的"启动"，这个"更高一级问题的解决"，是解决西北贫困、落后问题的"依赖"和"关键"。

我从会议中挖掘出"启动内在活力，振兴西北经济"这一主题，顿时觉得心头豁亮了，抓住了纲，一下子把"一网兜"素材都提起来了。想清楚了，很顺畅地提笔就写了出来。

中央电台播出的这个消息，在西北五省区（领导）联合会上引起了强烈反响。与会同志在早餐的餐桌上议论纷纷："我们这次会开得好，中央这么重视。""西北看来要大发展了！"大家都很振奋。

紧接着，《人民日报》又刊登了我采写的这篇稿件。

"启动内在活力"这个"内核"，就是消息的"魂"。

新闻思维最大的优势就是抓要害，"万军之中取上将首级"。有了"魂"，新闻就有了生命。

十年之后，一位退休的自治区领导同志见到我，还提起这条消息。由此可见，这条消息的影响在他的头脑里有多深。

《大西北的脚步》宁夏篇

之一：贺兰山不再沉寂

（音响：喜多郎西部题材电声音乐）

大西北的沧桑感在宁夏是鲜明的。七八百年前，宁夏一带有过一个强大的西夏王国。距今并不久远，但痕迹沓然，西夏学已成了绝学，以至于我们今天只能借助喜多郎的这首乐曲去想象它的辉煌了。（音乐渐隐）

所谓宁夏，就是让西夏安宁的意思，这算是古西夏投在今天的一点影子。宁夏人也确实有种历史的自豪感。然而立足当代，这个全国最小的自治区毕竟沉寂得太久了。

其实，宁夏的资源是让人眼馋的。黄河宁夏段的不尽流水，在这里造就了鱼肥米香的"塞上江南"；全国10种煤，宁夏就占了9种；充足的电力又让宁夏人用电潇洒得不行。"白米饭，旺炭火，神仙皇帝不如我。"就这样把玩优势，自我满足，不知不觉，宁夏滑向坡底。差距面前，宁夏人怎么想？自治区政府办公厅主任陈育宁的话代表了一种新认识：

（录音）"人们对西部的认识和五六十年代大大不一样了。五六十年代大力投入，是基于贫困需要扶持的认识，现在的认识是西部是下个世纪的战略重点。这个共识是五六十年代没有的，这是最宝贵的。"

正是看到这一点，宁夏人的钓鱼船坐不稳了，在撩人的西部风中，贺兰山也不再沉寂。

（火车驶过声，渐隐）

宁夏南部山区是连成片的贫困区，盼铁路盼了几十年，1990年，国务院一锤定音，速战宝中铁路。7万建设大军开进山里，沿线群众都跑来看稀奇，有的地方方圆几十里，万人空巷。

（录音，工地吊车声、哨声、指挥声）

"各位听众，现在我们来到宝中铁路青石嘴隧道高架铁路桥最后一段桥梁的合龙工程现场，最后一块桥板正在缓缓降落……"（现场声持续数秒）

这个地方，红军长征时打过胜仗，据说打的是骑兵。眼前这座高架桥，是贯通铁路的最后一项大工程，桥身上"振兴西北经济"几个鲜红的字，在荒山秃岭之间十分醒目。显然，建设者们深知这条铁路的意义。加倍的付出，已使这条几乎纵贯宁夏、连接西北与东部的新通道提前贯通。人们说，这是一条输血管。

20世纪50年代，宁夏有过三大工程，其中之一是青铜峡（水电）。相隔40年，与青铜峡比邻，一座西北最大的火电厂——大坝发电厂，已耸立起来。200多米高的烟囱，和青铜峡相比算不上壮观，但意义更深远，因为它连着宁夏的新思路。

宁夏煤多，很难运出去，坐等乌金变黄金，只能是梦。而今，到了梦醒时分，宁夏人找到了就地由煤转电，再向外输电的新思路。现在，通过大坝发电厂，宁夏电力已送到甘肃、青海、陕西，也正在酝酿向四川、湖北输电。可以这样评价：在如何对待资源上，宁夏人从观念到行动都跨出了历史性的一步。

沉寂成了过去，宁夏已经并将进一步喧闹起来。水利专家讨论了30年的宏大工程——黄河大柳树水利枢纽工程，已经被列入《九十年代中国农业发展纲要》。这一工程的实施将在西部最贫困最荒凉的地区，再造一片绿洲，那将是我国最大的自流灌溉区和西北最重要的粮食基地。此外，宁夏已有了打入深圳的重点企业，有了自己的首家股票上市的股份公司，还有到境外办厂的大中型企业。

石嘴山酝酿着复兴，西海固也不再沉睡。巍巍贺兰山，像一个历史的老者，阅尽人间沧桑，可今天看到的尽是全新的故事……

之二：回族儿女新感觉

回族历史上有过特别的业绩，出过政治家、建筑家，航海英雄郑和世界闻名，抗日名将马本斋也家喻户晓，而回族擅长经商，知道的人不多。

其实，回族经商历史悠久，考证说，13世纪，回族就开始经商了。

尽管寻到了渊源，但采访中我们仍时常感到惊讶和困惑，毕竟这些成功的回商祖辈几代都是农民，从黄土沟里走出来，能与东部商人比肩，实在是了不起的事。

对比东部，宁夏显然落后，但我们发现，回族却能合上时代潮头的节拍。当年风行电子表、蛤蟆镜时，广东街头的小贩电子表戴满一胳膊，太阳镜挂满西服里子。而这一情景几乎同步出现在几千里之外宁夏贫困的回族聚居区。从那时起，精明的回商每一次亮相，都领风气之先。他们能吃苦、腿勤，交易的本领好像不教就会。尤其是近几年，他们跑流通、办工厂、搞合资、创名牌，渐入佳境。20世纪90年代的回族儿女，感觉真是好极了！

看回族的变化，同心县最典型。这是全国重点贫困县，全宁夏数这里自然条件最差。而今，同心县居然出了好几个全宁夏数得着的富户，拿到东部也毫不逊色。

周满忠，60来岁，精明健谈，辉煌的发家史也确有许多得意的故事。

（录音渐起）问：过去苦日子时，你以什么为生呢？

答：我拾大粪为生。……掏大粪……（渐隐）

他过去是个掏大粪的。他说："我们这儿的富裕户都是苦出身。"

如果说周满忠多少还局限在家族圈子，那么，马占昌则看得更远些。

（录音）"原料出在我们西北，为什么我们西北不赚钱？我们现在差的一点呢，就是愿意当一个小商贩，不愿意办一个工厂。"（压低渐隐）

曾经就是个小商贩的马占昌，现在已成了合资企业的老板，他的羊绒加工企业在全国都数得上。

由流通转入实业的，在同心县不下百十个。他们的生意做遍全国，有的已做出了国。这些人大多是当地第一批勇敢的生意人。当改革在黄土地上还是"大地微微暖气吹"时，他们不甘心再等国家喂返销粮，自发扑向市场，干出了经过流通脱贫致富的同心特色。

宁夏北部的吴忠市回族经商起步较早，那里的集贸市场十分兴旺，气派得很。具有鲜明民族特色的大门，给我们印象很深，除此之外，热闹、兴隆、规模和其他地方没什么两样。

（录音：市场自行车铃声、汽车声、摩托声、叫卖声……）

问：你买的木头吗？买木头做什么用？

答：盖房。

问：家在什么地方？

答：窑山。

问：噢，窑山，是东部山区。（旁边插话：最穷了。）

商潮砥砺练就了回族人的大视野、大胸怀。"天下遍布同心人，同心能容天下人"，同心市场就专门辟了一条街，全是浙江的小裁缝。

更引人注目的还是回族妇女。按回族习俗，妇女只许在家，上街得蒙盖头。如今，回族妇女走出了家门，参与市场竞争，出了不少致富明星。固原县的李桂花是全国劳模、人大代表，还上过老山前线。她告诉我们，过去开会免不了要与人握手，周围人说，你出去和人握手，多难看。现在不同了，都找上门来打听外头的世面。

（录音）"从乡下来的女人，卖菜、做小生意，都比男的干得好，非常出色，90%都是回族。改革开放以来，她们都有了很大的变化，穿的也好。现在生意一红火，乡下的女人变化很大。"

许多回族女娃娃也都上了学，在同心海如女子中学，我们请一群活泼的回族女学生为听众唱了首歌：（录音）"甜滋滋的春风"—二——

> 甜滋滋的春风，
> 香喷喷的花。
> 党是亲爱的母亲，
> 祖国是温暖的家。……（压低混播）

这是回族的新一代，有了文化，他们会比父辈干得更好。

之三：醒来的西海固

有人说，贫困是魔鬼吟唱的古老歌谣。

一位作家把西海固的贫困凝成这样的印象：西海固，你这无鱼的死海。

这片死海就在宁夏南部，与甘肃定西、河西并称"三西"，是中国贫困之冠。

1973年的党代会上，周恩来总理特意找到宁夏女代表马金花询问西海固的情况。马金花今天回忆起来还如同昨日：

（录音）"总理说，你在西海固？我说我在西海固。然后就说，西海固这几年的变化怎样？我说有所变化，但是变化不大，大部分人是很穷的，一没吃的，二没水，三没烧的。"

一没吃二没水三没烧，马金花说得很直，总理听了十分难过。西海固从那时穷出了名。今天，这里的贫困面已大大下降，但东部跑得太快了，还是有一种越追越远的感觉。今年又是连续第三个大旱年，枯焦的土地似乎再一次提醒：天，是靠不住的；坐等，等不来温饱。

固原县委书记说：

（录音）"要改变这个地区的面貌，首先要靠我们自己去干，去培植自己的造血功能。"

"首先靠我们自己去干！"王固原县委书记说得很坚定。醒来的西海固人自觉走上了变革之路。西海固最穷、最苦的固原县实行的一系列改革，就是为了培养造血机制。其中最轰动的是"分流机关干部学经济"，1300多名干部走出机关大楼，和个体户一样从头做起。这一改，固原出了新鲜事儿，过去的干部纷纷给个体户当了雇员，个体户也欢迎，许多干部分流第一天，就被个体户聘用。

"抬头见山，仰头是天。"贫困地区就这点视野，有人不信山外还有天，因为没见过。所以，穷地方缺的不是大道理，而是带头人。县长白万利说，分流干部学两年经济，就是要培养一批领头雁。穷窝窝缺人才，也吸引不来人才，我们就赶干部下去学，自己培养人才。

头营乡党委副书记赵向东离开岗位后头三脚踢得很漂亮，他喜滋滋地说：

（录音）"我个人想一是学做经济工作，二是在经济大潮中锻炼锻炼，可能学到一些知识，也可能受到一些波折，但我个人信心是十足的。"

现在西海固全地区有3000多名干部在学致富经。能干的已办起自己的经济实体，固原就有300多。

同样一方水土，换个脑筋就出了奇迹。分流的干部增了收入；机关省了支出；大楼留的人少了，提高了效率，农民办事也方便了。固原人大开眼界：没花一分钱，却有了大收益。这股改革风，迅速吹散固原几代人的绝望，又以同样的速度吹遍西海固，使全地区都成了希望的田野。

"容许农民进城入户"更使黄土高坡开始流动新鲜空气。资金随着新观念、新时尚源源而来，统一规划的专业市场、工业小区、居民住宅，同时在各乡镇兴建。于是，西海固有了从没见过的热闹场面。

贫困的农民也纷纷从墙根下、荫凉地走出去。海原县海城镇有个西关村，"东南飞"的打工仔、打工妹特别多。去年春节，几乎每天家家都有人站在村口，迎接带着包裹笑眯眯返乡过节的亲人。过去西海固人度荒往地广人稀处逃，如今却朝发达地方奔，大不一样了。

真新鲜。县里说，文件就是政策，好政策为什么要变？看来，上上下下都把路子看准了。当然，西海固离富裕还很远，但结束等待，它自然有了光明的未来。

之四：重塑西部精神

宁夏在西部版图上小如一片树叶，但宁夏人却以历史的庄重感，同样在思考整个西部的振兴。自治区计委主任董家林在一次会上说得热情洋溢："西部是中华的西部，需要中华子孙献身，需要一批鲁迅说的'脊梁'。"

西部确曾有过这样的"脊梁"。20世纪五六十年代，一大批工人、科技人员、学生、归侨，自东部西进，吃苦、奉献、开拓。宁夏人的共识中，最重要的一条是：继承老一辈传统，重塑西部精神。

自治区政府办公厅主任陈育宁说：

（录音）"我完全同意要大力提倡西部精神，就是吃苦精神、开拓精神、奉献精神。西部人有这个传统，而且，这个传统在我们50多岁人身上更突出。"

不错，在宁夏，老一辈创业者至今仍是西部的"脊梁"。大沙漠里跑火车，这奇迹就是他们用青春换来的。李玉俊，从河南来，新婚第七天的大年初二，就上了火车，到宁夏沙坡头一干两年没回家。

（录音）"到中卫以后，骑骆驼过来的，只能骑骆驼过来，当时条件比较艰苦，越是风沙大越要上去，沙面温度74℃，能把鸡蛋烫凝固了。"

石庆辉是位归侨，1960年到了宁夏，为治沙失去了恋人。对年轻人，他寄予了无限期望。他说："我们这一代就想把自己的知识传给青年，让事业后继有人。建设大西北，青年人要有吃苦精神。"

令人高兴的是，一些年轻人确实接过了老一辈的传统。大坝电厂的一批青年就干得很出色。有些人来自繁荣的东部，是自觉选择了西北；有的还是小夫妻双双西进。

29岁的林锋告诉我们，大坝电厂一步越了两个台阶，老一辈对年轻人说："我们选这么先进的东西，是豁出去了。你们要是玩不转，我们的脑袋就得吊在烟囱上。"为了这项国家重点工程，他们吃了不少苦，但真是想为宁夏争口气呀。1991年春节，（外地来的）调试人员基本就要搬走了，当时领导就问：有没有信心？我们都说：没问题，能拿下来！在工作中确实需要这种精神，还是要依靠自己的力量。

条件好了，不等于没有艰苦的环境。大坝电厂周围至今还是一大片荒漠。27岁就当了副总工程师、被评为共和国青年功臣的阮大伟，老家在厦门，当年一下子到了西部，的确别扭得很。

（录音）"刚来的时候，第三天嘴唇就全裂了，米饭不能吃，只能吃面条，面条一根一根往里吸啊。艰苦吧，也有这个思想准备。"（以下压混）阮大伟说，"我母亲现在一个人在厦门，没人照顾。原来我们俩是互相拽，她要把我拽回去，那边条件要好得多。现在只能做点牺牲，把我母亲接过来。"

大坝电厂从建设到管理，最终靠的就是这样的年轻人，靠的宁夏人自己。总工程师田世存感触很深：

（录音）"我的体会是，只要我们能奋发努力，有信心，有志气，真抓实干，小省也可以办大事。"

在宁夏农村，我们则更多地感受到西部人的不甘落后、敢为人先、百折不挠的闯劲儿和韧性。他们使西部精神更具新时代的光彩。

同心县的马占昌1000元起家，干得正欢，突然产品断了销路。用他的话说，除了老婆子和自己，什么也没有了。他硬是闯过了难关，干成了更大的事业。

固原的王志强原来在大集体跑经销，到南方自找门路，找回了志气。

（录音）"当时就想，别人能办的事情……（压混）"王志强说，"别人能办的事情，为啥咱们办不成！像温州那个地方，皮鞋业比较发达，咱们家家户户也可以做。创业确实难得很，但是难，还是要搞下去。"

我们还录下了靠运输起家的赵辉说的这样一段话：（录音）"我这一生就想创一番事业，说话也想说在人前头，做事也想做在人前头，创业也想创在人前头。"

话都很朴素，却很耐琢磨。西部精神就在这些普通人身上。振兴西部，这是最宝贵的。有了它，西部就有了活力。如果说历史上还有1000年的西部辉煌的话，那么西部的辉煌在新的时代更应该射出新的光辉。

（《大西北的脚步》集体采写，中央人民广播电台1994年《新闻和报纸摘要》播出。
宁夏篇合作者：蔡万麟、李胜、张天健。获中央人民广播电台优秀节目奖）

附：中宣部新闻局《新闻舆论动向》载文评说、赞扬

中央电台自8月23日起，在《新闻和报纸摘要》节目中推出系列广播《大西北的脚步》，作为向新中国成立45周年的献礼。已经播出的首篇《宁夏篇》，共分四个部分：（1）贺兰山不再沉寂；（2）回族儿女新感觉；（3）醒来的西海固；（4）重塑西部精神。记者以录音通讯的形式，以描写宁夏人观念变化为重点，通过铁路建设、商品经济的发展、新时期人才的培养、山乡变化等多角度、多层次反映出改革开放给宁夏带来的翻天覆地的大变化，生动地展示了宁夏人不甘落后、追赶时代潮头的新风貌。

这组报道是宁夏改革开放的颂歌，记者选取了很新的视角、典型的场景和

音响，给听众耳目一新的感染力和鼓舞力量。在迎接国庆45周年的前夕，把听众带到偏远的大西北，关心那里的同胞和建设，实在是做了一件大好事。

（中央人民广播电台总编室）

记者口播：西部大开发　生态是关键

各位听众，我是记者潘梦阳，西部大开发，生态是关键，这是西部人共同的认识。建设和改善生态环境，是西部大开发的一个重大课题，也是各项开发的前提和保证。

就拿宁夏来说吧，尽管为改善生态环境做了一些努力，但是由于种种原因，宁夏目前仍是全国生态问题最突出、生态系统最脆弱的省区之一。

宁夏生态环境最主要的问题，一是土地沙化严重。目前，全自治区沙化土地面积有1.26万平方公里，占全区土地面积的24.3%，将近1/4；受土地沙化影响的人口有360万人，占总人口的72%；土地沙化造成表土风蚀、养分流失，据测算，宁夏因风蚀每年损失土壤有机质和氮、磷、钾元素达465.8万吨，相当于2200万吨化肥；沙尘暴越来越频繁，20世纪70年代宁夏基本上没有出现过强沙尘暴天气，从1982年至1999年，宁夏出现的沙尘暴天气达26次之多，最严重的一次造成上亿元的损失，几十人死亡、作物减产、草场退化，阻碍了交通，堵塞了渠道。

二是水土流失严重。宁夏目前水蚀面积有2.29万平方公里，占全区总面积的44.2%。水土流失造成表土流失，土壤肥力下降。全区年均输入黄河泥沙约1亿吨，年损失有机质约120万吨，相当于600万吨化肥。水土流失破坏了土地资源，破坏了道路、水利设施，也降低了天降水的利用率。

三是土壤盐渍化严重。宁夏盐渍化耕地面积大约22万公顷，占全区耕地面积的59.9%。

四是环境污染严重。由于资源开发利用不当，全区气候环境质量达不到2级标准，土表水水质进一步下降，地下水及饮用水也有污染。

这些问题的存在，加剧了干旱、霜冻、冰雹、大风、沙尘暴等自然灾害的发生，也加大了南部山区摆脱贫困的难度。

宁夏正在采取退耕还林还草等一系列重大措施，保护和改善生态环境，实施可持续发展战略，在西部大开发中建设绿色大背景。宁夏林业厅高级工程师李赞成说（放录音）："任何时候生态环境建设没有过热的时候。在这篇文章上，我们调整农业结构上要做一做。抓住这个机遇，怎么为西部大开发、生态环境建设上做一点文章。工业能过热，农业也可能出现剩余，生态环境建设没有过热的时候，今天不过热，明天不过热，那我们这一代人都过热不了。"

宁夏正在加强和改善生态环境建设，退耕还林还草就是一条重大措施，在退耕还林还草中最根本的问题就是选择林种、草种，既要考虑到生态效益，也要考虑到经济效益，要围绕市场选种，要选择既能适宜当地条件，扎根生长，又能给农民增收的草种林种。宁夏彭阳县经济师、林业大学毕业生席维平对记者说（放录音）："从固原的实际情况看，有成功的经验，有失败的教训。从退耕还林还草这方面来说，草种林种必须以市场为主，品种选择上要有长线、长远的战略眼光。彭阳县白岔村他那个点搞得非常好，一个是选择山桃树种，山桃仁子有经济价值，每年收购价格每斤1元左右，1亩地收入都在200~300元，农民他就不愿把它砍掉，每年它有收益，他就把它保存得好，无论生态效益、经济效益都好。再一个就是山杏，市场价格每斤1.3元左右，1亩地下来也在300~400元，所以这个示范点是非常成功的。再一个就是我们西吉县那里，防护林工程15万亩，现在仅仅保留下来不到3万亩，主要是草种林种选得不对。在县委、政府和群众的努力下，面积完成了，尽管成长起来了，但是不产生效益。当地老百姓要生存，要吃饭，最后还是挖掉了，种粮食。没有保住的原因，最主要的教训还是没有结合当地实际，还是要以市场为主。"

从宁夏彭阳县白岔村成功的经验和西吉县防护林失败的教训可以看出来，生态环境建设一定要和当地老百姓的经济效益结合起来，把生态环境建设变成老百姓自觉自愿的行动，积极建设，主动保护，长远受益，才有生命力。

（中央人民广播电台《全国新闻联播》播出）

宁夏坚持高标准推进退耕还林还草

宁夏把退耕还林还草作为西部大开发的根本措施之一，采取树立样板、典型引路办法，坚持高标准严要求推进退耕还林还草工作。

宁夏党委、政府高度重视退耕还林还草工作，广大农民群众的积极性也十分高涨，按照国家的总体部署，宁夏彭阳、西吉、海原、固原、隆德5个试点县退耕还林还草20万亩的任务，截至目前已经超额完成，26万亩荒山造林任务也已经全部完成。自治区各级政府已经按政策将第一批补助粮1000多万公斤发放到农民手里，涉及22000多农户12万人口。计划在11月份发放的第二批补助粮1000万公斤现已落实到位。

在实施退耕还林还草工作中，宁夏坚持高标准严要求。固原县4万亩退耕还林的土地，由于整地工程质量差，树木成活率仅有60％，固原县决定全部返工。经过全县干部群众集中奋战18天，截至8月底，全县4万亩退耕还林整地工程返工完成，返工以后的树木栽植坑达到埂高、坑深的要求，蓄水保墒能力强，有利于树木成活。宁夏回族自治区主席马启智对此做了批示："固原县的做法很好，是对国家、对人民高度负责的体现，希望各县和项目区广大干部、群众认真学习，切实做好这项事关生态建设、事关子孙后代的大事。"

宁夏近日在彭阳县召开现场会，树立样板，典型引路，推广彭阳县加强小流域综合治理，加快生态建设步伐，扎扎实实推进退耕还林还草的经验，总结今年全自治区退耕还林还草试点工作，安排明年的退耕还林还草任务。目前宁夏各试点县正抓住秋季大搞农田基本建设的有利时机，高标准严要求地进行明年退耕还林地的整地工作。

（中央人民广播电台2000年9月20日《全国新闻联播》头条播出）

我国西北找水取得重大突破

我国西北找水取得重大突破。春节前，在宁夏南部山区固原县黑城乡，又一眼水井喷水了。寒冬腊月，祖祖辈辈使用高氟苦咸水的回汉族男女老幼，翻山越岭冒着严寒赶到井边，双手捧接一口甘甜的水尝一尝。这是地矿部宁夏地质勘察院为宁夏南部山区人民近两年打出的第52眼水井。国务院副总理姜春云、中央书记处书记温家宝等领导同志曾亲临找水现场视察，赞扬他们"扶贫扶到了点子上"。

近两年来，地矿部实施"西北地下水资源特别计划"，战胜重重困难，终于在严重缺水的宁夏南部山区、新疆塔克拉玛干沙漠、陕西渭北旱塬隐伏岩溶区、青海乐都盆地黄土红尘区、甘肃河西走廊和陇西黄土红尘区、内蒙古库布奇沙漠以及中蒙边界都找到了宝贵的可饮用水源地，使上百万回、汉、蒙古、维吾尔、哈萨克等各族人民从此结束了长期饮用高氟水、苦咸水、涝坝水的历史，为西北经济发展注入了活力。

国务院领导最近听取了地矿部的汇报，对西北找水工作给予了高度评价和充分肯定。

地矿部副部长寿嘉华同志接受了本台记者的采访，她对记者说："西北找水是我们地矿部'九五'地质勘查工作计划中的一项重点项目。取得的一些成绩仅仅是开端。我们要进一步加大西北地下水开发力度，为各族人民解决生活困难，为祖国西北经济发展做出新的更大贡献。"

（中央人民广播电台、中国国际广播电台播出）

苦咸水太阳能蒸馏净化集水试验成功

苦咸水太阳能蒸馏净化集水技术在宁夏农林科学院试验成功，这项科技成果对解决我国严重缺水地区人畜饮水问题开辟了新途径。

我国一些干旱地区有大量苦咸水，但因水质低劣，不能饮用。仅宁夏南部西海固山区就有清水河、苦水河等径流量达4亿立方米的苦咸水，流域面积达3.43万平方公里，占西海固山区总面积的86.6%。但是，长期以来，眼见这些苦咸水白白流走，西海固山区人民仍然生活在无饮用水的煎熬之中。

宁夏农林科学院从1996年至1998年在实验基地上经过3年试验后，于1998在宁夏山区盐池县柳杨堡、沙边子两个示范点再次大范围试验获得成功，1999年6月28日通过了由宁夏科委组织的专家验收和科技成果鉴定。鉴定委员会认为，这项科学研究成果是干旱地区苦咸水利用技术的创新，有较高的科学性和实用性，对开发苦咸水资源有着广阔的应用前景。

宁夏回族自治区9月中旬召开技术推广会，在全自治区大力推广这一项既可解决人畜饮水，又可以直接用来浇灌农田，而且成本低、效益高的实用技术。

（中央人民广播电台播出，刊于《科技日报》1999年10月9日第六版）

补白：内因决定性作用的发挥

内因是根据，外因是条件，外因通过内因起作用。这一哲学原理，在西部大开发中显现得十分充足。要振兴中华、实现中国梦，关键之一是西部的崛起。而西部的崛起，关键还在于内因决定性作用的发挥。

西部包括12个省、自治区、直辖市，面积685万平方公里，占全国的71.4%。据2012年末统计，西部人口3.67亿，占全国的25%，而西部人均国内生产总值仅相当于全国平均水平的66.6%，不到东部平均水平的40%。西部地区迫切需要加快改革开放和现代化建设的步伐。

而且，全国56个民族中的55个少数民族人口的绝大多数在西部。西部大开发的深远意义，不仅仅在于经济建设的跨越式发展，更在于民族团结进步、社会稳定安康。

这一切，从根本上来说，主要还是依赖西部内在因素的变革。

在采写新闻报道的时候，笔者注意选择西部省区各族干部群众着重"挖掘内部潜力"，"启动内在活力"，"就地由煤变电"，"走出家门参与市场竞争"，"要改变这个地区的面貌，首先要靠我们自己干，培植自己的造血功能"等作为"新闻报道的思想内核"，从而提高了稿件的思想性、指导性，这样的稿件能够上中央人民广播电台《新闻和报纸摘要》节目的头条，又被《人民日报》刊登，取得了良好效果。

（十二）宁夏大庆篇（选篇）

1. 宁夏三十大庆

宁夏三十大庆重点放在为群众办实事上

今年是宁夏回族自治区成立三十周年。今天自治区党委和政府说，庆祝活动不搞游行、不放烟花，不搞盛大款待，不送礼品，把重点放在为群众办些看得见、摸得着的实事上。

他们决定做7件事：帮助南部山区15万贫困农民解决温饱问题；解决无水山区5万人和6万头牲畜的饮水问题；对城乡主要建筑物和居民住房进行抗震加固；修缮30万平方米中小学危房；为南部山区建50个卫星地面电视转播接收站，向贫困山区170个乡各赠1台电视机；建成贺兰山沿山公路、石嘴山黄河公路大桥，扩建银川机场跑道，修建山区公路，改善交通运输状况；保证年产30万吨合成氨的宁夏化工厂和银川新火车站客运站等重点项目如期建成。

（中央人民广播电台1988年8月5日《新闻和报纸摘要》播出）

沙坡头综合治理荣获国家级科技进步奖特等奖

铁道部、中国科学院、林业部等单位的科学技术人员，在宁夏中卫沙坡头沙漠地段，密切合作共同探索成功的一项战胜流沙侵蚀、保证铁路畅通的综合治理技术最近荣获国家级科技进步奖特等奖。

过去，这里的风沙曾经吞没了5万亩良田；如今，科研人员经过多年的努力，用麦草扎制成方格草网，网眼里栽种着花棒、柠条、紫穗槐等绿色植物。

这一科研成果在宁夏中卫县推广以后，成千上万的农民向沙漠进军，把5万多亩沙漠改造成良田，世界环境规划署先后在这里3次举办讲习班，20多个国家的治沙专家前来考察，称赞中国科技人员创造了奇迹。

党和国家领导人万里、胡启立等同志曾先后到这里视察，赞扬治沙工作者这种"把论文写在大地上"的奉献精神。

（中央人民广播电台1988年8月8日《全国新闻联播》首播，8月12日《新闻和报纸摘要》重播）

宁夏同心县发展商品经济

改革开放唤醒了宁夏回族自治区同心县的商品经济意识。如今,这个多年贫困闭塞的山区县,已经成为自治区商品流通体制的试验区。

同心县地处黄土高原,干旱少雨,经济落后。改革开放以来,历史上擅长经商的回族男人如鱼得水,大显神通;就连旧社会不得抛头露面的回族妇女,也冲破了历史上"内妇人不见外男子"的传统观念,跻身于商品经济的潮流中。成千的农民乘火车、坐飞机南下广州、深圳,西走新疆、西藏,贩运羊毛、羊绒,推销发菜、布匹。目前全县20万人口中进入流通领域工作的已经超过1万人,占全县劳动力的12%。去年全县总产值中,商品性的产值占45.3%。

县长马占和最近向记者说:"同心县商品经济有3个特点:一是引进多,光羊绒一项就是全县自产量的5倍多;二是个体户经销量大,占全县经营量的80%;三是逐步向联合体发展,现在全县已经有79个收购、加工、销售配套的经营集团,一次可以做200多万元的买卖。"

(中央人民广播电台1988年9月15日《全国新闻联播》播出)

宁夏30年经济建设迅速发展

30年前,在宁夏回族自治区找不到当地生产的火柴、肥皂,如今这个位于西北内陆高原上的少数民族自治区,已经能够生产出全国一流的加工中心机床、数控车床等产品。这是宁夏回族自治区30年来经济建设迅速发展的一个缩影。

据权威部门最近向记者提供的数字,去年宁夏回族自治区国民生产总值达到36亿多元,比自治区成立初期翻了三番。

宁夏回族自治区成立于1958年,在此之前,这里几乎没有工业。自治区成立后,国家先后从内地搬迁和新建了1780多个煤炭、电解铝、化肥、机械等工业企业,形成了一个以煤炭为基础,包括冶金、机械、轻纺、化工等行业的工业体系。现在,宁夏工业总产值已经比自治区成立初期增长64倍,有10052种产品进入国优、部优和省优行列,上百种产品远销50多个国家和地区。

素以"塞上江南"著称的八百里川区平原,随着青铜峡水利枢纽工程的兴建，形成了纵横交错的排灌体系，有灌无排、田地盐渍化已经成为历史，特别是农村改革的不断深入，使宁夏农业生产总值以每年5.6%的速度递增。如今，引黄灌区的小麦、水稻亩产量分别达到300多公斤和500多公斤，南部山区70%的农民已不再为温饱发愁。

近几年改革开放的洪流正在推动长期封闭的宁夏投身商品经济的海洋。目前，全区已经有23000多个商业企业，从业人员达到5万人，多年拴在黄土地上的农民如今一批又一批西走新疆、西藏，南下广州、深圳，走上经商致富的新路。去年，宁夏回族自治区商品零售总额突破20亿元，比1957年增长16倍。

（中央人民广播电台1988年9月21日《新闻和报纸摘要》第二条）

2. 宁夏四十大庆

开创新风的盛大庆典

（现场音响、音乐、迎宾曲）

记者：10月25日，宁夏首府银川披上了节日的盛装，彩旗和鲜花把这座凤凰古城装扮得格外美丽。一清早，身穿民族服装的各族各界群众手持花束汇集到宁夏体育馆，参加在这里举行的自治区成立40周年的庆祝大会。

记者看到，新落成的光明广场上空飘浮着许多彩色气球，体育馆上方悬挂着大庆标语，上面写着：全国各族人民大团结万岁！热烈庆祝宁夏回族自治区成立40周年！

上午9点，温家宝、何鲁丽、王忠禹、白立忱、于永波和中央代表团全体成员，部分省、自治区、直辖市，香港特别行政区的代表以及宁夏的党政军领导在主席台就座。

庆祝大会由宁夏回族自治区党委书记毛如柏主持。

（音响，宣布"宁夏回族自治区成立四十周年庆祝大会开始"。出国歌声，压混）

记者：中央代表团副团长、国务委员兼国务院秘书长王忠禹宣读了中共中央、全国人大常委会、国务院、全国政协、中央军委发来的贺电。

温家宝代表中央代表团向自治区赠送了江泽民总书记题写的"庆祝宁夏回族

自治区成立40周年"铜匾以及挂毯和科技奖励基金，向西海固地区赠送了中央代表团精简、节约下的庆祝活动经费。

接着，温家宝发表了热情洋溢的讲话。

（音响：我代表中共中央、全国人大常委会……压混）

记者：温家宝代表中共中央、全国人大常委会、国务院、全国政协、中央军委，向宁夏各族工人、农民、知识分子、干部和各界爱国人士，向驻宁夏人民解放军、武警部队官兵和公安干警，向过去所有关心和支持宁夏革命和建设事业的同志们、朋友们，致以热烈的祝贺和亲切的慰问。

温家宝说，要特别强调的是，在今年长江、嫩江、松花江流域遭受历史上罕见的洪涝灾害的情况下，宁夏回族自治区党委和人民政府认真贯彻党中央的指示精神，庆祝活动不沿旧例、开创新风、厉行节约、讲求实效，充分体现了宁夏回族自治区各级党委和人民政府的全局观念，充分体现了宁夏各族人民勤劳纯朴的优秀品质。

温家宝指出，40年来，在党中央、国务院的领导下，自治区历届党委和人民政府带领全区各族人民，团结奋进，艰苦奋斗，取得了社会主义建设的伟大成就。今日的宁夏，经济发展，政治稳定，民族团结，社会进步，到处呈现出欣欣向荣的景象。宁夏的发展有许多有利条件，自然资源丰富，农业、能源优势突出，40年的发展奠定了继续前进的良好基础，国家加大对中西部地区和民族地区经济建设的支持，宁夏的发展前景十分广阔。我们相信，只要全区各族干部群众抓住机遇，继续发扬"负重拼搏，务实苦干，团结协作，开拓创新"的宁夏精神，集中力量加快经济建设，发展生产力，打好扶贫攻坚战，实现本世纪末基本解决全区贫穷人口温饱问题的战略目标，促进宁夏社会的全面进步，就一定能够创造出更加美好的明天！

温家宝代表党中央、国务院重申，今后，中央支持宁夏建设和发展的基本方针不变，而且，随着中央财政收入的增加和综合国力的增强，将会对宁夏的发展给予更大的支持。

温家宝最后说：（音响）"我们相信，宁夏各族干部群众在自治区党委、政府的领导下，高举邓小平理论伟大旗帜，紧密团结在以江泽民同志为核心的党中央周围，以自治区成立40周年为新的起点，振奋精神，开拓进取，一定能够开创改革开放和现代化建设的新局面，迎来'塞上江南'更加美好的未来。"

自治区主席马启智也在大会上讲了话。他在回顾了40年来的光辉历程，特别是党的十一届三中全会以来宁夏经济、社会各项事业发展的成就以后说：

（音响，"在跨世纪的发展征途中，530万回汉各族人民，不愿落后，也不甘落后。"压混）

马启智说，在新的征途中，我们全区各族人民要同心同德，奋力拼搏，在40年成就的基础上，向着更加繁荣、富裕、文明的更高境界迈进，创造更加灿烂辉煌的明天！

（合作者：魏赤娅。此稿在中央人民广播电台1998年10月25日《全国新闻联播》头条播出，
26日《新闻和报纸摘要》头条播出，获宣传宁夏好新闻二等奖）

追记：为"求新意"呕心沥血
——悼念中央台时政记者魏赤娅同志

我写这篇文章，心情十分沉痛。因为中央台时政记者魏赤娅同志，与我合作完成重大报道之后，过了没几年，才50岁就因病逝世了。这篇回忆，也是一篇悼文吧。

宁夏四十大庆的报道，对我这个中央人民广播电台驻宁夏首席记者和站长来说，是责任重大的。预料中的全年大事，我早就调阅、参看了中央台、国际台和其他兄弟媒体对各自治区大庆的报道，做了文字、音响、资料等多方面的准备。

中央台十分重视少数民族自治区的大庆报道，这次派了魏赤娅同志随中央代表团来宁与我合作，是再合适不过了。魏赤娅是从上海支宁的《宁夏日报》老记者魏仁中的女儿，在宁夏出生、长大，考入复旦大学新闻系，毕业后到中央台工作。她既对宁夏熟悉，又对中央领导同志和中央有关部门熟悉。俗话说，人熟好办事嘛。果然，魏赤娅来了，方便多了。纪念大会的前一天下午3点，她就拿到了中央代表团团长温家宝的讲话稿。中宣部新闻局负责同志特批可以让我们先看一看讲话稿，早做准备。

讲话要讲30多分钟，我们的报道只能选用2分多钟。选摘哪一段、哪几句，再选哪一段、哪几句，可不是一件容易的事。这个重任，魏赤娅担当

了。我负责起草纪念大会的广播报道稿。其实这两件事是相辅相成的。两个合在一起，要天衣无缝才行。

从下午3点开始，我俩就反复琢磨、推敲，为的是这次报道不落俗套，要"求新意"。下午6点的宴会和接下来的晚会，我俩的票都在兜里揣着，没去。那可是丰盛的物质大餐和精神大餐啊！为了报道，舍弃了。夜里11点了，还没有搞定。与魏赤娅住同室的人民日报女记者看完精彩的文艺演出回来了，人家要睡觉了。我先出去，等她睡下了，魏赤娅再开门放我进来，继续研究修改。直到凌晨3点多钟，我们才总算满意了。

马上要开大会了，这可是一场"真刀真枪"的"大战"。录音报道，光是供播音员播的文字稿满意不行，还得把温家宝和马启智的讲话录清楚、不失真，把会场的现场音响录好，我们细心地做着准备。

开会前，魏赤娅拿回了中宣部新闻局负责同志审阅过的我们的报道稿，兴奋地说："夸奖我们了，说我们的稿子摘引讲话摘引得好，抓住了根本。让央视照我们这样来摘呢！"

我一听，心里别提多高兴了！功夫不负有心人，我们废寝忘食的努力，值了！会后，我们向中央台传送了录音报道，播出效果很好。中央电台中午12点就播出了1个多小时前结束的庆典，在全国新闻媒体中时效是最快的。庆典报道突出强调了"开创节俭新风"。我们又专门为《民族大家庭》节目搞了"开创新风再创辉煌"专题报道，都紧紧抓住了这次宁夏四十大庆报道的突出鲜明的时代特点。

魏赤娅告诉我们："中央台的宁夏大庆报道得到了好评，中央代表团到达并与老干部、劳模代表座谈的综合消息，受到了中宣部新闻局负责同志赞扬'写得充实，有内容，有特点'。"

临别时，魏赤娅向我道歉说："没有招呼你同温总理合影，实在对不起！"我连声说："没关系，没关系！"我也向她道歉，没有照顾好她的生活。她也笑笑："没关系！"

时政记者是一些分工采访其他门类的记者分外羡慕的行当，往往被认为是跟着高层领导走南闯北，风光荣耀。而魏赤娅是一个放着"高档"不享受，一心追求"高效、高质"的记者。听同事说，她随国家领导人出访过50个国家，经常为抢时效顾不上吃饭、睡觉。

我不禁联想起马克思的一段话："使人生具有意义的不是权威和表面的显赫，而是寻求那种不仅满足一己私利，且能保证全人类幸福的完美理想。"

宁夏四十大庆报道，我们全站同志和中央台、国际台先后来宁夏的记者、编辑配合默契，愉快合作，圆满地完成了这一重大报道任务，受到中央台通报表扬，得到宁夏表彰奖励，魏赤娅是立下了头功的。

魏赤娅匆匆地走了，她的精神和作风为我们树立了学习的榜样。在大学讲坛上，我把她的事迹讲述给未来的新闻传播工作者。我们一代又一代从业者如果都像她这样敬业爱岗、精益求精，祖国的新闻传播事业何愁不会兴旺发达，屹立于世界。

> **中央人民广播电台《新闻和报纸摘要》节目**
> **庆祝宁夏四十大庆专题系列报道**

之一：刮目看宁夏

一家报纸曾做过这样的标题：宁夏在哪里？宁夏如此少为人知，除了它的面积和人口都占不到全国的一个百分点，更因为它曾经贫穷瘠弱得像一片干叶，在国民经济的大树上分量有限。

其实，宁夏并不是白纸一张：地下是丰富的宝藏，铜、铁、硝、硅、石油、石灰石；煤炭人均占有量全国第二，太西煤是响当当的煤中王；地上有黄河孕出的河套平原，旱涝保收不愧塞上江南；枸杞、甘草、滩羊皮、发菜、贺兰石，红、黄、白、黑、蓝，被称为"宁夏五宝"。有人说，旧宁夏不缺物产，不缺人力，缺的是优越的社会制度和顺畅的经济体制。而新中国成立和改革开放，久旱逢甘露般解除了宁夏的干渴，于是这里发生的变化达到了天翻地覆的程度。前不久我们赴宁夏采访，从最北端的石嘴山市驱车抵达最南端的泾源县，沿途道路平坦宽阔，全程只用了8个小时，有关人士介绍说，总长9000多公里的公路把全区3/4的村庄连接起来，任何两个乡镇之间凭借汽车就可以当天到达。40%的公路柏油化比例居全国前列，不到400公里长的境内黄河上横跨6座大桥，密度之大在黄河流域各省区首屈一指。除了高等级公路和铁路，今年的宁夏还有了放飞大型客机的机场，宁夏在全国第二个实现了乡镇电话程控化，全自治区平均每13个人拥有1部电话机，所有市县和北部交通干线区域里大哥大信号清晰，电话、数据、图像三网合一，将在明年把电话线拉到每一个村庄……回首遥远的起跑线，新中国成立之初全区只有3条泥土公路，1座固定运输桥，1/4的县城出门只有羊肠小道，全区只能让8个人同时拨打长途电话。

谁也不会相信，1台慈禧用过的发电机，19辆破汽车加上几个小作坊、小煤窑，就是解放军入境时宁夏工业的全部家底，以至于今天我们计算新旧宁夏工业各项指标的增长的幅度时无法找到比较标准。依靠贺兰山下的优质煤炭，如今宁夏发电量人均全国第二，以此为基础独具西部风采的高耗能工业迅速崛起，它一头消化了用不完的电，一头升华了采不完的矿。硅铁、铁合金、碳化硅产量在全国名列前茅，技术复杂的钽、铌、铍在国际市场举足轻重，以电力、石化、冶金、机电、建材、制药和农副产品加工支撑的宁夏工业，去年创造产值186亿元，近10年来，每年以8.5%的速度递增。更叫人惊喜的是，宁夏面对亚洲金融危机造成的压力，今年上半年全区出口额增长了25.6%。

宁夏正在变成一个越来越重的砝码，在祖国的天平上不断加重着西部的分量。

（中央人民广播电台1998年10月14日《新闻和报纸摘要》头条播出）

之二：走出干渴

沙漠两面夹击的宁夏一直是干渴的。在这里，降水量和蒸发量是1∶8的悬殊。"水贵如油"的说法俗套而准确。"有水赛江南，无水泪亦干。"水在这里仿佛能点石成金，"苦甲天下"的西海固穷就穷在无水滋润上。于是，找水、打水、蓄水，成了自治区领导魂牵梦绕的心腹大事。在为数不多的自治区财政里，关于水的开支占去了一大块。打一眼储水窖，补贴几十元到几百元，全区的水窖大大小小每年要打几万眼；西吉县即将竣工的一座拦水坝，摊在受益者头上的投资每人高达上千元；固原县有口机井垂直钻地800米，近百万元经费变成汩汩清泉……

正是由于水的特殊地位，人们把宁夏地质勘察院叫"水神"，他们的"西北特别找水计划"两年来打出大型机井上百眼，国家领导人称赞他们"扶贫扶到点子上"。人们也忘不了解放军的奉献，兰州军区给水团百井扶贫受到了江主席的通令表彰。

其实，对于宁夏，大自然吝啬之中也有慷慨，滔滔黄河就汹涌澎湃地斜穿宁夏。（出录音）"黄河在宁夏段落差较大，而两岸地面坡度比较缓，聪明的宁夏人就利用这个坡度差巧妙地引黄河水到地面进行自流灌溉，形成了有名的引黄灌区，大家叫它塞上江南，这片土地只占自治区的1/4，产粮却占3/4，所以就有'黄河百害唯富一套''天下黄河富宁夏'的说法。"

眼下，宁夏人正在做两篇关于水的文章。一篇是引水的文章，就是在国家容许的额度内抽取黄河水，在沿岸开发300多万亩水浇田，它的作用一是安置移民100万人，实现本世纪末消灭绝对贫困的承诺；二是建成全国第三个千万亩级的灌区粮食生产基地，为共和国的粮仓做出加倍的贡献。

另一篇是节水的文章，宁夏扶贫扬黄灌溉工程指挥部副总指挥袁进琳说得好：（出录音）"黄河水也不是取之不尽的，国家每年只许我们用40亿吨黄河水，打井挖窖筑坝花了多少钱哪？！所以水对于我们宁夏特别的珍贵，绝不能容许浪费一点一滴。"

宁夏人已开始改变大水漫灌的浇地习惯，喷灌、滴灌、微灌、暗管排水这些原本陌生的节水灌溉方法越来越多地出现在广阔的田野，到本世纪末全区1/3的农田将接受节水灌溉。在这同时，以提高土地生产率为核心的农业综合开发正在宁夏开展得如火如荼，让宝贵的甜水滋润出的土地发挥出最大效能，已变成宁夏农民的自觉行动。不久前记者来到宁夏征沙渠项目区，昔日由4000个沙丘组成的荒漠已变成了一片绿洲。在王福新老汉的承包地里，苹果满枝，树苗苗壮，玉米、豆子、蔬菜合理有序地分布在田间地头。王老汉说：（出录音）"现在我在树苗小的时候就套种麦子，麦里头套豆子，沟沟渠渠边上都没有让它闲的地方，现在套这么些东西，最终的目的就是要让一寸土地发一寸光，把黄河水利用起来，水是比较贵重的，不能叫它浪费掉。"

宁夏正走出干渴，但做好水的文章，却是宁夏人不断求解的命题。

（中央人民广播电台1998年10月15日《新闻和报纸摘要》播出）

之五："宁夏精神"谱新篇

"负重拼搏，务实苦干，团结协作，开拓创新。"这就是贺兰山下530万各族儿女共同孕育的宁夏精神。短短十六个字含义深远，它褒扬了合力同心、艰苦奋斗的拼搏精神，反思着昨天的弯路、眼前的差距，更表达了不甘落后、奋起直追的强烈追求。

贫瘠的土地，恶劣的环境，造就了宁夏人民吃苦耐劳、战天斗地的顽强民风。盛夏八月，我们来到西海固，无遮无拦的烈日下，到处是平田整地、改造山河的忙碌身影。（出拖拉机声，农民说话声，渐隐）

这位在彭阳县一座山上修梯田的农民说，我们这个地方苦呀，有些远处的人要翻山来，太阳晒得厉害，吃不上可口的饭，也喝不上水，可是这地还是要平，把这个地平好了，粮食就增产了，我们的日子就好过了。

据说在西海固，造一亩梯田一个劳动力要干一个半月，搬动的土方能装满100辆卡车。没有几台推土机的彭阳县，大部分梯田就靠人工一锹一锹地挖出来，全县每个劳动力每年不要一分报酬义务平田40天。他们知道，梯田比坡地能多打一两倍的粮食，还能防止水土流失。

冒贤、白春兰夫妇是宁夏有名的治沙英雄，十八年治沙不止，硬是把千亩沙漠变成树影婆娑的绿洲。白春兰说：（出录音）"风沙力量大，我人力量也大，风再刮得大，我把它沙总能治住呢！我觉得我的力量也大。"

就是凭着这股不服输、不低头、不辞劳苦的劲头，宁夏在一穷二白中崛起。今天的宁夏，工业产值一天等于新中国成立前一年半的产值，亩产粮食翻三番，全国最穷的西海固即将全体跨过温饱线……

纵比充满骄傲，可横比却又令人震撼。宁夏人痛苦地发现，自己在进步，别人的脚步更快，面对和东部仍在拉大的差距，宁夏人进行着沉重的思考。

自治区党委副书记任启兴说：（出录音）"我看还是解放思想、更新观念的问题。小富则安、求稳怕乱、目光短浅、故步自封、因循守旧、浅尝辄止等等，这些观念和行为在宁夏不少地方根深蒂固，往往导致事倍功半、步履维艰的结果。所以我认为不能苦等苦熬。不仅要干，苦干实干，还要解决怎样干的问题，这就是我们宁夏精神中的'开拓创新'。眼下最要紧的是增强市场观念。我们传统的'五宝'，还有瓜果、大米，为什么名气响当当，质量顶呱呱，就是形不成产业，挣不着钱呢？我看就是缺乏占领市场的意识和手段。我们过去总谈资源优势，如果不把它们转化为产品优势、市场优势、经济优势，你就只能守着金碗没饭吃。"

目前，自治区正在着手抓四件大事：以市场为导向，加速经济结构调整步伐；放手调整所有制结构，提高非公有制经济的比重；努力扩大对外开放，鼓励外资进入各个经济领域；利用当地资源培育优势支柱产业，产生更多的经济增长点。这是宁夏人反思后的战略举措，它折射出宁夏精神的崭新内涵。

（中央人民广播电台1998年10月22日《新闻和报纸摘要》播出）

（《刮目看宁夏》等"宁夏回族自治区四十周年专题系列报道"，1998年10月14日至25日由中央人民广播电台播出。合作者：姜宝虹、张天健、廉军。获中央人民广播电台优秀节目二等奖）

山城冲出的"亚洲第一"

——记全国五一劳动奖章获得者石进儒和宁夏民族化工集团公司

（出火车声、混播渐隐）

地处贺兰山脚下的宁夏石嘴山市，冲出了一个"亚洲第一"。这就是：荣获全国民族团结进步模范单位光荣称号的宁夏民族化工集团有限责任公司。这个公司生产的石灰氮、双氰胺，通过火车、轮船，翻山越岭，打入国际市场。（火车声渐停）

走进宁夏民族化工集团公司，"责任重于泰山"六个大字就扑入眼帘。各个分厂、车间的广大职工都在自己的岗位上兢兢业业地工作着。

这个公司的带头人、总经理石进儒，是回族农民的儿子，复员转业军人，今年（1998年）荣获全国五一劳动奖章。石进儒1989年来到石嘴山电厂（该公司前身）任厂长时，接手的是个长期亏损的烂摊子。那时，生产单一产品电石。人们开玩笑说："一伙土包子，围着一个土炉子，用的是土法子。"

"土八路"偏要打入"洋市场"。石进儒通过调查研究，就职时，在职代会上提出：调整产品结构，调整经营方向，用科技开发高附加值的电石系列深加工产品，把产品销售的主渠道由国内市场转向国际市场。一次，在同日本客商洽谈时，日方提出要电石深加工后生成的产品石灰氮，但含氮量必须在24%以上。然而，当时全国各地的石灰氮含氮量最高也只有22%。怎么办？不签，绝好的机遇就丧失了；签吧，满打满算生产石灰氮还不到一年时间，工艺和操作都没有完全掌握。风险实在太大了！

有胆有识的石进儒斩钉截铁地说："没有风险，就没有效益；没有风险，就没有压力。为了让产品打入国际市场，这个险我冒了。但成败在此一举，干！"

石进儒敢想敢干，敢于竞争，敢冒风险。石进儒并不是盲目蛮干，而是坚持"竞争力来自凝聚力"这一朴素的真理，用他的话来说，"人和万事兴"，把"人和"当成走出困境、奋起竞争的突破口和金钥匙。他宣布：有不同意见允许争、允许吵，但不许扯皮、推诿，一旦决策形成，必须无条件执行。他认为：作为一个领导，靠权力压服只能使人畏惧，面服心不服，产生的是离心力；而靠自身的品格力量，才会使人佩服，面服心更服，产生的是向心力。

石进儒带领伙伴们苦战70天，没离开攻关现场，没睡过一个囫囵觉，硬是把含氮量24%的高品位产品攻出来了。经日本方面检验，达到标准，并且从1992年起列入日本农林水产省的进口计划。直至今年，公司生产的石灰氮连续几年成为我国单一产品年出口创汇超百万美元的好项目，使公司成为石灰氮生产规模居"亚洲第一"的龙头企业。

石进儒这个文化不高的"土包子"，是靠什么把产品打入"洋市场"的呢？

有人说他抓住了机遇，有人说他发挥了宁夏的资源优势。石进儒对记者说：（出录音）"外因条件再好，内因不起作用，还是不行的，企业还是搞不好。我们企业有股艰苦奋斗的精神，企业的精神。中西部经济的开发发展，要靠中西部自身的努力。西部的优势是啥呢？是原料，是很丰富的。如果你利用好，就能发展。如果你利用不好，就失去了。机遇是很难得的。应当把它们结合起来。国际市场要抓住，关键要有好的质量。一个是产品质量，一个是工作质量。产品质量根本要抓好人的工作质量。人的工作质量抓好了，人要认真负责了，踏实勤奋了，产品质量就好了。"

石进儒特别强调说，企业的竞争，产品的竞争，归根到底，是人才的竞争。

石进儒重用原有人才，引进外来人才；将年轻的"铁"在"熔炼"中锤炼成"钢"，培养成后备人才。石进儒1989年到厂时，厂里没有一名工程师，他上任以后千方百计抓人才。

张玉秋是个懂管理的"秀才",挑起公司党委书记的重任,专门抓思想政治工作。武侯纪,1976年毕业于山西矿院的高才生,多年来几易工作单位,每换一个专业都能很快适应并成为内行,石进儒看上的正是武侯纪这股钻劲、韧性。可人家是行政单位吃皇粮的国家干部,能来电石厂这个前途未卜的小企业吗?武侯纪只犹豫了片刻,就被石进儒以真诚和尊重说服了。武侯纪调入电石厂,并被任命为总工程师,成为石进儒创业路上的好搭档。调来一个武侯纪,一个行家带动了一个厂。全厂以科技为龙头,连续上了6个改扩建项目、3个技术开发项目。所上项目都提前6—9个月投入生产,而且不超过概算指标,共节约技改资金108万元,企业产值每年以43%的速度递增。

1993年,企业拥有了5个分厂和2个子公司,并顺应潮流成立了民族化工集团公司。石进儒越发认识到:没有一个精于理财的内当家是不行的。他的第二个明智之举是调来了石嘴山市轻工业局财务科科长曾桂荣,并任命其为公司的总会计师。曾桂荣的到来,很快为公司建立起了一套适应现代化管理的财务管理体系,建立了财务二级核算网路,使财务管理走上了正规化。这位女将带领大伙广开融资渠道,利用国家一切优惠政策,实行全方位融资。3年就为企业筹集了4500万元的技改资金,有效地缓解了企业的资金问题。

学机械专业的董海涛和学化工工艺的石广伟所在的石嘴山市草酸厂处于停产状态,两位大学生学非所用,经总工程师武侯纪推荐,石进儒欣然招贤。几年来,在公司的技改和新产品开发上,董海涛和石广伟协助总工程师武侯纪攻克了许多技术难关,成为年轻有为的技术骨干。1995年,董海涛和石广伟双双被提为总经理助理。

1993年4月,对于石嘴山民族化工集团公司来说,又实现了一次历史性的跨越:外贸部批准了他们的自营进出口权,这就意味着企业将直接和外商打交道,石进儒果断决定,要培养自己的外交人才。经过调查摸底,调来了石嘴山矿务局第三中学的英语教师薛丽霞。薛丽霞口语流利,思维敏捷,从英语教学转为外经贸,她很快就适应了这个环境,先后接待了十几批日本、美国、英国、法国、比利时的客商。薛丽霞不止一次地提着样品独闯各国驻北京的商社,吃了许多次闭门羹后,她变得愈加老练而富有经验了。和外商接洽,她那一口流利的专业英语令外商惊讶。几年来,薛丽霞几乎跑遍了亚欧国家驻北京的商社,先后发展了日本、德国、巴基斯坦、香港等国家和地区的客户。公司自营出口1994年仅3万美元，1995年就达8万美元。

石进儒还十分注意培养人才，采取多种措施，提高全体员工的素质。公司请宁夏大学、宁夏电大等院校代培大中专、技校生300余名，还在公司开办成人大专班，在读职工、干部达150人。公司每年用于培训职工的经费都在100万元以上。现公司中具有各级职称的269人，其中高级职称8人、中级职称73人。民族化工集团公司发扬人才优势，开发资源优势，利用宁夏当地的原料和充足的电力，取得了显著效果。1989年销售收入不足1000万元，利润300万元，而1997年实现了销售收入1.42亿元，比1989年增长13.2倍；利润2672万元，比1989年增长7.9倍。资产总额由1989年的不足1000万元提高到1997年的4.2亿元，增长41倍。1997年上缴税金达734万元。

今年，东南亚金融危机对民族化工集团公司产品的出口带来很大影响。

记者请石进儒总经理谈一谈：（出录音）"石总，现在企业面临着很多困难，我还想让您进一步谈一谈，在困难面前保持一种什么样的精神状态。你们又是如何克服困难的？"

石进儒说：（出录音）"企业发展过程中肯定是有困难的。我困难的发展过程中怎样认识它呢，我觉得，这要有一种精神和决心，这种精神和决心就是克服困难。对待困难来说，要正视它。先分析困难存在的原因，困难原因找出来了，就好办了。比如，宁夏本来电力充足，但高耗能一多，电力也紧张，这就要抓好降耗，协调好，个人的降耗工作提高到议事日程上，我区高耗能3800，我们就是3400，首先自己要消化一部分。这样，首先立足于自己，我想困难还是能解决的。困难有，要认识困难，正视困难，解决困难。"

这个公司今年上半年工业总产值、销售收入、利润分别比上年同期增长了94%、25.4%、32.9%。"民族化工"的股票在股市上颇受青睐。目前，这个公司又进一步开发了硫脲、草酸、胍类等产品，不断取得新的效益。

石进儒感慨地说："企业越是在发展，一片赞扬声中越是要认真细致地总结经验，找出薄弱环节，认真克服，努力去完成。我们现在信心十足，干劲百倍地努力去实现目标。"

（合作者：兰汝生、张天健、廉军。中央人民广播电台《民族大家庭》1998年"宁夏四十大庆专题"12篇系列报道被宁夏评为四十大庆宣传宁夏好专题，这是其一）

附：中央人民广播电台宁夏四十大庆报道受到表彰

中央人民广播电台记者站被评为先进集体，潘梦阳被评为先进个人。

（十三）全国"两会"报道篇（选篇）

1. 七届全国人大一次会议

"延安精神"永放光芒

这虽然又是旧话重提，但出席人代会的陕西代表们今天仍然把它当成"中心话题"纷纷反复诉说：在改革开放新形势下，要继续发扬"延安精神"。这是政风廉洁的保证和民族兴旺的必需。

在人民大会堂陕西厅，华丽的吊灯、沙发、地毯与那幅巨大的延安宝塔山国画相映衬。今天，陕西代表团在这里的讨论显得格外热烈。当年曾经转战陕北的"老延安"习仲勋，开门就唱"陕北调"。他说："这次，我还是要讲发扬'延安精神'。'延安精神'是什么呢？就是艰苦奋斗，自力更生；扎扎实实，埋头苦干；克服困难，开拓前进；甘当公仆，为政清廉。现在搞改革开放，发展经济，没有这种精神，群众的积极性就发挥不出来，就什么都搞不成。现在形势变了，是不是有人觉得'延安精神'过时了？！"

一个"小延安"——出生在1942年、创立"延安精神"年代的延安人王巨才，现在是延安行署的专员。他在一旁插话道："现在同样需要提倡和发扬'延安精神'。我们成立了一个'延安精神研究会'，在全国有会员3000多人，引起了国内外各方面的关注。我们正在探讨'延安精神'丰富的内涵以及如何在新形势下继续发扬光大'延安精神'。"

习仲勋说："'延安精神'很重要的一点，就是我们各级领导不脱离群众，和群众同甘共苦，打成一片。现在经济发展了，一些领导就大手大脚、大吃大喝，讲排场，摆阔气，甚至贪污、受贿，风气很不好。对于这种风气不廉洁的问题，群众很有意见。当年，延安时期我们面临重重困难，就是靠群众和我们一道同心协力来战胜的。那时，延安100多万人养活10万军队，各级领导干部和军队也搞大生产。如果当时没有'延安精神'这样一个精神支柱，哪有我们的今天？现在，我们的日子好过了，就越要廉洁奉公、勤俭办事，树立好的政风，绝不能脱离群众。"

被代表们称为"财神爷"的财政部部长王丙乾，十分赞同代表们发出的廉洁政风的呼吁。他说，农业上讲水土流失，现在财政上也有个"水土流失"问题。目前，一些地方和部门领导违反财经纪律，请吃请喝，铺张浪费，国家的钱有些流到个人手里了，这方面的漏洞一定要堵塞。如果很好地发扬了"延安精神"，我们经济和各方面的发展还会更快些。

讨论会已经结束了，七嘴八舌的议论使记者仍感到意犹未尽。记者请延安行署专员王巨才联系实际谈一下当今发扬"延安精神"的现实意义。他说："发扬'延安精神'使我们延安地区这几年发生了巨大变化。"一位老一辈革命家在描述当年延安好风气时写道："那时的延安是'只见公仆不见官'。""文化大革命"后一段时期里，延安有些方面干群关系比较紧张，一些干部以权谋私，丢弃了"延安精神"的光荣传统。从1985年起，我们地委、专署在延安旧话重提，在全地区大力提倡"延安精神"，狠刹了干部中的几股歪风：封存了60多辆计划外购买的小轿车，纠正了360多名干部的为提拔和得到补贴而取得的假学历，纠正和处理了一些干部乱占地、乱建房以及安排人事搞"血缘关系"等问题。这样，歪风被打下去了，群众气也顺了，改革开放和发展生产的积极性也就调动起来了。遭受大灾的1987年全地区人均收入达到226元，比1978年的70元增长了2倍多。不少地方改变了贫困面貌。由此可见，"延安精神"可以转化为巨大的生产力。

陕西省省长侯宗宾说，我们省里准备制定切实的措施，在全省对干部进行"延安精神"的再教育，用"延安精神"来扫除奢侈浪费之风，建立"为政清廉"之风，克服我们陕西经济发展上的困难，不断开拓前进！

王巨才说："'延安精神'应当成为我们中华民族的精神支柱之一，即使是我们国家富强了，我们仍然不能遗弃。"这是陕西代表们的共同意愿！

（合作者：张锦胜。中央人民广播电台"两会"专题节目1988年4月3日播出，新华社播发通稿）

白立忱主席谈振兴民族经济要靠改革引路

听众朋友，您好！欢迎大家收听《民族大家庭》节目。今天的节目我们是这样为大家安排的：先请听本台记者潘梦阳采写的录音专访，题目叫《振兴民族经济，要靠改革引路》。

听众朋友，在七届全国人大一次会议期间，在京西宾馆代表驻地，本台记者潘梦阳访问了回族代表、宁夏回族自治区主席白立忱，请他谈了振兴民族经济的见解。现在就请听记者的访问录音（出录音）。

记者：白主席，听了李鹏代总理所做的政府工作报告，您对少数民族地区的经济振兴有什么想法和打算，请您谈谈好吗？

白立忱：好啊！李鹏代总理指出："加快社会主义现代化建设，集中力量发展社会生产力，是社会主义阶段尤其是初级阶段的中心任务。"这同样是我们少数民族地区的中心任务。要实现这一任务，就一定要靠改革来引路，靠改革促进建设，以改革总揽全局。回顾我们宁夏改革5年来走过的道路，我们深深体会到，改革是带动经济建设、振兴民族经济的"火车头"。改革每深入一步，经济就向前发展一步。1987年全自治区国民生产总值达到35.5亿元，近5年平均每年增长13％。国民收入达到28.1亿元，近5年平均增长12％。1987年同1982年相比，国民生产总值增长了84.2％，国民收入增长了76.2％。如果没有改革，是不会有这样快的发展。

记者：您谈的这点体会很好！改革是振兴民族经济的火车头。请您具体地谈一谈，宁夏打算怎样以改革这个火车头，带动民族经济的振兴？

白立忱：首先，要进一步解放思想，更新观念。以解放思想、更新观念，作为改革这个火车头的发动机，不断解决影响改革的模糊认识和错误思想。认识提高了，行动才能统一。

其次，我想，振兴民族经济，还要振兴民族精神，要自信自尊、自强不息、自力更生、自主发展，不要自卑自馁、自暴自弃，自己瞧不起自己，正确处理好依靠国家和发达地区支援与自己动手发展民族经济的关系。我们宁夏同许多少数民族地区一样，经济基础差，底子薄。

李鹏代总理在《政府工作报告》中明确指出："国家和经济发达地区要努力支援少数民族地区的经济和文化建设，促进各民族的共同繁荣，为维护祖国统一而团结奋斗。"今后国家和发达地区的支援，对我们还是需要的，而且是非常必要的。我们要把这种支援作为振兴民族经济、不断向上攀登的"垫脚石"，打好基础，努力发展宁夏经济。

记者：以解放思想、更新观念，作为改革这个火车头的发动机，这个观点很有特色。火车头发动之后，振兴民族经济这条道路，你们打算怎么走呢？

白立忱：这条路是一条新路，我们得摸着石头过河，边走边探索。前进的路上，既可能有曲折，也可能有坎坷。不过，再有多大的艰难险阻，我们都要坚定不移地走下去。

我们大体的设想是：抓住两大机遇，发挥两大优势；挖掘内部潜力，实行全方位开放，加快宁夏民族经济的振兴。

这两大机遇，一是国家的经济体制改革、产业结构的调整，二是沿海地区经济发展战略的实施，我们要很好地利用这两个机会，促进本地经济发展。

宁夏的两个优势是农业和能源。

我们要认真贯彻和实施《中华人民共和国宪法》和《中华人民共和国民族区域自治法》，深化改革，积极推行各种形式的承包责任制，在承包中深化改革，在竞争中完善承包，在效益上落实责任，从实际出发，扬长补短，发挥优势，挖掘内部潜力，大力发展以煤炭、电力为主的能源工业，有计划地积极发展高耗能工业、原材料工业和化工、轻纺等工业，全面发展农林牧副渔各业，积极发展和沿海地区同内地发达省市的横向联合，对外实行全方位的开放，以更加灵活、优惠的措施，吸引外来人才、技术和资金，以锐意改革、勇于开拓、艰苦奋斗、励精图治的精神，加强民族团结，发展商品经济，把宁夏建设得更好！

（中央人民广播电台1988年4月7日《民族大家庭》节目播出）

解决当前四大经济难题的对策

七届全国人大代表、专门研究战略规划的中年学者、民盟中央副主席冯之浚系统地分析了当前我国经济发展所面临的四大难题。这就是："双重体制的摩擦，二元经济的并存，东西发展的差距，体力劳动和脑力劳动收入的倒挂。"他建议，一方面应当把这些困难如实地向人民讲清楚，使其有足够的思想准备，有较强的承受能力；另一方面，要加强政策配套研究，强化政策功能，"熨平"双重体制交替所出现的种种"皱纹"。要用改革的配套政策求得经济的发展，以经济发展促进改革的深化。

冯之浚说，双重体制的摩擦是第一个大难题。我们从一个旧体制转到一个新体制，必须有一个过渡期，不可避免地有一个双重体制并存的问题，这是改革中困难背景的来源之一，也必然会产生阵痛。双重计划体制、双重物资供应体制、双重价格体制的并存在运行中必然有矛盾、有摩擦、有冲突。这样就会出现一个"真空地带"，包括"政策真空""管理真空"等，一些单位和个人总是想方设法钻双重体制并存的空子，把计划内的变为计划外的，把国家的变为集体的，把国家和集体的变为个人的，造成消费基金的猛涨，因而，也对物价上涨起了推波助澜的作用。要解决双重体制的摩擦问题，就要分阶段、分步骤、求配套，加快新旧体制的转换。在采取"活血化瘀""开胸顺气"方法，减少相互间的摩擦的同时，尽快实现体制的转换。

冯之浚说，第二个大难题就是当前二元经济的并存，崭新的现代化与古老陈旧的传统形成了强烈的反差。这个难题要用先进的科学技术改造传统的工农业，用现代化的大企业与落后的小企业加强横向联系，组成各种形式的新企业来提高技术水平。不但要引进国外先进技术，更需要提高管理水平，提高人员素质，克服小生产狭隘观念，逐步消除二元经济并存的强烈反差。

冯之浚说，第三个大难题是东西部发展的差距，要警惕差距的扩大。要清醒地认识到，实施沿海经济发展的战略，这绝不只是一个东部沿海的问题，而是一个全国性的战略。解决这个难题的对策是"东部决战，中部策应，西部固本"十二个字，使我国经济能够平衡地发展，获得共同提高。东部参加决战，两头在外；中部策应，西部强治固本。不固本，决战也不可能。西部本来基础就比较差，又是多民族地带，这个地带是国家安定团结的依靠力量，也是我国经济发展下一步起飞的依靠力量。我们要全面理解"大循环"，就要立一个题目，专门研究中国西部发展战略，以同沿海地区发展战略相配套，形成一个系统，这是我们的当务之急。

冯之浚说，第四个大难题是脑力劳动和体力劳动收入比例的倒挂，就是代表们说的"搞原子弹的不如卖茶叶蛋的，持手术刀的不如拿剃头刀的"。要解决这个问题，就要在继续放权、让利、调动积极性的同时，抓紧把科学技术的进步注入经济机制中去，使科技成为经济发展的主要动力。当前，值得引起警惕的是，第二次"读书无用论"又来到人间，科技发展要靠教育。今天不抓教育，明天就得多造监狱。全民族如果不重视教育，就得自食其果。

冯之浚提出，要解决这四大难题，必须靠配套的改革政策。当前，我国正处于全面改革的时代，各项政策协调一致，相互配套。如同中医"辨证处方"，"君臣佐使"四药各自发挥其主攻、辅助、抑制副作用、调和各方的功能。这样才能取得整体效应，妥善地解决这四大难题。为此，急需从系统分析出发，在制定和调整政策时，使各项政策"成龙配套"，形成新的政策网络，力求取得理想的整体效益。

（中央人民广播电台1988年4月7日《全国新闻联播》播出，新华社发通稿，《宁夏日报》刊载）

附：突出新观点新思想　令人耳目一新　　◎丁文奎

言论性新闻，是区别于写事件、写经验的事实性新闻而言的，在整个新闻报道中占有较重要的地位。

突出新观点、新思想是言论性新闻的一个特点。所有新闻报道都要求有新意，这是新闻工作的规律。作为事件性和经验性新闻，也要求能尽量反映新观点和新思想，但是，由于它们报道的是新闻事实，而事实一般都是具体的、有个性的，只要选择的事实个性突出，哪怕反映的观点不新（用许多新闻事实反复宣传一种观点是常事），报道也是有新意的。

言论性新闻则不然，它不是写具体事实，如果它报道的观点或论述不新，都是老话、套话，就没有任何个性可言了，就不能给人以启发，会显得空洞干巴，索然寡味。这次中央台"两会"报道的许多稿件都很有新意，反映了代表、委员对国家大政方针的新看法、新思想。

如有一篇稿件写道，全国人大代表、民盟中央副主席冯之浚在人大分组讨论中，"分析了当前我国经济发展面临的四大难题。这就是：双重体制的摩擦、二元经济的并存、东西部发展的差距、体力劳动和脑力劳动收入的倒挂"。冯之浚建议把这些困难如实向人民讲清楚，使人民有足够的思想准备，同时要强化政策功能，用改革的配套政策来解决这四大难题。稿件接着写这位代表谈如何解决四大难题，并提出要使各项政策协调一致，取得整体效应。

此稿深刻触及了我国经济发展中出现的问题，概括准确，有理论高度，令人耳目一新。

（中央人民广播电台《编播业务》1989年22期）

甘宁青设想共建黄河上游资源开发区

甘肃、宁夏、青海三省区协商提出共同建设黄河上游资源开发区的设想，不要求国家投资，依靠政策来解决资金问题。国务院副总理姚依林、田纪云和全国人大常委会副委员长费孝通、全国政协副主席钱伟长分别听取了甘、宁、青三省区负责人的有关汇报，支持这一设想。

甘肃省省长贾志杰、宁夏回族自治区主席白立忱和青海省省长宋瑞祥，在人代会期间，经过多次协商，联合提出了这一设想。黄河上游，从龙羊峡到青铜峡长达900公里的黄河上游河段，坡降大，水落差1400多米，是水能蕴藏量最富集的地区，可以再建15个梯级电站，总装机容量可达1400万千瓦，相当于长江三峡的所建电站容量。在这里建水力梯级发电站，淹没耕地少，搬迁不多，投资省，效益高。而且这一带煤炭资源丰富，可以建设众多坑口电站。这样，以水电为主，水火并举，相辅相成，可建成强大的以电力为主的能源基地。这一带又是我国矿产资源极为丰富的地区，以能源工业为龙头，带动矿产资源的开发，可以建设我国大型的煤炭、铁合金、有色金属、碳素、盐化工基地。

甘、宁、青三省区领导同志提出，对于建设所需资金，主要运用优惠政策吸引外资，与沿海省市搞横向联合等办法来解决。有些可采用入股分红、合资经营等方式，也可以征收电力建设费，专款专用，建立黄河上游开发银行，成立董事会，建立专项开发基金。

姚依林副总理说，三省区联合起来搞经济开发，是一个很大的突破，这比一个省搞要好，是个很大的进步。怎样开发好，要有规划，要进行细致工作，要花点功夫，深入研究。田纪云副总理说，西部，应当有所作为，要有所作为就要办点实事。三省区提出的方案，要进行可行性研究。黄河上游的开发，主要是时间和力量的问题。要快些开发完全是应当的。我们要有紧迫感，但要扎扎实实地做工作。

费孝通、钱伟长两位老科学家与甘、宁、青三省区领导商定，由费、钱两老牵头组织有关专家、学者，同三省区的有关人员组成课题组，深入西北，实地考察，制定出西部三省区资源开发的发展战略。

（中央人民广播电台1988年4月22日《新闻和报纸摘要》第二条播出，

《中国西部开发报》《宁夏日报》头版转载）

补白：独家新闻 通宵采编 最新发布

这是人代会期间，中央台在22日早晨黄金时间《新闻和报纸摘要》节目播出的一篇独家新闻，并且放在了第二条。这条新闻是编辑和记者紧密合作、通宵突击、采写编发的最新消息。

人代会期间，我同宁夏回族自治区主席白立忱的秘书住宿在同一个房间。那天夜里，我已经睡下了。凌晨三点钟，秘书回来了，我也被惊醒了。他非常地兴奋，告诉我三省区联合开发、国务院领导刚才接见的事。我一听，觉得这可是个好消息，连忙穿衣服下床给中央台值班编辑打电话通报。编辑让我稍等一会儿，可能是商量请示了一下，吩咐我立即采写，赶快发稿过来。

顿时，困意全消。我马上请秘书带我找白主席，连夜采访，又连忙一挥而就，写出初稿，请白主席审阅。白主席看过，又请示了国务院办公室值班领导，我马上传真给值班编辑。传完稿，歇了一口气，一看表，已经四点零八分了。心里情不自禁地忐忑不安起来了。一早的《新闻和报纸摘要》再过两个小时就要播出了。编、审、播、录这么多环节，一个又一个，就是环环紧套着下来也够呛啊！

早晨六点半开始的中央人民广播电台最重要的节目《新闻和报纸摘要》竟然播出了这条消息，而且是在第二条的重要位置，我高兴得真想手舞足蹈。

全国"两会"期间，该有多少重要新闻啊！西北五省区的全国人大代表都住在京西宾馆，早餐桌上，大伙纷纷议论这条消息："看来西北要大发展了！"当时，广播大喇叭威力好大啊！如果迟发一天，也许就不会有这么强烈的反应了。看来，倚马可待，抢时效，是记者的基本功啊！

口头评论：少数民族地区急需"点金术"
——记者采访人代会的体会

各位听众，七届全国人民代表大会第一次会议胜利闭幕了。这次会议，商讨确定了我国建设社会主义现代化的大政方针，这无疑会加速我国各项事业的发展。那么，这次会议对祖国各地特别是边疆民族地区的发展有什么意义？对少数民族地区的干部群众有什么触动，将会产生什么样的影响呢？

今天，我们就请在七届全国人民代表大会第一次会议期间，采访少数民族地区代表团的本台三位记者来谈谈他们在采访过程中了解到的情况和他们的感受。

下面请潘梦阳同志先谈：（放录音）

"我是中央人民广播电台驻宁夏回族自治区的记者，在宁夏工作了24年，这次参加中央台七届一次人大报道组，还是让我采访宁夏代表团的活动。在采访过程中我最突出的感觉是，许多少数民族地区的同志观念上发生了可喜的变化。

"平时在民族地区采访，经常听到各级干部向自治区以至中央负责同志诉苦叫穷，要补助，要救济。由于历史和自然条件等原因，边疆少数民族地区基础差、底子薄，没有国家和发达地区的支援和适当的救济是不行的。但这终归不是长远之计，特别是有些地方，国家给了钱也用不到正地方，正如宁夏人大常委会办公厅副主任顾廷良同志所说的："有些人不是穷则思变，而是穷则思要，躺在国家身上，要这要那，要来了有的也不用于生产建设，而是用来盖高楼，买小轿车，甚至挥霍浪费掉了。"

"在这次人代会上，少数民族地区的同志表达了新的愿望和要求。宁夏回族代表马力说："我们在来北京的火车上就议论，宁夏穷，国家也不富裕，这次我们提要求，不要'金子'，要'点金术'，就是说不要求国家给多少钱和物，而是要求中央能给民族地区更宽、更优惠的政策。

"宁夏代表说，希望沿海发达地区在技术方面给予援助，帮助民族地区加快科技开发。边疆民族地区有丰富的资源，也不缺劳动力，主要是缺技术，有了先进的技术，资源优势就会转化为经济优势，棋就走活了。再一点就是发展教育事业，从长远利益考虑，民族地区必须有自己的文化科技人才。

"内蒙古、新疆、广西、西藏、云南等少数民族地区的代表也都表示了同样的看法。

"边疆民族地区幅员辽阔，物产丰富，有了'点金术'，遍地的'顽石'就会变成'金子'。有的同志讲得更深刻：边疆少数民族地区不能靠输血生存，要靠自己造血，逐步强壮起来。

"从要'金子'改为要'点金术'，这是一个极大的变化，是边疆少数民族地区人们振奋崛起的标志，也是边疆少数民族地区从贫穷走向繁荣的新的可喜的一步。"

（其他内容略）

听众朋友，潘梦阳、张敏、宋健三位记者介绍了来自少数民族地区的人民代表，对发展民族地区经济建设的意见，也谈了他们自己的想法，可能会对大家有所启发。我们国家是一个多民族的国家，党的每一项政策都要从各民族的根本利益出发，要体现民族平等、互助的原则。李鹏同志在《政府工作报告》中强调："国家和经济发达地区要努力支援少数民族地区的经济文化建设，促进各民族的共同繁荣。"这是完全符合我国民族关系的现状，也符合各族人民的共同愿望。新中国成立后，特别是党的十一届三中全会以来，我们奉行这样的民族政策，使少数民族地区的社会生产力有了很大的提高，商品经济有了相当的发展，就连新中国成立初期仍处于原始社会末期的一些民族也出现了不少种养专业户和个体工商户，这是很大的变化。但是，我们必须清醒地看到，由于历史遗留下来的落后基础，同发达地区相比，少数民族地区不仅发展速度缓慢，并且不平衡。尽管国家在财力、物力等各方面对少数民族地区给予了不少帮助，但是由于各民族之间的起跑线不同，效果并不理想，有些地方的差距比较大。要缩短差距，唯一的办法和最根本的出路，只能是切实从各地实际出发进行改革。核心问题之一就是"要认真实施《中华人民共和国民族区域自治法》，完善民族区域自治制度"，最大限度地启动和增强民族内部自身的活力。各地对少数民族地区的支援应该多从增强民族内部自身活力这个长远目标考虑。这次少数民族地区的代表提出要"点金术"，应该说这是经过冷静思考后得出的新见解，应该引起我们重视。我们要从实际出发采取特殊政策，使少数民族地区的经济建设迅速地发展起来。

（中央人民广播电台1988年4月14日《民族大家庭》节目播出）

2. 九届全国人大四次会议

现在请听中央台记者潘梦阳、河南台记者易明胜采录的录音特写：

人民选我当代表　我当代表为人民

3月3日上午，出席九届全国人大四次会议的全国人大代表、湖北省人大常委会副主任鲍隆清，全国人大代表、湖北省随州市农民梁建国专程来到河南代表团驻地，将一面写着"人民青天，为民做主"的锦旗送到全国人大代表、河南省人大常委会副主任马宪章手里，梁建国紧紧握着马宪章的手，激动地说："你们省的全国人大代表陈奎元书记（河南省委）为我们随州市的普通群众做了一件大好事，陈代表的的确确是为人民做主，为人民解难，是人民的好代表。"

三年前，湖北省随州市一名女青年被当地不法分子拐卖到外地，虽经多方努力，始终没有结果。这位女青年的家人找到梁建国代表，委托他向陈奎元代表写了封案情汇报信，请求帮助。陈奎元同志收到信后，高度重视，当即责成公安部门尽全力侦破此案。在他的督办下，短短的时间内，受害人就得到了解救，终于同失散多年的亲人团聚了。

梁建国代表当场宣读了受害人写来的一封感谢信，并接受了记者的采访。

他说：（放录音）"这件事发生以后，她的家庭在3年中花费了1万多元，全家心力交瘁。在走投无路的情况下，人民想起了人大代表。我这个人大代表向河南的人大代表反映情况，两省的人大代表共同对人民负责，高度重视这个事，得到尽快解决。人大代表为人民这是应该的。"

全国人大代表马宪章深有感触地说：（出录音）"我们中国就是一个大家庭，团结协作、助人为乐、排人民之忧、解人民之难，是中华民族的传统美德。这封信作为对我省全省的一种鞭策、鼓励和支持，使我们所有的人民代表都能积极地实践江泽民同志'三个代表'，实践党的宗旨，把我们河南的事情办得更好，也使我们河南和湖北两省能得到共同的发展。"

（中央人民广播电台2001年3月4日《新闻联播》播出，
中国国际广播电台同日播出，并获国际台优秀广播节目评选专稿二等奖）

宁夏书记毛如柏谈"五个特点"

全国人大代表、宁夏回族自治区党委书记、人大常委会主任毛如柏在审议《政府工作报告》时说：

朱镕基总理的报告有五个显著特点：

一是世界的眼光，把我国进入新世纪第一个五年计划融入了世界经济的大格局；

二是时代的特征，充分体现了当今全球经济文化发展中所具备的主要特征；

三是创新的思维，贯穿了近年来党中央和江泽民总书记所大力倡导的创新精神；

四是求实的精神，不仅重视速度，更重视质量；不仅重视经济实力增强，更关心人民生活水平提高；不仅重视传统产业，更关注高新技术领域的发展；

五是坚定的信念，报告提出的目标任务既宏伟又实际，完全有能力把这个目标实现得更好。

（中央人民广播电台2001年3月7日《"两会"专题》播出）

中原大地起宏图

——访全国人大代表、河南省委副书记、河南省常务副省长李成玉

记者：河南省是我国人口最多的人口大省，在"九五"期间，河南的经济发展怎么样，请你谈谈。

李成玉："九五"期间，是我们河南在改革开放以来，发展最快的时期之一，而且，这个时期经济增长的质量还是比较好的，注重了经济增长的效益。截止到去年底，我们的国内生产总值已经超过了5000亿元，也就是5120多亿元，比上年增长了9.4%。整个"九五"期间，我们年均增速为10.4%，这个速度高出全国平均水平2个百分点。在河南这么一个欠发达地方，有这么比较快的速度和较好的经济质量，我们说实在的，也是得益于国家推进的改革开放政策和实施的科教兴国和我们实施的科教兴豫带来的结果。

记者：（口播、混）李成玉代表告诉记者，"九五"期间，河南高速公路

从无到有。到去年年底，通车里程有500多公里，在建的里程有700多公里，"十五"末，要达到2000公里。河南大力发展坑口电站，电力供应由短缺变为充足，发电装机总量已达1500多万千瓦。去年，战胜旱、涝灾害，粮食总产夺得历史上第二个丰收年。近几年来，河南连续保持小麦、油料、畜产品总产全国第一，棉花总产的全国第二。河南农业产业化已经初具雏形。

李成玉：农民的人均收入占全国的位次由过去的26位，去年达到了全国的18位。这应该说也有个很大的变化。

记者：上升了有8位。

李成玉：上升了8位。

记者：（口播、混）李成玉代表对记者说，河南的农业在全国占有非常重要的位置，"十五"期间，河南要按照全国的总体规划，从河南实际出发，重点发展农业产业化，调整农业结构，发展可以替代进口的粮食品种和花卉、蔬菜、瓜果、药材；大力推进城市化的进程，发展以郑州为中心的重点城市和中小城市、小城镇建设；大力推进第三产业，重点发展郑州、开封、洛阳这一条黄金旅游线，把馆藏文物占全国第一位的河南建设成为文化旅游大省。

记者对李成玉代表说：（录音）你讲得很好。现在，河南省看来由一个农业大省向一个全面发展的经济强省来迈进了。

李成玉：是的！

记者：这次来参加"两会"，你觉得又受到一些什么鼓舞，有一些什么感受？

李成玉：这一次的全国人代会，勾画出我们国家"十五"期间发展的蓝图。我们也到国外做过一些考察，应该说中国的建设速度，无论是城市还是乡村的基础设施的变化，我们可以这样说，在世界上是少有的。

我们相信，这一次会议会给全国带来更多的发展机遇，进一步推进改革开放的政策，让我们国家建设的速度能够更快一些，让我们的建设质量能够更好一些，那就是按照我们国家提出的快速、健康、比较好地向前发展。

（2001年3月6日中央人民广播电台《全国新闻联播》播出）

记者对话：西部大开发　人才是关键

各位听众，"两会"期间，三位来自西部不同省区的中央台记者潘梦阳、张江元、才让多杰，围绕着"西部大开发，人才是关键"这个话题，交谈了自己的看法。

张江元：江泽民总书记日前参加陕西代表团审议时强调，搞好西部开发，人才是关键，这为西部大开发的实施指明了要害。

潘梦阳：人是生产力中的决定因素。地域的开发、项目的建设，归根结底要靠人来实施、来推进。只有高素质的人才群体，才能担当西部大开发的历史重任。

才让多杰：的确是这样。就拿青海来说吧，新中国成立以来，几次大的发展，都是和人才聚集有着密切的关系。没有过去一大批有识之士的默默奉献，就没有青海今天的发展。

潘梦阳：对，这话有道理。全国人大代表、宁夏小麦育种专家裘志新，他（20世纪）60年代从浙江杭州来到宁夏永宁县插队落户，研究培育成功永良4号小麦良种，累计推广7000万亩，为农民增收上亿元。

张江元：裘志新的贡献还真不小。那他对人才问题有什么看法？

潘梦阳：他认为在西部大开发中，人才的用武之地是非常宽广的。人才，不一定是高、精、尖，只要对一个地方的国民经济某一个领域能够起到作用，就是一个有用之才。

张江元：西部的确是个广阔天地，各类人才大有可为。面对西部大开发的历史机遇，西部各省区都纷纷出台了优惠政策，千方百计吸引人才、留住人才。我看，最根本的还是营造良好的创业环境。

才让多杰：青海呢，就特别注意这方面的工作，想方设法培养提高现有人才的水平。人大代表、青海省副省长马培华说，从去年开始，省政府决定每年拿出300万元，用于领导干部和知识分子充电。

张江元：青海作为一个西部省份，作为一个落后地区，这样做我看真不容易啊！

潘梦阳：据我了解，西部各省区，都有这样的一些类似做法。西部大开发，需要几代人坚持不懈的共同努力。百年大计，教育为本。大力发展教育事业，加快培养急需的各类人才，我看是当务之急。

才让多杰：对于培养人才这个问题，全国人大代表、广西师范学院外语系副教授陆云认为，西部大开发，最终还是要开发智力，也就是培养人才。借西部大开发这股东风，把我们的教育从基础抓起，一步步来，实实在在做点事情。

张江元：有了西部大开发这样一个良好的外部环境，再加上用人制度上的不断完善，我看，有志于祖国西部建设的各类人才，一定会在广阔的舞台上大显身手。

（此稿为2001年3月11日"两会"期间的口头播报稿，合作者：才让多杰、张江元）

宁夏代表张小素谈人才资源开发

全国人大代表、宁夏回族自治区人事厅厅长张小素在审议《政府工作报告》时说：

"说到人才，我们现在真是求贤若渴。如何培养、吸引、使用好人才呢？首要的是要更新思想观念，树立新的人才观、发展观。过去觉得对人才的投资见效慢，周期长，不重视。现在认识到了。自治区决定从2001年起，每年拿出500万元作为人才资源开发的专项资金，以后视情况还要增加，用于人才的培养、稳定、引进和使用。

"再就是建立人才选拔的良好机制和有效的激励机制。人才辈出的关键就是要有一套公开、公平、公正、平等、竞争、择优的用人机制。这是鼓励人才充分发展、大有作为的根本。

"建立论功行赏、按劳分配的制度。对有贡献的给予重奖、大奖。还要设荐才奖、金桥奖。自治区还逐步建立起区、市的人才市场，提高配置水平，增大信息流量，完善管理法规。

"要用感情和事业凝聚人才。这是各级领导者、管理者应有的理念和领导气派，对人才倍加关怀和爱护，从各方面为人才创造条件。我们出台了一系列政策，对来宁夏进行学术交流、科技合作每年累计3个月以上的专业技术人员予以补贴；对科技成果转化的科技人员，所获效益的税后利润提取不低于8%归个人所有。从去年开始，随项目来宁夏的人员已出现增长。"

（中央人民广播电台、中国国际广播电台2001年3月播出）

录音述评：以德治国　民心所向

"两会"期间，代表、委员议论最多的问题之一就是"以德治国"。（放录音）

　　"'以德治国'，是江泽民同志在全国宣传部长会议上提出的一个要求，同时提出要以德治国、以法治国相结合。"（河南广播电影电视局局长宋国华说。）

　　从江泽民总书记提出这一重要思想至今不足两个月，就在朱镕基总理关于"十五"计划纲要的报告中明确地提出了"努力建立适应社会主义市场经济发展的思想道德体系，把以法治国和以德治国结合起来"的观点，这充分表明了"法治"和"德治"的有机结合已经成为共识。

　　"社会上从我接触到的群众来说，呼声都很高。朱总理的报告道出了老百姓的心声，也确实知道社会上的问题在哪儿。"人大代表、宁夏大学教授高永年说，"整个来说，建立适应社会主义市场经济发展的思想道德体系，已经是当务之急了。"

　　以德治国，民心所向。极少数人在不法利益的驱动下制售假药、假食品，赚取了昧了良心的"害命钱"，已成为当今社会一大公害。

　　人大代表、河南广播电影电视局局长宋国华说："以德治国，是我国历史上中华民族的优良传统，是同我们共产党人的世界观和江总书记提出的'三个代表'的思想完全一致的。我们共产党革命的出发点或工作的归宿都是为了改善人民群众的物质和文化生活，这是我们的大德。"

　　这次人大要审议通过的《中华人民共和国国民经济和社会发展第十个五年计划纲要（草案）》提出"坚持把提高人民生活水平作为根本出发点，目标是城镇居民人均可支配收入和农村人均纯收入年均增长5%左右。要保证人民群众向更加富裕的小康生活迈进"。这是中国共产党以德治国施行的最大"德政"。而良好的思想道德体系本身，也是生活质量的一个指标，是亿万民众急切盼望的。

　　把以法治国和以德治国结合起来，我们相信，未来的中华将是世界的乐园。

（中央人民广播电台《"两会"专题》2001年3月10日播出）

　　"两会"花絮：代表、委员的休息天

取经、问计找专家

　　3月11日是九届全国人大四次会议的休息日，来自河南省的两位全国人大代表——周口市委书记王平和周口农技站董兰香高级农艺师却一早就登门拜访中国农业科学院的专家。

王平一见农科院的专家，就说："我们是来攀高枝的。周口是1000万人口的地级大市，是全国的小麦、棉花、油料、畜牧基地。现在正在搞农业结构调整。请各位专家给我们出出主意。"

国际小麦中心驻中国办事处主任何中虎博士说："周口市莲花味精集团用小麦替代玉米做原料，无疑是世界的一大创举，要重视小麦品种，从小麦后续加工中获取最大价值。"

董兰香代表马上追问："都有哪些环节？"

从事农产品加工的研究员台建祥一一详细解释。还有关于大豆、食用菌深加工，蔬菜、花卉培植技术，代表频频发问，科学家们细细介绍讲解。当周口市委书记王平得知红薯深加工技术已经转让出去了，着急地站起来说："其他项目我们包了。请一定支持我们这个有900万农业人口的地区，父老乡亲们搞调整盼增收心切啊！"

中国农科院院长助理王云浩紧紧握住王平的手，说："请放心，我们一定要把最好的技术送到农区。"

王平恳切地说："对于我们来说，你们就是财神啊！"

（中央人民广播电台《"两会"专题》2001年3月12日播出）

作家登上北大国际MBA讲坛

3月11日下午，全国政协委员、来自中国西部的著名作家张贤亮，登上北京大学国际MBA讲坛，同莘莘学子进行了一场热情、诚挚的对话。

北京大学MBA是为中国企业界培养世界一流高级经营管理人员的摇篮。正在出席全国政协九届四次会议的张贤亮，应邀来到中国经济研究中心、北大国际MBA"大管理"论坛发表演讲。

宁夏文联主席张贤亮，以写西部风情闻名于世，他的作品被翻译成20多种文字，并且有9部搬上了银幕或者电视荧屏。作为一个"下海"的文化人，他又在贺兰山下把一个文化旅游胜地西部影城经营得红红火火。

一个文化人在落后的西部把一个企业办得如此成功，在西部大开发的浪潮中非常受世人关注，学子们纷纷发问。

张贤亮把他的成功归结为三点：抓住机遇、名人效应、链条效应。他在邓小平发表南方谈话以后，1992年拿出全部积蓄创办企业。在企业内部，形成"链条效应"——把企业办成员工利益的共同体。在产权上，他非常明确："员工是国家的主人，企业的主人是我。"

张贤亮说："有人说我出卖荒凉。其实，我出卖的是'感觉'。""今天，企业产品里体力的含量越来越少，而智力、知识、科技的含量越来越多。"

面对年轻气盛的MBA学子的发问，张贤亮深有感触地说："西部很有发展前途，将会成为21世纪世界的投资热点之一，需要你们参与开发建设！"

（中央人民广播电台《"两会"专题》2001年3月12日播出）

（十四）突发事件报道篇

宁夏汝箕沟矿区遭特大洪水袭击

宁夏汝箕沟矿区遭特大洪水袭击。18日下午，记者沿着刚刚修通的道路乘车进入贺兰山深处汝箕沟矿区受灾现场，实地考察了受灾情况。

8月13日下午6点15分至55分，持续40分钟的暴雨和大雨，形成了这里有文字记载以来最大的山洪。洪水挟带着大量泥沙、煤炭、石块，袭击了矿区和生活区，供水管道、供电线路和通往山外的道路全被冲断。13辆汽车被冲翻，6人被洪水夺走了性命。矿区内汝箕沟、白芨沟、大峰3个国有煤矿全部停产，井下人员全都安全撤离。一个小煤窑中有8名民工被泥石流堵住井筒，困在井下。据分析，还有生还的可能，汝箕沟煤矿组织人力、机械紧急挖掘、寻找。截至记者发稿时，抢险救人仍在紧张进行。

自治区党委常委、副主席任启兴带领有关部门负责同志赶赴灾区现场，指挥抢险救灾，慰问受灾群众。宁夏煤炭厅等部门和平罗县等地方送去大批急需的救援物资和群众自动募集的救援捐款。受灾的汝箕沟煤矿、白芨沟煤矿等单位的广大职工、家属，在干部、党员的带领下，抗灾自救，互相帮助。汝箕沟煤矿劳动模范马占荣在洪水中，冒着生命危险，连续救出2人。目前，灾区人心安定，秩序井然，上下团结一致，正在抓紧恢复生产，重建家园。

（中央人民广播电台1997年8月18日《全国新闻联播》播出）

井下被困九天十夜

——抢救汝箕沟矿区8名民工纪实

山洪肆虐，8名民工被困井下

8月13日下午6点15分，贺兰山深处的宁夏汝箕沟矿区，狂风夹着暴雨突然袭来，紧跟着冰雹砸来，短短的20分钟，地面上已经是一片汪洋。倾盆大雨又持续了20分钟，在陡峭的山峰间汇成巨流，形成了这里有记载以来最大的一次山洪。特大山洪挟带着大量泥沙、煤炭、石块袭击了矿井和生活区，供水管道、供电线路、通往山下的道路全被冲断。

汝箕沟煤矿800多户人家都进了水，上百台彩电、洗衣机被冲走。就在这种断水、断电、断路的情况下，刚从北京回来才2个小时的汝箕沟煤矿矿长马毅，得知有一个多种经营的小井，被泥石流灌入，井口被塞住，有8名民工被封堵井下，生死未卜。马毅同矿党委书记柳正润召集矿领导班子紧急开会，决定迅速组织人力抢救8名民工。这些民工都是从宁夏"西海固"山区和甘肃东部贫困地区来打工的。

天刚落雨的时候，民工杨向东就从地面赶往井下，招呼正在掌子面挖煤的7名民工撤离。他们走到离井口还有20多米的地方，突然，一股汹涌的泥石流迎头扑来，他们赶快往回跑，刚跑到平巷，泥石流就追了上来，越涨越高，眼看要将人都淹没了。他们连忙互相扶持，拉帮着爬上平巷井筒顶部的木棚大架上。幸亏，平巷下部是大矿的采空区，水流沿着孔隙淌了下去，水再没有向上涨。大约过了一夜，民工班长杨品山带着大伙下了大架，在缓缓涌动的泥石流中扑腾着向井口走去。大伙喊着："出啊！出啊！"8名民工商量，咱们一块出。"要死，咱们就死在一块；要走，咱们就走在一块。"

就在这同一时刻，井外挖井救人的抢险队经过一夜奋战，已经进展了10多米。

8名民工艰难地向井口摸索着走，泥水已经淹过了脖子。来自彭阳县孟塬乡的民工陈万旭第一次在这里下井，就遇了险。他猛抬头，看到井口那边透出了亮光，就兴奋地喊："快上！"大伙劲头来了，拼着命在泥石流中前进了大约

20多米。

这时正是8月14日凌晨，连日阴雨形成的又一次洪水暴发了。抢险救人的初战刚刚打响，辛辛苦苦摸黑冒雨清淤挖通的10多米井筒又被泥石流淤塞住了。井筒完全被堵严了。8名民工紧赶着又上了大架……

在山洪连续肆虐的矿区，13辆汽车被掀翻冲走了。一辆卡车及其翻斗厢被冲到沟口，只剩下一根大梁是完整的，这辆汽车中坐的一位17岁的小伙子死亡。洪水夺走了6条生命，冲毁出山路11处，供水管道被冲断25米，矿区近5万名职工及家属用水中断。汝箕沟煤矿在自治区三大煤矿中损失最为惨重。记者在洪灾现场看到：1000多米的防洪墙全被冲毁，泄洪主干沟被泥沙、乱石淤满填平，全矿从1982年以来花费300多万元修建的防洪设施全部被冲毁了。70%的职工住宅涌进了泥水，受灾户达800多户，有41户的58间房屋倒塌。

洪水咆哮，比出笼的猛兽更可怕，无情地摧毁了它的魔爪碰撞过的一切物体。

奋力抢险，洪水无情人有情

宁夏煤炭厅厅长陈宁听到消息，驱车赶到矿区，往小井走的山路被洪水冲断，他就冒雨步行40多分钟，翻山越岭，赶到井口指挥抢救。煤炭厅其他领导同志轮班日夜守候在调度室里，有什么急需，就调动全系统的力量和物资来支援。

自治区政府和煤炭部领导都关切地询问情况，并及时做出指示。石炭井矿务局、白芨沟煤矿、大峰矿和平罗县等单位，派出人力和救灾物资，分秒必争修通供水管道、供电线路及通往山外的道路。

小井井口第二次被泥石流堵塞后，抢险队迅速用矿石、草袋在井口周围筑起防洪堤坝，以防洪水再次袭击。

由宁夏煤炭厅和汝箕沟煤矿两级领导同志、安检人员、工程技术人员等组成的抢险救人指挥小组，找来了当时的小井施工现场人员，指挥小组根据他们的回忆，再加上大矿开采的具体情况，在小井没有图纸可以查询的情况下，制订了抢救方案，紧急行动。

时间一分一秒地过去了，进度一寸一尺地向前……

突然，顶板冒落，一块小汽车般的大石头砸了下来，把已经挖通了30多米的井筒牢牢地堵严实了……抢险队立即打眼、放炮、炸石、开道……

担负救人任务的是汝箕沟煤矿采掘一队和开拓队的同志，他们大部分家里都进了洪水，粮食、家具被淹，有的彩电、冰箱也被洪水冲走了，屋里狼藉不堪，损失惨重。

然而，他们顾不上家里的事情，一门心思救人！

连续奋战了五天五夜，8名民工仍生死未卜。井上同井下又联络不上，有人担心，都这么久了，人在井下，挨饿受冻，就是没被泥石流卷走，也恐怕活不了啦。

就在这关键时刻，自治区副主席任启兴率领煤炭厅、财政厅、卫生厅、人劳厅、民政厅等8个厅局的负责同志到汝箕沟煤矿察看灾情，现场办公。任启兴同志直奔正在抢险救人的井口现场察看、询问。

任启兴副主席听了汝箕沟煤矿矿长马毅的汇报，分析说："如果他们没有被泥石流卷走，躲避在井筒里，还有生还的可能，我们要尽一切努力，千方百计把他们抢救出来。"说着，任启兴副主席就向来矿区的煤炭厅、财政厅、卫生厅等各部门负责同志具体部署了进一步抢救人的方案。原来清理淤渣的轨道矿车改成了铺上溜子，用刮板运输机清淤。安装了水泵，排除井筒中的大量渗水。

为了加快进度，在清理原井筒淤泥的同时，抢险人员又另外打了一口斜井，从斜井往里打通一个巷道，这个巷道上方是小煤窑的采空区，下方是大矿的采空区，在两个采空区之间，有一个4米至8米宽的煤柱子间隔，民工就在煤柱子之间。打一个人能够通行的小断面的斜巷道，把这个斜井和井筒的平巷沟通，就能把人救出来。

抢险救人的战斗，一分一秒也没有停地进行。抢险队分四班倒，轮班作业。

参加直接和间接抢救工作的，从上到下有500多人。

大家抱着一个共同的信念：有8名阶级兄弟在下面，不管时间多长，有多么苦、多么累、有多么大的困难，只要有一丝希望，就要尽百分之百的努力！

井下那盏不灭的灯光映照着一个人间奇迹

井筒掘进到74米的时候，抢险队发现井筒里透出一点点微弱的矿灯光。煤窑井下，那是一个黑咕隆咚的阴冷世界。矿工就靠头顶上那盏矿灯照明。在这漆黑的世界里，光同生命紧紧地连接在一起。

　　都九天十夜了，矿灯还在亮着，这是8名民工团结自救的"高招"。他们商量着，为了使灯光在井下能够尽可能长地延续，8盏矿灯一盏一盏地点，一盏没电了，熄灭了，再点另一盏。可以想象，如果没有这微弱的灯光在黑暗中闪烁，抢险队要找到他们是很不容易的。过了两天两夜，水位降下去了，然而，乱石污泥塞满了井筒。8名民工，忍着饥饿，用双手挖泥，搬石头，一心想从里向外开拓出一条生存之路。

　　然而，淤泥、石头何止万千，再说，上面还不时地向下坠落。

　　他们挖啊！挖啊！累了，就靠在井筒上歇一歇。

　　年仅19岁的民工路世友从来没有下过井，被困在井下，觉得跟进了地狱一样。他恨不得插翅飞出去。他心急如焚，站起来去搬石头。一个打滑，他栽倒在滚滚下泄的泥水中，陈万旭和朱生科连忙冲上去，把他救了上来……

　　他们8个人中，7个人是8月13日下午4点下的井，杨向东是下午6点来叫人的，都没有带一点点食物。时间一分一秒地过去，肚子也一分一秒地闹腾。饥饿像魔鬼要把他们逼疯了。赵俊连把木柱子上的树皮剥下来啃，啃不烂。

　　有一个民工实在忍受不了啦，"与其这样等死，还不如快快地死了好！"说着，他就向木桩子一头撞去。民工班长杨平山和大伙连忙拉住他，劝说道："会救我们的，一定会救我们的！"事情果然被杨平山说中了。

　　一声炮响，给他们带来了生存的希望。真的在救他们啊！

　　他们七嘴八舌地喊了起来："老哥！快救救我们呀！""救人啊！救人啊！"

　　一位民工拿起一根长木头，咚、咚、咚地往煤壁上撞，希望地面上能听到声音。

　　炮响一声过后（那是炸石），井下的民工还想着再响一声又一声。可是再听不到了。不过，民工们心里有底了，"井上正在救我们！"

　　年纪最大的民工赵福海和班长杨平山同大伙商量。从现在起，最要紧的是保存体力，再不要喊叫，也再不要活动了，要坚持到底！

　　他们互相依偎在一起，用体温相互温暖着身体，更相互温暖着彼此的心。

　　饥饿难耐使他们个个身上像着了火一样。

　　水！多么急需水的滋润啊！脚下到处是水，可那是味道难闻的泥水，是泥石流啊！

　　一个民工发现了一个拐角，有一滴一滴从岩石缝中渗落下来的水，是那样的甘甜，那样的可口。他们就用手指头扒了个洞，把这宝贵的滴水集起来，大伙轮着，一人几口，一人几口趴着喝，连沙子也喝了进去。就这样，凭着这点水，延续着他们的生命。

8月23日凌晨4点24分，最激动人心的时刻终于来到了！被困井下九天十夜228小时的8名民工全部被救生还。

8名民工在井下听到越来越近的声响，又看到日夜期盼的灯光，互相搀扶着站了起来。

民工赵俊连第一个走向井口，抢险队员两三个人扶着一个，鱼贯而行。

一出井口，民工杨向东看见了直接在现场指挥抢险的汝箕沟矿副矿长荆宁川，心情无比激动，跪下去想磕几个头，却昏了过去，扑倒在荆宁川的怀里。

荆宁川和在场的抢险队员也都流下了激动的眼泪。他们用早就准备好的被子、毯子把民工包裹起来，把他们的眼睛蒙上。

紧跟着，救护车开来了，在大夫、护士的照料下，一直送到医院。

8名极度衰竭的民工在医院里得到了精心的救护。

记者在他们升井的第二天，看到他们已经开始进食。医生说："他们还需观察、治疗一周，目前看来，没有生命危险！"8名民工被困井下九天十夜共228小时，没有吃任何食物，仅仅靠一点点水维持生命，全部生还，这不能不说是一个人间奇迹！

（中央人民广播电台、中国国际广播电台播出，
刊于《宁夏日报·西部周末》1997年8月29日头版头条）

追记：现场——记者的"天地"

宁夏汝箕沟煤矿多种经营小井的8名民工被洪水围困九天十夜，在国有大矿救援队的鼎力营救和民工团结自救的配合下，创造了228小时未进任何食物、只靠矿井渗水还能存活的奇迹，展现了社会主义中国"一方有难，八方支援"的风貌。

1997年8月，特大洪水袭击贺兰山，汝箕沟矿区最严重。我闻讯后立即搭车赶往洪灾现场采访，并给中央台发了内参《特大山洪冲击宁夏汝箕沟矿区》。继而，又给中央台发了公开报道《宁夏汝箕沟矿区遭特大洪水袭击》。

当时民工已被困井下5天，我乘汽车离开矿区时叮嘱矿长：一有结果，无论生死，都立即通知我。

1997年8月23日（星期六）早上9点多钟，矿长马毅来电话，8名民工全部被救生还，他兴奋地说了45分钟。我满可以据此信息立即发一篇独家新闻。但我想还是到现场核实一下，掌握第一手材料。我立即让司机开车，在洪水冲刷得千疮百孔的矿区公路上艰难地行进3个多小时，直扑矿区医院。

主管大夫告诉我："民工多日未进食，肠粘连严重，极度衰竭。"可喜的是，"8名民工一周之内没有生命危险。"

民工还不宜说话，我默默地一个一个仔仔细细观察8人的脸色和身体状态，确定无疑了，立刻在矿山发稿，中央人民广播电台当日下午6点半就播出了，是全国所有媒体中最早报道的。

一些媒体记者听了我采写的消息，还在连忙赶来的途中，我就已在开座谈会了。

在矿区会议室里，救援队长向我介绍情况。我因方位感不强，有点听不太明白。我想这不行，一定要亲临现场。队长说："那边汽车过不去。老潘，您都这么大年纪了，不用去了。就在这儿谈，还想了解什么，您问我吧。"

我站起来："只要是你们能去的地方，我就能去，走吧。"

通往现场的道路被洪水冲毁，汽车无法通行。我跌跌撞撞地跟着他们翻山越岭来到了抢险救灾的井口现场。

真是百闻不如一见，原来没听明白的方位、流向、救援设备、新开掘的斜井，一指一看，一目了然。不少疑问都在实地踏勘中搞清楚了。

特别是抢险队长和队员们，一到现场，触景生情，五大三粗的汉子说着比画着，情不自禁地就落泪了。我的眼泪也忍不住夺眶而出。这样的讲述，录音下来，声情并茂，十分感人。

8名民工怎样在井下、在灾难中自救的呢？他们躺在各自的病床上，有人在输液或输氧，我逐一与他们每人交谈，每人一次不超过5分钟。谈一谈，听一听录音，梳理、提炼一下，拟出新的问题再问再谈，再梳理、再提炼，然后有目标地专找相关人追问。

这样采访太费事了，他们能集中在一起谈，互相补充，就好了。但现场不能提这种要求，这样的笨办法再费事，我怎么辛苦也没什么。民工们的生命才是最宝贵的。

民工们见我这样关心他们的身体恢复，不怕麻烦地来了一次又一次，渐渐地都愿意同我谈了，拘谨的放松了，沉默的开口了，原来想在井下碰死的也把当时的心思向我讲了。

撰写出初稿，向抢救方、被救方、医院方核实一些关键细节后，我连夜整理、录制成录音报道《洪灾无情人有情》，传送到中央台，第二天就播出了。《工人日报》《宁夏日报》等刊载了我写的消息。我又根据对外报道的要求录制出录音报道传送国际台，以《中国宁夏一煤矿成功抢救八名遇险矿工》为题，1997年8月24日国际台《中国话题》播出。我又应邀给《宁夏日报·西部周末》撰写了深度报道《被困井下九天十夜》。上海电台等媒体电话采访我，《济南时报》等媒体又要我给他们扩写成更加详细的长篇报道，海外一些媒体也转发了报道。

回顾这次采访过程，我深切体会到：现场是记者采访成败的关键、施展才华的舞台。

我虽然到了矿区这个大环境，如果不到抢救的矿井、医院这个现场小环境实地踏勘、观察、询问、感受，如果不与被救者和抢救者面对面、心碰心地交谈细节、交流感情，我就写不出感人的报道。

"不入虎穴，焉得虎子。"要想得到第一手资料，就得深入现场。一个新闻记者要养成一种习惯：有事就往第一线跑，往出事的地方跑，到现场去调查研究。到了现场，要嘴勤、腿勤、眼勤、脑勤、手勤，找目击者、找当事人、找知情者、找一切有关人员，"打破砂锅纹（问）到底"。还要特别注意现场观察，既拿"望远镜"宏观观察，又拿"显微镜"微观观察，全方位、多角度、多侧面地用全景、近景、特写等手法，再现新闻事件。

记者到现场，观察、询问、体验、感受，身入心更入，既能把新闻素材搞得准确无误，又能深切领略到现场情绪、气氛。心中有底，笔下带情，才可以采写出"再现式"的新闻报道，把受众带入新闻发生的现场，让受众如临其境，如闻其声，如见其人，提高新闻报道的感染力和影响力。

有的年轻记者问我："潘老师，您下矿井了吗？您对井下怎么那么清楚？"我告诉他们："这次我没下井，矿井淹了，下不去。我过去下过矿井16次，对井下的情况知道一些，这次写稿，过去的了解就用上了。"实际上，这也是得益于过去多次到井下现场采访，观察、了解的"功底"吧。

（十五）西夏探秘篇

我国第一次西夏研究学术讨论会在银川闭幕

我国第一次西夏研究学术讨论会经过6天热烈、活跃的学术交流和讨论，今天在当年西夏都城兴庆府，也就是现在的宁夏回族自治区首府银川市胜利闭幕。

西夏是从11世纪到13世纪，在我国西北以党项族为主体建立的封建王朝，历史上对祖国统一的多民族大家庭的形成，有积极的影响和贡献。进行西夏研究，不仅对探讨中国古代民族文化的发展和民族融合有深远的历史意义，而且对维护祖国统一和加强民族团结，也具有重要的现实意义。

来自全国10个省、自治区、直辖市的58名专家、学者和研究工作者，从历史、地理、考古、文物、民族、语言、文字等多方面，发表了关于"西夏研究"的46篇论文，提出了不少新的观点，发表了不少新的材料，有的材料在国内外还是第一次发表。到会的有七八十岁、研究西夏达四五十年之久的老一辈专家、学者，也有新中国成立以来从事西夏研究的中青年后起之秀。会上，大家各抒己见，取长补短，充分体现了团结友好、互学互助的良好风气。

宁夏党委第一书记李学智、自治区主席马信等出席了讨论会。讨论会期间，与会人员登上西夏时期修建的承天寺塔，俯瞰西夏故都银川新貌；参观了宁夏博物馆陈列的西夏文物和贺兰山下的西夏王陵。各地专家、学者还把自己珍藏的关于西夏研究的照片、图片、文书、典籍等资料拿出来，举办了小型展览。

（中央人民广播电台、中国国际广播电台1981年播出）

西夏陵考古发掘工作取得重大进展

国家文物局组织的西夏王陵考古挖掘工作，最近取得重大进展，在出土的一批文物中，发现了罕见的"妙音鸟"。

这只"妙音鸟"人面鸟身，是陶制的器皿。"妙音鸟"，是佛教中的神鸟。考古专家介绍说，在古代陵园中发现"妙音鸟"极为罕见，从这里可以看出佛教在西夏时期的兴盛，这对研究西夏的历史、文化、民风习俗具有重要的价值。

西夏是由中国古代少数民族党项族建立的政权，距今已经有900多年的历史。

（中国国际广播电台2000年12月13日播出）

考古发现西夏陵为"陵庙合一"的亭式塔建筑

经过前一阶段的考古发掘，最近，考古专家断定，西夏陵为"陵庙合一"的亭式塔建筑。

西夏陵

西夏王朝是与北宋同时代的在我国西部建立的党项族封建王朝。西夏陵由于只残留一个个塔式土丘，难以判断形制。现经我国考古专家最近考古发现，圆形墩台上建造了亭式塔建筑，塔内并没有拾级而上的阶梯和通道，是一种象征性的实心建筑，陵园完全按佛教建筑形式修建，西夏陵实为"陵庙合一"的亭式塔建筑。

（中央人民广播电台、中国国际广播电台播出）

"死"字复活昭世人
——"中国西夏王国的文字世界展" 正在宁夏举行

"中国西夏王国的文字世界展"正在（7月30日至8月5日）西夏王国古都宁夏银川市举行。展览由中国人民对外友好协会、宁夏回族自治区外事办公室、日本石川县日中友好协会、日中美术交流会议、北枝篆会共同主办。

西夏（1038—1227年）是中国古代以党项羌为主体，包括汉、吐蕃、回鹘、契丹、蒙古等族共同建立的封建王朝。近200年的兴衰史中，西夏各民族创造了独具特色的西夏文化。

1036年，李元昊下令，命大臣野利仁荣主持仿照汉字制造了6000多个与汉字相仿而无一雷同的实用文字。元灭西夏，随着党项民族的灭亡，西夏文字曾一度被湮没在历史的迷雾之中，成为人们不识的死文字。西夏文字在20世纪得以重新面世，显示出极高的价值。"西夏学"在国际上应运而生。西夏文字作为中华民族的历史文化遗产，乃至人类历史文化遗产的一部分，引起中日两国书法爱好者的关注。

西夏文残碑

（中央人民广播电台、中国国际广播电台播出）

破译"千古之谜"

——记西夏学专家李范文

在中华民族的历史记载中，有一段历史被尘封湮灭，而成为"千古之谜"。这就是与辽、金、宋曾鼎立190年之久的西夏。

从《宋史》所记载的"虽未称国而王其土"的夏州政权算起，历时347年（881—1227年），要比北宋、南宋加起来的320年还要多27年。可中国的二十四史中，唯独没有西夏史。而西夏文字，因难以识别，更被称为"天书"。

周恩来总理语重心长地说："一定要培养人学这种文字，绝不能让它失传！"从此，这个重任就落在迷恋这一"绝学"的李范文肩上。

1972年1月，日理万机的中华人民共和国总理周恩来视察中国历史博物馆，见到西夏文文献时，关切地问："现在懂西夏文的有几人？"

国家文物局局长王冶秋回答："仅有一两个老人了。"

周恩来总理语重心长地说："一定要培养人学这种文字，绝不能让它失传！"

根据周总理的指示，王冶秋局长接见宁夏文化代表团的时候提出："你们宁夏是西夏的故地，一定要指定专人研究西夏文字和历史。"

可谁来担此重任，攻"天书"，实现共和国总理的期望呢？

宁夏文教局搜寻周总理指要的人选，左筛右选，把目光集中到李范文身上。

巍巍贺兰山下，西夏陵古墓群那一座座高大的陵台像一座座黄色的小山丘。昔日如宫殿般辉煌灿烂的西夏陵，早已变得满目荒凉，遍地残砖碎瓦。

在一群忙碌于发掘工作的人中，有一位无权参与辨砖识瓦而只能干后勤、管伙食的陕西汉子，却是所有人中最钟情于西夏陵之残砖碎瓦的人，他就是李范文。

1932年农历十一月的一天，李范文出生于陕西省西乡县一个穷苦人家，父亲在山区教书，难得回家。母亲积劳成疾，诊病的医生开了方子却无钱买药。母亲看人家吃青萝卜，就让小范文拾萝卜皮洗干净放在嘴里，就这样，她噙着眼泪，撇下了小范文，离开了人世。

在苦水中泡大的李范文，自幼养成了吃苦耐劳、坚忍不拔的意志。1952年9月他考入中央民族学院（现中央民族大学）少数民族语文系，攻读安多藏语。

1957年春，他对一位领导提了一点意见。1958年11月，被划为"右派"。

1959年9月末的一天，永定河水猛然暴涨，正在独木舟上测量水文的一位北京市地质局的工作人员跌入激流，河边群众连喊救命。正在四季青公社下放劳动的李范文闻声从房中冲出。眼见那人要被卷进水闸危险区，李范文纵身跃入水中，拼死救出那位落水者。李范文几次被卷入漩涡，身上多处受伤，好不容易才挣脱了危险。

李范文舍己救人的行为，受到了北京市地质局的表扬和慰问。他很快摘掉了"右派分子"的帽子。

1959年10月，研究生毕业的李范文被分配到中国社会科学院民族研究所工作。一个偶然的机会，李范文见到了西夏文，那瑰丽多彩的方块字四棱四整的，格外奇妙。他一打听，人家说这是"绝学"，难学得很。又进一步了解后得知西夏已成"千古之谜"。于是他就萌发了学西夏文写西夏史的愿望。

为了实现学西夏文攻西夏史的心愿，他毅然决定到西夏王国的故地宁夏去。

放着繁华的大都市北京不待，却要去大漠、荒丘包围的塞上小城，人们说他"傻"着呢。

1960年6月10日，李范文离开了首都来到了宁夏。

他这股"傻劲"惹恼了妻子，难以理解的结果是一气之下"劳燕分飞"，妻子和他离了婚。

他到了宁夏才知道，除了贺兰山下这沉睡的西夏王陵还挂了个"西夏"之名以外，根本没有西夏研究单位可去。到了西夏古都也不能从事西夏研究，他最后被分配到宁夏大学历史系。1962年，宁夏民族研究所成立，又调他去研究回族史。他和一些同志编撰的回族史料，为日后回族史研究奠定了基础。"文化大革命"初期，他受尽了折磨和侮辱，又被赶到贫困的西海固山区。

1972年，他被调回宁夏博物馆，参加西夏陵的发掘工作。可他是"摘帽右派"，不能干研究工作，仍然只能跑后勤、管伙食。他是个"拼命三郎"，干啥就要把啥干好。尽管在"左视眼"中他低人一等，可大多数人夸他好、对他亲。他是编外人员，可他比编内研究人员还热心于西夏残砖碎瓦的发掘。

宁夏文教局的领导了解了他的情况，甘冒"重用摘帽右派"的罪名，派他赴京就学。

李范文最难忘的一段名言是意大利历史语言学家斯卡利格说的话：

十恶不赦的罪犯既不应该判处决，也不应该判强制劳动，而应该判去编词典，因为这种工作包含了一切折磨和痛苦。

李范文所经受的"一切折磨和痛苦"，是他自己找的。他并不满足于自己一个人学懂了西夏文，而"异想天开"地提出要编纂《夏汉字典》，要让更多的人以至世世代代的人懂西夏文，完成周总理的"绝不能让它失传"的嘱托。他说："工欲善其事，必先利其器。""要研究西夏学没有工具书，没有字典，是无法进行的。"

西夏文字，字形很像汉字，但与汉字根本不同，"乍视，字皆（仿佛）可识；熟视，无一字可识"。识文断字，乃是研究西夏文史的第一步。963年以前中国古代少数民族党项族建立的西夏王朝创制并使用的这种西夏文字，随着王朝的覆灭而消失，19世纪末20世纪初被重新发现。研究这种"死文字"及其文献的"西夏学"被称为"绝学"。近一个世纪以来，在中外西夏学学者的共同努力下，西夏学已发展成为一门国际显学，俄罗斯、日本和欧洲一些国家都有研究，但在此之前世界上尚未正式出版过一部西夏文字典。

编西夏文字典，首先要懂西夏字的音韵；而要懂这种1000年以前的少数民族语言的音韵，必须先懂古汉语音韵——这本身就是绝学；而西夏文这种"死文字"更是绝学。编西夏文字典，就是在这"绝而又绝"的复杂繁难的领域中探索、开拓出一条沟通夏汉又连贯古今的路来，实在是难上加难啊！

1973年盛夏，酷热难耐，人们静坐也汗流浃背，在北京的一家招待所里，李范文端坐桌前，一笔一画地抄写从罗福颐先生那里借来的西夏珍贵文献，身上仅穿一条短裤，脖子上系条毛巾不时地擦着汗。夜晚，为了不影响同室房客休息，他把桌子搬到走廊，借着微弱的灯光抄写，蚊虫叮咬，遍体小包，浑身奇痒。他顾不得这些，只是废寝忘食、夜以继日地抄写着……

没有卡片，他买纸张自己制作、切割；没有卡片盒，他找来边角废料自己一锤子一锤子敲打。近百公斤重的3万多张卡片就是这样得来的。为了将3万多张卡片运往北京，他当时所在的单位宁夏博物馆特意为他制作了一个五合板大木箱。到了北京，为了节省几元钱的搬运费，他借了辆三轮车把卡片运到了住地。

70年代，在西夏王陵发掘工地上，李范文如饥似渴地从残砖碎瓦中汲取营养，组拼着一个个天书般的文字。当时，每月才供应半斤猪肉，几乎天天是白水煮面条。身高1.77米的北方大汉，因营养不良，体重仅剩50公斤，血压高压80、低压50。但是，为了西夏学的研究，他几乎耗尽心力。

1977年，发掘工作结束，他一人留守工地，在古坟堆中撰写《夏汉字典》卡片。上小学放了寒假的9岁的大儿子受母亲嘱托，带着4岁的小弟弟到工地来看望父亲。是夜，狂风又袭来，帆布帐篷被刮得哗啦哗啦乱响，眼看就要拔地而起。恶狼、野狐在周围发出凄厉的嚎叫。小儿子吓得紧紧搂住父亲的脖子，浑身发抖。第二天醒来，人人头发、耳朵、鼻孔里尽是沙土，想擦拭一下，毛巾却冻得像冰棍。原打算陪着父亲在工地住几天的两个儿子，嚷嚷着马上要回家。从此，他们寒暑假再也不来了。李范文一个人孤零零地孜孜不倦地编纂《夏汉字典》初稿，继而又写出《西夏陵墓出土残碑粹编》。

1980年，为了解决字典的注音问题，李范文沿着当年红军长征走过的艰难路程，跋山涉水，备尝艰辛，到四川、甘肃调查西夏遗民后代，考察木雅语、道孚语。他记下了4000多个单词，搜集了200多个例句，千方百计地搜寻西夏语的遗踪。

在宿舍里修改、校勘《夏汉字典》，李范文常常忘了夫人临上班托付的事。有一次，肉焦煳味扑进斗室，他才想起火炉子上砂锅炖着肉，急忙跑到室外火炉边，揭开锅盖一看，锅里的肉都变成了焦炭一样的煳块。

在骑车奔走的路上，他脑子里也常转着字典的事。有一次，他的心头正为字典中的一件难事焦虑着，自行车像脱缰的野马载着他一头撞在停着的汽车上，他前额、鼻子顿时鲜血淋淋。

1984年4月，日本西夏学专家西田龙雄教授到宁夏访问，李范文骑车到宾馆相会。路上，他被人骑车撞倒，左腿股骨、胫骨骨折。手术后，卧床半年，休息一年。然而，这正是他研究《同音》的关键时刻，李范文利用养病的安静环境，在病床上继续工作。为了防止身体下滑，他让家人用布带把腰绑在床栏杆上，人坐在枕头上，忍痛写作。

李范文呕心沥血破译"千古之谜"的精神，深深地感动了一些同道和朋友，他们纷纷伸出手来，慷慨相助。

西夏学专家罗福颐先生热忱指教李范文，将家藏的珍贵的西夏文文献借给他阅读，其中有俄国学者聂斯克的《西夏语文学》、其兄罗福成的《大方广佛华严经》西夏文手稿、《同音》晒蓝本、先生本人辑录的西夏文字汇集等等。

《文物》编辑部主任王辉知道李范文的打算之后，不仅把未发表的西夏文稿借给他，而且主动给他写介绍信，推荐他到北京图书馆借阅有关西夏文文献的图书。

王尧教授细心地向李范文介绍国内外有关西夏研究的近况，还特别提到四川大学教授邓少琴先生调查西夏遗民的专著《西康木雅乡西昊王考》一书。

李范文向邓教授致函，邓教授很快就寄来了这本书的照片，为李范文后来专程到四川、甘肃调查西夏遗民起了"内导"作用。

1993年10月，台湾大学龚煌城教授来访，见了李范文编纂的《夏汉字典》手稿，十分欣喜，关切地问："还存在什么难题？"李范文坦率地说："105个韵母尚无把握，各家拟音均不能让人心服。"龚煌城说："我在日本用英文写了一篇论文，对此有了答案。如果你同意，我愿意为字典提供拟音。"1995年7月，李范文收到了龚煌城教授寄来的西夏字拟音，李范文马上把自己原来的拟音改为龚教授的拟音，使注音更臻完善，为字典增添了光彩。

经过25年的辛勤劳作，渗透了李范文和同道们心血的《夏汉字典》终于编纂成功。

李范文激动地说："《夏汉字典》绝非我一人之功，如果没有改革开放的时代，如果没有尊重知识、尊重人才的方针，如果没有党和政府各级领导的支持，没有老师、同学、同行、亲友的大力支持和帮助，不可能完成此书。"

李范文向祖国和人类奉献的这一部《夏汉字典》和他的许多关于西夏的

论著，可以说是破译西夏这个丝绸之路上的神秘王国"千古之谜"的大小"金钥匙"。

李范文历经几十年的辛勤耕耘，按照自己独特的构思和编排体系，编纂成大型辞书《夏汉字典》。全书150多万字，集古今中外西夏文字研究之大成，从语言、语义、语法、字形等各方面，对6000个西夏字辨形、解义、注音、例句，进行全方位的注释，形、声、义、例皆具备。注释文字注明出处。用汉、英两种文字释义，检字采用四角号码分类，为能认汉字欲查找西夏文字的读者提供了方便的检索办法，即使不懂西夏文的人，只要懂得四角号码分类，10分钟内，即可查索到。

对每个西夏字的原义详加考证，这对于一种死文字来说，难度极大。李范文借鉴了中外学者的研究成果，特别是俄文译的西夏大型字书《文海》和中国学者根据俄文考证、校勘的《文海研究》等。对《文海》上没有的字，他根据自己的研究心得，有根有据地校勘求真，力求用例子来求证。

李范文在熔铸打开西夏"迷宫"的"金钥匙"——《夏汉字典》的同时，还撰写了一批很有学术价值的论文和专著，为破译西夏这"千古之谜"熔铸了一些开启"迷宫"内各宫门的"小金钥匙"。

比如：

《试论西夏党项族的来源与变迁》，揭开了西夏遗民消失之谜；

《西夏皇帝称号考》，揭开了西夏皇帝称号、封号、谥号之谜；

《西夏官印汇考》，揭开了西夏官印之谜；

《〈掌中珠〉复字注音考释》，揭开了西夏复字注音之谜；

《西夏皇裔今何在》，揭开了西夏皇胄并未斩尽杀绝之谜；

…………

李范文对西夏文韵书《同音》中所收的6000个西夏字逐个注音释义，对西夏语的9类声母、105个韵母进行了系统研究，1986年长达70万字的力作《同音研究》出版。

李范文又对西夏人骨勒茂才于1190年（西夏乾祐二十一年）所著的西夏语与汉语对照词汇集《番汉合时掌中珠》，对宋代的西北方音进行了研究，于1994年又推出了力作《宋代西北方音》。该书50多万字，弥补了汉语研究和西夏语研究的空白，与《同音研究》一起，被学术界誉为中国西夏学研究方面的"双璧"。

李范文主持的国家级课题成果《西夏语比较研究》，全书共5章60余万字，也即将出版。

上述成果，是李范文教授几十个春秋用心血浇灌出来的一个个奇葩。他的论著多次获宁夏社会科学优秀成果一等奖。

李范文教授为破译"千古之谜"，正如日本西夏学专家桥本万太郎所赞扬的"精疲力竭，犹不罢手"。

李范文就是以这种"咬定青山不放松"的锲而不舍的坚毅精神破译西夏之"谜"的。

李范文为洗雪"西夏在中国，而西夏学不在中国"的耻辱，在有人认为"做不出学问"的宁夏，做出了震惊中外的学问。

1986年9月，《华丽家族》的作者、日本著名女作家山崎丰子来宁夏访问，参观了西夏文物古迹后，在自治区主席黑伯理举行的欢迎宴会上说："西夏在你们中国，而西夏学在我们日本。"这句话使李范文教授的民族自尊心受到了深深的伤害。他想，总有一天让你们日本不得不承认现在西夏学已由日本回到了中国……

"现在终于有了这样一天了！"李范文教授双手捧着《夏汉字典》，在寓所里回顾当时的心情，感慨万千地对我说，"有一次，一位来宁夏讲学的教授对我讲：'你们很落后，宁夏这块地方不是做学问的地方。'听到这话，我作为生活在宁夏的一个知识分子，感到是一种耻辱。我觉得我要改变这种环境。下决心把西夏学赶上去，让外国人，让国内学者看看，宁夏是不是做学问的地方。路是人走出来的。我就是要在这不是做学问的地方做出学问来，在没有路的地方走出一条路来！"

天道酬勤，水滴石穿。他硬是从荒漠上踩出一条路！

李范文因功勋卓著，荣获国家级有特殊贡献的专家称号，享受国务院特殊津贴。李范文的事迹被载入《当代中国名人录》、美国的《国际名人录》和英国的《世界名人录》《世界精英录》等书。

然而，李范文对这些并不在意，他念念不忘的仍是周恩来总理的嘱托："绝不能让它失传！"

如今，他正在组织力量，合作攻关，主持编写世界上第一部《西夏通史》。

他还参与举办西夏语人才培训班，亲自参加"培养人学习这种文字"的事业。

在李范文教授的笔记本首页上工工整整地抄录着司马迁《报任安书》中的一段话语：

盖西伯拘而演《周易》；仲尼厄而作《春秋》；屈原放逐，乃赋《离骚》；左丘失明，厥有《国语》；孙子膑脚，《兵法》修列；不韦迁蜀，世传《吕览》；韩非囚秦，《说难》《孤愤》。《诗》三百篇，大抵圣贤发愤之所为作也。

这就是李范文的座右铭。1997年，李范文呕心沥血25年编纂的《夏汉字典》，由中国社会科学出版社正式出版了。1998年、1999年他全身心地投入《西夏通史》的写作。

"金钥匙"有了，"千古之谜"还没有完全破译。前面的路程还很长，很艰难……

（收入报告文学集《沧桑半世纪——银川五十年》，宁夏人民出版社2000年版）

（十六）对外报道篇

引水上旱塬

水，普普通通的水，对于干旱荒凉的宁夏南部山区人民来说，真是"滴水贵如油"。

就拿回族聚居的同心县来说吧。境内没有一条甜水河，地下打到300米深，水还是苦的。这里，年平均降水量只有280毫米，可年蒸发量却高达2343毫米，是降水量的8倍多。旧社会，穷苦人遇上旱年只好外出逃荒。新中国成立后的一段时间里，遇上旱年，国家要出动上百辆汽车，到上百里远的黄河拉水。

党中央、国务院十分关怀宁夏南部山区的回族人民，国家先后投资兴建了同心和固海扬水工程。我们乘车从引黄河水的固海扬水工程第一泵站，一直看到第六泵站。第六泵站离黄河岸边有100多华里。黄河水经过五级扬水，扬到这里，扬程180多米高，然后经过这个泵站，扬程32米，扬到第七泵站。水泵开动以后，黄河水在电力的推动下经过2条长200多米、直径1.2米的输水管道，扬上了半山腰水泥渠道里。

俗话说，人往高处走，水往低处流。我们登上山坡，看到的却是水从低处流到高处来。

黄河水通过同心和固海两个扬水工程，通过大大小小的渠道和一级又一级泵站，给干旱高原带来了勃勃生机。同心引黄扬水工程有7个抽水泵站，装机总容量14000瓦，总扬程243米，抽水量5米^3/秒，干渠全长90多公里。这个提水工程的建成，解决了3万多人、4万多头牲畜的饮水问题，还可以发展水浇地10万亩。同心县沿着干渠两侧，建设了一个新灌区。过去干旱荒凉的黄土高原，如今黄河水流入田地，已经出现了一片又一片郁郁葱葱的树林、绿油油的庄稼。

我们来到这个新灌区的河西乡新建村访问。这个村的农户都是从喊叫水乡搬迁来的。"喊叫水"这个奇怪的名字，说明这里缺水严重，人们盼水心切。1980年以前的30年，除了有3年靠天下雨，粮食够吃外，其余27年都靠吃国家返销粮。1980年，农民从喊叫水乡搬迁到新灌区的时候，一个家庭的家当用一辆手拉车就装走了。到新灌区四年啦，他们的生活怎样了呢？

我们访问了一户回族农民，主人的名字叫马占俊。他兴致勃勃地向我们谈起来："自从国家把水给我们送到干旱山区，变化确实不小。温饱问题解决了，家家自给还有积余，30％的户储备有一年的余粮。我们村子115户，盖房570多间。自行车家家都有，电视机现在也享受上了。从我家来看，刚迁来时家里没啥值钱的东西，现在，有了手扶拖拉机、缝纫机、收音机、录音机、沙发、大衣柜……都全了。"

就在同心扬水工程通水以后，国家又投资1.5亿多，于1978年6月开始建设宁夏最大的电力提水工程——固海扬水工程。这一工程从中宁县泉眼山下直接引黄河水，经过18个提水泵站，十一级扬水，通过全长240公里的干渠，一直把黄河水送到中宁、中卫、同心、固原、海原等5个县境内。这一规模宏大的工程正在兴建中，第一到第七泵站已经上水。

固海扬水工程管理处的马彦禄和李国轩两位回族干部，向我们介绍了工程进展和受益情况。马彦禄说："固海扬水工程兴建以来，仅仅7个泵站上水，就已经解决了7万多人和6万多头牲畜的饮水问题，还浇灌了12万亩耕地。"

固海扬水工程预计今年内基本建成，全线通水。到那时，宁夏南部山区长年缺水的状况将得到根本改善。

（中央人民广播电台、中国国际广播电台播出，《人民日报》1986年3月13日海外版刊登）

千名科技人员参与综合治理
黄土高原开发前景令人振奋

我国千名科技工作者对黄土高原11个试验区4年多的综合治理，使昔日一望无际的荒山秃岭，再现了"风吹草低见牛羊"的动人景象；过去无人问津的荒沟荒坡，如今成了远近闻名的"聚宝盆"。

80年代中期，黄土高原平均（粮食）亩产110公斤，比全国平均亩产低122公斤；人均产量297公斤，比全国人均低67公斤。"六五"期间每年需调入粮食30亿公斤。为了促进黄土高原的治理与开发，并为制定综合治理开发的战略目标和总体部署提供科学依据，"七五"期间，国家投资2750万元，把"黄土高原综合治理"安排为重点科技项目。由中科院、水利部、农业部、林业部、国家教委组织1000多名科技工作者，围绕解决黄土高原水土流失、干旱、土壤瘠薄、生态经济失衡等问题，在11个试验区、20万亩黄土高原上开展了综合治理科学实验。

日前在银川结束的黄土高原综合治理试验区第4次工作会议提供的情况表明，"七五"期间国家确定11个试验区，包括了黄土高原大部分土地类型。4年多来，广泛开展了内蒙古准格尔旗皇甫川流域水土流失综合治理农林牧全面发展试验，定西黄土高原丘陵沟壑区高效农业生态区建设，黄土台原阶地区综合治理开发优化模式区建设，定西黄土高原半干旱丘陵沟壑区草地规划配置模式研究，固原黄土丘陵区水土保持与农林牧优化结构试验研究等20多个课题研究，普遍取得进展。

实践表明，黄土高原的治理开发前景令人振奋。11个试验区通过开发治理，人均产粮500公斤左右，比1985年提高20％以上；人均纯收入500元左右，比1985年增长523％；林草覆盖度达到50％；减沙效益提高了50％。

（合作者：师海波。中央人民广播电台、中国国际广播电台播出，新华社播发通稿，
《人民日报》海外版1990年1月19日头版头条刊登）

作家张贤亮当选宁夏文联主席

中国著名作家张贤亮今年5月27日当选为宁夏回族自治区文联主席，根据他

创作的反映改革的小说《男人的风格》改编的同名电视剧获得金鹰奖。从业同行祝贺他"双喜临门"。张贤亮笑着说："这要感谢党和政府的关心和支持，要感谢大伙的信任，今后肩膀上的担子更重了。"

张贤亮是中国近几年文坛出名的作家，1957年因为一首诗《大风歌》被错划为右派，从此被劳改、管制、关押达22年之久。1979年这一冤案被彻底平反，他重新提起笔来写作。六年多来，他写作了140多万字，发表了10篇短篇小说、6部中篇小说、2部长篇小说。获得2次全国优秀短篇小说奖，获得一次全国优秀中篇小说奖，还获得多次《当代》《十月》《小说月报》《中篇小说选刊》等刊物奖和宁夏回族自治区文学创作奖。他创作的5篇小说被改编为电影和电视剧，其中，根据他的小说《灵与肉》改编成的电影《牧马人》和电视剧《男人的风格》等都先后获奖。

去年下半年，张贤亮应爱荷华国际写作中心主持人聂华苓邀请，赴美国访问期间，中国国内对张贤亮的中篇小说《男人的一半是女人》发生了争论。海外一些传闻骤起。张贤亮回国以后，又传出谣言"张贤亮失去人身自由"。

张贤亮对记者说："我作为一个中国作家感到很自豪，我一定要把我的力量为祖国都贡献出来。我马上就要深入农村去体验生活。"

（中国国际广播电台1986年6月播出，被评为好稿并收入《国际台国内记者获奖作品选》）

补白：批驳谣言　针对性强

选出一位省区级文联主席，本来不必通过国际台向世界发布消息。然而，张贤亮的情况不同：他赴美期间，国内对他的中篇小说《男人的一半是女人》发生了争论。这本来是文坛正常的事。别有用心的人却乘机发难，攻击中国。还有人劝说张贤亮申请政治避难。张贤亮回国之后，又传出谣言"张贤亮失去人身自由"。就在这样的背景下，我有针对性地发出这条消息，批驳了无中生有的造谣诬蔑。此稿也因此被评为好稿，收入《国际台国内记者获奖作品选》。

中国西北发现两眼奇异的泉水

中国科技人员最近在西北部的腾格里沙漠中，发现两眼奇异的泉水。其中一眼当人们大声喊叫时泉水大量涌出，并夹带泥沙；另一眼每当地震前夕就发出似笛的鸣声。据地质工作者分析：前者是喊叫声传入流出泉水的陡岩裂隙中产生的震动引起的；后者是地下水在地震前夕受到余震气浪的冲击发出的声音。

（合作者：郑伯贤。中国国际广播电台"珍闻简讯"1986年6月7日播出）

《新中国50年》系列报道宁夏篇之一

让山区农民走出贫困

——记宁夏扶贫扬黄灌溉工程

宁夏回族自治区位于中国西北部。其南部山区8个县的面积为3万平方公里，占自治区面积的45%；人口200多万，占全自治区人口的44%，而回族人口100多万，占全区回族人口的65%。其中的西（西吉县）海（海原县）固（固原县）地区则是全国有名的贫困山区。那里的土地广袤却十分瘠薄，水资源严重匮乏，年降水量不足200毫米，而年蒸发量却在2000毫米以上，几乎不具备生产和生活的必然条件，农民生活十分贫困。新中国成立以来，虽经中央政府和宁夏回族自治区政府长期的扶贫工作，但那里的状况仍然没有得到多大的变化，绝大多数回族农民依然生活在贫困线以下。

为了彻底解决西海固地区贫困农民的温饱问题，宁夏回族自治区政府在中央政府的大力支持下，开始了一项跨世纪的伟大工程——宁夏扶贫扬黄灌溉工程。

宁夏回族自治区人大常委会副主任兼该工程总指挥张位正告诉记者：（音响）"宁夏扶贫扬黄灌溉工程的出发点就是解决100万人脱贫，开发200万亩水浇地，将黄河的水引到原来是一片荒漠的土地上，把它变成良田，把西海固地区的农民迁移到这里安居乐业。这项工程也叫'1236'工程，也就是说：解决100万人脱贫；开发200万亩良田；总投资30亿人民币；在6年的时间里，分阶段地全部完成开发和移民安置工作。总投资中包括由科威特发展银行提供的3300万美元的贷款。该工程全部实施后，基本上实现宁夏的脱贫任务，使全区的贫困农民解决温饱问题，并为在下一世纪走向小康打下一个坚实的基础。"

宁夏扶贫扬黄工程于1994年9月开始立项，于1995年开始实施。这是一项以扶贫为目的包括水利建设、供电、通信、农业及田间配套设施、移民为目的的综合性工程。先期开发的一期工程包括红寺堡灌区和固海灌区，开垦土地面积达130万亩。在两片灌区内新建移民村镇16个，并设有乡政府。各灌区内的道路、水电和电话建设都已完成。为了解决移民子女的上学问题，每座村庄都建有1所小学。

当记者来到位于距宁夏首府银川200多公里的中宁县郊外工程所在地时，第一期工程已初具规模。黄河水经三级大泵站和用水泥砌成的干渠，扬到300米的高处，再经支渠、斗渠、农渠流进刚开垦的农田。第一级泵站由10道直径1.4米的水泥管组成，每秒的流量达25立方米，可以完全满足所有农田灌溉的需要。在已开垦的农田里，小麦早已收割，而地里玉米、高粱、小米和一些蔬菜则长势喜人，一片绿油油，显得丰收在望。为了节约用水，许多农田采用了喷灌、滴灌等先进技术。记者所看到的是：昔日荒漠已变成一片绿洲。

当记者来到红寺堡灌区时，只见一栋栋新建的红砖房错落有致地散布在丘陵上，房子周围已经种上了杨树。有的农户还饲养了羊、鸡、鸭等家畜和家禽。村子里的村民大多都在地里干活。在一家新房的院子里我们碰到了一位65岁的回族妇女罗影兰。她告诉我们："我们家一共5口人，原来住在海原县郑旗乡山区，去年8月份刚迁到这里。那里没有水，没有吃的。种的糜子，如遇到有雨的年份，还能收获一些。如果没有雨，就没有吃的了。来这地方多好呀！"

正在这时，他的儿子何兴海骑着摩托车从地里干活回来。何兴海告诉记者："以前在海原县生活不行，靠种地没有发展前途。如果不出门去打工，生活很困难。到这里不到一年的时间里，在新开发的土地上，已经种了2亩小麦，每亩打了100公斤。如今，5亩玉米长势很好，估计每亩能打近500公斤。"

像何兴海这样的搬迁户，在红寺堡灌区有6000多户，在今年底还要搬迁来4万多家。何兴海最后对记者说："在这里，有了黄河水，只要肯下苦，种了地就会有收获。我对将来充满希望。"

（合作者：吴茵萱。1999年国庆期间中国国际广播电台播出）

尼日尔总统访宁夏

尼日尔共和国总统马马杜·坦贾是一个很务实的政治家。他就任总统之后，第一次到中国访问，今年6月会见了中华人民共和国主席江泽民，进一步加强了中尼两国之间的友好关系，同时特别提出，要到宁夏考察。为什么呢？

坦贾总统今年6月在宁夏考察时对宁夏党委书记、人大常委会主任毛如柏说：（出录音）"尼日尔与宁夏非常相似，有些要解决的问题很接近。"去年五十国驻华大使到宁夏考察，尼日尔共和国大使向总统汇报了考察宁夏的情况，就引起了坦贾总统的兴趣。坦贾总统这次来到中国，就特别提出到宁夏考察治沙和灌溉。

中国宁夏回族自治区主席马启智等领导陪同坦贾总统一行实地考察了宁夏引黄灌溉、治理沙漠的情况。

在古代秦始皇派大将蒙恬带兵开凿的秦渠边上，坦贾总统一行兴致盎然地观看了这千年古渠引来黄河水潺潺流入稻田的景象，非常高兴。

总统刨根究底地问：（出录音）"这水是怎么引进来的？"因为他没有看到任何提水、扬水的电力设备。

马启智回答说："这是利用水流与田地的落差，渠水比稻田高1米，自流灌溉。"

当地的回族农民向总统介绍说："我们把渠道两边和底部都砌护起来，层层设闸，采取节水灌溉的办法，平均每亩水稻产量超过了500公斤，用水比过去节约了1/3。"

在贺兰山下，坦贾总统看到昔日荒漠变成了绿洲，长出了绿莹莹的葡萄和药材，还亲自品尝了沙地上的葡萄，非常感兴趣。

坦贾总统对毛如柏说：（出录音）"这次我来宁夏访问，实地参观考察宁夏的农业灌溉和治沙成果，了解了许多好的经验。我国年降水量不到200毫米，沙漠占国土的2/3。看到中国很大的土地上靠灌溉发展水稻、小麦和玉米等粮食作物，这方面我们尼日尔可以考虑，学习你们的经验，努力实现粮食自给自足。看到你们将流动沙丘改变成为良田，种植药材和葡萄，我们对这个项目的经验很感兴趣。我国2/3的土地沙化，因而，很有必要来这里看看，学习这里的成功经验。回国后，我们将在较小的土地上进行试验，希望宁夏在治沙和农业灌溉方面能派技术人员对我们进行帮助，今后在双方共同努力中进一步加强友谊。"

毛如柏对坦贾总统说：（出录音）"尼日尔在总统的领导下，取得了不小的成绩，有许多经验值得我们学习。今后我们要加强合作，进一步发展友谊。尼日尔需要我们帮助治理沙漠和发展灌溉农业，我们一定尽力。"

毛如柏和尼日尔总统坦贾互赠了礼品，欢迎尼日尔贵宾再来宁夏访问。

（中国国际广播电台2000年播出）

《老外在中国》之四：美国女教师简

听众朋友，大家好。现在中国的许多地方的大学都有外国教师在任教。在中国西部宁夏回族自治区的宁夏大学，就有这么一位来自美国的教师，名字叫简（Jane），她在中国工作已经5年了。在今天的《社会生活》节目时间里，我们就来结识一下简。

走进简在宁夏大学的宿舍，满眼看到的都是中国艺术品：墙上挂着中国的国画，桌上、书柜里摆满了中国的工艺品，而她床边的墙上，则挂着一个大大的折扇。简说，她到中国后，收集了许多中国的绘画和工艺品，她喜欢用中国的画和工艺品装饰自己的房间，更喜欢在宁夏大学做教师。

（音响一，简讲话）"我非常喜欢这个地方，喜欢这里的工作，这里的环境，喜欢我的学生。每次走在街上的时候，这里的人经常对我说'Hello'，他们显得非常友好。"

简已经做了31年的教师。5年前她选择了来中国教英语。第一年在新疆维吾尔自治区，第二、三年在宁夏大学，第四年在吉林省长春市，第五年又回到了宁夏大学。简说，中国的学生很勤奋、很聪明，在听、说、读、写等很多方面都有很大的进步。她与许多学生都结下了深厚的友谊。

朱殊、姜晓婧、杨秋荣三个女同学与简相处得非常好，三个女孩对她像妈妈，她对三个女孩也像对自己的女儿一样疼爱。姜晓婧说起了今年4月18日给简过六十岁生日的情景：

（音响二）"我们三个同学和简老师先去打保龄球。简打得最好，一次把十个瓶全打倒了。后来我们又一起吃生日蛋糕，我们抢着往她嘴里喂，一起唱歌祝她生日快乐。"

（音响三，英语歌《你是我的阳光》）

姜晓婧说，生日蛋糕吃到了简的脸上、头发上，但是简全然不在乎，只是开心地笑着。她们给简准备了一份生日礼物，是一朵太阳花，她们希望与简的友谊像太阳花一样，永远向上。令三个女孩子意外的是，简也给她们准备了三份相同的礼物，是一个泰国小包和一条银色手链。简说，包是她到泰国旅游时特意给她们买的，希望她们把最珍贵的东西装在这个小包里。三个女孩想了想，不约而同地把银色的手链装进了包里。姜晓婧说，她们与简无话不说，简也格外关照她们，姜晓婧讲了这样一段故事：

姜晓婧的家庭不是很富裕，在她上大学二年级的时候，她的父母又相继病倒住进了医院。那段日子里，姜晓婧下了课就往医院跑，还要做家庭教师挣钱给父母治病，所以姜晓婧的心情非常不好，天天沉默寡言。简看在眼里，急在心上。有一天，简对姜晓婧说，你如果觉得心里难受，想找人说说话，任何时候都可以到我那里去。后来姜晓婧就常去简那里说说她心中的烦恼。简告诉她，生活本来就有许多意想不到的事情，正是这些磨难才把她锻炼得更加坚强起来。

姜晓婧说：（音响四）"那一年她一直给我鼓励。爸爸妈妈不在（身边），唯一让我觉得温暖的除了两个好朋友以外，就是简给我的鼓励最多。最困难的时候她虽然没有帮我出一分钱，但是给我精神上的鼓励，是比任何物质上的援助都重要。"

三个像女儿般的学生也给简许多生活上的慰藉。简说，三个学生非常关心她，问她在这里是不是孤独。最让简感动的是她过60岁生日。她说这一天过得很开心，跟这三个像女儿一样的朋友一起过生日，一生永远不会忘记。

简说，她非常喜欢宁夏。这里生活的回族和汉族两个民族生活的不同体现在食品和文化上。在这里她可以吃到不同的食物，有汉族的、有回族的。她还到过宁夏回族自治区的很多历史名胜和风景区，去过西夏陵，看到过许多古代的雕像、古代的绘画。她还游过黄河。

简现在又迷上了中国的太极拳。她向宁夏大学的老师学习打太极拳学得非常认真。一招一式，还真有那么一些味道。简说，她想了解更多的中国文化，所以他要认真地学习太极拳。

好了，听众朋友，关于美国人简在宁夏大学教书的故事今天就为你播送到这里，感谢收听，再会。

（中国国际广播电台播出，获"彩虹奖"。
《宁夏日报》刊载，题目为《你是我的阳光》）

（十七）舆论监督篇

连续报道：银川菜市见闻录（之一）

6月14日晨，记者来到银川市郊区银新乡尹家渠村路口，只见几十辆三轮装货车堵塞了道路，几十个菜贩子截住菜农购买蔬菜。大多数时间是双方议价购销，但有少数人却夺秤抢筐，强行收购。

银新乡丰登村五队的菜农马国奇气愤地向记者诉说他两次被一帮菜贩子坑害的事："前几天，七八个操着外地口音的人成帮结伙地围着我，硬要收购我的一车笋子。这帮人用一杆秤，拿丝头把秤杆顶着，看秤花子对着呢，可我一车四五百斤菜才挂了230斤。他们拉走菜，我一细算才知道上了当！第二天，这帮人又拦路围住我，我说什么也不给他们。这伙人上来几个硬性过秤，我一调脸，另外几个人就把几捆菜抢走了。我抓住了一个，那几个又抢走了几捆，还要上来打我。就这样，他们一分钱也不给就抢走了我二三百斤菜。"

周围的菜农七嘴八舌地说："这些菜贩子专门捡老汉、娃娃、妇女欺负，连骗带抢！"

记者问菜农："为什么不把菜送交国营菜店？"

菜农们说："要有门路哩！"

有的菜农说："交菜好费事，还不如卖给贩子，省得花时间！"

记者又问："为什么自己不上市场卖？"有的菜农说："眼下正薅稻子，没时间，卖给贩子，虽说少收几个钱，可省了时间。"

6月13日晚8点多，在信义市场，红花乡高台村一位姓苏的农妇，说她从早晨6点来市场占了空摊位，又让一个姓袁的市场管理员硬给赶走了，把摊位让给外地来的一个菜贩。她眼见这个姓袁的从菜贩子手里提了一兜子菜，没付钱。她还见过有的菜贩子送"阿诗玛"香烟给湖滨市场的一个管理人员。她越说越气：

"我自产的菜，因为没地方占，从早晨6点到晚上8点，一车菜比菜贩子便宜得多，还没卖完！"

自治区人大下属部门一位负责同志告诉记者，他眼见几个菜贩子把农民送进市场的一车西红柿抢购去，过秤时捣鬼，收下后就地转手倒卖，以比原价高出一倍的价卖出，一下子就赚好几百元。在银川倒贩蔬菜的，不少是从四川、河南、山东、陕西等地来的。一个山东汉子说他每天平均净赚50元，一月1500元。

菜市场上，莲花白、茭瓜、油菜价格便宜下来了，细菜价仍偏高。菜市场没有规定最高限价和批零差率，完全任其定价。

银川市民现在很有意见，他们说："到了蔬菜旺季，要想吃个西红柿、茄子、豆角，每天菜钱就得好几块。到了这时，黄瓜还这样贵。"国营菜店价格比集市便宜得多，但菜的品种比较少，也不太新鲜，在总量上达不到自治区政府要求的所占比例幅度，还难以发挥平抑菜价的主渠道作用。一些管理蔬菜生产、销售的负责同志也有苦衷："生产者希望越贵越好，消费者希望越贱越好，倒贩者希望买得贱卖得贵。我们这些人像老鼠进风箱——两头受气。"

以上全是记者现场耳闻目睹的，仅是一鳞半爪。不过，已反映当前银川菜市存在的一些问题，值得有关部门充分重视。

（《宁夏日报》1990年6月16日头版头条）

（之二至七，围绕菜价的争论，主渠道为何又细又小？管好菜贩子，小生产与大市场，银川菜篮子前景，蔬菜专家谈蔬菜，分别刊载于《宁夏日报》1990年7月4日、22日，8月6日、10日、13日五个头版和9月18日。合作者：田群英。因篇幅所限，省略）

补白："公开批评稿"转"内参"再转"头版头条"

民生问题是媒体十分关注的大众题材。

因为一年到头多在外，少在家，我一向不去买菜。偶尔买菜，竟然发现问题不少。第二天，实地观察、了解菜贩子收购蔬菜情况，触目惊心。我连忙采写了《银川菜市见闻录》（即第一篇稿）。我到银川市政府请主管蔬菜产供销的副市长看稿子，征求他的意见。他看完了稿子，委婉地劝我："稿子就别发了吧。"我问他："你看事实如何？"他说："这都是你这老记者亲自调查的，事实都是事实。公开批评了，我们的压力太大。还是别发了吧。"我说："压力就是动力。揭露问题，是为了解决问题。稿子公开发表了，对你们的工作会有推动的。"他勉强地点了点头，还是劝我别发。我说："事实准确，就发吧！"

稿件传到中央台里后，引起了重视，竟然一级又一级传到了最高层。台领导电话打来，对我说："这个问题很敏感！你看，发内参怎么样？"台领导都这样说了，我只好表示："领导定吧。"

通电话的当天下午，我列席自治区党委常委会。《宁夏日报》总编辑李涌泽同志坐在我旁边。他是比我高一届的北京广播学院的同学，平日见面，无话不谈。我把自己有点想不通之处，请教他："批评个银川菜市，还有什么不可以公开的吗？"他听完我的疑虑，没有回答我的问题，只是说："稿子给我，我们可以发。"我又电话请示了台领导，回答是："地方报纸发？可以，可以啊！"李总编派人来取走了稿子。第二天见报了，还是头版头条。

银川市立即行动。市长张位正见了我，表示感谢，说："批评得很对！活血化瘀，推动了我们的工作。"

读者反应很快，人们在街头议论纷纷。那些天，熟人一见我，就说菜市。家家都得买菜、吃菜啊！一个菜市，连着千家万户的心。宁夏日报社又派出记者田群英，同我一起采写了后续六篇报道，组合成了系列，全方位、多侧面、多角度地对银川菜市问题进行了揭露、透视、探讨，把社会的注意力引导到同心协力解决问题上来。

银川菜市问题逐步在解决。

附：一组贴近群众贴近生活的好报道
——评连续报道《银川菜市见闻录》 ◎胡传栻

《宁夏日报》刊载的中央人民广播电台记者潘梦阳与《宁夏日报》记者田群

英采写的《银川菜市见闻录》系列报道是一组贴近群众、贴近生活的好报道。

"菜篮子"是群众生活的热门话题，抓好"菜篮子"工程是党和政府的一项重要工作。银川市是自治区的首府，全市几十万市民，天天都要吃菜，天天都对蔬菜品种的多少、蔬菜价格的高低、蔬菜供应工作的好坏有议论，记者能抓住这个千家万户关心的问题做系列报道，可以说抓主题抓到了点子上。

江泽民、李瑞环同志在有关新闻工作的讲话中，都强调要增强新闻的可读性，提出新闻工作者要"研究如何不断提高新闻宣传的水平和效果，把报纸、广播、电视办得有吸引力、感染力，使读者、听众、观众爱读、爱听、爱看"。李瑞环同志则说："增强新闻的可读性，是为了让尽可能多的人入耳、入眼、入脑、入心"；"凡是可读性强的新闻，大多具有贴近群众、贴近生活的特点"。《银川菜市见闻录》正是一组这样的好报道，针对性、可读性都很强，吸引了千万个读者，引起了银川市政府领导和有关部门的高度重视。在8月份召开的银川市副食品工作会议上，到会代表就这组报道中提出的问题，商讨了一系列改进蔬菜产、供、销的办法，充分显示了这组报道的宣传效果。

这几篇报道的另一个特点是现场感很强，特别是第一篇（见6月16日《宁夏日报》头版头条），通篇都是记者潘梦阳在银川菜市场耳闻目睹的情景，反映了菜贩子截住菜农夺秤抢筐，强行收购；有的菜贩子欺行霸市，哄抬菜价，牟取暴利；而国营菜店菜的品种少，起不了平抑菜价的主渠道作用。这些活脱脱的现场镜头，都是银川市民们天天都能见到的事实，真实感强，十分令人信服。这样富有现场感的新闻报道，是很能打动人心的。所以，现在新闻界提倡"现场短新闻"不是没有道理的。

这组《银川菜市见闻录》的第三个特点是充满了记者的正义感。记者不信邪，不怕报复，义正词严地揭发外地来的菜贩子欺行霸市、哄抬菜价、牟取暴利的丑态；个别市场管理员赶走菜农的"衙门"作风。我们的新闻记者就是要有这种为老百姓讲话的正义感。只有把新闻记者的心贴近群众的心，才能与群众心连心，写出读者爱读、听众爱听、观众爱看的好报道来。愿我们有更多这样的好报道！

（刊于《宁夏日报》1990年8月31日）

记者来信：银川花炮销售中的"三怪"

春节就要来临的时候，记者在银川市街头发现花炮销售中有"三怪"。

一怪是买炮有奖。

银川街头走不远就看见一条醒目大红横幅"购买花炮有奖"，几乎遍布繁华街道。买个烟花爆竹，怎能同当了劳模一样，同向国家存了"有奖储蓄"一样地奖励呢？这真是刺激消费，钓"钱"买"炮"，挖空了心思。

二怪是公家出钱。

买烟花爆竹的不光是小孩和孩子们的家长，还有一些机关和企事业单位，买花炮发给职工过年。一个只有三十几个人的单位就买了300多元的花炮，分给职工放炮过年。

三怪是开假发票。

卖炮者以开假发票的手法引诱来为单位买炮的人员。银川市销售花炮的日杂商店的售货员公开向顾客宣扬："你们单位要买多少？千元以上回扣给你20%。多要，回扣还可以再多。"进而还不打自招地说，"给单位买花炮可以开成买其他物品的发票。这样做的单位多得是。"

"三怪"之外，还有"一怪"，就是这样的事情，竟无人过问。据有关部门统计，仅有400多万人口的宁夏，今年花炮销售额截至2月10号已经高达400多万元，购买花炮热还在向高潮发展，"三怪"如果继续"兴妖作怪"，这个热度能达到什么水平，实难预料。

（中央人民广播电台1988年2月13日春节前夕《全国新闻联播》播出，被评为宁夏好新闻）

深度报道：何时缚住百年火龙？

记者来到海拔2150米的贺兰山汝箕沟煤田火区，只见烟雾从四周的岩石裂缝中冒了出来，一氧化碳等有害气体呛得人难受。地下火龙就在岩层下面熊熊燃烧着，记者站在火区上面感觉就像站在大火炉上烘烤。夜间，火区可以看到一处又一处蓝色的火焰，远远望去，煤火点点，闪闪烁烁，连成串，宛如长龙。

宁夏煤炭局灭火处总工程师崔柏林在火区现场，指着岩缝中冒出的烟雾对记者说："着火是二层煤，距地表还有40米左右，烟势这么大，由此可见，地下火龙燃烧得多么凶猛。"

他介绍说：火区总面积达221.06万平方米，明火点数达到118处，火区占有煤炭资源储量达4512万吨，相当于矿区煤炭总储量的1/10，每年煤炭烧损量达百万吨。

江泽民总书记曾经视察过的宁夏汝箕沟矿区是我国珍稀的优质无烟煤太西煤的产地，太西煤是我国的"煤中之王"，发热量比一般煤炭发热量5000大卡高两三千大卡。太西煤在国际市场上的价格比一般煤炭高2倍，是出口创汇率最高的煤种。太西煤除了民用以外，还是冶金化工工业的重要原料，可以代替焦炭，直接用于高炉喷吹，可以生产化肥、碳素、活性炭等。因此，太西煤被誉为"太西乌金"。遗憾的是，一场绵延百年的大火越来越凶猛地吞噬着这金子般宝贵的太西煤资源。

宁夏煤炭专家常正华说，汝箕沟地下火灾成因众说不一。据历史记载，清朝同治年间，汝箕沟矿区的阴坡煤层最早着火。一种可能是当时打筒子开采，窑工在小窑里生火、做饭，甚至居住，留下火种，引起煤层着火；另一种可能是，窑工反抗窑主，或小窑之间争夺煤炭资源，放火烧窑引发火灾；再一种可能是，太西煤虽然是燃点高、不易着火的煤种，但是，露头煤风化之后，风化煤燃点降低，自然发火。

常正华强调说，80年代小煤窑的乱采滥掘更加剧了汝箕沟矿区煤田火灾的蔓延。

中南海的关注

汝箕沟矿区的百年大火，惊动了中南海。

对宁夏汝箕沟矿区灭火，中央领导非常关注，李鹏总理曾亲自批示，邹家华副总理、吴邦国副总理曾亲临火区现场视察，并对灭火工作做过重要指示，先后两次解决问题。

在国务院和中央各有关部门的关注、支持下，从1988年到1993年，自治区采取了主要由国家给予的"出自治区煤炭加价"政策的方式筹集资金，自治区财政补贴500万元，解决了灭火资金的来源。1994年，煤炭出区加价政策失效，宁夏在灭火资金来源中断的困难情况下继续维持灭火。1996年5月，国务院副总理邹家华率国家计委、财政部、煤炭部等有关负责同志专程到汝箕沟矿区实地考察，对灭火工作做了重要指示。10月，国家计委委托中国国际工程咨询公司组成专家小组，对火区进行现场考察。11月，中咨公司在京举行《汝箕沟矿区灭火工程修改设计》评审会，月底向国家计委呈送了设计评审报告。1997年6月，国家计委、财政部对灭火资金进行了批复，批准总投资7094万元，其中国家财政拨款5538万元，自治区自筹300万元，剥挖残煤变价收入补偿1056万元。

宁夏组成了灭火工作领导小组，推进汝箕沟矿区煤田灭火战斗向纵深发展。领导小组组长对记者说："国务院领导、中央有关部委和自治区党委、政府对灭火工作都非常重视，在财政非常困难的情况下，拿出那么多资金来支持灭火工作，体现了中央的关怀、支持。我们一定要把有限的资金，使用到刀刃上，我们决心5年扑灭百年煤田大火，向党中央、国务院，向社会各界交出一份圆满的答卷！"

百里煤海战火龙

记者在汝箕沟煤矿看到：一场有组织、大规模的与地下火龙的顽强搏斗正在百里煤海全面展开。机声隆隆，汽车来往穿梭。几十台铲装机把正在燃烧的煤炭挖掘出来，几十部汽车运到空谷地将它熄灭。宁夏煤炭厅灭火处处长熊发荣告诉记者："我们组织了5支专业队，对12个火区分类排队，分清轻重缓急，先灭火势蔓延速度快的、资源损失大的、对煤矿安全生产影响重的。特别是抓住上一、北三、大岭湾3个死灰复燃的重点火区进行重点治理，采取以剥离、挖出火源为主，以覆盖灌浆为辅，综合治理的灭火方法，已经取得初步成效。面积3.01万平方米的红梁东和面积1.28万平方米的南一2个火区，灭火工程已经完成，正在扫尾，等待验收。"灭火职工满怀信心。他们已经和地下火龙较量了8年了，经验、教训历历在目。

从1988年到1996年，经过宁夏广大煤炭职工拼搏，共投入灭火资金3230.5万元，使火区由17处减少到12处，面积达39万平方米的火源被挖除，煤炭资源烧损量由每年的百万吨下降到30万吨。8年来，宁夏未放松对小煤窑的治理整顿。1988年到1990年，关停了16个单位的20个小窑井口和3个露天坑，填死了大量废弃井巷。1991年以来又进行了2次全面清理整顿，取缔了无证非法开采的16个矿点、39个井口、5个露天开采矿。经过整顿，有效地消除了新火点发生的隐患。

如今，国拨资金已经下达，自治区正在研究免税、免费优惠政策，紧密配合中央的投资，加快灭火工程的进度。荷兰政府捐赠250万美元，派出专家到汝箕沟矿区煤田火区进行监测，这一旨在建立一套火区监测系统以供永久使用的国际环境保护项目，也给灭火工程以有益的帮助。

今日长缨在手，何时缚住这百年的地下火龙？！

同地下火龙较量，不同于地面灭火。火龙在地层内部，见鳞不见身，见影不见形，灭了这边，那边又冒了起来。在灭火第一线冲杀的灭火队副队长王吉宗对记者说："困难再大，也难不倒我们。我们已经摸索、掌握了针对不同情况的灭火方法。我们有决心、有信心如期完成扑灭煤田大火的任务！"

巨龙展长缨，众志缚火龙。宁夏煤炭厅的专业灭火队和汝箕沟矿区各矿的干部、职工正在以前所未有的气势和劲头，投入到同地下火龙的大决战中。

（中央人民广播电台《新闻和报纸摘要》播出，
刊于《宁夏日报·西部周末》1997年12月12日头版头条）

幸福水停在半道上
——亚洲最大的扬水工程有劲难使

记者在陕甘宁边区老革命根据地采访时了解到：党中央、国务院拨出几亿元巨款修建的以解决陕甘宁老区人民饮水困难为主要目的的盐（池）环（县）定（边）扬黄工程的共用工程建成3年了，至今难以发挥效益，成千上万的老区人民仍在干旱缺水的干渴难耐中熬煎。

在严重干旱缺水的大西北黄土高原上，有一座目前亚洲最大的以解决人畜饮水困难为主要目的的扬水工程，名叫盐环定扬黄工程，取陕甘宁三省区主要受益县盐池、环县、定边的县名中第一个字为名。这一工程从1984年开始设计，1988年开始建设。工程分两大部分，一是陕甘宁三省区共用工程，一是陕甘宁三省区各自的专用配套工程。截至1996年9月，共用工程就建成了。

盐环定工程总投资8亿元，建设12级泵站，安装95台机组，按照设计，引水能力可达11米³/秒的流量，总体效益发挥出来，可以解决25万人、78万头大家畜、120万只羊的人畜饮水问题；按照1米³/秒的流量灌溉3万亩农田来计算，还可以开发灌溉近33万亩农田。这一规模目前堪称"亚洲之最"。

自从1996年9月陕甘宁三省共用的盐环定工程建成、正式通水至今，这一举世瞩目的"生命工程"就处于大部分机组闲置，扬上来的黄河水停滞在半道的令人揪心的局面。

这一工程从宁夏境内的黄河干流取水。引水干渠第一泵站的6台机组，只启动运用了1台，其余5台长期闲置不用。就是运行的这1台机组由于用水量太小，也是时开时停。其他各泵站运行的机组也只有一两台，就是运行的同样也是时开时停。

秋、冬、春三季连旱，使陕甘宁边区人民饱受了干渴之苦。眼见党中央、国务院送来的幸福水就要到来，却偏偏停在半道，过不来，老区干部群众心急如焚。

共用工程建成后，三省区各自配套工程建成，才能发挥总体效益。这是显而易见的道理。

如今，宁夏正把水向盐池县城引，正在修建宁夏最长的一个通水洞，大约10公里长，预计今年底水洞修通，明年水到城西滩。宁夏向回族聚居的同心县韦州镇引水的渠道已经修通，可以开发灌溉1万亩农田。按照水利部门的安排，盐环定工程给宁夏7米³/秒流量的水，可以开发21万亩农田。宁夏现在只开发7万多亩，开发了1/3，还有很大的利用余地。自治区政府对利用盐环定扬水工程是比较重视的，每年投资3000多万元，累计已投资1个亿。宁夏要把分给的水充分利用起来，还需要投资1个多亿。资金紧张显而易见，但这部分投资若不跟上，以前的投资只能算是搞了个半拉子工程，就会造成巨大的浪费。

陕西、甘肃只分别把水引到了定边县城和甜水堡，有的仅仅开发了一点，有的根本就没有开发。其原因是重视不够，投资不足。

1984年在宁夏水利设计院工作时就为盐环定工程搞设计，1988年盐环定工程建设后任盐环定工程指挥的刘汉忠同志，曾在风沙弥漫的盐环定工程现场

"摸、爬、滚、打"了6年。他说自己"对盐环定有深厚的感情"。对盐环定工程至今难以发挥效益，现任宁夏水利厅厅长刘汉忠一谈起来，心情就格外沉重："目前，我们水利部门为什么对盐环定非常关心呢？关键在于这一工程是给老区人民解决水源不足、人畜饮水困难为主的工程。这几年连续干旱，给这个地方的生态环境、群众生活、农牧业生产都带来了很大的影响。恰恰这个工程是解决这些问题的，可又不能发挥效益。所以，我觉得我们水利部门应该提醒有关领导、有关部门重视这个问题。""新修工程我们支持。但是，已经修建的工程要充分发挥效益，比新修工程更重要！"然而，"重主体，轻配套"，"重新修，轻已建"等观念在一些决策者心目中自觉不自觉地在起作用，就忽视了已建的、配套的工程投资。已建工程不能完全发挥效益，仍要维持运转，人力、物力、财力年年要照样投入，不仅浪费很大，而且长期闲置不用的机组会老化，其他设施也会遭到损坏，还加大了现有工程的亏损。据统计，盐环定工程至今已亏损570万元。

如今，陕甘宁老区人民如盼甘霖一般，日思夜盼党中央、国务院送来的幸福水不要停在半道上，希望早日饮用上黄河水。多年的干旱，特别是去年秋、冬和今春的三季连旱，使这里的人民饮水日益困难，在干渴中度日如年。他们恳切地期望，党中央、国务院有关部门和陕甘宁三省区领导高度重视这一问题，尽快解决盐环定配套工程建设问题，使其充分发挥效益。

（刊于《宁夏日报》1999年5月14日《西部周末》栏目，获宁夏新闻奖一等奖）

宁夏滥挖发菜、甘草、麻黄草屡禁不止

宁夏滥挖发菜、甘草、麻黄草，虽经政府多次明令制止，但是屡禁不止。去年，《国务院关于禁止采集和销售发菜制止滥挖甘草麻黄草有关问题的通知》下发以来，宁夏政府采取拉网式检查，没收非法营销的发菜、甘草，撤销麻黄碱定点生产许可证等措施。但是，目前宁夏又出现了乱挖发菜，滥挖甘草、麻黄草的现象，到处坑坑洼洼，流动浮沙骤起，加重了沙尘暴的危害。仅盐池县马儿庄乡56万亩原有野生甘草的草场，大批人涌进草场，实行毁灭性的乱采滥挖，生态植被严重破坏，流动浮沙面积扩大到70%。

据记者观察分析，宁夏各级政府和有关部门，对此现象打击不力，措施不实是一个原因；另一个重要原因就是，一些药材部门、外地加工企业和个体户违法收购，黑市交易甚至就在挖掘现场进行。

（中央人民广播电台播出）

录音报道：面对落水女孩

七星渠是宁夏吴忠境内的一条黄河引水渠，只有4米宽的黄湾桥就坐落在这条渠上。它是宁夏中宁县新堡中学初一年级（1）班女学生王萍每天上学、放学的必经之地。2001年10月31日是新堡中学期中考试的最后一天。下午3点，在结束了全部考试之后，12岁的王萍骑上自行车，踏上了回家的路途。谁能想到，就是从这一天起，她再也没有走进自己的家门。

这天，当王萍经过黄湾桥时，在七星渠的南岸由西向东行驶的一个车队也正在过桥，王萍与其中的第二辆车迎头相遇，就在她下车躲避车队的时候，一下子连人带车掉入水中。当时正在第二辆车上的中宁县政府秘书刘宁远说："（他们）乘坐的第二辆车，前轮刚刚拐到桥上，后轮还没有打过来，就在这时候，小女孩上桥了，看到前面有车，就有些惊慌。因为桥上没有护栏，可能是一脚踩空了，连人带车翻下河去。"

64岁的徐存玉老汉是刘庄村最早目击现场的村民。当时他从南边骑车过来，刚走到桥坡上，正好有辆汽车横在桥头上了。徐老汉说，他看到那个女娃子在渠里打了两个滚，手还从水里扎了出来，后来又打了几个滚，一共冒出来三次。他说当时如果有一个小伙子跳下去，娃子也就得救了。可当时除了他喊救人，别的人喊都不喊。

就这样，在一个车队30多位乘车人的众目睽睽下，小王萍被2米多深的渠水卷走了，尸体至今也没有找到。

当地的老百姓对王萍落水身亡感到很气愤，认为要是及时抢救，孩子本来可以不死。紧靠黄湾桥北端的刘庄村村民、70岁的黄忠德老人当时正在院子里看书，听到外面喊救人，就急忙跑了出去，才知道有个女孩掉到水里了。他还看到穿着红色衣服的王萍在桥东侧20米左右的地方浮出水面。对于那天没有人下水抢救王萍，黄大爷至今还耿耿于怀。黄大爷说，他不相信这十几个人都不会游泳，即使都不会，也应该一个拉一个地下去救人。要是当官的孩子，人人都会学雷锋，下去的人多着呢。可因为这是老百姓的孩子，就这样死掉了，那些当官的看上去好像还没有多大事似的。

当记者赶到王萍家里的时候，因为悲伤过度，王萍的妈妈还卧病在床。王萍的舅舅接受了记者的采访：

"王萍学习特别好，考初中时成绩是班里的第二名。这个女娃子不但聪明，还特别懂事，平时也不讲究吃，也不讲究穿，非常讨人喜欢。现在一下子没有了，想起来就让人心疼。

"领导说这是一起意外事故。可我总觉得这是不应该发生的事故。我们的孩子从桥北边过来，离南桥头还差几米，马上就要过去了，你这车为什么还非要拐到桥上去？这样一来，孩子就没办法了，如果不掉下去，肯定就会撞车。你车子慢一下，或者停个两秒钟，孩子就过河了嘛。"

王萍的舅舅告诉了记者这样一件事：事情发生后，在场的群众都很气愤，在那里议论纷纷，接到报警后赶过来的110民警却不允许大家说话，还威胁他们，说谁再胡说，就要铐走谁。当时他气愤不过，和110的争辩了几句，他们派出所就说，你再说，就铐你。有两个放羊的老汉也曾提到过这事，他们说，事情发生了，你们民警不帮群众解决问题，反而又要逮这个，又要逮那个，闹得沸沸扬扬。

面对落水的女孩，长长的车队旁站着一排领导岸上观望，忍看女孩溺水而亡后，且看王副市长如何辩白——

记者在采访中了解到，当天车队的带队领导是吴忠市副市长王明忠，他率领吴忠市所辖5个县市的副县长、农业局局长、水保局局长等，分乘8辆轿车下乡检查农田基本建设。事发后，由于他是一行人带队的，也是级别最高的领导，自然成为矛盾的焦点。对于群众反映比较强烈的几个问题，当时正在停职检查的王明忠副市长向记者做出了如下辩解：

副市长王明忠的辩白之一

老百姓认为几十个人都没有救人是不准确的，因为当时他们并不集中，由于路况不好，车距拉得很长，整个车队拉了六七百米。他坐在第三辆车上。出事的时候，他离第二辆车还有五六十米远。等到赶到现场时，孩子已经没影了。他赶紧下车组织抢救，带了几个人向下游追着寻找目标。等到后面的几辆车赶来，还不知道怎么回事。到后来确实是车排成了一排，人也站了一溜儿，给群众造成很坏的影响。

对于老百姓提出的为什么不下水救人的质问，王明忠解释说，他一直在岸上追着跑，但人再也没有浮上来。没有目标，自己下了水还得需要照应。当时水有2米多深，根本踩不到底，水流又很急。如果盲目下水，不仅于事无补，反而容易出现无谓的牺牲。

记者追问：且不论车队的第三辆车赶到事发地是否需要太长时间，我们也不怀疑王市长见危必救的心情。他当时的确是顾虑重重，以至随行的三十几人无一人下水施救，耽误了最佳救助时机。如果在危难关头，共产党员和领导干部都以种种借口不挺身而出，舍己救人，我们如何取信于民？

副市长王明忠辩白之二

在事发现场，王明忠曾喊过这样一句话：谁跳下水救人，就给他五百块钱，群众对此很有意见。觉得这些当官的命值钱，自己不下水，让别人下，难道老百姓的命就值五百块钱？王明忠说，如果群众这样想，真是冤枉他了。他说这里面存在一个很大的误会。

王明忠说，他喊下渠救人给五百块钱是一种激励措施。当时只想把群众发动起来，和他们一起参加抢救，一旦发现目标，大家都下水的话，成功率会更大。

记者追问，可能在王市长脑中信奉的是这句话：重赏之下必有勇夫。可是作为一个领导干部，面对自己的衣食父母，怎么能用金钱换取自己的安全，用金钱出卖自己的责任？

副市长王明忠辩白之三

检查农田基本建设，一个地方一个地方地看就行了，至于浩浩荡荡地带这么多人组织这么大规模的车队吗？王明忠对此解释说，因为要互相学习，互相交流，最后还要互相评比，评出名次，所以要求各县市的有关领导都要参加。这次对农田基本建设检查验收是经过市委、市政府同意的，并且以市政府的名义发了文件，不是他的个人行为。

记者追问：一个副市长下去检查工作，需要8辆车同行，30多人陪伴，场面是够壮观的。只是王副市长的所作所为是否与党中央、国务院领导的轻车简从的工作作风相抵触？

据刘庄村村民反映说，黄湾桥一直没有修护栏，几乎每年都有人从桥上掉下去。记者问王明忠，既然桥上经常出事，政府有关部门为什么不早采取措施，修建护栏呢？王明忠说，这牵扯到投资问题。七星渠上的桥很多，都是这种没有栏杆的简易桥。

记者追问，作为一市之长，作为为官一任就该造福一方的父母官，得知自己辖区内有这么一处危险的桥，经常有人落水，竟能无动于衷，不知王副市长想过没有：责任可以推卸，党的作风、党的形象，还有孩子的生命可都是关天的大事。

12月6日，经中共宁夏回族自治区纪委常委会会议研究决定，并报自治区党委常委会批准，给予王明忠撤销吴忠市委委员、市政府党组成员职务的处分；建议行政撤销吴忠市副市长职务。

在采访中，宁夏吴忠市副市长王明忠一再表示了对小王萍之死的惋惜。看得出来，这种惋惜是发自内心的、真诚的。但是，一些重要时刻紧急关头，往往更能考验一个人的品德和修养。王明忠副市长对所有指责都一一加以辩解，尽管也是人之常情，只是，作为一名受党教育多年的共产党员领导干部，他在事件发生后的所作所为和所做出的种种辩解在一个死去的孩子面前，显得是那样的苍白、那样的无力……

（合作者：伊圣涛。中央人民广播电台《新闻纵横》播出，《中国广播报》2001年第50期刊载）

宁夏干部见死不救事件引起强烈反响
毛如柏说各级干部要从中吸取深刻教训

各新闻媒体和本台曝光宁夏吴忠市副市长王明忠等干部见死不救事件之后，引起强烈反响。宁夏党委书记毛如柏告诫自治区各级领导干部从这一事件中吸取深刻教训。

在日前召开的宁夏经济工作会议上，自治区党委书记毛如柏告诫各级干部说："作为一个共产党员，特别是党员领导干部，当人民的生命财产受到威胁时，应当临危不惧，挺身而出，把个人安危置身度外，以实际行动密切党群关系，为党增辉添彩。"毛如柏还说："在这一事件中，如果车队上桥时先停下来，让小女孩先过，悲剧就可能不会发生了。"

自治区党委常委、纪委书记刘丰富说："王明忠被查处这件事，教训很深刻，我们各级领导干部一定要时刻牢记并认真实践'三个代表'重要思想，时刻把党和群众的利益放在第一位。一个党员领导干部，因为这样的事情受到党纪、政纪的严肃处理，教训是很深刻的。这对各级党员领导干部是一个警示，大家一定要从中吸取教训。"

（中央人民广播电台《全国新闻联播》播出）

附：敢于面对　善于面对

——评录音报道《面对落水女孩》　　　　　◎张柏楷

往往有这种现象：一些地方媒体，对给当地领导贴金添彩的新闻，趋之若鹜，抢先发表；而对当地发生的不太体面、有损地方政绩的事，尽管已在群众中引起强烈反响，企盼舆论给予支持时，也避而远之，沉默不报。因此，在这种时候，中央驻地记者就可以利用自己的特殊身份，排除干扰，该出手就出手，从而，不负众望，真正起到党和人民耳目喉舌和正确引导舆论的作用。不久前，我从中央电台《新闻纵横》听到的录音报道《面对落水女孩》，就是最新一例，理所当然地受到当地听众的好评。

宁夏吴忠市副市长王明忠等干部，在乘车途中，面对因躲避过桥车队而落水的女中学生王萍，能救而不救的事件，发生在今年10月31日。但宁夏各媒体，直到37天后，自治区党委对王明忠等干部做出处分决定，才在12月7日照登新华社发出的电稿，也不见这些媒体有进一步报道和评述。对本地媒体如此滞后的舆论，中央电台驻宁夏记者潘梦阳和专程从北京远道而来的中央台编辑伊圣涛同志，以高度的政治责任感，毫不迟疑地赶赴现场，敢于面对不同观点的不同人群，千方百计获取第一手资料，采制了这篇极具现场感和更有可信性、说服力的录音报道。我看其可赞之处有五：

一是如上面说的，记者敢于面对被当地媒体冷淡的事件，而采访中免不了要遭遇意想不到的阻力，甚至有可能给日后在本地工作带来某些困难。但他们都一一克服，矢志不移。

二是从多方面采制了客观真实的录音。全篇报道共使用6位当事人的原声录音，既有最早目击现场的村民，也有目睹事件发生过程的老者和牧羊人。尤其难得的是，采录了造成王萍落水的第二辆车上的县政府秘书的述说和王明忠副市长本人的辩白，加上王萍亲人的说法，把整个事件用各方当事人的口述，多角度地呈现在听众面前。加上记者的夹叙夹议，使听众宛如亲临现场，得到完整而又真实可信的真相。

三是字里行间蕴含了记者鲜明的是非感和对良好社会公德的深情呼唤。这集中体现在记者在录音过程中对王副市长的四次追问。有理有力的追问，直击对方错误行为的实质，层层化解了对方苍白无力的辩白，引导听众正确认识王明忠等干部的错误性质极其恶劣影响。

四是挖掘出极有价值的新材料。如接到报警后赶来的民警，不去倾听群众呼声，帮助群众解决问题，反而粗暴制止村民说话，还威胁说，谁再胡说就铐走谁！这就从又一个侧面反映了当地已经错位的干群关系，也印证王明忠等违背"三个代表"重要思想的行为不是偶然的，从而使报道深入一步。

五是精心撰写了开头和结尾。开头以形象生动的语言，介绍了事件发生的现场环境和人物，并以"谁能想到，就是从这一天起，她再也没有走进家门"这句话留下悬念，吸引了听众的注意力。而在结尾处，记者从正反两方面深刻揭示王明忠的思想言行，提升了报道的思想性和震撼力，使听众受到一次党风和社会公德教育。

我们期待《新闻纵横》多播一些这样的好报道，进一步延伸广播的发展空间和生命力。

（十八）评论篇

思想漫谈：得理更让人　理直气更和

俗话说："得理不让人。"

然而，全国闻名的优秀营业员张秉贵同志可不是这样，他得理更让人，理直气更和。

张秉贵同志在顾客多、业务忙的北京王府井百货大楼营业25年，没有对顾客发过火，态度总是和蔼可亲。是不是张秉贵同志没遇到过不讲理的人呢？不是的。

有一次，一位顾客买了5包糖，硬说老张只给了他4包。按说这事，老张得理，可老张不是理直气粗地训顾客，而是心平气和地劝顾客："请您先别着急，麻烦您再数一数。"结果，打开提包一瞧，不多不少整5包。

还有一次，一位女顾客气呼呼地来到糖果柜台前，当时人不多，张秉贵同志满面笑容地问她："同志，您想买点什么糖？"没想到回答却是："不买，难道不能看看吗？"张秉贵同志挨了顾客的冲，心想，她许是遇上不顺心的事了。他不但没生气，没发火，还随着顾客向柜台东头走去，边走边给这位顾客介绍新到的糖果。这位顾客被张秉贵那火一般的热情感动了，抱歉地说："刚才我冲您发火，您没见怪吧，我那孩子不吃饭就去游泳，气得我真想揍他。您瞧，刚进大楼那阵儿，我的气还没消呢！"老张诚恳地劝说她："您教育孩子是应该的，可要注意方法，不能打孩子。""您的服务态度真好，我无缘无故向您发火，您还这样耐心做我的思想工作。"从这以后，这位顾客每次来百货大楼，都要到柜台前来看望老张。

顾客和营业员发生矛盾，而营业员又占理，处理这个问题，张秉贵同志的体会是："营业员占理要讲理，但要理直气和，注意方法和态度，不能理直气粗，不能得理不让人，更不能以无理对无理。""对'有理'与'无理''理多'与

'理少'，不能一概而论。如果顾客态度不好，营业员也跟着发火，这样，'有理'就变成'无理'了。"

"得理"与"礼貌"的辩证法，张秉贵同志讲得是这样简短，又是这样明白。日常生活中，许多争议、吵架，都同所谓"得理不让人"的错误观念有关系。公说公有理，婆说婆有理，各自认为自己"得理"，谁也不肯让谁，一点礼貌也不讲，这样，"有理"也讲不清。

在我们社会主义祖国，人与人之间建立了一种崭新的关系，要求互相尊重、互相谅解、互相帮助，而互相尊重是前提。无论职业、职位、年龄有什么不同，大家都是国家的主人，谁也不高一头，或者矮三分。得理的同志不能对失理的同志歧视，更不能出口伤人，不能只要别人尊重自己，而自己却不尊重别人。得理的同志设身处地为失理的同志想一想，表示谅解，心平气和地劝说对方"理"失何处。失理的同志更不能无理搅三分，蛮横不讲礼，要以道歉、补过的实际行动把自己的"理亏"补上。

今天，我们建设高度的社会主义精神文明，需要大力提倡和发扬张秉贵同志这种得理更让人、理直气更和的精神。

（中央人民广播电台1982年3月15日播出，湖南广电台元旦播出）

述评：抓机遇　促发展

去年10月我到吴忠、彭阳等地采访，有两件事给我留下了深刻印象：一是彭阳抓住机遇，"抢"来个火车站；二是吴忠更新观念，让路"穿田过"。

原来在宝（鸡）中（卫）铁路的设计图上，并没有设彭阳火车站的规划，铁路也不从彭阳县境内穿过。彭阳县委、政府的领导认为，不能眼睁睁着让宝中铁路从自己的地界擦边而过，他们抓住机遇不放过，进京、上自治区、找铁道部，寻求各级领导的支持，硬是以锲而不舍的精神，感动了上级，在彭阳设立了火车站，使铁路从彭阳县穿行，从而带动了地方经济的发展。

一条新的国道计划从邻近的县穿过，当这个县正在犹豫不决时，吴忠市却主动提出，无条件让路从其境内穿过，即使占用耕地也在所不惜。请求获批准以后，他们神速地动员群众投工投劳，高速高质地修出一条公路，为吴忠地区的经济发展又拓宽了一条新路。

要想富，先修路。振兴经济，交通运输要先行，这是人尽皆知的道理。在机遇面前，有的地方犹豫观望，错失良机。而彭阳、吴忠的领导却能抓住契机，不但争来一个火车站，修通一条公路，更重要的是观念的转变，意味着一个新的飞跃将要实现。自从彭阳火车站设立后，县城到车站的公路很快修通，车站周围的工业经济开发区正在建设中，彭阳今后可以搭车飞速前进了。吴忠修通的公路，带动了经济的崛起。

智利学者萨拉比扎·班固说过：

> 落后和不发达，不仅仅是一堆能勾勒出社会经济图画的统计指数，它也是一种心理状态。

一个国家、一个地区的人们如果未从心理和行为方式上、从观念上经历一番从传统到现代的转变，这个国家、这个地区是难以进入现代化的。时至今日，我们有的地方有些领导观念依然没有转变，小农经济、因循守旧的思想仍然没有改变。他们总是抱着"肥水不流外人田"的想法，在他所管辖的地界占地、设站是万万不行的，结果把大好的时机错过了。

如今，竞争是时代的潮流。经济的竞争，同时也是科学技术的竞争、人才的竞争。观念不变革，就必然要在竞争中落伍。令人欣喜的是，宁夏回族自治区各地抓机遇，改变观念，加快发展民族经济，已成为人们的共识。宁夏人已经开始觉醒。

（中央人民广播电台播出，刊于《宁夏日报》1997年1月21日）

述评：学习虎新民 扫除"恐惧症"

不久前《宁夏日报》专栏《银湖明镜》刊登读者梅宁生的稿件，表扬了客运班车售票员虎新民见义勇为、挺身而出，制止5名歹徒围住一名乘客强行掏包恶行的事迹。虎新民的精神令人敬佩、值得学习。

发人深思的是，在歹徒行凶，虎新民遭围打的时候，车上40多名乘客竟无一人敢站出来相助，而是袖手旁观，眼见着歹徒行凶后逃之夭夭。读罢这篇报道，不禁使人想起四年前广东省的广播电台记者安珂勇斗歹徒，而围观者亦无一人相助；武汉市的共产党员杨威一面同歹徒搏斗，一面大声疾呼："共产党员，革命群众帮我抓坏蛋！"然而也无人响应。令人痛心的是，这反常的景况今天在宁夏又重演了。

社会上有几个害群之马并不奇怪，也不可怕。可怕的是一部分人头脑中明哲保身的思想，被邪恶吓破了胆的"恐惧症"。歹徒们正是利用了人们这种"恐惧症"而肆意妄为。党中央四年前提出力争在五年内实现社会风气的根本好转，检验社会风气转变程度的重要尺度之一就是看群众敢不敢同坏人坏事作斗争。时至今日，宁夏出现这种事，值得引起全社会的警惕和重视。

为扬正抑邪，有必要大力宣传安珂、杨威式的先进人物，提倡学习虎新民，用社会舆论谴责那种明哲保身、袖手旁观的行为。转变社会风气，共产党员要以身作则，发扬爱憎分明、不怕牺牲的精神。只要广大党员、干部带了头，部分群众的"恐惧症"就会扫除，少数坏人就成了过街老鼠，社会风气的根本好转才能真正实现。

（中央人民广播电台播出，刊于《宁夏日报》1987年12月9日头版）

述评：黑风暴的警告

天上飞机盘旋着，颗颗经过特殊处理的、包裹着药物以避鸟鼠的沙生植物种子天女散花似的撒向一望无际的大沙漠。这是国家花费巨资给荒漠化土地播撒的绿色希望。

地上一群群农民正在茫茫的黄色沙地里寻觅着一棵棵甘草。这些农民对于前来劝解的干部的回答是："我连肚子都吃不饱，还管得了子孙万代吗？"

"防治荒漠化"这项造福子孙万代、事关人类生存与发展的事业，在这些人眼里还是很远的事情，暂时与自己无关；即使是身处沙区身受沙害的沙漠人，也是先解决他一家一户的肚子问题。因此，挖甘草，砍灌木，滥放牧，求的是眼下能得到现成的利益。而这里的农民也知道，荒漠化地区里宝贵的甘草是紧紧挽住土地荒漠化的一丝微薄的力量，挖一根甘草方圆3~5平方米的土壤就会沙化。

黑风暴袭来

宁夏银川市，1993年5月5日上午天气晴朗，蓝蓝的天空飘着几朵白云。突然，一阵狂风刮来，一座形似黑色大山的蘑菇云团扑来，其颜色不断变换：黑色、黄色、红色，翻滚着迅速移动。没几分钟，银川市就陷入一片漆黑之中，狂风怒吼，飞沙走石，整个城市伸手不见五指……这是记者在气象部门看到的用摄像机记录的情景。

对这次沙尘暴进行调查的林业部专家考察组的分析是：大风是造成沙尘暴天气的必要条件之一。但光有大风也形不成沙尘暴。北京1994年4月的一次大风刮倒了广告牌却没有形成沙尘暴，是因为近几年来京津地区绿化抓得好，刮大风不起沙。起沙的条件之二是地表上沙尘物质的存在。西北地区近几年沙尘暴越来越频繁，灾害越来越严重，就是因为乱垦荒和大量破坏性地挖甘草、搂发菜，原始植被和地表结构遭到剧烈破坏，形成大量的活动的沙物质，大风卷起形成沙尘暴。这是大自然对人类破坏植被最直接的回报。

吊庄的教训

三面环沙、一面靠黄河的宁夏陶乐县月牙湖一带，光、热、水、土资源丰富。宁夏1986年把"中国贫困之冠"的西海固干旱山庄1000多户贫困农民迁移到这里，命名为"吊庄"。自治区投资1764万元建设了扬黄灌溉工程，吊庄农民开发荒地2万多亩。一年打基础，两年得温饱，三年走上了致富路。

膨胀的致富欲望使吊庄人的目光盯住了经济效益很好的中药材——甘草。3万亩原始植被被破坏，又有上千户农民采集周围的梭梭、白茨、沙蒿等沙生植物做烧柴。1.3万亩固定沙丘变成了流动沙丘，原来留存的稀稀拉拉的几丛树木也被砍掉，沙漠开始侵袭这里，灾难的到来已经不远了。

1993年5月5日，席卷宁夏、甘肃、新疆、内蒙古四省区的强沙尘暴（俗称黑风暴），一夜工夫就把吊庄人8年来辛辛苦苦开垦出来的2.1万亩农田全部毁掉。其中1800亩农田全部被流沙掩埋，当年播种的9000亩庄稼几乎绝产。213公里长的水渠全部被沙埋住，28户人家158口人弃家出走。相反，与吊庄一沟之隔的头道墩陶乐县林场，由于造林形成了纵深达50米的防风固沙林带，尽管同时遭到黑风暴的袭击，农田却没有受到什么灾害，当年收成基本能满足需要。

黑风暴的警告

10年前，在宁夏银川这大西北的好江南，春天还时常能见到不断线的毛毛细雨。这得益于宁夏银川的4000万株宝贵的树木。然而小小的天牛这"无烟的森林火灾"，10年间把这4000万株树木蛀得面目全非。人们忍痛砍掉树木。现在，宁夏银川第二代农田防护林网还没有长起来，春天再也见不到毛毛细雨，而是一年比一年严重地干旱。在西海固山区，今年的农作物又有上万亩因为干旱绝产，而且，凡是有风的天气，无处不起沙。

应当说，我国防治荒漠化的成就是显著的，但是人为的破坏也同步进行，治理的速度仍然赶不上荒漠化扩大的速度。近几年来，荒漠化每年扩大2100公顷。据中国科学院沙坡头沙漠研究实验站的数据表明：仅1990年8月至今，大气中的降尘量平均每年递增192.5%，大自然向人类打出了黄牌警告。

（合作者：周泓洋。中央人民广播电台播出，《人民日报》1995年6月30日刊登）

附：解放军战士罗阳的来信

7月12日看了《人民日报》上刊登的一篇你们的报道《黑风暴的警告》，我想每一个有良知的中国人都会被震撼。作为这个地球上的一员，保护地球的生态、生存空间是每个公民的责任和义务。然而我们却痛心地看到，生活中有那么一些人，而且不在少数，为了眼前现成的利益，不惜以人类赖以生存的空间，以子孙后代的命运作赌注，不仅赌掉了今天，更连明天都赌掉了。吊庄的教训是最直接的报应，善有善报，恶有恶报，不是不报，时候未到。说这句话并不是迷信。

灾难已经降临，如何去避免是个值得我们思考的问题。中国有句古话叫作"亡羊补牢，未为晚矣"。在中国这个具有千年封建思想的国家里，某些陈旧观念已根深帝（蒂）固地在一些人特别是边远穷困地区人民的脑子生了根、发了芽，用良知、用教育对那些愚味（昧）的人们还远远不够。因此我认为国家有必要制定一些更有效的措施，甚至刑律。中国的严打是卓有成效的，在这方面为什么不能也有这样的措施。那些自私的人挖甘草、搂发菜不就是市场上收购这些东西吗？如果没人收购收买这些东西，那他们挖它何用？无非是冲这些东西的经济价值，而使他们置国法于不顾。治表还得治本，如果禁止收买一切沙漠植被，并对违法者施以重罚甚至重刑，取缔一切收购沙漠植被（的）部门和个人经营，也许这是一个比较偏激的办法，可是对于那无药无（可）救者，以毒攻毒也许是最好的办法。

解放军某部一连战士罗阳　1995.7.14

（十九）探讨调研篇

业务探讨：国家电台的使命与记者下基层的职责

党中央1983年明确指出："广播电视是教育、鼓舞全党、全军和全国各族人民建设社会主义物质文明、精神文明的最强大的现代化工具，也是党和政府联系群众的最有效的工具之一。"

党中央的指示，既揭示了广播的根本性质，也指出了广播的使命。作为国家电台的中央台，在完成党和人民交付的使命方面，更是当仁不让。

广播自身的客观规律决定：国家电台完成"教育、鼓舞"和"联系"的使命，不是靠连篇累牍地原封不动地"传达"党和政府的各种"红头文件"，而是要根据新闻报道的客观规律："用事实说话"。作为国家电台常驻地方的记者，只承担了国家电台使命中的一部分，而这一部分无论其大小，都是为"教育、鼓舞"和"联系"这一根本使命服务的。

我认为，驻地方记者的中心任务是充当党、政府和全国人民"常驻该地"的"耳目"，选择对全国有"教育、鼓舞"和"联系"意义即所谓有新闻价值的"事实"，实事求是地报道出去，而不适宜公开的"事实"则要"及时反映上来"。而要"报道""反映"得真实，就不能浮在"省"的"面"上，而要沉入基层的"底"。记者下基层是必须完成的"硬任务"，是义不容辞的职责。

对于记者来说，"上重点"与"下基层"确有矛盾。有的人蹲在办公室东抄西摘"凑"了一篇，上了《新闻和报纸摘要》节目；有的人辛辛苦苦下基层"蹲了半月"写的稿件连《全国新闻联播》节目都上不去。这个问题确实存在，也影响了记者下基层的积极性，急需从上到下成龙配套地加以解决。但是，绝不能因为有此现象的存在而否定记者下基层的职责。

"基层"对于"国家"，犹如人体的细胞。解剖细胞是了解人体的根本方法。深入基层，"解剖麻雀"，是了解国情的首要环节。我认为，作为记者，仅靠读省报、听省台、看省电视和看各种材料而编发稿件是失职。作为国家电台的记者，要能到"基层"的"深水"中抓出"活鱼"来，这才算有真本事。即使没有上"重点节目"，我觉得也应该给予鼓励和提倡。

这两年，我到被称为"中国贫困之冠"的西海固采访之后，写出了《从西海固看国家对贫困地区的扶持》，我台《十点新闻》播了，后来自治区电台也广播了。宁夏回族自治区副主席李成玉同志说："中央电台这篇稿很客观，实事求是。到底是老记者，有责任心。"我绝不是说我个人如何如何，只是以自己的切身感受说明：只有深入基层，才能了解真情。

常驻地方记者到了县、厂，是否就算到了基层呢？我认为下县、下厂比蹲办公室前进了一步，但还不算彻底。作为记者，应当"沉到"农村的农家小院、工厂的车间班组和职工家庭中去，同满手老茧的普通老百姓交"知心朋友"，坐在土炕上和小凳上，促膝谈心，了解老百姓的"心里话"。老百姓只把"心里话"对"知心朋友"说。记者即使到了老百姓家，如果摆出一副"钦差大臣"的架势，也只能问出"好着呢"的表面话，"真心话"未必能"掏出来"。

我在大西北当记者多年，最大的欣慰是交了几个普普通通的老百姓朋友，他们把我当亲兄弟一样看待，无论什么话都对我说。在西海固采访，即使到农民家庭转一转，抓到几个典型例子，没听到农民的"真心话"，没有了解真实情况，没有从事物内在联系上抓住本质，也不能算"打破砂锅问到底"，访问还不能结束。近年来西海固发生了翻天覆地的变化，摘掉了"中国贫困之冠"的帽子。但是，西海固还有十几万农户没有摘掉"贫困"帽子，只是摘掉了"贫困之冠"的"冠军"帽子。因此，我们一定要实事求是地报道。说过头话就失实，也就失去了新闻报道的生命，会使"上头"根据"虚情"来判断形势，会使"下头"怀疑新闻舆论的可信性。

深入基层，为的是深入实际、深入群众，既要身入，更要心入。我觉得，作为记者，用脚来"踩"新闻、用嘴来"访"人物、用耳来"听"声响、用眼来

"观"现场、用心来"感"脉搏是同等重要，在采访中"五官"是要齐下的。尤其是记者切身的感受最为要紧。同样的话语、同样的言词，出自不同的场合、不同的人物，含义会大相径庭。

善于感受，是记者采访中应当注意的一个重要环节。问不到的，看到了；看不到的，感受到了。写人物，只有自己先感动，才能感动听众；写事件，只有自己有感而发，才能写得活。

方法只是达到目的的手段，而离开了船和桥，目的也难以达到。下基层的辩证法就在于：必须下，犹如坐船过桥；然而下基层并不是为下基层而下基层的，其根本目的在于"提高"。

"提高"有两层含义，短期的是提高稿件质量，"报道质量要上去，记者采访要下去"，下，才能上，这是客观规律，是采访的辩证法。"下去"出不了好稿，上不了重点节目，怎么办？我觉得，这又有两方面。一方面，作为记者，可以将这些看得淡一些，不必孜孜以求，因为评好稿、上重点，并非我们工作的目的，也不是衡量工作的唯一标志。另一方面，我建议，全台重视"下基层"。是不是可以在《新闻和报纸摘要》节目中规划出一段固定的时间，几分几十秒可以探讨，专门播发驻地方记者从基层发来的"新鲜活泼"的"带泥土味、机油味"的报道，每天早晨最少一条，一年就是365条，只要坚持这样做并不断总结改进，可以相信，一定会达到"三满意"：上头、下头和记者、编辑以至全台都满意。

"提高"的另一层含义，长期的是提高记者水平。"调查研究是记者的基本功"，"新闻报道是调查研究的结果"。这些所谓"老生常谈"的东西，因为是客观规律，非"常谈"不可，这根"调查研究"的弦绝不能松。离开了调查研究这个基本功，记者水平的提高就成了无源之水、无本之木。

调查研究的基本功不仅新记者要练，老记者同样要练。客观事物迅速发展，变化无穷。昨天的调查研究不能代替今天的调查研究。作为新闻记者，无论对当地情况如何熟悉，同所要采访报道的人和事，总隔着一层。下基层不是为了找几个例子来证明在上面早已想好的点子，而是要脚踏实地进行调查研究，从调查研究中抓住事物本质进行报道。老记者常驻一地，天天遇到的也是新问题，同样要下基层才能弄清"真相"。久待站上，不下基层，老记者"头脑"这个"加工厂"没有来自第一线的原料可以"加工"，头脑也会越来越迟钝，水平的提高又从何谈起？

　　特别重要的是，深入基层，深入到人民群众中去，向群众学习，为人民、为社会主义服务，是我们记者不断改造世界观，坚定地站在党和人民立场上，当一个党和人民所期望的记者的根本途径。下基层的讨论其深意也在这里。

　　"纸上得来终觉浅，绝知此事要躬行。"讨论打开了一个良好的开端，要提高报道质量，提高记者水平，我们还是迈开双脚，深入到基层中去吧！

（选自中央人民广播电台业务刊物）

业务探讨：协作与竞争

　　作为中央台驻地方记者，要同其他中央新闻单位驻地方记者和地方新闻单位的记者一道在一个省、自治区、直辖市采访，有时甚至并肩采访同一人物或事件，然后各自发出新闻，在时效上有早、有迟，在角度上有这有那，相互之间竞争是势所必然的。而新闻界的这种竞争是一件好事，是对党和人民的新闻事业、对祖国的四化大业颇为有利的一件大好事。在这种竞争上，怎样处理相互之间的关系，确实是实践中存在的一个问题。下面就这个问题，谈谈我们的体会。

一、目标一致，"同志""战友"

　　旧社会，俗话说："同行是冤家""卖石灰的见不得卖白面的"。在尔虞我诈、金钱主宰一切的剥削制度下，作为用来为其服务的新闻同业、同行之间的关系也脱不开它的烙印，互相倾轧，你抢我夺，丑闻颇多，恕不细述。

　　在我们伟大的社会主义祖国，报刊、广播、电视、通讯社等新闻单位都是党的宣传工具，因此，不同的新闻单位的记者，都是为党和人民服务的，目标完全一致。这样的同行之间，就不仅不是"冤家"，而且是"同志""战友"。

　　要正确地处理相互间的关系，首先要从认识上解决这个问题。思想上解决了认识问题，行动中遇到具体问题就能恰当处理了。

　　"同志""战友"之间的"竞争"，是为了一个共同目标的革命竞赛，这就要赛中有帮，帮中有赛，既不能排挤、倾轧，也不能甘于落后，要在我们广播"自己走路"的征途上妥善处理"左邻右舍"的关系。

这种"关系"，应当是"体现社会主义精神文明的新型社会关系"，而不是那种资产阶级关系学的拉拉扯扯的关系。这种新型社会关系"是有原则的，是为了促进我们工作进步、社会事业发展，是为公而不是为了谋求私利的"。

二、忙时相帮，平时相助

报纸、电台、电视台、通讯社的记者在同时采访某一个人物或事件时，往往由于采访形式不一，特别是都在紧张忙碌之际，如抢镜头、抢录音的时候，会产生互相干扰的矛盾。你要拍照，我要录音；我挡住了你的镜头，你碰了我的话筒。遇到矛盾怎么办呢？我们尽量把方便让给"同行"，尽力在给"同行"帮忙的情况下克服困难完成我们的任务。比如，在别人抢镜头，我们要抢录音的时候，我们千方百计把话筒放在既能录到人物清晰讲话又不妨碍摄影镜头的地方，比如，人物胸前，而不是脸前，或者在摄影时把话筒往回收一收，往下放一放，而不直堵在人物嘴前，不摄影时再把话筒直接伸到嘴前，这样做尽管麻烦，但是效果好。有时，摄影记者忙不过来，我们也主动帮一手，打打灯光。兄弟新闻单位的文字记者有时没有把人物谈话记全，我们就牺牲休息时间，放录音让他一字一句地补记下来。这样，虽然工作紧张了一些，但是记者之间关系不紧张，而且很融洽，我们主动帮人家的忙，人家也热情地帮我们的忙。人家了解到的一些情节，也主动告诉我们。在我们录音的时候，人家也主动帮助我们维护周围环境的安静。

平时，我们与其他兄弟单位的记者也经常互相帮助。有了什么新闻线索，主动通气。碰到一块采访，交换交换看法，然后根据各自的需要分头采写。我们有了一些采访来的素材或材料，兄弟新闻单位的记者来找我们要用，我们就毫不保留地提供给他们。这样，互通有无，得益匪浅。我们站只有两个记者，而一个自治区，党政军民学，工农商科文，各行各业，范围广阔，即使有三头六臂，也难以了解全区各方面的情况。可是，由于与兄弟新闻单位之间关系亲密，经常互相通气，一些主要的线索、重大的事件，一般都能比较及时地了解。

三、自己走路，奋发竞争

新闻战线内部，各个新闻单位之间，各单位的记者之间，"除了协作以外，还需要有一点竞争，可以相互促进"。我们同兄弟单位记者之间主动通气，互相提供线索、材料，并不妨碍我们各自发各自的稿。这是明着赛，不是暗着比。同一件事，都采访了，回去都抓紧写，你发电报，我也发电报，或者电话传稿，哪家编得快，发得快，哪家就抢了先。为此，作为一个驻地方记者就是要一采访完立即写稿，"倚马可待"，时效当先。自治区党委召开常委会研究总结文明礼貌月活动情况，提出今后坚持经常化、制度化。常委会一结束，从楼上的常委会议室出来，我们就到了楼下的办公厅秘书处用电话把稿传了过去，中央台比其他兄弟新闻单位早一天广播了。广播及时迅速的特点给新闻报道提供了很大的优势，我们只要上下一心，通力合作，可以充分发挥这个优势。其他新闻单位在时效这一点上都赶不上广播。

另外一点，我们可以发挥广播特点，让人物的声音、现场的音响直接上广播，这也是广播的一大优点。1982年六一儿童节前夕，新华社宁夏分社、光明日报驻宁记者站都采写了儿童歌曲音乐家潘振声，我们也在这个时候采写了。如果发文字消息或通讯也可以，但是作为儿童歌曲音乐家的特点没有体现出来。我们商量，让潘振声谈谈感想，录几首他创作的儿童歌曲，声情交融会更感染人。就在我们赶去给潘振声录音的时候，光明日报记者正安排给潘振声摄影。他们摄完影走后，我们才录的音。中央台在六一前一天晚上广播了《用歌的清泉浇灌祖国花朵》这篇录音访问，这篇录音访问被评为好稿。

我们深深感到作为一个无产阶级广播记者，要有全心全意为党和人民服务的共产主义责任感和努力办好广播的强烈事业心。在与"同行"的相处中，要从"为公，不是为了谋求私利"出发，既主动热情地互相帮助，从线索的提供、稿件的采访到完成，以至事后的反映，都毫无保留地以一家人的诚恳态度帮助；又要不忘自己的本职工作，力争打开新局面，为祖国的广播事业争光，为共产主义事业尽一份责任。

（中央人民广播电台《记者通讯》1983年第2期）

五、余热篇（2003年至今）

人有志气永不老。

——山西民歌

（一）媒体报道

沙暴考量发展思维

——来自"APEC循环经济与中国西部大开发
（银川）国际论坛"的报道

中国西部原有粗放型的经济发展模式，在未来循环经济的模式推动下，将在推进西部大开发和实现经济社会可持续发展的道路上实现质的提升。这是来自"APEC循环经济与中国西部大开发（银川）国际论坛"与会代表们的共同声音。

此次论坛是APEC（亚太经济合作组织）今年在墨西哥、中国、泰国分别举办的三次循环经济国际论坛的中国论坛。中国西部目前正值经济快速增长时期，如何用循环经济的理念和经验，促进西部经济的良性循环，实现人与自然的和谐发展，对这一共同关心的问题，来自10多个国家的300多位与会专家、学者、实践者展开了热烈的交流和讨论。

西部"循环"刻不容缓

巧合的是，值此次论坛之际，沙尘暴突袭银川，这使许多第一次来银川的国内外专家、学者、企业家们亲身领略了生态灾难带来的滋味，强烈地感受到了在西部发展循环经济的特殊意义和必要性。

据资料显示，目前，西部每年因生态环境破坏造成的直接经济损失达1500亿元，占当地同期国内生产总值的13%；西部水土流失面积达282.59万平方公里，占全国水土流失面积的77%；青海中度退化草原面积达733万公顷，严重退化440万公顷，而内蒙古草原遭严重破坏的达973万公顷；2003年全国10个空气污染最为严重的城市中，宁夏石嘴山、甘肃金昌、陕西咸阳分居第四、六、八位。

西部大开发实施5年来，中国政府在西部地区生态保护的投入达1100亿元，实施了一批生态工程，这对于改进当地生态环境质量、促进经济发展起到了巨大作用。但从目前情况看，西部地区生态恶化的趋势还没有得到根本性扭转，各类生态系统还存在着不同程度的退化，荒漠化面积还在增加，永久冰雪面积还在持续减少。西部地区GDP约占全国的20%，但排放的工业废气、二氧化硫等占到全国的30%左右，万元产值排放的污染物要比东部地区高出1~5倍。国家环保总局副局长张力军的发言，让人们更深刻地了解到西部的环境现状。

西部地区生态脆弱，循环经济发展任重道远，关于这一点，国家发改委环境和资源综合利用司副司长周长益在采访中的谈话，很能说明问题。他说，随着我国经济的快速增长，资源消耗强度加大，水、土地、能源、矿产等资源不足的矛盾更加突出，生态建设和环境保护的形势日益严峻。相对东部，西部地区生态环境极为脆弱，能源、资源消耗较多，高耗能产业继续增长，环境污染压力较大。同时，西部地区又是我国长江、黄河的发源地，是我国生态环境脆弱区，而传统的粗放型经济增长模式已经走到了尽头，要促进资源的高效、循环利用，必须大力发展循环经济，加快建立资源节约型社会。

西部跨越"循环"为径

日本产业经济研究所所长田边靖雄指出："21世纪开始的时候，我们正处在一个十字路口，亚太经济，尤其是中国经济飞速增长，面对环境、资源问题，提出了这样一个挑战，如何持续发展？"

十字路口，这也正是中国西部经济发展的现实写照。经济发展的落后和生态环境的恶化，使西部地区处于既要保护生态又要发展经济的"两难"境地。如何创新思路，用循环经济发展理念，变"两难"为"双赢"，与会代表纷纷发表了自己的观点。

全国人大环境与资源保护委员会主任毛如柏认为，西部地区对自然资源开发，应当把节约和保护放在优先的位置，从资源开发的规划、设计、建设、运营等各个环节，采取全过程的资源解决、循环利用和环境保护措施。从生态建设和污染防治实际出发，因地制宜，突出重点，积极探索各种适合本地情况的循环经济发展模式。根据西部地区原材料加工仍将在产业结构中居于重要地位、工业污染压力仍将进一步加剧的情况，优先在钢铁、有色金属、电力、煤炭、石化、建材、轻工等资源消耗大、环境污染重的行业推进循环经济的试点和示范工作。

"中国应借鉴日本发展模式，不能走先污染、后治理的美国模式。"田边靖雄说，"虽然日本的经济增长自从上世纪90年代因'泡沫经济'的崩溃而放慢了速度，但日本还是通过一些行动和规范努力创造一个经济和社会能够应对环境和资源限制的机制，颁布了《循环型经济积累法》等法规。"

中国目前也正在宏观政策方面努力推进致力于发展循环经济的立法和制度建设。周长益在采访中介绍，关于发展循环经济，国家发改委主任马凯曾提出过十条措施，其中一条就是要健全法制，要结合我国国情，从循环经济发展的实际出发，借鉴发达国家经验，研究建立完善的循环经济法规体系，加快建立《循环经济促进法》和其他一些专项法律条例。另外，要综合运用财税、投资、信贷、价格等政策手段，形成有利于促进循环经济发展的体制条件和政策环境。各地要用循环经济理念指导各类规划的编制工作，把发展循环经济作为编制"十一五"规划的重要指导原则，切实搞好规划。

制约西部地区发展的瓶颈之一就是资金匮乏，亚洲开发银行驻中国代表处高级经济学家彭龙运建议，西部地区应取消地方运输垄断，改变引资策略，放宽限制，提供面向国际市场的信息，以本地区优势项目吸引外国直接投资。国家也应将西部地区的部分限制项目变为鼓励项目，出台新的鼓励外资投资西部基础设施的措施，要进一步突出外国直接投资在西部大开发战略中的地位。

多方携手互利共赢

经济全球化，全球生态同利害，使国与国之间、地区与地区之间加强合作，共同从发展循环经济中共赢互利成为现实。在论坛的发言中，各国代表一致呼吁：加强合作。

日本贸易振兴研究机构亚洲经济研究所研究员小岛道一说，污染控制是推动循环经济跨国之间循环资源流动的前提，应该通过国际的、跨省之间的合作，控制非法走私有害物质。进出口循环物的标准应从循环技术角度进行检验，尽量减少陆地的废物排放。因有害物质的跨省、跨国流动是不可避免的，所以要有跨省、跨国的循环商网络，确保进出口有害废物得到及时有效控制。

本次论坛的一个亮点，就是循环经济领域经济技术交流及项目推介会和清洁发展机制（CDM）国际合作洽谈会。宁夏有三个CDM项目：建立银川垃圾填埋气发电厂项目、联合开发大型沼气综合利用项目、石嘴山煤矿瓦斯发电项目，上述项目分别与意大利公司、日本"丰田通商"签署了合作协议，显示了清洁发展机制这种新型的发达国家与发展中国家之间的国际合作机制潜在的价值和发展前景。

正如国家发改委地区经济司副司长高广生所说，在中国开展CDM项目有非常好的条件，目前，我国已颁布《清洁发展机制项目运行管理暂行办法》，确定了在中国开展CDM项目的重点领域是以提高能源效率、开发利用新能源和可再生资源及回收利用甲烷和煤气层为主，代表中国方合作企业必须为中资企业，项目因转让温室气体减排量所获得的收益归中国政府和企业所有，这些都将有力推动CDM项目的开展。

国务院参事、中意环境科技合作领导小组组长石定寰表示，中国正在大力发展清洁能源。我国的风力发电潜力很大，全国装机容量已经接近100万千瓦，太阳能的利用发展也很快，节约了大量的煤，减少了污染物的排放。

国家环保总局局长张力军介绍说，今后，我国将在环境保护、工业企业、ODS（消耗臭氧层物质）淘汰领域和生态建设领域，加强CDM的国际合作。

（合作者：曹莉，刊于《中国经济导报》2005年6月16日A2版）

乘风破浪会有时

——宁夏民营经济发展座谈会侧记

近日，自治区发改委和中国民营经济发展网联合召开宁夏民营经济发展座谈会。北京大学光华管理学院副院长朱善利等专家、学者和民营企业代表畅所欲言，各抒己见。

从几乎为零到三分之一

自治区党委政策研究室副主任史扬："1998年至2004年间，我区民营经济年均增长速度保持在20%左右，民营经济占国民经济的比重已超过1/3。"

宁夏社会科学院民营经济研究中心主任、副研究员刘国晨："1982年我区城乡个体私营经济固定资产投资额只有3200万元，仅占全社会固定资产投资额的6.7%，1990年达到了14.5%。以后每年一直以两位数的速度发展。"

自治区工商局个体私营处调研员冯中刚说："截至2004年底，全区个体工商户9万多户，从业人员16万多人，注册资金16亿元，私营企业1.7万户，从业人员21万多人，注册资金190多亿元，个体私营经济实现产值60多亿元，销售总额50多亿元，社会消费品零售额40多亿元。各项指标都比上年同期有不同程度的增长，增长幅度均高于全国平均水平。"

问题与困难昭示改革方向

自治区统计局企业调查队监测处处长李振弼："在我区有的地方、有的行业，民营经济发展的政策环境仍然存在着不平等，主要是复杂、繁琐的审批制度，包括重新登记、检查验收等有关制度；另外，宏观指导不够，微观管理滞后。个体私营企业低水平重复建设十分严重，特别是高污染的铁合金、造纸、水泥、酿酒等尤其突出，致使地方性行业竞争加剧，压价搞不正当竞争较普遍，并造成环境的严重污染。""我区个体私营企业大多规模小、实力弱、技术落后、产业水平低；劳动密集型产业多，高新技术产业少；高耗能、粗加工和低档产品多，精深加工产品和高科技产品少；一般产品多，品牌产品极少；大部分产品附加值低，市场占有率不高，很难适应激烈的市场竞争。"

冯中刚："我区民营经济运行中自身存在的一些问题，如一些有限责任公司现代企业制度尚未真正建立，公司董事会、监事会形同虚设；部分企业产权不清晰；部分公司股权结构不合理，小股东权益难以受到保护；部分股东实物出资不到位，有的企业生产经营管理水平低，家族、家庭式管理的传统模式制约发展。

中国的未来，希望在民营经济

"中国的未来，希望在民营经济。"北京大学光华管理学院副院长朱善利说："我国民营经济发展的势头势不可挡，广东省顺德一个县的国民经济总产值、财政收入远远超过宁夏，它就靠民营企业，有名的万家乐、格兰仕都在顺德。如今，安徽在学浙江，大力发展民营经济，江苏也在学，宁夏要急起直追。"

目前，我区已有32家私营企业集团，对全区个体私营经济上规模、上档次、上水平起到了良好的示范和推动作用。与会者建议，我区民营经济要在企业与企业、行业与行业之间实行行业对接、企业联合，打造独特的地域集群规模，实施民营企业人才培训，发展载体建设，在"上规模、上档次、上水平"的发展中走出一条特色化的道路。

自治区科协副主席康占平在发言中提出：我区民营企业要格外重视企业的信息化建设，运用自身优势、人才优势。区域集聚、产品趋同不是坏现象，而是好现象，说明看准了优势、集中了优势，根本问题还是要在"上规模、上档次、上水平上下功夫"。

中国留美经济学会宋顺峰教授强调："发展民营经济，关键是要解决'为民做主，还是让民做主'的问题，只有藏富于民，才能国家富强。"

与会专家、学者指出，行业、产业、企业上规模，内涵壮大或者外延联合都是可行之道；产品上档次，关键在科技含量、高新技术的武装；企业上水平，最急需的是走出家族式、家庭式管理的误区，采用现代企业制度。"三上"是必经之路，问题在于自觉地、清醒地上。

中国民营经济发展网留美学者林双林语重心长地说："不要再受什么'姓社姓资'的困扰。"与会专家、学者们指出"发展民营经济的关键还是思想解放、认识到位的问题。要破除对民营经济另眼相看的成分观"，真正把民营经济作为国民经济的主流经济来发展。

主持座谈会的自治区发改委副主任李锦平最后说："我区民营经济的发展是一个关系国计民生的重大问题，值得方方面面认真关注。我们将把大家的宝贵意见转交政府和各有关部门进一步改进我们的工作，同大家一道进一步推进宁夏民营经济的发展。"

（刊于2005年8月9日《宁夏日报》）

（二）随笔杂议

提高驾驭市场经济的能力

"坚持把发展作为党执政兴国的第一要务，不断提高驾驭社会主义市场经济的能力。"这是党的十六届四中全会提出的加强党的执政能力建设的极其重要的任务，也是各地方经济界人士面临必修的重大课题。

加强党的执政能力建设，科学执政是基本前提，民主执政是本质所在，依法执政是基本途径。三者是有机统一、相辅相成的。在发展社会主义市场经济的伟大事业中，不断提高驾驭市场经济的能力，既是当务之急，又是长远大计。

当前，急需迅速转变某些地方某些企业在市场经济面前无所适从的精神状态，转变主要靠行政命令配置资源、推动工作的思维定式。有的地方错误地以为驾驭市场经济就是操纵企业行为，过多地干预企业的经营活动，甚至采取什么领导包企业的所谓"责任制"，疲于应付微观的经济琐事，而疏于对市场变化趋势的总体把握，疏于对区域发展的战略谋划，疏于对市场秩序的有效规范和对经济发展环境的治理、优化。有的企业将"跟风""追热"作为"紧跟市场转"，不看实际条件，盲目投资，滑入重复建设的泥沼。

为此，要大兴求真务实之风，求市场发展规律之"真"，务加快发展之"实"。要认真学习和研究市场经济发展的运行特点和内在规律，切实树立机遇意识、开放意识和公平竞争、合作共赢的观念，学会运用经济手段、法律手段推进经济建设，善于通过说服教育、政策激励、利益驱动、示范引导、服务推动等办法解决经济发展中的难题，在游泳中学会游泳，在市场经济的运作中不断提高驾驭市场经济的能力，克服"本领恐慌"，全面提高自身素质。

发展社会主义市场经济，不能忽视和低估战略规划的作用。凡事预则立，不预则废。"计划和市场都是经济手段"。实事求是地制订好战略发展规划，是提高驾驭市场经济能力的题中应有之义。各地各方正在落实科学发展观、制订"十一五"规划和2020年总体规划。这是描绘区域经济走势、加快市场经济发展步伐的蓝图。要在深入调查的基础上，通过科学决策、民主决策的方法提高战略谋划的水平，切实制订好"十一五"规划和2020年总体战略规划，并且一以贯之地实施下去，绝不能换一届领导换一个思路，换一套班子换一套抓法。

市场经济的竞争，实质是人才竞争。一定要把懂市场、会经营、善管理的优秀人才，凝聚到发展社会主义市场经济的伟大事业中来，各地各方各界人士也要从学习和实践中锻炼成长为这样的人才。

（此文为《市场经济研究》2004年第六期撰写的卷首语）

新闻阅评：主持人切莫信口开河

最近一段时期，我们有些广播节目的主持人在直播时语言的使用不够谨慎，信口开河，影响了新闻媒体的权威性。

有一位电台的男主持人主持节目时，在与嘉宾对话交流时调侃地说："你想抢银行啊！"在直播节目中，这样的话随口而出，传播到成千上万的听众耳中，会造成什么影响呢？

2004年1月3日下午6点33分，某电台的一位女主持人用软绵绵的口气说："生活真无聊，还是坐坐宝马，泡泡酒吧，搂搂刘德华，抱抱霍元甲……"下面的话更不堪入耳。如此直播，究竟在宣扬什么样的人生观、世界观呢？紧接着，这位主持人慷慨激昂起来，广播里竟冒出这样的话："头可断，头发不能乱；血可流，皮鞋不能皱。"

"头可断，血可流……"这是革命烈士面对敌人的屠刀发出的庄严宣告，神圣而又威严，他们为了中华民族的解放事业抛头颅、洒热血，他们的革命精神是我们民族宝贵的精神财富，革命先烈的这些豪言壮语，竟被主持人借用至此，简直令人心惊、心寒、心痛。

宁夏党委宣传部编印的《新闻出版宣传指南》一书中"关于广播电视宣传需注意和把握的18个问题"对直播节目有明确的规定，指出："访谈节目在话题和嘉宾选择上一定要慎之又慎，不能采用现场直播；同时要加强后期制作把关，对错误言论和不适当的画面要做技术处理，绝不能让它们传播出去，更不允许给错误观点提供传播阵地。""要及时清理和整改不符合开设条件的直播节目。要建立和健全保障播出安全的各项规章制度，分级管理，层层把关，确保任何一个环节都不出问题。"

上述主持人的事例，在我区广播界并非是罕见的个别事例，而是听众耳朵中捕捉到的一般事例。现在有些主持人虽从事主持人的工作，却并没有意识到：面对话筒，主持人的每一句话都反映党、政府和人民的心声而不是代表个人，传播错误信息在听众中会产生不良影响。广播是党和人民的喉舌，主持人应该树立责任意识。

希望主持人面对话筒时想到你肩负着庄严而神圣的职责与使命，切莫信口开河！

（刊于《宁夏新闻阅评》2004年第4期）

（三）采写典型

荣获"全国女职工标兵岗"光荣称号的长庆油田三厂"南一增"女子站的石油姑娘们，以火热的青春在荒山野岭绽开了美丽的"山丹丹花"。

"采油树"旁的"红衣天使"
——记中国石油长庆油田公司第三采油厂"南一增"女子示范站

在祖国大西北黄土高原的荒山野岭，陕甘宁边区老革命根据地的山梁峁顶，星罗棋布的"采油树"成了大山丛中一道独特的风景线。在一座无名的山梁上，有一个独立的女子采油站，这是百分之百的女性世界。清一色红衣红裤的妙龄女子，组成"采油树"旁一队英姿勃发的"红衣天使"，名叫长庆油田公司第三采油厂"南一增"女子站。这个站组建两年多来，众姐妹团结奋战，精细成风，一任接着一任干，硬是用稚嫩的手掌撑起一片天，流动红旗始终挂在站上，成了这道风景线上亮丽的"红点"，就像那黄土崖上的山丹丹花开红艳艳。

小丫扛大旗

"南一增"采油站，1998年建成投产，2002年5月1日组建成为女子站，6名姑娘平均年龄才23岁。两年多来，三任6名站长，进出15名姐妹。为了给祖国多产石油，她们团结协作，开拓创新，敬业爱岗，以高度主人翁的责任感和对企业的忠诚，使这个站原油产量、安全生产、现场管理、标准化班组建设、成本控制等各项工作年年上台阶，各项管理指标不断刷新，成为作业区创建示范油田的一个窗口，日产原油5万吨；这个站改造的油气分流为国家年创经济效益达100万元，先后被评为采油三厂"示范站"、长庆油田公司"青年文明号"、宁夏回族自治区"青年文明号"，该站所在的ZJ29井区被评为全国先进女工集体。

今年，这个女子站荣获"全国女职工标兵岗"的光荣称号。

这个站承担着5个井组、16口油井的原油收转、计量、外输等任务。上岗人员平时昼夜值班，随着气候、油流变化不断调压、调温、清蜡、加药。遇上紧急情况，更要果断处置，如同"采油树"的"大夫"。

刚组建时，首任站长王燕带领姐妹们就立下誓言："谁说女子不如男。我们要建设一流示范站，比男同志干得更好。"她们以实际行动实践了自己的誓言。

王燕常常步行到离站1公里的油井上，帮助驻井员工分析、处理产量波动问题，测气、憋压、放空等措施和"望闻问切"的手法都用上了，有时在井口一蹲就是好几个小时，一跑就是多半天。她不顾辛苦劳累，忍受着腰酸腿痛，直到把问题解决。有时半夜三更，她还同女工结伴，在寂静、空旷的山野里摸黑巡检，为了避免让"油耗子"看到，拿着手电筒也不打开。有一次，她重病住院才两天，刚稍好转，就立即赶回站来。姐妹们感动得称呼她"女铁人"。王燕创一流的工作业绩，2003年被评为采油三厂"十大杰出青年"。2004年3月份通过竞聘，王燕、邹先美先后两任站长走向了管理岗位，成为井区管理干部，一个小小的女子站一下子出了两名管理干部，在采油三厂千里油区传为佳话。

上任时，年仅22岁的牛金丹发现往油井套管里加药，气大浪费大效果差的问题，就利用晚上反复画图、琢磨"处方"。按她想出的"方子"在加药控制闸门上再加装一个药筒和闸门，把药加入药筒，然后关闭药筒闸门再打开原加药闸门，降低了损失。仅此一项，每年为作业区减少加药费用5万元，减少修井2次。目前盘古梁油田也推广应用。从此，牛金丹"小诸葛"的美名也传扬开来。

现任站长李冬梅今年7月一上任，就遇上了油气混输泵"大病"，突然掉了销子，值班员刘巧玲一听泵声音异常，十分刺耳，赶快叫站长。李冬梅一查看，泵在空转。她意识到如不紧急处置，一旦油泄停流，管堵井塞，后果不堪设想。李冬梅人小胆大，临危不乱，当机立断，马上带值班员分头抢救，一人关机停泵，又打开增压箱另一条备用管道，急速地调压、调温至正常值，倒改流程让油流"改路绕行"。与此同时，另一人打电话通知驻井员工马上引油进自储罐，又迅速向井区报告。井区长立即带人赶来，见李冬梅两人8分钟就干净利索地"处置好了"，夸赞她："处理及时，避免了损失。"

精细成风气

"人的特色就是站的特色。"

"南一增"女子站，敬业爱岗的一大特点就是对工作的执着追求和一丝不苟的态度。无论什么时间、无论谁去查看，采油不见油，注水不见水，质量、健康、安全、环保，样样好。从建站至今，换人不换作风，精细成了她们一贯的风气。人人对"采油树"护理得比医院的大夫、护士护理病人还细心，怪不得人称"红衣天使"。她们的经验是：细节决定成败。每一个人每时每刻把每一个细节都认认真真、一丝不苟地做好，而且长年累月、持之以恒。

跑冒滴渗漏是油田生产的"顽症"。她们在对站内所有设备平日严检查、细维护的基础上，进一步开动脑筋想办法，千方百计把每个泄漏的"病灶"消灭在萌芽状态。为把每个闸门丝扣堵塞得更严实，她们设置小勾针，勤缠紧"盘根"（像麻丝一样的填充物）。为了不让注水管下滴水，她们在滴水出管下设小漏斗，引流入导管。针对增压箱憋压的危险源点，他们在井口管线和增压箱之间加装了安全阀。针对暴露在外的管阀接头遭日晒风吹雨淋易锈易漏的"病源"，她们设置了"防护套"。通过用气管线外引的改造，消除了站内油气浓度高的隐患。通过站内加装污油池，减少了环境污染。她们从一个个细节做起，杜绝了松、旷、漏和脏、乱、差，消除了各类事故隐患，现场标准化、设备维修保养率、安全生产零事故率、安全隐患排除率等项指标都取得最佳成绩。

21世纪的采油工同以往大不相同了，女子采油站用上了电脑，计量、分析、记录、报告……一环扣一环。她们心细如发，精益求精，以资料规范标准为基础，在资料录取真实性、规范性、及时性、准确性的比赛中始终名列前茅。她们主动从第一手资料里分析每一口油井的生产情况，通过调压、调温、清蜡、加药等措施解开一道道生产难题，治好"采油树"的一个个病症。她们在电脑里储存了本站投球、加药、单量等基本资料的同时，还输入了HSE管理体系及危险源点量化体系等，通过学习和实施这些安全措施，这个站的危险源点降到最低。

"南一增"女子站的"红衣天使"都是石油中专、技校毕业生，又分别攻读企业管理、采油等专业的函授，勤奋好学、不断进取成风，是一支知识化、年轻化、积极向上的"娘子军"。她们把培训、演练列为天天的必修课，自觉、主动地提高自身素质，形成了一套三任连续自我考练的制度，建立了岗位练兵和应知应会知识试题库，采取自学式、互学式、启发式等多种教育形式，定期开展技术比武"擂台赛"。在作业区700多名青年员工参加的年度"技术大比武"中，"南一增"女子站第一站长王燕、第二任站长邹先美凭着平日苦练的硬功夫，分别夺得作业区2003年、2004年的第一名。邹先美1分钟报出了60个油井设备管阀配件名称，一秒钟就一个，速度快得惊人。小小女子站连出两个状元，在全作业区考核评比中，集体也名列前茅。一些往日看不起"丫头片子"的小伙子甘拜下风，佩服得五体投地，主动上门取经求教。

深山献爱心

"只有荒凉的环境，没有荒凉的人生。"

"南一增"女子站的姑娘们都是石油工人的女儿，她们从父辈那里传承了"哪里有石油，哪里就是我们的家"的传统，平地垫路、植树种花、剪纸绘画，把小站收拾、装扮得和家一样美丽、温馨。进了小站，既像进了花园，又像进了工艺品展览室。玉米秆、吹塑纸，在这些心灵手巧的姑娘们手里都变成了"会说话的精灵"。

女子站的姑娘们原籍分别是江苏、安徽、四川、山东、甘肃、宁夏……来自五湖四海，相处得比亲姐妹还亲。谁有个头疼脑热，其他人围着倒水喂药，搓脚捏身；谁有个心头疙瘩，小姐妹相依相偎，顺气开心。

2002年8月29日，当班的邹先美收到了一个意外的惊喜，姐妹们给她送上了翻山越岭买来的生日蛋糕和饮料。"祝你生日快乐"的歌声回荡在空旷的山野，邹先美直到现在都难忘在岗位上度过的这个20岁的生日："那天，连我自己都忘了生日，没有想到姐妹们记得那么清楚，提前好几天为我精心地筹备着，只有我是最后一个知道的，我们之间就像一家人一样亲。"

腼腆的孟宁莉一见小伙子脸就红，经人介绍，才有了意中人，可是又不知道自己的眼光准不准。她向姐妹们透露了心事，大伙一致决定来个"集体相亲"。

没想到莽撞的小伙子"打的"闯城，还没靠近站门，就被早听到车声跑出来的孟宁莉"勒令"急停。小伙子听明白了是怕出租车轮轧坏了平整不久的院门前的黄土地，连忙道歉。集体考察的结论是："人还算老实，可以交往。"

在小姐妹的成全下，孟宁莉如今已经幸福地当了妈妈。

姑娘们个个长得如花似玉，更美的是都有一颗"天使的心"。她们发现山梁那边的乡村小学，30多个学生分几个年级，可只有一名老师，就主动与村委会、小学校联系，在捐款、捐物资的同时，上门开展"手拉手"志愿服务活动，姑娘们发挥各自的特长，分别担任了任课教师，在这所小学先后增开了音乐、英语、体育、美术、思想品德教育等课程，还辅导语文、数学。

2003年6月1日，"红衣天使"们一起来到小学校，挂气球、扎彩带，同孩子们一道唱歌、跳舞，共同度过"快乐的节日"。爬山过沟从四面八方赶来的乡亲们感动地说："这帮丫头真好，让俺们的娃子也见了世面。"孩子们的学习兴趣增强了，知识面扩大了，学业大有长进，全学区语文、数学成绩第一名都让这个过去"老落后"的小学校夺来了。唯一的那位小学教师杨培慧感慨地说："她们无私奉献的精神，太令我感动了。以前我一个人，学校应该开的课程开不了，现在不光这些课程开了，连我都接触不到的一些知识都教了。"孩子们说："特别喜欢这些红衣老师。""一会儿不见就想哩。"

"南一增"女子站的"红衣天使"们，在深山野岗，在"采油树"旁，为祖国，为石油，为未来，奉献着爱心，燃烧着青春。花样的年华，火一样的红！

（此文原为该站呈报全国的先进材料，这是首次公开发表）

（四）青春寄语

品读好书悟人生

共青团珠海市委员会组织、带领全市青年开展"读一本好书，谈人生感悟"的活动，意义非凡，影响深远。我被团市委聘为本次读书活动的评委，广泛浏览了400多名青年的文章，感触颇深。年轻人那种求知若渴、好学上进、精读深思、悟道即行的精神，给我极大的震撼。"活到老，学到老，改造到老"，我从年轻人喷射着激情与理想之光的感悟中汲取了丰富的营养。

书籍是人类进步的阶梯。即使进入社会转型、信息爆炸的新时代，上网知天下，我们仍然需要读书（包括印刷书、电子书）。而读书的乐趣，就在于阅读之中。正如培根所说："读史使人明智，读诗使人聪慧，数学使人缜密，哲理使人深刻，伦理使人高尚，逻辑与修辞使人善辩。"

这次活动的主旨，不仅在于一般地鼓励青年读书，还特别提出："读好书，悟人生"，这是非常重要，十分贴切的。

读书，要善读。刘向曰："书犹药也，善读可以医愚。"书海之中，鱼龙混杂，选择好书来读是第一位的。我从小喜欢读书，初中一年级还在课堂上偷偷地读书摊上租来的《三侠剑》，被老师发现，不接受批评，离校出走上五台山学艺，半路被追回，记了一大过。新来的班主任见我爱看书，给了我一本《马克思的青年时代》看，我读过之后，心中的偶像变成了马克思，从此好好学习，第二年被评为"三好学生"，戴上了少先队"三道杠"，高中毕业被保送入北京广播学院。我亲身体会到，"开卷"未必都有益，关键是开什么卷。选择的书不同，效果也会截然不同。我非常欣喜地看到，应征文章涉及的各种各样的书，绝大多数是读之有益的好书。笛卡尔曾经说过，读好书就好比"与高尚的人谈话"。好书，是人生的良师益友。

要读好书，还要善思。"学而不思则罔，思而不学则殆。"要把读书与思考、领悟与践行结合起来。有许多优秀的年轻人，读了好书，好上加好，更进一步。有的曾经迷失的年轻人，读了一本好书紧紧地联系自己的实际，深深领悟了书中的哲理，走上了人生的新途，我更为之高兴。浪子回头金不换嘛！

读书，善思善悟，就是要从明处看出暗（弦外之音），从静处看出动（动态、活的），从是处看出非（多问几个为什么），并且知行合一，脚踏实地，躬行实践，去实现自己的理想，让自己的生命放光华！

（刊于《珠海青年》2010年12月增刊"读一本好书　谈人生感悟"征文活动点评）

青春，因智慧而闪光

仔细拜读珠海将近200位青年朋友的《我的青春故事》，我这年近古稀的老迈之人也被一把又一把的青春之火燃烧得热血沸腾。

共青团珠海市委先后组织青年"多读好书，品悟人生"，撰写"我的青春故事"，以生动活泼的多样活动引导青年好好学习，天天向上，提升精神，超越自我，是十分有益的。我能为珠海的"青春之火"，添几把柴，加几滴油，虽累而乐。

青春，是人生最宝贵的黄金时代，如朝阳般灿烂，如鲜花般芬芳。青春之所以宝贵，就在于不仅仅是人们生理上的成长期，也是心理上的成熟期。理想、抱负的确立，美德、优质的养成，都在这一关键时期。

珠海青年勤奋好学、爱国爱民、乐于奉献、勇于担当，不愧为祖国改革开放前沿的弄潮儿。在当今物欲横流、浮躁盈世的"迷潮"冲击下，珠海青年能拨正航向，勇往直前，默默地、顽强地在工作和学习的平凡的岗位上，一点一滴地孕育着为国为民服务、推动社会进步的美好心态，实在难能可贵。青春，因智慧而闪光。有理想、有抱负、有志气的青年是有智慧的好青年。

智慧是对世界规律的认识，是对人生真谛的把握。只有把个人的命运同祖国的前途、人类的利益紧紧地结合在一起，青春才能焕发出灿烂的光芒。

生存要有物质基础，劳动要有物质报酬，这是需要得到基本保障的。经济发展、物质丰富、生活富裕是人们正当的合理追求。然而，富裕而又便利的现代生活使人类中相当大的一部分人，甚至是越来越多的人，变成物质、欲望的奴隶，心灵变得非常空洞、飘忽。其实，人类的精神只有从物质的束缚中彻底解放出来，才能获得真正的自由。

让我们一代又一代人携手并肩，为这一天的早日到来而奋斗吧！

（刊于《珠海青年》2011年增刊"我的青春故事"点评）

善读书可医愚

"书犹药也"，这一比喻甚为贴切。人生从小到老都离不开药，有病就得吃药治病。书，恰如治病救人的药一样，是人生离不开的。

然而，药能治病救人，全靠"对症下药"。骗钱的假药，害人的毒药，虽也是"药"，却误人夺命。书也与药同。在这知识大爆炸、书籍浩如烟海的当代，怎样读书，实在是一种大学问。

"书犹药也，善读可以医愚。"

书，可以医治"愚蠢"之病，而其关键在于"善读"。

怎样才算是"善读"呢?

其实,读书贵在"选择"。读书,并非"开卷"皆"有益"。

英国著名作家、《福尔摩斯探案》的作者柯南道尔对读书需有选择写过一段十分精彩的话语:"人的脑子本来像一间空的小阁楼,应该有选择地把一些家具装进去,只有傻瓜才会把他拾到的各种各样的破烂杂碎一股脑儿地装进去。这样一来,那些对他有用的知识反而被挤了出去。"

然而,世间读坏书误入歧途者大有人在。对坏书,实在不可不警惕。

即使是好书,如果死读书、读死书,也并非有益。古往今来,有的人书读得很多反而变得愚蠢,这是什么缘故呢?

读书时,读者只是紧跟着作者的思绪,不加思考细细琢磨,而是一味地顺坡滑行,尽管有一种宽经活络的快感,却像吃得过多的人虽口味甚美而胃肠负担过重,受了累,影响了健康。俗话说,要活读书,不要读书死。所谓"活",其实就是多动脑筋,善思细辨,取精弃糟。

科学家爱因斯坦在介绍自己学习经验时说:"学习知识要善于思考、思考再思考。"

读书中的思考大致可以归纳为:提取"要"点,解释"疑"点,领略"悟"点,实践"用"点。

读书之道,学问实在深广。"善读",才可以"医愚"。

(刊于《新消息报》2003年11月20日《艺廊文坛》栏目)

第二辑　文学与摄影

一、散文·随笔

长留光热泽人间

——瞻仰中南海毛泽东同志故居

　　中南海，自从毛主席居住到这里，它就成了全中国人民和全世界人民景仰的地方。

　　每当漫步长安街、走过新华门的时候，我总要放慢脚步，注目仰望。今年元月，我有幸来到中南海，瞻仰了毛主席他老人家居住过的地方。

　　那是一个晴朗的早晨，灿烂的朝阳从东方冉冉升起，晶莹的南海冰面反射出万道金光。我随着列队参观的人流走进中南海，顿时觉得浑身暖融融的，仿佛置身在和风拂面、阳光明媚的春天。

　　面前是一所极为普通的砖瓦平房院落，叫"丰泽园"，这就是毛主席1949年至1966年的住处。31年前的10月1日下午2点多钟，身穿黄呢子服装的毛主席，同他的亲密战友周恩来、朱德同志就在这"丰泽园"门前集合，互相握手祝贺，一道并肩出发，登上天安门城楼，参加开国大典。在雄壮的国歌中，他用手按动电钮，亲自升起象征着中华人民共和国的五星红旗，向全世界庄严宣告："占人类总数四分之一的中国人民从此站起来了。"

　　走进丰泽园这所显得有点古老、陈旧的平常院落，穿过警卫人员住的小院，来到了抔有"颐年堂"匾额的小型会议厅。毛主席在这里同党和国家领导人共商大事，亲切接见来自五洲四海的朋友。党中央政治局的许多重要会议就是在这里召开的，新中国成立以来的不少大政方针就是在这里制定的。里面，一条长方形的会议桌两边，排列着几把椅子。靠东墙的一边，有十张沙发，围成一个弧形的圈，木几上摆着茶具、烟具，充分显示出伟大领袖作风民主、坦率直爽、平易近人、热情好客的风貌。

从颐年堂通向毛主席住处的一间房子里，竖着一幅栩栩如生的油画：毛主席同刘少奇、周恩来、朱德、陈云四位老一辈无产阶级革命家正在院里的草坪上亲切交谈。大概画的是五位元老从会议厅出来透透新鲜空气，松弛极度紧张的神经，稍事休息。然而，这些为人民呕心沥血的开国元勋何曾休息过一分一秒，闲暇中谈的还是与党、国家、人民休戚相关的大事呀！你看，五位革命老前辈一个个神情专注、神采飞扬，分明是在议论什么大快人心的事。

从这间房出来，是个四合院。这间房就是这四合院的南房。毛主席曾在这个四合院里办公和居住。院落里，几株翠柏，挺拔参天；十字形的水泥路，连通地面；四周围，砖瓦平房，古老陈旧，既没有泥金彩绘，更没有玉砌朱栏，连条走廊都没有。多么质朴、普通，真是连一些老百姓的好住房都不如。党和人民的伟大领袖就在这里日夜操劳。怪不得当年中央警卫处银根录同志回忆说："我到中南海工作以前，猜想毛主席的住房和办公室肯定是高楼大厦，全国最好的。谁知到中南海一看，毛主席办公和休息的地方都是普通平房，还不如我们机关工作人员办公室的房子。"

顺墙转到西厢房，这里是图书室，贮藏着毛主席经常阅读的书籍。一排又一排书架上摆满了古今中外、各种各样的大量书籍。西厢房西侧一间北房与西厢房相连，这间房里同样是藏书室。北房由中间的过道隔成两间，东侧一间是毛主席的办公室兼卧室。卧室东墙一溜是放满书的书架，隔壁卫生间的一个大凳上放着一摞打开的线装书，就连毛主席睡觉的木板床上靠窗口的半边也堆满了书，有的卷着打开的书页，有的夹着纸条。有位工作人员曾经问过主席："书放在床上干啥？"毛主席回答说："这样方便，一伸手就拿到了。"

毛主席为了更好地指导革命斗争，于百忙之中，分秒必争地"挤"时间，几十年来以惊人的毅力，极其刻苦的精神，博览了古今中外的大量书籍，而且许多书不止看一遍，甚至看八遍、十遍。毛主席从老师徐特立老先生那里学来了"不动笔墨不看书"的好习惯，看书时，圈点、批语，十分认真。那翻开的《资本论》和《新唐书》上圈圈点点、眉批旁批，都是他老人家的手迹。毛主席年过花甲，开始学习英语。那一摞外文书，也是毛主席读过的。

列宁有句名言："只有用人类创造出来的全部知识宝藏来丰富自己的头脑时，才能成为共产主义者。"

望着毛主席阅读学习过的大量书籍，我才真正懂得了革命导师这句名言的含义。

毛主席他老人家长期坚持学习马列著作，学习各种知识，进行调查研究，注重革命实践，把马列主义的普遍真理和中国革命、建设的具体实践结合起来，继承、捍卫和发展了马列主义，是当代最伟大的共产主义者。毛主席教导我们要学而不厌，他老人家以身作则，活到老，学到老，抓紧一切时间，孜孜不倦地学习。毛主席说：学习就是最好的休息。

在毛主席的办公室兼卧室里，一张普普通通的写字台上，放着他老人家用过的笔、墨、纸、砚，一盏台灯立在桌边。想当年，毛主席在这里伏案挥毫，批阅文件，奋笔疾书，撰写著作；日以继夜，通宵达旦，度过了一个又一个不眠之夜。工作人员一再催请他老人家休息，他总是说："工作完了，就睡。"然而，睡到床上，又转入了另外一种工作形式：看书。躺在床上，放下一本又拿起一本，一个小时接一个小时地看，灯光彻夜不熄。为了让毛主席得到真正的休息，保健医生一再建议毛主席到户外散散步。毛主席有时也主动提出"散步"，然而走着走着，毛主席走进了农村社员家、城市居民家，又开始了另外一种形式的工作。即使在病重垂危期间，他还在批阅文件，继续领导着全党、全军、全国的革命工作，一直战斗到生命的最后一息。

毛主席把毕生精力和全部心血都献给了祖国和人民，在生活上一贯节俭朴素，保持和发扬艰苦奋斗的传统作风。毛主席的住房，陈设十分简单，一张普通的木板床，上面蒙着白布单，一条毛巾被用了十多年，打了二十多个补丁。一件穿了多年的绒布睡衣已经换过袖子，肘部又打了补丁。一双宽大的深褐色皮鞋，鞋帮内侧后面磨得早已褪色，鞋底跟的外侧磨去了一厘米多厚。卫士长多次说给他老人家做双新的吧，可是主席不同意总是说："还能穿嘛！"就这样，毛主席穿着这双从新中国成立时穿起的皮鞋，一直到他老人家逝世。一双拖鞋也是缝了又缝，补了又补。在毛主席的餐桌边，有一个工作人员给主席送饭的食盒。毛主席吃得也很简单，进城以后一直吃糙米，每餐只有两三碟清淡的菜。在国民经济三年困难时期，在苏修卡我们脖子的时候，毛主席号召全国人民"发愤图强"。他老人家带头发愤，不吃一块肉，不喝一杯茶，不吃鸡蛋，不吃水果，和全国人民同甘共苦。俗话说，人活七十古来稀。年近七十的老人家，一天三餐，白水淡饭，一盘红薯，二两馒头，一碟辣椒，一碟咸菜，这就是人民领袖的一顿午餐！仰望领袖的遗物，缅怀导师的往事，泪水忍不住夺眶而出……

步出中南海，来到十里长安街，我深情仰望新华门，门里影壁上"为人民服务"五个大字扑入我的眼帘。我联想起毛主席当年在中南海，紧紧握着一个锅炉工的手说："我们都是人民的勤务员！"那表达了真理的语言带着浓重的湖南口音，又朴素又亲切，深刻而浅显，仿佛正回响在长天大海之中、亿万人民心间。

（刊于《朔方》1981年第7期）

永不熄灭的星火

——记革命烈士孟长有同志

1941年4月17日夜10点多钟，年仅25岁的共产党员孟长有与崔景岳、马文良一起，被敌人活埋在银川城隍庙，英勇就义了。

孟长有短暂的一生，是一个农村青年在党的教育下锻炼成长为共产主义战士的一生。他把人生最美好的青春，献给了祖国的解放事业。

孟长有是中卫县柔远堡人，1916年生。他的家庭景况殷实，父母亲盼他读书上进，光宗耀祖。他先在私塾读四书五经，后来上应理完小（中卫原称应理州），再上中卫中学。入中学的时候，正是九一八事变之后，在那灾难深重、民不聊生的黑暗年代，勤奋好学的孟长有在中国共产党身上看到了光明和希望。这个高才生背弃了父母让他升官发财的期望，走上了革命的历程。

早在1926—1927年间，刘伯坚、邓小平同志就先后来到塞上古城银川，传播过民族解放的真理。1932年谢子长同志在海原一带组织过红军游击队进行武装斗争。1935年10月毛主席率领的中国工农红军长征经过六盘山区，播下了革命的火种。许多共产党员战斗在敌人心脏，传播革命真理，发动教育群众，与蒋介石、马鸿逵的国民党军队进行多种形式的斗争。孟长有当年在中卫中学读书时的老师尚建庵就是这样一个在地下战斗的共产党员。

尚建庵老师非常喜爱孟长有这个正直纯洁的青年，向他讲革命道理，给他《阿Q正传》和鲁迅的其他著作、生活书店出版的书籍看。那时候，马鸿逵像害怕烈火一样害怕革命思想，对书店、学校、图书馆的书严加控制。对邮寄的书籍、报刊和信件严加检查，就连老百姓的"平安家信"也不平安。谁读鲁迅著作和生活书店的书，一旦被发现就要遭殃。孟长有冒着生命危险，阅读进步书籍，心越来越开阔，思想境界越来越高。

中卫县紧靠腾格里沙漠，号称"沙漠之舟"的骆驼常常穿过中卫县城，来往于沙漠与香山之间，孟长有对骆驼从小就很熟悉。尚老师以骆驼的形象深入浅出地对孟长有进行革命教育。孟长有在一篇题为《骆驼的精神》的文章中写道：骆驼"力能负重，能耐饥寒，其绒温暖远胜于棉"；"从人类那里取之甚少，对人类事业贡献甚多"。他立志要学习这种十分可贵的精神。

在党的领导下，孟长有积极参加抗日宣传活动，唱起《大刀进行曲》等革命歌曲特别带劲。对抓兵要粮、祸害人民的保甲长，他和同学们一道用童子军军棍狠狠教训了一顿。

当时，国民党区分部书记、中卫中学校长贺志正，是个贪财好色的花花公子，贪污学费和补助金，早在广大师生中臭不可闻。孟长有在党的领导下，团结进步同学，闹学潮，把这个家伙从学校赶跑了，取得了斗争的胜利。

1937年春，尚老师到了延安，给孟长有等同学来信，召唤他们到延安抗大去学习，孟长有立即进行准备。当年初夏，他和同学刘大明、李方荣等6人步行向延安走去。

他们翻山越岭，来到望洪堡附近的黄河岸边。黄河像脱缰的野马，一泻千里，奔流不息。当时渡河只有羊皮筏子，孟长有和同学们坐上羊皮筏子乘风破浪过了黄河，又闯过了敌人的封锁线，终于到达延安。孟长有进了抗日军政大学学习，见到了毛主席、周副主席、朱总司令，聆听过他们亲切的教诲。在抗大，孟长有刻苦学习，迅速成长。第二年孟长有就加入了中国共产党。1938年，他到太行山打了一年游击。年底，党派他回宁夏开展地下工作。1940年秋，在同心县喊叫水一带的海如学校，他不幸被捕，进了马鸿逵的第一监狱。

那时，中共宁夏工作委员会书记崔景岳同志也被捕入狱，崔景岳同志坚贞不屈、视死如归的革命精神和舍己为人、爱护难友的高贵品质，对孟长有教育很深。他这个入党才三年的年轻共产党员向老党员学习，在狱中和敌人展开了顽强的斗争。

揭背花，钉竹签，烙铁烫。孟长有被折磨得皮开肉绽、死去活来。他咬紧牙关，保持了一个共产党员的革命气节。

敌人"硬"的一手失败了，又来"软"的。孟长有的老父亲被叫来劝儿子。孟长有坚定不移地对父亲说："我干的事情是正义的、光明正大的，我是为全人类的解放而斗争。"

父亲没有说服儿子，反而被儿子说服了。

敌人以为他年轻，就挖空心思想在他身上打开缺口，又派他过去的老师，其时当了特务的张凤池来威胁利诱。张凤池满脸堆笑地说："长有，咱俩既是同乡，又有师生之谊，我还能不替你着想？我给你当保人，到马主席（指马鸿逵）跟前替你说说情，包你做个大官。"他见孟长有不吭气，误以为孟长有动了心，连忙朝前走两步，涎皮赖脸地说，"只要你写张悔过书，给你个团长，再给你找个漂亮的老婆，给你一千块银圆。"

孟长有一听，肺都要气炸了，猛地站起来了："谁稀罕你的臭钱！"

张凤池顿时恼羞成怒，声嘶力竭地说："你不要敬酒不吃吃罚酒！小小的年纪就挨枪子！"

孟长有圆睁炯炯发光的双目，斩钉截铁地说："为共产主义奋斗到底是我的信念！"

敌人在这位年轻的共产党员面前一次又一次失败了。

在狱中党支部的领导下，难友们团结斗争，连一些看守也被逐步争取了过来。

敌人害怕了，密谋策划下毒手。

1941年4月17日夜10点，敌人把崔景岳、孟长有和马文良同志带到银川城隍庙后的乱石场上。这里是马鸿逵部残杀共产党人和革命人民的屠场。

面对着三个阴森森的大土坑，崔景岳沉着地脱下身上的棉袍，扔给旁边的国民党士兵："把这个留给我狱中的同志。"

说罢，纵身跳入坑中。孟长有、马文良随着跳下坑去。

崔景岳、孟长有、马文良眼望前方，面不改色，他们同声高唱《国际歌》：

起来，饥寒交迫的奴隶！
起来，全世界受苦的人！
满腔的热血已经沸腾，
要为真理而斗争！……

雄壮嘹亮的歌声划破了黑暗的夜空，像雷鸣，像闪电，给挣扎在地狱的回、汉族人民带来了希望；像利剑，像尖刀，直刺敌人的心脏。

行刑的敌人惊慌失措，手持铁锹的士兵吓得不敢往坑里填土。

敌军官心惊胆战地急忙命令："开枪！"

"中国共产党万岁！"烈士们用最后一口气，喊出了中国各族人民心底埋藏的呼声。

1965年10月12日，党组织和人民政府把崔景岳、孟长有烈士的遗骨隆重地安葬在银川市郊八里桥革命公墓。马文良烈士经多方查找到其家属之后，1977年1月10日，按照回族的风俗习惯，遗骨也隆重安葬在八里桥革命公墓。

每到清明时节，青少年们高擎红旗，手捧鲜艳的花束，来到烈士墓前，缅怀革命的历史，学习烈士的高贵品质，向烈士们庄严宣誓：争当新长征的突击手，做共产主义事业的接班人！

（刊于1980年3月30日《宁夏日报》，获宁夏社会科学论著奖）

同心城里结同心

1936年6月，红军二、四方面军在甘孜会师了。粮食总局局长何长工让运输连的女战士们搞卫生，说明天有人要来检查身体。运输二连的文书陈贞仁听说要来的是个"副连长"，大不以为然地说："一个副连长，有什么了不起，还兴师动众搞卫生？！"

然而，次日来的不是什么"副连长"，而是大名鼎鼎的傅连暲。从此，女战士们见了陈贞仁就开玩笑："'副连长'来了！"

后来，陈贞仁等四个有文化的女战士调到中央卫生所，陈贞仁成了傅连暲的学生和助手。

正规医学院毕业的傅连暲，参加红军前，在福建省汀州开了个医院，医术很高明。毛泽东、周恩来等同志都在他的医院看过病。后来傅连暲坚决要求随红军长征，便毅然把医院献给红军。

陈贞仁听说了傅连暲的事迹，并看到他对官兵治疗伤病一视同仁，爱慕之情油然而生。傅连暲见陈贞仁聪明好学，也挺喜欢她。天长日久，大伙都看出来了。女伴们同小陈开玩笑："傅连暲对你特别好！"

1936年10月，红军一、二、四方面军三大主力在甘肃会宁会师之后，红军总部来到宁夏的同心县城。傅连暲便打报告，申请与陈贞仁结婚。朱总司令兴奋地说："同心城这个名字好，你们就在同心城举行婚礼吧！喜结同心，白头偕老。"

于是，朱总司令为傅连暲、陈贞仁亲自主持婚礼，并特别嘱托买了两只羊，由总部炊事员做了十几道菜肴招待赶来祝贺的红军将领及马海德医生。这在长征途中实在是够隆重的。同心城里结同心，成了红军长征途中的一段佳话。

婚礼刚举行完，新婚夫妇就又匆匆离别，随着红军各自走向了征途。

（此文收入《宁夏述闻》，上海书店1994年版）

补白：红军"华佗"与"新娘"

1986年10月，我到同心县采访，巧遇来此参加纪念活动的老红军陈贞仁女士。自治区领导同志介绍我们见面，我们便愉快地交谈起来。陈贞仁在她50年前结婚的"新房"里，向我讲述了当年她同傅连暲在这里喜结良缘的故事。

在当年的"洞房"里，昔日的妙龄少女、如今已年近古稀的陈贞仁说起丈夫傅连暲，悲愤中隐含着对以往情谊深厚的爱情的回味。长征路上的红军"新娘"和"新郎"，在回族兄弟姐妹专门腾出的"新房"里，只匆匆地同朱德总司令、马海德医生等嘉宾喝了口喜酒，连"新婚之夜"也没来得及过，就又各随自己的部队，依依惜别，迈开大步，继续长征了。……

我倾听着老红军的口述，心潮起伏，难以平静。

退休后，我为宁夏卫视策划并随摄制组拍摄了系列电视纪录片《沿着红军的足迹》，我撰写了解说词，带着年轻人再次来到这仍然还幸存的当年红军举办"婚礼"、具有纪念意义的"洞房"拍摄，讲述了这个故事。

当年的"新郎"、社会上已经颇有声誉的名医傅连暲，在红军危急的关头，把自己的医院献给了红军，又随红军踏上了万里长征路，用他高尚的精神、高超的医术，为难以计数的红军指战员治病疗伤，防疫驱瘟，被誉为"红军华佗"。而当年的"新娘"陈贞仁，随他大哥、地下共产党员陈锦章，在红军长征经过家乡时，率领全家十口人一起都参加了红军，后来跟着傅连暲学医，互生爱慕之心，喜结同心。陈锦章举家投奔红军的十口人中，只有陈贞仁一人最终到达了陕北，陈锦章等九人光荣牺牲或失踪在长征路上了。

红旗漫卷六盘山

天高云淡，望断南飞雁。不到长城非好汉，屈指行程二万。

六盘山上高峰，红旗漫卷西风。今日长缨在手，何时缚住苍龙？

我们仰望着高高的六盘山峰顶，默诵着毛泽东同志这首豪迈的词篇，沿着盘山公路向上攀登。正是10月秋高气爽的时候，同50年前毛主席率领红军翻越六盘山的季节相同，眼前，碧蓝碧蓝的天空飘着淡淡的白云，一群群大雁一会儿排成"人"字形，一会儿排成"一"字形向南飞去，昔日光秃秃的峰峦上绿树成林，绿草如茵，盘山公路上满载建设物资的汽车、拖拉机，一辆接一辆奔驰。山根处，梯田层层，秋禾茁壮，高压电杆排成一线。牧人们唱着花儿，放牧着白云般的羊群。

沿着当年红军走过的长征路，我们来到了单家集。这是宁夏西吉县的一个回族聚居的山村。50年前，毛泽东等同志带领红军从甘肃进入宁夏的六盘山区，第一夜就住在这个小山村。回族乡亲们兴奋地向我们讲述了当时的情景：

1935年10月5日这天，毛主席从甘肃界石铺出发，越过大路，沿着羊肠小道，翻山过沟，下午到达了单家集。

红军来到单家集，回族男女老少高兴极了，人们争着给红军端茶递水。只见一位身材魁梧的红军首长，微笑着边走边向街道两旁欢迎的人群招手，当时人们不认识这就是毛主席。毛主席经过南头清真寺，进了寺旁边的张家院子。

我们走进这个院子，听乡亲们说，它基本还是50年前的样子。里面有5间瓦房，毛主席就住在中间的一间。乡亲们又领我们走进清真寺，经过整修的清真寺显得肃穆庄严。老人们把我们让进礼拜大寺旁边的厢房里，告诉我们：当时，寺门口站了两个岗，寺门上贴着红纸标语，上面写着"保护清真寺"几个大字。那时候，回族人民用最隆重的欢迎仪式——摆"中合"欢迎红军。长满白胡子的老阿訇拱起双手说："红军好！"首长操着浓重的湖南口音，也拱起双手说："回族人民好！"全国解放以后，单家集的回族乡亲看到毛主席同延安农民交谈的照片，才知道当年的红军首长就是毛主席。

我们继续沿着当年红军长征路，从西吉县来到了隆德县，然后向六盘山顶峰攀登。六盘山自古以来就是兵家必争之地。

宋代名将范仲淹守过六盘山，"一代天骄"成吉思汗征西夏的时候，在六盘山建筑了宫殿避暑，后来就死在这里。山上过去有一个石牌坊，上面刻着"峰高太华三千丈，险居秦关二百重"的诗句，可惜在一次地震中被毁坏了。过去，跨越宁夏、甘肃、陕西三省区，绵延近千里的六盘山"岩嶂高深，不通车辙"，交通很不方便。如今，红军走过的许多羊肠小道已经变成宽阔的林荫大道，整个六盘山区公路四通八达。这些公路和西安到兰州的西兰公路、平凉到银川的平银公路两大干线相连，沟通了六盘山区与国内各地的联系。史书上说的那种六盘山的路"风雨冰凌难于蜀道"的情景，已经一去不复返了。

六盘山也是一座万宝山，有100多万亩的树林，上百个品种的树木，还有不少奇花异草。这里的中药材就有200多种，不但品种多，而且面积大，产量高。六盘山上宝贝多，六盘山肚子里也藏着不少宝贝，有铁、煤、铅、油页岩和稀有金属等。

固原地委书记惠连杰同志告诉我们：六盘山区50年来发生了翻天覆地的变化。变化最快的是十一届三中全会以来的近几年。

这几年，六盘山区人民以种草种树为突破口，1983年到1985年三年当中种草145万亩，造林171万亩。在退耕还林还牧、耕地大量减少的情况下，粮食、油料产量稳定增长，畜牧业逐步发展。

在巍峨的六盘山高峰，矗立着一座电视转播铁塔。在六盘山区的城乡各地，打开电视机就可以看到中央电视台的节目。峰顶上，还有一座气象台，那些在云雾山中测天观云的气象哨兵同峰顶上的广播电视工作者一样，都以当年红军过六盘那种不到长城非好汉的精神，战胜重重艰难险阻，日夜辛勤地工作着。

红旗漫卷六盘山，长征路上有新人。在六盘山峰顶西兰公路边的小山包上，1986年5月破土动工，开始修建一座"长征纪念亭"。在新的长征路上奋发向前的后人，将在那里吸取前进的力量。

（合作者：张永泰。中央人民广播电台1986年《今日长征路》系列报道）

谭嗣同和他的《六盘山转饷谣》

清末改革家、思想家谭嗣同，少年时代随任职的父亲在兰州道署里读书。他厌恶那种为了猎取功名终日寒窗苦读的死气沉沉的生活，常常背着父亲私自外出，纵马边塞，体察民情，在大自然中陶冶性情。有一次，竟行程1600多里，与风雪搏斗七天七夜。

正是这种生活，使他饱览了祖国西北的大好河山，也为他提供了接触人民大众的机会。

在读活书、活读书的锤炼中，谭嗣同写下不少诗词。《六盘山转饷谣》是记述他在边塞目睹耳闻的亲历情景。

谣，是民间的一种口头创作。转饷谣，是运饷夫役在运送途中，随处根据不同情况随口编的词。谭嗣同不言诗词而谓谣，不仅在表现形式上可以自由不拘，更主要的是利用谣的特点，借役夫之口，直抒胸臆。

请看他的《六盘山转饷谣》：

> 马足蹩，车轴折，人蹉跌，山岌嶪，朔雁一声天雨雪。舆夫舆
> 夫尔勿嗔，官仅用尔力，尔胡不肯竭？尔不思车中累累物，东南万
> 户之膏血？呜呼！车中累累物，东南万户之膏血！

谣的前五句，描述了高山雪天运饷的艰辛。这是个雨雪交加的日子，朔风呼啸，雁喉生寒，可运饷的夫役们却不敢稍事停歇，而依然催车赶马，艰难地在崎岖山道上跋涉。由于道路湿滑，马扭伤了腿，车折断了轴，人也扑跌不已，困苦之状，不堪言述。作者选取"马足蹩，车轴折，人蹉跌，山岌嶪"这几个镜头，虽不是运饷车队全部情景，但组合一处，却极富表现力，犹如一组群雕，借助动态的人、马、车，将那高山雪天运饷倍历艰危的场面展现出来，且三字一句的句式，节奏短促，有民谣喊喝的律韵，声形俱出，气氛浓烈。

"舆夫"以下五句，是车夫自问自解的一段心灵独白。"尔勿嗔"，并非甘愿接受眼前苦难的现实，只是，"官仅用尔力"的劳苦比起那些敲骨吸髓的剥削和榨取，更容易承受一些。眼前车中凝结着东南万户膏血的"累累物"便是最好的证明。"尔胡不肯竭？"似乎在责怪自己，你还有什么不满足而不愿竭尽全

力的呢？然而这种又近似自慰的自责却掩盖不了事实上的不幸，因为自慰的另一面，是忍辱负重无可奈何的屈服。车夫的自解不由令人想起柳宗元笔下的捕蛇者蒋某，蒋氏以冒死捕蛇为幸，而对更役复赋反以为不幸，故不怨捕蛇之毒。这里，借车夫之口，写人民遭受苦难也用了同一手法，揭露了赋役之毒有甚力夫之苦的社会现实，"尔胡不肯竭"，蕴含了多少悲苦和辛酸啊！

最后，作者以反复"车中累累物，东南万户之膏血"做收结，表达了他对役夫车手这样的挣扎在水深火热之中的黎民百姓的深切同情。

这首歌谣是谭嗣同早年的作品，从中可以看出青少年时代谭嗣同的思想与情怀。

对祖国山河的热爱，对人民疾苦的关怀，使谭嗣同成为一个忧国忧民的爱国主义者，并因之而决定了他后来的人生道路。他在《三十自述》一文中说："风景不殊，山河顿异，城郭犹是，人民复非。"

后来，他与康有为、梁启超等人一起从事变法维新运动。1898年9月24日，被袁世凯告密出卖，谭嗣同在北京浏阳会馆被捕。

在狱中，谭嗣同大义凛然，用煤在墙壁上题诗一首：

> 望门投止思张俭，忍死须臾待杜根。
>
> 我自横刀向天笑，去留肝胆两昆仑。

张俭和杜根，都是东汉时人，张因弹劾朝中权贵被害，杜因劝邓太后把政权归还皇帝而下狱。"两昆仑"指康有为和大刀王五。谭嗣同相信他俩能够完成自己的未竟事业。这首短诗充分表现了谭嗣同为改革视死如归的精神。

谭被捕前几天，一些听到风声的朋友劝他及早离京，赴日避难；其父也嘱咐他去湖北以"省亲"名义而避祸。

谭却一一谢绝，说："各国变法，无不从流血而成，今中国未闻有因变法而流血者，此之所以不昌也；有之，请自嗣同始。"

由此可见，谭嗣同为变法维新，早就下了流血牺牲的决心。

1898年9月28日下午5时30分，谭嗣同和刘光第、杨锐、康广仁、杨深秀、林旭等变法维新的爱国志士，被慈禧太后杀害于北京宣武门外菜市口。

谭嗣同被杀时，面对刑场边上万民众，慷慨激昂地朗诵他的绝命诗：

有心杀贼，无力回天。

死得其所，快哉快哉！

真是：豪气冲牛斗，义胆贯长虹。

可惜：英雄才33岁，就以身殉国。

（刊于《共产党人》1998年第3期）

沙湖奇景

大漠金沙的豪放粗犷，碧湖苇荡的恬静秀美，如此巧妙地融合在一起，使大西北贺兰山脚下这一处近几年才开发出来的旅游胜地越发令人神往。

这个去处就叫"沙湖"。

从宁夏首府银川乘车不足两小时，就来到这里。登上瞭望塔，只见明洁如镜的万亩湖面，在太阳光映照下金光闪闪。湖中芦苇一丛丛、一簇簇，游船和快艇在芦苇荡中钻出钻进，划出一道道浪迹。五千亩沙丘，连绵起伏，骆驼载着游客在缓缓行进。沙山脚下、苇湖边的游泳场里，红星绿点，分外醒目。乘坐游艇漫游湖面，游艇在苇丛中穿行。一片片芦苇，你拥着它，它抱着你，紧紧地簇拥在一起。游艇划过，苇丛随着水波的荡漾而摇摆，仿佛是一群群身穿绿裙的姑娘在翩翩起舞。游艇惊起苇丛中几只水鸟，水鸟鸣叫着掠过人们的头顶，又飞转回来，在苇丛上空盘旋。鸟鸣芦苇荡，更显苇荡幽深。置身芦林之中，穿行于芦荡之内，抬头只见一线蓝天，仿佛真到了南国水乡。人们想不到塞上北国竟有此奇景。

光脚登沙山，被阳光晒热的绵绵细沙，双脚踩在上面，微微发烫，撩得人心里痒痒的。一脚刚拔起，另一脚又陷入沙中。坐上滑沙板，任凭滑沙板载着身体沿着陡斜的沙坡箭也似的向下冲去，很快就滑到了沙山脚下的大漠谷地。

黄昏时分，仰卧在沙丘上，向西边望去：彩云拥着落日分外妖娆。烤鲜鱼的篝火堆上升起烟雾，落日映照在湖面上，另有一种大漠炊烟起、碧湖落日圆的韵味。

到了夜晚，在沙丘上享受"天当被，地做床"的滋味，明月当空，沙浪似海，篝火点点，歌声阵阵。

金沙碧水，蓝天白云，沙湖太迷人了！

（刊载于《人民日报》1992年9月3日第8版，收入《宁夏文学作品精选：散文卷》）

古堡不寂寞

沉睡了400多年的黄土古堡——宁夏贺兰山东麓的镇北堡，如今分外地热闹起来。中年导演黄建新正带着大陆和台湾合作拍片的摄制组在这里拍《五魁》，名导演谢晋又率一干人马来到古堡。

当年，张艺谋率队在镇北堡拍摄了《红高粱》，影片中那黄尘滚滚的颠轿场面，那酒旗摇曳的十八里坡的风波，那酒香喷鼻的酿酒作坊的壮观……随着《红高粱》一举获得柏林电影节"金熊奖"，镇北堡从此火了起来。

《黄河谣》《一个和八个》《绝境》《冥王星行动》等10多部电影、电视连续剧和台湾、大陆合拍的故事片《五个女子和一根绳子》等，相继在这里拍摄。

这座建于明朝弘治十三年的古代军事要塞，一下子成了巩俐等一批现代明星的"摇篮"、中国电影登上国际电影节领奖台的"阶梯"。对此，张艺谋说："这里有高高的天，大大的地。这里的风土人情和自然风光，能表现大西北那种粗犷、豪迈、高大、健美。在这里拍片，能表现出那种人的洒脱和自由，能把那股子自在和欢乐，无拘束地表现出来。"这大概就是导演们一个又一个挥戈西进，搭台古堡的原因吧？！

宁夏文联今春牵头，美商、台商也参加投资，在这里兴建"华夏西部影视城"，拟建设"多维立体的《红高粱》等场景""覆土建筑的西夏军事故城""原始度假村"三大景区。

谢晋在拍摄《牧马人》12年之后再次来到这里，带领谢添、斯琴高娃、高保成等一批明星于4月18日开进古堡，拍摄李准根据张贤亮小说改编的彩色故事片《老人与狗》。

28岁的台湾演员张世，曾在《五个女子和一根绳子》中饰演男主角，这次二进古堡，扮演专替人背新娘的脚夫五魁。拍了20多天戏后，他激动地对记者说："等三个月以后再来采访我，我可能会哭着说：'我不要回去！'"

明星与古堡、影视与黄土、大漠与碧湖、莽原与绿树、贺兰山与黄河、西夏陵与机场，雄浑粗犷的西部特色，神秘、古朴的历史内涵，纯真、敦厚的华夏民风，明朗、高远的现代气息，在这里，奇妙地交融在一起。谢晋想把《老人与狗》拍成一部震撼人心的影片，黄建新想带《五魁》参加今年9月的东京电影节，预祝他们的愿望都能在这座被称为"中国电影走向世界的桥头堡"实现！

（刊于《人民日报》1993年5月31日第8版）

马烽夫妇和我的作家梦

——悼马烽

惊悉马烽老师在2004年1月31日与世长辞，我悲痛难抑，谨以此文致祭，以寄托我的哀思。

1993年9月，马烽夫妇应邀来宁夏参加全国作家笔会，不巧我在南方开会不在银川。我刚返回来，碰到宁夏文联副主席张武，他对我说："马烽夫妇一来银川就找你，一直到走，找你也找不到，你跑哪儿去了？"我惋惜地说："我到武汉开会，刚回来。"

我对马烽夫妇一直挺惦记，来了宁夏还没见上。没想到这成了终生的遗憾。张武以一位作家的敏感和好奇，问及马烽夫妇两位作家同我什么关系。当他听了我介绍马烽夫妇是我人生的引路人之后，嘱咐我："你应该好好写一写。"遵嘱当晚就动笔了，可惜刚写了两页，有紧急采访任务，这篇文章就放下了。怎想一放十年过去了。如今，含泪续写，忆文竟成了悼文。

鲁迅先生曾说过："童年的情况，便是将来的命运。"这话正应在我的身上。

1956年，我还是个戴红领巾的初中生。马烽夫人段杏绵是《中国少年报》驻山西的记者。在风景秀丽的晋祠，山西省少先队夏令营上，我当营报主编，她是指导老师。闭幕了，她约我去她家玩，我满怀着崇敬和好奇就去了。

马烽夫妇住在山西省文联办公室大楼后面大院的一个小二层楼里。我第一次去，觉得房子好大啊。同段老师在楼下客厅里谈学校里少先队的活动，正说得热闹。一位30多岁的男子右手拿着一卷报纸，从楼梯走下来，和蔼地同我这个娃娃打声招呼，就走出去了。那是我第一次见马烽。

从此，直到高中毕业五六年间，我常常登门求教。也许我不光是少先队大队长，还兼校报主编，对写作特别感兴趣，对马烽特别崇敬而又好奇。他写的《吕梁英雄传》，我读后爱不释手，读了又读，有的段落都能背下来。去他们家里，主要是杏绵老师对我指导。马烽老师常下乡，在家就埋头写作，休息的空儿偶尔过来和我们说几句话。我开始还有点诚惶诚恐，渐渐熟了就不怕了。

我清楚记得，马烽老师随口说了一句："樱桃好吃树难栽，不下苦功花不开。"这富有哲理的人生感悟，使我幼小的心灵懂得了这样一个道理：凡事都要靠勤奋努力，只有下功夫，才能开花结果。这两句话过了多少年，在电影《我们村里的年轻人》的插曲里唱了出来，唱遍了大江南北，唱红了华夏神州，也成了我一生的座右铭。

在马烽夫妇和《中国青年报》驻山西记者黎阳、山西人民出版社编辑潘俊桐等启蒙老师的教导指引下，我练习着写消息、通讯、评论、故事、散文、诗歌，学习采访和写作的基本功，各种体裁都试一试，也都陆续在报刊、广播上发表、播出了。同学们叫我"小作家""小记者"。我心里尽管有点沾沾自喜，可也明白，这些习作都还只是小练笔。我梦想着当一个马烽那样的作家，写出像《吕梁英雄传》那样的大部头作品。

1960年，我被保送入北京广播学院新闻系学习，1964年毕业后志愿报名到宁夏当记者，一晃就40年了。

1988年夏，我回太原探望了马烽夫妇。28年过去了，风云变幻，世事沧桑。当年英姿飒爽、风华正茂的二位老师成了年近古稀的老人，我这个当年的"红领巾"也年近半百了。一见面都激动得恍如隔世。互叙离情，合影留念。马烽老师语重心长地对我说："新闻和文学是相通的，都要深入生活，从生活里汲取素材。生活是创作的源泉，千万不要脱离生活。当记者素材多，也可以抽时间再写写文学作品。"

我听从老师的话在完成新闻报道任务之余抽空又提笔"从文"。在《人民日报》《经济日报》和海外华文报刊等文学副刊先后发表了一些散文、报告文学，也出版了散文集。然而，抱愧的是，我虽跻身业余作家的行列，但至今没写出什么像样的文学作品。

1993年马烽夫妇二位老师来宁，在全国回族作家笔会上，马烽谈了自己半个世纪以来的创作心得和体会。宁夏各媒体纷纷报道。张武撰文说："一个在世界范围内享有盛誉的老作家竟是如此谦虚。"余光慧在文中写道："马烽一部又一部作品给几代读者留下无比深刻美好的印象，令人仰之，且不说他还是中国文学界最大的'官儿'——中国作家协会党组书记兼常务副主席。然而，令我感慨不已的是，在全国作家笔会上，我既没有见到灼人眼目的'腕儿'马烽，也没有见到让人生畏的'官儿'马烽。而是认识了一位质朴、平和、幽默而又不失儒雅之风的长者。"

令我感动的是，曾经沧海的二位启蒙老师还惦记着我这个学生。万分遗憾的是，马烽老师驾鹤西归，再也见不上面了，只能远远地遥寄上这延绵了将近半个世纪的思念。

（刊于《宁夏文艺家》2004年2月15日，收入《马烽纪念文集》）

二、报告文学

（一）浩然正气

一曲雄壮的社会主义赞歌
——记军民团结战胜黄河凌汛的事迹

塞外三月，大地回春。

戈壁滩上，羊群攒动，六畜兴旺。

农田里，犁耙交织，人欢马叫。

社员们斗志昂扬，为社会主义建设积极劳动，到处是一派抓革命、促生产的战斗景象！

就在这时，（宁夏阿拉善左旗巴彦木仁公社）巴彦套海大队，浩勒宝大队的杨斯滩和内蒙古生产建设兵团某连遭到黄河凌汛的突然袭击，431名蒙古、回、汉族社员和兵团战士在当地党组织的领导下，团结一心，顽强搏斗，表现了大无畏的革命精神。在社员群众和兵团战士被冰水包围、生命十分危急的关头，毛主席、党中央派飞机把他们全部抢救出来了，谱写了一曲雄壮的社会主义赞歌。

一

3月15日，社员们就要提耧下种，忽然西北风大作，气温骤然下降；霎时间，飞沙遮日，天地昏黄，湍急的黄河水带着从上游刚刚解冻的巨大冰凌向下游涌来，在巴音木仁公社境内河道的弯窄地段层层河水急剧上涨，无数冰凌像千万匹脱了缰的野马，奔腾着，咆哮着，向黄河西岸的巴音套海大队和浩勒宝大队的杨斯滩包围过来，社员群众的生命财产受到严重威胁。

这是一场罕见的凌汛。要挡住它，必须增高和加固护村堤坝。广大贫下中农和社员群众在当地党组织的领导下，以泰山压顶不弯腰的英雄气概，展开了顽强的抗凌战。巴音套海大队年过半百的回族党支部书记郭占海，带领群众战斗在堤坝最危险的地段，在他的带动下，从七八岁的娃娃到白发苍苍的老人都来参战。他们能拉车的拉车，能抬筐的抬筐，能端盆的端盆，人人快步如飞。水涨堤高，人和冰水对峙着。

冰水呼啸着，不断地冲击着堤坝。突然，一块大冰凌把堤坝冲开了丈把宽的决口，水流像猛兽般地直向村里扑来，填土、堵草都给卷走了。在这紧急时刻，郭占海急中生智，找来一根百斤重的大木梁，一个箭步冲上堤坝，把木梁的一头插入激流。激流直冲木梁，郭占海站立不稳，时刻都有掉入激流的危险。他暗下决心：水流再急也要把它挡住。他咬紧牙关，双臂像铁钳一样紧紧挟住木梁，身子像钢柱一样立在坝口。这时大队长李海林、团支部书记田学海迅速冲了过去，使尽全身力气，把木梁死死地横在决口，挡住了流凌，减弱了水势，社员群众尽快地填草上土，很快把决口堵住了。

太阳落山以后，狂风更加猛烈，风助水势，水借风威，冰水又长了一尺多，漫过整个堤坝，直向村里扑来，碗口粗的大树被连根拔起，篮球架一下就被撞出30多米，笨重的石磙子被冲得平地乱滚。

瞬间，田地淹没了，房屋接连倒塌，许多农家被冰水割成一个个孤零零的小岛，巴音套海大队和整个杨斯滩陷入一片汪洋。惊涛骇浪的吼叫声连成一片，天又黑得什么也看不见，社员们的生命危在旦夕。大队党支部书记郭占海和在队上检查工作的公社党委副书记马曹格都仁紧急呼喊着党员、团员、民兵、干部："党考验我们的时候到了！为抢救社员群众要冲锋陷阵！"这声音划破夜空，压倒一切，变成了一道战斗命令。他们冒着生命危险，破冰涉水，挨家挨户查看，把最危险的社员群众背的背、扶的扶，迅速安置到柴草堆上和较高的土台上。

二

当巴音木仁公社得知灾情后，公社党委立即决定组织人力，炸掉冰坝，疏通河道，同时派出专人和灾区联系，鼓励群众坚持抗凌斗争。

破冰炸坝突击队很快组织起来了。郭学礼、刘晋书等四个民兵战士，扛起炸药，飞快地跑向冰坝，迅速拉线点火，一连放了十多炮，但几团烟雾过后，巨大的冰坝只炸开几道裂缝。郭学礼等四人不顾危险又向冰坝深处打眼、填药、点火、放炮，10炮、20炮、30炮……有的冰坝炸开了，有的地方根本炸不动，灾情仍然十分严重。

时间不等人啊！公社党委书记马永华抓起电话，向上级党委告急求援……

消息迅速传到阿拉善左旗党委所在地巴彦浩特，传到石嘴山市、海勃湾市、乌达市，传到宁夏回族自治区首府银川。

自治区党委经过研究，决定向人民子弟兵——空军求援。同时指示有关部门迅速组织力量，想尽一切办法，前往受灾地区抢救亲人。

隔山隔水不隔音，毛主席领导的人民军队和群众心连心。时间只过了10分钟，兰州军区空军就决定派出三架直升机去抢救。接着从首都北京也传来了振奋人心的喜讯，两架大型直升机也要飞往灾区。

执行抢救任务的飞行员们一个个心急如火，拎起飞行图囊，奔向机场，迅速做好了一切起飞准备。炊事员把热气腾腾的饭菜送到机场，可是谁也没有顾上吃一口，立刻驾机向灾区飞去。

为了赶在飞机来到之前，准备好降落场地，组织好救灾力量，自治区有关部门的领导同志、阿拉善左旗党委派出的领导同志，驻宁空军某部党委派出的领导同志都乘车向灾区疾驰而去。

驻宁空军某部的地勤车也出发了。汽车司机邹来强紧握方向盘，加大油门车行如飞。突然车一颠，不好，油门脚踏板下的螺丝脱落了！怎么办？停车修理会耽误时间，如不及时修理好，就会影响行车。坐在驾驶室里的导航连副指导员曲宝山心想：为了抢救阶级兄弟，我们不能耽误一分一秒。汽车仍在飞速前进，曲宝山从座位下箱子里摸出个螺丝和工具，屈身伏在小小的驾驶室里，迅速修好了油门脚踏板，汽车没停一分钟，仍然快速飞驰。

三辆乘坐领导同志的汽车在乌达市会合了。因黄河拦路，无桥无船，人、车都难以跨渡，要尽快地亲临灾区指挥战斗，要尽早地把伟大领袖毛主席和党中央的深切关怀带给灾区人民，每一分钟时间都很宝贵。当时唯一理想的措施是借用火车把领导同志和交通工具直接运送到灾区附近的铁路线上。为此，指挥小组当即决定让已经行驶在途中的地勤车到石嘴山站调车运送；银川机场正要发出的油车，就在银川站上火车。

顿时，在银川电信局长途台，在沿线数不清的电话总机室里，"号灯"闪闪亮。乌达市委办公室的三部电话机同时发话，他们要哪儿，哪儿支援；要哪儿，哪儿行动，条条银线连接着铁路职工对灾区人民的情谊。他们说，铁路是为人民服务的，抢救阶级弟兄是当务之急，耽误了运输任务是可以弥补的，影响了抢救阶级弟兄的时间是无法挽回的。呼和浩特铁路局领导同志闻讯后，当即命令乌达车站火速编车把指挥救灾的领导同志和交通工具送到指定地点；银川铁路分局领导同志闻讯后，立即命令石嘴山车站火速编车装运空军地勤车，又通知银川车站装运从银川机场将要出发的油车。

正在酣睡的银川车站党支部书记陈宝仁，被一阵急促的电话铃声惊醒，他拿起电话听筒，只听分局党委领导叮咛：这是为了抢救数百名阶级兄弟，要用最快的速度、最短的时间，抢运五辆油车。陈宝仁看了看表，已是凌晨3点45分了，天亮就要开始抢救，时间是多么宝贵啊！他一骨碌翻身下床，一只手穿着衣服，一只手拿起电话，通知有关部门人员一起出动，迅速腾线调车，准备好固定油车的材料和工具。然后，陈宝仁冲出门外，一路跑步奔向车站，仔细检查了准备情况，并派人登上高处迎接汽车。当五辆油车开到车站时，他们已经把列车编好，搭上了桥板，汽车一到，就开上了火车，全站工人、干部一起动手拧铁丝，钉三角木，很快把汽车固定完毕。

汽笛长鸣，车轮飞转。沿线所到大小车站统统大开绿灯，从乌达、石嘴山、银川先后开出的三辆临时特快货车，带着铁路工人和各族人民对阶级兄弟的深切关怀，像三条喷云吐雾的长龙，以最快的速度向灾区飞驰而去。

为了抢救受灾的阶级兄弟，有多少人在惦念、在焦急、在奔忙！有的工厂组成了抢险救灾突击队；有的兵团战士日夜守在电话机旁，随时准备接受任务；有的单位派出了医疗队，开出救护车；附近人民公社的贫下中牧，也从四面八方涌向灾区，大家素不相识，甚至语言不通，但是心心相连，步调一致，千言万语汇成一句：快快抢救阶级弟兄！

三

1974年3月17日黎明，这是一个难忘的时刻。

6点50分，隆隆马达声响彻晴空，救灾的飞机赶到灾区上空。同寒冰恶流搏斗了一天两夜的灾区群众，猛然听到飞机声音，望见了岸边随风飘扬的红旗和黑压压的人群，党和群众救他们来了！此时此刻，这场面、这情景，他们怎能不激动啊！真是天大地大不如毛主席的恩情大，爹亲娘亲不如毛主席亲。人们欢腾跳跃，千遍万遍高呼："毛主席万岁！毛主席万岁！"

无线电传来了空军某部首长的命令："要把群众全部救出来，不要丢下一个人，不要伤着一个人！"

7点整，四颗绿色信号弹从黄河东岸腾空而起！抢救开始了。

雄鹰展翅，马达轰鸣。飞机迅速而准确地降落在一个个民众受困处。前来参加抢救的干部、战士走下飞机，亲切地把老人、妇女和小孩搀进机舱，飞出险区，又一个个地扶下飞机，送上汽车转移到安置地点。劳累的汗水和被风吹起的尘土，把他们糊成了泥人，却顾不上喝一口水、擦一擦脸上的灰沙，只是一个劲地起飞、降落、救亲人……

初春，戈壁滩上冷气袭人。抢救是顺利的，但又是艰苦的。机组同志们忍耐着长时间飞行的疲劳、饥渴，千方百计地克服困难，尽量使飞机降落在受困群众跟前。在一个着陆点，领航员吴维斌正招呼社员上飞机，他看到水壕对面有位拄棍的老人要踩冰过来，赶忙上前去扶他，不料左脚刚一踏上薄冰，就"哗啦"一声掉进水里。某部队副参谋长张传印看到这种情景，急忙驾机过来，小心翼翼地落在这位老人跟前。吴维斌没有顾上倒掉灌进鞋里的泥水，也没有拧一拧湿淋淋的裤腿，就搀扶着老小五人上了飞机。

大部分受灾的群众被安全救了出来，只剩下古堤坝上的90多名社员还在危险之中。这里是一条仅有百十米长、3米多宽的古老的堤坝，由于地势较高，还没有全部淹没，冰面露出了大大小小的房子。水已淹到了房根，人们有的上了房，有的上了柴垛。没有一块较大的空地可以降落飞机，而水势又不断上涨，情况万分危急，怎么抢救呢？

战地指挥小组马上召开会议。有人提出用橡皮船，可是船经不起冰凌的冲撞。又有人提出用吊篮把人吊上飞机，可是吊篮在空中急剧摆动，群众没坐过，特别是老人、小孩和妇女，会有危险，再说一个个往上吊，会延长时间。时间不等人啊！

这时，指挥小组的一位成员站起来大声说："我带年轻小伙子下水，把社员背到能降落飞机的地方。"

飞行员们心想："这个军队具有一往无前的精神，可以压倒一切敌人，而决不被敌人所屈服。"我们是人民的子弟兵，在人民需要的时候，宁可自己担风险，不能让人民群众受危险。他们连忙抢着说："不！你们不能下水！首长，请允许我们起飞再去试一试！"

指挥小组同意了他们的请求，再三叮嘱他们注意安全。张传印驾着战鹰在古堤上空盘旋着，观察着。这时，堤坝上的90多名社员群众，眼望着毛主席派来的飞机，欢呼、跳跃，党支部书记郭占海站在房顶上，挥动着红旗，热情地欢迎着自己的亲人。这鲜艳的红旗，热情的欢呼，亲切的目光，给张传印机组增添了无穷的力量。

张传印对准一处两房之间的空地，冷静地分析：这块空地虽然长不过三十几米，宽只有3米多，但如果使尾翼顺房屋后墙下滑，旋翼可以在屋顶上旋转，只要勇敢、坚定、沉着、胆大心细，就可以降落。

实践出真知，斗争长才干。为了抢救阶级兄弟，打破常规："落！"

张传印全神贯注地操纵着飞机缓缓下降。副驾驶艾学清，这个旧社会的讨饭娃，新中国的飞行副中队长，不顾强大的旋翼气流的吹打，把半个身子探出机舱，察看着地形，给张传印打着手势。庞大的飞机此时却像一羽鸿毛，轻轻地、轻轻地降落着，两米、一米五、一米……飞机的两轮不偏不倚地摆在了堤坝两沿的水边上。欢腾的群众热泪盈眶，激动万分。大队党支部书记郭占海久久地紧握领航员的手，嘴唇颤动了好久，才说出了一句："谢谢！"吴维斌亲切地回答说："不要谢我们，应该感谢毛主席，感谢共产党！"

某部队方永年机组也驾机来到这里。他们以一不怕苦、二不怕死的英雄气概，战胜了重重困难，迅速而安全地把一批又一批的亲人抢救出去以后，又毫无倦意地来到古堤坝和张传印机组一起抢救。张传印机组的同志对他们说："你们的飞机大，降落更危险，还是让我们来吧！"

方永年心想：为了尽快抢救阶级弟兄，难度再大、再艰险也要降落，不能把困难让战友们独自承担。他坚定地说："落！"在领航主任马正初、副驾驶菅恩华等密切配合下，目光炯炯地盯着一个固定目标，操纵飞机，向下降落。十几吨重的飞机落在被洪水泡软了的古堤坝上，机轮一下子就陷进泥里一大半。方永年沉着、迅速地轻提变距杆，使飞机处于半悬停、半着陆状态，人们安全地走上了飞机。

马达欢唱，冰流滚滚。飞机迎着红艳艳的太阳，把古堤坝上的群众安全地救了出来。

四

在黄河岸边的指挥车前，另是一片紧张而欢腾的景象：宁夏党委的领导同志来到受灾群众中进行热情慰问；远道赶来的内蒙古自治区伊盟军分区和海勃湾市的负责同志，与从银川、阿左旗各地来的党政军领导同志聚集在一起，共同协商着抢救后的一切具体事务；附近生产建设兵团的战士、工厂的职工和农村的贫下中农，以及解放军指战员，簇拥上前，像迎接自己久别的亲人一样，搀扶老人，接抱小孩，亲切握手，问寒问暖，把亲人送上汽车。

数辆救护车、吉普车往返如梭，把得救的亲人们护送到事先安排好的海勃湾市"五一"农场红星二队。红星二队的职工和家属，已为亲人准备好热腾腾的饭菜，烧好了热炕；来自各地的医务人员，为抢救出来的男女老幼一一检查身体。浩勒宝大队社员马国枚的三岁孙子小新平，正在出麻疹，加上几天来的冻饿惊吓，发高烧，昏迷不醒，病情越发严重了。当马国枚乘坐第一班飞机离开险区，抱着小孙子第一个走出机舱时，地方干部、部队首长、工人、贫下中农、解放军战士一齐拥了上去，数不清的手伸了过来。大伙儿送他上汽车，汽车急奔红星二队。那里，几个单位的医生来给小新平看病。小新平经过大夫的精心治疗，很快退烧醒过来。马国枚亲了亲孩子的小脸，热泪盈眶地对孩子说："平啊！记住，是毛主席派飞机救了你的命，长大了可要听毛主席的话呀！"小新平点点头，高兴地笑了。巴音套海大队社员牛寿强70多岁的老母亲，一下飞机就昏了过去，医生迅速进行抢救，当她醒过来看到那么多的人，忍不住热泪滚滚。搀扶她的人热情地问："大娘，有什么不舒服？"大娘拉着他的手忙说："亲人哪！我不是不舒服，我是高兴啊！你看，毛主席他老人家为我们操尽了心，这么多的亲人为我们受累呀！"

飞机抢救受灾群众的消息到处传颂。离灾区60多里的老崖滩上，回族老大娘马雪花日夜挂念着在杨斯滩的女儿和外孙。没想到外孙高兴地从杨斯滩来到老崖滩。她抚摸着外孙的头说："姥姥当是见不上了……真是托毛主席的福啊！"外孙见了奶奶天真地说："姥姥，我们坐飞机啦！还带来了毛主席派飞机送来的饼子哩！"

"饼子？！"

这是一个普通的饼子，但又是一个多么不寻常的饼子，重不过二两，而今天捧在手里，却有千斤！

马雪花双手接过饼子，浑身感到热乎乎的，一件件往事涌上心头。她对外孙说："1946年3月，你姥爷被马匪抓了兵，我生下你舅舅刚3个月，家里缺柴没米，我怀抱着你舅舅沿街乞讨，要不来一口饭。你舅舅含着奶头，吸不出一口奶，活活饿死了，姥姥也差点没了命。如今，毛主席派飞机救你们，又送来饼子，他老人家的恩情比海深，新社会是多么好啊！"

得救后的贫下中农（牧）、社员群众和干部，正以豪迈的气魄，勇猛的斗志，学习大寨贫下中农"自力更生，艰苦奋斗"的精神，先治坡后治窝，提出"受灾不减产，为国家多贡献"的战斗口号。他们不等河水全退，就涉水赶回村去，晾晒浸湿的种子，打捞集体的财产，抢修集体的农具，修搭倒塌的圈棚，平整退了水的耕地。接着，大伙儿又提耧下种，干一块，种一块，干一点，种一点，到处是一派抓革命、促生产的战斗场面。

目前，一幅修建扬水站、改造黄河滩的蓝图已经绘出。广大蒙古、汉、回族社员决心在今后的几年内彻底改变河滩的面貌，在受灾的土地上画出最新最美的图画。

（合作者：宁夏日报、兰州军区空军新闻科、某部队报道组。署"宁夏电台记者"名。1974年6月3日《宁夏日报》头版转二版刊载，宁夏电台全文广播，中央人民广播电台、新华社、《解放军报》删短播发）

追记：飞蓝天闯大漠追寻新闻 "珍宝"

这篇通讯的采写，经历了飞蓝天闯大漠追寻新闻事实的艰辛历程。

兰州军区空军、北京军区空军的飞行员千方百计排除困难，抢救被冰凌围困的民众；蒙古、回、汉各族民众团结自救、奋力抗灾，这样一曲动人的赞歌可惜在三个月前奏响的时候，没有记者随行报道。派我们报道组四人（宁夏日报社、宁夏电台记者和兰州空军新闻科干事、某部队报道组通讯员）去采访的时候，已经曲终人散，事过境迁。

"幻想式的作品，尽管我才思敏捷，也要毫不犹豫地摒弃；忠实于真实的报道，尽管我笨拙无能，我也要义无反顾地选择。"世界著名记者基希所说的这段话，我牢牢记在心里。

要报道，非得追寻救灾人和受灾人，逐一细细询问，深入挖掘新闻事实，汇集素材，经过提炼、描述，再现事件不可；而且，于细微处见精神，非得采集些细节才行。这样，就得 "追寻" 到底。

在兰州军区空军部队采访飞行员，请他们讲抢救情节和心情。为了搞清楚细节，请他们驾机带我们飞上蓝天，观察、体验、询问。直升机不同于客运班机，巨大的旋翼转得人头晕眼花。真是 "实践出真知"，坐在直升机副驾驶的位置上，我手握拉杆，按飞行员的指点模拟动作，头伸出驾驶舱外，巡视下方。亲身体验，我才明白飞行员驾机救人是多么危险、艰难了。稍有闪失，就会机毁人亡。他们是用生命的代价去抢救民众的生命啊！

在兰州军区空军某部采访合影

在阿拉善左旗巴音木仁公社，接待我们的负责人详细介绍了他所了解的抢险救灾情况，劝我们不要进大沙漠了，说 "艰险得很"。可是，追寻不到分散在各游牧点的受灾人，怎能了解清楚详细情节、细节和他们的思想呢？明知山有虎，也得偏向虎山行了。孔子早就说过："道听途说，德之弃也。"我们怎么能凭传闻和想象来报道呢？！

我们决心很大，但把进大漠深处采访的困难估计得太低了，该做的一些最起码的饮水、干粮等准备都疏忽了。第一天，骑马过沙漠边缘的行程倒还顺利。第二天，凌晨4点多钟出发，渐渐天亮了，进入一望无际、寸草不生的沙海，一个个流动沙丘如海浪起伏，那气势非常壮观，我们着实兴奋了好一阵子。

骄阳的炙烤下，沙面温度可以烤熟鸡蛋，驼队在沙丘上行走，如热锅上的蚂蚁，人嗓子干渴得冒烟，带的水喝光了，沙漠里一点水都找不到。带的炒米、奶酪干得难以下咽。直到第三天凌晨2点多钟，我们在骆驼上摇晃了将近24个小时，骨头都快摇散了，才好不容易熬到了又一个牧民点。多少个小时水米未进，牧民端出香喷喷的沙葱面，我食欲倍增。谁知刚吃了几口，肠胃造反了，腹痛如刀绞，急忙找来赤脚医生，给了点药片才稍有缓解。但饭是吃不成了。眼瞅着飘着油花的沙葱面，闻着扑鼻的香味，只能喝口温水了……从此得了十二指肠溃疡。

后来的日子，我们吸取了教训，上路带的水和面饼也多了。有时，碰到一个水洼，用搪瓷杯子架在干粪火上烧开后，杯子里下半部全是烫死的小红虫子。上半部的水，几个人硬着头皮分享了。

我们继续在一个个游牧点寻人采访。执笔撰写文稿的我更觉责任重大，尽管腹痛持续时轻时重，但我在采访中，提问、记录、思考丝毫不敢懈怠，疼痛难忍时，吃片药继续工作……

我们安排在早、晚、夜间行走，大白天在游牧点采访、打尖。跟牧民也学会了抓牢骆驼背上的毛，随着骆驼的步伐摇晃身体，前仰后合地打瞌睡了。一晃十多天过去了，我臀部骑骆驼磨破的伤口已结了痂，采访也告一段落了。游牧点的民众见了我们格外亲。他们被从冰凌冲击的鬼门关救了出来，又见到了可以诉说衷肠的亲人，谈起当时的情况都十分激动。临别时，蒙古族牧民单腿跪下，硬要我们踩在他们的脊背、肩膀上，扶着我们跨上卧在身旁的骆驼，依依不舍地告别……

回程路上的一天下午，金色的阳光下，一行驼队在金色的沙浪中行进，那个景致别提有多美了。"兰空"王干事嘱咐向导不用下来，驼队继续缓缓前行。他下来举着相机，从各个角度拍摄个够。没想到，他跨上骆驼时不慎摔了下来，左手抱着相机，右手往沙丘上一撑，右胳膊两根骨头折断了！

这是又一次教训：骆驼起身，先起两条后腿，人在驼上，身要后仰，紧贴驼身；紧接着，骆驼两条跪着的前腿往起站，人要赶快身向前倾；人随驼动的时候两手要紧紧抓住驼背上的毛；不慎摔下来，要背部臀部落地，不要让头部着地，也不要用手去撑。如有可能，最好请人在旁招呼上下。

此后，我们日夜兼程地赶路，下了骆驼，换乘马、汽车、火车，直奔首都的空军总医院。王干事动手术时，余下三人去北京军区空军采访，登机观察、体验。特别是飞行员操纵直升机"半悬停，半着陆"的惊险情节，细细地挖了又挖。

我满怀着激情，呕心沥血，用报告文学的手法，昼夜不停地赶写出长篇通讯《一曲雄壮的社会主义赞歌——记军民团结战胜黄河凌汛的事迹》的初稿，报道组讨论修改后，经领导审定，《宁夏日报》头版头条转二版全文刊载了；宁夏人民广播电台全文播出；新华社、中央人民广播电台、《解放军报》都摘要刊登、播出了，在自治区内外反响很大。

这次采访距今已经40多年了，回顾当年飞上蓝天闯入沙漠追寻新闻的过程，我仍激动不已。这次的采访，使我更深切地体会到"新闻是用脚写出来的"这句话的深刻含义。

著名女记者法拉奇说得好："有哪一种别的什么其他职业允许你把正在发展的历史写下来，作为它的直接见证呢？新闻工作就有这种非凡和可怕的特权，理会到这一点后，很自然地会深感到自己的不足。"知道自己的不足，就要有意识地自觉去学习，从此我开始学习有关沙漠的知识，采写有关防治荒漠化的报道和评论。

这次采访是在林彪一伙飞越出境、折戟沉沙之后，被采访的又是空军部队的飞行员。他们与我们在采访中结成了朋友，无话不谈，说得最多的就是林彪事件，许多内幕已经不是秘密，从他们这里得到的情况纠正了过去一些来自小道消息的误传。原来西北农牧民中还流传着这样的版本："林彪掖着一群（叶群）人，坐拖拉机跑了，挂了个四档（死党），还有一个没发现（吴法宪）。"

在蒙古包里正采访着，进来一个牧民，正在交谈的民兵队长先对我们挤挤眼睛，猛一下掏出手枪（因为这里是边防前沿，民兵队长也有手枪）往桌子上一拍："马彪！你老实交代：为什么你的名字同林彪一样？"

　　这个牧民吓坏了，前言不搭后语，也辩解不清。民兵队长忍不住哈哈大笑起来，大家先是又一愣，等再回过神来，哄堂大笑。……

　　（2015年写于珠海）

沙漠找水情谊深

　　朋友，也许你没有到过祖国西北干旱的戈壁沙漠，所以你可能想象不到那里酷热干旱、水贵如油的情景，不会知道水的珍贵。人们还说，干旱会使良田变成沙漠，清泉能把沙漠变成草原。千百年来，居住在沙漠边缘的各族农牧民，天天梦想着清清的泉水流进沙漠，无边的沙海变成千顷良田。今天，这种梦想正在逐渐变成现实。十年来，在人民解放军给水部队的支援下，各族人民共同奋斗，在沙漠上开出一片片肥沃的绿洲。这里，就讲讲兰州军区某给水部队与蒙古、回、汉等各族人民并肩找水、开发沙漠的故事。

　　1974年，兰州军区某给水部队带着敬爱的周总理关于改变西北自然面貌、普查找水的嘱托，开进绵延甘肃、宁夏、内蒙古三省区的腾格里、乌兰布和、巴丹吉林三大沙漠。沙漠是水文普查工作的空白，这里沙丘连绵，沙山高耸，最高达400米，以"世界沙山之最"著称。这里降水稀少，日照强烈，最高气温经常达60℃，能把胶鞋烤得变形。在这里开展找水工作，随时都有渴死或饿死的危险。上级原计划用直升机进行沙漠普查，因条件不成熟，打算缓几年再干。但是，给水部队指战员看到当地少数民族牧民喝着低洼地里又脏又臭的积水，茫茫沙漠正以每年几公里的速度向外扩张，吞噬附近的草场、良田、村舍，心急如焚。查清地下水源，解决少数民族用水问题迫在眉睫，无论如何也不能等啊！他们向党委请战，要用双脚和骆驼代替直升机，马上开进沙漠。上级批准了他们的请求。

　　一天，普查测量分队来到了荒无人烟的乌兰布和沙漠腹地，指战员们身背测量仪器，牵着骆驼，

获全国民族团结征文奖

踩着软绵绵的沙子，沿着沙谷前进。沙山上飘下的飞沙直往耳朵、脖子里灌。他们要在这里测定普查路线，测量调查点高程，还要用仪器测量地下水的埋藏深度。地质普查战士还要描述调查点、地貌点、水文点和采取水样。共产党员张朝荣背着20多斤的电线在沙丘间奔跑，每隔500米定一个点，接着打桩、送电、装机测量，然后拔桩再往前跑，每小时要来回奔波8到9公里。休息时，小张脱下胶鞋，倒出的汗水把沙地湿了一片。酷热的空气，烧灼的沙地，渴得冒烟的嗓子，使他不自觉地从挎包里提出了塑料桶。望着这满桶的水，他晃了晃又放回了挎包。这水是水文点上取来的水样，在茫茫沙漠中要找到地下水露头，采到水样去化验，是多么困难，这点水是宝贵的资料，也许它会给沙漠带来生机勃勃的春天，再渴也不能动啊！他摸出牙膏，挤出一点，润润干裂的嘴唇……

中午，小分队聚集在沙山下，升起火堆烤上馒头和咸鱼。地面被太阳烤得直冒烟，沙面温度高达60.7℃，聪敏的给水战士扒去地表的热沙，将双脚放入坑内，啃着烤馒头，嚼着烤咸鱼，取得片刻的清凉和舒适。

在巴丹吉林沙漠的东南部，钻探14连的指战员在高耸的钻塔下夜以继日地战斗。原设计到孔深120米会遇到含水层，但钻孔打到148米，仍然没有丝毫的地下水信息。按说已经超过设计孔深，达到普查目的。但是物探的仪表中指示，这里有丰富的地下水。只要有一丝希望，战士也要努力争取。果然，他们在钻探到162米时找到含水层。水，沿着钻孔携带着泥沙涌出孔口，喷向空中，在阳光下形成五彩缤纷的水帘。战士们头上身上被泥水淋湿了，他们的心也醉了。附近生产队的蒙古族女队长扬基那仁花望着这源源不断喷涌的泉水高兴地说："这水要是能长期地流该多好啊！"战士们理解牧民的心，在收集完钻孔水文地质资料后，用部队现有最大直径的钢管，冒着喷溅的泥水扩孔下管，使喷出来的泥水变成了清澈的甘泉。

然而，这只是分布在三大沙漠中的一个普通连队的小镜头。给水部队战士就是这样，每逢初春，杨柳吐嫩芽，就开进风沙弥漫的沙漠。深秋，迎着萧瑟的寒风，返回满地落叶的营房。来自江南水乡的小伙子，长年累月不见绿叶，闻不到花香，他们在戈壁沙漠中洒下了人类第一滴汗珠，踩下了第一行足迹。他们不能像同龄人那样，在安静的教室里学习，在宽敞的车间工作，在花前月下散步，他们长期在野外生活，有的一年两年也难得探一次亲。助理工程师况金亮回重庆探亲，他4岁的儿子见了问："解放军叔叔，你找谁啊？"有的家里亲人病重或去世，由于沙漠通信难，他们无法迅速知道，更谈不上回去看望。由于工作区交通不便，通信困难，许多青年人给恋人的信只能写在日记本上，待回到内地再给恋人看。

他们就是这样在沙漠中度过了数不清的日日夜夜，与牧民一起填补了沙漠地区的水文地质空白，向国家提交了一批优质水文地质报告，查明了地跨甘肃、宁夏、内蒙古面积达7.6万平方公里的地下水资源。

十年的辛勤汗水浇灌出丰硕的果实，翡翠般的绿洲奇迹似的在沙漠中出现了。每当人们赞扬子弟兵的功劳时，他们总是深有感触地说："十年来，我们取得的每一点成绩，都离不开蒙古、回、汉族人民的帮助和支援。"

他们不由得回忆起1976年5月4日这一天，当内地的青年人正在欢度节日的时候，测绘分队的给水战士却面临着人生最艰险的时刻。他们辛勤工作一天后，背着仪器标本，忍着饥饿跋涉在乌兰布和的沙山间，走向宿营地。到了图上标有牧点和土井的地方，只见荒漠中除依稀可辨的灶沟外，竟然没有半片遮身之处，原来图上的牧点和土井早已被风沙摧毁湮没。小分队只好折向20多公里外的陶乌素了。夜幕中，小分队艰难地在沙山的沟谷中行走。突然，狂风大作，飞沙走石，沙子打得人睁不开眼睛。他们无处藏身，只好顶着风沙，忍着十几小时滴水未进的饥渴，一个跟着一个摸索前进。午夜，小分队终于来到陶乌素。在点名时，队伍中少了况金亮等四名同志，用步话机联系了一个多小时也杳无音讯。正在给指战员做饭的蒙古族牧民格日登知道后，忙安慰大家说："不要着急，你们吃了饭就休息，这一带我比较熟悉。"说着，他走出蒙古包，牵上四峰骆驼，闯入了夜色深沉的沙漠。他沿着沙丘间的洼地左盘右绕地边走边用手电筒向四方照去，盼望给水战士能看见亮光，发出呼喊。但是，走过一条条沙沟，翻过一个个沙丘，仍未看到一点踪迹。虽然狂风已经过去，但是沙漠中的凌晨寒气逼人。格日登想到给水战士已经一天一夜没吃没喝，如果再找不到，他们就会有渴死、困死在沙漠中的危险。想到这里，格日登心如火燎。他见哪一个沙山高，就往哪个沙山顶上爬，在山顶上呼喊，然后再爬上另一个沙山。就这样，格日登不知疲劳地找啊找，到了第二天早上7点多，才陆续找到迷路的战士，用骆驼把他们驮回了陶乌素。况金亮捧着醇香的奶茶说："要不是蒙古族牧民找到我们，也许我们就会变成沙漠中的一架架白骨了。"

在各族军民的辛勤浇灌下，沉睡千年的戈壁沙漠上出现了一眼眼清泉，一片片绿洲。牧民们昔日的梦想正在变为现实。

十年来，给水战士在腾格里、巴丹吉林、乌兰布和沙漠中找到了15个承压自流盆地和6条地下古河道富水带。仅乌兰布和沙漠地下发现的大型承压自流水，面积约9340多平方公里，蓄水量超过100亿吨，可开采水量每昼夜为174.7万吨。这对于治理乌兰布和沙漠，建造绿色长城，将提供丰富的水源。在普查工作中，给水战士结合当地少数民族的需要，共成井52眼，涌水量6万多吨，使沙窝中出现了一片片饲料地，一个个草场，一幢幢牧民定居的新房。

1982年八一前夕，内蒙古自治区阿拉善盟行政公署和有关单位，把写着"军民团结巩固边防"和"饮水思源情谊深"的锦旗，代表边疆各族人民赠送给给水部队。地质矿产部在1982年表彰这个部队是全国"在地质找矿上有重大贡献的单位"。1983年4月5日，兰州军区领导同志到给水部队视察时，赞扬他们"积极支援地方建设、为群众解决用水问题做得好"。

现在，这支部队又背起行装，开赴我国干旱、贫困的宁夏西海固地区、甘肃定西地区，寻找和开采地下水源，继续为改变少数民族地区落后面貌谱写新的篇章。

（合作者：郑伯贤。1983年8月3日中央人民广播电台播出，
获全国民族团结征文奖，中国国际广播台播出改编稿）

创业之路
——宁夏炼油厂建设侧记

贺兰山下正在崛起一座现代化的炼油厂。

有了她，宁夏缺"油"少"气"的历史即将一去不复返。

宁夏的有志之士和建设者在极为艰苦的条件下谱写着一曲动人的创业之歌。

一

早在70年代初，宁夏就酝酿上炼油厂。1978年，宁夏炼油厂开始在中宁县渠口"上马"了。第二年，又被下令"缓建"。

改革开放的浪潮使地处边陲的宁夏人坐不住了。1985年，自治区人民政府向国务院提交报告，要求易地恢复停建5年之久的年加工原油50万吨的宁夏炼油厂，并将其规模改为年加工原油75万吨。

自治区政府顾问夏似萍不顾年迈体弱，同自治区计委董家林、石化局钱凌扬等负责同志和宁夏炼油厂"立项"小组的同志进京申述论证。

领导同志返回银川，以当年中宁渠口炼油厂筹建者、转战玉门油田的"老石油"霍景太为首的"立项"小组一行7人，留在北京。他们住的是一天每人3元钱的简易旅社，吃的是面包和方便面。他们人瘦了，有的病倒了，但硬是不肯休息。每天乘最早的一班公共汽车出去工作，又乘最晚的一趟车回到住地。有时为了求得某一领导的支持和理解，他们白天谈，晚上又找到家里去谈。当他们的说服工作取得一点效果时，高兴得饥饿疲劳全忘了。

他们凭着为国家减轻负担，改变宁夏贫穷落后面貌的强烈使命感，以锲而不舍的精神，感动了越来越多的人。就连国家计委大楼的警卫员都熟悉了他们，他们进门都不用登记。

有的领导说，从宁夏这帮人的劲头，可以看出宁夏有希望！

1985年12月23日，国务院正式批准了宁夏炼油厂易地恢复建设。后来，还被列入国家重点建设项目。

二

宁夏炼油厂的建设者们深深懂得：在"老少边穷"的宁夏，能够用于增加固定资产投资的钱太珍贵了。要把有限的资金用到刀刃上，就要像大庆那样，走出一条多快好省的创业之路来。

宁夏炼油厂重新"上马"，原定厂址在银川新市区郊外的一片沼泽地段。这里工程地质复杂，施工周期长、投资大，地域没有未来发展余地。如果在此建厂，很难实施"一年准备，二年建厂，三年投产"的建厂计划，搞不好还可能出现当年在中宁渠口建厂前功尽弃的被动局面。

强烈的责任感激发了建设者们的胆识与魄力。被任命为筹建处主任的霍景太和建厂前准备工作小组的同志们，在做了详尽周密的29项工程分析和论证后，大胆提出了变更厂址的方案。新厂址选定在具有得天独厚的建厂条件的一片开阔地带。

变更厂址的报告提交自治区政府以后，立刻引起各级领导的重视。自治区政府连续召开三次论证会议，批准了关于变更厂址的方案。

厂址的变动，可节约投资1252万元并缩短了近一年的建厂周期。

1986年12月，宁夏炼油厂建设进入了基建准备阶段。

面对厂址一片荒漠和沙丘，霍景太和当时负责施工的叶家齐等同志议论，如果按先建厂后修路的老模式施工，在这样的一个荒漠地带、一米五深的地表风积沙上将会出现什么样的状况：履带车拖着载重卡车狼狈地爬行；施工场地沙土飞扬，单元分布杂乱不堪；大型设备困入沙滩……

这一切将影响整个工程的顺利进展。

不行！不能因循守旧，要打破常规。

他们果断地摒弃先修简易石子路或灰渣路、待建厂后期再修沥青路的方案，先修9公里长的厂内沥青公路。

平展展的柏油路在向前延伸……

实践是检验真理的唯一标准。这样做，不但节省了大量修路所要的资金，更重要的是为施工单位创造了良好的施工环境，解决了搞基本建设很难达到的文明施工要求。与此同时，炼油厂的建设者还在厂区栽了上万株树苗，为裸露的工地披上了绿装。

1987年8月，国家计委重点工程局局长张珩同志在视察宁夏炼油厂建设前期准备工作后说："宁夏炼油厂前期准备工作质量好、速度快，先修路、后施工是因地制宜的创新，经验值得推广。"

创造性的工作，闯出了新路，赢得了时间和效益。

三

"宁炼"人常说这样一句话："我们花的每一分钱，都是宁夏人民的血汗钱！"他们要像大庆人那样，艰苦创业，无私奉献。

在近3年的建设时间里，"宁炼"的苦干、巧干、实干，精抠细省，节约了近300万元的建厂资金。实施单项工程招标，厂外铁路建设一次性包死，仅此一项就比原概算节约175万元。

采用"双抱杆抬吊法"吊装常压分馏塔的战斗就是他们节省建设资金的一个事例。

高达43米的粗大塔体，在几道钢丝绳的牵引下，靠着两旁竖立的抱杆做支撑，"土法上马"，一寸一寸地抬吊。前来观看的人们都捏着一把汗："一旦滑丝、倾倒，可了不得。"

在当今的时代，吊装高塔不是没有现代化设备和手段，承担抬吊的化工部十三化建公司总部就有125吨和150吨的吊车。然而，要从北京和河北沧州把这大型吊车运来，既要花一大笔运输费，又要延长工期。为了给国家节约资金和缩短工期，十三化建公司宁愿增加工作难度，自找苦吃，决定"土法上马"。

大吊车组的30多位同志从河北赶到银川的第二天，就进入工地，投入紧张、繁忙、细致的准备工作。不到20天，一切准备就绪。正式吊装仅40分钟，一举成功，为国家节约资金40多万元。

在宁夏炼油厂的建设过程中，这样的事例不胜枚举。

自治区石化建设公司钢筋排的20多员女将，为了保证钢筋质量，将焊接成35米长的钢筋，人抬肩扛一里地，抬到柏油路上，装上卡车。

区建三公司职工砌筑80米高的动力站烟囱，宁可自找麻烦，采用"提模"新工艺，质量既好，进度又快……

四

但就在工程全面铺开的"节骨眼"上，宁夏炼油厂建设工地"告急"不断："银行贷款无力支付"，"工程用款所剩无几"，"设备厂家不交款，不付货！"，"钢材紧缺，水泥告急，汽油停止供应"，这一切与全国的"大气候"有关，简直难以抗拒。

要停工吗？要缓建吗？

全厂上下，人人为炼油厂的前景担心！

就在这时，也有个别私欲膨胀的人趁机兴风作浪，贴上8分钱邮票的"告状信"满天飞。一时间，宁夏炼油厂风风雨雨，是非混淆……

但是，宁夏炼油厂的党政主要领导霍景太、叶家齐和广大干部职工，没有被困难所吓倒。他们迎着风浪上，说什么也要把炼油厂早日建成。

如果炼油厂缓建一年，就会带来1亿多元的经济损失，这将怎么向国家和人民交代？

面对严峻的局势，去年夏天的一天，厂领导召开中层干部会议，集思广益，制定措施：停建福利区及其他辅助工程，把有限的资金用在确保1990年投料试车的重点工程上；压缩基建管理费用，严格控制资金支付；改变单项工程招标方式，动员施工单位自带资金、材料、设备来炼油厂施工。

化工部第十三化建公司、市政二公司、区建三公司、石化建公司、宁夏建筑构件厂等施工单位，与宁夏炼油厂人同舟共济，共闯难关。他们急炼油厂工程所急，想炼油厂工程所想，宁可自己承受困难，也要把全部力量投入到炼油厂的工程建设中去，许多单项工程创造了一流施工的好成绩。

人心齐，泰山移。1989年，宁夏炼油厂在8—10月三个月没有一分钱贷款的情况下，工程建设不但没有停下来，而且创出了高速度。

1989年底，自治区四大银行在财政稍有好转的情况下，积极筹措资金，在完成5000万贷款计划的基础上又超贷了1000万元，为保证宁夏炼油厂1989年形象进度的完成做出了积极贡献。

截至去年底，宁夏炼油厂建设完成总投资60%，土建工程进入全面收尾阶段；设备安装达到80%，为今年"十一"投料试车奠定了坚实的基础。

五

宁夏炼油厂的创业之路，是具有"铺路石子"精神的建设者们开拓出来的。

人们都说：炼油厂很清苦，工资不见长，待遇又很差，更没有高奖金。

但是炼油厂900名干部职工，却有一种巨大的建厂凝聚力，而这种力量的产生，又来自于党政主要领导的榜样作用。

1987年5月，自治区决定由霍景太同志任筹建处主任，叶家齐同志为筹建处党委副书记。他俩在几年的建厂工作中，始终坚持廉洁奉公，身先士卒。

霍景太患有严重的胃病，但为了炼油厂的建设事业，他把疾病置之度外，经常带病工作。几次病情发作，组织上强行让他住进医院，然而这位一贯坚持按制度办事的人，却三番五次违反病房制度，把病房当成了办公室，在那里开会、听汇报、布置工作，惹得护士向他提出多次警告。后来他干脆说什么也不去住院治疗，又把办公室当成了病房，坐在椅子上，边输液，边工作。

在炼油厂，领导和一般职工的奖金一样多，每月15元。这么大的工程建设，厂领导没有用公款买过一盒烟招待客人，都掏自己的腰包。

春节到了，兄弟单位又发奖金又发物品，而炼油厂是基建单位，不能用政策规定以外的钱给职工搞福利。在大年三十的团拜会上，霍景太唱了一段京剧，叶家齐唱了一段湖南家乡的花鼓戏，算是给全厂职工表示了慰问。

然而全厂职工没有怨言，他们能够理解，因为领导做出了表率。

在"一切向钱看"的人的心目中，金钱是他们追逐的目标。对于宁夏炼油厂的领导来说，上级发给他们奖金，是他们应得的"劳动奖励"。但是，在他们的心目中，有着比奖金更为高尚的追求。

在宁夏炼油厂的建设者中，从"老兵"到"新手"，从第一线到后勤部门，发扬胸怀全局、为国分忧的奉献精神，甘当"铺路石子"，蔚然成风。

年过花甲的"老石油"马春志，人老雄心在，为搞好炼油厂建设的材料供应工作，不顾年老体弱，四处奔波，解决了一个又一个材料供应上的难题。有人问他："你图个啥？"老马回答："我来到炼油厂看到我们石油战线上的'三老四严'的作风和无私奉献精神，在这里得到了发扬，我高兴。我就图把炼油厂早日建成，为国家做点贡献。"

有了好的传统，就会教育感染青年一代的思想行动。宁夏炼油厂赴外地培训的青工，在每天补助5角钱的情况下，他们不与兄弟厂家培训青工每天补助5元钱攀比，而是在培训成绩上比高低。他们说："我们宁夏穷，建设一个中型炼油厂不容易。我们苦一点是应该的。"在济南炼油厂，有几家外地培训青工，唯独宁夏炼油厂的培训青工成绩最好。

宁夏炼油厂正是有了这样一支过得硬的职工队伍，在建厂过程中，才能打硬仗、克难关。

参加施工建设的各路大军，也像"宁炼"人一样，以"铺路石子"的奉献精神，投入到这场争效益、抢时间的战斗之中。

十三化建公司要把比原定工期迟到的十几台大型设备，跨过银川市政二公司已经开挖出来并且正在铺设地下管道的深沟，运进成了"孤岛"的软化水处理站大楼里安装，市政二公司从大局出发，主动回填深沟，以比计划提前了一半的工期铺开一条通路。待十几台设备全运进去了，他们再挖沟铺管道。为炼油厂早日投产，宁夏建筑构件厂、银川市政二公司等施工单位自带工程款，自带材料，自愿来参加建设。为了给国家节约建设资金，合同上签订了的应当付给他们的几万元利息，他们都主动放弃了。

"最伟大的力量，就是同心合力"。

一颗颗平凡而质朴的"铺路石子"，铺在路面上，结成了一个"严密"的整体，是任何力量也压不垮，任何风浪也摧不毁的。

…………

1990午2月23日，自治区人民政府主席白立忱，副主席任启兴、程法光等各方各级领导，踏着早春的瑞雪，来到宁夏炼油厂建设工地现场办公解决问题，为宁夏炼油厂建设进入冲刺阶段，扬鞭催马……

新任自治区党委书记黄璜，也赶来参加了现场办公会。他在会上说："发展石油化工，在一定程度上代表一个地区的工业生产水平。自治区在困难条件下，兴建宁夏炼油厂这样一个具有现代化水平的企业，是一件很不容易的事，也是一件大好事。宁夏炼油厂的建设者，发扬艰苦创业的精神，取得的成绩是可喜的。只要各部门齐心协力，宁夏炼油厂定将早日建成。为自治区经济发展、精神文明建设，发挥重大的促进作用。"

是啊，宁夏炼油厂这颗自治区石油化工战线上正在升起的新星，必将以其灿烂光辉，造福于400多万各族人民。

（合作者：肖保航、高勇、马濯华。中央人民广播电台删短播出，

刊于《宁夏日报》1990年4月23日头版）

灵魂的升华

——农行银川市支行思想政治工作纪实

每个人都有各自独特的灵魂。灵魂有高尚、平庸、卑下、恶劣之分。

人的灵魂是可塑的，既可以升华，也可能堕落。

思想政治工作就是做人的灵魂的"雕塑"工作、"升华"工作。

中国农业银行银川市支行在短短的三年中一跃而成为"全国金融系统思想政治工作先进单位"，充分显示了"灵魂的升华"的巨大威力，给人们以一系列有益的启示。

让我们从一个小故事谈起吧：

几年前的一天，一位女顾客走进农行银川市支行的一个储蓄所取款。

两个当班的营业员只顾聊天，不理不睬。

储蓄所里只有这一个顾客。而顾客足足干等了10分钟，才给办理。

颇具耐心的女顾客点钱时发现一张50元面额的大票子缺了一个角，客气地请"换一换"。

"缺个角有什么关系，又不是把钱的字损坏了。"

"拿这样的钱到商店买东西不收，麻烦您还是给换一换吧！"

这位30岁上下，微胖、卷发的女营业员把钱换了，不耐烦地嘟囔着"快走！快走！"

女顾客气愤地说："你这样的态度，以后该没人存钱了。"

"我又没请你来存钱，你不存，银行不缺你一个。你快走吧！快走吧！"

这位女顾客一气之下，当即决定把剩余的200多元存款全部取出。

这位女营业员慢腾腾地付钱，除了一张100元大面额的，其余的全是1元钱一张的。

女顾客要求换成大面额的。

"银行取钱都是大小钱搭配的。"

"这样带着不方便。"

"我管你带着方便不方便，就是不给你换！"

"你怎么这样态度？！"

"怎么了？你告去，麻烦死了。"这个女营业员竟口出不逊，"快滚！快滚！"

女顾客气得浑身发抖。真是：取钱取了一肚子气。

事件是偶然性的，然而，偶然之中蕴含着必然性的因素。

面对如此的服务质量以至个别人"以贷谋私"、贪污受贿等问题，农行银川市支行党组负责同志十分忧虑。

他们白天深入基层，调查研究；晚上，灯下夜读，寻找出路。

当时，中国农业银行总行和自治区分行都要求加强企业管理，搞好企业升级。

"我们支行地处老、少、边、穷地区，能够完成分行下达的各项任务就不错了，还能升级？"

"总行和分行制定的标准高不可攀，根本达不到。"

在讨论中，一些干部和职工对企业升级没有信心，暴露出许多模糊认识。

这许许多多事情，像一团乱麻一样摆在面前，理不出个头绪，究竟该从何入手。

1988年10月，新上任的党组书记、行长钱松樵思考着、探索着。

这位1940年出生在西子湖畔的热血男儿，中小学时代就养成了爱学习、爱思考的好习惯，多次在作文、数理化竞赛中获奖。1959年，他满怀激情"支宁"到这里，在"社会大学校"里也从来没有丢掉勤学好思的好习惯，刻苦钻研，自学成才。党的十一届三中全会以后，他实现了20多年的心愿，光荣入党，被任命为副行长。

如今，他被推上了市农行一把手领导岗位，破格晋升为高级经济师。他觉得工作上的问题往往来源于一些思想问题，单纯就业务抓业务解决不了实际问题，需要从加强思想政治工作入手来解决，可当时"上头"的大人物削弱以至取消思想政治工作，社会上盛行"一切向钱看"的风气。

在这是非混沌、莫衷一是的局势下，何去何从呢？他带着实际工作中遇到的问题，向《毛泽东选集》和《邓小平文选》请教。

毛泽东同志一再强调，政治工作是经济工作和其他一切工作的生命线。

邓小平同志也多次指出，必须有效地加强和改善我们党的思想政治工作。

毛主席和邓小平等老一辈无产阶级革命家的观点同这位大人物主张截然不同，难道改革、开放的新时期，思想政治工作就得取消了？！这么多思想问题离开了"生命线"怎么能解决！

过去，我们无论怎样弱小，无论遇到什么困难，一直有强大的战斗力，因为我们有马克思主义和共产主义的信念……无论过去、现在和将来，这都是我们真正的优势。

当他读到邓小平这段铿锵有力的话语时，如茫茫夜海航行见到灯塔，顿时觉得心里亮堂了，情不自禁地伸开双臂站了起来，在房间里踱开了方步。

然而，在以经济建设为中心的新形势下，思想政治工作究竟如何搞，这是一个急待解决的普遍问题。

钱松樵深入基层，调查研究，和同志们一道探索。

农行银川市支行点多，面广，营业网点从贺兰山脚下直摆到黄河岸边，方圆百余里，大都在偏僻边远的地方。

35岁以下的青年占86%，职工思想比较混乱。

针对这种情况，1988年底，在某大人物"淡化思想政治工作"的形势下，农行银川市支行党组响亮地向各级领导和全体党员提出："不做思想政治工作的领导不是合格的领导，不做思想政治工作的党员不是合格的党员。""各级第一把手要把思想政治工作作为头等大事来抓。"

党组书记、行长带头，使思想政治工作在这个支行切实做到了领导到位、"组织、思想、政策、制度"四落实，出现了各级领导、全体党员人人做思想政治工作的新局面，钱松樵在工作实践中感到，日常工作中碰到的大量思想问题，归纳起来，几乎都是如何处理事业和个人、领导和群众、职工同服务对象即人民群众的关系问题，要从根本上解决这个问题，落脚点要放在建立一支"有理想、有道德、有文化、有纪律"的职工队伍上。于是，在全行职工大会上，钱松樵宣布了新领导班子的总体指导思想："事业放首位，心中有群众。"

"事业放首位，心中有群众"这十个字把事业、群众、干部三者之间的关系做了科学的概括。钱松樵同志提出这一想法是这样考虑的：作为一名党的干部，总要对党和人民的事业尽心尽责。而干部是人民群众的公仆，心里要时时刻刻装着群众。焦裕禄同志不就是心里装着全体人民，唯独没有他自己吗？！

"事业放首位，心中有群众"这十个字，被农行自治区分行政办公室主任罗成福称为"闪光的语言"。这语言之所以闪光，就在于这十个字反映了一种把事业和群众摆在首位，一心为事业、一心为人民的精神。

闪光的语言变成了切实的行动，就会像阳光一样照亮道路、温暖人心。

年近花甲的王自成一贯勤勤恳恳地工作，老母病瘫在床，妻子患了精神病，女儿又待业在家，生活困难却从来不提出来。钱松樵在会上提议，领导班子做出决定，给王自成以生活补助。当工会主席代表党组织和行领导把150元补助费送到他家时，王自成接过这一叠人民币，一股暖流涌上心头，感动得热泪盈眶。钱松樵又为老王待业的女儿的工作问题多次到上级部门反映情况，终于给老王的女儿安排了工作。王自成打心眼里感谢党组织的关怀，白天认真工作，晚上又给年轻职工讲课，这位快退休的老职工近日向党递交了入党申请书，立志把一颗滚烫的红心献给党。

钱松樵等行领导坚持常年深入基层，同职工打成一片。当他1990年春节过后来到南梁营业所蹲点，见年轻职工缺少新鲜蔬菜，嘴唇都干裂了还辛辛苦苦地工作，这位刚强的汉子淌下了眼泪，感到十分愧疚。从此，一项由各办事处向各偏远营业所送新鲜蔬菜的决定付诸实践了，各偏远营业所的小菜园、小食堂、小浴室、小阅览室、小活动室的"五小"建设搞起来了。工作、经费向基层"双倾斜"的决策实施了。《共产党人》杂志1990年6月号刊登了该刊记者赵维加、通讯员邵光辉采写的通讯，以生动的文笔报道了"农行银川市支行密切干群关系二三事"，标题就是《事业放首位，心中有群众》。文中说："从此〔指上任宣布之后〕，市农行的领导便真诚地实践着自己的诺言。"

短短的三年，思想政治工作的巨大威力就在这里显示了出来，市农行发生了深刻的变化……

精神的力量是巨大的"神力"，它可以战胜暴力和邪恶。

榜样的力量是无穷的。身边的活生生的楷模促使人们在灵魂深处思考更多、更深的问题。

农行银川市支行"学雷锋、学'二兰'"演讲会正在进行。

职工们聚精会神地听着，会场异常肃静。王惠文红润的圆脸沁出汗珠，讲述了一个动人心魄的真实故事：

1989年1月28日，塞上隆冬，寒风刺骨，一铺由雪花组成的连绵不断的帷幕落了下来。在这被严寒埋没的早晨，只看见白茫茫的大地，灰蒙蒙的天空。

宁夏首府银川市新建的火车站大楼，在风雪中显得格外庄严、肃穆。

立交桥上火车的汽笛声远去了，又留下一个仿佛沉寂了的世界。

在从银川新城通往新市区的大道向火车站拐弯处，有一个坐东朝西的"立交桥信用分社"。

王惠文、丁佩杰每晨8点半就双双迎着风雪照常到这儿上班了。

信用社旁边丁字路口的交通警岗楼里始终不见人影。所里的另一名职工请了假。储蓄所里外，格外地冷清。

在旷野里，恶狼总是趁风雪天出来作恶。在人世间，那些恶狼一般的坏人也乘着风雪带来的路静人稀出动了。

8点45分，专车送来库款就开走了。

9点许，刚打开门，就走进一个30岁左右、瘦长脸的高个男子。他上身穿着橄榄绿的棉军装，在柜台外转悠着，既不存款也不取款。

丁佩杰问他："你干什么？"

他答："等个人！"其实，他是在等待时机。

王惠文一扭头，看见一双贪婪的眼睛直往钱箱子上瞅，连忙将库款锁进抽屉里，转身去里屋取账。

就在这时，这个黑脸汉子趁丁佩杰一人在外屋低头捅火炉之机，闯进柜台，抽出怀里揣着的铁榔头向丁佩杰砸去。

丁佩杰只觉得眼前直冒金星，只喊了一声"小王"，就晕了过去。

王惠文抱着账箱正欲出门，歹徒手持铁榔头冲进里屋向小王迎面扑来。

王惠文这个年仅二十三岁的姑娘，身单力薄，手无寸铁，面对人高马大、手持凶器的歹徒，毫不畏惧，她知道歹徒看见放库款的抽屉钥匙在她上衣口袋里，此时，她心中只有一个念头：绝不能让他把库款抢走！

歹徒举起铁榔头向她砸来，她举起木制的账箱抵挡。铁榔头砸在她的手腕上，账箱掉在了地上。铁榔头砸在她头上，顿时头破血流。王惠文忍着剧烈的疼痛，赤手空拳浴血搏斗。

这不只是力量的搏斗，也是灵魂的搏斗。此时，她满脸满身都是血。那殷红的鲜血还在继续向外流淌……

丁佩杰被里屋的搏斗惊醒了，扶着墙站起来，放声高喊："抓贼啊！强盗抢银行啦！"

丑陋的灵魂在正义的呼声中颤抖了。

歹徒吓得连忙提着铁榔头向外逃窜。

王惠文头部被歹徒砸伤七处，昏昏沉沉地倒在了里屋墙根边的血泊里，左手还下意识地紧紧护着放抽屉钥匙的口袋。

丁佩杰冲出营业室追赶歹徒，边追边喊。

空荡荡的火车站街上静悄悄的，一个骑自行车的壮男子过来了。但在这具年轻的躯体里，可惜是一个麻木了的灵魂。他竟视而不见地自顾自骑车走了，在他自己的历史上写下了极不光彩的一页。

而丁佩杰，这位年仅二十四岁的弱女子，却在继续奋不顾身地穷追猛喊……

歹徒拐进一条小巷，逃之夭夭了，至今尚未逮捕归案。这个丑恶的灵魂已经钉在了历史的耻辱柱上，迟早会有被清算的一天。

空荡荡的交通警岗楼睁大眼睛目睹了这一幕，可惜它的主人不知在何方。

王惠文被送到医院抢救，苏醒过来后，她的第一句话就是"库款，库款。库款还在不在？"

清点库款，40800元，一分不少。

王惠文、丁佩杰两位普普通通的农行银川市支行女职工，用鲜血谱写了一曲"神力"的赞歌。

灵魂，亦就是精神，精神之力，即"神力"，战胜了"武力"，击退了"暴力"。

这"神力"是那样高洁，那样壮丽，又是那样平凡，那样质朴，就像那亭亭玉立的"兰花"。

> 兰花，兰花，
> 高尚的花，纯洁的花，
> 丹心一片献青春，
> 冰清玉洁，朴实无华。
> 兰花，兰花，
> 正义的花，英雄的花，
> 面对死神何所惧，
> 捍卫正义把热血洒。
> 血染兰花花更艳，
> 英雄赞歌传万家。

两朵兰花盛开在人生的舞台上，一曲赞歌回响在长天大地之间。

农行银川市支行的职工正在表演自编自导的舞蹈《兰花颂》。

在舞台上旋转、跳跃的，在旁边伴唱、伴奏的，都忘了自己是在演戏，而这就是发生在他们身边的活生生的一幕。他们演唱的既是全国金融卫士潘星兰、杨大兰，也是本行女职工王惠文、丁佩杰。

他们也纷纷立志随时准备着：

"用自己的鲜血和生命谱写新的壮烈的兰花礼赞！"

运用典型进行思想教育历来是思想政治工作中卓有成效的好方法。然而，往往在一些单位，先进典型"墙里开花墙外红"。

市农行党组书记、行长钱松樵说，我们要让"典型开花里外红"。农行银川市支行广泛深入地开展"学雷锋、学'二兰'"和"学身边人，学身边事"相结合的活动。钱松樵亲自动手同工会干部曹在硕一道编写了舞蹈《兰花颂》的主题歌词。

寓教于乐的形式和发人深思的内容如同火花，点燃了更多人心灵中的火炬，王惠文、丁佩杰被授予"自治区先进工作者""全国农金卫士""全国见义勇为先进个人"等一系列光荣称号，成为全区和全国人民学习的榜样。

先进典型在荣誉面前，是居功自傲、不求进取，还是谦虚谨慎、继续前进，农行银川市支行党组认为：这不仅仅是先进典型面临的问题，也是单位思想政治工作的重大课题。市农行政工干部配合基层领导对王惠文、丁佩杰进行鼓励，促膝谈心，引导她们百尺竿头，更进一步。

王惠文愉快地服从组织分配，调到离家更远更偏僻的营业所上班了。她每天早来晚走，兢兢业业地工作，坚持每周一次把值班室的公用被单、褥单都洗得干干净净。

1990年8月的一天，一个年轻人拿着存折来取钱。存折上有4400元，他要取4000元。王惠文看他神色慌张，就问他："这是你的存折吗？"

那人见势不妙，只得承认："是替人代取的。"

"请你代取，本人的户口和手章呢？"

这个人连忙溜掉了。

第二天，存折的主人王振保来挂失，说存折被小偷偷走了。他从王惠文手中接过存折，激动得连声道谢。

今年2月12日上午，王惠文又一次扣下了来取2000元的两个小伙子拿来的存折，请他俩稍等一下。稳住他俩，去找主任汇报。等主任过来，这两人也溜走了。

当失主王仁财第二天赶来挂失，拿到丢失的存折，感动得落下了热泪。

人们问王惠文："当你面对歹徒的时候，怎么想的？"

她回答说："我只想着，库款绝不能让他抢走。我们农行职工，无论是谁遇到这种情况都会这样做的。我总觉得，我没有做啥大事，只是尽了自己的一份责任。如果库款从我手中抢走了，我会愧疚一辈子的。"

人们又问她："你成了英雄、模范，你还再做那些小事干啥？"有人甚至当面说她到离家更远的营业所"太傻了"。

王惠文恳切地坦露心曲说："在平凡的工作岗位上，只要以国家和人民的利益为重，少计较一点个人得失，就会做出不平凡的事业。而那些小事不愿做、大事做不了的人，最终只能是'一事无成'。"

王惠文的演讲，并没有惊世骇俗的豪言壮语，却深深地拨动了农行银川市支行每个职工的心弦：王惠文能做到的，我们为什么做不到？

一位青年职工情不自禁地谈感想："演讲的人是我们身边的普通人，说的事又是发生在我们身边的事，具体生动，而又说理透彻，使我对理想、奉献、人生观有了更清晰的认识。我相信，我们是有希望的一代！"

一个个年轻人登上讲台。

朝气蓬勃的声音在大厅里回荡："今天，在这里，我要喊：我们也是伟人！

在人们的印象当中，只有那些对人类、对社会有过杰出贡献的人，才是伟人，其实，这是一种偏见，贡献不论大小，只要为人民尽了自己最大的努力，都是伟人！

伟大的共产主义战士雷锋，被誉为'社会主义金融卫士'的潘星兰、杨大兰……

树有根，水有源。伟大出自平凡，有谁能说他们闪光的点点滴滴不伟大呢？

只要我们树立正确的人生观、价值观，树立爱国主义、集体主义思想，发扬全心全意为人民服务的无私奉献精神，在自己的工作岗位上，兢兢业业，勤奋努力，尽我才，竭我力，为经济的发展积极筹集资金，合理发放贷款，为改革事业推波助澜，哪怕是默默无闻，那也是一种伟大，一种无名无声的伟大。若要数'风流人物'，其中也有你和我！"

这位女青年的演讲发自内心，她以自己的感悟又去感染别人。

在学习雷锋的过程中，也有的单位和个人光注重上街做好事，造成了"雷锋没有长期户口，三月来四月走"的现象。

农行银川市支行对各基层单位开展"人人学雷锋做好事"的活动给予肯定，同时，更明确地指出："仅仅做好事是不够的，必须联系本职工作，在平凡的岗位上做出不平凡的成绩，把农村金融工作与社会主义'四化'建设联系在一起，在'奉献'二字上下功夫。""抓好落实，注重实效，学雷锋，学'二兰'，关键是学习他们的无私奉献精神。"

于是，他们再一次层层进行思想动员，重申了"农村金融工作为经济发展服务，机关为基层服务，后勤为第一线服务，干部为职工服务"的总体工作指导思想，全行出现了"为客户着想、为基层着想、为群众着想"的崭新思想风貌，得到行内外的一致好评。

1990年3月19日，储户杨德儒到市农行宁化办事处办理挂失。他150元的活期存折早在挂失的两天前就被人冒领了。按照规定，银行一点责任没有，因为是挂失前不是挂失后冒领的。

宁化办事处职工急顾客所急，想顾客所想，千方百计主动为储户查找冒领人，查到之后又专程对冒领人做了批评教育工作，追回冒领款交给了失主。

杨德儒收到失而复得的存款，激动地送来了感谢信。

有一天早晨，一位老太太到市农行新市区办事处取3年保值储蓄款，3张存单共4500元。

老太太说："我家以前就住在这附近，现在搬到银川（老城）了，就不在这儿存了。"

营业员李自川招呼老太太坐下，把利息算清楚了，请出纳全部给成100元的大票子，整整齐齐地叠好。

这时，储蓄所又进来一个年轻人，既不存款也不取款，光在储蓄所里转悠着，眼睛直盯着老太太的钱。

老太太小心翼翼地把款装好，坐在长椅上就是不敢走。

李自川见这情景，就主动走出柜台对老太太说："大妈，我送您到车站吧！"

路上走着，老太太直夸小伙子好，农行好！

到了车站，李自川对老太太说："大妈，公共车上人多，您坐出租吧！"

老太太点点头，出租车来了，老太太又不走了。

李自川挺纳闷的，不知怎么回事。

老太太拉着李自川的手说："我女儿也在银行。我知道你们储蓄所是有任务的。反正这钱我又不用。我看还是存在你们这里吧！你们就是好。在我们家附近也有个储蓄所，上次我去存钱，喊了几声也没有人理我。"老太太舍近求远，连本带息6000元都存定期又存在了这个储蓄所，临走还再三夸赞。

市农行职工就这样在平凡的岗位上默默无闻地奉献着光和热，向"一种无名无声的伟大"脚踏实地地迈进着。

社会上流行着一种看法，好像在商品经济的大潮中，改革开放的形势下，办什么事只要有钱就行了，"一切向钱看"的旋风把越来越多的人卷了进去，一些人精神滑坡，灵魂堕落，为了捞钱，不择手段。

然而，日理万金、刻不离钱的农行银川市支行职工，他们天天过手的金钱不是成百上千元，而是成万上亿元。在这特殊的岗位上，他们手摸着金钱、心想着人民，没有让铜臭迷了眼，高扬着浩然正气，净化着精神境界，奏出了一曲曲"灵魂升华"的凯歌。

农行银川市支行有这样一位信贷干部，他的手中握着"发放贷款"的相当权力。

人们清楚，当前社会上，"权力"与"金钱"的交易并不是一件两件。人民呼唤焦裕禄，观看《焦裕禄》电影时多少人痛哭失声，正反映了人民群众对这种丑恶社会现象的不满。

这位信贷干部手里拿着"给谁钱，谁就富"的"点石成金"的权力，但他绝不滥用这种权力，更不以权谋私。

他的亲哥哥承包了一个商店，找他来要贷款，可是，不符合信贷政策，他就婉言拒绝。

他哥哥气得发火，他耐心地再三解释。

他哥哥把门一摔，撂下了一句话："手里有点权，连亲哥哥也不认了。"

一个个体户来要求贷款，这位信贷干部调查了解之后，认为不符合贷款条件，没有同意。

当天晚上，乘着天黑人静，这个个体户登门了，从提包里拿出一架进口照相机，求这位信贷干部收下这"小意思"，嘿嘿笑着说："意思意思。"弦外之音，那个"意思"很明白。这位信贷干部仍然严词拒绝。

这个个体户只好灰溜溜地带着进口照相机走了。

其实，这位信贷干部的家并不富裕，没有彩电，没有冰箱，也没有高档家具。

他也许比那些万元户更需要金钱来改善一下生活。是的，他的确需要。

他的事很平常，他的话也很平常："俗话说，君子爱财，取之有道。那种贪赃枉法的事，咱绝不沾边！"

为了给农行清收风险贷款，他没明没夜地跑。这可是件令人头疼的辛苦事。放贷，人求他；收款，成了他求人。

他在坑坑洼洼、弯弯曲曲的农村小道上，骑着自行车颠簸着，骨头都颠散了。一回到家，累得坐在沙发上就睡着了。

累，还是小事，可碰上些没良心的、贷款时"叫爷爷"、收款时"当爷爷"的人，遭白眼是家常便饭，门难进，脸难看，话也难听，有时还得挨骂。

他任劳任怨，还是没黑没白地跑。有一次，连续找了三四天都没找到那个跟他"捉迷藏"的风险贷款户，最后，终于在大年三十的晚上找到了。大年三十讨债，能有啥好果子吃。

他在外挨了骂，回家也不舒心。多病的妻子、年幼的孩子，全指望着他呢！他倒好，没日没夜地疯跑，大年三十晚上还跑出去当"讨债的野鬼"，小小三口之家连个大年除夕团圆饭也吃不成。

妻子埋怨着，他只好嘿嘿、嘿嘿地憨笑着……

这就是农村金融战线上的普通一兵啊，像他这样的，在农行银川市支行太多了。

这位年轻的共产党员叫董晓光。

还有一位腼腆得像大姑娘的储蓄员，来农行也就五六年。

有一天下午，快下班时，一位年轻的储户急急忙忙地走进营业室，说他父亲因患脑血栓，在兰州医院动手术，拍来电报，务必在今天晚上8点多乘火车把2000元钱送到医院。可是，车已经把库款全接走了，谁手头也没这么多钱。

这位储蓄员骑自行车跑了几里路，赶回家把自己准备结婚买冰箱的钱拿来交给了这位储户。

就是这位储蓄员的一个朋友，有次上门来找，拍着肩膀对他说："我知道你手头紧，我这里联系了一批生意。1万块钱就够了，三两天就能赚回5000块。咱哥俩一人2500，这可是好机会啊！"

这位储蓄员冷静地回答："你的意图我知道。不过，我是吃素的，一点油水也不沾。"

他也伸出手来拍拍那位朋友的肩膀："钱能救人，可有时也能害人。我不干这种事，我劝你，最好也不要干！"

金钱，金钱到底是什么？其实，金钱即货币，是物质财富的结晶的标志。在商品经济的当代，离开了"货币——金钱"这个物质交换手段还不行。但是，任何事物都有个"度"，有个"界"，过了度，越了界就会出问题。

金钱犹如酒，适量醇香可口，过量奇臭难闻。有位作家说得妙："美酒是上帝的恩赐，酒鬼却是魔鬼所造。"

"钱的忠告"耐人寻味：

> 劳动的钱——使你幸福坦然，
>
> 奖励的钱——使你加倍实干，
>
> 援助的钱——使你感到温暖，
>
> 积蓄的钱——使你珍视勤俭，
>
> 节省的钱——使你美德璀璨，
>
> 捡来的钱——使你用之不安，
>
> 受贿的钱——使你贪欲难填，
>
> 挪用的钱——使你有借无还，
>
> 恩赐的钱——使你变成懒汉。

农行银川市支行职工在"金钱"面前，经得起考验。仅1990年一年，农行银川市支行就交还客户遗失的现款、存折达58次，金额达63840元。银川市果品公司向市农行营业部送来了绣着"品德高尚，堪称金融楷模"的大字锦旗，感谢市农行营业部主动查找送还他们遗失的1万元现款。

"品德高尚，堪称金融楷模"，这就是他们向"一切向钱看"的旋风的挑战！

思想政治工作者是人类灵魂的工程师，是真理的宣传者又是真理的实践者

思想政治工作的威力，既来自真理的力量，也来自人格的力量。

正如邓力群同志所说的："现在有些企业的思想政治工作做得好，干部说到做到，是一个重要原因；有些企业的思想政治工作搞得不好，干部说的是一套，做的是另一套，也是一个重要原因。"

农行银川市支行思想政治工作成效如此显著，最重要的一条，是干部言行一致、率先垂范、身体力行。这是无声的命令，潜移默化的感染。

宁夏区分行孙兆海、张正学等负责同志在各种会议上，多次要求全区农村金

融系统推广应用市农行思想政治工作的好经验。

如今，在农行银川市支行形成了一支在党组领导下、以政工干部为主体、各级领导和工青妇参加、专兼结合、上下结合的思想政治工作队伍网络，建立了思想政治工作例会、干部学习日、领导干部民主生活会、党组织的"三会一课"等一系列制度，使思想政治工作制度化、系统化、经常化。

农行银川市支行坚持思想政治工作与业务工作相结合的原则，严格管理、服务创优，在银根紧缩的情况下，眼睛向内，挖掘潜力，与企业同渡难关，积极为企业排忧解难，帮助企业算资金潜力账，提高企业资金自给率，协助企业清理三角债，促进企业的发展。在信贷投放上，市农行公开信贷计划、公开贷款审批制度、公开贷款发放结果，公开接受行内和社会监督，坚决克服以贷谋私的不正之风，切实保证农业贷款的优先地位和足够数额。农行银川市支行在思想政治工作的保证下，各项经济指标都达到了标准要求，被中国农业银行总行授予"企业管理二级企业"称号，成为全自治区农村金融系统中第一家上等级企业。如今，金字大匾就挂在办公楼里。

1990年，农行银川市支行各项存款是1980年的10倍，其中储蓄存款是200倍。市农行1990年非正常贷款占用率仅占5.51%，"两呆"贷款占用率仅占0.39%，这两项指标均为全国农行先进水平。

中国农业银行总行行长马永伟1990年秋天亲自到农行银川市支行视察，赞扬他们"行风正，职工精神面貌好"。

农行银川市支行坚持思想政治工作与解决实际问题相结合，以情感人与以理服人相结合，扎扎实实地给广大职工鼓实劲、办实事。

近年来，他们想方设法解决职工住房177套。在分房中，由于思想工作做得好，分得公平合理，尽管仅仅极少数人解决了，但没有一个人抢房闹事。近年来，他们自办托儿所，为基层所、社普遍配备了彩电，为职工安心基层工作创造了良好的环境和条件。

农行银川市支行在思想政治工作中还创造了演讲会、文艺演出、征文比赛等生动活泼，适合青年特点的多种形式。"功夫不负有心人"。农行银川市支行通过常抓不懈的思想政治工作，全行职工爱国、爱行、爱岗，兢兢业业工作已蔚然成风，雷锋式、"二兰"式的好职工不断涌现，一股先进更先进、后进赶先进的热潮正在全行兴起。

1988年毕业来行的共产党员、女大学生陆金荣，工作仅一年就被评为支行先进工作者。她响应党组织的号召，说服多病的父母和未婚夫，主动要求到偏僻、边远的掌政乡工作。去了不到半年，就带领同志们把一个后进所改造成一个先进所。

一度被人称为"没人要"的后进职工马宁南，在党支部和政工干部的多次耐心教育帮助之后，思想有了转变，毅然承包了常年后进的农贸巷储蓄所。他带领所里职工以竭诚为企业和群众服务的实际行动取得了信誉，多方开拓储蓄门路，仅半年就完成了全年承包任务。储蓄所由后进变为先进，他的思想境界也上升到一个新的层次。最近，他递交了入党申请书，诚恳地说："我不能浑浑噩噩地活着。我要做一个对人民有益的人！"

本文开头小故事讲到的那位女职工，事发受到批评时"还振振有词，认为自己有理"，经过长期细致的思想政治工作，这位女职工的灵魂也开始升华了。

她在农行企业精神征文中写道："过去的这件事带给我的教训是深刻的，它时时提醒我怎样做人，怎样搞好工作。""人生苦短，宇宙无限。生活的路，留给人们选择的毕竟太少太少。既然在现在的岗位上，那就干好自己分内的工作，兢兢业业，一丝不苟，那么同样有收获、有喜悦。"

这位女职工抄录下了一位诗人的几句诗，来激励自己：

> 追求爱的真谛，追求生活的真谛，不为着索取，只为理解。
> 当人们一时不理解之时，默默地承受着委曲、冤枉，仍然兢兢业业地工作着，"把有限的生命投入到无限的为人民服务之中去"。

这样的灵魂是多么高尚、多么纯洁。

不正就是亿万如此高洁又平凡的灵魂铸成了我们的"中华魂"吗？

而那些"人类灵魂的工程师"——思想政治工作者，当他们看到一个个高洁的灵魂指挥着那凡人一样的躯体登上领奖台，带上红花，捧上奖状、奖杯、奖品的时候，他们坐在人群中，欣慰地开心地笑了。

人们啊，请不要忘记这些默默无闻的无名英雄吧！他们同样应当登上领奖台……

怪不得农行银川市支行会议室中，那"全国金融系统思想政治工作先进单位"的"景泰蓝"奖杯显得分外的高洁、分外的壮美。

她，不就是"中华魂"的象征吗？！

（刊于《通俗文艺家》1991年第6期，收入报告文学集《党旗下的旋律》）

（二）凡人溢彩

良　种
——知青自学成农业专家

1981年12月，在北京举行的全国青年自学经验交流会上，有两个来自宁夏农业战线的下乡知识青年，腼腆得像两个大姑娘，他们不愿意谈自己的事迹。是没啥成就好说，是没啥体会可讲吗？完全不是。

两年来，在宁夏春小麦品种评比中，连续两次夺得冠军的小麦品种"永良四号"，就是他们两个人培养出来的。这个良种，比宁夏过去使用的品种，每亩地可以增产100多斤呢！宁夏各族社员喜欢这个良种。1982年春播前光是贺兰一个县的社员，就向县种子公司购买或兑换"永良四号"种子140多万斤。1982年全自治区有1/3的春小麦采用了这个良种。培育这个良种的两个青年，名叫徐培培和裴志新。

这是两个既未上过专科，更未进过大学的青年。但是他们凭着刻苦自学，1981年经过考核，都已经晋升为助理农艺师，成为宁夏农业科研战线上的后起之秀了！

徐培培和裴志新是怎样走上自学之路的呢？

1982年2月，我们专程来到他俩所在的单位——宁夏永宁县良种繁殖场，寻求解答。虽然很不凑巧，小徐回南方探亲了，但是，有其他同志的介绍和小裴的回顾，我们还是得知了很多关于他们勤奋学习、培育良种的故事。

1965年，徐培培初中毕业，裴志新高中毕业了。就在这一年，他俩报名上山下乡，从号称"天堂"的西子湖畔，来到了祖国大西北的永宁县农村插队落户。当时包括他俩在内的这些杭州青年受到了宁夏党组织和各族社员的热烈欢迎。当时的宁夏党委第一书记杨静仁亲自来看望他们，宁夏党委书记、自治区副主席马玉槐亲热地对他们说："你们到这里来上的是共产主义劳动大学，我来当你们的校长。"有的社员把准备给儿子办喜事的新房也腾出来让他们住上。年轻人的心被这火一样的热情烤得滚烫滚烫。

当他们把这里当作自己的新家一样看待时，他们发现：这里社员们使用的铁锹就像《水浒传》上鲁智深使的家伙，牛拉的大木轮车和战国时代的兵车也差不多。不少社员家里，除了一盘土炕，很少有什么摆设了。他们陷入了深深的思索之中：我们国家，还有这样穷苦的地方啊！这不正是我们改造主观世界和改造客观世界的广阔天地吗？打这以后，小裘把自己原来的名字裘地生改成了裘志新，意思就是：立志建设新农村。立志，这是成就事业的开端！一切有志者都是不甘于只让别人来做贡献的。在后来的17年中，裘志新和徐培培放弃了一次又一次招工、升学的机会，安心在宁夏农村扎根。裘志新已经在当地成了家，他的妻子、一位贤惠的农村姑娘成了他搞育种试验的好助手。在他家的自留地里，小裘用锄拉沟，妻子用手撒籽，大半边自留地成了他的育种试验田。刚开始搞育种试验时，社员们看着小裘家自留地的小麦一行行隔得好远，还戴着好多小纸帽子，挂着些小牌牌，感到很奇怪。后来，一些农村青年知道他拿自留地搞育种试验，也来帮他翻地、上肥。可别小看小裘这半亩的家庭试验田，"永良四号"良种就是从这块地培养出的种子的后代里选育出来的。

当裘志新谈到他自学的体会时，归纳了这样一句话，那就是："脚踏实地，一专二勤。"他说："我认为结合本职工作选定自学方向，这是最重要的。我在杭州上中学的时候，就参加课外植物小组，在花盆里种过小麦。来到宁夏农村，干上了农业，更加爱上了这一行。如果我天天跟庄稼、土地打交道，但是并不爱它，那就谈不到钻研农业了。当我知道了，同样的土壤、肥力，如果种子好就可以多打上百斤粮食的时候，就对良种产生了极大的兴趣。1971年永宁良种繁殖场成立，徐培培和我先后调到这里。我俩天天下地劳动，业余时间就自学农业科学方面的书籍。后来场领导支持我们搞育种试验。于是，主观条件和客观条件结合到了一起，我们的自学也就在培育良种方面取得了一些成果。"

小裘接着又谈起了采用什么自学方法的问题。他对我们说："我和小徐的学习，都是在实际工作中带着问题学的。比如我们搞育种，一开始光知道选那些穗大、秆高的来杂交，身大力不亏嘛！可是我们搞了几百次杂交组合，都失败了。

这是怎么回事呢？带着这个问题，我们一块学习植物的《遗传学》《育种学》等等。这样学习真解渴。运用学到的科学知识，我们仔细观察、分析、对比，然后决定选用宁夏农科院培育出的秆壮早熟的'宏图'品种做父本，用从国外引进的矮秆的'索诺拉六十四'品种做母本，进行杂交组合。经过八年，终于成功了。"

裘志新把他们几年的学习历程，几句话就说完了。实际上，这是一个多么艰苦的过程啊！因为他们白天忙着场里的活，没有时间学习。而且他们要学的东西实在太多了：高等院校的数学、物理、化学、英语以及农业科学技术等等，每天都要学到夜里十一二点钟才睡。有一年过春节，朋友们请徐培培到自己家里度除夕，别人都在说笑谈天，小徐却掏出个小本本，默默地念起英语单词来了。

美国著名作家马克·吐温说得好："人的思维是了不起的，只要专注于某一项事业，那就一定会做出使自己都感到吃惊的成绩来。"徐培培、裘志新在自学之路上，就是这样专注于一项事业，并且勤奋地学习，达到了入迷的程度。

育种是个苦差事。比如，搞杂交组合，先要去掉雄蕊，而去掉雄蕊只能在清早露水没有下来的时候进行。搞杂交呢，又是个比绣花还细的活儿。他们顶着烈日，冒着风雨，观察、记载，耗尽了无数心血，可他们也学到了许多宝贵的知识。所以，辛苦劳累，他们并不畏惧。他们在育种当中最大的困难是缺时间、缺教材，也缺少教师。不过，这些也没有难住他们，他们掌握这样几条：时间靠挤，教材靠借，老师靠问。在场里，他俩向老农向技术员学习，还常常骑车到自治区农科院向小麦育种专家请教。此外，每年的南繁也是自学的好课堂。

什么是南繁呢？因为宁夏气候寒冷，一年只生产一季小麦，而培育一个品种需要经过七八代，才能使它的品种稳定下来，这就必须争时间，抢速度，采取三年庄稼一年种的方法。他们7月上旬收了麦种，马上带着这些种子乘坐三天三夜的火车赶到云南省的元谋。7月20日在元谋播种以后，经过2个月的精心管理，11月10日收获，再带着新收获的种子乘火车、轮船赶到海南岛抢种。一年种三代，从北方赶到南方，真像打仗一样紧张。海南岛的崖县没有自流灌溉的渠水，浇地得靠人挑水。一担水百十来斤，浇到干旱的沙土地里，前面浇后面干，半个月下来，人的肩膀压起两个大包，麦苗却是绿油油的。这种旅途的颠簸，劳动的艰辛，都被他们学习的热情压倒了。在云南和海南岛，汇集着全国各地的农业育种单位，他俩在这里遇到了许多好老师。于是，抓住这个机会虚心求教，广泛收集材料。晚上，他们把借到的各种各样的学习资料，分好类，连夜读，连夜抄，等到收获麦种，回到宁夏的时候，他们的学习笔记也得到了大丰收。

就这样，他们在劳动中用什么，就学什么，快马加鞭地苦学深钻，辛勤培育，8年里繁育了18代小麦品种。1978年，"永良四号"被宁夏全区科学大会定为优良品种。1979年，这项育种试验被列为国家二级科研项目。他们用国家拨给的经费，购置了恒温箱、干燥箱、电子计算机等设备。在党和国家的大力支持下，"永良四号"终于在这一年培育成功。裘志新和徐培培也成了农业科研战线上的两颗"良种"。

我告别了永宁县，走在归途的林荫大道上，情不自禁地想到，对有志者来说，自学之路不是就像这大道一样的宽广吗？只要脚踏实地，坚持不懈地走下去，一定会达到目的地的。

华罗庚同志有句名言："自学不怕起点低，就怕不到底！"徐培培、裘志新两位年轻人培育成功良种的事迹，不是很好地印证了这句话吗？

（中央人民广播电台1983年5月1日《青年之友》节目播出，收入《自学的奥秘》一书）

默默奉献的人

——访编辑家辛智

辛智被收入了陈云同志题写书名、中宣部出版局编的《编辑家列传》。

编辑工作是传播人类文化的枢纽，是沟通作者、记者与读者、听众、观众的桥梁。

在编辑中，有许多孜孜不倦、默默无闻的同志，辛智就是这样一位。他担任《民族团结》杂志总编辑时，几次来到宁夏，每次都要与我交谈半天或一个晚上。

他在任时，我没有送给他一篇稿子请他在主编的刊物上发表，也没有到家探望过。听说他离休了，在进京开会时我抽一个晚上拜访了他。辛老夫妇像款待远方归来的亲兄弟一样热情接待我，我也觉得像回到自己家一样温暖。

谈起几次来宁夏的感受，辛老诚挚地说："请你代我向所有的宁夏朋友们问好。"

当他听我介绍了近年来宁夏突飞猛进的发展之后，感慨地说："有机会，我真想再去宁夏看看！"我说："宁夏的朋友也欢迎你再来啊！"

我拉家常式地了解了辛老的经历。

他1928年农历二月二十七日出生在河北沧州孟村的一个回族家庭。父亲辛宗真是河北省著名的阿訇，自己带头并且率领穆斯林支持"回民支队"抗日，新中国成立后被选为省人大代表、政协常委，担任过河北省伊协主任。辛智在这样的家庭中长大，从小爱国上进，20岁在北平回民经学院读书时参加了革命。

谈起年轻时参加革命来，辛老夫妇仿佛又回到了热火朝天的年轻时代。辛智同志和老伴白国珍是同时入伍的革命伴侣。美军士兵强奸中国女学生事件发生的时候，他俩正在北平。对帝国主义侵略暴行的无比愤恨，激发他俩抛弃了舒适的生活，投身到如火如荼、艰苦卓绝的战斗生活中去。

新中国诞生以后，民族出版社1953年在北京成立了。1955年辛智同志从部队转业到这里，先在汉文室任编辑，后任质疑组组长。

民族出版社要出版蒙古、藏、维吾尔、哈萨克、朝鲜等少数民族文字的书籍，质疑是一个非常重要的工作，同时又是一个相当繁琐的服务性工作。辛智不计个人名利，心甘情愿做人梯，以高度认真负责的精神从事这项工作。凡是翻译人员提出的疑难问题，即便是一个细小的问题，他都要仔细考察清楚，做出准确的回答。

怎样质疑，我还是搞不太清楚。

辛老向我解释："比如《毛泽东选集》第四卷里第1209页有一句话：'满足某些中农的要求'。翻译同志提出了问题：'某些'是修饰'中农'，还是修饰'中农的要求'。这两者含义和政策完全不同。如认为修饰'中农的要求'，就成为全部中农的某些要求，显然不符合原文精神。分析对照原文，'某些'是修饰'中农'的，即主要是指下中农。这就是认真分析'某些'这个词在句子中的作用和地位来解决翻译中的疑难。"

20多年来，辛智孜孜不倦地工作着，经手处理的质疑问题有5000多条，文稿上百万字。然而，在这些出版的书籍上，他连一个"责任编辑"的名字也没有署。

辛智对我谈起他的信仰。他说："我虽出生在一个阿訇家庭，但在政治上我看到了，没有共产党就没有我们回族人民的解放和幸福。我参加革命后，懂得了马克思主义，千言万语归结到一句话：不能以金钱、势力作为剥削、压迫别人的手段。这个根本原理，到共产主义都不能变。共产主义是人类远大的目标，得靠多少人去奋斗、去牺牲。中国当前的改革、开放，就是奔向共产主义的预备和前奏曲。"1985年辛智调任《民族团结》杂志社总编辑。他提出"民（民族）、深、新、活、美"作为编辑工做的要求。在他的带动下，经过大伙的共同努力，使刊物面貌在较短时间内有了明显的变化。辛智同志从一个满头黑发的青年到两鬓如霜的老年，他把一生最美好的时光都献给了民族团结的伟大事业。

1988年，辛智离休了。可他并没有停下前进的脚步，继续默默奉献着，当参谋、做顾问……

（中央人民广播电台播出。刊于《宁夏日报》1991年10月30日及《新闻出版报》1992年8月12日）

和谐与美的奏鸣曲

施工中的银川新火车站工地。机声隆隆，焊光闪闪，忙碌的人群，来往的车辆……一片繁忙景象。我好不容易才在槽板格子里找到了建筑师张光璧。

这位50多岁的高级建筑师，头戴银色铝盔，露出的鬓角中已有银丝。我回想起最初认识她的印象。在一次展览会上，我看到一幅女体操运动员在高低杠上的特写照片：匀称的体形，高难度的动作，优美的造型，简直是美的化身，我深深地被吸引住了。别人告诉我，她不是专业体操队员，是个搞建筑设计的女工程师。我不禁肃然起敬。一次版面展览会上，我又看到她的作品《绣球花》《在荒地上》。生机勃勃的绣球花，开得茂盛浓密，有一种女性的娴静、典雅，还体现了那个时代开拓者的精神风貌。这位多才多艺的建筑师，就是张光璧。

当时张光璧风华正茂，她的衣服似乎是当时常见的款式，很不经意，而尺寸、颜色搭配恰到好处。配上她秀气的脸庞、聪慧明亮的眼睛，辫子盘于头上的别致发型，就跟建筑中的美学一样，十分和谐。难怪她在建筑设计中那样富有审美意识。光阴流逝，多少年过去了，她还是当年那个张光璧吗？

我请她介绍火车站工程，她讲得绘声绘色，充满深情。只有热爱事业并引为自豪的人才会有这种感情。我被深深地打动了。我好像看到竣工后的火车站：雄伟、壮丽。主体工程站房采用白色饰面，衬以大幅面的茶色玻璃窗，舒展、大方。高2.1米的建筑物矗立着金色铝合金装饰的钟塔，钟塔顶端一个直径3.5米的金色球体在阳光映照下光彩夺目，它是宁夏的象征"塞上明珠"。

　　1985年，为建设"凤凰城"的"新大门"——银川火车站，宁夏搞了一个全国性设计招标。北京、陕西、甘肃等设计院接到通知后即搜集资料做投标方案。拥有上百名设计师的宁夏设计院，是国家甲级设计单位，当然不甘落后。

　　设计竞争，实质上是智力竞争、人才竞争，更重要的是挑选一个优秀的总设计师——项目主持人。挑来选去，各种因素，目标集中到张光璧身上。这时张光璧正为西北二民院的工程调研。8月返回银川，9月就要投标，时间真够紧的。北京、陕西、甘肃……不仅都是强手，而且早动手几个月。好心的同事劝她要慎重，不要拿自己的名誉开玩笑，去担风险。

　　接，还是不接？张光璧不禁回忆起往事。

　　1958年，张光璧从天津大学建筑系毕业来到银川，火车站连个剪票口都没有。住的是透风的房子，潮湿的土炕，点的是煤油灯。

　　还在做学生的时候，张光璧对她将要从事的工作就有诗一般的向往和展望：昔日一片荒滩废墟，眨眼之间，高楼林立。不多久，平地崛起一座繁华的城市，自己画在纸上的方案，变成喧闹的工厂、欢笑的乐园……这是多么神奇诱人的事业啊！世界上还有什么比建筑更富有建设性的事业呢？它与千家万户的幸福温暖直接相联。伟大的诗人杜甫曾幻想过："安得广厦千万间，大庇天下寒士俱欢颜，风雨不动安如山。"作为一个建筑师，当你的设计方案变成有基调、有起伏、有韵律、有节奏、融合着和谐与美的交响乐似的建筑群体时，心里那种甜蜜幸福的滋味，别人是无法体会的。

　　人活着，总得有一种精神，有一种追求。也许正是出于这种追求，张光璧在这座塞上古城一待就是三十个春秋。人生能有几个三十年呢？建筑艺术就像一首和谐的乐曲，而张光璧的人生之路并不都是和谐的音乐。中国知识分子经历的一切她都经历过。如今她是高级建筑工程师、自治区优秀共产党员、全国"三八"红旗手、党的十三大代表……她还需要什么呢？

　　火车站工程竞争对手太强，参加投标就意味着冒风险，即使中标也是个苦差事。它本是一个至少应投资1000万元的工程，但上面只拨给600万元。再高明的设计师，要把他的美学造诣、艺术设想变成音乐组曲式的建筑实体，没有钱是办不到的。这是个"既要马儿跑，又让马儿少吃草"的事。张光璧值得冒这个风险，受这份辛苦吗？

　　三十年来，张光璧目睹宁夏的变化。昔日的土坯房、黄土路被矗立的楼群、平坦的柏油路所代替。那些楼群中渗透着张光璧和她的同事们的心血和汗水。近几年来，成千上万的中外旅游者到这里来欣赏塞上江南景色，领略金沙绿浪、大漠奇观。特别是占世界人口1/7的各国穆斯林都想到宁夏观光。这样，宁夏"大门"的设计意义远非一般建筑可比了。

张光璧毅然决然地接下了主持火车站工程的设计任务。这时离投标时间只有1个月了，紧张的情况，是可以想见的。

为了集中精力工作，张光璧的家成了设计室，这个项目的设计人员都在她家里上班：查资料、研究讨论、画图……为此，专门安了门铃，约定信号，铃声不对不开门。全院都为这个项目让步，需要谁，随叫随到！需要什么资料，马上送到！张光璧就像小乐队中的小提琴首席，既是指挥，又是演奏者。她和其他建筑师合作得非常和谐，工作井井有条。查阅了中外火车站的有关资料，光是我国就有大小客站4700多个。

方案终于如期突击出来了。

1985年9月25日召开评标会，张光璧和她的同事比学生高考还紧张：要介绍方案，要答辩，又是第一家上场。来自全国各地的专家学者和自治区、银川市、铁道部的有关领导对比各个方案，优中选优。

张光璧主持的方案进入预选名单！共预选了两个方案。10月20日，还将进行决赛。这就是说，还得来一次冲刺，才能决出最后的优胜者。

张光璧不愧是指挥家，在冲刺前的紧迫时间里，还从容地带领项目有关人员到兰州站实地考察，听取铁道部门的意见，对原方案又进行反复推敲、修改。

由于他们把民族风格、地方特色、时代精神有机地融合在一起，决赛时专家们一致评价：雅而不俗，风格独特，功能布局合理，经济效益好。

张光璧主持的方案中标了！

面对赞扬和夸奖，张光璧腼腆地说："这是大家的心血，是集思广益的结果。"他们忘记了疲劳，心里只有喜悦和甜蜜。自己的创造性劳动得到社会的承认之后的激动心情外人是体会不了的……

她每做一个工程，都有自己的追求，设计宁夏军区礼堂，当时她正在进修声学，力求取得最佳的音响效果。礼堂建成后，效果果然不错！设计自治区幼儿园，她千方百计给孩子们创造一个极为舒适而又安全的欢乐小天地。设计医学院食堂，为大学生们设计成单元式食堂，有利于经济核算和管理，又便于通过竞争，提高饭菜质量……她曾经和丈夫合作，搞了一个施工进度快、省工、省料、省钱、抗震性能好的大模板新设计方案，获自治区设计竞赛二等奖，这个方案采用后，大大缩短了建房时间。他们夫妻俩还合作设计了一个北方地震区框架轻板住宅方案，《建筑学报》曾做过介绍，还获得全国城市住宅建筑设计方案竞赛奖……

走进张光璧的家，我们从另一个侧面看到她对事业的执着追求。她和爱人林京都是搞建筑设计的，照说他们身上的艺术细胞是很多的，他们的家，应该布置得非常漂亮。可他们卧室里不伦不类地常年放着设计画图专用的图板桌，图纸、卡规等画图工具到处都是。他们是设计师，应该有一套宽敞舒适的住宅，可是因为他们社会工作多，又都担任领导职务，设计任务只好常常拿到家里来加班，把本不宽敞的屋子弄得更加拥挤了。

张光璧自担任宁夏设计院第一设计室主任以来，全室60多人的方案、图纸，她都得一一过目。她既尊重每个人的创作风格，又非常认真地提出修改意见。参加党的十三大回来以后，她深有感触地说："我理解党的十三大精神就是解放思想，解放生产力。我要好好地再干10年！"她忘记她今年已经56岁了，又得过那么多病。落叶归根，可以考虑回北京或南方修养去了。她深情地说："要不是为了再好好干一场，我何必辛辛苦苦自费到美国去考察。"

1987年6月20日，张光璧有生以来第一次飞天过海，出国考察。

张光璧的爱人林京是银川建筑规划设计院的总建筑师，这次以学者身份在美国波士顿麻省理工学院进修一年，专门攻读城市设计。利用这个机会，张光璧自费去美国和林京一道对美国的城市建筑进行广泛的考察。

夫妇俩买了两张飞机月票，走马灯似的，纽约、华盛顿、芝加哥、旧金山、休斯敦……用两个月时间，几乎跑遍了美国的主要城市。每到一个地方，张光璧就记下建筑物设计方面的长处，林京则举起相机拍摄下来，以便回国后钻研、借鉴。他们拍摄了2000多张建筑资料片。夫妇俩寻觅世界现代建筑大师的杰作及其风格、特色的体现，搜集每个建筑中可以借鉴的东西。

他们登上110层的世界建筑之巅——芝加哥西尔斯大厦。在103层上，有一个四面全是落地玻璃大窗的四方形长廊观景台，叫天空甲板。站在这里可以俯瞰芝加哥全城风光，一览众厦小。远处的密执安湖湛蓝宁静。整个城市布局，美丽而和谐。多美啊！我们多难的祖国，什么时候也能建设成这样呢？

晚上，张光璧连夜给宁夏设计院写信……她在信中详细地提出7条具体办法，还画了图。夫妻俩用心良苦地找了一个在美国的地理位置、纬度、人口、规模类似银川在中国的地理位置、纬度、人口、规模的中小城市的明尼阿波里斯城，细心考察了这个城的市政建设，以便更好地为银川的建设借鉴。

这就是我们中国的知识分子！自费为公考察，多么难得啊！中国知识分子是很穷的，他们何以在美国跑了10多个城市呢？完全依靠他俩在美国抽空为设计事务所画透视图挣来的。其中的辛苦，也只有他们自己知道。

有人试着问他们，是不是多待些日子挣点钱，或者留下来更好地发挥他们的专长，他们婉言谢绝了这一好意："金钱是身外之物，不能看得太重。回去工资虽然不高，但那是我们的根本，正因为国家穷，才需要建设。"于是他们顾不到再到近在咫尺的加拿大观光，连举世闻名的迪斯尼乐园也没去逛，就匆匆赶回宁夏。

张光璧还是惦记着她的火车站工程。回来后，仍然继续修改、补充这个方案。甚至过春节时，窗外鞭炮声声，电视机里传出悦耳动听的歌声，可他们一家顾不上欣赏。他们的女儿川川是西安冶金建筑学院建筑系硕士研究生，毕业后留校任教。寒假回来探亲，这个建筑之家讨论火车站工程时，又多了一个发言人。川川身上，有父母年轻时的影子：爱动脑子，又有80年代年轻人的特点：思想活跃，敢想敢做。这个春节，虽然没有好好玩，一家人为火车站站房标志性装饰出了个好主意：用铝合金制作的凤凰羽毛，装饰在茶色玻璃窗中间的长方形竖板上，美观大方。让每位旅客一下火车，就对新兴的凤凰城有一个深刻、美好的印象。

1988年春节，设计院搞文艺节目比赛，张光璧又上台了。她身着紫红羊毛衫、黑色健美裤，脸上容光焕发，眼里闪着兴奋的光彩，她的舞姿轻快，动作潇洒，风姿绰约，魅力不减当年。难怪她爱人林京还专门把有张光璧节目的电视录像带借回家去看呢。

有所悟才能有所为。和谐与美的奏鸣曲，是从和谐与美的心灵中弹奏出来的。

爱因斯坦说："一个人只有献身社会，才能找到那短暂而富有风险的生命意义！"张光璧正是用对事业执着的追求，以她艰辛的努力来实现她自身价值的。

（合作者：肖冰。中央人民广播电台《民族大家庭》节目"宁夏回族自治区成立三十周年巡礼"
专题之一，1988年9月16日播出，收入中共中央宣传部编《理想的脚步》一书）

"龙头企业"的"龙头"

——记全国少数民族优秀企业家、宁夏吴忠仪表厂厂长徐崇源

偏远落后的少数民族地区并不见得样样落后。

鸡窝里也能飞出金凤凰。

大西北边陲的宁夏回族自治区，出了个名扬海外的全国调节阀行业的"龙头企业"——吴忠仪表厂。

厂长徐崇源，满族，继1988年被评为宁夏回族自治区优秀厂长之后，1989年又被评为全国少数民族优秀企业家，受到表彰。

徐崇源一米七八的个头，说话慢条斯理，办事沉稳细致，似乎不像个叱咤风云的企业家，倒像是满腹经纶的学者。他果然出生在书香门第，是大学毕业的知识分子。

他白里透红的脸膛，戴一副金丝眼镜，两只大眼睛炯炯有神。他在第一届全国少数民族企业家总结表彰大会上发言的时候，只字也不讲自己，只介绍企业以技术进步取得的进展，介绍企业怎样注意加强厂内外的民族团结。他的谦逊给大家留下了深刻的印象。

大会主持人插话说，如果说照顾的话，宁夏回族自治区应该照顾一个回族，不会照顾到你满族头上。

这话言之有理。

笔者思考的也许太高远了。想从他走过的道路和他的企业探寻出点"轨迹"来，希望宁夏这块"凤凰降落之地"能多飞出几只像"吴忠仪表"这样的"金凤凰"，再出几个"吴忠仪表"这样的"龙头企业"，有更多的徐崇源这样的"龙头"崛起。

"龙头"的崛起

吴忠仪表厂办公室秘书冯平儒工程师是个爽快人，他搬出全国执行器行业协会成立大会的一大袋材料，开始了对徐崇源的介绍。他说，1989年3月下旬，在浙江省温州市举行的那次会上，徐崇源被一致推选为会长，这可给宁夏增了光。

啥叫"执行器"？对我这个外行的提问，老冯回答得挺形象：执行器就是自动调节阀。它是自动化仪表的"手"和"脚"。正是在自动化仪表的"大脑"——集中控制装置的指挥下，通过"手"和"脚"的准确无误的动作，使得现代化工业系统的流体，包括气体、液体以及粉状或粒状固体等，按照人们预先设计、计算好的温度、压力、流量进行配比，从而达到最佳生产效果。在自动化程度越来越高的现代化工业大生产中，自动调节阀是一个不可缺少的举足轻重的"角色"。

全国最大的自动调节阀生产企业就是吴忠仪表厂，产品品种占全国的75%左右，产品产量占全国的20%以上。吴忠仪表厂的工人自豪地说："现代化离不开自动化，自动化离不开吴仪阀。"

说到这里，老冯兴奋地说，徐厂长被选为全国执行器行业协会会长，这实际上等于从组织上、舆论上公认"吴仪"是执行器这个行业的"龙头企业"。那徐崇源就是"龙头企业"的"龙头"了。

徐崇源于1938年出生在辽宁省沈阳市，在日本侵略者的铁蹄下度过了苦难的童年。新中国成立以后，他戴着红领巾，佩着团徽成长起来；1958年考入大连工学院机械系。徐崇源学习拔尖，爱好广泛，小提琴拉得呱呱叫，踢足球把小臂骨都踢断了，幸亏接得好才没留下残疾。大学毕业之后，被分配到了天津设计院。时间不长，他就被院长看中，当了主任工程师助理。

那么，徐崇源为啥离开海港城市天津，到沙漠边缘的宁夏来呢？老徐回答得挺简单："我妻子当时在上海，两地分居不好解决。吴忠仪表厂的领导知道了，要我们支援西北建设，就把我们两口子调来了。"

太没戏剧色彩了。徐崇源妻子栗树森性格开朗，长于言辞，谈起他们的工作调动，也是平淡无奇，没有什么豪言壮语。她说："我大学毕业原被分配到上海建筑机械厂。我一个人带着一岁多的孩子，困难真多。部里听说宁夏吴忠仪表厂缺人，推荐我俩。到宁夏可以解决两地分居，我们也都愿意，在不到一个月时间里办妥手续，1970年来到了这里。"

徐崇源两口子是志向高尚的人，如果他或她迷恋大城市，即使到不了上海，总还可以进天津，迟早总会"长相聚"。现在的年轻人并不清楚，50年代、60年代大学毕业的热血青年，最喜欢读的书是《钢铁是怎样炼成的》，最喜爱的人生格言是"人最宝贵的是生命。生命每个人只有一次。人的一生应当这样度过：

回首往事，他不会因为虚度年华而悔恨，也不会因为卑鄙庸俗而羞愧；临终之际，他能够说：'我的整个生命和全部精力，都献给了世界上最壮丽的事业——为解放全人类而斗争。'"

徐崇源、栗树森在这样的氛围中受熏陶，在这种人生观的指导下生活。她和他把从上海、天津大城市到边塞小镇看作是平常事。

燕雀安知鸿鹄之志哉？大西北比大城市确实艰苦，然而，天高地广，大有英雄用武之地。徐崇源、栗树森夫妇怀着支援边疆建设的满腔热忱，义无反顾地来到宁夏，甘愿吃苦，以苦为荣。

刚来那阵子真苦啊！人离不开水，可是喝惯了大城市自来水的人，要天天喝黄泥汤那样的黄河水，用黄水和面、泡米，怎能咽得下去啊？！全家大小都患了痢疾，泻个不停。就这一关，闯过来也是不易！

老徐两口子一来，就投入了火热的生产第一线。老徐开过机床，当过技工，搞过设计，画过图纸，后来搞起技术工作。

70年代初，我国山东青岛·汕头向外轮输油自动计量装置中，急需一台大口径球阀，买国外的价格昂贵，而国内当时还不能生产。设计组组长徐崇源挑起了独立设计的重担，并同厂里工人一道制造成功了，填补了国内空白，这个项目荣获一机部科技成果二等奖。

实践出真知，实践出英才。老徐在工作中显示出才干。

1983年任厂总工程师。1984年11月，经民意测验之后，得票甚多的徐崇源被上级任命为厂长。

易卜生说过一句名言："社会犹如一条船，每个人都要有掌舵的准备。"徐崇源知道，一个企业就是一个小社会，恰如一条船。但他毫无思想准备，做梦也没想到吴忠仪表厂的"舵"要他来掌。

老徐对我说："是改革的洪流把我推上台的，这完全不是出于我本人的意愿。驾驭企业这条船可真不容易，有时遇到大风大浪，有时碰到暗礁浅滩，阻力、困难多得很。"

这话当真。但是，无论怎么说，徐崇源成了"吴仪"这条"龙船"的"龙头"。

"龙头"的崛起尽管并不惊天动地，却搅动了一池春水。知识分子当厂长行吗？全厂上下左右，正拭目以待。

群体的优势

当"舵把子"在干的时候，怎样掌舵，可不是件等闲小事。水平、能力、道德、情操，犹如开了闸的洪流，全宣泄出来了，想藏也藏不住。

"舵手"这个位置，带给人的首先是权力。在这条特定的船上，可以说是至高无上的权力，千锤打锣，一锤定音。集体领导班子议来议去，往往还得"一把手"来拍板。这就是现实。改革开放的年代，更明确了厂长处于中心地位。

徐崇源当厂长以后，干得怎么样呢？

我请厂党委书记赵广生谈一谈，赵广生赞不绝口地夸徐崇源："老徐最大的特点，是能发挥班子集体作用，能放手。一个企业要办得好，一要厂长自己要有水平，二要能发挥集体水平。老徐这两点都可以。"

徐崇源请党委书记赵广生兼任常务副厂长，放手让这位比自己年轻几岁的知识分子当"大副"。赵广生看徐崇源如此信任他，也放手工作。厂长、书记配合默契，整个领导班子团结一致，很有活力。

吴忠仪表厂还有一位关键人物，这就是总工程师任增圻。他是全厂第三号人物，厂长、书记不在的时候，他就总管一切。这一点，倒是吴仪厂的独特之处。是由于"任总"的个人素质决定呢，还是由于这个厂把技术进步作为带动全厂发展的"龙头"的战略决策，或许是厂长徐崇源对技术的特别推崇所致，也许是三种因素都有吧。

任增圻说徐崇源这个厂长"能发挥集体力量，发扬民主，决策能做到科学化民主化，充分调动大家的积极性。"

"领导班子都那么一致吗？"

任总坦诚地回答："讨论时，经常有不同意见。但是，经过交流，甚至争论，思想很快就取得了一致。"

我同几位副厂长、厂各职能科室负责人、老工人等交谈，他们都说厂领导班子是一致的。其实，大家都为国家、企业着想，把个人利益溶化于国家、企业利益之中，目标一致，具体的方案、措施、看法就很容易一致了。

如果，各人肚子里揣着自己的小算盘，怎么也一致不了。

徐崇源怎么看这个事呢？

徐崇源敞开心胸说："从个人利益考虑，我真不愿意当这个厂长。我们两口子都是高级工程师，戴上眼镜照样画图，干啥还不行。可当了厂长，我就得依靠集体的力量，发挥群体优势。如果有内讧，集体就没力量了，工厂也无法搞好，要办好一个企业，非要团结一致不行。"

听说一贯爱说爱笑的厂长夫人栗树森，在徐崇源当厂长之后，破天荒地哭了几次鼻子。这又是怎么回事呢？

栗树森一听这问题，就来情绪了，"从他当厂长，我是哭了几次，他那个人有啥事都放在心里。我可不行，心里啥事也搁不住。我不支持他当这个厂长，他高血压挺厉害，外头遇上不顺心的事，从不在厂里发脾气，可回到家里，气憋在心里出不来，病就犯了。我紧忙活着给他端水，灌急救药，泪就忍不住流下来了。"

徐崇源从1984年到1988年当了4年厂长，全厂产值翻了一番，上缴利税翻了两番，人均利税率和百元产值利税率分别达到全国同行业的第二名和第三名，连续三年被评为自治区先进企业，1988年吴忠仪表厂升为宁夏回族自治区一级企业。这个"龙头"当得不错。然而，他本人，由于心力劳累过度，高血压病加重了，手指麻木得几次失控打碎了手里的碗。

"老徐这个厂长，对下属、对工人，亲切得很。"厂党委工作部副部长郁富祥和干事李贵生都这样说，"老徐当了厂长，还手把手地教工人操作机器。"

工人有啥事都爱找他谈。有好几次徐崇源陪妻子上街买菜，遇见厂里的工人，一会儿这个说两句，一会儿那个又说三句，弄得妻子在一旁等得着急，再买菜不叫他陪同了。

这种亲密无间的干群关系，正是企业能振兴的力量所在。

决策的选择

企业经营者在关键时刻的决策，往往决定一个企业的生死存亡。如何选择"决策"，是对企业经营者的考验。

吴忠仪表厂走过了坎坷的历程，经历了几次决策的重大选择。

从上海迁来的3个生产自救小组，同生产指南针的吴忠县仪表厂合并，1959年刚组建吴忠仪表厂的时候，这个被上级叫作"一担挑"工厂的职工走街串巷，收购废铜，回炉熔铸。

1965年，上海自动化仪表七厂72名职工带着设备搬迁来厂，第一机械工业部投资265万元，天津大学等校的大中专毕业生60多人来到厂里……

吴忠仪表厂面临决策的选择。当时的经营者们经过讨论，毅然决定转轨定向，把主导产品定为自动调节阀。

用厂办秘书冯平儒的话说："如果没有1965年的决策，吴仪厂现在怕连饭碗也端不住啊！"

我国自行设计的自动调节阀——气动薄膜单双座调节阀、低温调节阀、三通调节阀等系列产品，由吴忠仪表厂设计生产出来了。但他们并没有陶醉，而是清醒地看到，我国自动调节阀的生产同国际先进水平比较，大约落后15年。我国的一些产品还不能适应现代化建设的需要，仍然要花外汇从国外进口。

党的十一届三中全会确定的改革开放的方针给他们指明了方向，吴忠仪表厂当时的经营者们设想，有选择地引进国外生产调节阀的先进技术和产品，为我所用，消化吸收，逐步向国产化过渡，使"吴仪阀"赶上和达到国际先进水平。

他们的设想得到机械工业部和国家经委的支持、肯定，经国务院批准，他们把这一决策付诸实施，选中了具有当代世界先进水平的日本某仪表公司。

中国自动调节阀技术考察组一行7人，1980年初飞往日本。

身为厂工艺科副科长的徐崇源，同原厂长冯光等3人一道前往考察。

考察结束以后，7月31日在北京，中日双方签订了吴仪厂引进日本某公司六大系统共1100个规格的产品技术的合同。1983年又签订了扩大引进合同。

吴仪厂在这期间，派出了3批人员赴日学习。徐崇源是第二批的带队人。

本来上大学时学俄语的徐崇源，一点日语也不懂。从1979年起，徐崇源就如饥似渴地跟着中央人民广播电台的《学日语》广播学起了日语。

他的大女儿徐前见父亲天天早起晚睡地学日语，在作文《我的爸爸》中记述了父亲刻苦学习对自己的影响，说父亲学习比她"还认真"。

功夫不负苦心人。徐崇源第二次去日本，也就是他带队学技术的时候，已经基本上能够听懂日本人的日常用语和一些浅显的技术用语，为掌握日本技术加快了速度，当徐崇源接任厂长之后，全厂制定的第一项决策就是：以科技进步为龙头，加速实现引进国产化。

徐崇源集中精力，带领全厂狠抓国产化。原来需要进口的1851台自动调节阀，由吴忠仪表厂生产出来了，仅此一项就为国家节约了1895500美元的外汇。

徐崇源说："驾驭企业这条船可真不容易，阻力、困难多得很，关键时刻就看怎样决策了。"他深有感触地说，"我个人体会，在与外商打交道中，只要心中装着祖国的荣誉，脑子里装着民族的利益，抛却私心杂念，过细地做工作，我们中国人的精明与谋略也是令外国人叹服的。"

与吴仪厂打交道的日本方面的经理、专家们常常跷起大拇指夸赞徐崇源和吴忠仪表厂。

徐崇源上任之后，同党委书记赵广生一道带队前往燕山、齐鲁、扬子、金山等石化公司访问用户，征求意见，然后根据考察情况改进，使产品质量进一步提高，品种规格更加适销对路，闯出一条"人无我有，人有我优"的新路，使产品供不应求，成为紧俏货。

徐崇源和其他厂领导同志既坚持产品优质，又坚持售后服务优质，在产品开发上做到"生产一代，研制一代，规划一代"。

徐崇源站在第一届全国少数民族企业家表彰大会上，铿锵有力地向党和人民表白自己的心迹，"我们深知，今后的路更长，担子更重。'千里之行，始于足下'……在我们面前，没有不可逾越的障碍，没有渡不过的难关。我们要发挥优势，敢冒风险，勇于创新，迎着困难，开拓新路！"

（中央人民广播电台1989年8月2日《民族大家庭》栏目播出，
收入《中国少数民族企业家》和《今年星光灿烂》两书）

是小草，还是珍宝？
——记全国劳动模范、宁夏电力建筑安装公司高级工程师张振权

提起张振权，熟悉他的人都说："张工身上有股子精神。"

这是股什么精神呢？

张振权当官不像官，浑身泥土味。别看他是1959年就从成都工学院毕业的高才生，干了30年电力建设的高级工程师，宁夏电力建筑安装公司的副经理，是个具有高级技术职称的县处级领导干部，可一点没有官架子。

在电力建设工地上，电焊工缺了，他端起弧光闪闪的焊枪顶了上去；搬运

工不够，他拉起满载沙石的架子车冲上前去；他一会儿抬抬扛扛，一会儿抢锤打夯。30年来，他从不间断参加劳动，累活脏活抢着干。

工人们看着怪不忍心的，劝他说："张工，把你累坏了，谁来指挥呀！"

他憨厚地嘿嘿一笑："你看我这身体，累不坏的。""不劳动劲往哪儿使呀！"

张振权对记者说了心里话："劳动能净化人的灵魂。同工人流血流汗在一起，咱就变成了工人中的一分子，心就相通了。这样，才能体会到无穷的乐趣。"

工人也把张工看成贴心人。只要是张工带着干活，一个个像刚出山的小老虎，一次又一次出色地完成任务，安装进度在全国也名列前茅。

张振权总是身穿工作服，肩背一只白色的帆布工具袋，里面装着各种电工、钳工等常用工具。他把上级派给工地的小车，不是安排去送伤病员，就是让去办别的公事，他走哪儿，不是搭公共汽车，就是坐大卡车，还总是把卡车驾驶室的座位让给老工人，自己同年轻工人一道站在车斗上迎风挨晒，一位老师傅见他又登上大卡车，就说："你为什么不要小车？！凭你这个资格，不享受白不享受。现在流行的就是不拿白不拿，不要白不要，就你窝囊。"

张振权一听，就来火了："我当个处长，也是普通人，凭什么就该享受？如果你在朝鲜，不幸牺牲，你还能坐车吗？那时候你想过享受吗？你革命一辈子，也还是当工人。我资格还没有你老，凭什么就该享受了。"

张振权心里想的是：能节约就节约一点，不必为自己一个人单派小车送一次。

那位老师傅听了张振权的话，当场道歉："张工，我错怪你了。当官的要都像你就好了！"

张振权想人民所想，急人民所急，一心扑在人民的事业上，为了"大家"常常顾不上自己的"小家"。

1975年冬天，老革命根据地陕北清涧县的冯家山水库东风水电站让流冰堵塞了，弄坏了电机。上级一来通知，派人去修复电机，张振权二话不说，拔腿就去支援。他白天一连干两个班，吃了晚饭，又主动给电站职工讲技术课，眼里熬得挂满红丝，人也明显瘦了下来。

电站职工看着这个像秋天田野里的红高粱一样淳朴的汉子，放下电焊机提起大锤，没日没夜地干活，那股心急火燎的劲儿比他们还大，就心疼地专门给他做面条，他们啃高粱面饼子。张振权又怎能允许这样做，也抢着吃难以下咽的连皮都磨在里头的高粱面饼子。

东风电站又恢复正常运转了，电站职工、家属和附近的乡亲们成群结队，流着泪把张振权送了一程又一程。

张振权也激动得热泪盈眶，心想：真是世间自有真情在。乡亲们这种感情拿多少金钱也买不来。为了这样的人民，我把命贴上也值得。

张振权从1959年9月，离开四季如春、风景如画的云南家乡，来到荒凉贫瘠的塞外黄土高原，先后参加了宁夏青铜峡水电站、老龙潭水电站、固海扬水工程、石嘴山电厂扩建工程等建设，足迹踏遍了宁夏山川，一干就是三十个春秋。

1959年秋天，张振权自愿报名参加黄河上游大型水利枢纽工程——青铜峡水电站的建设。当时，工程破土动工不久，一些大型发电机、水轮机设备急待吊运和安装。这些机械设备，往往一个部件就有三四十吨重，而工地上的起吊机械只能吊起10吨重的物体。如果从外地调运大型起重设备，就得延误整个工程建设的工期。

在这个节骨眼上，张振权挑起了研制大型吊装机械的重担。他本来是学电的，现在一切从头开始，他又学起了大学起重机械课程，边学边干，终于自行设计出可起吊30吨重的桅杆起重机，解决了工程建设中的关键问题。

1966年，张振权又克服重重困难，把10吨门式起重机改装成可起吊40吨的，并且一举试验成功，双机配合，吊起70吨重的重型大部件，攻克了预应力钢盘混凝土大梁和电站机组大件起吊的难题。

张振权在电力建设工地上兢兢业业，埋头钻研二十多年，锻炼成为电力工程建设的指挥者、高级工程师。

1985年，张振权带队承担了大西北甘宁联网超高压线路的架设任务。这项任务施工经过的地区大多是荒无人烟的丘陵地带，条件十分艰苦，技术要求又很高。张振权身先士卒，同工人一起翻山越岭，实地考察，精心组织施工。他的工作热情影响了整个施工队伍，大家齐心协力，提前完成了任务，工程质量达到全优。

作为高级工程师，张振权既注意大胆实践，又注意理论积累。他花钱买了几千册技术业务图书。水电站工程建设需要多学科的综合知识，张振权就广学博采，努力争取全面发展。

三十年来，他掌握了起重机械、水利、土建工程等大学课程。他改装设计过8台大型机械设备，主持设计过6个重大工程项目，为祖国大西北的电力建设做出了突出的成绩。

三十年来，他从没休过一次探亲假，没回过一趟云南老家。他节假日都很少休息，就连他父亲病危、岳母病逝也忙于工作，没顾上回去料理。

1986年10月，张振权正在大武口电厂扩建工程中忙活着。从大学毕业之后再没见过儿子面的老父亲从云南家乡赶到青铜峡来看他。妻子托人几次带信，让他赶快回家来见一见。可总不见他的人影。年逾古稀的老父亲只好乘车赶到大武口电厂。

老父见儿子从离家时的英姿勃勃的小伙子变成了双鬓染霜的半大老头，黑里透红的脸膛上平添了许多深深的皱纹，心里说不出的难过。可是见儿子忙安装电力工程，只能同自己一道同吃大锅饭，同住旧土房，同饮白开水，连多说几句话的空儿也抽不出来，这里的活还真离不开儿子这个"大拿"的时候，心里也就平静了。临上火车的时候，老父嘱咐儿子就一句话："振作精神，好好干！"

这就是当代中国人的父子情啊！

张振权含着眼泪对记者说："人非神仙，都有七情六欲。老父亲三十年没见，千里迢迢跑来看我。我多么想陪着父亲转几天，也看看宁夏的风景名胜，说说三十年的别离情况。然而，工作实在离不开我啊！我只好请父亲原谅我这个儿子，尽忠，不能尽孝了。"

张振权的妻子心疼地埋怨他："你也像大禹治水一样，三过家门而不入，心里就光有你那干不完的工作！工作！"

张振权为了工作是个众所周知的"拼命三郎"。

正如张振权所说的："人民的眼睛是雪亮的。"尽管张振权把自己看成一棵草，没有花香，没有树高，默默无闻，悄悄奉献。党和人民却把张振权看成一块宝，让他当公司副经理、高级工程师，把一线指挥权交到他手上；三次选他当青铜峡市人大代表，多次评他为先进工作者，今年又评他为全国劳动模范。

1989年9月10日晚，张振权在宁夏宾馆与我倾心长谈，一直谈到第二日凌晨3点半。

张振权记忆力惊人，他当场背诵了苏联女英雄卓娅日记中的一大段话：

必须尊重自己，但又不能把自己估价过高。不要钻在个人的茧壳里，也不要单方面看问题。不要叫喊，认为别人不尊重你，对你估价不够。越是努力，检点自己的行为，自信心就越增强。

我笑着说："你把卓娅的日记当作座右铭了。"

张振权郑重地回答："人生的困难不少，需要许多座右铭来做精神的指导。"

他说着，又朗诵了一段：

你要勇往直前，在斗争中锻炼自己，不要被那无谓的伤感所征服，把你的全部心灵和全部意志都献给你终身的事业。坚强战斗，直到老死。

我送他回房休息，望着他在黑暗中勇往直前的样子，觉得他身上确实有一种精神在闪光。

这就是延安精神！艰苦奋斗、无私奉献的延安精神！我们的共和国是靠这种精神，在血与火的洗礼中诞生、成长起来的。今后，社会主义祖国的四化建设、改革开放大业，还要靠这种精神，作为"传家宝"披荆斩棘，破浪奋进！

张振权这个自视为小草的知识分子身上闪闪发光的珍宝，就是这种高尚的精神！

愿天下的小草都成为这种发光的珍宝！

（中央人民广播电台1989年10月《全国联播·奉献者之歌》摘要播出，《宁夏日报》刊载）

三、宁夏专题（选篇）

飞奔的骏马——贺兰山

各位听众：

继续播送宁夏专题。今天播送第四篇，题目是：《飞奔的骏马——贺兰山》。

贺兰山在银川西北部，南北长200多公里，东西宽15~50公里，一般海拔2000米以上，最高峰3556米。"贺兰"，蒙古语的意思是"骏马"。称它为骏马，是有点道理的。假如您乘飞机，由远而近向贺兰山飞去，看那云海滔滔中的贺兰山，真的好像一匹飞奔的骏马。

在古老的地质年代，这匹"骏马"的确曾经在碧波荡漾的大海里沉浮过，那是20亿年前，贺兰山地区是一片海洋槽地，被流水冲刷来的黏土沙砾源源不断地填到这里。据地质学家测定，光是在贺兰山北麓，遗存到现在的沉积物，就有5000米到9000米厚。大约17亿年前，随着"吕梁造山运动"的地壳变迁，这匹"骏马"破水而出。但是，过了3.4亿年，它重新被大海吞没。距今7亿年的时候，一次冰川的浩劫席卷了贺兰山区，到处是林立的冰峰，皑皑的白雪。前些年，地质学家曾经在这一带发现冰川的遗迹。到了离现在3.5亿年的时候，贺兰山地区变成了一片繁茂的林海。大约距今1亿年左右的时候，贺兰山平地崛起，横空出世，像一匹高大、雄壮的骏马出现在宁夏平原和内蒙古草原之间。

在地质科学中，对贺兰山的研究占有重要位置。贺兰山南北延伸的方向，紧接着六盘山、秦岭，直到龙门山以西，然后转而南下，到四川西部、云南东部地区，绵延2000多公里，构成了一条巨大的南北走向的地震断裂带，在这个断裂带上，集中了我国发生的1/6以上的大地震。贺兰山顶上建立的地震台，是我国地震预报工作的一个重要监测点。记者来到地震台，看到那转动不停的地震仪上显示的震波曲线，仿佛看到一双警惕的哨兵的眼睛。

地震台设在贺兰山的风景区滚钟口，简称"小口子"。年轻的导游向记者介绍说：1963年，董必武同志以78岁高龄登上贺兰山，游览了小口子，即兴赋诗一首，诗中说：

层楼非宏阔，明洁者数处。
高杨势插天，细泉清流注。
绵延峰峦秀，丘壑有奇趣。
左后关庙邻，笔架右前护。

董老这首诗，对小口子的风光做了形象的描绘。记者来到董老诗中所说的"关庙"。关庙也叫"贺兰庙"。坐落在山泉环抱的山腰上，庙门横书"贺兰庙"三个大字，竖匾题有"朔方第一胜刹"的字样，在大殿里供奉着关羽和岳飞的塑像，威武肃穆，栩栩如生。

出了"贺兰庙"，导游领着记者向右前方的笔架峰走去，这就是董老诗中所说的"笔架"。只见并列的三峰，凌空峭立，直插云天，很像大山的"山"字形，又像书房中置放毛笔的笔架，山下有可作砚台的贺兰石，所以这座峰又叫"砚台笔架山"。

导游告诉记者，清代诗人赵熊飞写过一首描述笔架峰的诗：

仰观笔架峰，三峰插寥廓。
何年巨灵辟，疑是鬼斧削。

登上笔架峰，向西北望去，座座高峰好像巨剑直刺云天，低矮的山峦却像大海的波浪，起伏不平，山腰里，"大悲阁""小洞天""兴隆寺""老君堂"，亭阁相间，景色宜人。在笔架峰顶有一座小亭子，叫"望海亭"。站在亭子里极目南望，一马平川的大地，真像风平浪静的海面，天地交界处云烟浩渺，浑然一体，这大概就是"望海亭"名字的由来。导游说："遇上云绕山下的时候，在这里望去，浮云似海，云浪翻滚，真像登山观海似的。"

告别了导游，记者从笔架峰的半山腰，沿着崎岖的山路，穿过浓密的丛林，经过3个多小时的跋涉，来到一座奇峰的面前，只见晶莹的岩层，宛如紫色的彩云飘落，这就是出贺兰石的地方。可惜，不是采石季节，唐代诗人李贺所描绘的"端州石工巧如神，踏天磨刀割紫云"的情景，我不能亲眼看到。不过，仰望那云朵飘逸的紫色岩层，可以想象得出采石工人登高采石，需要何等的勇敢和顽强啊！

公元1780年，也就是清朝乾隆四十五年编著的《宁夏府志》中记载："笔架山在贺兰山小滚钟口……下出紫石可为砚，俗称贺兰端。"这表明贺兰石早在200多年前，就已经闻名国内，并且可与号称"天下第一砚"的"端砚"比美。贺兰石绿紫两色辉映，质地刚柔相宜，细密可雕，无愧于董老题诗中所赞誉的"色如端石微深紫，纹似金星细入肌"。特别是贺兰石的色彩，为石雕艺人施展技艺提供了广阔的天地。以当年红军长征过六盘山为题材，用贺兰石雕刻的大幅竖屏，陈列在人民大会堂中，更为贺兰石增添了光荣。然而，贺兰石并不容易得到。200年前是在笔架山下采石，如今已经3次更换采石地点了。资源有限，计划开采是很有必要的。

游览笔架山之后，过了些天，记者骑着毛驴，随着贺兰山农牧场的伐木工人向深山进发。正是鲜花盛开的季节，满坡山花争奇斗艳，不知名的鸟雀唱着清脆的歌，山泉叮咚，像是琴弦拨响。工人们告诉记者，山上的草药多得很，薄荷、柴胡，到处都有。

到了野生的次生林区，伐木工人们分散开来，伐掉那些长歪了或者生了虫的树木。砍伐声惊醒了沉静的山林，野兔"嗖"的一下，不知从什么地方蹿了出来，一转眼，又跑得无影无踪了。

贺兰山上，不光有云衫、油松等珍贵树木，还有蓝马鸡、石貂等珍贵动物。在丛林深处，还有一座养鹿场呢！

记者来到鹿场参观，铁栅栏围着的草地上，一群小鹿在阳光下嬉戏，一个个毛色光亮，体态匀称，步履轻盈，活泼可爱。那70多只成年公鹿，高昂着头，走来走去，骄傲地炫耀着美丽的茸冠。那形状像珊瑚、质地如新笋的茸冠，也的确把公鹿装扮得异常健美。驯鹿人告诉记者，每只公鹿平均能收获4.5斤鹿茸，价值1000多元。鹿茸有生津补髓、养血益阳、强筋健骨的功能，还是治疗一切虚损病症的滋补剂。

这个饲养场的马鹿，是西北地区经济价值最高的野生动物。鹿的全身都是宝，鹿血、鹿胃可以治疗胃寒和胃溃疡，鹿筋可以强壮筋骨，医治麻木，鹿鞭和鹿尾是益阳健身的奇妙药物。

巍巍贺兰山，绵延250公里，山中宝贝何其多！最大量的还是黑色的金子——煤炭。贺兰山的高级无烟煤、炼焦煤、烟煤等各种各样的煤炭，由火车、汽车、轮船运往祖国各地和异国他乡。

贺兰山，这匹"骏马"，正奋蹄向前！

漫游须弥山

各位听众，在这个时间里播送《宁夏专题》的第七篇，题目是：《漫游须弥山》，由潘梦阳写稿。

须弥山，须是必须的"须"字，左边三撇，右边放几页的"页"字。弥是弥勒佛的"弥"字，左边是"弓"字，右边放哈尔滨的"尔"字。须弥是梵文的词，须弥山是"宝山"的意思。它的位置在宁夏回族自治区固原县西北。

须弥山南麓，有100多处北魏、隋唐以至宋代、明代各个时期开凿的石窟，总的名称叫"须弥山石窟"。须弥山石窟同敦煌、云岗、龙门石窟一样，是我国古代文化遗产的瑰宝。如今也列为国家重点文物保护单位。一个晴朗的日子，我特意赶到这里参观游览。

进入须弥山的一道道山谷中，我依山傍水缓缓而行。可是我看到的山，却是一个接一个的荒山秃岭，心中不禁生起了惋惜之情，据史书上记载，须弥山曾经有连片的大松林，在明代，"须弥松涛"是固原八景之一，《固原州志》里还有一幅精致的"须弥松涛"木版画。而今，经过上百年的乱砍滥伐，山上只剩下一些不成林的孤树了。

进山谷八九里，在一个急转弯的地方，一尊露天的大坐佛出现在面前，这是释迦牟尼的雕像，露天开凿在公路北边的悬崖上。佛像前有两个年轻人正在画素描，一打听，原来他们是固原县文化馆的，他们热情地告诉我："这座大佛像高19米，比云冈石窟中最大的十九窟坐佛和龙门石窟中最大的奉先寺卢舍那佛还高，是须弥山最大的造像。"

我看那大佛高大魁伟，约有五六层楼房那么高，耳朵有两人高，耳蜗直径有一米多，大佛面部丰满，慈眉善目，耳垂至肩，雕刻很精致，使人一看就会敬佩我国古代工匠的高超技艺。这座大佛是用一整块大石头雕成的，看上去很壮观，只可惜露天放着，任凭风吹雨淋，本来石窟前面有一个木制的佛楼，是用来保护这个佛像的，后来损坏了，也没有人来修缮，我真希望有关部门的同志快来这里看看。

转过山坡，有一个正在筹建中的须弥山石窟管理处，管理处的同志热情接待了我，并派一位向导，带我参观。

向导说："须弥山石窟开凿到现在已经有1500多年的历史了，在原来100多处的石窟中，如今比较完整的还有20多窟。"说着，我们走进了第三窟。

第三窟是方形窟，窟中央有一个方形塔柱，直撑着窟顶。向导介绍说，这种样式是从印度的"支提窟"演化来的，方柱的四面各有三层小龛，分别雕刻着释迦牟尼佛、观世音菩萨等形象。

我细看这里的释迦牟尼佛，同刚才看到的大坐佛那丰满端庄的形象不大相同，尽管雕刻的是同一个释迦牟尼，可这个造像是瘦脸、溜肩、宽袍大袖。很有点飘逸自得的样子。第四窟的造像也一律是这个风格，宽袍大袖，清瘦脸，溜肩膀，像是清秀文雅的和尚。向导对我说，北魏时代，魏文帝改革政治，也改革了服饰，这些宽衣大袖的服装，叫"褒衣博带式"。考古专家认为：石窟中佛像的衣着样式，是魏孝文帝服饰改革在石窟艺术中的反映。这恰好证明，这些造像是北魏或者西魏时期的作品，是须弥山最早的石窟艺术。

走出石窟，我们站在悬崖向北眺望，只见半山腰的平台有一处古代寺庙旧址，向导告诉我，那里原来叫"圆光寺"，据明代成化十二年，也就是公元1476年《重修圆光寺大佛楼记》的碑刻记载，这个地方在唐代就是著名的寺庙。来到圆光寺遗址，只见后面笔直陡立的峭壁上，三层石窟上下重叠。好像一座由石窟组成的楼房，这里有40多尊大石佛，释迦牟尼佛在这里不是坐着的，而是站着的。窟顶、洞壁和石像的底座上却刻满了浮雕，乍看，使人觉得眼花缭乱，定神细看，这里的雕像又是另一种风格：一个个都是方脸盘、短脖子、小鼻子小嘴，身长腿短。

向导说，这是典型的隋代造像。

从陡坡走下圆光寺，向北翻过一道深沟，经过一片开阔地，就是相国寺的遗址。

开阔地西边的第八窟，是须弥山最大的石窟，里面分为主室、前室和左右耳室。1920年宁夏海原发生大地震，这个石窟被破坏了2/3，主室开了天窗，室内的方形塔柱半边倒塌，斗大的佛头落在地上，没有被震塌的部分，仍然是一个空间很大的洞窟，可以和敦煌、麦积山的大石窟相比，洞窟内一部分佛龛和造像仍然保存完好。后壁长形坛基上有三尊身高7米的佛像。彩绘的彩云团龙和西番莲图案很是好看，左壁的一尊菩萨，头戴花冠，体态端正，显得格外雅丽。向导说，这些是须弥山造像中的优秀作品。

第八窟的左后方的悬崖上集中了十多个石窟，向导领着我沿着崎岖的山道攀援而上，一个一个地参观。这里的石像在脸形和身材上，显得美一些，有一种和前头那些造像大不相同的韵味。向导说，这里大都是唐代鼎盛时期的作品，在造型艺术上达到了一个新的高度。

在第十、十二、十八窟中的几尊菩萨造像，头上梳着唐代妇女流行的高发髻，脖子上戴着华丽的项圈，身上的披巾，有的斜通胸腹下垂曳地，有的搅于手腕随风飘洒，向导指点着对我说："这是唐代最典型的美人形象，你看，至今还会使你感到秀美动人，还很有艺术感染力。"怪不得唐代有"宫女如菩萨""菩萨如宫女"的说法，看来菩萨是当时妇女形象集中、生动的体现了。我情不自禁地想起了一位学者说的一段话："拜佛念经的僧人想的是本来就没有的佛，而雕刻佛的工匠想到的却是活生生的人，不管怎样说法讲经，神乎其神，艺术还得在生活的土壤里扎根，才能开出鲜艳的花朵！"

说得对极了，所有这些佛像，对古代信佛的人来说，是一种精神寄托，而对今天不信神的人们来说他们就是凝聚着古人心血和艺术才华的珍品！保护文物古迹，让人们看到我们祖先的聪敏才智，看到我们中华民族灿烂的文化，从而激发热爱祖国、振兴中华的热情，这就是我们的光荣责任了。

返回住地的路上，向导告诉我：这地方翻山过河，参观游览多有不便，管理部门准备修些桥和木梯，那时候参观就方便多了。我们须弥山还要进一步绿化，栽杏树、种蜜桃，造像和洞窟也要整修一下，到那时候就面貌一新了，欢迎你再来参观。

刚才播送的是宁夏专题第七篇，题目是：《漫游须弥山》。由本台记者潘梦阳写稿。

（中央人民广播电台1985年5月13日《祖国各地》节目播出）

附：中央人民广播电台《宁夏专题》广播得到宁夏党政领导和听众的赞扬

中央人民广播电台《祖国各地》从1985年4月至6月，连续以10次节目播送了宁夏专题，系统地介绍了宁夏的风光、地理、历史、名胜古迹、土特产品，从不同方面反映了宁夏欣欣向荣的景象，以及在社会主义革命和建设中取得的巨大成就，特别是党的十一届三中全会以来在四化建设、在改革开放中取得的新成绩，这个专题广播以后在宁夏回族自治区内外引起了强烈反响。

自治区党委副书记、主席黑伯理同志说："中央台系统介绍宁夏，对我们宁夏人民是个鼓舞。我们宁夏，全国还不太清楚，有的部门发通知都寄到甘肃、青海。谢谢中央电台为宣传宁夏做了一件好事。"自治区党委副书记申效曾、自治区顾委主任薛宏福、自治区副主席马思忠、自治区人大常委会副主任丁毅民、自治区党委常委白振华等领导同志都赞扬这一系列专题节目"有内容""有文采"，"生动感人，趣味性强"，"向全国介绍了宁夏，为宁夏的开发建设做了件大好事"。申效曾、白振华和专门研究西夏史的专家、宁夏社会科学院的李范文等同志还提出以此做基础，加以修改补充，出一本介绍宁夏的小册子。

自治区党委宣传部把这一组专题稿和中国国际广播电台的广播稿《西夏王陵散记》汇编成集，在"宁夏对外宣传材料"上做成专辑印发。

不少听众给中央人民广播电台来信赞扬了这组专题。

湖北省武汉市硚口区幸福村特一号硚房二队何宗凡同志向中央人民广播电台《祖国各地》节目编辑同志寄来了题为《宁夏专题报道好》的来信，他在来信中说："我们长期住在内地的人很想知道祖国边远省份的建设情况，过去组织的青海专题报道、海南岛报道，吸引了千百万听众的心。1985年'宁夏专题'报道又顺应了听众的心理，受到听众的欢迎。我每次听《祖国各地》都做了记录，对'宁夏专题'报道尤其喜欢。如《凤凰城——银川》，讲述了银川的过去和现在，有神话、有现实，讲得生动有趣。还有《塞上煤城石嘴山》《沙都沙坡头》《飞奔的骏马——贺兰山》和《六盘山风貌》……都是令人难忘的好文章。

"宁夏专题报道，激起我对祖国大西北的热爱。宁夏飞奔前进的建设，令人欢欣鼓舞。三个孩子听了广播表示，长大了去宁夏工作。"

北京3401工厂俞洪生来信说："我从小跟随父母在宁夏贺兰县生活了6个年头，后来又随家庭回到北京工作，离开宁夏至今已经20多年了。20多年来宁夏发生了什么样的变化，那里的人民生产生活与我们是否同步发展，是我时常关注的问题。《祖国各地》开办《宁夏专题》节目，听了使我心灵得到了满足，就像小时候与同伴挖甘草吃，越嚼越有味。这些专题节目使我进一步了解到宁夏回族自治区与其他边远地区一样，在改革中飞速地发展着、变化着。我钦佩中国科学院治沙队的献身精神，他们经过28个年头，种起了绿色林带，保护铁路干线，使火车畅通无阻。实践证明，只要掌握科学，沙漠就可以治理、改造，死神之地也能引来五大洲的朋友，这不但是沙坡头的奇迹，也是中国的奇迹，我向宁夏人民祝贺……迷人的大西北再一次给我留下了美好的印象！"

（刊于《宁夏广播电视报》1986年2月20日头版，《宁夏日报》1986年2月21日头版）

补白：神奇的宁夏引人醉

宁夏，是我魂牵梦萦的热土，是我的第二故乡。我觉得，神奇的宁夏引人醉。

中央人民广播电台《祖国各地》节目连续广播《宁夏专题》系列报道①，在宁夏内外引起了反响。

中国旅游出版社编辑听了广播，专程来宁夏约我编写了《宁夏旅游指南》，于1987年出版。后来，我又应约为《旅游知识大观》《中国名胜诗文碑联鉴赏辞典》撰写了一些词条。

北京师范学院出版社组织全国各省（区、市）编写《爱我中华》系列丛书，宁夏让我出任主编，我编写了《爱我中华 爱我宁夏》，于1992年出

---

① 《凤凰城——银川》《塞上煤城石嘴山》《沙坡头的奇迹》《"塞上江南"今胜昔》《六盘山风貌》《泾河源头春意浓》《青铜古峡换新颜》《黄河水扬上干旱山区》8篇，因篇幅所限省略。

版。此书被列入宁夏爱国主义教育百部图书之中。

1998年，宁夏回族自治区成立40周年，宁夏人民出版社出版了我的《宁夏揽胜》，被评为优秀出版物。

我退休以后，2003年宁夏人民出版社出版了我编著的《宁夏胜览》。

在完成中央台、国际台采访报道任务的基础上，我为宣传宁夏，利用业余时间先后编著或主编了四本书。而这几本书的编著出版，得到了中央台以及有关部门的领导同志和同仁的支持和帮助。《爱我中华》丛书编写工作会议在安徽黄山召开，中央台主管领导同志特别批准我去参加。

宁夏党政领导和宣传部等有关部门领导以及许多单位、地方的同志，都给了我支持和帮助。时任宁夏党委书记的沈达人同志和自治区主席白立忱同志分别为《宁夏旅游指南》题了词、作了序。时任自治区主席的马启智同志和时任自治区政协主席的李恽和同志等为《爱我中华　爱我宁夏》题了词。

引人醉的神奇宁夏牵动着我的心。退休后，我为宁夏卫视《周末旅行家》节目，特别是《沿着红军的足迹》系列节目，做策划方案，写解说词，随摄制组年轻人跋山涉水，走六盘山区，闯流沙大漠，为宣扬神奇的宁夏殚精竭虑，生活虽说艰苦，工作又很紧张，但我乐在其中，仿佛又焕发出了青春活力。

四、诗歌格言

塞上小草

塞上小草也发芽，飞花点翠傲风沙。
绿染荒漠苦亦乐，甘作灰泥沃中华。

岩缝劲草

立根岩缝胆气豪，任尔挤轧向天啸。
雄姿异彩锁不住，万仞绝壁报春晓。

屈子香草

屈原寓志赞香草，芬芳高洁永不老。
洒向人间都是益，千秋万代立师表。

狼山变

昔日狼山恶风嚎，今朝梁丘百花俏。
草灌戴帽粮缠腰，乔沟穿靴人欢跃。

格 言

人生最美是奉献，报国岂求衣锦还。
人生难得爱至真，岁月怎消心上人。
得，不一定是福；失，不一定是亏。
荣，骄贪祸上身；辱，砥砺促成功。
万事皆转化，贵在苦用功。

（入选《全国优秀格言选》）

笑口常开心底宽，身心健康自延年。
院子里练不出千里马，花盆里长不起参天树。
天地广阔、艰苦落后的西部地区是有志成才者千锤百炼的大熔炉、展示才华的大舞台。

（入选《八荣八耻箴言录》）

　　每个人都有灵魂。灵魂有高尚、平庸、卑下、恶劣之分。人的灵魂是可以塑造的，既可以升华，也可能堕落。每个人都在以自己的行为塑造自己的灵魂，是升华还是堕落，升降的开关掌握在你自己手中。

　　诚实守信乃人生至宝，做一生正直、老实的"傻瓜"，能经得起事实和历史检验的才是有益于人民的人。靠说谎、欺诈、造假过日子的自以为聪明的人，可以蒙骗世人于一时，也可能窃得他所期盼的私利，然而，终究会被事实和历史扫进垃圾堆。

（入选《中外哲理名言》）

五、摄影学步

小镜窥大千　瞬间留永恒

——"门外汉"谈摄影

　　摄影，不仅仅是一种技巧，更是一门艺术。

　　对我这个业余的摄影爱好者来说，要谈摄影，实在是班门弄斧。编辑约我这个门外汉写点什么，大概是因为从门外看门内，也是一个角度吧！

　　摄影，是从小小镜头窥视大千世界，关键就在于以小见大，窥一斑以见全豹。其中，充满了"小"与"大"的辩证法。而核心是选材的角度，也就是：镜头究竟对准什么？

　　有一次，几个外国记者到宁夏沙坡头采访，其中一位记者将镜头对准沙坡头脚下童家园子倒塌的圈棚拍了又拍，他用的是"俯角"，拍的是"破烂"。难道你美国就没有倒塌的圈棚？就没有破烂吗？我把这件事当作例子写进了大学讲义，引导新闻专业的学生来认识新闻记者的立场、世界观与抓取新闻的角度之间的关系。

后来，中国新闻摄影学会会长蒋齐生同志赠送给我一部他的专著《新闻摄影的价值与规律》。拜读之后，我才进一步明白了：国外"有些人则把垃圾、破烂、色情、落后的东西，当作艺术摄影题材。"这真是把"痛疽"当作"宝贝"！

我完全同意蒋老的主张，"中国是个贫穷落后的国家。人口那么多，破破烂烂的东西多得很，要照破烂信手可以照一大堆。但是，我们不去照，这种破烂存在了几千年啦。我们的人民现在正努力创造新生活。我们的摄影应该为这个新生活创造、鼓劲，而不应该拿那些破烂去影响人民的情绪。我说，我们的摄影家，各人有各人的兴趣，但是，我们有一个共同点，就是注意社会效果。"

沙坡头的新闻价值就在于创造了治沙奇迹。我采写的通讯《流沙上创造的世界奇迹》，中央台、国际台播出后，《人民日报·海外版》刊用前给我来电话，要配一张大幅照片压题，我请专业摄影记者选了一张很有气势的治沙照片寄去，图文配合发表，反响很好。

选什么题材，用什么角度，要具体问题具体分析。然而，"注意社会效果"，这是一个立足点，也是一个出发点，更是选材角度的关键。思维活动，贯穿于摄影的全过程。在按下快门前的瞬间里，在现场运用逻辑思维和形象思维的方法，构成具体可视形象的思维过程，可以称为"瞬间思维"。

而这一"瞬间思维"是摄影的中心环节。"瞬间思维"对我这个业余的摄影爱好者来说，知道其十分重要，但掌握起来，往往不一定得心应手，这就要靠长期实践的磨炼了。瞬间——按下快门的一瞬间——就留下了永恒的真实记录。而什么时候按快门？就在那多少分之一秒的瞬间，按下了，传神的人物，历史的真相，就成为永恒的记载。然而，错过了这一瞬间，尽管人物拍下了，但是那传神的精彩处没有留下，看人像是有形无神，就价值锐减了。这一瞬间，抓住了，并非巧合，而是瞬间思维的实践结果。

1988年3月，在北京参加七届全国人大一次会议的新闻报道，我分工采访的不仅是宁夏代表团，还有陕西等代表团，但我对宁夏最熟悉也最有感情，只要别的团没有大活动，我就跑到宁夏团来。邓朴方坐着轮椅来到了宁夏团，我刚巧碰上了。在场的记者只有我一个人。当时，对残疾人保护、扶助的宣传是个热点。我只好手脚并用，连文字记录、录音和摄影一起上。

邓朴方来宁夏团（1988年摄）

我力求抓住邓朴方身残志坚、自强不息的神态。他谈起话来，镇定自若，热情洋溢。我看他身前有个暖瓶，心想，把暖瓶挪开。但又怕一打扰，他发觉是在拍照，再拍，就不如"不知不觉"那样自然了。于是我就调好焦距、光圈，抓住我认为他神态最佳的一瞬间按下了快门，拍下了"邓朴方同来自宁夏的全国人大代表谈残疾人保护"。在邓朴方对面，白立忱主席认真地听着，思考着。另外，我还拍了邓朴方听取宁夏代表发言的照片。邓朴方的"说"和"听"配合起来，形成了一组独特的报道。

"全国人大代表登上天安门城楼"，这对来自大西北的宁夏代表来说，是一个很好的报道题材。这时，倒是需要一点记者的调度、安排了。我想，突出回族特色，就请两位回族女代表在最前面，回族宗教界代表人士马腾蔼在两位女代表后面的中间站好，抓取他们神态自若的一瞬间按下快门。

"瞬间思维"，既有逻辑思维，抓取的镜头要"以理服人"，又要有形象思维，传神有灵，"以情感人"，二者相互渗透。"全国劳模李毅23年接发邮件上千万件毫无差错"，我是在李毅工作的银川火车站邮车现场拍摄的。他见我来了，很客气。我对他说，你别管我，你们该怎么干，还怎么干。他一边双手接发邮袋，一边口中数数，认真负责，一丝不苟。我抓住他最传神的一瞬间按下了快门。

列宁说过："生动直观，包括了感觉以及能够把对象的完整形象勾勒出来的知觉，没有生动直观，就不可能产生认识活动，因为感觉是外部世界进入我们意识的唯一大门。"瞬间思维，首先是从感觉引起的，是感性思维，但又不仅仅停止于感性思维。因为"理解了的东西，才能更深刻地感觉它"。瞬间思维，又很快上升到理性思维。"由此及彼，由表及里，去伪存真，去粗取精"，这一瞬间，就要"抓住最佳神态，当机立断按快门"，抓住事物的本质，拍出价值高的照片。

俗话说，"熟能生巧"，这话其实是说"实践出真知"。实践得多了，就会摸索、掌握住规律，规律把握住了，也就达到了"巧"的高度。

我这番"门外谈"，归纳起来就是说，摄影不难学，人人可以学。然而，要真正学"精"学"巧"，那学问还大得很，非下一番苦功夫不可。我将努力地学下去，也以此与摄影爱好者朋友们共勉。

（刊于《宁夏日报》1996年6月8日第3版）

壮心不已话"开拓"

——访蒋齐生、郑德芳夫妇

在全国报纸总编辑新闻摄影研讨会上，一对年过古稀的老人认真听取每位代表的发言，仔细地记着笔记，记者悄悄举起相机从侧面"抓拍"了这一镜头。两位老人就是中国新闻摄影学会会长蒋齐生和他的老伴、《中国日报》原副总编辑郑德芳。

8月26日下午，记者在宁夏宾馆访问了两位老人。

二老告诉记者：他们是1917年出生的同龄人，到现在是一对"金婚"的恩爱夫妻、志同道合的革命伴侣。

在我国人民新闻事业的发展上，二老在延安时就从事新闻工作。蒋老深有感触地说："新闻摄影的改革主要靠新闻摄影工作者自己的努力，靠新闻摄影工作者发挥积极性，努力开拓、创新。"

搞新闻摄影，蒋老说他是"半路出家"。然而，正如郑老所说，蒋老最大的特点就是"钻"。深入钻研正是开拓者手中披荆斩棘的利刃。

在被康生之流错误关押的五年期间，蒋老抓紧时间，攻读马列主义哲学，更加坚定自己的信念：共产主义一定会实现。

由于眼睛不适于文字工作，蒋老挎起相机走天下，很快成为一名出色的摄影记者。

在当年形式主义猖獗、导演摆布成风的情况下，蒋老以"反潮流"的精神提出了"要现场抓拍、不要摆拍"的主张，并且多年来从理论和实践上义无反顾地坚持和提倡。许多摄影记者醒悟了：应当现场抓拍，否则就会滑入弄虚作假的泥坑。越来越多的摄影记者走上了现场抓拍的道路。在中国新闻摄影学会成立的时候，大家推荐蒋乔生任会长。

尽管连大专学历也没有，蒋老深"钻"出成果，先后出版了3部关于新闻摄影的专著：《新闻摄影论集》《新闻摄影140年》《新闻摄影的价值与规律》。这使他成为我国新闻摄影方面为数不多的既有理论造诣又有实践经验的专家之一。

蒋老感慨地说："提倡现场抓拍，并不那么容易。我们就用评选好照片这一办法来推动。凡是摆拍的，不能入选、评奖；有的评上奖，一经揭发是摆拍的，也要取消获奖资格。比如，有一位名记者拍了一组系列照片，获了奖，后来发现其中一张'大夫小妻'，但照片上的不是一对夫妻，就把全组已获奖的资格取消掉。""凡事都要认真，要树立现场抓拍的好作风，不这样开拓不行！"

蒋老的"图文并重"主张和穆青提出的"加强报纸新闻摄影这一翼"的观点，受到全国总编辑新闻摄影研讨会代表的高度赞赏，并写进了会议纪要。这标志着我国报纸图文并重、两翼齐飞的时代即将到来，也说明蒋老的功绩，在我国新闻摄影史上，又写下新的一页。

郑老这次是带着双重任务来宁夏的。一是重访西海固，亲眼看看自1984年后宁南山区的变化；一是辅助蒋老来银川开会，帮他搞些"秘书"工作。在蒋老为中国新闻摄影事业开拓新风的战斗历程中，郑老始终是蒋老的贤内助。在蒋老的成果中熔铸着郑老的心血。蒋老情深意笃地说："外文资料，是她口译提供给我的。"郑老连忙谦逊地解释："那也只是在离休之后，有空闲了。"

紧接着，郑老深情地说："宁夏太需要好好对外宣传宣传了。无论是国内，还是国外，对宁夏都知之甚少，甚至一点都不知道。"

蒋老临离别银川之前，还为宁夏新闻摄影工作者"讲学"。

"也许下一次新闻摄影研讨会，我就不能参加了……"蒋老这揪心的话语透露出"壮士暮年"的心情，他壮心不已，猛志不减当年，正是为了让有生之年再多干一些事情，他离休后总无休止地奔忙着、开拓着……

（合作者：李笑。中央人民广播电台播出，并刊于《宁夏日报》1990年9月9日头版）

第三辑

回眸与期待

从梦想到现实

我和广播从小结下了不解之缘。

对广播深厚的爱，使我下定决心献身广播，为之奋斗一生。上小学的时候，在解放军总后勤部工作的哥哥给我买了一个矿石收音机从北京寄来。它成了我最心爱的宝贝。我家就住在山西省广播电台的旁边。每当夜晚，我躺在炕上听着矿石收音机里的广播，透过玻璃窗，仰望着电台院内高高铁塔上闪亮的红星，对广播充满了神奇的遐想。

等我上了中学，觉得广播更亲了，我家隔壁大院就是电台宿舍，电台的叔叔阿姨常到我家来串门。有一次，他们带着机器和电线到我家来，正赶上粮站的叔叔给我家送粮。因我父亲身患残疾，粮站的叔叔每月都把粮食送到我家。过了些日子，我从广播里听到爸爸说话的声音，高兴得我翻身蹦下炕，差点把矿石收音机给摔了。我把耳机摘下来给爸爸妈妈听，我们全家那一天比过年还高兴。后来我才知道，那就是录音报道，我爸是作为受到照顾的军烈属的一员谈他对党的由衷的感谢的。

在中学里，我是校刊《红星报》的主编，学校让我担任山西省电台的通讯员。从戴着红领巾的时候，我就给电台写稿。当从广播里听到我写的太原六中的消息，我真比考试得了满分还欢喜。山西省电台还发给我一份"优秀通讯员"奖品。有一次，一位电台叔叔在路上碰见了我，摸着我的头说："你长大了，到我们电台来工作吧！"那天晚上我真的做了一个梦：我跟着那位叔叔，大模大样地走进了电台大院，站岗的解放军叔叔还对我笑了笑呢！

梦想终于变成了现实。高中毕业了，我被保送到北京广播学院新闻系学习。广播学院的学习，使我从理论上和业务上更增添了对广播事业的热爱。在学院里，我参加了学院学生会兼广播站的工作，更使我从实践中了解了广播工作的甘苦。

1964年大学毕业的时候，敬爱的周总理对我们首都应届毕业生谆谆教导："我们国家还是一个穷国，教育事业的发展还不能很快，现在上大学的人只有同龄人的1%，你们应该珍惜这个机会，不要辜负同龄人的99%啊！

"大学毕业了只表示学习的一个阶段的结束，对一个革命者来说，学习没有毕业的时候，要活到老，学到老，改造到老，为赶超世界科学技术水平贡献毕生精力。"

周总理的教诲深深地刻在了我的心里。我志愿远离父母，来到了塞上古城银川。走进大西北的广播战线这个光荣行列之后，更深切地体会到周总理的教诲语重心长。

先在宁夏电台当记者，当编辑。1980年底调到了中央人民广播电台宁夏记者站。从广院毕业，走上工作岗位，一晃过去了25年。如今，作为中央人民广播电台的一名记者我感到无上的光荣和自豪。

广播是最强大最有效的宣传工具之一，又是全国受众最多的宣传工具。每当清晨街头跑步的时候，看到清晨锻炼的人边跑步、边练身、边听我们中央人民广播电台的《新闻和报纸摘要》和宁夏台的《早间新闻》，我心中就有一股热力油然而生。广播比起报刊、电视有它的弱点，然而它特有的优势和长处是其他宣传工具所不具备的。

有一次，我去采访石嘴山市的一位瘫痪姑娘刘岳华。她对我说："15岁的时候，觉得瘫痪了只能给家里带来累赘，还不如死了好。"就在她极度苦闷烦恼，产生了轻生念头的时候，她从中央人民广播电台《青年节目》里听到了毛毛的故事，一位身残志坚的青年自学成了画家。

刘岳华说着，当即向我这位记者朗诵了她终生难忘的广播里的话："我是一颗残缺不全的种子，撒在肥沃的土壤上，经过抽枝展叶，终于长成了一棵生命之树。"

刘岳华满怀深情地说，"这段话，给了我深深的影响，我觉得我应该像他那样，坚强地活着，选择一条适合于自己的人生道路。"

刘岳华既从广播里汲取了战胜疾病、顽强自学的力量，又从广播里学习各种知识和技能，克服了常人难以想象的困难。这个连一天学校门都没有进过的姑娘，跟着广播学文化，跟着广播练写作，写出了上百万字的小说、诗歌等作品，终于成了一名作家。

我采写的刘岳华的事迹播出以后，中央人民广播电台和刘岳华本人收到了几百封来信，许多青年把她作为"人生的榜样"。

刘岳华的事迹，使我更深切地体会到了广播的威力和魅力。

有人说："记者一年到头忙个死，有啥干头？"还有人说："当广播记者不如报纸记者、电视记者，吃不开。"

我并不这样认为。实际上当个广播记者很有意义，广播记者采写的毛毛的故事不是重新点燃了刘岳华的生命之火吗？刘岳华并没有记住采写这篇通讯的记者名字，然而，这位记者写的通讯通过广播感动了她，拨动了她的心弦，使她从绝望中振奋起来，冲出了她新的生命起跑线。而刘岳华的故事又给了听众以鼓舞，这还不足以使广播记者欣慰吗？！

1985年4月至6月，中央人民广播电台连续十次在《祖国各地》节目中播出了我采写的"宁夏专题"，没想到在宁夏回族自治区内外引起了强烈反响。宁夏一些领导同志认为这套专题节目有内容、有文采，生动感人，趣味性强，向全国介绍了宁夏，为宁夏的开发建设做了件大好事。"中央台系统介绍宁夏，对我们宁夏人民是一个鼓舞。"不少听众写信来。湖北省武汉市硚口区幸福村特一号硚房二队何宗凡来信说："宁夏专题报道，激起我对祖国大西北的热爱，宁夏飞奔前进的建设，令人欢欣鼓舞。三个孩子听了广播表示，长大了去宁夏工作。"

作为一名广播记者，能够得到听众的理解，采写的广播稿在听众中产生了影响，这就是最高的奖赏。这样的事业是多么令人神往啊！

是的，我们个人是十分渺小的，然而，我们从事的事业极其伟大。中央人民广播电台在亿万人民心中的分量确实是难以估量的。

当我登上六盘山高峰，站在据说是毛泽东同志当年率领红军长征停留过的高地上，望着一边是高耸入云的铁塔，一边是红军无名英雄之墓，心潮起伏，万分激动。革命先烈为人民留下了欢乐，连自己的姓名也没有留下；铁塔下坚守岗位的广播战线的战友冒着高空电闪雷劈的危险，默默无闻地奉献着青春和生命，世人也不知道他们是谁。

同这些红军英雄，同这些钻在云端的"天兵天将"比起来，我们这些广播记者还有什么艰难困苦不可征服、不可战胜呢？

（刊于中央人民广播电台《广播业务》1989年第10期，获征文奖）

人民的信任是最高的奖赏

回顾几十年来的记者生涯，作为与中央台记者站血泪交融、休戚与共的退休老记者，抚今思昔，感慨万千，略记一二，以表心曲。

辩证法指引探新路

1980年下半年，我从宁夏台被抽调出来，投入中央台宁夏记者站筹建工作，1981年1月15日到京报到，中央台宁夏记者站与一批兄弟记者站几乎同时宣告成立。

创业伊始，举步维艰。记者部吕桂清同志撰文说我们是"背包记者站"，无房无车，工作再艰苦，咬咬牙就闯过去了，最头疼的是采写了稿件，发不出去。

1981年3月，我坐公交大巴到宁夏北部的石嘴山市采写了《上海两位已退休的幼儿教师到宁夏任教》，编辑认为"意义不大"未用。我有点困惑，找来一本马树勋著的《民族新闻探索》翻阅，看到这样一句话："在我们新闻记者队伍中有人把宁夏说成是无地位、无特点、无典型的'三无世界'。"

这句话犹如一盆冷水浇头，又想起来新华社宁夏分社从外省调来不久的一位记者说的话："在我们省一弯腰捡起来就是个大新闻，在宁夏掘地三尺也掘不出新闻。"我更加困惑了。

宁夏是一个"老、少、边、穷"地方，面积、人口、生产总值占全国的比例始终不足1%，在新闻界一直被公认为新闻资源相对比较短缺的地方。在这样一个被称为"被遗忘的角落"的"冰点"地区，连新闻都发布不出去，我还有什么干头？"四人帮"垮台之后，北京广播学院三次发商调函要调我回母校任教，宁夏坚持不放。自治区本来已经把我列入后备干部，放着顺顺当当的仕途不走，来当这么个"冷冻"式的记者，是不是真像别人说的我"傻得脑子进水了"？！

就在我困惑之际，中央台的《记者通讯》1981年第4期发表了中央台研究室苗荧林同志写的《既已"亡羊"，就须研究"补牢"——为一件本台记者来稿没有被播用而写》（此文收入中国广播电视出版社出版的《编播业务杂谈》，题目改为《这样前无古人的壮举值得宣传》）。按编辑部意见，我又去采录了录音通讯《浇灌花朵的人——访上海来宁夏的两位退休老教师张洁修、朱樾芳》，5月28日播出，做了补救。

一石激起千层浪。困惑促使我认真学习辩证法，想从中寻求破解。变化引起我对宁夏更深的思考，想探索一条新路。

对于同一个事物，从不同的角度看，会有不同的认识：两位退休老教师发挥余热再任教，这类事情太普通了，要报道，实在"意义不大"；两位上海退休老教师甘愿自讨苦吃，不远千里跑到落后的宁夏，培训自治区奇缺的幼儿教师，其意义就成了"前无古人的壮举"。

人生的支点在于对人生价值的追求，而这种追求因反差的巨大更凸显其意义。我有点豁然开朗了，于是坐上公交车长途奔波，上山下乡，采访支宁的知识分子。《以祖国的需要为志愿，两万多名大学中专毕业生扎根宁夏》的消息先后在中央台1981年10月14日《全国新闻联播》、15日早《新闻和报纸摘要》播出。《光明日报》《人民日报》先后转载。《人民日报》还发表了署名谢广田的评论《切莫"以利为恩"》。

我用半年的时间，采用现场录音报道等形式采录了"宁夏专题"10篇系列报道，1985年4月至6月中央台《祖国各地》节目连续报道，在自治区内外引起反响。宁夏党政领导纷纷赞扬该系列报道"向全国介绍了宁夏，为宁夏的开发建设做了件大好事"。不少听众来信赞扬该系列报道是"令人难以忘记的好文章"，"激起我对祖国大西北的热爱"。武汉市硚口区幸福村一号硚房二队何宗凡来信说："三个孩子听了广播表示，长大了要去宁夏工作。"

通过几年的探索实践，在表面上看来新闻资源不多的宁夏，我发现：大漠黄沙里埋着"金子"，西海固旱塬上"山花"绽放，回族风情特有韵味，西夏深藏千古之谜，贺兰山腹地"乌金"闪光，六盘山深处"龙潭"飞瀑，民众中蕴藏着不少看似平凡实则不平凡的人物，只要深入挖掘，在宁夏山川可以找寻到许多值得向全国和世界报道的"奇珍异宝"……

换个角度看问题，宁夏不是什么"三无世界"，而是待开发的新闻宝库。报道质量上去上不去的关键，在于是否深入、深入、再深入。

在全国驻宁夏新闻单位联合会上，我讲述了自己的上述思考，得到了大家的认同。

在几十年的记者生涯中，我深深体会到：辩证法是个宝，时时处处离不了。

记者的责任重如山

一生中最令我难忘的是对宁夏固原县山村回族女党支部书记马金花的采访。

1973年8月，党的十大代表马金花从北京回宁夏后接受采访时告诉我，周恩来总理在会见宁夏代表时问："西海固水还缺不缺？""人民生活怎么样？"她如实回答："缺！""苦焦！"并做了详细汇报。周总理含着眼泪说："西海固还这样穷，我做总理的有责任啊！"

我的心灵被震撼了。西海固人民生活还这样苦，难道我这个当记者的没有责任吗？我为什么没有像马金花那样，向党中央、国务院及早汇报？！

1967年，作为会议记录者，我到北京参加了中央解决宁夏问题的会议。在长达近半年的时间里，我当面聆听周总理一心一意为人民着想而发出的铿锵话语，目睹周总理面临种种干扰力挽狂澜的艰难作为。那一幕幕深受感动的情景又历历浮现在脑海里。

1969年夏，我下到煤矿井下"掌子面"采访舍己救人的好矿工郝珍的事迹。突然，别处采煤的"炮"响了，地动山摇，石砟纷落，我被震倒了。前后两位矿工奋不顾身地扑到我的身上，那一瞬间，我被深深地感动了。人生最宝贵的是生命，生死关头最能考验人。满脸煤黑、满身汗味的矿工兄弟，像炭块一样黑黝黝的，却有一颗比金子更贵重万倍的心！我要写不好新闻报道，怎么对得起这样好的好弟兄！这一惊险经历刻骨铭心，常常在我的眼前显现。

震撼和联想使我更加意识到：记者的责任重如山。记者的责任就在于将上下沟通。记者的角色是瞭望者。国家和人民需要记者，就因为记者不担心头上的乌纱帽，不受限于当事者的利益链，能够探真相、报真情、说真话。记者要做到这一点，就要深入到第一线——新闻事件发生的现场、新闻源头涌动的基层、矛盾冲突激烈的焦点，身入心更入地认真调查研究，多角度、多方位地探察、挖掘。

俗话说："不入虎穴，焉得虎子。"登上缝隙中冒着浓烟的矿山，深入煤矿井下巷道，我才写得出《紧急抢救"太西乌金"　急需后续灭火资金》和《宁夏大量存煤运不出去》的内参和《一不怕苦二不怕死的好矿工郝珍》等公开报道；走了一山又一山，访了一村又一村，问了一户又一户，我才写得出《中国农村女童教育问题亟待解决》和《宁夏西吉农村燃料奇缺》等内参和公开呼吁；多次迎着风沙深入大漠，先后采访过许多治沙的科学研究工作者、林场工人、沙区农民以及来自世界治沙科研第一线的外国专家，我才写得出《流沙上创造的世界奇迹》《防治荒漠化刻不容缓》《黑风暴的警告》《从对比中看防治荒漠化》《沙漠找水情谊深》等内参和公开报道……

1988年3月1日，中央台《新闻联播》播出了我写的记者来信《鼠、虫、病三害威胁"三北"防护林》，文中说："林业专家希望通过中央人民广播电台发出紧急呼吁，像扑灭大兴安岭森林火灾一样刻不容缓地紧急动员起来，除三害保长城！"播出后，林业部门反映："中央台的呼吁还真见效！"

1994年，宁夏西海固又遭大旱。我翻山越岭，沿羊肠小道走进大山里的一户窑洞人家，只见光溜溜的炕席上，一床五颜六色的布块拼成的破被下，围坐着几个衣衫褴褛的小孩和一个白发老大娘，炕上再无他物。冰冷的灶台上支了一口缺角的铁锅，水缸里只有一点浑浊的黄水。墙角堆着一点点土豆——那就是全家的口粮了。我震惊了，眼泪忍不住夺眶而出，把身上带的所有的钱全给了老大娘……又走访了几处，我含泪写了内参《宁夏西海固干旱严重灾民生活困难》，引起了中央重视，很快拨来救济款。

1997年，宁夏汝箕沟煤矿遭特大洪水袭击，我闻讯赶往洪灾第一线采访。中央台在全国媒体中第一时间报道了《被困井下9天10夜的8名民工得救生还》的消息，国际台也发了录音报道，国内外引起反响。

作为驻地记者，对当地也要进行舆论监督，该批评的也要毫不留情地批评，不能搞"地方保护主义"，这实质是对当地真正的爱护和帮助。《银川菜市见闻录》连续报道（除首篇自采外，其余6篇是和《宁夏日报》记者合作的，1990年4月至6月《宁夏日报》刊载）严厉批评了银川蔬菜生产、供应、销售中存在的种种问题，多角度地探讨了解决问题的途径。首篇发表后，银川"市长立即责成蔬菜局配合有关部门就反映的问题予以解决"。随着连续报道的不断发表，菜市情况逐步好转。读者来信称赞这是"一组贴近群众、贴近生活的好报道"；"特别是第一篇……这些活脱脱的现场镜头，是银川市民天天都能见到的事实，真实感强，十分令人信服"；"我们的新闻记者就是要有这种为老百姓讲话的正义感，只有把新闻记者的心贴近老百姓的心，才能与群众心连心，写出读者爱读、听众爱听、观众爱看的好报道来"。银川市长张位正说："这组报道抓得好，活血化瘀，推动了我们的工作。"

边塞小草也发芽

从中学、大学学习新闻，当了40多年新闻记者，退休了又进入大学讲新闻，我一辈子痴迷新闻。山外有山，峰上有峰，对新闻的迷恋推动着我不断攀登新高峰。

新闻传播学，是一门涉及政治、经济、文化、社会等方方面面的学问，也是一门高深的艺术。在当今物欲横流、世态百变的现实环境下，有理想、有抱负的新闻记者如何坚持人格操守，为祖国和人民做出应有的贡献？新闻传播如何在新的时代、新的形势下，发挥优势，排除病患，为世界的未来和人类的命运做出应有的贡献？有不少问题值得探讨。

我始终以敬爱的周总理的教诲"活到老、学到老、改造到老"作为座右铭，把每一次采访都当作一次新的学习，把每一位采访对象都当作自己的人生老师，先当小学生，更做有心人，用生命来采写新闻。我先后采写了一不怕苦、二不怕死的好矿工郝珍、回族女杰马金花、阎翠梅，刻苦自学、反复试验培育成功小麦良种、从"知青"到农业专家的裴志新，扎根大漠、献身治沙事业的归国华侨石庆辉，离休后进荒漠植树造林的老干部刘寅夏，15次临危不惧、舍己救人的汽车司机王吉宗，山区农民脱贫致富的带头人王进录，把青春献给祖国的女建筑师张光璧，女神枪手祁春霞，落榜不失志、山村育英才的教师王建林，破解千古之谜的西夏学专家李范文，一心为儿童作曲的音乐家潘振声，忠诚坦荡绘人生的回族老干部马思忠，全国民族团结进步先进个人、伊斯兰教大阿訇洪维宗……既展示了宁夏群英的光辉灿烂，也从英模身上学到了人生的真谛。

1985年采制的录音报道《我愿做一盏小小的路灯》，介绍了一天学校都没有进过的残疾女青年刘岳华刻苦自学成为作家的故事，中央台播出后收到400多封听众来信。有的听众把她作为"人生的榜样"。时任团中央书记的胡锦涛同志专程到她家探望，并题词："向刘岳华同志学习，任何困难也挡不住你前进的道路，你的事业是常青的。"1995年，我又采写了后续报道《生命的光华》，获中国残疾人事业好新闻奖。

2000年初，我深入采写了宁夏同心县预旺镇广播电视站站长金占林的先进事迹，中央台2月10日早《新闻和报纸摘要》播出人物通讯《广播战线的好榜样——金占林》，国家广播电影电视总局党组2月14日下达文件，号召全国广电系统职工"向金占林同志学习"。《中国广播报》2月15日一、四版打通，刊登了我采写的长篇通讯《广播电视工作者的榜样金占林》（此文收入《2000年中国广播电视年鉴》）。由我执笔，与人民日报记者、新华社记者合作的通讯《我是"公家人"——记全国广播电视系统优秀共产党员金占林》，中央人民广播电台《新闻和报纸摘要》节目播出，《人民日报》3月24日头版刊登，新华社发通稿。我采写了此典型，年终总结时受到台领导和记者中心领导的表扬。

我只是做了一名记者应当做的小小的工作，祖国和人民却给了我巨大的鼓励，先后被评为中央台（1982年）、宁夏回族自治区（1990年）、林业部（1992年）先进工作者，首届全国民族团结进步先进个人（1990年），宁夏十佳记者（1996年和1999年两届），获全国五一劳动奖章（1997年）和国务院颁发政府特殊津贴（1998年）。2008年被宁夏授予"突出贡献专家"荣誉证书，作为"影响宁夏50年的人"受媒体报道。

人民的信任是对记者最高的奖赏。阳光照耀下的一滴水，汇入不竭的江河，才会激荡奔腾；大漠绿洲上的一棵草，紧紧地与伙伴拥抱在一起，才能固沙染绿。

一位热心听众、宁夏中学教师写了这样一首诗：

> 他不懂生活的时尚，很落伍；
> 他把握时代的脉搏，很前卫；
> 他衣着模糊又黯淡，很保守；
> 他文章精致而深邃，很引人；
> 晤面没有多少人知道他叫什么，
> 传向海内外的电波时常响起这样一个名字
> ——潘梦阳。

其实，宁夏的听众注意到的是驻宁夏的记者，其他各省（区、市）的听众注意到的就是驻那个地方的记者。不是我们记者个人怎么样，而是中央人民广播电台和中国国际广播电台的喇叭响、影响大！

我两次参加了中央台组织的全国"两会"报道、《中华英模》、《回首改革路》、"纪念宁夏回族自治区成立三十周年、四十周年活动"等重大报道，并随同中央台编辑一道采录了《大西北的脚步》《扶贫开发看"三西"》《面对落水女孩》《通向共同富裕的金桥》等有影响的报道。这一系列过程是我思想和业务学习、锻炼、提高的课堂和熔炉。

中国国际广播电台采用了我采写录制的《尼日尔总统访宁夏》《泰国公主访宁夏》等新闻报道，有的被一些国家的媒体用英文、日文、阿拉伯文等文字转载。1985年4月国际台用多种语言播出了我采录的录音报道《为了增进同世界穆斯林的友谊和合作——访即将出国访问的中国宁夏回族自治区穆斯林友好代表团团长黑伯理》，在伊斯兰国家引起强烈反响。沙特阿拉伯在代表团访问途中就发出特别邀请，代表团经请示批准，黑伯理即率团顺道去访问，一举打开了当时尚未建交的我国与沙特阿拉伯之间的友谊通道，意义非凡。黑伯理率团回宁后，特别请我转达对中国国际广播电台的感谢。

几十年来，我的足迹踏遍了宁夏山川，采写的各类文体作品达600多万字，上百篇获全国和部、台、自治区新闻、广播电视、文学、社会科学奖，先后出版了7本书，约140万字。我主编的《爱我中华 爱我宁夏》被列入"宁夏爱国主义教育百部图书"之中。《应用广播新闻学》（获宁夏社会科学优秀成果奖）和作品集《心弦的和鸣》都被收入《中外广播电视百科全书》。《宁夏揽胜》被自治区评为优秀出版物。

退休后，我写的散文《花棒》，赞扬了被誉为"沙漠姑娘"的沙生植物花棒的顽强精神，以此为喻，记述了在流沙上创造世界治沙奇迹的我国科技人员和工农群众，获《求是》"西部放歌"散文征文唯一的一等奖（2005年）。

衷心感谢各级领导、列位同仁、各记者站兄弟们的巨大关怀、支持和宁夏父老乡亲的深情厚谊。我要牢记穆青老前辈在我采访他时的深情叮嘱："我们永远不要忘记人民。""只要你心里装着人民，你就具有了感天动地的人格力量。"在有生之年，踏踏实实地为人民有一分热，发一分光，鞠躬尽瘁，死而后已。

人生最大的幸福，就是在他百年之后，还能以他所创造的一切，去为人民服务。

最后，以一首言志小诗结束此文：

边塞小草也发芽，飞花点翠傲风沙。
绿染荒漠苦亦乐，甘作灰泥沃中华。

（转自中央人民广播电台驻地方记者站成立45周年纪念文集
《光辉岁月》，中国广播电视出版社2010年版）

难忘父母养育恩

我家祖籍浙江绍兴，籍贯河北沧州市，《水浒传》中林冲发配的沧海之边、蛮荒之地。曾祖父潘联桂，清朝光绪年间曾任沧州邮政局局长，后以卖画为生。

祖父潘文澜是书画家，家道中落，父亲潘德铭在盐店当学徒、店员。日本侵略者祸害中华，1940年全家被迫背井离乡逃难到山西。靠黄埔军校毕业、任军参谋长的大伯父潘德麟关照，父亲潘德铭在阎锡山任长官的二战区谋得个差事——柴炭供应社收发，其间最高军衔为中校。

1942年8月20日（农历七月十日）我出生于抗日烽火年代的山西省吉县克难坡（二战区长官部所在地）。旁边就是举世闻名的黄河壶口瀑布。可惜3岁离开之后至今70年时间未能了却探望出生地的心愿。中央台山西记者站站长康维佳同志送我一本正面介绍壶口瀑布、背面讲述克难坡的书看，才有了一些了解。长大后得知：我母亲边品卿的腿，就是在河北躲避日本鬼子扫荡下地道的时候，被水井里的搭板夹断的。父亲的腿病，就是在押运柴炭给抗日部队时遭风寒侵袭而患下的。国破家何在，无国哪安家。国恨家仇，没齿难忘。家国一体，休戚与共。一听到"黄河在咆哮"的歌曲声，一看到黄河壶口瀑布的怒涛景，我就热血沸腾。

1945年9月，日寇投降后，大伯父和父亲不愿卷入"中国人打中国人"的内战，分别解甲经商和另谋职业。大伯父系国民党革命委员会成员，逝世时周总理还发来唁电。1946年父亲谋得太原铁路工会干事一职，全家定居汾河之滨。我六七岁时，父亲因病失职，赋闲在家，全家生计无来源。哥哥14岁跑出太原城投奔了解放军，姐姐12岁到鞋店老板家当使唤丫头，母亲领着我上街讨饭。

1949年太原解放后，父亲在街头摆纸烟文具摊维持生计。我放学后，帮父亲看摊。11岁时，有一次收摊，我拧电灯泡，手与灯口里的电流接触了，觉得有人拉着我的手往上升，幸亏旁边修车的曲大爷拿根木棒打开，救了我一命。父亲得知，搂着我，一句话也没说，落了泪。那是我见父亲唯一的一次流泪。"文化大革命"中，父亲被"红卫兵"剃了阴阳头，受尽侮辱，一滴眼泪也都没掉。

1956年公私合营，当了一个门市部负责人不到两年，父亲因双腿肌肉萎缩症越来越严重，只得从此病休在家，每月领取15元生活费。参军提干的哥哥从菲薄的薪水中挤出来一些，寄钱贴补家用。

父母亲为人正直，忠厚善良，再怎么生活艰难、病痛折磨，从不唉声叹气，也不怨天尤人。在家境十分困难的情况下，母亲还坚持供我上学。我高中毕业，山西电台征求我和家长意见，如愿工作马上就可上班，父母亲为了我的愿望和前途，宁可拖着病残的身体自己吃苦受累，放我这个已长大成人、马上可挣钱养家的全劳力进京上大学。我毕业了，父亲母亲从来没有拖过一点后腿，支持我远离父母到祖国最需要的地方大西北去，写信总是鼓励我："你精忠报国，就是爹娘的好儿子。"有一次，我开会出差顺路回家探望父亲（母亲已病逝），刚住了一天一夜，单位就来电话说有急事叫我，又住了一夜，就要匆匆忙忙地离别，我眼含泪水，卧病在床的父亲反催我："快去吧！公事要紧。"哪知道这一走竟成了永别。父亲病故，我未能见上最后一面，留下了终生的遗憾。

"国家的事再小也是大事，个人的事再大也是小事。"我这一辈子就按照父亲的这一教诲处理公与私的关系，所作所为，对得起国家，对得起人民，没有辜负父母的期望。

母亲边品卿是乡村学校校长、老秀才的女儿，温柔贤淑，一直操持家务。我小时候犯了错，母亲举起笤帚疙瘩来，见我嘿嘿一笑，就又放下了，轻声细语地批评我。我痴迷课外书，夜里等父母睡着了，把电灯泡拉到被窝里蒙着看书，被发现了，父亲批评我，母亲还替我说情："他就是个书迷。"高中时，已经住校的我连续两个星期天因校报的工作没能回家。第三个星期天，母亲拖着伤残的腿，两只缠过的小脚颤颤巍巍地不知道走了多少时间，来学校看我，要给我洗衣服。母亲临终前，几天几夜不吃不喝，也不能说话，一直等我千里迢迢赶回来，见上了最后一面才合上了眼。

父母亲与人相处，总是严于律己，宽以待人，常说："吃亏是福。""公家的、别人的便宜一分一厘也不要占。"父母亲同邻居们的关系都处得很好。我父母住在一间放个双人床就没转身空地的小房，做饭在房门外。我和妻子新婚回家没地方住，邻居家把房子腾出来，从来没用过的新被子拿出来。三轮车夫王大爷中止了生意主动接送我们。

我最难受的事情是："文化大革命"中，宁夏电台有人贴大字报，说我把发的布票买了白布寄回家里，"给他妈做被子，划不清阶级界限"。我孝敬老人，有什么罪过？！父亲、母亲家庭成分分别是职员、下中农。父母亲被"红卫兵"从太原迁赶回沧州，无家可归，借住一间漏雨透风的破屋。我赶去探望，见状心如刀绞。后来弟弟问太原街道办事处和公安派出所，他们都说，那是"红卫兵"干的事，与他们无关。虽然父母后来被弟弟接回了太原，这样的摧残可严重地伤害了身心。

长期远离父母，只是月月将工资的一半寄回奉养，未能在身边尽孝道，我常常自责。父母从未责怪一句，反而总在人前夸我"孝顺"，我就更加内疚。幸好转业回太原的哥哥潘梦庚和姐姐潘春如、弟弟潘梦彭三家在父母身边悉心照应，我也就能无所牵挂地全身心投入工作。父母从未吵过架，留下和睦好传统。我们兄弟姐妹四个就我一个上了大学。哥哥、姐姐、弟弟替我承担了照顾父母的重任。我们兄弟姐妹乃至妯娌姑嫂之间和各自的小家都传承着中华民族"家和万事兴"的遗风。儿孙们也都安宁健康走正道。父母在天之灵可以安息了。

难忘师长培育恩

从学校到社会，师长培育我的恩德，终生难忘。历历往事，尽在眼前。

太原新道街小学（三小）李云溪老师并不因为我贪玩就放任自流，苦口婆心地劝导我好好学习。小学几年，我虽然调皮，带着一帮"飞"（非）"（少先）队员"在校园里窜来窜去，但是学习成绩还可以，没挨过她的教鞭。已经工作多年了，回太原，街头偶遇李老师，听说我二十七八尚未找对象，马上张罗就要给我介绍，实在是关心到家。

上初中了，我家离学校很远，父母给我买饼子的钱一半让我租了书。午饭在教室里啃饼子就开水，边吃边看。下午上课了，心还在惦着武侠的生死打斗。我把书放在膝盖上偷偷地继续看。老师叫我回答问题，我猛地站了起来，书落地上被没收，还挨了训。一气之下，我离校出走，在奔往五台山寻侠客学武艺的路上被抓了回来，记了大过，成了全校有名的"调皮大王"。

我见同学背后指指点点，恨不得有个地缝钻进去。就在我迷茫无望之际，从部队转业到学校的数学老师高博陶，午休时带我到她的宿舍，像妈妈一样帮我洗净手脸，让我吃饭、看书，给我物质食粮的同时更给了我精神食粮。

《马克思的青年时代》《毛泽东的青少年时代》《钢铁是怎样炼成的》《卓娅和舒拉的故事》《绞刑架下的报告》等书在我的眼前展开了光辉灿烂又惊心动魄的新世界，我心中原有的偶像被替代了。我也不记得什么时候发生了变化，先办班黑板报，再办初中分校黑板报，胳膊上戴上了红领巾的"三道杠"，被评为全校三好学生。班主任卫载阳老师常在语文课上让我朗读自己的作文。1956年10月29日，卫老师同我们团支部成员到照相馆一起合影，纪念我那天加入了共青团。

暑假时，我参加了山西省少先队夏令营。在风光秀丽的晋祠，我被选为夏令营委兼营报主编。黎阳、段杏绵、潘俊桐三位记者、编辑在夏令营辅导我办报，他们从此成了我人生的引路人。

《中国青年报》驻山西记者黎阳和她丈夫、《山西日报》记者贾春太，把他俩两套新闻记者业务学习书刊分一套给我，指导我采写消息、通讯。她放手让我一个将入大学新闻系就读的高中毕业生代替，去太钢青年高炉采访并独立发稿。10年后，我回太原探亲，到她家拜访，未进门就听到她爽朗的歌声，见面更感受到她沸腾的生活激情。我新婚的妻子惊讶一个癌症患者能够这样面对灭顶之灾的打击，感慨我结识了一个女豪杰做引路人。

《中国少年报》驻山西记者段杏绵指导我写儿童故事。在她家，见到了她的丈夫、被誉为"人民作家"的马烽。他是我崇敬的偶像。他的作品成了我爱不释手的宝贝。读了马烽写的《刘胡兰传》，胡兰姐成了我人生的榜样。我同妻子的第一张合影就在刘胡兰塑像前。1988年我回太原，拜望了马烽夫妇。马烽开导我："新闻与文学是相通的。你可以写一些文学作品。"我练习着业余写作并发表了一些散文、报告文学。1993年，时任中国作家协会党组书记、主持作协日常工作的副主席马烽和夫人、作家段杏绵到宁夏参加回族作家笔会，几次向宁夏作协副主席张武问我，要见我。可惜我去武汉开会，未能会面。马烽逝世，我写了一篇回忆文章，收入《马烽文集》。

山西人民出版社编辑潘俊桐是归国华侨，当时孤身一人，我常登门拜访。潘老师在晋祠，指着游鱼，向我讲解杜甫诗句"细雨鱼儿出，微风燕子斜"，使我懂得了观察与写作的微妙关系。我写了《晋祠》《悬瓮山下晋水旁》等诗文习作。

《山西青年报》的编辑韩健民和山西省、太原市电台、报刊的许多编辑、记者等师长都给了我无微不至的关怀、指导和帮助。中学时，省市报刊、电台发表了我50多篇各类文体的习作，激发了我当记者的志向。

太原六中（现"进山中学"）初高中的各科老师对我的培育格外用心。因社会活动误了听课，老师们不厌其烦地为我补课。我初中升高中，名列第一名。高中各门功课都优良。学校了解我家太远，我社会工作多，专门安排我先后在少先队大队部、校《红星报》编辑部两个办公室住了四年多。对面是图书馆管理员老师的单身宿舍，与书库相通，我每天晚饭后都借几本书来，复习功课和作业完成后就翻阅个大半夜，过一天再换几本。也记不得读了多少书，中外古今，文、史、哲、科，什么书都看，大多都只浏览而已，有的看了还做笔记，写了心得。

最令我难忘的是何文老师。他是负责指导校报《红星报》的校领导。我先后担任校报副总编、总编，撰写评论、编改稿件、排版定题，还对外写报道。他对我总是鼓励、赞扬，放手让我大胆地干。老师越是如此信任，我越要胆大心细，幸亏还从来没出过大错。1959年，他让我带美术、解说的同学到北京，参加全国教育展览会的筹备和展示，展板标题图文、解说词稿等一切事宜全由我负责，长达一个多月。我们没有辜负学校的信任，圆满完成了任务。开学典礼、毕业典礼的校领导讲话稿，有时也让我起草。

1960年参加高考的第二天，早晨开考前十几分钟，来一辆小汽车把我从考场叫出来接到山西电台，领导说，不用参加高考了，保送北京广播学院读书或马上来电台上班，让我二选一。我知道这与何文老师无微不至的关怀大有关系。我到宁夏工作后，何文老师还常给我来信，勉励我。何文老师一家是山西全省有名的"教师世家"。

我有幸在如此众多的好师长培育下走进心仪的大学殿堂。

进了北京广播学院，又遇上了许多学识渊博、诲人不倦的好老师、好兄长。

中国最早的共青团员、军阀"监狱大学"毕业的新闻界前辈温济泽老师，被打成了"右派"，撤销中央广播事业局副局长职务，降七级，下放"北广"教书。他带的是大课，全校几百学生不分年级一起上复兴门外广电大厦的广播剧场听课，从不点名却座无虚席。他的博学、睿智、风趣，引领我们进入一个又一个陌生的知识领域，他那面对逆境一直坚持乐观、豁达、向上的精神给我们树立了榜样。

原新华广播电台编辑、新华社记者高而公老师，以自己的实践结合理论，教我们采访写作，深入浅出，引人入胜。他采写的《刘胡兰小传》是我百读不厌的枕边书。他坚持独立思考，从不随波逐流。他写的新华广播稿《介绍本台的一位听众》，我听讲时印象极为深刻，后来作为范文，收入了我自己编写的大学教材《应用广播新闻学》之中。

学院团委书记功勋老师专门负责指导学院学生会工作。几年大学生活中，他的教导对我的思想进步、能力提高帮助最大。我身兼学院学生会副主席、新闻系学生分会主席、院报主编、院广播站站长数职，开始工作往往顾了这头丢了那头。功勋老师教给我工作方法，引导我把具体工作分配和发动大家去干，既取得了好效果，大家都出了力还满意。学院还让我在全院学生大会上介绍处理好课业学习和社会工作的经验。全院学生代表大会上，院学生会工作报告也由我来做。

教"语言"的施旗、教"文学"的樊庆荣等许多老师个个教学认真，辅导热心，各有特点，我们学得都挺愉快。

我们学生还同老师们一起上中央人民广播电台的发射台农场，挖土豆、红薯，师生同吃同住同劳动，互帮互助，亲密无间，结下了深厚的师生情谊。

毕业之后，不少老师还一直关心着我的成长，几十年了，始终不断。

讲授广播史的赵玉明老师，后来担任中国新闻史学会会长、中国广播电视史学会会长、北京广播学院副院长，一直关心我的成长。2009年他到广州开会，还顺便到珠海来看望我这个已经毕业40多年的老学生，说起当年我饿得患了浮肿病，躺了月余，学院食堂煮黄豆粥，我喝了才救了命。老师仍记忆犹新。

原新闻系党总支书记张文纛老师，20世纪80年代专程到宁夏探望我们"北广"的毕业生。他一听说我到北京开会，就打电话邀请去家里，还花几百元请我这个边远地区来的学生上西餐厅尝尝鲜。光一小盘半个黄瓜半个西红柿的切片，啥作料也没放，就15元。

开朗的曹璐老师带社会知识课，请各行各业的专家、学者来给我们既简要又生动地讲各种各样的知识，天文、地质、水利、电力、钢铁、纺织、农业、商业、文学、艺术、体育等等，大大开拓了我们的知识面。她后来当了中国传媒大学新闻学院院长，百忙之中，还从新闻业务的提高和长进等多方面一直关心着我的进步。

穆青、商恺、邹大昌、辛智、张源、顾页、王庆同等新闻界的前辈们对我言传身教，使我受益匪浅。同学、同事即使年龄比我小，我也在心里同样作为兄长尊敬、热爱。给予的关怀、温暖和帮助，令我终生难忘。

穿着军装上学的韦鸿和，比我年长19岁，是我大学里最好的朋友。他和我分别是全班最大和最小的"极端"。他家有三个嗷嗷待哺的孩子和毫无工资收入的妻子，并不丰厚的薪水总是入不敷出。他从自己本来已经很节俭的支出中挤出钱来，慷慨地帮助我和有困难的同学。他常在护城河边一起散步时开导我，解开我心中的疙瘩。我觉得，他就是身边的活雷锋。

这么多的师长经久不息的培育和帮助，给了我动力、信心、勇气和知识，我才能几十年来在新闻路上坚持不懈地奔跑不停。

难忘宁夏父老恩

在40多年的记者生涯中，宁夏的父老乡亲兄弟姐妹对我关怀备至，恩重如山。

1964年9月至1965年8月，在永宁县增岗公社新华大队劳动锻炼，我们9名文科大学男生住在一队一间公房的大通土炕上，凌晨四五点钟，就迎着寒风拉着车往田地送肥。大木头轱辘车像春秋战国时代的战车，有一人半高，木头轱辘大大的是为了一滚动就过了小沟渠，不被隔住。我们拉车替换牲口去"吃早点"，上坡时用力拉绳，下坡时靠惯性下滑的车跟着跑都往往跟不上趟，全靠驾辕的社员田山大叔两手臂把住辕杆，支架起向后仰的车缓缓下滑。有人困得迷糊了，该松了绳跟着跑，却拉紧绳用力拽。田山一个趔趄摔倒在地，车板砸得他头破血流。我们都吓得呆住了。40多岁、敦厚朴实的田山抓把黄土堵住血流，一句怨言都没有，站起来又驾上辕杆，继续拉车。我们一个个都感动得不知道说什么好。我个头小，田山总让我拉最边的那根套绳。

到煤矿井下工作面采访，地层深处漆黑一团，就靠头顶上的矿灯发出的微弱的光亮摸索着往前走。矿工兄弟前面的拉着我的一只手，后面的拉着我的另一只手。突然，另外的工作面放炮了。一震动，煤砟石从顶板的缝隙唰唰唰地往下掉。两位矿工兄弟不约而同地扑到我身上，一个护住我的上半身，一个护住我的下半身。我非常感动，生死关头的一瞬间，矿工兄弟用自己的生命来保护我的生命。这样惊心动魄的场面，几十年来不时在我脑海里闪现。

有一次，自治区一把手、革命委员会主任、兰州军区副司令员康健民要下矿井的采煤工作面向矿工传达毛主席发出的最新指示。自治区派车前一天晚上连夜送我进煤矿，做录音报道的前期准备。已经夜晚九十点钟了，一辆车孤零零地行进在贺兰山空旷的山路上。我困乏得昏昏欲睡。突然，北京帆布篷吉普车来了个紧急掉头，我惊醒了。司机声音沉重地对我说："不要动！千万，一点都不要动！！"我也不知道出了什么事，乖乖地听话一动不动就是了。司机小心翼翼地打开车门，轻轻地跨了出去。我只觉得车体挪动了一下，司机又招呼我慢慢地从司机这边的车门下了车。我一看，倒抽了一口凉气。原来，洪水把山路冲断了，幸亏司机猛然间发现，打方向盘来了个急转弯，三个轮胎跨在悬崖边，右后轮胎已经悬在半空中。我如果稍微动一下，吉普车失去了平衡，就会掉下悬崖。司机用力把右后轮胎抬到了悬崖边上。幸亏司机眼明手快，这才免去了一场车毁人亡的惨剧。救命之恩刻骨铭心，我事事处处都要对得起宁夏乡亲。

宁夏百姓给我的恩惠，难以一一详述。他们再穷，连儿孙都舍不得给吃、留着换油盐的鸡蛋煮了给我吃，我又怎能吃得下去？他们宁愿自己受冻把唯有的一件光板子老羊皮袄给睡着了的我盖上，我醒了连忙同老人合盖。滴水之恩，涌泉相报。宁夏各族父老乡亲如此相信和疼爱我这个记者，我想起来就忍不住热泪盈眶。我拼着命地采访写作，就是为了回报这些结下了血肉情谊的亲人们。

西部人自有西部精神，如黄土般敦厚朴实，似火炉样真诚热忱，像钢铁般顽强坚韧。六盘山区（俗称"西海固"）人民在被联合国专家判定为"不具备人类生存条件"的旱塬上，常年喝着收集的雨雪水、水窖里积存几个月的泥糊糊水，长期吃土豆切碎了煮的稀糊糊饭，顽强地生存着、拼搏着，演绎了在"苦瘠甲于天下"的绝境中脱贫致富的悲壮戏剧。川区人民在号称"塞上江南"的黄河两岸，经受着一次次灾害的打击：周围的大沙漠时而刮起沙尘暴，风沙埋掉了房屋、庄稼和水渠；连续蔓延的病虫害毁灭了第一代农田防护林网。他们扎设草方格沙障固定流沙，植树种草，营造第二代防护林网，在全国率先实现了由沙进人退变为人进沙退的历史性大转折。

宁夏山川的变革在人类的发展史上具有史诗般的"苦难辉煌"，我只不过记录了一鳞半爪。是宁夏各族人民用行动谱写了一页页光辉灿烂的历史，是他们自己用行动写下了感动世人的故事，我只不过是记录了一星半点。他们的高尚精神激励、鼓舞着我不断前进。我只是做了一点点应做的工作，宁夏父老乡亲却给了我巨大的鼓励，宁夏几届党委、政府以及宣传部等部门多次给予我表彰奖励。

2008年，宁夏回族自治区成立50周年。这一年的5月12日上午9点来钟，我哥哥从太原打电话到珠海告诉我，他在宁夏军区的老战友从银川打电话对他说："你弟弟上了报纸了，'影响宁夏50年的人'，整整一个版。"宁夏又有朋友直接打电话对我说："自治区表彰你为'突出贡献专家'，中央驻宁夏新闻单位就你一个。"远在千里之外的我，听到这些消息，心里像打翻了五味瓶，甜、酸、苦、辣、咸，说不清什么滋味。

我一个在人称"被遗忘的角落"工作过的小人物，退休都6年了，已经失掉了国家级新闻媒体派驻地方记者持有的优势；又远赴珠海，按照"人一走，茶就凉"的积习，早就凉透了。然而，宁夏的父老乡亲还没有把我遗忘，我实在感慨万千。

无论从物质生活，还是从精神生活，乃至于新闻报道的源泉来说，宁夏父老乡亲都是我的衣食父母。

我是宁夏人民的儿子，只能以生命的奉献来报答这大海般深沉的恩情。

事业在女儿身上延续

说实话，女儿选择新闻做专业，我很感欣慰。在新闻战线奔波了30多年，如今已过知天命之年，回首漫长的记者生涯，深感遗憾太多。但孩子蓬蓬勃勃地成长起来了，酷似我的圆脑袋，好奇的眼睛，对事物的变化总保持着浓厚的兴趣和关注。她常使我想起自己在中学、大学的校报做编辑当"小记者"的种种情景。

女儿身上流着我的血，如今又走上了我走过的路。我觉得青春没有老去，事业没有停止，都在她那里得到延续和发展了。

女儿做我的同行，意义还不止于此。我在家庭里也得到了更多的理解和支持。

孩子是在我的忽视下长大的。她每次得作文奖，语文考第一，还获得了自治区小学作文比赛第一名，总有人会说是我这个当记者的爸爸教的。其实，惭愧得很，我很少过问她的学习，甚至有人问我孩子上几年级我也说不清楚。一年到头，多在外，少在家，我也记不清有多少个大年三十、正月初一是在家里过的。我记得清清楚楚，有五个春节是在贺兰山深处，煤矿井下的掌子面同矿工一道过的。女儿生下第二天，我就上贺兰山磷矿采访，等过了三天回到家里，煤炉灭火了，土坯房寒气渗人，脸盆里的水和尿布都冻成了冰砣子。做爸爸的尽的义务少，享受的权力也相应减少，孩子更乐意缠着妈妈。我的意见、看法在家渐渐不具权威性。"爸爸就是瞎忙"，"一点也不管家"，我常听孩子类似的抱怨。

鱼和熊掌是否可以兼得？我觉得我没有处理好事业和家庭的关系。对新闻，我是全身心地付出。我15岁时开始在报上发表文章，至今三四十年了，对新闻的执着追求使我再难、再累也从来没叫过苦。不过，讲到家庭，我是歉疚得很。孩子读新闻，我不能说是我的影响。孩子坦率地对我说过，她之所以选择记者这一行，更多的是这一行能提供给她机会。她渴望接触更多的人，了解更多的事。体验对一个作家是必不可少的，而这是她的愿望。

在复旦大学刚开始读书时，小燕抱怨新闻学院立意要把"文学脑子变成新闻脑子"，她想抗拒这种改造。但是，在她越来越多地了解新闻之后，她渐渐地走近了新闻也走近了我。

她开始问我："爸爸，你采访时，别人不理你，怎么办？""政府标准和受众标准哪个更重要？"有时，我无法给她满意的回答，但我极乐意同她探讨。我惊喜地看到这孩子越来越深入了我苦守了30多年的阵地。如今，白雪染鬓的我同满头黑发的她成了一条战壕里的战友。我可以教她"射击""排雷"，一同跨越障碍。她的青春感染着我，我的经验启发着她，这是1加1大于2的效应。

孩子对我从过去的疏远和抱怨转为理解和亲近。尤其是去年暑假在新华社宁夏分社实习时，她在烈日下跑了40多天，辛苦、疲劳不说，有时还受委屈，更体会到干记者这行的不易。"爸爸，你真不简单，30多年真不好熬啊！"女儿常常这么说。

我不愿说30多年是"熬"过来的。我10岁时，听半导体收音机中"小人儿"讲话就对新闻产生了浓厚的兴趣。新闻，在我，是苦趣，更是乐趣。

女儿对新闻的兴趣也越来越浓了，她对法拉奇、郭梅尼、金凤，渐渐有了同对勃朗特三姐妹同样浓烈的喜爱。看着小燕将飞，我心里真是说不出的喜悦，我知道跟我一样，选择新闻她不会后悔的。

对于我和女儿，新闻是一项多彩而无悔的事业。两代人、三代人的投入比起她的博大宏伟仍然是渺小又渺小的。这个"黑洞"的强大吸引力简直让我们这些宇宙中的小"尘埃"无法逃逸。

我眼中的记者爸爸

潘小燕

爸爸是一个老新闻工作者。我呢，正在复旦大学读国际新闻专业，谁听了都说："好呀，好呀！女承父业！"假期时做实习记者，正儿八经同爸爸做了同行，我才深刻认识到，以前在我眼里总瞎忙的爸爸原来这么能干、洒脱、魅力十足。

爸爸小时候家里很穷，在北京广播学院读书时，常用课余时间去工地搬砖、扛水泥赚钱交学费。如今，家里条件好了，他依然朴素如初，穿戴落伍，不愿听流行音乐，不会唱卡拉OK，连最基本的舞步也不会走。我们都说他是"老土"加"老抠"。可在宁夏南部山区西海固采访时，看到因为连年旱灾吃不上饭的老奶奶，他竟掏出一百元钞票递上去。老奶奶拿着钱的手在抖，一连给爸爸磕了几个头。爸爸回来后，几天没有睡好觉，他写的关于旱情的内参送到中央，得到有关领导的批示，拨来救灾专款。听和爸爸共事的叔叔们讲起这件事，我觉得爸爸真是个既慷慨又有爱心的人，真为他骄傲！现在，爸爸还会时常责备我浪费粮食、好逸恶劳，我可再不敢讲他头脑不开化、跟不上时代了。爸爸年纪大了，但他牢守的传统里实实在在有我这个新闻战线小字辈学习的地方。

我是学文的，特别偏爱小说。采写新闻中没有点抒情渲染就觉得文章无味。爸爸每次给我改稿，都毫不留情地砍去我的"华文锦句"。我说："这不成了白开水吗？""如果事件本身就是白开水，你再添料它就变味。你首先得找生动的事实，不能这样粉饰苍白。"我的几篇题目大得吓人的文章因此被他砍得成了小"豆腐块"。慢慢摸索了几个月，我才发现这种"豆腐块"的可喜之处：省时省篇幅，信息量却大。

若讲到采访作风，自己最崇拜法拉奇，爸爸那种温吞水似的慢条斯理总让我看着发急。可和他一块出去几次，我却窥出这朴拙中的采访艺术来。爸爸的知识面很广，和谁聊天都能谈得比较深入，尤其对新鲜的事物有兴趣，非要搞个明白；我却生怕别人不知道我的锋芒似的，常常弄些颇为挑衅的问题，搞得被采访者非常尴尬。渐渐地，自己在观摩中看出良好融洽的气氛比我挑战式提问更能挖掘出有价值的素材，我也渐渐学会了温声细语了。几篇稿子写下来，又交了几个朋友，多了几条可常通信息的线索，建立了小小的关系网，心里真高兴啊！

现在，结束实习，回到学校。有时拧开收音机，正好听到爸爸采写的稿件在播送，心里不仅为他自豪，也暗暗给自己打气：爸爸这么大年纪还在兢兢业业地奔忙，自己可不能松懈呀！

（两文刊于黑龙江《新闻传播·新闻之家》并配照片）

做个记者，荣辱在身外

潘小燕

实习两个月，才知道自己最大的弱点是受不得委屈。

希望有记者来采访调查的机关企业自会热情相待，然而若是私营餐馆、一些怕被调查的个人，可真是脸如冰块，言似利刃，常让我难堪之余，问自己怎么干了这一行：别人让你体面，你自会体面；不给你面子，你也没辙。一次，约好去采访快餐业的情况，那位经理却压根没来。我颇觉受了轻慢，干脆大哭一场。

爸爸干了一辈子新闻，见我那么伤心，只讲了一句："做个记者，荣辱在身外。"

静下心来想想，记者这个职业颇具特殊性。和记者打交道的人许多是就事情来决定态度，对其有利、对其不利这种情况往往比记者本人的品行更能决定他们会如何对待采访者。记者这时并非被看作特定的李四、张三，他被看作报纸、电台、电视台等媒体具象。如果一位企业家对你大加款待，一位售货员向你恶语相加，不要就因前者飘飘然或因后者深感震怒。做个记者，必须把个人忘掉。工作中少考虑一些"我"如何，多考虑一些事情如何，发展怎样，把采访中的障碍看成工作中必然要遇到的困难，一要客观，二要乐观，自然不会觉得受了委屈、心里结着疙瘩了。

我想明白这个道理以后，又换角度采访了快餐业中的一些情况，将稿子发了出去。那位经理觉得我宣传了他的快餐厅，打电话向我表示感谢。我对他说："这是我的工作，没什么可谢的。"如果因为个人受了些委屈，就赌气放过一个好题材，那才是傻瓜呢！

做个记者，要少拿些架子，不能太讲体面自尊。荣辱放在身外，不卑不亢抓新闻，应变各种情况。若在新闻事业中抛开个人的虚荣，才能做个好记者。

（宁夏日报社《新闻工作》第191期）

关心儿女　善待自己

潘晓珊

中国有句俗话讲得好，"望子成龙，望女成凤"，几百年世事变迁，可这个人间常理却没变。是啊！哪个家长不希望自己的儿女成才，有出息呢？尤其在当今社会。

为了这龙、这凤，家长便做出牺牲。晚上不看电视以保证孩子学习安静，这在许多家庭都已成为常事。什么《编辑部的故事》《爱你没商量》《女人不是月亮》即使闹得家长心里再痒痒，他们也会狠心舍得下。我所认识的两位家长，自从儿子上了中学，到高中毕业，整整六年，连新闻联播都没有看过。儿女学习负担重，于是家长包揽一切家务活，别说扫地、倒垃圾这些活不让女儿做，就连盛饭也不让女儿自己动手。有的家长陪孩子做作业，坐在旁边打毛衣，看书，孩子熬几点，家长就熬几点。一些家长为了儿女有个好的学习环境，家里再挤，也要给孩子个单间。最绝的是，父母一吵架，孩子一声怒吼："别吵了，我在学习！"顿时鸦雀无声。家长的生活中有许多的话题，而最普遍的心灵话题还是孩子：儿女入学、升学、毕业、结婚……儿女的一辈子就是家长的下半辈子。

一个人活在世上，不仅为别人，也是为自己而活，家长不是单为儿女而生活的，生活的意义并不是单纯的全然付出。家长辛苦工作一天，晚上回家稍微轻松一下也是无可非议的，家长不必为了儿女而完全放弃自己的业余幸福和娱乐。

有时，家长的过分关心与忧虑，往往成为儿女心中的负担。望着家长为了自己放弃精彩的电视节目，望着家长为自己每天都小心翼翼地悄声说话，望着母亲操劳家务红肿的手、疲惫的神色，而自己想帮又不能帮，恐怕哪个儿女心中的滋味都不好受。不可否认，家长的这份"厚爱"，可能会成为一种催孩子上进的动力，但这种动力若过于沉重，将会收到相反的效果。

每个人的一生都是宝贵的，活着的每一个日子都应该好好珍惜。家长们，当为孩子操劳的时候，别忘为自己留一小小的生活空间。关心儿女，也要善待自己。

（刊于《光明日报》1993年3月7日《家教天地》。作者时为银川二中学生）

到被遗忘的角落采访

商 恺

20世纪80年代后期，我到大西北采访，在那里结识了一批活跃在边远少数民族地区的新闻工作者。潘梦阳就是其中的一位。我们一道攀登六盘山上高峰，领略天高云淡的意境；一道跋涉在茫茫荒漠，追寻大漠拓荒者的足迹，同吃、同住、同采访，结成了"忘年交"。

潘梦阳从小喜欢新闻写作，中学时代开始发表新闻作品，后来被保送进北京广播学院新闻系学习，1964年大学毕业以后离开首都，志愿到边远的宁夏回族自治区工作，一干就是二三十年，把人生最美好的青春年华献给了祖国的西北边陲。

到边远民族地区工作，是祖国的召唤，是事业的需要，也是青年人锻炼成长的好课堂。听到潘梦阳近两年先后被评为宁夏回族自治区先进工作者和全国民族团结进步先进个人的喜讯，我由衷地为他高兴。

人民的信赖是对记者的最高奖赏，热爱人民的记者才会得到人民的喜爱。我仿佛看到他在黄土高原崎岖的泥泞小道上奔走，在被称为"死亡之海"的大沙漠中行进，在窑洞的光板土炕上同牧羊老汉并肩躺着彻夜常谈，在地层深处的井下掌子面手持话筒同采煤工人一块度过春节。他多年来坚持深入基层，深入实际，深入生活，到现场采访，挖掘第一手资料，实事求是地反映人民群众的业绩、疾苦和心愿，把生命的根深深地扎在人民群众的沃土之中。

他以"绿染荒漠苦亦乐"的小草精神和"舍身报国犹嫌迟"的拼搏劲头，勤奋地耕耘着，采写的消息、通讯、录音报道、调查报告、评论、报告文学等各类文体500万字。如今，中国广播电视出版社出版的这部作品集——《心弦的和鸣》，就是他多年呕心沥血的结晶，也是他奉献给哺育他的人民群众的一份小小的礼物。

记得新闻工作者马树勋在《民族新闻探索》一书中曾说过："在我们新闻记者队伍中，有人把宁夏说成是无地位、无特点、无典型的'三无世界'"。这话反映了一些记者对如何向全国和世界报道宁夏感到困惑。而潘梦阳正是在这所谓的"三无世界"里采掘新闻。他的足迹踏遍了宁夏山川，同不少普普通通的工人、农民、牧羊人、基层干部、知识分子、解放军指战员结成了知心朋友。他把他们当成自己的良师益友。他们把他当作贴心人，主动向他通报新闻线索，找他谈知心话，帮助他从困惑中走了出来。他的这部作品选主要收集的就是他在宁夏这个曾经被人遗忘的角落里采写的新闻作品。这有力地说明，记者只要深深植根于人民群众之中，即便是边塞小草也会发芽，在不出新闻的地方也可以挖掘出新闻，累积成硕果。

这些新闻作品尽管比较粗朴，但是作为时代的记录、历史的见证，从中可以感受到时代的脉搏，谛听到人民的心声，对新闻界年轻记者和各界有兴趣的朋友也有所启迪。

（作者时为中国社会科学院新闻研究所所长，1991年春写于北京。
此文为《心弦的和鸣——潘梦阳新闻作品选》一书序言，
原无题目，收入商恺文集《报海帆影》用了该题）

写出宁夏

——记宁夏十佳记者、全国五一劳动奖章获得者潘梦阳

李香兰

30多年来，潘梦阳的足迹踏遍了宁夏山川。他采写的消息、通讯、录音报道、调查报告、评论、报告文学等各类文体作品达600万字，近百篇获全国、广播电影电视部、中央人民广播电台和自治区奖项。

如今，他作为中央人民广播电台、中国国际广播电台宁夏记者站站长、高级记者，尽管已年近花甲，仍然坚持在采访一线奔波。

　　勤奋而业绩卓著的潘梦阳先后被评为中央人民广播电台先进工作者、宁夏十佳记者，荣获全国五一劳动奖章；作为新闻学学者，享受国务院颁发的政府特殊津贴。

　　他在被新闻界一些人士称为"三无世界"的宁夏，打开了新闻报道的局面。

　　宁夏，曾被新闻界人士称为无地位、无特点、无典型的"三无世界"。潘梦阳自1964年从北京广播学院毕业，作为中央人民广播电台、中国国际广播电台的记者来到宁夏后，深知自己肩上的重任。他用唯物辩证法分析宁夏，看到它有落后、闭塞、新闻相对较少的一面；又有内外知之甚少、有神秘感的一面。换个角度看问题，宁夏是个尚待开发的"新闻宝库"。作为驻地记者，既要立足地方，又要跳出地方，从全国和世界的视角挖掘新闻。

　　梦阳马不停蹄地采访、写稿、发稿，他着手采写了一组10篇"宁夏专题"系列报道。1985年4月至6月，中央人民广播电台《祖国各地》节目连续播发，在听众中引起了强烈反响。宁夏党政主要领导同志纷纷赞扬"有内容、有文采"，"向全国介绍了宁夏，为宁夏的开发建设做了件大好事"。全国听众纷纷给中央人民广播电台来信，有的表示要来建设，有的要到宁夏投资寻求发展。

　　他采写的介绍宁夏的稿件，如《流沙上创造的世界奇迹》《塞上江南再放异彩》《沙湖奇景》《古堡不寂寞》等报道，中央人民广播电台广播了，中国国际广播电台用40多种语言广播，有的还被《人民日报》等报刊转载，有的还被美、日、英、法等国和港、澳、台地区报刊转载。

　　作为常驻民族地区的记者，潘梦阳努力搞好民族团结的宣传报道。他深入采写的《沙漠找水情谊深》《古城银川》《赤诚》等先后在国家民委和广播电影电视部举办的"全国民族团结征文""边疆万里行""建国四十周年民族团结进步征文"中获奖。

　　这块热土留住了他的青春。而他，则用自己的笔把祖国版图上偏远、落后而又淳朴美丽的宁夏，推向了外面的世界。

　　他深感民族兄弟没有摆脱贫困，他做记者的也有一份责任。

　　梦阳永远也不能忘记，1973年，我们敬爱的周总理接见了来自宁夏西海固的党的十大代表马金花，亲切地向她询问："西海固有水喝吗？那里的人民生活得怎么样？"马金花如实地汇报了当地的实际情况。周总理含泪说："西海固还这样穷，我做总理的有责任啊！"周总理的话深深地震撼了梦阳的心。我们记者难道没有责任吗？

在大声呼吁中央要给予落后地区政策"倾斜"时，梦阳进一步思考：现在最需要倡导的是落后地区振奋精神，自力更生，调动农民积极性，改变贫困面貌，这才是最根本的。他深采苦思，挖掘出"启动内在活力，振兴西北经济"这一深刻主题，发出《西北五省区联合开发》的消息，被中央人民广播电台《新闻和报纸摘要》节目头条播出，《人民日报》又予转发，引起了很大反响。

1994年这一年，梦阳不顾年过半百，先后8次深入宁夏西海固山区采访。他同台里同志一道合作采写的两组系列报道《大西北的脚步》和《扶贫开发看"三西"》，充分反映了西海固的变迁和面临的困难、问题。国务院领导同志、国务院扶贫办批示，中宣部新闻局《新闻舆论动向》专门载文评论，都给予了充分肯定和赞扬，分别获中央人民广播电台一等奖、全国农村优秀广播节目二等奖。

改革开放给宁夏带来了翻天覆地的变化，他又以欣慰的心情相继发出《刮目看宁夏》等报道，展示宁夏人不甘落后、急起直追的新风貌。

记者的责任感，决定着抓什么题目，这不仅仅是个人的爱好，更是社会的需要、群众的需要。

不常买菜的梦阳偶然到菜市去买菜，提着菜篮子转一圈下来，发现菜价很高，他就向卖菜摊主、买菜市民询问，了解到是菜贩霸市、哄抬菜价，工商人员占小便宜开"绿灯"，农民受欺、难以进城卖菜的情况。梦阳想，这菜篮子是广大市民最切实的生活问题，银川菜市的问题在全国也有普遍意义。于是，他迅速采写了《银川菜市见闻录》一稿，此文被某领导看过，不同意发表（但也承认是事实）。梦阳坚持发稿，中央人民广播电台在内参刊登，《宁夏日报》在头版头条发表，引起市政府高度重视，银川市市长立即指示解决。为了解决深层次的问题，他又同《宁夏日报》记者合作，深入采访各方各界，又连续发表了《主渠道为何又细又小》《管好菜贩子》等6篇系列报道。这组报道获得领导、市民、菜农等各方的好评。当时的银川市市长张位正说："这组报道抓得好，活血化瘀，推动了我们的工作。"《宁夏日报》发表读者来信赞扬："这是一组贴近生活的好报道。"如今，银川市广大市民下了班，一般都能在顺路的路口买到国营直销的低价菜，出门不远便是农贸菜市场，方便极了，且菜种丰富，北方菜、南方菜齐上市，冬季也能吃到温棚菜，一年四季青菜不断，价格稳中有变，市民满意。谁不称赞市政府为百姓办了件实事、好事？可又有谁能知道幕后有新闻记者付出的心血呢？

梦阳办公桌玻璃板下放着用毛笔工工整整写的一条座右铭："自己管理自己，自己约束自己，自己钟爱自己，自己调动自己的积极性，自己掌握自己的命运。"这是1979年胡耀邦同志（时任中宣部部长）在中央人民广播电台记者会上鼓励记者同志的话。梦阳常想，党把这么重要的工作交给自己，作为一名共产党员，怎么能不自觉地为党做好工作呢？

然而，自觉工作起来，可做的事还真不少。小小记者站好似一孔针眼，上接中央人民广播电台、中国国际广播电台各部门的报道指示，下连全自治区党政军民学、工农商科文各行各业的新闻线索，自己还处处留心寻找新闻线索。新闻线索越多，压力越大，工作也就越忙。就是出差的旅途中，梦阳也没有停止写稿。南下桂林，梦阳一坐上火车，就在拥挤嘈杂的车厢里写起来了。车一到兰州站，梦阳就发出了一篇稿子，他在长江轮船上就从收音机里听到了他采写的这篇消息。

潘梦阳就是这样一位跟时间赛跑，追随着时代的列车的记者。他怀着一颗热爱党的新闻事业的心、一颗热爱宁夏人民的心，在人生的道路上马不停蹄地奔跑，这就是中国的知识分子。

生孩子是女人一生中最大的事情。然而，三个孩子出生时，潘梦阳都没在妻子身边完整地照顾上一天。他爱他的妻子，可他又是个"无情"的丈夫，他从未很好地体贴过她，甚至没能给她做过一顿饭，他内疚，自觉是个不称职的丈夫。有时，他甚至觉得听一听妻子的牢骚，心中的内疚才会减轻。春节，梦阳奉献给妻子一首诗："历经坎坷逢盛世，舍身报国犹嫌迟。家务劳累全靠你，唯望扶我报国志。"

有人是职业型记者，有人是事业型记者，他还要做一个学者型记者。

潘梦阳，从不满足在新闻事业上取得的成绩。他勤奋笔耕，刻苦钻研业务，写下了几十篇专业论文，先后出版了6部书，约128万字。他主编的《爱我中华爱我宁夏》被宁夏列入"爱国主义教育百部图书"之中。

他的学术专著《应用广播新闻学》和作品集《心弦的和鸣》都被收入《中外广播电视百科全书》。他的《宁夏揽胜》被评为优秀出版物。

十多年来，潘梦阳先后被北京广播学院和宁夏大学聘请为兼职教授，为培养跨世纪的新闻人才尽心尽力。看到一批批青年从自己的课堂走向新闻战线，潘梦阳不仅有着一股"桃李满天下"的幸福感，更有着热爱新闻事业的记者看到自己为之奋斗的事业后继有人的欣喜。他仿佛看到了祖国的广播新闻事业在青年一代身上发展壮大，他感到自己的青春没有逝去，事业没有停止，他觉得自己的生命真正有了价值。

（《金秋》2000年第6期封面人物"金秋骄子"文章）

潘梦阳：在新闻路上奔跑一生

贺璐璐

《人是要有一点精神的》，这是宁夏新闻界老前辈、名记者潘梦阳老师四年前所写的一篇回忆文章的大标题，这句话也是他一生执着于新闻事业的力量之源。在宁夏从事新闻工作几十年来，潘梦阳用一纸一笔写出了自己的精神，把宁夏发展的一点一滴镌刻在了历史的丰碑之上，将祖国版图上并不起眼的宁夏，推向了外面的世界。

作为小字辈记者，我曾有幸与潘老师共同战斗在采访一线。他敏锐的新闻嗅觉、谦逊宽厚的长者作风和渊博的学识就给我留下了深刻的印象。当我拨通远在珠海的梦阳老师的电话时，那个亲切的声音瞬间使我记忆中的形象丰满起来。

1964年8月，潘梦阳自北京广播学院毕业，志愿报名到宁夏当了一年农民，又在农村做了两年社教工作，1967年才正式成为一名记者。熟知新闻工作的他并没有被宁夏当时的落后吓倒，在他眼里，落后闭塞的宁夏却正是一个尚未被发掘的"新闻宝库"。

初时的收获

40年前采访好矿工郝珍的一段过程，令潘梦阳终生难忘。

多年之后潘梦阳回忆起这次采访，仍然觉得那是对他心灵震撼最大、投入精力最多的一次采访。

1968年11月18日，在井下夺煤大战中，郝珍为保护矿友生命和国家财产，挺身排险，身负重伤，因伤势过重于21日凌晨不幸去世，年仅32岁。当时的自治区各新闻媒体对此格外重视。宁夏日报社、宁夏电台、新华社宁夏分社选派记者、通讯员组成7人报道组，深入石炭井矿区采访报道。刚入行一年多的潘梦阳身在其中。

到了矿区，他们穿上了矿工服，戴上矿灯，坐罐笼进入矿井深处现场采访。在郝珍排险受伤的掌子面，矿友们流着泪详细回忆着当时惊险的场面，甚至用动作来演示，那场面令潘梦阳至今都难以忘却。在采访中，工人们流着眼泪说，记者们淌着眼泪记，一个生死关头舍己救人，平日里吃苦耐劳、助人为乐的好矿工形象浮现在潘梦阳的眼前。报道组开会，资历尚浅的潘梦阳难以掩饰激动的心情，主动发言，没想到，这个重大稿件的执笔任务竟交给了他。当时的潘梦阳只有一个想法：这样的英雄要写不好，简直太对不起党和人民了。

潘梦阳依据已掌握的素材连夜写出了第一稿。报道组讨论后认为骨架可以，但缺乏血肉。潘梦阳感到有些困惑，人物通讯又不是文学创作，每一个细节都必须真实，素材就这些，血肉何来？老记者指点说，七分采访三分写，不能虚构又要把人物通讯写得感人，关键在于深入采访。

潘梦阳豁然开朗，他决心和矿工们拉近关系，和他们真正成为无话不说的兄弟。他钻进"地窨子"，躺在矿工的大通铺上，和矿工们"扯磨"，大家伙儿的话匣子终于打开。为了弄清楚井下作业的细节，潘梦阳又两次随矿工下井。在漆黑的井巷里，前面的矿工拉着他的右手，后面的拉着他的左手。遇到煤矸石从顶板缝隙掉下来，矿工们抢着用身体护着潘梦阳，那一刻，他真的体会到了这些工人的伟大，体会到了郝珍的内心世界。

1969年8月12日，经报道组集体讨论通过，又经领导机关和各新闻单位负责同志审定的长篇通讯《一不怕苦二不怕死的好矿工郝珍》，在《宁夏日报》上以两个整版的版面刊登了，自治区在全区范围内广泛开展向郝珍学习的活动。

记者的责任

志愿到宁夏工作9年之后，因为周恩来总理的一句话，潘梦阳的灵魂再次受到了强烈震撼，他开始重新审视自己，重新建立记者的责任心和良心。

那是1973年，周恩来总理在京接见来自宁夏西海固的党的十大代表马金花，亲切地向她询问："西海固有水喝吗？那里的人民生活得怎么样？"马金花如实汇报了当地的实际情况。周总理含泪说："西海固还这样穷，我做总理的有责任啊！"周总理的一番话，令潘梦阳的心猛地一抽，山区百姓的生活疾苦，与我们记者难道没有关系吗？我们难道不该承担起应负的责任吗？

此后30年的记者生涯里，"责任"二字成了潘梦阳的思想轴心。上世纪90年代初，西海固地区遭遇大旱，潘梦阳放心不下大旱之年宁南山区人民的生活状况，独自前往采访。为了深入山村，他提前在公路边下了车，步行翻山走到汽车开不到的荒山僻壤。凛冽的山风薅得脸生疼，羊肠小道崎岖不平，他顶着风孤独地行进着。走了许久，才到达一个村庄，农户们住的是清一色的土窑洞。在一户人家门前，他推开虚掩的门，眼前的情景令他震惊：被烟熏得黑黑的窑墙裂纹横生，简单盘起的大土炕占了窑洞的一大半，光溜溜的炕席上围坐着几个衣衫褴褛的孩子和一个白发老大娘。一床杂色布块拼起的破旧被子遮盖着几个人，炕上再无他物。冰冷的灶台上支了一口缺角的大锅，水缸底只有一点浑浊的黄水。墙角堆着一点点土豆，那是这户人家全部的口粮。20世纪末还有如此贫困的农户，潘梦阳震惊之余更多了几分痛楚，眼泪从眼眶溢出。他毫不犹豫地把身上所有的钱递到老大娘手中，老人家颤巍巍地接过这个陌生人的钱，嘴唇翕动着却什么话也说不出，昏花的老眼里浊泪纵横。

为了掌握第一手资料，潘梦阳接着走访了其他几处受灾区，一幕幕相似的场景使他再也控制不住自己的心绪。回到银川，他含泪写下了《宁夏西海固干旱严重　灾民生活困难》的内参，向中央如实反映了灾情。内参引起中央领导的高度重视，很快，救灾款就拨了下来。

不止于记者

如果仅仅当一个受命而出的记者，潘梦阳是断然不会满足的，善于学习的他在采访中更善于主动进行策划报道。

一面在大声呼吁中央要给予落后地区政策"倾斜"，一面又在进一步思考落后地区要发展的关键是什么，这就是潘梦阳在新闻采访中与众不同的地方。他意识到，区域原因带来的落后不可怕，可怕的是缺少改革前进的动力。调动农民积极性，改变贫困面貌这才是最根本的。他深采苦思，挖掘出"启动内在活力，振兴西北经济"这一深刻主题，撰写的《西北五省区联合开发》一文在中央人民广播电台《新闻和报纸摘要》节目头条播出，《人民日报》予以转发，引起很大反响。

1994年已过知天命之年的潘梦阳又先后8次深入西海固山区采访，系列报道《大西北的脚步（宁夏篇）》和《扶贫开发看"三西"》，充分反映了西海固的变迁和面临的困难、问题，引起了国务院的重视。

2000年，回族优秀共产党员金占林的事迹传到了潘梦阳的耳中，他又按捺不住了，连续深入采访20多天，数次前往同心预旺，采访金占林的家人、同事30多人，写出了《广播电视工作者的榜样——金占林》。为了赶写金占林事迹报告团的演讲稿，潘梦阳顾不上与美国回来的女儿共度春节，大年初一"猫"在宾馆里写作不停。

30多年来，潘梦阳的足迹踏遍了宁夏山川。

曾经因老前辈的"传帮带"受益匪浅的潘梦阳还是一位热心教育帮助后辈的长者，他先后被中国传媒大学和宁夏大学聘请为兼职教授。而今，潘梦阳又成为了北京师范大学珠海分校艺术传播学院的客座教授，虽然年过花甲，仍精力充沛。对他而言，三尺讲台是人生的另一个起点，也是另一种快乐。

（刊于《新消息报》2008年5月12日专版）

潘梦阳：大笔书写多姿人生

杨涛军

在新闻界，人们对"潘梦阳"这个名字不会陌生，因为他的名字和西部紧紧相连；在宁夏各地，潘梦阳更是让人耳熟能详，因为他的事迹早已经根植于人们心中。40多年来，他用一纸一笔写出自己的精神，把宁夏发展的历程镌刻在了历史的丰碑之上。在40多年的从业路上，怀揣梦想、激情、社会责任感的他，用汗水与心血铸就了铁肩担道义、傲骨著春秋的名篇佳作。他奔跑在新闻的路上，大笔书写了一个多姿多彩的人生。

幸福于奉献　责任铭心间

"一个人的价值，应该看他贡献什么，而不应当看他取得什么。"

潘梦阳一直认为，一个人最大的幸福就是在他百年之后，还能用他曾经做过的一切去为人民服务。在中学时代痴迷于武侠小说的潘梦阳，曾经因上课看武侠小说而被学校记过。当时，老师看他酷爱读书，便引导他逐渐看一些马克思、毛泽东等伟人传记，他的人生观由此发生改变，从此爱上了写作，还当上了校刊主编。潘梦阳非常崇拜马克思，他说马克思是自己的人生榜样，只有像马克思那样活着人生才更有意义！高中毕业后，他被保送进了北京广播学院。1964年8月，潘梦阳自北京广播学院毕业，志愿报名到宁夏。当了一年农民，又在农村做了两年社教工作，1967年才正式成为一名记者。

在宁夏工作期间，让潘梦阳将"责任"二字牢牢记在心里的一个重要人物是周恩来总理。1973年，周总理在京接见来自宁夏西海固的党的十大代表马金花，亲切地向她询问："西海固有水喝吗？那里的人民生活得怎么样？"马金花如实汇报了当地人民的生存情况。周总理含泪说："西海固还这样穷，我做总理的有责任啊！"周总理的一席话，令潘梦阳的心猛抽了一下。山区百姓的生活疾苦跟我们记者难道没有关系吗？我们记者难道没有责任吗？潘梦阳用心苦苦思索，身上也多了一份沉甸甸的担子。

1967年，在中央解决宁夏问题的会议上，周总理一心一意为人民着想。作为会议记录者的潘梦阳在近半年的时间里，耳闻目睹了敬爱的周总理的所作所为，深受震动。从此，"责任"二字牢牢地扎根于他的心灵深处。至今潘梦阳一直把周总理在他大学毕业时对首都大学生讲的"活到老，学到老，改造到老"这句话作为人生指南。潘梦阳回顾说，自己就是处于一个不断学习、不断改造的过程，奋发进取，与时俱进。

铁肩担道义　傲骨著春秋

40多年前，采访好矿工郝珍的刻骨铭心的经历，是潘梦阳记者生涯中最惊险的一幕。1968年11月18日，在井下夺煤大战中，郝珍为保护矿友生命和国家财产，挺身排险，身负重伤，因伤势过丁21日清晨去世，年仅32岁。当时的自治区领导和各新闻媒体对此格外重视。宁夏日报社、宁夏电台、新华社宁夏分社选派记者通讯员组成7人报道组，深入石炭井矿区采访报道，刚入行一年多的潘梦阳身在其中。穿上矿工服，戴上矿灯，记者们坐罐笼下到矿井深处现场采访。矿友们流着泪详细回忆着当时惊险的场景，甚至用动作来演示，那场面令潘梦阳至今都难以忘怀。在与矿工的交流中，工人们流着眼泪说，记者们淌着眼泪记。一个生死关头舍己救人，平时吃苦耐劳、助人为乐的好矿工形象浮现在潘梦阳的眼前。潘梦阳用采来的素材连夜赶稿，没想到报道组讨论的结果是缺乏血肉。在老记者的教导下，潘梦阳明白了"七分采访三分写作"的道理，明白了要写好一篇人物通讯，要深入、深入、再深入，采访得越深入，才越有可能写出好的稿子。于是潘梦阳同矿工们同吃同住、交朋友，几次深入到井下掌子面与他们一道干活。有一次，他正在点点矿灯微光难以穿透一片漆黑的井下干活，突然，别处采煤的"炮"爆响了，地动山摇，石砟纷落，前后两位矿工奋不顾身地扑在潘梦阳身上，那一刻矿工舍己为人的精神，深深感动了潘梦阳。1969年8月12日，经报道组集体讨论通过，长篇通讯《一不怕苦二不怕死的好矿工郝珍》在《宁夏日报》上以两个整版刊登，宁夏电台全文广播，自治区在全区范围内广泛开展了向郝珍同志学习的活动。在潘梦阳的采访经历中，矿井就下过16次，这是很多记者一辈子都很少有过的采访经历。

"新闻是用脚写出来的。"潘梦阳始终坚信这一点。一次，他骑着骆驼闯入沙漠去采访，从凌晨4点多出发，在流动的沙丘间颠簸前行。水壶里的水喝光了，嘴里长满了水泡，屁股磨破了皮，等到第二天凌晨3点多才在沙漠中看到人家。沙漠的人家给他煮了沙葱面，因饿过了头，一口面吃下去，潘梦阳的肠胃一阵撕心般地绞痛，从此他落下了十二指肠溃疡的毛病。

如果仅仅当一个受命而出的记者，潘梦阳是断然不会满足的。善于学习的他，在采访中更善于主动进行策划报道，一面在大声呼吁中央要给予落后地区政策"倾斜"，一面又在进一步思考，落后地区发展的关键是什么。他意识到：区域原因带来的落后不可怕，可怕的是缺少改革前进的动力。调动农民积极性，改变贫困面貌这才是最根本的。他深采苦思，挖掘出"启动内在活力，振兴西北经济"这一深刻主题，撰写的《西北五省区联合开发》一文，在中央人民广播电台《新闻和报纸摘要》节目头条播出，《人民日报》予以转发，引起很大的反响。

1994年，已过天命之年的潘梦阳，又长途跋涉，先后8次深入西海固山区采访，写出了《大西北的脚步（宁夏篇）》和《扶贫开发看"三西"》系列报道，充分反映了西海固的变迁和面临的困难、问题，引起了国务院的高度重视。

2000年，回族优秀共产党员金占林的事迹传到了潘梦阳的耳中。他按捺不住内心涌动的激情，连续深入采访20多天，数次前往同心县预旺，采访对象涉及金占林家人、同事30多人，写出了《广播电视工作者的榜样——金占林》。为了赶写金占林事迹报告团的演讲稿，潘梦阳顾不上与美国回来的女儿共度春节，大年初一还"猫"在宾馆里赶稿。

退休后，潘梦阳用血泪换来的感悟写成的散文《花棒》，赞扬了被誉为"沙漠姑娘"的沙生植物花棒的顽强精神，以此比喻，记述了在流沙上创造治沙世界奇迹的我国科技人员和工农群众。这篇散文荣获《求是》"西部放歌"散文征文唯一的一等奖。

40多年来，潘梦阳的足迹踏遍了宁夏山川。他采写的消息、通讯、广播报道、调查报告、评论、报告文学等各类文体作品达600万字，近百篇获全国、广播电影电视部、中央人民广播电台和自治区大奖。先后被评为中央人民广播电台先进工作者、宁夏首届十佳记者、首届全国民族团结进步先进个人，荣获全国五一劳动奖章，享受国务院颁发的政府特殊津贴。

2008年，宁夏回族自治区成立50周年，这位已退休几年的66岁老人，被授予宁夏"突出贡献专家"荣誉证书，被列为"影响宁夏50年的人"受媒体专版报道。作为一名勤于钻研学习的学者型记者，潘梦阳在新闻采访之外，勤奋笔耕，先后出版了6部书，约128万字。

自信且谦虚　小草也发芽

曾经因老前辈传帮带而受益匪浅的潘梦阳，还是一位热心教育、帮助后辈的长者。他先后被北京广播学院（中国传媒大学的前身）和宁夏大学聘请为兼职教授。而今，潘梦阳又成为了北京师范大学珠海分校艺术与传播学院的客座教授，虽然年过花甲，但仍精力充沛。对他而言，三尺讲台是人生的另一个起点，也是另一种快乐。潘梦阳说，记者要把自己当成一个"瞭望者"，应该站在全局的高度去看待问题，不能感情用事。他概括两种情况：一种是现场的抢救人员并不多，这时如果需要记者抬一块板，或者说当时抢救中刚好缺了一角没有人帮忙，这时记者就该暂时放下手头的工作去帮忙。另外一种是现场抢救人员已经够多的情况。这时，记者就该尽到自己的职责，该录音的就录音，该摄影的就摄影，该做记录的就做记录。

他曾写过《塞上小草也发芽》，告诫后辈们要谦虚，始终要有平常人的心态。他一直保持小草的心态。他认为越有这种心态，就越能体察老百姓的心声，这样写出来的东西，"上、下"才会都爱看。在潘梦阳身上，我们看到的是一位正直为人、严谨治学、勇于承担责任的优秀新闻工作者所具有的良好品质。在他的心中，新闻工作不仅仅是一种职业，而是作为自己终生奋斗的事业，无论在哪个职位上，都要为祖国的新闻事业做出自己应有的贡献。

（作者系《宁夏日报》记者，刊于《宁夏传媒》2009年第2期，
《广电老年》杂志2009年第9期转载，题目改为《根植大西北》）

我的老师"潘爷爷"

陈思婷

潘梦阳老师是中央人民广播电台的高级记者，是中国新闻界的老前辈，也是享受国务院特殊津贴专家、全国五一劳动奖章获得者、首届全国民族团结进步先进个人。潘老师退休后在我所在的大学担任教授，成了我的一位专业授课教师。

之所以把潘老师称为"爷爷"，是因为潘老师已经白发苍苍，待人和蔼可亲，慈祥可敬，就像自己的爷爷一样。每次见到他，他都是笑容可掬，偶尔发出呵呵的笑声，像弥勒佛一般，总能给身边的人带来欢乐和友善。潘爷爷是我们学院里年纪最大的教师，有着精湛的专业知识和崇高的人格品质，还常常用自己的笑容感染他人，给别人带去宽容和温暖，备受同学们和老师们的爱戴，大家都乐意把潘老师称为"潘爷爷"。

在平日的授课里，潘爷爷感性与理性集于一身，用自己独特的授课方式，给予我们专业知识及品德教育。潘爷爷常教导我们："俗话说一步一个脚印，可是我们学知识，应该要一步两个脚印。既要注重最终的结果，又要注意过程，在做出好成果的同时，及时回顾过程，总结出在过程之中我们学到了什么、做错了什么、要怎么改进、哪一点做得好、要把哪些东西都记进心里。"潘爷爷讲课比较注重与同学们的交流，喜欢提出问题让同学们回答。每次同学们上讲台做完报告演讲，潘爷爷都让同学们对该次演讲人和演讲观点发表自己的意见。对于同学们的发言，无论好与坏，潘爷爷都进行表扬和鼓励，继而又提出相关建议让同学们改进。他的谆谆教诲，至今还在我的脑海中闪现，令我记忆深刻。

潘爷爷常常教导我们，做人要做正义善良的人。他心怀感恩，心里装得满满

的都是善良和爱心。有一次，课堂上播放了一个名为《中国阿甘》的电视片，讲的是一位患了疾病、身体发育不正常的残疾人郑心意自强不息、顽强乐观地生活的故事。视频里的画面让潘爷爷感动得泪流满面，播放完视频后，潘爷爷在同学们的注视下，回到讲台上，流着眼泪给我们讲解分析。虽然哽咽着说不出话来，但是依然摘下眼镜擦去泪水，艰难地继续给我们讲教学内容。在我们的心里，《中国阿甘》的视频足以感动我们，但是潘爷爷的眼泪也深深地打动了我们每一位同学，让我们因为心疼潘爷爷也情不自禁地留下了泪滴。在我的心里，潘爷爷是如此的善良、如此感性的一个人，在他的身上，我看到了人性的光辉。

潘爷爷深深地疼爱着他的每一位学生，真心地关怀着身边的人，他的心似乎满满的都是爱与温暖。记得有一次上潘爷爷的课，我身体不舒服，中途请假回了宿舍休息，到了晚上突然接到潘爷爷的电话，问我身体好点了没有，还不忘叮嘱我一定要照顾好自己的身体。那一刻我受宠若惊，感动不已。还有一次，我刚从图书馆出来，天空下着小雨，碰巧遇到潘爷爷，他没有带伞，于是我坚决要把自己的伞给他，毕竟老人家的身体没年轻人那么好，我十分担心他因为淋雨生出病来。可是潘爷爷坚持不肯要，他说他住的公寓很近，走几步就到家了，我的宿舍太远了，又是女孩子，淋雨对身体不好，让我撑伞赶紧回宿舍。潘爷爷对待每一个学生，都像对待自己的孩子一样，对我们充满了真切的关怀。

我还了解到潘爷爷年轻时当记者的时候，对工作极其负责，对每一次新闻采访都高度重视。他对自我的要求非常高，常常说："不把百姓的疾苦反映出来，不把时代的英雄人物描写出来，记者的责任何在？新闻要是写得不够深刻，要是写不好，就太对不起党和人民了……"

这篇文章即将写完，可是我总觉得自己才疏学浅，无法把潘老师的高尚品德和渊博的知识写尽写透，心里总有一种深深的歉意。作为一名教师，潘老师就像一颗明亮的北极星，时时提醒我们哪边才是正确的方向，不让我们迷路、迷茫。

"春蚕到死丝方尽，蜡炬成灰泪始干。"潘老师正是这春蚕，牺牲自己奉献别人，又是这蜡炬，燃烧自己照亮我们前进的道路。

（作者时为大四学生。刊于《清远日报》2011年11月22日《校园文艺》版）

坚守了五十年的初心

胡 竞

　　记者，是让很多年轻的心热血沸腾的职业，因为它象征着正义与真相，代表了勇气与力量。可我们又有很多的疑问：记者的职责如何去坚守？当勇气与激情被外界所桎梏时我们要如何解决？怎样在繁杂的信息中建设理性？带着这些问题，笔者采访了一位在新闻道路上奔跑了近50年的记者前辈——潘梦阳。

　　1964年8月，潘梦阳自北京广播学院毕业，志愿报名到宁夏，当了一年农民，又在农村做了两年社教工作，1967年才正式成为一名记者。早期的艰苦生活，在他看来是一种财富，因为他从中切身地体会到了作为一名记者的责任：深入群众，倾听民声。"没有这三年的体验，我不能真正了解农民、农村。如果从家门到了校门，再从校门到了机关门，即使去采访百姓，也是飘浮在上空的心态。这三年过后，不但自己改掉了大学生空想虚浮、不能吃苦耐劳的毛病，也真的学到了很多劳动人民的优秀品质，这真是很值得的事情。"正是带着这样一颗纯真的初心，才让潘梦阳始终坚持在新闻采访的一线，坚持着身为记者的良心。

　　"七分采访三分写，不能虚构，一定要深入地去了解真相。"他语重心长的叮嘱背后，是几十年如一日的奔波坚持。为了采访矿工郝珍，潘梦阳毅然下到矿井，和矿工们共同工作生活。几十年后回想起当初的感受，他没有提及丝毫危险艰辛，而是动情地回忆着矿工们曾经对他的信任和保护。

　　"作为一名新闻工作者，一定要时刻铭记自己的责任，这是做好工作的首要前提。要为百姓着想，为百姓说话。"潘老师回忆起多年前，在火车上听到报道焦裕禄的通讯稿时的心灵震撼。当大家都被焦裕禄的事迹感动时，他同时也开始思考，如何和前辈一样，写出更多的可以触动人心的新闻。90年代初，为了反映宁夏西海固干旱的灾情，他翻山越岭地去调查，后来写成内参上报中央。他说起自己最自豪的事情，不过是几十年来，报道的英雄人物没有一个垮掉的，都是在很多年后仍然能被人记住的真正的英雄。

　　可以为百姓做实事说真话，这就是潘梦阳一直坚持的责任。"真正有力量的是真相。"当笔者提到当今社会新闻自由方面存在的问题，并问到记者如何在这些压力中坚持良心时，潘梦阳回答道："解决的途径是有很多种的。比如，可以写内参。因为我们的新闻自由正是在逐步开放的，政府是希望有人可以反映情况的。但是有个别地方官怕丢了乌纱帽，个别企业担心利益受损，才会压制一些真相。我们可以用其他的办法，比如记者可以公开报道，群众可以上网去评论。只要你们记录的是真相、真情、真理、真心，就算一时不能昭雪，证据能留下来，也总在某时某刻产生力量。"

白岩松说过一句话：新闻自由应该是捍卫真实，建设理性，寻找信仰。我们大学生作为网络言论的主力军，面对着大量的信息，如何去坚守理性，不被一些不明力量煽动利用呢？对于这个大家都很关心的问题，潘老师耐心地给我们解答："造成这个现象的原因有两个：一是有的人想要掩盖真相，二是年轻人被煽动是有把柄被抓住。你们年轻人有激情，这是好事，但是要正确地处理这些激情，我们需要崇尚正义公平，所以要保护热情；但是心要热，头脑要冷静，不盲目轻信，遇到事情要学会问一问。"

那么如何建设自己的判断力呢？潘老师同时给出了我们明确的答案："要学会比较。兼听则明，各方各面的信息都听到，才能分辨出真相。另一方面，要学会借鉴。学习各方面的知识，对历史和国情拥有了全面的认识，才能知道什么是好的，什么是不好的，自然也不会被轻易利用了。"

采访的时间是短暂的，但是记者看到了一个真实、真诚的新闻界前辈，感动于他那份为百姓说话的责任心，更感动于他数十年的坚守。

我们的社会可能不尽美好，但正因为拥有这样可以勇敢捍卫真相、心系人民的新闻工作者的存在，我们才有理由相信，未来可以更加的光明。

基于霍兰德人格分析法的实证采访

杨欣　等

新闻界前辈——潘梦阳教授

为什么采访他？

从事新闻工作近40年，采写的各类文体作品上百篇获全国、广播电视部、中央人民广播电台、中国国际广播电台、宁夏回族自治区奖项。

出版7本专著，先后被评为中央人民广播电台先进工作者、宁夏首届十佳记者、首届全国民族团结进步先进个人，荣获全国五一劳动奖章，享受国务院颁发的政府特殊津贴。

现在是北京师范大学珠海分校艺术与传播学院教授。

爱好和职业的关系

为什么选这个专业？

在中学，校刊主编。初、高中作为通讯员为当地报纸、电台写稿子，高中毕业被保送至北京广播学院读书。

更主要是因为出身书香门第，从小喜欢看书，什么书都看。有基础，凭着自己的爱好就当了记者。

选择职业通常根据自身的特点，您是不是认为自己就适合做记者，所以选择了记者？

要根据自己的擅长和特长，学以致用，选择自己喜欢的，做起来就觉得不会累，这不仅仅是职业，也是事业的快乐，要选择愿意从事的。现在提倡双向选择，自己喜欢的 + 社会需要的。

梦想和职业的关系

您当时的雄心壮志？

很想能像穆青那样的前辈，写出像焦裕禄这样的报道。在退休前写过一篇《广播电视工作者的榜样——金占林》，金占林也是焦裕禄式的人。

为什么想像穆青一样写这样的报道呢？

中国现代化，关键在领导。现今需要真正为人民服务的好干部，所以记者需要用这样的好典型来引导社会风气。

性格和职业的关系

如今，很多人先就业，再择业，您怎样看？

就业是进入社会的第一步，未尝不可。每个人的情况不一样。

其实有很多机会可以选择。比如说我，在1988年作为中央电台记者，参加七届全国人大一次会议采访，主要采访宁夏代表团，当时发了几篇稿，在人大会上有一定影响。宁夏回族自治区一位主要领导同志与我谈话，希望我能到自治区政府工作，这是一个很令人羡慕的工作，在级别上就跨了好几个台阶。他很欣赏我的素质，我写东西也比较快。我考虑了一下，给领导答复说，我这个人心比较软。政府里的工作要比较强硬、强势。我认为自己不适合当官。当官也不简单啊！

大学教育与职业的关系

大学对您的培养、对职业生涯有何作用？

两点：打下基础；给自己指明方向。

我们1959、1960级两届，是国家培养的第一批广播电视新闻专业人才，给我们讲课的大部分都是在某个方面很有建树的人和一些很负责的领导。这些人让我们开阔了眼界，对国家大事、各方面政策制定的认识大大提高。

还有一件事，是大学毕业去西北当农民。这让我了解了中国的下层社会，了解了老百姓的疾苦。而原来是学生，只知道社会的表面，好像浮在湖面上一样。当了农民以后，才知道了社会的底层什么样及老百姓的喜怒哀乐，我们才有了这种感情的因素和老百姓的血肉联系。我认为这个方法很好。像我家里比较苦，我在学校里也很节俭，在食堂吃个饭都是很便宜的。按理说，也是很艰苦的学生了。但就是这样，我到了宁夏，我一看那个城市很小，大学生的优越感、骄傲感，骨子里都很大，因为眼光很高，什么都看不惯。一当农民以后，好些事情就看得不一样了。再遇到一些事情，想啊，处理啊，就不一样了，比以前更清楚了，更实际了，不是那么虚浮了。这是我现在的想法，所以要和实践接触，越是到基层，越是接近真理。

吃苦与职业的关系

像您这种吃苦锻炼，您觉得需要多少年能取得卓越的成就呢？

年限不重要，而是人生要获得一种体验，这样就有一种对比，就知道社会的底层是什么。比如，你从湖底往上看，就比较醒悟。这是锻炼人的心态和吃苦耐劳。

职业与家庭的关系

您的职业对您的家庭影响？

因为有个看书写作的气氛，所以三个孩子都喜欢看书，都大学毕业，两个还读了硕士、博士。他们当时对我还是有意见的，说爸爸连我们上几年级都不知道，有利有弊。

记者工作的难处

当记者的工作内容主要是什么？

四个字：采访写作。

记者生涯最累的时候是怎样的？

下煤矿井下16次，是组长叫我去的。当时可以用"现在孩子小"这个理由推掉，但我心里没什么想法，你需要叫我去我就去，困难不困难不在乎。我很想出去采访，其实也感谢折磨我的人，让我得到了很少有的锻炼。因为煤矿一般没有记者愿意去，所以出来的新闻还是比较大的，有一定影响。后来因为比较熟悉煤矿，都叫着我去采访，也就去得经常了。每年春节都会有领导来煤矿看望慰问，所以很多次春节没在家里过，有一次汽车还差点掉到悬崖下，很危险的。

如何不断学习

您不满意自己的能力，那您打算怎么提高呢？

人老了，越学东西越觉得自己懂得不多，各个领域都接触了，但接触得不深。

1.注意比较有系统地，看一些普利策、法拉奇、李普曼这些新闻传播界成功人士的传记，从中探讨一些规律性的问题，给学生讲。

2.听我们学校老师的课，向人家学习。

3.我还对自然科学很感兴趣，比如霍金写的《时间简史》，自然界的昆虫。

对我们的建议

怎样看待记者这一行？

神圣，社会上离不了的人，社会需要记者作为哨兵发现社会风云变化。记者必须报道真实情况，说真话，不能蒙蔽社会。

对于想做记者的人的建议是什么呢？

打好自己科学知识和文化底蕴的基础，多深的基础盖多高的楼；培养责任感，主动培养和人接触的能力、社会交往的能力，能采访到人家心里想说的话。

记者职业的素质要求

您认为从事记者工作的门槛是什么？

最要紧的是要有新闻眼光，会审时度势。

例子：当讨论改革开放时，人代会上有人提出"配套改革"。我就觉得这个代表说得很好，像中药一样，"君臣佐使"，就是要有君（主药）臣（执行）佐（辅助）使（协调）。

要看清形势，抓住要害，能选出有社会影响的来报道。

怎样培养这种新闻眼光？

要方方面面都学习，加强基础学习。有了理论上的分析，可以看清现象背后的实质；还要向社会学习，分清主流、支流；对比学习，哪些事需要赞扬或者批评。最重要的是写出来的东西要对当代社会有一些影响、作用。

实证霍兰德理论

一、职业选择是个人人格的延伸，个人的行为是人格与环境交互作用的结果，职业选择也是人格的表现。

潘梦阳教授出身书香门第，从小培养了爱读书写作的爱好，在校刊的工作中接触了新闻记者行业。采访观察表明：潘梦阳教授的成就是人格和环境交互作用的结果。

二、人可区分为六种人格类型（即兴趣组型）：现实型、研究型、艺术型、社会型、企业型、传统型。

每个人的人格属于其中的一种。

潘梦阳教授属于社会型人格。因为他说他本人最大的本事是审时度势（洞察力），最喜欢的是与人接触。

三、人所处的环境也可相应分为六种类型，即现实型、研究型、艺术型、社会型、企业型和传统型。

新闻采访工作要求与人打交道，具备高水平沟通技能，是社会型的环境。

四、社会型人格特质占主导地位的人，在一个社会型的职业环境中，工作会感到更舒畅。但如果让他在一个现实型的工作环境中工作，他可能会感到不舒服、不满意。

教师这个职业同样为社会型，要求与人打交道，具备高水平沟通技能，热情助人。所以，潘梦阳在新闻岗位上退休后，加入了教师这个职业，依然选择的是社会型工作环境。

采访收获

一、把自己的职业兴趣与个人的职业能力、人格特征结合起来。

二、把自己的职业选择与社会的需求联系起来。

三、选择自己喜爱的，做社会所需要的。

（组长：杨欣；组员：王科、杨文雪、张丽、李国静、汪庆、洛翔、周心林、张勉筠。
转自豆丁网，《潘梦阳教授的采访》2011年5月28日）

我听潘梦阳教授的最后一课

——记者的使命

卞 兰

教授戴着黑框眼镜，微微发福的身形，看上去敦厚和蔼。投影屏幕上打出一个名字：潘梦阳。

不是第一次听他的课了，大家显得更随意。在能容纳800人的大教室里，老教授已经从从容容开讲了。

我整理下笔记，一如既往，打算随便听听就过去了。

如何知道，这堂课会是我听的最忘情的一次！

"我今年69岁了……"老教授笑着说。

登上黄山天都峰

我听着，觉出无尽的沧桑。

老教授很喜欢登山，更喜欢把体会和感受与我们分享。他讲述了攀登黄山天都峰的经历。

当时，后面跟着一大串人。山非常陡，他走在前头。人老了，早就没力气了，可是稍稍停下来，后面的人就嚷前面怎么了？他只能拼了老命往上登。

讲到这里，他双手夹在两侧，握拳，当即做了个拼命状，我们都被逗笑了。

他登上峰顶，感触极大：人有时候是要逼的！客观环境逼得你只能冲破极限！

后来又讲到了他的母校——北京广播学院。广院是当时离天安门最近的一所大学。老教授说到这里，瞬间变得神采奕奕的，他说自己特别幸运："外国（首脑）使团访华，我们北京广播学院的学生就去充当'啦啦队'（就是我们平时看电视看到的那些夹道欢迎使团的群众）。因为我们正好是广播传媒类，领导让我们去见见世面，学习一番。"

老教授说，他那时还能看到周总理总是忙碌的身影。

后来，他可能已经开始思绪万千了，渐渐和我们讲起了许多关于周总理的事。

老教授从讲台走到了台阶边上，他情绪激动："周总理是真正的忧国忧民啊……他日理万机……每天工作啊……什么重要的国家大事都送到他那里批阅……他最后是病死的，是活活累死的！"老教授哽咽起来了。

这个经历过万千风浪的老人，谈起了另一个在历史空间中定格了的老人，难过得哭了。还是那样地不能自禁。他拿手掌用力抹开脸上的眼泪，想继续往下讲，可是……

整个教室都陷入了一片安静，没有一个人说话。

大家都默默地，静候。

他最后的话如打散的无数金属铜片掉到了地上，惹起的回音经久不绝，回荡在我的耳际：

"他最后是病死的，是活活累死的！"

我也跟着哭了。我捂住嘴巴不让自己发出啜泣声……

知道中国这段沉痛历史的人都明白的，老教授寥寥数语，道尽了那个时代的无奈。

那个时代已经远去了，但所有的悲伤，都留给了还活着的人们。

老教授渐渐平复下来，依然温和地笑了，可声音，却在哭过后变得沙哑。他说："六七十岁的人一讲起周总理都会这样的……因为总理……真的……太可惜了……"

"后来我做西部记者，专门负责报道西部那边的状况。"老教授还是那个憨厚的模样，手中麦克风停在肚子上的位置，大概那个位置不会考验一个老人家的体力。

"一次在中央党代会（十大）上，周总理亲切询问六盘山区人民的生活状况：'那里还苦吗？水还缺吗？'宁夏代表马金花，带着乡音回答：'还很苦啊……'总理震惊了，之后颁布相应政策扶助。他流着眼泪对这个诚挚的妇女说：'你们的苦，我这个总理有责任啊……'"

老教授停顿了一阵，无不惭愧。他道："那个地方苦，难道我们当记者的没有责任吗？我们是作为西部当地的记者啊！这些情况却等到一个淳朴的妇女提出来了。"

老教授说，在无数的采访活动中，许多可敬的人出现，成为了他终生的老师。

后来他讲到了自己作为一名记者到矿井等地方采访的事情。外人把矿工都叫"煤黑子"。因为常年在矿井工作，脸都是黑的，已经很难洗干净了。所以，听见人叫"煤黑子"时，其实挺让人心酸。

对于"煤黑子"们来说，他们这些远道而来的，读过很多书的知识分子都是值得崇敬的国家栋梁。

…………

"当时矿石哗啦啦地往我们身上砸。我懵了，还不知道怎么回事呢，就有两个矿工将我扑倒。一个护我上身，一个护我下身……"老教授说到这里，因为感动而有点舌头打结了，"我们记者是人，他们也是人！"老教授手里还握着纸巾，在眼角处拭了拭，"可是他们却拼了命护住我们。"

"周总理当时在首都应届大学毕业生会上就这样告诫我们："你们要对得起99%的同龄人。'（当时受过高等教育的人是极少的）我们被寄托了他们全部的希望，又怎么敢让他们失望！"

广大的老百姓，都有最朴素单纯而坚定的想法：你们大学生比我们更有用，能为国家做出更大的贡献！

很矫情吗？但是，这是真的。在那个没有太多私欲、太多贪求的年代里，他们真心是这么想的。他们有地球上最崇高的无私精神和感动天地的爱国热情啊。后来……

后来怎么变了呢？……我们"90后"这一代啊，这些品质，都渐渐赶不上了。很多东西随着历史潮流，都作了古。

后记——老教授以一个当了大半辈子记者的身份，赠送我们一句永垂不朽的名言：先做人，后作文。